DE ROODBORST

JO NESBØ BIJ UITGEVERIJ CARGO

Nemesis
Dodelijk patroon
De verlosser
De sneeuwman
De vleermuisman
Headhunters
Het pantserhart
De schim
De kakkerlak
Politie
De zoon
Bloed op sneeuw
Middernachtzon
De dorst

Jo Nesbø

De roodborst

Vertaald door Annelies de Vroom

CARGO

2017

AMSTERDAM

Dit werk is gepubliceerd met steun van Norwegian Literature Abroad, NORLA.

Cargo is een imprint van Uitgeverij De Bezige Bij, Amsterdam

Eerste druk 2004 (bij Uitgeverij Signature onder de titel *Wraakuur*)
Negentiende druk 2017
Oorspronkelijke titel *Rødstrupe*
Oorspronkelijke uitgever Aschehoug, Oslo
Omslagontwerp Wil Immink Design
Omslagillustratie Ilona Wellmann / Arcangel Images
Foto auteur Thron Ullberg
Vormgeving binnenwerk Peter Verwey, Heemstede
Druk Wöhrmann, Zutphen
ISBN 978 90 234 9784 4
NUR 305

uitgeverijcargo.nl

Maar stilaan vatte hij moed, vloog dichterbij
en trok met zijn snavel een doorn, die in het hoofd
van de gekruisigde was gedrongen, uit.

Maar terwijl hij dit deed, viel er een druppel bloed van de
gekruisigde op de keel van de vogel. Die verspreidde zich snel
en kleurde al zijn zachte, kleine borstveertjes.

Maar de gekruisigde deed zijn lippen van elkaar en fluisterde tegen
de vogel: 'Door jouw barmhartigheid heb je nu verworven wat je
voorgeslacht al sinds de schepping van de aarde begeerd heeft.'

– Selma Lagerlöf
Christuslegende

DEEL 1

OP AARDE

1 | *Tolstation Alnabru, 1 november 1999*

Een grijze vogel fladderde in en uit Harry's blikveld. Hij trommelde op het stuur. Langzame tijd. Iemand had het gisteren op tv over langzame tijd. Dit was langzame tijd. Zoals de tijd op kerstavond voordat de kerstman kwam. Of in de elektrische stoel voordat de stroom wordt ingeschakeld.

Hij trommelde harder.

Ze stonden geparkeerd op de open plek achter het loket van het tolstation. Ellen zette het geluid van de autoradio wat harder. De verslaggever sprak plechtig en met nadruk: 'Het vliegtuig is vijftig minuten geleden geland, precies om 6 uur 38 zette de president voet op Noorse bodem. Hij werd welkom geheten door de burgemeester van de gemeente Jevnaker. Het is een mooie herfstdag hier in Oslo, een prettig Noors tintje voor deze topontmoeting. Laten we nog eens luisteren naar wat de president een halfuur geleden tegen de pers heeft gezegd.'

Dat was de derde herhaling. Harry zag de roepende journalisten weer voor zich die voor de dranghekken samendromden. En de mannen in grijze pakken aan de andere kant van de dranghekken die slechts een halfslachtige poging deden om er niet uit te zien als Secret Service-agenten. Ze trokken hun schouders op en lieten ze weer zakken terwijl ze de menigte observeerden; ze checkten voor de twaalfde keer of de ontvanger nog goed in hun oor zat, observeerden de mensenmenigte, zetten hun zonnebril recht, lieten hun blik een paar seconden rusten op een fotograaf met een iets te lange telelens, observeerden verder, checkten voor de dertiende keer of de ontvanger goed in hun oor zat. Iemand sprak in het Engels enkele welkomstwoorden, het werd stil en er klonk geschraap in de microfoon.

'*First let me say I'm delighted to be here...*' zei de president voor de vierde keer in hees en breed Amerikaans.

'Ik heb gelezen dat een bekende Amerikaanse psycholoog van

mening is dat de president MPD heeft,' zei Ellen.

'MPD?'

'Meervoudige-persoonlijkheidsstoornis. Dr. Jekyll en Mr. Hyde. De psycholoog denkt dat zijn normale identiteit niet weet dat de andere, de seksmaniak, seks heeft gehad met deze vrouwen. En daarom kan er ook geen impeachmentprocedure tegen hem worden ingesteld wegens liegen onder ede.'

'Goh,' zei Harry en hij keek omhoog naar de helikopter die hoog boven hen vloog.

Op de radio vroeg een stem met een Noors accent: 'Meneer de president, dit is de eerste keer dat een zittende Amerikaanse president Noorwegen bezoekt. Wat vindt u daarvan?'

Stilte.

'Het is bijzonder prettig om hier weer te zijn. En dat de leiders van de staat Israël en het Palestijnse volk elkaar hier kunnen ontmoeten vind ik nog belangrijker. De sleutel tot...'

'Herinnert u zich nog iets van uw vorige bezoek aan Noorwegen, meneer de president?'

'Jazeker. Tijdens het gesprek van vandaag hoop ik dat we...'

'Welke betekenis voor de wereldvrede hebben Oslo en Noorwegen gehad, meneer de president?'

'Noorwegen heeft een belangrijke rol gespeeld.'

Een stem zonder Noors accent: 'Hoe realistisch is de president wat het bereiken van concrete resultaten betreft?'

De reportage werd afgebroken en een stem in de studio nam het over: 'Dat hebben we dus gehoord! De president vindt dat Noorwegen een beslissende rol heeft gespeeld in... eh, de vrede in het Midden-Oosten. Nu is de president op weg naar...'

Harry kreunde en deed de radio uit. 'Wat is dat toch met dit land, Ellen?'

Ze haalde haar schouders op.

'Punt 27 gepasseerd,' klonk het door de walkietalkie op het dashboard.

Hij keek naar haar.

'Iedereen op zijn post?' vroeg hij. Ze knikte.

'Dan is het bijna zover,' zei hij. Ze sloeg haar ogen ten hemel.

Dit was de vijfde keer dat hij dat zei sinds de stoet van vliegveld Gardermoen was vertrokken. Vanaf het punt waar zij geparkeerd stonden konden ze de verlaten autoweg helemaal van het tolstation tot aan Trosterud en Furuset overzien. Het blauwe zwaailicht op het dak draaide zwijgend rond. Harry draaide het raam naar beneden en stak zijn hand naar buiten om een verdord geel blad dat onder de ruitenwisser vastzat weg te halen.

'Een roodborstje,' zei Ellen, en ze wees. 'Die zie je zelden zo laat in de herfst.'

'Waar?'

'Daar. Op het dak van het loket.'

Harry boog zich voorover en keek door de voorruit.

'Nee maar. Dus dat is een roodborstje?'

'Yep. Maar je zult wel geen verschil zien tussen dat vogeltje en een koperwiek, denk ik.'

'Inderdaad.' Harry kneep met zijn ogen. Was hij kippig aan het worden?

'Het is een vreemd vogeltje, het roodborstje,' zei Ellen, en ze draaide de dop weer op de thermosfles.

'Daar twijfel ik niet aan,' zei Harry.

'Negentig procent trekt naar het zuiden, maar een klein deel waagt de gok en blijft hier.'

'Nou, en?'

Er klonk weer een stem door de mobilofoon: 'Post 62 aan HQ. Er staat een onbekende auto geparkeerd aan de kant van de weg, tweehonderd meter van de afrit bij Lørenskog.'

Een zware stem met een Bergens accent antwoordde vanuit het hoofdkwartier: 'Eén moment, 62. We controleren het.'

Stilte.

'Hebben jullie de toiletten gecontroleerd?' vroeg Harry, en hij gebaarde naar het Esso-station.

'Ja. Er zijn geen klanten of personeel in het station. Behalve de chef. Die hebben we opgesloten in zijn kantoor.'

'De loketten ook?'

'Gecontroleerd. Rustig, Harry, alle controlepunten zijn afgestreept. Tja, degene die blijven, gokken erop dat het een zachte winter wordt. Dat kan goed gaan, maar hebben ze het bij het verkeerde eind, dan gaan ze dood. Dus waarom gaan ze niet voor de zekerheid naar het zuiden, vraag je je misschien af? Zijn de vogels die achterblijven soms gewoon lui?'

Harry keek in de spiegel en zag de wachtposten aan weerszijden van de spoorbrug. In het zwart met helm en ieder een MP5-machinegeweer om hun nek. Zelfs vanaf de plek waar hij zat, kon Harry aan hun lichaamstaal zien dat ze gespannen waren.

'Het punt is, als het een zachte winter is, dan hebben ze de beste nestelplaatsen kunnen kiezen vóórdat de andere terugkomen,' zei Ellen terwijl ze probeerde de thermosfles in het overvolle handschoenenvakje te duwen. 'Het is een gecalculeerd risico, begrijp je? Je kunt de hoofdprijs winnen of de pijp uit gaan. Gokken of niet gokken. Als je gokt, val je misschien op een nacht stijfbevroren van je tak en ontdooi je niet voor het voorjaar is. Stap je op, vind je misschien geen nest meer als je terugkomt. Daar heb je weer zo'n eeuwig dilemma waarvoor je kunt komen te staan.'

'Je hebt toch je kogelvrije vest aan?' Harry keek even opzij naar Ellen.

Ellen antwoordde niet; ze staarde alleen maar naar de autoweg terwijl ze langzaam haar hoofd schudde.

'Heb je het aan of niet?'

Als antwoord klopte ze met haar knokkels tegen haar borst.

'Licht?'

Ze knikte.

'Verdomme, Ellen! Ik heb order gegeven het loodvest te dragen. Niet dat Mickey Mouse-vest.'

'Weet je wat de Secret Service-lui hier dragen?'

'Laat me raden. Lichte vesten?'

'Precies.'

'En weet je aan wie ik schijt heb?'

'Laat me raden. De Secret Service?'

'Precies.'

Ze lachte. Harry deed ook een poging. De mobilofoon kraakte.

'HQ aan post 62. De Secret Service zegt dat het hun auto is die

geparkeerd staat voor de afrit bij Lørenskog.'
'Post 62. Ontvangen.'
'Daar heb je het al,' zei Harry, en hij sloeg geïrriteerd met een hand op het stuur. 'Geen communicatie. Die lui gaan gewoon hun eigen gang. Wat doet die auto daar zonder dat wij dat weten? Nou?'
'Controleren of wij ons werk doen,' antwoordde Ellen.
'Zoals zij ons geïnstrueerd hebben hoe wij het moesten doen.'
'Jij mag in elk geval een beetje meebeslissen, dus hou op met klagen,' zei ze. 'En stop met dat getrommel op het stuur.'
Harry's hand ging gehoorzaam naar zijn schoot. Ze glimlachte. In een lange zucht blies hij zijn adem uit: 'Ja, ja, ja.'
Zijn vingers vonden de kolf van zijn dienstpistool, een Smith & Wesson 38 met zes kogels. Aan zijn riem had hij bovendien twee magazijnen, ook met elk zes kogels. Hij klopte op het pistool in de wetenschap dat hij strikt genomen op het moment geen toestemming had om een wapen te dragen. Misschien werd hij inderdaad bijziend, want na een veertigurige cursus deze winter was hij gezakt voor de schiettest. Hoewel het helemaal niet ongebruikelijk was, was het de eerste keer dat het Harry overkwam, en hij kon er bijzonder slecht tegen. Eigenlijk was het nu gewoon zaak om opnieuw examen te doen; velen hadden vier pogingen nodig, maar Harry had het om de een of andere reden steeds uitgesteld.
Meer gekraak: 'Punt 28 gepasseerd.'
'Dat was het een na laatste punt in het politiedistrict Romerike,' zei Harry. 'Het volgende passagepunt is Karihaugen en dan komt het onze.'
'Waarom kunnen ze het niet doen zoals we het al eerder hebben gedaan: gewoon zeggen waar de stoet is in plaats van met die stomme nummers?' vroeg Ellen op klagende toon.
'Raad eens.'
Ze antwoordden in koor: 'Secret Service!' En lachten.
'Punt 29 gepasseerd.'
Hij keek op zijn horloge.
'Oké, dan zijn ze over drie minuten hier. Ik ga nu over op de

frequentie van het politiebureau Oslo. Controleer voor de laatste keer.'

De ontvanger jankte en piepte terwijl Ellen haar ogen sloot om zich te kunnen concentreren op de reeks bevestigingen. Ze hing de microfoon op zijn plaats. 'Iedereen op zijn post en klaar.'

'Bedankt. Zet je helm op.'

'Hè? Doe me een lol, Harry.'

'Je hebt gehoord wat ik zei.'

'Doe zelf je helm op!'

'De mijne is te klein.'

Een nieuwe stem: 'Punt 1 gepasseerd.'

'Verdomme, af en toe ben je verschrikkelijk... onprofessioneel.' Ellen zette de helm op haar hoofd, maakte de kinband vast en grijnsde in het achteruitkijkspiegeltje.

'Ik hou ook van jou,' zei Harry terwijl hij de weg voor zich bestudeerde door een kijker. 'Ik zie ze.'

Boven op de heuvel richting Karihaugen blonk metaal. Harry zag alleen nog maar de eerste auto van de colonne, maar hij kende de volgorde: zes motoren met speciaal opgeleide politiemensen van de Noorse escorteafdeling, twee Noorse escorteauto's, een auto van de Secret Service, dan twee identieke Cadillac Fleetwoods, speciale auto's van de Secret Service die beide waren ingevlogen uit de Verenigde Staten, en in één daarvan zat de president. In welke was geheim. Of misschien zat hij in beide, dacht Harry. Eén voor Jekyll en één voor Hyde. Daarna kwamen grotere auto's: een ambulance, een verbindingswagen en nog meer auto's van de Secret Service.

'Alles lijkt rustig,' zei Harry. De kijker ging langzaam van rechts naar links. De lucht boven het asfalt trilde, hoewel het een frisse ochtend in november was.

Ellen kon het silhouet van de eerste auto zien. Over een halve minuut waren ze het tolstation gepasseerd en zou de helft van de klus erop zitten. En over twee dagen, als dezelfde auto's het tolstation in omgekeerde richting waren gepasseerd, konden Harry en zij teruggaan naar hun gewone politiewerk. Ze werkte liever met dode mensen bij Geweldsdelicten dan om drie uur 's nachts op te staan om met een geïrriteerde Harry, die duidelijk last had van de druk van de verantwoordelijkheid, in een koude Volvo te zitten.

Afgezien van Harry's regelmatige ademhaling was het volkomen stil in de auto. Ze controleerde of de indicatielampjes van de beide mobilofoons brandden. De autocolonne was bijna onder aan de heuvel. Ze besloot na het werk naar Tørst te gaan om zich een stuk in de kraag te drinken. Daar zat een type met wie ze een blik had gewisseld; hij had zwarte krullen en bruine, tamelijk provocerende ogen. Mager. Zag er wat bohemienachtig, intellectueel, uit. Misschien…

'Wel verdo…'

Harry had de microfoon al naar zich toe gerukt. 'Er staat iemand achter het derde loket van links. Is er iemand die de betreffende persoon kan identificeren?'

De radio antwoordde met een knetterende stilte terwijl Ellens blik over de rij met loketten gleed. Daar! Achter de donkere ruit van het hokje zag ze de rug van een man, slechts op zo'n vijftig meter afstand van hen. In het tegenlicht tekende zich duidelijk het silhouet van de gedaante af. En dat was ook het geval met de korte loop met vizier die boven zijn schouder uitstak.

'Wapen!' riep ze. 'Hij heeft een machinegeweer!'

'Verdomme!' Harry trapte het portier open, greep zich met beide handen vast aan de dakrand en slingerde zich naar buiten. Ellen staarde naar de colonne. Die kon nu niet meer dan honderd meter weg zijn. Harry stak zijn hoofd de auto in.

'Het is er niet eentje van ons, maar het kan de Secret Service zijn,' zei hij. 'Roep HQ op.' Hij had het pistool al in zijn hand.

'Harry…'

'Nu! En druk op de claxon als HQ zegt dat het er een van hen is.'

Harry rende naar het loket en de rug in colbert. Het leek op de loop van een uzi. De koude ochtendlucht deed pijn in zijn longen.

'Politie!' riep Harry. *'Police!'*

Geen reactie – het dikke glas van het hokje was gemaakt om het verkeerslawaai buiten te houden. De man had zijn hoofd richting colonne gedraaid en Harry kon de donkere Ray Ban-zonnebril zien. Secret Service. Of iemand die eruit wilde zien als iemand van de Secret Service.

Nog twintig meter.

Hoe was hij in het afgesloten hokje gekomen als hij niet een van hen was? Verdomme! Harry kon de motoren al horen. Hij kon niet op tijd bij het loket zijn.

Hij haalde de veiligheidspal over en richtte terwijl hij hoopte dat de claxon de stilte zou verscheuren op deze vreemde ochtend op deze afgesloten autoweg, waar hij hoe dan ook, nooit, echt nooit, op dit tijdstip had willen zijn. De instructie was duidelijk, maar het lukte hem niet om niet te denken: licht vest. Geen communicatie. Schiet, het is niet jouw fout. Heeft hij familie?

Precies achter het loket reed de stoet en die naderde snel. Over twee seconden zou de Cadillac op de hoogte van het loket zijn. Uit zijn linkerooghoek zag hij een beweging, een vogeltje dat zich van het dak liet vallen.

Gokken of niet gokken… dat soort eeuwige dilemma's.

Hij dacht aan de lage halsuitsparing van het vest en liet de revolver een duimbreedte zakken. Het gebrul van de motoren was oorverdovend.

2 | *Oslo, dinsdag 5 oktober 1999*

'Dat is het grote verraad,' zei de gladgeschoren man, en hij keek in zijn papieren. Het gezicht, de wenkbrauwen, de gespierde onderarmen, tot en met de enorme handen die de lessenaar vasthielden: alles was smetteloos en schoon. Hij boog zich voorover naar de microfoon.

'Vanaf 1945 hebben de vijanden van het nationaalsocialisme de touwtjes in handen gehad en hun democratische en economische principes ontwikkeld en uitgedragen. Als gevolg daarvan heeft de wereld geen enkele dag de zon zien ondergaan zonder dat er ergens oorlogshandelingen waren. Zelfs hier in Europa hebben we te maken met oorlog en volkerenmoord. In de derde wereld verhongeren en sterven miljoenen mensen, en Europa wordt bedreigd door massale immigratie die leidt tot chaos, nood en strijd om het bestaan.'

Hij stopte even en keek rond. Het was doodstil in de zaal, slechts één van de toehoorders in de banken achter hem applaudisseerde voorzichtig. Toen hij geestdriftig verderging, lichtte een lampje onder de microfoon waarschuwend op ten teken dat de recorder gestoorde signalen kreeg.

'Ook voor ons geldt dat de scheidslijn tussen onbekommerde welstand en de dag waarop we alleen op onszelf en de groep om ons heen terug kunnen vallen maar dun is. Een oorlog, een economische of ecologische catastrofe, en het hele netwerk van wetten en regels dat ons allemaal veel te snel tot passieve klanten van de sociale wetgeving maakt, is ineens weg. Het vorige grote verraad was op 9 april 1940; toen vluchtten onze zogenaamde nationale leiders voor de vijand om hun eigen huid te redden. En ze namen de goudvoorraad mee om hun luxueuze leven in Londen te kunnen financieren. Nu is de vijand hier weer. En degenen die onze belangen moeten verdedigen, laten ons opnieuw in de steek. Ze laten de vijand moskeeën in ons midden bouwen, laten onze bejaarden beroven en hun bloed vermengen met dat van onze vrouwen. Het is niet meer dan onze plicht als Noor om ons ras te beschermen en de verraders te elimineren.'

Hij bladerde verder naar de volgende bladzijde, maar gekuch op het podium voor hem deed hem stoppen en opkijken.

'Bedankt, ik geloof dat we genoeg hebben gehoord,' zei de rechter, en hij keek over zijn bril: 'Heeft de aanklager nog meer vragen voor de beklaagde?'

De zon scheen schuin in zaal 17 van de rechtbank in Oslo en gaf de skinhead een bedrieglijke stralenkrans. Hij droeg een wit overhemd met een smalle stropdas, waarschijnlijk op aanraden van zijn advocaat, Johan Krohn, die nu achterovergeleund zat met een wippende pen tussen middelvinger en wijsvinger. Krohn was over het algemeen niet ingenomen met de situatie. Niet ingenomen met de richting die de vragen van de aanklager op gingen, met de openhartige programtoelichtingen van zijn cliënt, Sverre Olsen, en met het feit dat Olsen het kennelijk een goed idee had gevonden zijn mouwen om te slaan, zodat zowel de rechter als de juryleden de tatoeages in de vorm van een spinnenweb op beide onderarmen en de rij hakenkruizen op de linkerarm konden zien. Op de rechterarm was een reeks van oud-Scandinavische symbolen getatoeëerd en er stond VALKYRIA in zwarte, gotische letters. Valkyria was de naam van een van de bendes die deel uitmaakten van het neonazistische milieu rond Sæterkryss in Nordstrand.

Maar wat Johan Krohn het meest irriteerde was het feit dat er iets niet klopte; er was iets met de hele gang van zaken, hij wist alleen niet wat.

De aanklager, een kleine man die Herman Groth heette, trok de microfoon naar zich toe met zijn pink; om die pink had hij een ring met het symbool van de Orde van Advocaten.

'Alleen nog een paar afrondende vragen, meneer de rechter.' De stem was zacht en beheerst. Het lampje onder de microfoon lichtte groen op.

'Toen je op 3 januari om negen uur op de Dronningensgate bij Dennis Kebab naar binnen ging, was dat dus met de duidelijke bedoeling om je plicht te doen en ons ras te beschermen, zoals je hebt uitgelegd?'

Johan Krohn schoot naar de microfoon: 'Mijn cliënt heeft al geantwoord dat er een ruzie ontstond tussen hem en de Vietnamese eigenaar.' Rood licht. 'Hij werd geprovoceerd,' zei Krohn. 'Er is geen enkele reden om uit te gaan van voorbedachte rade.'

Groth sloot zijn ogen: 'Als het waar is wat je advocaat zegt, Olsen, dan had je dus heel toevallig een honkbalknuppel bij je?'

'Ter zelfverdediging,' onderbrak Krohn hem, en hij spreidde verontwaardigd zijn armen: 'Meneer de rechter, mijn cliënt heeft deze vragen al beantwoord.'

De rechter wreef over zijn kin terwijl hij naar de advocaat keek. Iedereen wist dat Johan Krohn jr. een aanstormend advocatentalent was; daar was hijzelf ook van overtuigd, en dat laatste maakte waarschijnlijk dat de rechter met een zekere irritatie moest toegeven: 'Ik ben het met de verdediging eens. Als de aanklager geen nieuwe invalshoeken heeft, moet ik vragen of we verder kunnen.'

Groth deed zijn ogen half open, waardoor er een smal, wit streepje oogwit onder de iris te zien was. Hij knikte. Toen stak hij met een vermoeide beweging een krant omhoog.

'Dit is *Dagbladet* van 25 januari. In een interview op pagina 8 zegt een geestverwant van de aangeklaagde...'

'Ik protesteer...' begon Krohn.

Groth zuchtte. 'Laat ik het veranderen in een manspersoon die sympathiek tegenover racisme staat.'

De rechter knikte, maar wierp tegelijk een waarschuwende blik op Krohn. Groth ging verder: 'Deze manspersoon zegt in een commentaar op de overval bij Dennis Kebab dat we meer racisten als Sverre Olsen nodig hebben om Noorwegen terug te krijgen. In het interview wordt het woord "racist" als een heldentitel gebruikt. Ziet de aangeklaagde zichzelf als een racist?'

'Ja, ik ben een racist,' zei Olsen, nog voordat Krohn kans zag hem de mond te snoeren. 'In de betekenis die ik aan het woord geef.'

'En welke is dat?' glimlachte Groth.

Krohn balde onder tafel zijn vuisten en keek naar het podium, naar de twee juryleden aan weerszijden van de rechter. Deze drie zouden de toekomst voor de komende jaren van zijn cliënt bepalen en zijn eigen status de komende maanden in de Tostrupkjeller. Twee gewone vertegenwoordigers van het volk, met hun gewone rechtsgevoel. 'Lekenrechters' werden ze vroeger genoemd, maar 'leek' wordt tegenwoordig misschien te veel geassocieerd met 'geen verstand van iets hebben'. Het jurylid rechts van de rechter was een jongeman in een goedkoop doorsneekostuum die nauwelijks op durfde te kijken. De jonge, ietwat mollige vrouw links van de rechter zag eruit alsof ze alleen maar deed of ze het allemaal volgde, terwijl ze ervoor waakte met haar nek te draaien, zodat haar beginnende onderkin niet in de zaal te zien zou zijn. Doorsnee-Noren. Wat wisten zij over zulke types als Sverre Olsen? Wat wilden ze weten?

Acht getuigen hadden Sverre Olsen de kiosk binnen zien gaan

met een honkbalknuppel onder de arm, en na een korte uitwisseling van scheldwoorden werd de eigenaar Ho Dai, een veertigjarige Vietnamees die in 1978 als bootvluchteling naar Noorwegen was gekomen, met de knuppel op het hoofd geslagen. Zo hard dat Ho Dai nooit meer zou kunnen lopen. Toen Olsen begon te praten, was Johan Krohn jr. in gedachten al bezig met het voorbereiden van het hoger beroep.

'*Ras-ismen*,' las Olsen, nadat hij in zijn papieren datgene had gevonden waar hij naar zocht, 'is de eindeloze strijd tegen erfelijke ziektes, degeneratie en uitroeiing, en tegelijkertijd een droom over en hoop op een gezondere samenleving met een betere kwaliteit van leven. Vermenging van ras is een vorm van bilaterale volkenmoord. In een wereld waarin er plannen zijn om genenbanken op te richten om het kleinste torretje te behouden, is het algemeen geaccepteerd om mensenrassen te vermengen en te vernietigen die zich door de eeuwen heen hebben ontwikkeld. In een artikel in het gerenommeerde tijdschrift *American Psychologist* uit 1972 waarschuwden vijftig Amerikaanse en Europese wetenschappers tegen de ontkenning van de argumenten voor de rassentheorie.'

Olsen stopte, overzag zaal 17 in één enkele oogopslag en hief zijn rechterwijsvinger op. Hij had zich omgedraaid naar de aanklager, waardoor Krohn de bleke Sieg Heil-tatoeage op de gladgeschoren dikke huidplooi tussen achterhoofd en nek kon zien. Een woordeloze schreeuw en een grotesk, merkwaardig contrast met zijn afstandelijke retoriek. In de stilte die volgde, kon Krohn aan het geroezemoes op de gang horen dat zaal 18 lunchpauze had genomen. Seconden tikten weg. Krohn herinnerde zich dat hij had gelezen dat Adolf Hitler tijdens massabijeenkomsten een kunstmatige pauze kon inlassen van wel drie minuten. Toen Olsen verderging, sloeg hij de maat met zijn vinger, alsof hij elk woord en elke zin in zijn toehoorders wilde slaan.

'Degene onder u die doet alsof er geen rassenstrijd is, is ofwel blind, ofwel een verrader.'

Hij nam een slok water uit het glas dat de bode voor hem had neergezet.

De aanklager greep in: 'En ten behoeve van die rassenstrijd hebben jij en jouw aanhangers, waarvan een deel hier in de rechtszaal aanwezig is, alleen het recht om aan te vallen?'

Boegeroep van de skinheads in de zaal.

'Wij vallen niet aan, we verdedigen ons,' zei Olsen. 'Dat is het recht en de plicht van elk ras.'

Iemand uit de zaal riep iets wat Olsen opving en met een lach doorgaf: 'Ook iemand van een ander ras zouden we kunnen begroeten als een rasbewuste nationaalsocialist.'

Gelach en hier en daar applaus van de toehoorders. Voordat de rechter de aanklager vragend aankeek, verzocht hij om stilte.

'Dat was alles,' zei Groth.

'Wil de verdediging nog vragen stellen?' Krohn schudde zijn hoofd.

'Dan verzoek ik de eerste getuige van de aanklager binnen te laten.'

De aanklager knikte naar de bode, die de deur achter in de zaal opende, zijn hoofd naar buiten stak en iets zei. Stoelpoten schraapten, de deur ging helemaal open en een grote man stapte naar binnen. Krohn constateerde dat de man een iets te klein colbert droeg, een zwarte spijkerbroek en dito zware Dr. Martenslaarzen. Het bijna gladgeschoren hoofd en het atletische, slanke lichaam duidden op een leeftijd van begin dertig. Maar de bloeddoorlopen ogen met wallen en de bleke gezichtshuid met dunne adertjes die hier en daar gesprongen waren en kleine rode delta's hadden gevormd, leken meer te wijzen in de richting van de vijftig.

'Politiebeambte Harry Hole?' vroeg de rechter toen de man had plaatsgenomen in de getuigenbank.

'Ja.'

'Het privéadres is niet opgegeven, zie ik.'

'Geheim.' Hole gebaarde met een duim over zijn schouder. 'Ze wilden mijn huis in.'

Er klonk boegeroep.

'Hebt u al de gelofte afgelegd, Hole? De eed?'

'Ja.'

Krohns hoofd wipte omhoog zoals bij die plastic hondjes die sommige autobezitters op de hoedenplank hebben staan. Hij begon koortsachtig te zoeken in zijn papieren.

'Je werkt toch als rechercheur bij Geweldsdelicten, Hole?' zei Groth. 'Waarom heb je deze zaak gekregen?'

'Omdat we een verkeerde inschatting maakten,' antwoordde Hole.

'Hoezo?'

'We hadden er geen rekening mee gehouden dat Ho Dai het zou overleven. Dat is gewoonlijk ook niet het geval met een gebroken schedel waar een gedeelte van de inhoud uit is geslagen.'

Krohn zag hoe de gezichten van de juryleden onwillekeurig in een grimas vertrokken. Maar dat was nu niet meer belangrijk. Hij had het papier gevonden met de namen van de juryleden. En daar was hij: de fout.

3 | *Karl Johansgate, 5 oktober 1999*

'Je gaat dood.'

De woorden klonken nog steeds in de oren van de oude man toen hij de trap af liep en bleef staan, verblind door de felle herfstzon. Terwijl zijn pupillen langzaam kleiner werden, hield hij zich vast aan de trapleuning en haalde diep en langzaam adem. Hij luisterde naar de kakofonie van auto's, trams, tikkende voetgangerslichten. En stemmen, opgewonden en blije stemmen die zich voorbijhaastten op klepperende schoenen. En muziek – had hij ooit zoveel muziek gehoord? Maar niets was in staat om het geluid van de woorden 'Je gaat dood' te overstemmen.

Hoeveel keer had hij hier op de trap gestaan voor de praktijk van dokter Buer? Twee keer per jaar gedurende veertig jaar, dat is tachtig keer. Tachtig gewone dagen net zoals vandaag, maar nooit was het hem tot op de dag van vandaag opgevallen wat een leven het in deze straten was, wat een gejuich, wat een gretige levenslust. Het was oktober, maar het voelde als een dag in mei. De dag van de bevrijding. Overdreef hij? Hij kon haar stem horen, haar silhouet zien dat uit de zon kwam lopen, de omtrek van haar gezicht dat verdween in een gloed van wit licht.

'Je gaat dood.'

Al het witte kreeg een kleur en werd de Karl Johansgate. Hij liep de trap af, bleef staan en keek naar rechts en naar links, alsof hij niet kon beslissen welke kant hij op zou gaan, en hij verviel in gepeins. Toen schrok hij op alsof iemand hem gewekt had en begon naar het Slot te lopen. Zijn stappen waren aarzelend, zijn blik naar de grond gericht en zijn magere gedaante zat ineengedoken in de te grote wollen jas.

'De kanker is uitgezaaid,' had dokter Buer gezegd.

'Juist ja,' had hij geantwoord, en hij keek Buer aan terwijl hij zich afvroeg of ze dat leerden tijdens hun studie medicijnen: om hun bril af te zetten als er iets ernstigs gezegd moest worden. Of was het iets wat bijziende artsen deden om de uitdrukking in de ogen van de patiënt niet te hoeven zien? Hij begon op zijn vader te lijken, dokter Konrad Buer, nu zijn haargrens zich begon terug te trekken en de wallen onder zijn ogen hem iets van de zorgzame aura van zijn vader gaven.

'Kort samengevat?' had de oude gevraagd met een stem die hij in geen vijftig jaar had gehoord. Het was het holle, rauwe keelgeluid van een man wiens stembanden trilden van doodsangst.

'Ja, er is dus sprake van...'

'Alstublieft dokter. Ik heb de dood al eerder in de ogen gekeken.'

Hij was harder gaan praten, had woorden gekozen die zijn stem dwongen om vaster te worden, zoals hij wilde dat de dokter hem zou horen. Zoals hij hem zelf wilde horen.

De blik van de dokter ging over het tafelblad en de versleten parketvloer, ging door het vuile raam naar buiten. Daar bleef hij een poosje hangen, waarna hij terugkeerde en zijn blik ontmoette. Zijn handen hadden een lapje gevonden waarmee hij zijn bril onophoudelijk poetste.

'Ik weet hoe je je...'

'U weet niets, dokter.' De oude had zichzelf kort en droog horen lachen. 'Ik wil niet onbeleefd zijn, Buer, maar dit garandeer ik u: u weet niets.'

Hij had gezien dat Buer in de war raakte, en op hetzelfde moment was het hem opgevallen dat de kraan boven de wastafel in de aangrenzende kamer drupte. Een nieuw geluid, alsof hij ineens op onbegrijpelijke wijze weer de zintuigen van een twintigjarige had gekregen.

Toen had Buer zijn bril weer opgezet, een vel papier gepakt, alsof de woorden die hij wilde zeggen daarop stonden, gekucht en gezegd: 'Je gaat dood.'

De oude man had liever 'u' gehoord.

Hij bleef staan bij een groepje mensen en hoorde getokkel op een gitaar, en een stem zong een liedje dat voor iedereen, behalve voor hem, oud was. Hij had het eerder gehoord, zeker een kwarteeuw geleden, maar voor hem leek het wel gisteren. Zo was het met alles gegaan: hoe langer het geleden was, des te korter geleden en vertrouwder het leek. Hij kon zich nu dingen herinneren die hij zich jarenlang niet had kunnen herinneren – ja, misschien wel nooit. Zaken waarvoor hij eerder zijn oorlogsdagboeken had moeten nakijken, kon hij nu zien door alleen maar zijn ogen dicht te doen en ze als een film op zijn netvlies voorbij te zien gaan.

'Je hebt in elk geval nog een jaar.'

Eén lente en één zomer. Hij kon elk afzonderlijk blad van de loofbomen in het park Studenterlunden zien, alsof hij een nieuwe, sterkere bril had gekregen. In 1945 hadden daar dezelfde bomen gestaan, of niet? Ze waren die dag niet bijzonder opvallend geweest. Niets was dat geweest. De lachende gezichten, de woedende gezichten, het geroep dat nauwelijks tot hem door was gedrongen, het dichtslaan van het portier van de auto. En misschien had hij tranen in zijn ogen gekregen, want hij dacht aan de vlaggende mensen die over het trottoir renden; dan was het beeld rood en wazig. Ze riepen: 'De kroonprins is terug!'

Hij liep de heuvel op naar het Slot, waar mensen bij elkaar stonden om het wisselen van de wacht te zien. De echo van de bevelen van de wachtposten, het geluid van de geweren en de laarzen weerkaatste tegen de bleekgele façade. Er klonk gesnor van videocamera's en hij ving enkele Duitse woorden op. Een jong Japans stel stond lachend met de armen om elkaar geslagen naar het schouwspel te kijken. Hij sloot zijn ogen en probeerde de geur van uniformen en wapenolie op te vangen. Wat een nonsens, er was hier niets wat zo rook als zijn oorlog had geroken.

Hij deed zijn ogen weer open. Wat wisten deze in het zwart geklede soldatenjongens, de paradepaardjes van de sociaaldemocratie die symbolische handelingen uitvoerden, nu helemaal? Te onschuldig om te begrijpen en te jong om er iets bij te voelen. Hij dacht weer aan die dag, aan de jonge Noren die verkleed waren als soldaten – of Zweedse soldaten, zoals ze toen werden genoemd. In zijn ogen waren het nepsoldaten; ze wisten niet hoe ze een uniform moesten dragen en al helemaal niet hoe ze een krijgsgevangene moesten behandelen. Ze waren bang en brutaal geweest, en met een sigarettenpeuk in hun mondhoek en hun baret op één oor hadden ze zich vastgeklampt aan hun pas verworven geweer en geprobeerd hun angst te overwinnen door de kolf in de rug van de arrestanten te zetten.

'Nazizwijn,' hadden ze geroepen, en ze wisten dat ze terwijl ze sloegen, onmiddellijk vergiffenis kregen voor hun zonden.

Hij ademde diep in, proefde de warme herfstdag, maar tegelijkertijd kwam de pijn. Hij deed wankelend een stap naar achteren. Water in zijn longen. Over twaalf maanden, misschien eerder, zou er vocht in zijn longen komen. Ze zeiden dat dat het ergste was.

'Je gaat dood.'

Toen begon hij te hoesten, zo erg dat de mensen die dichtbij stonden onwillekeurig een paar passen opzij deden.

4 | *Buitenlandse Zaken, Victoria Terrasse, 5 oktober 1999*

Bernt Brandhaug, staatssecretaris Buitenlandse Zaken, haastte zich door de gang. Dertig seconden geleden was hij uit zijn kantoor vertrokken; hij zou om uiterlijk kwart vóór in de vergaderzaal zijn. Hij rechtte zijn schouders in zijn colbertjasje, voelde dat het meer dan gevuld werd, voelde dat zijn rugspieren zich spanden tegen de stof. *Latissimus dorsi*, hardloopspieren. Hij was zestig jaar, maar zag er geen dag ouder uit dan vijftig. Niet dat hij zich zo bezighield met zijn uiterlijk, maar hij was er wel van overtuigd dat hij een knappe man was. Zonder dat hij daar veel meer voor hoefde te doen dan de training die hij toch al graag deed, 's winters af en toe onder het solarium en met regelmatige tussenpozen de grijze haren uit zijn borstelige wenkbrauwen trekken.

'Hallo, Lise!' riep hij toen hij langs de kopieermachine kwam. De jonge BZ-assistente schrok op en zag alleen kans hem een vaag lachje toe te werpen voordat hij de hoek om was. Lise was een pas afgestudeerde juriste en dochter van een studievriend. Ze was pas drie weken geleden begonnen. En vanaf het eerste moment wist ze dat de staatssecretaris, de hoogste ambtenaar bij BZ, op de hoogte was van haar aanwezigheid. Kon hij haar krijgen? Waarschijnlijk. Niet dat het zou gebeuren. Niet per se.

Hij kon het geroezemoes van stemmen horen nog voordat hij de deur open had kunnen doen. Hij keek op zijn horloge. Vijfenzeventig seconden. Toen stapte hij naar binnen, keek snel de vergaderzaal rond, en constateerde dat alle ontboden partijen present waren.

'Juist ja, jij bent Bjarne Møller?' riep hij breed lachend terwijl hij over tafel zijn hand uitstak naar een lange, magere man die naast hoofdcommissaris Anne Størksen zat.

'Jij bent toch PAC, Møller? Ik hoorde dat je de berg-en-daletappe van de Holmenkollen-estafette hebt gelopen.'

Dat was een van Brandhaugs trucjes. Om een beetje informatie in te winnen over personen die hij voor het eerst ontmoette. Iets wat niet in hun cv stond. Dat maakte hen onzeker. Erg tevreden was hij met het feit dat hij PAC had gebruikt, de interne afkorting voor 'politieafdelingschef'. Brandhaug ging zitten, knipoogde naar zijn oude vriend Kurt Meirik, chef Observatieteam van de politie, en nam de anderen rond de tafel in zich op.

Niemand wist nog wie de leiding zou nemen, want in theorie was dit een bijeenkomst van gelijkwaardige vertegenwoordigers van het departement van Binnenlandse Zaken, van het hoofdbureau van politie in Oslo, het persbureau, de mobiele eenheid en zijn eigen departement van Buitenlandse Zaken. Binnenlandse Zaken had tot deze bijeenkomst opgeroepen, maar het leed geen twijfel dat de operationele verantwoordelijkheid lag bij het hoofdbureau, vertegenwoordigd door Anne Størksen, en het politieobservatieteam, kortweg het POT, van politiechef Kurt Meirik. De staatssecretaris van Binnenlandse Zaken zag eruit of hij zich goed kon voorstellen dat hij de leiding zou nemen.

Brandhaug sloot zijn ogen en luisterde.

De gesprekken over koetjes en kalfjes verstomden, het geroezemoes van stemmen ebde weg, een stoelpoot schraapte. Nog niet. Papiergeritsel, geklik van pennen. Tijdens belangrijke bijeenkomsten als deze hadden de meeste chefs hun eigen notulisten bij zich voor het geval men later onenigheid zou krijgen over bepaalde punten. Iemand schraapte zijn keel, maar dat kwam uit de verkeerde hoek van de kamer, en bovendien schraapte je niet op die manier de keel voordat je het woord wilde nemen. Iemand haalde adem om te gaan praten.

'Laten we beginnen,' zei Bernt Brandhaug, en hij opende zijn ogen.

De hoofden draaiden zich naar hem om. Het was altijd hetzelfde. Een halfgeopende mond van de staatssecretaris, het steelse lachje van mevrouw Størksen, die begrepen had wat er gebeurd was, maar voor de rest: lege gezichten die hem aankeken zonder te begrijpen dat de slag al voorbij was.

'Welkom op deze eerste coördinatiebijeenkomst. Onze taak is om vier van de belangrijkste mannen ter wereld in min of meer levende toestand in en uit Noorwegen te krijgen.'

Beleefd gelach rond de tafel.

'Maandag 1 november komen PLO-leider Yassir Arafat, minister-president Ehud Barak van Israël en president Poetin van Rusland, en als klap op de vuurpijl: over precies zesentwintig dagen, om 6 uur 15, landt Airforce One op Gardemoen met aan boord de Amerikaanse president.'

Brandhaug nam de gezichten rond de tafel een voor een op. Hij bleef hangen bij de nieuwe, Bjarne Møller.

'Als er geen mist is,' zei hij. Hij oogstte gelach en merkte tot zijn voldoening dat Møller even zijn nervositeit vergat en meelachte. Brandhaug lachte terug en toonde zijn sterke tanden, die nog een tintje witter waren na de laatste cosmetische behandeling bij de tandarts.

'We weten nog niet precies hoeveel er komen,' zei Brandhaug. 'In Australië had de president een gevolg van tweeduizend man, in Kopenhagen waren het er zeventienhonderd.'

Er klonk gemompel aan tafel.

'Maar uit eigen ervaring weet ik dat een schatting van ongeveer zevenhonderd realistisch is.'

Brandhaug zei dit in de veilige wetenschap dat zijn 'schatting' binnenkort bevestigd zou worden, aangezien hij een uur geleden een fax had ontvangen met een lijst van de 712 personen die zouden komen.

'Sommigen van jullie vragen zich vast af wat de president moet met zoveel personen voor een topontmoeting van twee dagen. Het antwoord is eenvoudig: we hebben hier te maken met goede, ouderwetse machtsretoriek. Zevenhonderd, als mijn schatting juist is, is precies het aantal dat Frederik III bij zich had toen hij in 1468 naar Rome ging om de paus uit te leggen wie de machtigste man ter wereld was.'

Meer gelach aan tafel. Brandhaug knipoogde naar Anne Størksen. Hij had deze zin uit *Aftenposten*. Hij sloeg zijn handen ineen.

'Ik hoef jullie niet te vertellen dat we weinig tijd hebben, dus dit betekent dat we elke dag om tien uur een coördinatiebijeenkomst hebben in deze ruimte. Totdat deze jongens weer buiten onze verantwoordelijkheid vallen, is het zaak al het andere waar jullie mee bezig zijn aan de kant te schuiven. Er is een verbod op vakanties en vrije dagen. En ziekmeldingen. Nog vragen voor we verdergaan?'

'Nou, wij vinden...' begon de secretaris van de minister-president.

'Inclusief depressies,' onderbrak Brandhaug hem, en Bjarne Møller lachte onbedoeld hard.

'Nou, we...' begon de secretaris opnieuw.
'Mag ik je verzoeken, Meirik?' riep Brandhaug.
'Watte?'
POT-chef Kurt Meirik tilde zijn kale hoofd op en keek naar Brandhaug. 'Jij wilde iets zeggen over jullie inschatting omtrent het risico op een aanslag?' zei Brandhaug.
'O, dat,' zei Meirik. 'We hebben kopieën bij ons.'
Meirik kwam uit Tromsø en sprak een merkwaardige mengeling van Noord-Noors dialect en 'gewoon' Noors. Hij knikte naar een vrouw naast hem. Brandhaug liet zijn blik op haar rusten. Ze was weliswaar niet opgemaakt en haar korte bruine haar was recht afgeknipt en werd door een truttige haarspeld bijeengehouden. En haar kleding, een blauw wollen pakje, was ronduit saai. Maar hoewel ze haar gezicht in van die overdreven serieuze plooien hield die je zo vaak bij werkende vrouwen ziet omdat ze bang zijn niet voor vol te worden aangezien, stond het hem wel aan wat hij zag. Haar ogen waren bruin en haar hoge jukbeenderen gaven haar een aristocratisch, bijna on-Noors uiterlijk. Hij had haar eerder gezien, maar haar kapsel was nieuw. Hoe heette ze ook alweer? Het was iets Bijbels – Rakel? Misschien was ze net gescheiden, het nieuwe kapsel kon daarop wijzen. Ze boog zich voorover naar de aktetas die tussen haar en Meirik in stond. Brandhaugs blik ging automatisch naar de halsopening van haar blouse, maar die was te hoog dichtgeknoopt om iets interessants te verraden. Had ze een kind in de leerplichtige leeftijd? Zou ze er bezwaar tegen hebben om overdag een kamer in een hotel te huren? Gaf macht haar een kick?
Brandhaug: 'Geef ons maar een korte mondelinge samenvatting, Meirik.'
'Juist.'
'Ik wil graag eerst iets zeggen...' zei de secretaris van de minister-president weer.
'Zullen we Meirik eerst aan het woord laten? Daarna mag je zoveel zeggen als je wilt, Bjørn.'
Het was de eerste keer dat Brandhaug de voornaam van de secretaris had gebruikt.

'Het observatieteam acht het gevaar van een aanslag of een andere vorm van geweld aanwezig,' zei Meirik.

Brandhaug onderdrukte een lach. Uit zijn ooghoek zag hij dat de politiechef hetzelfde deed. Slimme meid, afgestudeerd juriste en een onberispelijke staat van dienst. Misschien moest hij haar en haar man een keer een avond thuis uitnodigen voor een diner met forel. Brandhaug en zijn vrouw woonden in een ruime houten villa aan de rand van het bos bij Nordberg. Je kon zo je ski's onderbinden achter de garage. Bernt Brandhaug hield van deze villa. Zijn vrouw vond de villa te somber; ze zei dat al dat donkere hout haar bang voor het donker maakte, en ze hield ook niet van al dat bos om haar heen. Ja, een uitnodiging voor een dineetje. Solide timmerwerk en forel die hij zelf gevangen had. Dat waren de juiste signalen.

'Ik help jullie eraan herinneren dat er vier Amerikaanse presidenten als gevolg van een aanslag zijn omgekomen. Abraham Lincoln in 1865, James Garfield in 1881, John F. Kennedy in 1963 en...'

Hij draaide zich om naar de vrouw met de hoge jukbeenderen die de naam zonder geluid voorzei.

'O ja, William McKinley. In...'

'1901,' zei Brandhaug, en hij glimlachte warm terwijl hij op de klok keek.

'Precies. Maar er zijn door de jaren heen veel meer aanslagen geweest. Zowel Harry Truman, Gerald Ford als Ronald Reagan was als zittende president het slachtoffer van serieuze aanslagen.'

Brandhaug schraapte zijn keel: 'Je vergeet dat er een paar jaar geleden op de huidige president is geschoten. In elk geval op zijn huis.'

'Dat klopt. Maar we houden geen rekening met dat soort incidenten, want die zijn niet te tellen. Ik kan wel zeggen dat er de laatste twintig jaar geen enkele Amerikaanse president is geweest die gedurende zijn ambtstermijn niet met minstens tien verijdelde aanslagen te maken heeft gehad en waarvan de dader gegrepen is zonder dat de media daar lucht van hebben gekregen.'

'Waarom niet?'

Politiechef Bjarne Møller dacht dat hij de vraag alleen maar had gedacht en hoorde, net als de anderen, tot zijn verrassing zijn eigen stem. Hij slikte toen hij merkte dat alle hoofden zijn kant op draaiden en probeerde zijn blik op Meirik gericht te houden, maar hij kon er niets aan doen dat zijn ogen toch naar Brandhaug gingen. De staatssecretaris knikte geruststellend.

'Ja, zoals jullie weten, is het gebruikelijk om verijdelde aanslagen geheim te houden,' zei Meirik, en hij zette zijn bril af. Het leek wel de bril van Horst Tappert, het type waar postorderbedrijven zo dol op zijn, die donker worden als je buiten in de zon komt.

'Omdat gebleken is dat aanslagen minstens zo besmettelijk zijn als zelfmoorden. En bovendien willen wij in onze branche niet dat onze onderzoeksmethoden bekend raken.'

'Welke plannen zijn er gemaakt voor de beveiliging?' onderbrak de secretaris.

De vrouw met de jukbeenderen gaf Meirik een vel papier, hij zette zijn bril weer op en begon te lezen.

'Donderdag komen er acht man van de Secret Service aan en dan beginnen we met het checken van hotels, de route en de personen die in de buurt van de president komen, en het controleren van de Noorse politiemensen die we inzetten. We zullen extra manschappen oproepen van Romerike, Asker en Brerum.'

'En waar zullen die worden ingezet?' vroeg de staatssecretaris.

'Hoofdzakelijk bij de beveiliging. Rond de Amerikaanse ambassade, rond het hotel waar het gevolg overnacht, rond het wagenpark...'

'Kort samengevat: daar waar de president zich niet bevindt?'

'De beveiliging van de president doen we zelf, samen met de Secret Service.'

'Ik dacht dat jullie er niet van hielden zelf de beveiliging ter hand te nemen, Kurt?' zei Brandhaug met een klein lachje.

De herinnering deed Kurt Meirik lachen als een boer met kiespijn. Tijdens de miniconferentie in Oslo in 1998 had het observatieteam geweigerd voor de beveiliging te zorgen met verwijzing naar hun eigen risicoanalyse, die geconcludeerd had dat er 'een gemiddeld tot laag risico voor de veiligheid bestond'. Op de tweede dag van de conferentie had de buitenlandse veiligheidsdienst erop gewezen dat een van de Noren die het observatieteam had aangewezen als chauffeur van de Kroatische delegatie een Bosnische moslim was. Hij was in de jaren zeventig naar Noorwegen gekomen en was al heel lang Noors staatsburger. Maar in 1993 waren zijn beide ouders en vier van zijn broers en zussen vermoord door Kroaten bij Mostar in Bosnië-Herzegovina. Toen er huiszoeking werd gedaan in de flat van de man, hadden ze twee handgranaten en een zelfmoordbrief gevonden. De pers had er natuurlijk geen lucht van gekregen, maar de schoonmaak die daarop volgde was tot op regeringsniveau uitgevoerd en Kurt Meiriks verdere carrière had aan een zijden draadje gehangen, totdat Bernt Brandhaug zelf had ingegrepen. De zaak was gesust nadat een man die de verantwoordelijkheid droeg voor de veiligheidsanalyse zelf ontslag had genomen. Brandhaug kon zich diens naam niet meer voor de geest halen, maar de samenwerking met Meirik was sindsdien soepel verlopen.

'Bjørn!' riep Brandhaug en hij sloeg de handen ineen. 'Nu zijn we benieuwd wat jij ons te vertellen hebt. Ga je gang!'

Brandhaugs blik bleef op de medewerkster van Meirik rusten, heel even, maar lang genoeg om te merken dat zij naar hem keek. Dat wil zeggen, ze keek in zijn richting, maar haar ogen waren uitdrukkingsloos en afwezig. Hij overwoog om naar haar te blijven kijken om te zien welke uitdrukking er op haar gezicht zou komen als ze merkte dat hij haar blik beantwoordde, maar verwierp die gedachte. Heette ze niet Rakel?

5 | *Slottspark, 5 oktober 1999*

'Ben je dood?'

De oude man opende zijn ogen en zag de omtrek van een hoofd boven hem waarvan het gezicht in een krans van licht verdween. Was zij het, kwam zij hem al halen?

'Ben je dood?' herhaalde de heldere stem.

Hij antwoordde niet, omdat hij niet wist of hij zijn ogen open had of dat hij alleen maar droomde. Of dat hij, zoals de stem vroeg, dood was.

'Hoe heet je?'

Het hoofd ging weg en hij zag daarvoor in de plaats boomtoppen en een blauwe hemel. Hij had gedroomd. Iets uit een gedicht. 'Duitse bommenwerpers boven ons.' Van Nordahl Grieg. Over de koning die naar Engeland was gevlucht. Zijn pupillen begonnen te wennen aan het licht en hij herinnerde zich dat hij even was gaan liggen in het gras van het Slottspark om uit te rusten. Hij moest geslapen hebben. Een jongetje zat op zijn hurken naast hem en een paar bruine ogen onder een zwarte pony keek hem aan.

'Ik heet Ali,' zei de jongen.

Een Pakistaanse jongen? Hij had een merkwaardige korte wipneus.

'Ali betekent "God",' zei de jongen. 'Wat betekent jouw naam?'

'Ik heet Daniël,' zei de oude man, en hij glimlachte. 'Dat is een Bijbelse naam. Het betekent "God is mijn rechter".'

De jongen keek hem aan. 'Dus jij bent Daniël?'

'Ja,' zei de man.

De jongen bleef hem aankijken, en de oude man voelde zich ongemakkelijk. Het joch dacht misschien dat hij een zwerver was die zijn wollen jas als plaid had gebruikt om in de zon op te liggen.

'Waar is je moeder?' vroeg hij, om een einde te maken aan het indringende gestaar van de jongen.

'Daar verderop.' De jongen draaide zich om en wees. Twee donkere, stevige vrouwen zaten op het gras een stukje bij hem vandaan. Vier kinderen buitelden lachend om hen heen.

'Dan ben ik dus rechter over jou,' zei het joch.

'Wat zeg je?'

'Ali is God, of niet? En God is rechter over Daniël. En ik heet Ali en jij heet...'

De oude man had zijn hand uitgestoken en greep de neus van Ali. De jongen kraaide het uit van plezier. De man zag dat de twee hoofden van de vrouwen zich omdraaiden; één maakte al aanstalten op te staan, en hij liet los.

'Je moeder, Ali,' zei hij, en hij knikte in de richting van de vrouw die aan kwam lopen.

'Mama!' riep de jongen. 'Kijk, ik ben rechter over deze man.'

De vrouw riep iets in het Urdu. De oude man lachte naar de vrouw, maar ze ontweek zijn blik en keek strak naar haar zoon, die ten slotte gehoorzaamde en naar haar toe rende. Toen ze zich omdraaiden, streek haar blik over en langs hem heen alsof hij onzichtbaar was. Hij had zin om haar uit te leggen dat hij geen nietsnut was, dat hij had meegeholpen de samenleving op te bouwen. Hij had hard gewerkt, zijn steentje bijgedragen, alles gegeven tot er niets meer te geven viel, behalve dan door plaats te maken, afstand te doen, op te geven. Maar hij kon het niet, hij was te moe en wilde alleen maar naar huis. Uitrusten. Daarna zou hij wel zien. Het werd tijd dat anderen betaald kregen.

Hij hoorde niet dat de jongen hem iets nariep toen hij wegliep.

6 | *Politiebureau, Grønland, 10 oktober 1999*

Ellen Gjelten keek op naar de man die binnen kwam gestormd.

'Goedemorgen, Harry.'

'Verdomme!'

Harry schopte zo hard tegen de prullenbak dat die naast Ellen tegen de muur aan dreunde en omviel, waarop de inhoud zich over de linoleumvloer verspreidde: verscheurde pogingen tot processen-verbaal (Ekeberg-moord), een lege verpakking voor twintig sigaretten (Camel, taxfree), een leeg Goedemorgen-yoghurtbekertje, een gebruikt bioscoopkaartje (Filmtheater, *Fear & Loathing in Las Vegas*), een niet-gebruikt totoformulier, een bananenschil, een muziektijdschrift (*MOJO*, nr. 69, februari 1999, met een foto van Queen op de cover), een leeg colaflesje (plastic, een halve liter) en een geel Post-it-papiertje met een telefoonnummer dat hij een poos overwogen had te bellen.

Ellen keek op van haar pc en bestudeerde de inhoud op de grond.

‘Gooi je *MOJO* weg, Harry?’ vroeg ze.

‘Verdomme!’ herhaalde Harry. Hij rukte zijn te strakke colbertjasje uit en gooide het dwars door het twintig vierkante meter grote kantoor dat hij deelde met Ellen Gjelten. Het jasje raakte de kapstok, maar gleed vervolgens op de grond.

‘Wat is er aan de hand?’ vroeg Ellen, en ze stak een hand uit om de zwaaiende kapstok tegen te houden.

‘Ik heb dit in mijn postvakje gevonden.’

Harry zwaaide met een document.

‘Dat ziet eruit als een rechtbankvonnis.’

‘Yep.’

‘De Dennis Kebab-zaak?’

‘Klopt.

‘En?’

‘Ze geven Sverre Olsen de maximale straf. Drieënhalf jaar.’

‘Jezus. Dan zou je in een stralend humeur moeten zijn.’

‘Dat was ik ook heel even. Tot ik dit las.’

Harry hield een fax omhoog.

‘Ja, en?’

‘Toen Krohn zijn kopie van het vonnis vanmorgen ontving, was zijn antwoord dat hij op grond van een procedurefout in beroep zou gaan.’

Ellen trok een gezicht of er iets pijnlijks in haar mond zat.

‘O jee.’

‘Hij wil het vonnis nietig laten verklaren. Je zult het verdomme niet geloven, maar die sluwe Krohn heeft ons te pakken bij de eedaflegging.’

‘Hoe heeft hij jullie te pakken?’

‘De juryleden hoeven alleen de eed af te leggen als ze er voor het eerst zijn, maar dat moet in de rechtszaal gebeuren voordat de zitting begint. Krohn viel het op dat er een jurylid nieuw was. En dat de rechter haar niet de eed had laten afleggen in de rechtszaal.’

‘Dat heet stom.’

‘Goed, goed. Nu blijkt dat de rechter vlak voor de zitting geopend werd de eed heeft afgenomen in een achterafzaaltje. Hij beroept zich op tijdnood en nieuwe regels.’

Harry verfrommelde de fax en stuurde die als een bom met een lange boog naar Ellens prullenbak, die hij op een halve meter miste.

'En het resultaat?' vroeg Ellen, en ze schopte de fax naar Harry's helft van het kantoor.

'Het hele vonnis wordt nietig verklaard en Sverre Olsen is, tot de zaak over een halfjaar weer voorkomt, een vrij man. En meestal is de straf dan veel milder vanwege de belasting van de wachttijd voor de verdachte bla, bla, bla. Met acht maanden in voorarrest is het heel goed mogelijk dat Sverre Olsen nu al een vrij man is.'

Harry praatte niet tegen Ellen; zij kende alle details in de zaak. Hij praatte tegen zijn eigen spiegelbeeld in de ruit en sprak de woorden hardop uit om te horen of ze dan beter te begrijpen waren. Hij haalde zijn handen over zijn bezwete schedel, waarop tot voor kort nog kortgeknipt blond haar had gestaan. Een heel directe reden had ervoor gezorgd dat hij de rest had weggehaald: vorige week was hij weer herkend. Een jongen met een zwarte muts, Nike-schoenen en een skatebroek zo groot dat het kruis tussen zijn knieën hing, was naar hem toe gekomen terwijl zijn vrienden op de achtergrond stonden te grinniken en had hem gevraagd of hij 'die Bruce Willis-figuur was uit Australië'. Het was drie (!) jaar geleden dat hij op de voorpagina's van de kranten had gestaan en zich in televisieshows volstrekt belachelijk had gemaakt door te vertellen over de seriemoordenaar die hij had neergeschoten in Sydney. Harry had spoorslags zijn hoofd kaalgeschoren. Ellen had een snor voorgesteld.

'Het ergste is dat ik durf te wedden dat die hufter van een advocaat de kwestie al doorhad voordat het vonnis nietig werd verklaard en dat hij het had kunnen melden, zodat de eedaflegging op dat moment had kunnen plaatsvinden.'

Ellen haalde haar schouders op.

'Zo gaat dat. Goed gedaan van de advocaat. Er moet toch iets geofferd worden op het altaar van de rechtvaardigheid. Beheers je, Harry.'

De toon waarop ze het zei was een mengeling van sarcasme en nuchtere constatering.

Harry legde zijn hoofd tegen de verkoelende ruit. Weer een van die onverwachte warme oktoberdagen. Hij vroeg zich af hoe Ellen, de kersverse politieagente met het bleke, lieve, popperige gezicht, het kleine mondje en de kogelronde ogen, had geleerd er zo doortastend uit te zien. Ze was een meisje uit een burgermilieu, volgens haarzelf een verlegen enig kind, dat ook nog op een kostschool in Zwitserland was geweest. Wie weet word je toch doortastend van zo'n jeugd.

Harry legde zijn hoofd in zijn nek en zuchtte. Toen deed hij een van de knoopjes van zijn overhemd open.

'Meer, meer,' fluisterde Ellen, terwijl ze in een opzwepend ritme zachtjes in haar handen klapte.

'In neonazistische kringen wordt die kerel Batman genoemd.'

'Logisch. Baseballknuppel – *bat*.'

'Niet die nazi, de advocaat.'

'Juist. Interessant. Wil dat zeggen dat hij knap, rijk en knettergek is, een buik als een wasbord en een coole auto heeft?'

Harry lachte. 'Je zou je eigen tv-show moeten hebben, Ellen. Hij heet zo omdat hij elke keer wint als hij een zaak op zich neemt. Bovendien is hij getrouwd.'

'Is dat het enige minpuntje?'

'Dat, en het feit dat hij ons elke keer te slim af is,' zei Harry, en hij schonk een kop koffie in die gezet was van een koffiemengsel dat Ellen altijd meenam sinds ze bijna twee jaar geleden naar dit bureau was verhuisd. Het nadeel was dat Harry's gehemelte het normale slootwater niet meer verdroeg.

'Rechter bij de Hoge Raad?' vroeg ze.

'Voor hij veertig is.'

'Duizend kronen?'

'Done.'

Ze lachten en proostten met hun papieren bekertjes.

'Kan ik die MOJO misschien krijgen?' vroeg ze.

'In het midden zitten foto's van Freddy Mercury in de tien ergste poses. Ontbloot bovenlijf, handen in de zij en tanden naar voren. Alles te zien. Alsjeblieft.'

'Ik hou van Freddy Mercury. Hield.'

'Ik heb niet gezegd dat ik niet van hem hield.'

De blauwe kantoorstoel, met een zitting vol gaten en al lang geleden tot rust gekomen in de laagste stand, kreunde in protest toen Harry nadenkend achteroverleunde. Hij viste een geel papiertje op met Ellens handschrift dat vastgekleefd zat op het telefoontoestel dat voor hem stond.

'Wat is dit?'

'Je kunt toch lezen? Møller wil je spreken.'

Harry beende door de gang terwijl hij de samengeknepen mond en de twee bezorgde rimpels tussen de ogen van de chef al voor zich zag als hij te horen kreeg dat Sverre Olsen weer op vrije voeten was.

Bij de kopieermachine keek een jong meisje met rode wangen snel op en lachte toen Harry passeerde. Hij had geen tijd om terug te lachen. Kennelijk een van de nieuwe kantoormeisjes. Haar parfum was zoet en zwaar, en irriteerde hem alleen maar. Hij keek op de secondewijzer van zijn horloge.

Dus parfum begon hem nu ook al te irriteren. Wat was er eigenlijk met hem gebeurd? Ellen had gezegd dat hij van nature geen vechtlust had. De meeste mensen knokken zich weer omhoog. Na zijn terugkeer uit Bangkok was hij zo lang down geweest dat hij had overwogen om geen poging meer te doen naar de oppervlakte te komen. Alles was koud en donker geweest, en alle indrukken gingen langs hem heen. Alsof hij zich onder water bevond. Zo weldadig stil was het geweest. Als mensen tegen hem spraken, hadden de woorden luchtbellen geleken die uit hun mond kwamen en naar boven borrelden. Zo is het om te verdrinken, had hij gedacht terwijl hij wachtte. Maar er was niets gebeurd. Alleen een vacuüm. Het was goed. Hij had het gered.

Dankzij Ellen.

Zij was de eerste weken na zijn thuiskomst voor hem ingevallen als hij de handdoek in de ring moest gooien en naar huis ging. En ze had erop gelet dat hij niet naar het café ging, had hem geboden rustig aan te doen als hij laat op het werk kwam en had hem geschikt of ongeschikt verklaard voor de werkdag. Ze had hem een paar keer naar huis gestuurd en had verder haar mond gehouden. Het had tijd gekost, maar Harry had geen speciale opdracht gehad die hij moest volbrengen. En Ellen had tevreden gekeken toen ze de eerste vrijdag konden noteren waarop hij een hele week nuchter op zijn werk was verschenen.

Ten slotte had hij haar op de man af gevraagd waarom zij, met de politieschool en een rechtenstudie achter de rug en een toekomst vol mogelijkheden voor zich, vrijwillig deze molensteen om haar nek had gebonden. Begreep ze niet dat hij haar carrière geen goed zou doen? Had ze er problemen mee normale vrienden met een toekomst te vinden?

Ze had hem ernstig aangekeken en geantwoord dat ze dit deed om te leren van zijn ervaring, dat hij de beste rechercheur was bij Geweldsdelicten. Onzin natuurlijk, maar hij had zich in elk geval gevleid gevoeld dat ze het kon opbrengen om hem te vleien. Bovendien was Ellen zo'n enthousiaste en ambitieuze rechercheur dat het onmogelijk was om niet door haar aangestoken te worden. Het laatste halfjaar was Harry zelfs weer goed werk gaan leveren. Heel goed werk. Zoals met Sverre Olsen.

Daar was de deur van Møller. Harry knikte in het voorbijgaan naar een geüniformeerde agent, die deed of hij hem niet zag.

Harry bedacht dat als hij deelnemer zou zijn van *Expeditie Robinson*, dat het dan niet langer dan een dag zou duren voordat iedereen zijn slechte karma had opgemerkt en hem na de eerste raad naar huis had gestuurd. Raad? Heremetijd, hij begon al in de terminologie van dat rotprogramma op tv te denken. Zo ging dat als je elke avond vijf uur voor de televisie doorbracht. De gedachte daarachter was wel dat zolang hij zich achter het kastje in de Sofiegate verstopte, hij in elk geval niet in het Schrøder-restaurant zat.

Hij klopte twee keer precies onder het naambordje van Bjarne Møller, PAC.

'Binnen!'

Harry keek op zijn horloge. Vijfenzeventig seconden.

7 | *Møllers kantoor, 9 oktober 1999*

Politiechef Bjarne Møller lag meer dan hij zat in de stoel, en een paar lange benen staken tussen de tafelpoten door. Hij had zijn handen achter zijn hoofd gevouwen, een prachtig voorbeeld van wat de vroegere rassendeskundigen 'een langschedelige' hadden genoemd, en een telefoon tussen oor en schouder geklemd. Zijn haar was geknipt in een coupe die Harry onlangs vergeleken had met het kapsel van Kevin Costner in *Bodyguard*. Møller had *Bodyguard* niet gezien. Hij was in geen vijftien jaar in de bioscoop geweest. Omdat het lot hem had voorzien van iets te veel verantwoordelijkheidsgevoel, van dagen met te weinig uren en twee kinderen en een vrouw die hem maar gedeeltelijk begrepen.

'Dan spreken we dat af,' zei Møller. Hij legde de hoorn neer en keek Harry aan over het bureau dat overladen was met papieren, overvolle asbakken en kartonnen bekertjes. Een foto van twee jongens met geschminkte indianengezichten markeerde een logisch centrum in de chaos.

'Daar ben je dan, Harry.'

'Hier ben ik, chef.'

'Ik ben op een vergadering geweest van het ministerie van Buitenlandse Zaken in verband met de topontmoeting in november hier in Oslo. De Amerikaanse president komt... Nou ja, jij leest de krant ook. Koffie, Harry?'

Møller was opgestaan en met een paar zevenmijlspassen was hij al bij de archiefkast, waar een koffiezetapparaat boven op een stapel papieren balanceerde en een langzaam druppende substantie uitspuugde.

'Bedankt chef, maar ik...'

Het was al te laat en Harry pakte een dampend kopje aan.

'Ik verheug me vooral op het bezoek van de Secret Service, waarmee we volgens mij een warme relatie zullen krijgen, als we elkaar beter hebben leren kennen.'

Møller speelde het niet klaar om dit zonder ironie te zeggen. Dat was slechts een van de dingen die Harry op prijs stelde aan zijn chef.

Møller trok zijn knieën op tot ze tegen de onderkant van het bureau stootten. Harry leunde achterover om het verfrommelde pakje Camel uit zijn broekzak te halen en stak het met een vragende wenkbrauw Møller toe, die kort knikte en een overvolle asbak naar hem toe schoof.

'Ik krijg de verantwoordelijkheid over de beveiliging van de wegen van en naar Gardermoen. Naast de president komt immers ook Barak...'

'Barak?'

'Ehud Barak. De minister-president van Israël.'

'Jezus, is er een nieuwe, stralende Oslo-top op komst of zo?'

Møller keek mistroostig naar de blauwe rook die naar het plafond steeg.

'Zeg me niet dat je dat niet mee hebt gekregen, Harry. Dan ga ik me nog meer zorgen om je maken dan ik al deed. Het heeft de laatste weken in alle kranten gestaan.'

Harry haalde zijn schouders op.

'Onbetrouwbaar aanbod van kranten. Bezorgt me grote lege plekken in mijn algemene ontwikkeling. Een ernstige handicap in de samenleving.'

Harry probeerde een nieuwe, voorzichtige slok van de koffie, maar gaf het op en zette het kopje weg.

'En in het liefdesleven.'

'Hoe dat zo?' Møller keek naar Harry met een uitdrukking op zijn gezicht alsof hij niet wist of hij zich al dan niet moest verheugen op een voortzetting van dit gesprek.

'Natuurlijk. Wie vindt een man van midden dertig nu sexy die wel de levensloop van alle deelnemers aan *Expeditie Robinson*, maar nauwelijks een naam kent van een minister? Of de president van Israël?'

'Minister-president.'

'Begrijp je wat ik bedoel?'

Møller onderdrukte een lach. Hij lachte graag. En mocht deze tamelijk kwetsbare medewerker graag, met zijn grote oren die als twee kleurrijke vogelvleugels van zijn kortgeknipte schedel af stonden. Hoewel Harry hem meer problemen had gegeven dan gezond was. Als nieuwbakken PAC had hij al geleerd dat gebod nummer één voor een publieke ambtenaar met carrièreplannen was dat je rugdekking moest hebben. Toen Møller zijn keel schraapte om zijn bezorgde vragen te gaan stellen, die hij besloten had te stellen en waar hij tegen opzag, trok hij eerst zijn wenkbrauwen samen om Harry duidelijk te maken dat zijn bezorgdheid professioneel was en niet van vriendschappelijke aard.

'Ik hoor dat je nog steeds in het Schrøder-restaurant zit, Harry.'

'Minder dan vroeger, chef. Er is zoveel moois op televisie.'

'Maar je zit daar?'

'Ze houden er niet van dat je staat.'

'Hou daarmee op. Drink je weer?'

'Minimaal.'

'Hoe minimaal?'

'Ze gooien me eruit als ik minder drink.'

Dit keer kon Møller het niet laten te lachen.

'Ik heb drie verbindingsofficieren nodig voor de bewaking van de route,' zei hij. 'Uit diverse politiedistricten in Akershus zullen tien man beschikbaar worden gesteld, plus een stel cadetten uit de examenklas van de politieacademie. Ik had gedacht om Tom Waaler...'

Waaler, een racist, een klootzak met een goeddoordacht plan om zo snel mogelijk commissaris van politie te worden, hetgeen ook zou gebeuren. Harry had genoeg gehoord over de manier waarop Waaler zijn werk deed om te weten dat die alle vooroordelen die bij het publiek leven, en nog een paar erbij, zou waarmaken. Behalve één dan: Waaler was helaas niet dom. De resultaten die hij als rechercheur had bereikt, waren inderdaad zo indrukwekkend dat zelfs Harry moest toegeven dat hij zonder twijfel de promotie verdiende.

'En Weber...'

'Die oude zuurpruim?'

'... en jij, Harry.'

'Say it again?'

'Je hebt me verstaan.'

Harry vertrok zijn gezicht in een grimas.
'Heb je er iets op tegen?' vroeg Møller.
'Natuurlijk heb ik er iets op tegen.'
'Waarom? Dit is een eervolle opdracht, Harry. Een klop op de schouder.'
'O ja?' Harry drukte zijn sigaret uit en duwde hard en geërgerd met de peuk in de asbak. 'Of is dit de volgende stap in het rehabilitatieproces?'
'Wat bedoel je?' Bjarne Møller zag er beledigd uit.
'Ik weet dat je goede raad naast je neer hebt gelegd en sommige mensen tegen je in het harnas hebt gejaagd toen je me na Bangkok weer in het warme nest hebt opgenomen. En ik ben je daar eeuwig dankbaar voor. Maar wat is dit nu? *Verbindingsofficier?* Dat klinkt als een poging om alle twijfelaars te laten zien dat jij gelijk had, en zij ongelijk. Dat Hole werkelijk vooruitgaat, dat hij verantwoordelijkheid kan dragen en zo.'
'En?'
Bjarne Møller legde zijn handen weer langs zijn lange schedel.
'Nou?' herhaalde Harry. 'Zit het zo, ben ik gewoon weer een radertje in het grote uurwerk?'
Møller zuchtte berustend.
'We zijn allemaal radertjes, Harry. Er bestaat altijd een geheim plan. Dit is niet slechter dan een ander. Doe je werk goed, dan is dat goed voor jou en voor mij. Is dat nou zo moeilijk?'
Harry snoof, wilde iets zeggen, stopte, wilde opnieuw beginnen, maar gaf het op. Hij peuterde een nieuwe sigaret uit het pakje.
'Maar ik voel me zo'n vreselijk renpaard. En verantwoordelijkheid doet mij geen goed.'
Harry liet de sigaret tussen zijn lippen bungelen zonder hem aan te steken.
Hij had deze opdracht aan Møller te danken, maar wat nu? Als hij het er niet goed van afbracht, had Møller daar wel aan gedacht? *Verbindingsofficier*. Hij stond al een hele tijd droog, maar hij moest nog steeds voorzichtig zijn, het per dag bekijken. Verdomme, was dat niet een van de redenen waarom hij rechercheur was geworden: om geen mensen onder zich te hebben? En zo min

mogelijk boven zich. Harry beet op de sigarettenfilter.

Ze hoorden twee mensen samen praten bij het koffieapparaat op de gang. Het leek Waaler. Toen klonk er een parelende vrouwenlach. De nieuwe secretaresse misschien. Hij had nog steeds de parfumlucht in zijn neus.

'Verdomme,' zei Harry. 'Ver-dom-me.' In drie lettergrepen, die de sigaret drie keer tussen zijn lippen deden springen.

Møller had zijn ogen tijdens Harry's denkpauze gesloten en opende ze nu half: 'Mag ik dat opvatten als een "ja"?'

Harry stond op en ging weg zonder nog iets te zeggen.

8 | *Tolstation Alnabrug, 1 november 1999*

De grijze vogel zeilde Harry's blikveld in en verdween weer. Hij duwde tegen de trekker van zijn Smith & Wesson, terwijl hij naar de onbeweeglijke rug achter het glas staarde. Iemand had het gisteren op tv over langzame tijd gehad.

De claxon, Ellen. Druk op die verdomde claxon, het moet een agent van de Secret Service zijn.

Langzame tijd, zoals de tijd op kerstavond voordat de kerstman komt.

De eerste motor was ter hoogte van het kaartjesloket en het roodborstje was nog steeds een zwarte vlek in zijn ooghoek. De tijd in de elektrische stoel voordat de stroom...

Harry duwde de trekker helemaal in. Een, twee, drie keer.

En toen accelereerde de tijd enorm. Het getinte glas werd wit, waarna het over het asfalt spoot in een regen van kristal, en hij zag nog net een arm verdwijnen onder het raam van het loket voordat het zoevende geluid van de dure Amerikaanse auto's hoorbaar werd en weer verdween.

Hij staarde naar het loket. Een paar gele bladeren die de volgauto's hadden doen opwaaien dwarrelden nog door de lucht, tot ze tot rust kwamen in een perk met vuil, vergeeld gras. Hij staarde naar het loket. Het was weer stil geworden, en een ogenblik lukte het hem om alleen maar te denken dat hij bij een gewoon Noors tolstation was op een gewone Noorse herfstdag met een heel gewoon Esso-station op de achtergrond. Het rook bovendien ook naar een gewone, koude ochtend: rottend blad en uitlaatgassen. En ineens wist hij het: misschien was niets hiervan gebeurd.

Hij staarde nog steeds naar het loket toen het klagende, doordringende geluid van de claxon van een Volvo achter hem de dag in tweeën zaagde.

DEEL 2

GENESIS

9 | *1942*

De vlammen deden de grauwe nachtelijke hemel oplichten. Het leek alsof er een groezelig tentdoek was gespannen over het kale, troosteloze landschap dat hen van alle kanten omgaf. Misschien hadden de Russen een offensief ingezet, of misschien wilden ze alleen de schijn ophouden dat ze dat gedaan hadden, dat wisten we altijd pas achteraf. Gudbrand zat met opgetrokken benen tegen de kant van de loopgraaf, hield het geweer met beide handen vast en luisterde naar de verre, doffe dreunen terwijl hij naar de dalende lichtvlekken keek. Hij wist dat hij niet naar de vlammen moest kijken, want dan werd je nachtblind en kon je de Russische sluipschutters niet meer zien die daarginds in niemandsland rondslopen in de sneeuw. Maar hij zag ze toch niet; hij had er nog nooit een gezien, hij had alleen maar op aanwijzing van anderen geschoten. Zoals nu.

'Daar ligt er een!'

Dat was Daniël Gudeson, de enige stadsjongen uit hun eenheid. De anderen kwamen uit plaatsjes met namen die eindigden op 'dal'. Sommigen uit brede dalen en anderen uit diepe, schaduwrijke, dunbevolkte dalen, zoals het dal waarin Gudbrands woonplaats lag. Maar Daniël niet. Niet Daniël Gudeson met zijn hoge, edele voorhoofd, zijn glinsterende blauwe ogen en witte lach. Hij leek wel uit een aanplakbiljet geknipt. Hij kwam uit een plaats met uitzicht.

'Op twee uur, links van het struikgewas,' zei Daniël.

Struikgewas? Er was geen struikgewas in dit platgebombardeerde landschap. Ja, dat was kennelijk wel het geval, want de anderen schoten. *Krak, beng, sjisj.* Elke vijfde kogel vloog als een vuurvliegje in een parabool. Vuursporen. De kogel schoot het donker in, maar het leek of hij gauw moe werd, want de vaart nam snel af en dan landde hij ergens. Zo zag het er in elk geval uit. Gudbrand dacht dat zo'n langzame kogel iemand onmogelijk kon doden.

'Hij ontsnapt!' riep een verbitterde stem vol haat. Het was Sindre Fauke. Zijn gezicht was bijna één geheel met het camouflage-uniform en zijn kleine, smalle ogen staarden de duisternis in. Hij kwam van een achteraf gelegen boerderij diep in het Gudbrandsdal; kennelijk was het daar zo smal dat de zon nooit tot op de grond kwam, want hij was heel bleek. Gudbrand wist niet waarom Sindre zich gemeld had als frontsoldaat, maar hij had gehoord dat zowel zijn ouders als zijn beide broers lid waren van de Nasjonal Samling en dat ze thuis rondliepen met een band om hun arm en streekgenoten aangaven die ze ervan verdachten in het verzet te zitten. Daniël zei dat ze op een dag zelf zouden boeten, die aangevers en al die anderen die de oorlog gebruikten om er hun voordeel mee te doen.

'O, nee,' zei Daniël zacht. Hij had zijn kin op de geweerkolf gelegd. 'Geen van die verrekte bolsjewieken zal ontsnappen.'

'Hij weet dat we hem gezien hebben,' zei Sindre. 'Hij heeft zich verstopt in de kuil.'

'O, nee,' zei Daniël, en hij richtte.

Gudbrand staarde in de grauwwitte duisternis. Witte sneeuw, witte camouflagepakken, witte vlammen. De hemel lichtte weer op. Allerlei schaduwen renden over de harde sneeuw. Gudbrand staarde nogmaals omhoog. Gele en rode flikkeringen aan de horizon, gevolgd door diverse dreunen in de verte. Het was net zo onwerkelijk als in een bioscoop, alleen was het hier dertig graden onder nul en was er niemand om wie je je arm heen kon slaan. Misschien was het deze keer echt een offensief?

'Je bent te traag, Gudeson. Hij is weg.' Sindre spuugde op de grond.

'O, nee,' zei Daniël, nog zachter, en hij richtte nogmaals en nogmaals. Er kwam bijna geen condens meer uit zijn mond.

Toen: een hoog, huilend gefluit, een waarschuwende schreeuw, en Gudbrand wierp zich op de beijzelde bodem van de loopgraaf met zijn handen boven zijn hoofd. De grond trilde. Het regende bruine, stijf bevroren aardkluiten en een daarvan trof de helm van Gudbrand, die daarop over zijn ogen zakte. Hij wachtte tot hij er zeker van was dat er niet meer uit de lucht kwam vallen, en schoof toen de helm weer omhoog. Het was stil geworden en een fijne, witte laag van sneeuwdeeltjes plakte aan zijn gezicht. Er werd gezegd dat je nooit de granaat hoort die je treft, maar Gudbrand had het resultaat van voldoende granaten gezien om te weten dat dat niet waar was. Een vlam deed de loopgraaf oplichten en hij zag de witte gezichten van de anderen en hun schaduw die eruitzag alsof ze kromgebogen langs de wanden van de loopgraaf langs hem heen kropen, waarna het licht verdween. Maar waar was Daniël? Daniël!

'Daniël!'

'Ik heb 'm,' zei Daniël. Hij lag nog steeds boven op de rand van de loopgraaf. Gudbrand geloofde zijn oren niet.

'Wat zeg je?'

Daniël gleed de loopgraaf in en schudde de sneeuw en aarde van zich af. Hij grijnsde breed.

'Geen Russische klootzak mag vanavond onze wachtpost beschieten. Tormod is gewroken.' Hij plaatste zijn hakken in de wand van de loopgraaf zodat hij niet weggleed op het ijs.

'Nee, verdomme!' Dat was Sindre. 'Ik geloof er verdomme niets van dat je hem geraakt hebt, Gudeson. Ik zag dat die Rus in de kuil verdween.'

De kleine oogjes sprongen van de een naar de ander, alsof hij wilde vragen of iemand van hén die opschepperij van Daniël geloofde.

'Dat klopt,' zei Daniël. 'Maar de hemel lichtte tweemaal op, en hij wist dat hij daar weg moest zijn.'

'Precies, en toen deed hij dat iets te vroeg,' haastte Gudbrand zich te zeggen. 'Hij kwam er aan de andere kant uit. Of niet, Daniël?'

'Vroeg of laat,' lachte Daniël, 'had ik hem toch wel gekregen.'

Sindre beet hem toe: 'Nu moet je je grote bek maar dichthouden, Gudeson.'

Daniël haalde zijn schouders op, controleerde het magazijn en pakte nieuwe kogels. Toen draaide hij zich om, hing het geweer aan zijn schouder, schopte een laars in de bevroren kant en sprong weer uit de loopgraaf.

'Geef me je schep eens, Gudbrand.'

Daniël pakte de schep aan en richtte zich in zijn volle lengte op. In het witte winteruniform tekende zijn silhouet zich scherp af tegen de zwarte hemel en het vuur hing als een stralenkrans boven zijn hoofd.

Hij ziet eruit als een engel, dacht Gudbrand.

'Wat doe je verdomme, man?' Dat was Edvard Mosken, de groepscommandant, die riep. De rustige man uit Mjøndal verhief zelden zijn stem tegen de veteranen onder hen, zoals Daniël, Sindre en Gudbrand. Het waren vooral de nieuwelingen die ervan langs kregen als ze een fout maakten. De uitbrander die ze kregen had al vele levens gered. Nu staarde Edvard Mosken omhoog naar Daniël met dat ene wijd opengesperde oog dat hij nooit dichtdeed. Zelfs niet als hij sliep; dat had Gudbrand zelf gezien.

'Kom weer terug in dekking, Gudeson!' riep de groepscommandant.

Maar Daniël lachte alleen maar, en het volgende ogenblik was hij weg. Alleen zijn bevroren adem bleef een fractie van een seconde boven hem hangen. Toen verdween het licht aan de horizon en was het weer donker.

'Gudeson!' riep Edvard, en hij klom de kant op. 'Verdomme!'

'Zie je hem?' vroeg Gudbrand.

'Van de aardbodem verdwenen.'

'Wat moest die idioot met een schep?' vroeg Sindre, en hij keek Gudbrand aan.

'Weet ik niet,' zei Gudbrand. 'Het prikkeldraad forceren misschien.'

'Waarom zou hij het prikkeldraad forceren?'

'Weet ik niet.' Gudbrand hield niet van de starende blik van Sindre; die deed hem denken aan een andere boer die hier was geweest. Hij was uiteindelijk gek geworden, had op een nacht in zijn eigen schoenen gepiest voordat hij moest wachtlopen, en daarna moesten al zijn tenen worden geamputeerd. Maar hij was nu in Noorwegen, dus misschien was hij toch niet zo gek geweest. Hij had in elk geval dezelfde starende blik.

‘Misschien wilde hij een wandeling maken in niemandsland,’ zei Gudbrand.

‘Ik weet wat er aan de andere kant van het prikkeldraad ligt. Ik vroeg wat hij daar moest.’

‘Misschien heeft die granaat zijn kop geraakt,’ zei Hallgrim Dale. ‘Misschien is hij gek geworden.’

Hallgrim Dale was de jongste van de eenheid; hij was pas achttien jaar. Niemand wist precies waarom hij zich had gemeld. Op zoek naar avontuur, dacht Gudbrand. Dale beweerde dat hij Hitler bewonderde, maar hij wist niets van politiek. Daniël meende te weten dat hij een zwanger meisje in de steek had gelaten.

‘Als die Rus nog leeft, wordt Gudeson binnen vijftig meter neergeschoten,’ zei Edvard Mosken.

‘Daniël heeft raak geschoten,’ fluisterde Gudbrand.

‘In dat geval zal een van de anderen Gudeson neerschieten,’ zei Edvard. Hij stak een hand in zijn camouflagejas en haalde een dun sigaretje uit zijn borstzak. ‘Het stikt er vannacht van.’

Hij hield de lucifer verborgen in zijn hand toen hij hem hard langs het ruwe doosje haalde. De zwavel vatte bij de tweede poging vlam en Edvard stak de sigaret aan, nam een trekje en gaf hem zonder een woord te zeggen door. Alle mannen namen een voorzichtig trekje en gaven hem vlug door aan hun buurman. Niemand zei een woord; ze leken allemaal in gedachten verzonken. Maar Gudbrand wist dat ze, net als hij, luisterden.

Er verstreken tien minuten zonder dat ze iets hoorden.

‘Ze gaan het Ladoga-meer vast bombarderen met vliegtuigen,’ zei Hallgrim Dale.

Ze hadden allemaal de geruchten gehoord dat de Russen Leningrad waren ontvlucht over het ijs van het Ladoga-meer. Maar wat erger was: het ijs betekende dat ook generaal Schukov bevoorradingen tot in de belegerde stad kon krijgen.

‘Ze komen daar vast om van de honger,’ zei Dale, en hij knikte naar het oosten.

Maar Gudbrand had dat al gehoord vanaf het moment dat hij bijna een jaar geleden hierheen was gestuurd, en nog steeds lagen ze daar en schoten ze op je zodra je je hoofd boven de rand van de loopgraaf uitstak. Vorige winter waren er elke dag Russische deserteurs naar hun loopgraven komen lopen met hun handen achter hun hoofd. Ze hadden er genoeg van gekregen en hadden besloten over te lopen in ruil voor een beetje eten en warmte. Maar dat was steeds minder gebeurd, en de twee hologige stakkers die Gudbrand vorige week had zien komen, hadden hen wantrouwend aangekeken toen ze zagen dat ze net zo mager waren als zij.

'Twintig minuten. Hij komt niet,' zei Sindre. 'Hij is dood. Als een pier.'

'Hou je bek!' Gudbrand deed een stap in de richting van Sindre, die zich direct oprichtte. Maar hoewel Sindre minstens een kop groter was, was het duidelijk dat hij weinig zin had in vechten. Hij herinnerde zich de Rus die Gudbrand een paar maanden geleden had gedood nog goed. Wie had gedacht dat die aardige, voorzichtige Gudbrand zoveel woede in zich had? De Rus was ongezien, tussen twee wachtposten door, in hun loopgraaf terechtgekomen, en had iedereen die sliep in de dichtstbijzijnde bunkers afgeslacht. In de ene bunker lagen Hollanders te slapen en in de andere Australiërs. Daarna was hij hun bunker binnengekomen. Het waren de luizen geweest die hen hadden gered.

Overal zaten luizen, maar vooral op plekken waar het warm was, zoals onder je armen, onder je riem, in je liezen en rond je enkels. Gudbrand lag het dichtst bij de deur en kon niet slapen door de wonden van de luizenbeten op zijn benen, open wonden zo groot als een stuiver. Langs de rand zaten de luizen dicht tegen elkaar en deden zich tegoed. Gudbrand had zijn bajonet gepakt in een wanhopige poging ze weg te schrapen toen de Rus ineens in de deuropening was gaan staan om erop los te schieten. Gudbrand had slechts zijn silhouet gezien, maar had direct begrepen dat het de vijand was toen hij de omtrekken van een Moskin-Nagant-geweer zag dat omhoog werd gestoken. Met alleen een botte bajonet had Gudbrand de Rus zo grondig in stukken gesneden dat hij doodgebloed was toen ze hem later buiten in de sneeuw legden.

'Kalmeer, jongens,' zei Edvard, en hij nam Gudbrand apart. 'Je moet wat gaan slapen, Gudbrand. Je bent toch al een uur geleden afgelost?'

'Ik ga eruit om hem te zoeken,' zei Gudbrand.

'Nee, dat doe je niet!' zei Edvard.

'Jawel, ik...'

'Dit is een bevel!' Edvard greep hem bij zijn schouder. Gudbrand probeerde los te komen, maar de commandant hield hem vast.

Gudbrands stem werd hoog en trilde van wanhoop: 'Misschien is hij gewond! Misschien zit hij alleen maar vast in het prikkeldraad!'

Edvard klopte hem op de schouder. 'Het wordt al bijna licht,' zei hij. 'Dan kunnen we kijken wat er gebeurd is.'

Hij wierp een snelle blik op de andere mannen die de scène zwijgend hadden gevolgd. Ze begonnen weer met hun voeten in de sneeuw te stampen en zachtjes met elkaar te fluisteren. Gudbrand zag Edvard naar Hallgrim Dale gaan. Gudbrand wist heel goed wat dat betekende: de opdracht om hem in het oog te houden. Een poos geleden had iemand het gerucht verspreid dat Daniël en hij meer dan goede vrienden waren. En dat ze niet te vertrouwen waren. Mosken had op de man af gevraagd of ze plannen hadden om te deserteren. Ze hadden natuurlijk ontkend, maar nu dacht Mosken misschien wel dat Daniël de gebeurtenis had aangegrepen om ervandoor te gaan! En dat Gudbrand zijn vriend nu moest 'zoeken' als onderdeel van het plan om over te lopen naar de andere kant. Gudbrand kreeg zin om te lachen. Natuurlijk was het heerlijk om weg te dromen bij die mooie beloften van eten, warmte en vrouwen die de Russen in uitnodigend Duits via de luidsprekers over het naakte slagveld uitspuugden, maar ze gelóven?

'Zullen we wedden of hij weer terugkomt?' Dat was Sindre. 'Tegen drie voedselrantsoenen – wat vind je?'

Gudbrand liet zijn arm langs zijn lichaam hangen. Hij voelde dat de bajonet aan de riem aan de binnenkant van zijn camouflage-uniform hing.

'Nicht schiessen, bitte!'

Gudbrand draaide zich om, en daar, recht boven hem, zag hij een rood gezicht onder een Russische baret lachend op hem neerkijken vanaf de rand van de loopgraaf. Toen sprong de man naar beneden en landde met een atletische sprong op het ijs.

'Daniël!' riep Gudbrand.

'Hoi!' zei Daniël, en hij nam zijn baret af. *'Dobrj vetsjer.'*

De mannen stonden als bevroren naar hem te staren.

'Zeg, Edvard,' riep Daniël, 'je moet onze Hollanders eens tot de orde roepen. Er zit minstens vijftig meter tussen hun wachtposten daarginds.'

Edvard was net zo verbijsterd als de anderen.

'Heb je die Rus begraven, Daniël?' Gudbrands gezicht was bleek van opwinding.

'Hem begraven?' zei Daniël. 'Ik heb zelfs het onzevader gebeden en voor hem gezongen. Zijn jullie hardhorend? Ik ben ervan overtuigd dat ze het aan de andere kant hebben gehoord.'

Toen klom hij weer op de rand van de loopgraaf, ging zitten, stak zijn armen in de lucht en begon met een warme, diepe stem te zingen: 'Een vaste burcht is onze God...'

De mannen juichten, en Gudbrand moest zo lachen dat hij tranen in zijn ogen kreeg.

'Je bent een duivel, Daniël!' gierde Dale.

'Niet Daniël. Noem me...' Daniël nam de Russische baret af en las aan de binnenkant van de voering. '... Urias. Sodemieter, hij kon ook schrijven! Maar een bolsjewiek was hij toch.'

Hij sprong weer naar beneden en keek rond.

'Er heeft toch niemand bezwaar tegen een fatsoenlijke Jodennaam, hoop ik?'

Er volgde een ogenblik stilte, waarna het gelach losbarstte. Toen kwamen de eerste mannen Urias op de rug kloppen.

10 | *Leningrad, 31 december 1942*

Het was koud op de post bij het machinegeweer. Gudbrand had al zijn kleren aangetrokken, maar toch klapperden zijn tanden en had hij geen gevoel in zijn vingers en tenen. Het ergste waren zijn benen. Hij had nieuwe bandages rond zijn voeten gewikkeld, maar het hielp nauwelijks.

Hij staarde de duisternis in. Ze hadden nog maar weinig van Iwan gehoord vanavond. Misschien vierden ze oud en nieuw. Misschien aten ze iets lekkers. Lamsvlees met kool. Of geroosterd schapenvlees. Gudbrand wist natuurlijk wel dat de Russen geen vlees hadden, maar toch kon hij het niet laten om aan eten te denken. Zelf hadden ze niets anders gehad dan de gebruikelijke linzensoep met brood. Het brood had een duidelijk groen waas, maar daar waren ze aan gewend. En als het zo beschimmeld werd dat het uit elkaar viel, kookten ze ook soep van het brood.

'Met kerst zat er in elk geval worst bij,' zei Gudbrand.

'Ssst,' zei Daniël.

'Er is daar vanavond niemand, Daniël. Ze zitten hertenmedaillon te eten. Met een dikke, lichtbruine wildsaus en cranberry's. En amandelaardappels.'

'Begin niet weer over eten te praten. Hou je mond en kijk of je iemand ziet.'

'Ik zie niets, Daniël. Niets.'

Ze doken in elkaar, hielden hun hoofden laag. Daniël droeg de Russische baret. De ijzeren helm met het Waffen-ss-teken lag naast hem. Gudbrand begreep waarom. Er was iets met de vorm van de helm waardoor de ijskoude sneeuw onder de rand aan de voorkant kon komen, en zo ontstond een onafgebroken, zenuwslopend geruis onder de helm, dat vooral irritant was als je op wacht stond.

'Wat mankeert er aan je ogen?' vroeg Daniël.

'Niets. Ik ben alleen een beetje nachtblind.'

'Is dat alles?'

'En ik ben een beetje kleurenblind.'

'Een béétje kleurenblind?'

'Voor rood en groen. Ik zie geen verschil; de kleuren vloeien als het ware in elkaar over. Ik zag bijvoorbeeld nooit een bes als we op zondag het bos in gingen om cranberry's te plukken...'

'Geen gepraat meer over eten, zei ik!'

Ze zwegen. In de verte ratelde een salvo van een machinegeweer. De thermometer gaf vijfentwintig graden onder nul aan. Vorige winter hadden ze diverse nachten achter elkaar van vijfenveertig graden onder nul gehad. Gudbrand troostte zich met de gedachte dat de luizen zich rustig hielden met deze kou; ze begonnen pas weer te jeuken als de wacht erop zat en hij onder zijn deken in zijn kooi lag. Maar ze verdroegen de kou beter dan hij. Hij had een keer bij wijze van experiment zijn onderbroek drie dagen buiten in de strenge vrieskou op de sneeuw gelegd. Toen hij de onderbroek daarna mee naar binnen de bunker in nam, was het een stijf bevroren plank. Maar toen hij het kledingstuk ontdooide voor de kachel, ontwaakte het wriemelende, kruipende leven weer, en hij had het uit pure walging in de vlammen gegooid.

Daniël schraapte zijn keel: 'Hoe aten jullie trouwens op zondag het vlees?'

Dat hoefde hij Gudbrand niet twee keer te vragen: 'Eerst sneed vader het vlees, plechtig als een dominee, terwijl wij kinderen muisstil toekeken. Dan legde moeder twee plakken op elk bord en schepte daar bruine saus overheen die zo dik was dat ze hem steeds moest omroeren om te voorkomen dat hij helemaal stijf werd. En daarbij kwam dan heel veel knapperige bloemkool. Je moet je helm opzetten, Daniël. Stel je voor dat je een granaatsplinter in je hoofd krijgt.'

'Stel je voor dat ik een hele granaat in mijn hoofd krijg. Ga verder.'

Gudbrand sloot zijn ogen en er kwam een lach rond zijn mond.

'Als toetje kregen we pruimenmoes. Of brownies. Dat was iets bijzonders; het was iets wat moeder uit Brooklyn had overgenomen.'

Daniël spuugde in de sneeuw. Normaal gesproken duurde de wacht 's winters maar één uur, maar zowel Sindre Fauke als Hallgrim Dale lag met koorts in bed, dus had Edvard Mosken, de commandant, besloten er twee uur van te maken totdat de eenheid weer op volle sterkte was.

Daniël legde een hand op de schouder van Gudbrand.
'Je mist haar, hè, je moeder?'
Gudbrand lachte, spuugde op dezelfde plaats als Daniël in de sneeuw en keek naar de stijf bevroren sterren aan de hemel. Er klonk geruis in de sneeuw en Daniël hief zijn hoofd op.
'Vos,' zei hij alleen.
Het was ongelooflijk, maar zelfs hier, waar elke vierkante meter gebombardeerd was en de mijnen dichter bij elkaar lagen dan de straatstenen op de Karl Johansgate, waren dieren. Niet zoveel, maar ze hadden hazen en vossen gezien. En een soort poolvos. Ze probeerden natuurlijk ze te schieten, want alles was welkom in de pan. Maar nadat een van de Duitsers was neergeschoten toen hij een haas wilde ophalen, had de staf bedacht dat de Russen de hazen loslieten voor hun loopgraven om hen het niemandsland in te lokken. Alsof de Russen vrijwillig een haas zouden afstaan!
Gudbrand voelde aan zijn kapotte lippen en keek op zijn horloge. Nog een uur voor de wisseling van de wacht. Hij verdacht Sindre ervan tabak in zijn endeldarm te hebben gestopt om koorts te krijgen; zoiets was hem wel toevertrouwd.
'Waarom zijn jullie weer uit Amerika teruggekomen?' vroeg Daniël.
'De beurscrisis. Mijn vader was zijn baan kwijt op de scheepswerf.'
'Daar heb je het nou,' zei Daniël. 'Zo is het kapitalisme: de kleine man werkt zich kapot, terwijl de rijken vetter worden, of het nu goed gaat met de economie of niet.'
'Zo is het nu eenmaal.'
'Tot nu toe wel, ja, maar dat zal nu veranderen. Als we de oorlog winnen, heeft Hitler nog een kleine verrassing voor zulke mensen. En je vader hoeft niet meer bang te zijn om werkloos te worden. Je moet je ook aanmelden bij de partij.'
'Geloof je dat echt allemaal?'
'Jij niet dan?'
Gudbrand hield er niet van Daniël tegen te spreken, dus hij haalde alleen zijn schouders op, maar Daniël herhaalde zijn vraag.

'Natuurlijk geloof ik dat,' zei Gudbrand. 'Maar ik denk vooral aan Noorwegen. Dat we de bolsjewieken niet in ons land krijgen. Als dat gebeurt, gaan wij in elk geval terug naar Amerika.'

'Naar dat kapitalistische land?' Daniëls stem was scherper geworden. 'Een democratie in handen van de rijken, overgeleverd aan toevalligheden en corrupte leiders?'

'Liever dat dan communisme.'

'De rol van de democratie is uitgespeeld, Gudbrand. Kijk maar naar Europa. Engeland en Frankrijk waren al ver voor de oorlog begon bezig naar de haaien te gaan, met werkloosheid en uitbuiting op alle fronten. Er zijn maar twee mensen die sterk genoeg zijn om te verhinderen dat Europa in totale chaos vervalt, en dat zijn Hitler en Stalin. Dat is de keus die we hebben. Een broedervolk of barbaren. Er is thuis bijna niemand die begrijpt wat een geluk het is dat de Duitsers eerst zijn gekomen en niet de slagers van Stalin.'

Gudbrand knikte. Het was niet alleen wát Daniël zei, maar ook de manier waarop: met zoveel overtuiging.

Plotseling barstte het los. De hemel voor hen werd helderwit van alle explosies, de grond beefde en de gele lichtflitsen werden gevolgd door bruine aarde en sneeuw die zichzelf leken op te tillen op plaatsen waar de granaten terechtkwamen.

Gudbrand lag al op de bodem van de loopgraaf met zijn handen boven zijn hoofd toen het weer net zo snel ophield als het begonnen was. Hij keek omhoog en op de rand, achter het machinegeweer, lag Daniël te schateren van de lach.

'Wat doe jij nou?' riep Gudbrand. 'Gebruik de sirene, zorg dat alle mannen in actie komen!'

Maar Daniël lachte alleen maar harder. 'Mijn beste, beste vriend,' lachte hij met tranen in zijn ogen. 'Gelukkig nieuwjaar!'

Daniël wees op zijn horloge, en toen begon het Gudbrand te dagen. Daniël had duidelijk gewacht op het nieuwjaarssaluut van de Russen, want hij stak een hand in de sneeuwhoop die gemaakt was om het machinegeweer van de wachtpost te verbergen.

'Brandy,' riep hij en hij hield triomfantelijk een fles met een bodempje bruin vocht in de lucht. 'Ik heb deze meer dan drie maanden bewaard. Kom op.'

Gudbrand was op zijn knieën gaan zitten en lachte naar Daniël.

'Jij eerst!' riep Gudbrand.

'Zeker weten?'

'Heel zeker, mijn oude vriend, jij hebt het bewaard. Maar drink niet alles op!'

Daniël duwde zo krachtig tegen de zijkant van de kurk dat die eraf knalde en hield hem in de lucht. 'Op Leningrad! In de lente proosten we in het winterpaleis,' verkondigde hij, en hij zette de Russische baret af. 'En in de zomer worden we als helden binnengehaald in ons geliefde Noorwegen.'

Hij hield de fles tegen zijn mond, zijn hoofd achterover, en de bruine vloeistof klokte en danste in de flessenhals. Het vocht glinsterde toen het glas het licht reflecteerde van de vallende vlammen, en in de daaropvolgende jaren zou Gudbrand zich nog vaak afvragen of het dat was wat de Russische sluipschutter had gezien: de weerkaatsing van het licht in het glas. Het volgende ogenblik hoorde Gudbrand een hoog, ploppend geluid, en toen explodeerde de fles in Daniëls hand. Het regende glasscherven en brandy, en Gudbrand sloot instinctief zijn ogen. Hij voelde dat zijn gezicht nat werd; het vocht liep over zijn wangen en hij stak automatisch zijn tong uit en ving een paar druppels op. Het smaakte bijna naar niets, alleen naar alcohol en nog iets anders, iets zoets en metaligs. Het was niet erg vloeibaar – zeker door de kou, dacht Gudbrand, en hij deed zijn ogen weer open. Hij zag Daniël niet op de rand. Hij was zeker achter het machinegeweer gedoken toen hij begreep dat ze gezien waren, dacht Gudbrand, maar hij voelde zijn hart bonken.

'Daniël!'

Geen antwoord.

'Daniël!'

Gudbrand krabbelde omhoog en klauterde de kant op. Daniël lag op zijn rug met de riem met patronen onder zijn hoofd en de baret over zijn gezicht. De sneeuw was bespikkeld met brandy en bloed. Gudbrand rukte de baret weg. Daniël staarde met wijd open ogen naar de sterrenhemel. Hij had een groot, zwart, gapend gat midden op zijn hoofd. Gudbrand had nog steeds die zoete, metalige smaak in zijn mond en merkte dat hij misselijk werd.

'Daniël.'

Het was alleen maar gefluister tussen droge lippen. Gudbrand vond dat Daniël eruitzag als een jongetje dat engeltjes maakte in de sneeuw, maar plotseling slaap had gekregen. Met een snik wierp hij zich op de sirene en draaide aan de hendel, en terwijl de vlammen neervielen, steeg het doordringende geklaag van de sirene naar de hemel.

Zo had het niet moeten gaan, was het enige wat Gudbrand kon denken.

Oeoeoeoeoeoeoeoeo...!

Edvard en de anderen waren naar buiten gekomen en stonden achter hem. Sommigen riepen zijn naam, maar Gudbrand hoorde het niet; hij draaide de hendel alleen maar rond en rond. Ten slotte kwam Edvard naar voren en legde zijn hand op de hendel. Gudbrand liet los en draaide zich niet om; hij bleef staan staren naar de rand van de loopgraaf en naar de hemel daarboven, terwijl de tranen bevroren op zijn wangen. Het geluid van de sirene stierf weg.

'Zo had het niet moeten gaan,' fluisterde hij.

11 | *Leningrad, 1 januari 1943*

Daniël had ijskristallen onder zijn neus en in zijn oog- en mondhoeken gekregen toen ze hem wegdroegen. Vaak lieten ze de doden gewoon liggen tot ze stijf en makkelijker te dragen waren. Maar Daniël had in de weg gelegen voor degenen die het machinegeweer moesten bemannen. Dus twee man hadden hem een paar meter verderop naar een inham van de loopgraaf gesleept, waar ze hem op twee lege munitiekisten hadden gelegd die ze verstopt hadden om ze later als brandhout te kunnen gebruiken. Hallgrim Dale had een zak om zijn hoofd gebonden zodat ze het doodsmasker met de akelige grijns niet hoefden te zien. Edvard had het massagraf in sectie Noord gebeld en ze hadden beloofd in de loop van de nacht twee lijkdragers te sturen. Vervolgens had de groepscommandant Sindre opdracht gegeven uit zijn ziekbed te komen om de rest van de wacht met Gudbrand te doen. Het eerste wat moest gebeuren was het schoonmaken van het besmeurde machinegeweer.

'Ze hebben Keulen platgebombardeerd,' zei Sindre.

Ze lagen naast elkaar tegen de kant van de loopgraaf, in de smalle verdieping waar ze uitzicht hadden over niemandsland. Gudbrand merkte dat hij het niet prettig vond om zo dicht bij Sindre te zijn.

'En Stalingrad gaat naar de bliksem,' zei Sindre.

Gudbrand voelde niets van de kou; het leek of zijn hoofd en lichaam gevuld waren met watten en of niets hem meer raakte. Het enige wat hij voelde was het ijskoude metaal dat tegen zijn huid leek te branden en de verstijfde vingers die niet meer wilden gehoorzamen. Hij probeerde het opnieuw. De geweerlade en het trekkermechanisme van het machinegeweer lagen al op de wollen doek naast hem in de sneeuw, maar het was moeilijker om het staartstuk los te krijgen. In Sennheim hadden ze erop getraind om het machinegeweer geblinddoekt in en uit elkaar te halen. Sennheim in de mooie, warme Duitse Elzas. Het was anders als je niet kon voelen wat je vingers deden.

'Heb je het niet gehoord?' zei Sindre. 'De Russen zullen ons pakken. Net zoals ze Gudeson gepakt hebben.'

Gudbrand herinnerde zich dat de Duitse Wehrmacht-kapitein had moeten lachen toen Sindre had verteld dat hij van een boerderij bij het plaatsje Toten kwam.

'Toten? Wie im Totenreich?' had de kapitein gelachen.

Zijn vingers verloren zijn greep op het staartstuk.

'Verdomme!' Gudbrands stem trilde. 'Het is allemaal bloed waardoor de onderdelen aan elkaar zijn vastgevroren.'

Hij deed zijn wanten uit, zette de punt van het spuitflesje met wapenolie op het staartstuk en kneep. De kou had de geelachtige vloeistof stroperig en traag gemaakt, maar hij wist dat de olie bloed oploste. Hij had wapenolie in zijn oor gedaan toen hij oorontsteking had.

Sindre leunde ineens over Gudbrand heen en peuterde met zijn nagel aan een van de patronen.

'In 's hemelsnaam,' zei hij. Hij keek op naar Gudbrand en liet een grijns met bruine tanden zien. Het bleke, ongeschoren gezicht was zo dicht bij Gudbrand dat hij Sindres rotte adem, die iedereen hier na verloop van tijd kreeg, kon ruiken. Sindre hield zijn vinger omhoog.

'Wie had kunnen denken dat Daniël zoveel hersens had, hè?'

Gudbrand draaide zijn hoofd weg.

Sindre bestudeerde de vingertop. 'Maar hij gebruikte ze niet goed. Want anders was hij die nacht niet teruggekomen uit niemandsland. Ik heb jullie horen praten over overlopen. Ja, jullie waren... heel goed met elkaar bevriend.'

Gudbrand hoorde het eerst niet; de woorden kwamen van heel ver weg. Toen bereikte de echo ervan hem. En hij voelde plotseling dat zijn lichaam weer warm werd.

'De Duitsers vinden het vast nooit goed dat we ons terugtrekken,' zei Sindre. 'We gaan hier allemaal dood, iedere arme donder. Jullie hadden weg moeten gaan. De bolsjewieken zijn vast niet zo hardvochtig tegen lui zoals jij en Daniël als Hitler. Zulke goede vrienden, bedoel ik.'

Gudbrand antwoordde niet. Hij kon de warmte nu helemaal tot in zijn vingertoppen voelen.

'We zijn van plan om vannacht over te lopen,' zei Sindre. 'Hallgrim Dale en ik. Voordat het te laat is.'

Hij draaide zich om in de sneeuw en keek naar Gudbrand.

'Kijk niet zo verschrikt, Johansen,' zei hij, en hij grijnsde. 'Waarom denk je dat we ziek waren?'

Gudbrand krulde zijn tenen in zijn laarzen. Hij kon werkelijk voelen dat ze er waren. Het was warm en goed. Er was ook iets anders.

'Wil je mee, Johansen?' vroeg Sindre.

De luizen! Hij had het warm, maar hij voelde de luizen niet! Zelfs het geruis onder de helm was gestopt.

'Dus jij hebt die geruchten verspreid?' zei Gudbrand.

'Hè? Welke geruchten?'

‘Daniël en ik hadden het over naar Amerika gaan, niet naar de Russen. En niet nu, maar ná de oorlog.’

Sindre haalde zijn schouders op, keek op zijn horloge en ging op zijn knieën zitten.

‘Ik schiet je neer als je het probeert,’ zei Gudbrand.

‘Waarmee dan?’ vroeg Sindre, en hij knikte naar de wapenonderdelen op de doek. Hun geweren lagen in de bunker en ze wisten allebei dat Gudbrand het niet zou halen om heen en weer te lopen voordat Sindre verdwenen was.

‘Blijf en sterf hier als je wilt, Johansen. Doe de groeten aan Dale en zeg dat hij me achterna moet komen.’

Gudbrand stak een hand in zijn uniform en haalde de bajonet tevoorschijn. Het licht van de maan weerkaatste in het doffe stalen lemmet. Sindre schudde zijn hoofd.

‘Kerels zoals Daniël en jij zijn dromers. Leg dat mes weg en ga liever mee. De Russen krijgen nu nieuwe bevoorradingen over het Ladoga-meer. Vers vlees.’

‘Ik ben geen verrader,’ zei Gudbrand.

Sindre kwam overeind.

‘Als je probeert me te doden met die bajonet, hoort de wachtpost van de Hollanders ons en slaat hij alarm. Gebruik je verstand. Wie van ons heeft de ander verhinderd te vluchten? Wie zullen ze geloven? Jou, degene over wie al het gerucht de ronde doet dat je van plan bent ervandoor te gaan, of mij, een lid van de partij?’

‘Ga zitten, Sindre Fauke.’

Sindre lachte.

‘Je bent geen moordenaar, Gudbrand. Ik ga nu. Geef me vijftig meter voordat je alarm slaat, dan zit jij ook goed.’

Ze staarden elkaar aan. Het begon licht te sneeuwen. Sindre zei met een glimlach: ‘Maanlicht en vallende sneeuw, dat zie je maar zelden, hè?’

12 | *Leningrad, 2 januari 1943*

De loopgraaf waar de vier mannen in stonden, lag vier kilometer ten noorden van hun eigen frontlinie, precies op de plek waar de loopgraaf naar achteren boog en bijna een lus maakte. De man in officiersuniform stond voor Gudbrand en stampte met zijn voeten. Het sneeuwde en op zijn pet lag een fijn wit laagje. Edvard Mosken stond naast de officier en keek naar Gudbrand met dat ene wijd opengesperde oog; het andere was half dichtgeknepen.

'*So*,' zei de kapitein. '*Er ist hinüber zu den Russen geflohen?*'

'*Ja*,' herhaalde Gudbrand.

'*Warum?*'

'*Das weiss ich nicht.*'

De kapitein keek naar de lucht, zoog lucht tussen zijn tanden door en stampte met zijn voeten. Toen knikte hij naar Edvard, mompelde een paar woorden tegen zijn *Rottenführer*, de Duitse onderofficier die hij bij zich had, en toen namen ze afscheid. De sneeuw kraakte toen ze wegliepen.

'Dat was het dan,' zei Edvard. Hij keek nog steeds naar Gudbrand.

'Ja,' zei Gudbrand.

'Dat was geen uitgebreid onderzoek.'

'Nee.'

'Wie had dat kunnen denken?' Het ene opengesperde oog staarde nog steeds star en doods naar Gudbrand.

'Er deserteren hier zo vaak mannen,' zei Gudbrand. 'Ze kunnen niet iedereen onderzoeken die...'

'Ik bedoel, wie had dat kunnen denken van Sindre? Dat hij zoiets zou doen?'

'Nee, dat kun je wel zeggen,' zei Gudbrand.

'En zo zonder enige voorbereiding. Gewoon opstaan en weggaan.'

'Ja, inderdaad.'

'Jammer van het machinegeweer.' Edvards stem was koud van sarcasme.

'En je zag ook geen kans de wachtpost van de Hollanders te roepen?'

'Ik héb geroepen, maar het was te laat. Het was donker.'

'De maan scheen,' zei Edvard.

Ze staarden elkaar aan.

'Weet je wat ik denk?' zei Edvard.

'Nee.'

'Ja, dat weet je wel, ik zie het aan je. Waarom, Gudbrand?'

'Ik heb hem niet vermoord.' Gudbrand keek onbeweeglijk naar Edvards cyclopenoog. 'Ik heb geprobeerd met hem te praten. Hij wilde niet naar me luisteren. Toen ging hij ineens weg. Wat had ik moeten doen?'

Ze haalden allebei zwaar adem; ze stonden in de wind, die de gecondenseerde adem uit hun mond direct wegblies, naar elkaar toe gebogen.

'Ik herinner me de laatste keer dat je er zo uitzag als nu, Gudbrand. Dat was de nacht dat je die Rus doodde in de bunker.'

Gudbrand haalde zijn schouders op. Edvard legde een beijsde want op Gudbrands arm.

'Luister. Sindre was geen goede soldaat. Misschien niet eens een goed mens. Maar wij zijn mensen met een moraal en wij moeten proberen een zekere waardigheid in dit alles te bewaren, begrijp je?'

'Kan ik nu gaan?'

Edvard keek naar Gudbrand. De geruchten dat Hitler niet langer op alle fronten zegevierde begonnen hen nu ook te bereiken. Toch nam de stroom Noorse vrijwilligers nog steeds toe, en Daniël en Sindre waren alweer vervangen door twee jongens uit Tynset. Steeds weer nieuwe, jonge gezichten. Sommige onthield je, andere vergat je zodra ze verdwenen waren. Daniël was er een die Edvard zich zou herinneren, dat wist hij zeker. Net zo zeker als dat Sindres gezicht over niet al te lange tijd uit zijn geheugen zou zijn gewist. Gewist. Edvard junior zou over een paar dagen twee jaar worden. Hij dacht niet verder door.

'Ja, ga maar,' zei hij. 'En hou je hoofd laag.'

'Jazeker,' zei Gudbrand. 'Ik zal bukken.'

‘Herinner je je wat Daniël altijd zei?’ vroeg Edvard met een halve lach. ‘Als we steeds zo gebukt lopen, hebben we straks een bochel als we in Noorwegen terugkomen.’

Een machinegeweer lachte knetterend in de verte.

13 | *Leningrad, 3 januari 1943*

Gudbrand werd met een schok wakker. Hij knipperde een paar maal in het donker, maar zag alleen de contouren van houten planken van de kooi boven hem. Er hing een geur van rottend hout en zure grond. Had hij geschreeuwd? De andere mannen beweerden dat ze niet meer wakker werden van zijn geschreeuw. Hij bleef stilliggen en merkte dat zijn polsslag langzaam rustiger werd. Hij krabde aan zijn dij; de luizen sliepen kennelijk nooit.

Het was telkens dezelfde droom waaruit hij wakker schrok. Hij kon nog steeds de poten op zijn borst voelen, de gele ogen in het donker zien, en de witte roofdiertanden met de bloedstank en de kwijl die uit zijn bek droop. En de hijgende, doodsbange ademhaling. Was die van hemzelf of van het beest? Zo ging de droom: hij slaapt en is tegelijkertijd wakker, maar kan zich niet bewegen. De bek van het beest wil net rond zijn keel dichtklappen als het geknetter van een machinegeweer bij de deur hem wakker maakt. Hij ziet nog hoe het beest van de grond wordt getild en tegen de aarden wand van de bunker wordt gesmeten terwijl hij in stukken wordt gereten door de kogels. Dan wordt het stil en ligt het op de grond: een bloederige, vormeloze, harige massa. Een poolkat. En dan stapt de man in de deuropening uit de duisternis de smalle streep maanlicht in. De streep is zo smal dat hij slechts een helft van zijn gezicht belicht.

Maar vannacht was de droom iets anders geweest. Er kwam inderdaad rook uit de geweerloop, en zoals altijd glimlachte hij, maar hij had een grote, zwarte krater in zijn schedel. En toen hij zich naar hem omdraaide, kon Gudbrand de maan zien door het gat in zijn hoofd.

Toen Gudbrand de koude tocht van de openstaande deur voelde, draaide hij zich om en verstijfde van schrik. In de deuropening stond een zwarte gedaante... Droomde hij nog steeds? De gedaante stapte naar binnen, maar het was te donker om te zien wie het was.

De gedaante stopte ineens.

'Ben je wakker, Gudbrand?' De stem was helder en duidelijk. Het was Edvard Mosken. Er klonk geërgerd gemompel uit de andere kooien. Edvard liep helemaal naar Gudbrands kooi.

'Je moet opstaan,' zei hij.

Gudbrand kreunde. 'Je hebt verkeerd op de lijst gekeken. Ik heb net wacht gelopen. Dale moet...'

'Hij is terug.'

'Wat bedoel je?'

'Dale komt me net wakker maken. Daniël is terug.'

'Waar heb je het over?'

Gudbrand zag in het donker alleen maar Edvards witte adem. Toen sloeg hij zijn benen over de rand van de kooi en haalde zijn laarzen onder de deken vandaan. Hij had ze altijd onder zijn deken, zodat de vochtige zolen niet bevroren. Hij trok zijn jas aan, die op de dunne wollen deken had gelegen, en volgde Edvard naar buiten. De sterren boven hen fonkelden, maar de nachtelijke hemel werd in het oosten al lichter. Hij hoorde heftig gesnik ergens vandaan komen. Verder was het merkwaardig stil.

'Nieuwe Hollanders,' zei Edvard. 'Ze zijn gisteren aangekomen en komen net terug van hun eerste tocht door niemandsland.'

Dale stond midden in de loopgraaf in een vreemde houding: zijn hoofd bungelde naar één kant en zijn armen waren gespreid. Hij had zijn das rond zijn kin gebonden, en zijn vermagerde gezicht met de gesloten ogen die diep in de kassen waren verzonken, deed hem het meest aan een bedelaar denken.

'Dale!' donderde Edvard. Dale werd wakker.

'Laat het ons zien.'

Dale ging hun voor. Gudbrand voelde dat zijn hart sneller ging kloppen. De kou beet op zijn wangen, maar had nog geen kans gezien om het warme droomgevoel dat hij uit zijn kooi had meegenomen te bevriezen. De loopgraaf was zo smal dat ze achter elkaar moesten lopen en hij voelde Edvards blik in zijn rug.

'Hier,' zei Dale en hij wees.

De wind blies een ruwe toon onder de rand van de helm door. Op de munitiekist lag een lijk met verstijfde, uitstekende ledematen. De sneeuw die in de loopgraaf was geblazen, lag als een fijn laagje op het uniform. Een zak was rond het hoofd gesnoerd.

'Wel verdomme,' zei Dale. Hij schudde zijn hoofd en stampte met zijn voeten.

Edvard zei niets. Gudbrand begreep dat hij wachtte tot hij iets zei.

'Waarom hebben de lijkdragers hem niet opgehaald?' vroeg Gudbrand ten slotte.

'Ze hébben hem opgehaald,' zei Edvard. 'Ze waren hier gistermiddag.'

'Maar waarom hebben ze hem dan teruggebracht?' Gudbrand merkte dat Edvard naar hem keek.

'Niemand uit de commandostaf heeft orders gegeven om hem terug te brengen.'

'Een misverstand misschien?' zei Gudbrand.

'Misschien.' Edvard haalde een dunne, halfopgerookte sigaret uit zijn zak, draaide zijn rug naar de wind en stak hem met een in zijn hand verborgen lucifer aan. Hij gaf hem na een paar trekjes door en zei: 'Degenen die hem hebben opgehaald beweren dat hij in het massagraf in de sectie Noord is gelegd.'

'Als dat waar is, dan zou hij dus begraven moeten zijn?'

Edvard schudde zijn hoofd.

'Ze worden niet begraven voordat ze verbrand zijn. En ze verbranden alleen overdag, zodat de Russen geen licht hebben om op te richten. 's Nachts zijn de nieuwe massagraven trouwens open en worden ze niet bewaakt. Iemand moet Daniël vannacht hebben opgehaald.'

'Wel verdomme,' herhaalde Dale. Hij pakte de sigaret aan en inhaleerde gretig.

'Dus het is echt zo dat ze lijken verbranden?' zei Gudbrand. 'Waarom in deze kou?'

'Dat komt,' zei Dale, 'door de bevroren grond. De temperatuursomslag in de lente zorgt ervoor dat de lijken de grond uit worden gedrukt.' Hij gaf de sigaret met tegenzin door. 'We hebben vorig jaar winter Vorpenes vlak achter onze linie begraven. In de lente struikelden we weer over hem. Tenminste, over de resten die de vossen hadden laten liggen.'

'De vraag is,' zei Edvard, 'hoe is Daniël hier terechtgekomen?'

Gudbrand haalde de schouders op.

'Jij hebt de vorige wacht gelopen, Gudbrand.' Edvard had zijn ene oog dichtgeknepen en fixeerde hem met het cyclopenoog. Gudbrand nam ruim de tijd met de sigaret. Dale schraapte zijn keel.

'Ik ben hier vier keer voorbijgekomen,' zei Gudbrand, en hij gaf de sigaret door. 'Hij was hier toen niet.'

'Jij had tijd genoeg om tijdens de wacht naar sectie Noord te gaan. Er lopen in de sneeuw sledesporen die kant op.'

'Die kunnen van de lijkdragers zijn,' zei Gudbrand.

'De sporen gaan over de laatste laarzensporen heen. En je zegt dat je hier vier keer voorbij bent gekomen.'

'Verdomme, Edvard, ik zie ook wel dat Daniël hier ligt!' barstte Gudbrand uit. 'Natuurlijk heeft iemand hem hierheen gebracht, en waarschijnlijk op een slee. Maar als je luistert naar wat ik tegen je zeg, moet je begrijpen dat iemand hem gebracht heeft nádat ik hier voor de laatste keer voorbij ben gekomen.'

Edvard gaf geen antwoord, maar trok geïrriteerd de peuk uit Dales mond en keek afkeurend naar de natte plekken op het sigarettenpapier. Dale viste een sliertje tabak van zijn tong en keek peinzend.

'Waarom zou ik in godsnaam zoiets doen?' vroeg Gudbrand. 'En zou ik het voor elkaar krijgen om een lijk uit sectie Noord op een slee hierheen te slepen zonder dat de wacht me zou tegenhouden?'

'Je had door niemandsland kunnen gaan.'

Gudbrand schudde ongelovig zijn hoofd. 'Denk je dat ik niet wijs ben, Edvard? Wat moet ik met het lijk van Daniël?'

Edvard nam de laatste twee trekjes van de sigaret, liet de peuk in de sneeuw vallen en zette zijn laars erop. Dat deed hij altijd; hij wist niet waarom, maar hij kon het niet verdragen een rokende sigarettenpeuk te zien. De sneeuw kraakte toen hij zijn hak heen en weer draaide.

'Nee, ik geloof niet dat je Daniël hierheen hebt gesleept,' zei Edvard. 'Want ik geloof niet dat het Daniël is.'

Dale en Gudbrand schrokken.

'Natuurlijk is het Daniël,' zei Gudbrand.

'Of iemand met dezelfde lichaamsbouw,' zei Edvard. 'En de tekens van onze eenheid op het uniform.'

'De zak...' begon Dale.

'Dus jij ziet verschil tussen zakken?' vroeg Edvard honend, maar hij had zijn blik op Gudbrand gericht.

'Het ís Daniël,' zei Gudbrand, en hij slikte. 'Ik herken zijn laarzen.'

'Dus jij denkt dat we de lijkdragers gewoon weer moeten oproepen en hun moeten vragen of ze hem weer weg willen halen?' vroeg Edvard. 'Zonder verder naar hem te kijken. Daar had je op gerekend, is het niet?'

'De duivel moge je halen, Edvard!'

'Ik weet niet of hij dit keer naar mij op zoek is, Gudbrand. Haal die zak weg, Dale.'

Niet-begrijpend keek Dale naar de twee mannen die als twee vechtlustige stieren tegenover elkaar stonden.

'Hoor je me?' riep Edvard. 'Weg met die zak!'

'Ik wil liever niet...'

'Dit is een bevel. Nu!'

Dale aarzelde nog steeds. Hij keek van de een naar de ander, en toen naar de verstijfde gestalte op de munitiekist. Vervolgens haalde hij zijn schouders op, knoopte zijn camouflagejas open en stak zijn hand naar binnen.

'Wacht!' riep Edvard. 'Vraag of je Gudbrands bajonet mag lenen.'

Nu leek Dale echt in de war. Hij keek Gudbrand vragend aan, die met zijn hoofd schudde.

'Wat bedoel je?' vroeg Edvard, die nog steeds naar Gudbrand

gekeerd stond. 'Het is een dienstbevel om een bajonet te dragen, en jij hebt hem niet bij je?'

Gudbrand antwoordde niet.

'Jij, die zich als pure moordmachine ontpopt met een bajonet, je bent hem toch niet verloren, Gudbrand?'

Gudbrand gaf nog steeds geen antwoord.

'Hoe is het mogelijk? Tja, dan moet je je eigen bajonet gebruiken, Dale.'

Gudbrand had erg veel zin om dat grote, starende oog uit het hoofd van de groepscommandant te rukken. *Rottenführer*, dat was hij! Een rat met rattenogen en rattenhersens. Begreep hij dan niets?

Ze hoorden een scheurend geluid achter zich toen de bajonet de zak wegsneed, en toen hoorden ze hoe Dale naar adem snakte. Ze draaiden zich allebei razendsnel om. Daar, in de rode ochtendschemering van de nieuwe dag, staarde een wit gezicht met een lelijke grijns naar hen met een derde, zwart gapend oog in de schedel. Het was Daniël, geen twijfel mogelijk.

14 | *Ministerie van Buitenlandse Zaken, 4 november 1999*

Bernt Brandhaug keek op zijn horloge en fronste zijn voorhoofd. Tweeëntachtig seconden, zeven achter op schema. Toen stapte hij de drempel van de vergaderzaal over, zond een fris 'Goedemorgen!' de zaal in en lachte zijn beroemde witte lach naar de vier gezichten die zich naar hem toe keerden.

Aan de ene kant van de tafel zat Kurt Meirik van het POT; naast hem zat Rakel, de vrouw met de saaie haarspeld, het ambitieuze pakje en de strenge uitdrukking op haar gezicht. Het viel hem op dat het pakje er eigenlijk een beetje te duur uitzag voor een secretaresse. Hij vertrouwde nog steeds op zijn intuïtie, die hem zei dat ze gescheiden was, maar misschien was ze rijk getrouwd geweest. Of misschien had ze rijke ouders? Het feit dat ze hier weer opdook, tijdens een vergadering die Brandhaug tot zeer vertrouwelijk bestempeld had, duidde erop dat ze een belangrijker positie binnen het POT had dan hij eerst had aangenomen. Hij besloot dat hij meer over haar wilde weten.

Aan de andere kant van de tafel zat Anne Størksen samen met de lange, magere politiechef-hoe-heet-hij-ook-alweer. Eerst had hij meer dan tachtig seconden nodig gehad om bij de vergaderzaal te komen en nu lukte het hem niet om zich 's mans naam te herinneren. Was hij oud aan het worden?

Hij dacht er niet verder over na omdat de gebeurtenissen van de avond tevoren hem te binnen schoten. Hij had Lise, de jonge BZ-medewerkster, uitgenodigd voor wat hij 'een klein werkdineetje' had genoemd. Daarna had hij haar gevraagd iets te gaan drinken in het Continental Hotel, waar hij op kosten van BZ een vaste kamer had voor vergaderingen die extra discretie behoefden. Lise was niet moeilijk over te halen geweest; ze was een ambitieus meisje. Maar het was een mislukte bijeenkomst geweest. Oud? Een op zichzelf staand incident, een borrel te veel misschien, maar niet te oud. Brandhaug schoof die gedachte weg en ging zitten.

'Dank jullie wel dat jullie op zo'n korte termijn konden komen,' begon hij. 'Het vertrouwelijke karakter van deze vergadering hoeft natuurlijk niet verder te worden benadrukt, maar ik doe dat toch, omdat misschien niet iedereen ervaring heeft met dergelijke zaken.'

Hij wierp een snelle blik op alle aanwezigen, behalve op Rakel, en gaf op die manier aan dat de boodschap voor haar bedoeld was. Toen wendde hij zich tot Anne Størksen.

'Hoe gaat het trouwens met je man?'

De hoofdcommissaris keek hem een beetje verward aan.

'Jouw politieman?' haastte Brandhaug zich te zeggen. 'Heet hij geen Hole?'

Ze knikte naar Møller, die twee keer zijn keel moest schrapen voor hij iets kon zeggen.

'Naar omstandigheden goed. Hij is natuurlijk geschokt. Maar... tja.' Hij haalde zijn schouders op om aan te geven dat er verder niet veel meer te zeggen viel.

Brandhaug haalde een pas geknipte wenkbrauw op.

'Niet zo geschokt dat we het risico lopen dat hij lekt naar de pers, hoop ik?'

'Nou...' zei Møller. Uit zijn ooghoek zag hij dat de hoofdcommissaris zich met een ruk naar hem toe keerde. 'Ik denk het niet. Hij weet hoe gevoelig de zaak ligt. En vanzelfsprekend heeft hij volledige zwijgplicht over het gebeurde opgelegd gekregen.'

'Dat geldt ook voor de andere politiemensen die ter plaatse waren,' haastte Anne Størksen zich eraan toe te voegen.

'Dan hopen we maar dat we het onder controle hebben,' zei Brandhaug. 'Ik zal jullie even een korte samenvatting geven van de situatie. Ik heb zojuist een lang gesprek met de Amerikaanse ambassadeur gehad, en ik geloof dat ik kan zeggen dat we het eens zijn over de centrale punten in deze tragische zaak.'

Hij keek ieder van hen afzonderlijk aan. Ze keken hem aan in gespannen afwachting. Wachtten op wat hij, Bernt Brandhaug, hun kon vertellen. Meer was er niet voor nodig om de neerslachtigheid die hij enkele seconden geleden had gevoeld weg te wissen.

'De ambassadeur kon mij vertellen dat de toestand van de Secret Service-agent, die jullie man' – hij knikte naar Møller en de hoofdcommissaris – 'neergeschoten heeft bij de tolpoort, stabiel is en dat er niet langer gevreesd wordt voor zijn leven. Hij heeft verwondingen opgelopen aan zijn ruggengraat en had inwendige bloedingen, maar het kogelvrije vest heeft hem gered. Het spijt me dat we deze informatie niet eerder hebben kunnen krijgen, maar om begrijpelijke redenen is de communicatie in deze zaak tot het minimum beperkt. Alleen noodzakelijke informatie is uitgewisseld, en tussen een beperkt aantal ingewijden.'

'Waar is hij nu?' De vraag kwam van Møller.

'Dat hoor je strikt genomen niet te weten, Møller.'

Hij keek naar Møller, die van kleur verschoot. Een seconde lang hing er een geladen stilte in de kamer. Het was altijd een beetje pijnlijk als iemand eraan herinnerd moest worden dat hij niet meer hoefde te weten dan voor zijn positie noodzakelijk was. Brandhaug lachte en maakte een meelevend gebaar met zijn handen, alsof hij wilde zeggen: 'Ik begrijp heel goed dat je het vraagt, maar zo is het nu eenmaal.' Møller knikte en keek naar het tafelblad.

'Oké,' zei Brandhaug. 'Wat ik kan zeggen, is dat hij na de operatie is overgevlogen naar een militair ziekenhuis in Duitsland.'

'Juist.' Møller krabde op zijn achterhoofd. 'Eh...'

Brandhaug wachtte.

'Ik ga ervan uit dat het geen probleem is dat Hole hiervan weet. Dat de Amerikaan het redt, bedoel ik. Dat zou de situatie... eh... makkelijker voor hem maken.'

Brandhaug keek naar Møller. Het kostte hem moeite de politiechef helemaal te doorgronden.

'Dat is goed,' zei hij.

'Waar zijn de ambassadeur en jij het over eens geworden?' Dat was Rakel.

'Daar kom ik straks op,' zei Brandhaug op milde toon. Eigenlijk was dat het volgende punt, maar hij hield er niet van om op deze manier gestoord te worden. 'Eerst wil ik Møller en de politie van Oslo complimenteren met de snelle schoonmaak ter plaatse. Als de rapporten juist zijn, dan was de man binnen twaalf minuten onder doktersbehandeling.'

'Hole en zijn collega, Ellen Gjelten, hebben hem naar het Akerziekenhuis gebracht,' zei Anne Størksen.

'Ze hebben bewonderenswaardig snel gehandeld,' zei Brandhaug. 'En die mening wordt gedeeld door de Amerikaanse ambassadeur.'

Møller en de hoofdcommissaris wisselden een blik.

'Verder heeft de ambassadeur gesproken met de Secret Service, en er zal van Amerikaanse zijde geen sprake zijn van strafvervolging in deze zaak. Vanzelfsprekend niet.'

'Vanzelfsprekend,' viel Meirik hem bij.

'We zijn het erover eens geworden dat de fout voornamelijk de schuld is van de Amerikanen. De agent in het loket had daar nooit mogen zijn. Dat wil zeggen, dat moest hij wel, maar de Noorse verbindingsofficier ter plaatse had daar natuurlijk van op de hoogte gesteld moeten worden. De Noorse politieagent die bij de post stond waar de Amerikaanse agent het gebied betrad en die de verbindingsofficier op de hoogte zou – pardon: had kunnen – brengen, vond de legitimatie die de geheimagent hem toonde voldoende. Het was een dienstbevel alle mensen van de Secret Service toe te laten tot het afgezette gebied, en de politieagent zag daarom geen reden om het te rapporteren. Achteraf gezien had hij dat wel moeten doen.'

Hij keek naar Anne Størksen, die geen aanstalten leek te maken om te protesteren.

'Het goede nieuws is dat er tot nu toe niemand gelekt heeft. Toch heb ik jullie niet bij elkaar geroepen om te overleggen wat we moeten doen volgens een bestcasescenario. Want waarschijnlijk kunnen we het bestcasescenario vergeten. Het zou erg naïef zijn om te geloven dat dit schietincident niet vroeg of laat zou uitlekken.'

Bernt Brandhaug gebaarde met zijn handen op en neer alsof hij zijn zin in hapklare brokken wilde hakken.

'Behalve de ongeveer twintig man van het POT, BZ en het coördinatieteam die op de hoogte zijn van de zaak, waren er zo'n vijftien politieagenten getuige bij de tolpoort. Geen kwaad woord over een van hen; ze houden zich in het algemeen aan hun zwijgplicht. Maar het zijn gewone politiemensen zonder ervaring met de graad van geheimhouding die nu noodzakelijk is. Daarbij komen de mensen van het Rikshospital, van de luchtmacht, het tolpoortbedrijf Fjellinjen AS en Hotel Plaza, die allemaal reden hebben om wantrouwend te staan tegenover het gebeurde. We hebben bovendien geen garantie dat er niemand met een kijker het konvooi heeft gevolgd vanaf een van de gebouwen die rond de tolpoort liggen. Eén enkel woord van iemand die er iets mee te maken had en...'

Hij blies zijn wangen bol en deed een explosie na.

Het werd stil rond de tafel, totdat Møller zijn keel schraapte: 'En waarom is het zo... eh... erg als het uitkomt?'

Brandhaug knikte, alsof hij aan wilde geven dat dit niet de domste vraag was die hij had gehoord. Daardoor kreeg Møller nu juist het gevoel dat dit wel het geval was.

'De Verenigde Staten van Amerika zijn iets meer dan een bondgenoot,' begon Brandhaug met een nauwelijks zichtbare glimlach. Hij zei het op dezelfde toon als waarop je aan een buitenlander vertelt dat Noorwegen een koning heeft en dat de hoofdstad Oslo heet.

'In 1920 was Noorwegen een van de armste landen van Europa, en dat zouden we waarschijnlijk nog steeds zijn zonder de hulp van de Verenigde Staten. Vergeet de retoriek van de politici. Emigratie. Marshallhulp, Elvis en investering in het olieavontuur hebben Noorwegen waarschijnlijk tot het meest pro-Amerikaanse land ter wereld gemaakt. We hebben hier allemaal hard gewerkt om in onze carrière te komen waar we nu zijn. Maar als het een van onze politici ter ore zou komen dat iemand in deze kamer er verantwoordelijk voor is dat het leven van de Amerikaanse president in gevaar is geweest...'

Brandhaug liet de rest van de zin in de lucht hangen, terwijl zijn blik de tafel rond ging.

'Gelukkig voor ons,' zei hij, 'geven de Amerikanen liever een vergissing van een van hun mensen toe dan een fundamenteel gebrek aan samenwerking met een van hun trouwste bondgenoten.'

'Dat houdt in,' zei Rakel zonder van haar notitieblok op te kijken, 'dat we geen Noorse zondebok nodig hebben.'

Ze sloeg haar ogen op en keek Bernt Brandhaug recht aan.

'We hebben een Noorse held nodig, nietwaar?'

Brandhaug keek haar aan met een mengeling van verbijstering en interesse. Verbijstering omdat ze zo snel begrepen had waar hij heen wilde, en interesse omdat het hem duidelijk was dat ze beslist iemand was met wie je rekening moest houden.

'Dat klopt. Op de dag dat uitlekt dat een Noorse politieman een agent van de Secret Service heeft neergeschoten, moeten wij onze lezing klaar hebben,' zei hij. 'En die lezing moet zijn dat er van onze kant niets verkeerds is gebeurd, dat onze verbindingsofficier ter plaatse gehandeld heeft volgens de instructies en dat de schuld geheel en al bij de Amerikanen ligt. Dat is een lezing waar zowel wij als de Amerikanen mee kunnen leven. De uitdaging is nu de media deze lezing te laten slikken. En daarom...'

'... hebben we een held nodig,' zei de hoofdcommissaris. Ze knikte; ze begreep nu wat hij bedoelde.

'Sorry,' zei Møller. 'Ben ik de enige hier die de clou niet begrijpt?' Hij deed een tamelijk mislukte poging om er een lachje aan toe te voegen.

'De politieman toonde daadkracht in een situatie waarin er een potentieel gevaar dreigde voor de president,' zei Brandhaug. 'Als degene achter in het loket een aanslag beraamde, waarvan hij volgens de instructie in deze situatie verplicht was uit te gaan, had hij het leven van de president gered. Het feit dat deze persoon, naar later bleek, geen aanslag beraamde, doet niets aan het feit af.'

'Dat klopt,' zei Anne Størksen. 'In zo'n situatie gaan de instructies boven de persoonlijke inschatting.'

Meirik zei niets, maar knikte instemmend.

'Goed,' zei Brandhaug. '"De clou", zoals jij het noemt, Bjarne, is om de pers, onze leidinggevenden en alle anderen die iets te maken hebben met de zaak ervan te overtuigen dat we geen ogenblik twijfelen dat onze verbindingsofficier juist heeft gehandeld. "De clou" is dat we nu al moeten handelen alsof hij een heldendaad heeft verricht.'

Brandhaug zag Møllers schrik.

'Laten we na de politieman te belonen, dan hebben we al half toegegeven dat het verkeerd van hem was om te schieten en dat de veiligheidsvoorschriften tijdens het bezoek van de president gefaald hebben.'

Er werd geknikt rond de tafel.

'Ergo,' zei Brandhaug. Hij hield van dit woord. Het was een woord met een extra dimensie, bijna onoverwinnelijk, omdat het eisen stelde aan het gezag van de logica. Hieruit volgt.

'Ergo, we geven hem een medaille?' Dat was Rakel weer.

Brandhaug voelde een steek van irritatie. Het was de manier waarop ze 'medaille' zei: alsof ze bezig waren een tekst te schrijven voor een komedie waarbij alle geestige voorstellen met gejuich werden begroet. Alsof zijn plan een komedie was.

'Nee,' zei hij zacht en met nadruk. 'Geen medaille. Medailles en onderscheidingstekens zijn te makkelijk en geven ons niet de geloofwaardigheid waar we naar streven.' Hij leunde achterover in zijn stoel met zijn handen achter zijn hoofd gevouwen. 'Laten we die kerel promotie geven. Laten we hem een baan geven als inspecteur.'

Er volgde een lange stilte.

'Inspecteur?' Bjarne Møller staarde nog steeds argwanend naar Brandhaug. 'Voor het neerschieten van een agent van de Secret Service?'

'Het klinkt misschien een beetje morbide, maar denk even na.'

'Het...' Møller knipperde met zijn ogen en zag eruit of hij zin had een heleboel te gaan zeggen, maar besloot zijn mond te houden.

'Hij hoeft misschien niet alle taken te hebben die gewoonlijk horen bij een inspecteur,' hoorde Brandhaug de hoofdcommissaris zeggen. De woorden klonken behoedzaam, alsof ze een draad door het oog van de naald stak.

'We hebben er ook een beetje over nagedacht, Anne,' antwoordde hij met een lichte nadruk op haar naam. Het was de eerste keer dat hij haar voornaam gebruikte. Haar ene wenkbrauw bewoog even, maar verder zag hij niets wat erop duidde dat ze er iets op tegen had.

Hij ging verder: 'Het probleem is: als alle collega's van deze schietgrage verbindingsofficier van jullie de benoeming opvallend vinden en vervolgens in de gaten krijgen dat de titel alleen maar een farce is, we weer terug zijn bij af. Dat wil zeggen, zo ver zijn we dan niet eens. Krijgen ze het vermoeden van een doofpotaffaire, dan zullen direct geruchten de ronde gaan doen. En zal worden gedacht dat wij bewust hebben geprobeerd te verheimelijken dat wij – jullie, deze politieman – een blunder hebben begaan. Met andere woorden, we moeten hem een functie geven waarvan het geloofwaardig is dat niemand precies weet wat hij eigenlijk doet. Anders gezegd: een promotie gecombineerd met een overplaatsing naar een veilige plaats.'

'Veilige plaats. Zonder kijkers,' zei Rakel met een scheef lachje.

'Het lijkt wel of je van plan bent hem in onze schoot te werpen, Brandhaug.'

'Wat vind jij, Kurt?' vroeg Brandhaug.

Kurt Meirik krabde zich achter de oren terwijl hij instemmend mompelde.

'Tja,' zei hij. 'Wij vinden altijd wel een plaats voor een inspecteur, zou ik denken.'

Brandhaug knikte. 'Dat zou heel fijn zijn.'

'Ja, we moeten elkaar immers helpen waar we kunnen.'

'Mooi,' zei Brandhaug. Hij lachte breed en gaf met een blik op de klok aan de muur te kennen dat de vergadering was afgelopen. Stoelpoten schraapten over de vloer.

15 | *Sankthanshaugen, 4 november 1999*

'Tonight we're gonna party like it's nineteen-ninety-nine!'

Ellen keek naar Tom Waaler, die zojuist een cassette in het apparaat had geduwd en de volumeknop zo ver had opengedraaid dat de bas het dashboard deed trillen. De doordringende falsetstem van de zanger prikte in Ellens trommelvliezen.

'Is dit vet of niet?' riep Tom boven de muziek uit. Ellen wilde hem niet beledigen en daarom knikte ze maar. Niet dat ze het idee had dat Tom Waaler makkelijk te beledigen viel, maar ze had zich voorgenomen hem zo lang mogelijk niet tegen de haren in te strijken. Hopelijk totdat het team Tom Waaler en Ellen Gjelten was opgeheven. De PAC, Bjarne Møller, had in elk geval gezegd dat het een tijdelijk karakter had. Iedereen wist immers dat Tom in de lente de baan van nieuwe inspecteur zou krijgen.

'Homo-neger,' riep Tom. 'Jammer, hoor.'

Ellen gaf geen antwoord. Het regende zo hard dat zelfs met de ruitenwissers op volle snelheid het water als een zacht filter op de voorruit van de patrouillewagen bleef liggen, waardoor de gebouwen op de Ullevålsvei eruitzagen als sprookjeshuizen die soepel heen en weer golfden. Møller had hen vanmorgen op pad gestuurd met de opdracht Harry te zoeken. Ze hadden al naar zijn flat in de Sofiegate gebeld en vastgesteld dat hij niet thuis was. Of niet open wilde doen. Of niet in staat was open te doen. Ellen vreesde het ergste. Ze keek naar de mensen die zich over het trottoir haastten. Zij kregen ook een verwrongen, bizar uiterlijk als in een lachspiegel.

'Sla hier rechts af en stop,' zei ze. 'Je kunt in de auto wachten, dan ga ik naar binnen.'

'Graag,' zei Waaler. 'Ik ken niks ergers dan zatlappen.'

Ze keek hem van opzij aan, maar zijn gezicht verraadde niet of hij de lunchclientèle van het Schrøder-restaurant in het algemeen bedoelde of Harry in het bijzonder. Hij parkeerde de auto bij de bushalte, en toen Ellen uitstapte, zag ze dat er een Kaffebrenneri aan de overkant van de straat was geopend. Of misschien was die er al lang, maar was hij haar gewoon nooit opgevallen. Op de barkrukken langs de grote ramen zaten jonge mensen met coltruien buitenlandse kranten te lezen, of ze staarden met grote witte koffiekoppen tussen hun handen naar de regen buiten, terwijl ze zich waarschijnlijk afvroegen of ze het juiste bijvak hadden gekozen of de juiste designbank of de juiste geliefde, de juiste boekenclub of de juiste stad in Europa.

In de deuropening van Schrøder botste ze bijna tegen een man in een IJslandse trui op. De alcohol had de blauwe kleur van zijn irissen vrijwel weggewassen en zijn handen, zo groot als kolenschoppen, waren zwart van het vuil. Ellen rook de zware geur van zweet en jarenlange dronkenschap toen hij voorbijwankelde. Binnen heerste de stilte van de lunchtijd. Slechts vier tafels waren bezet. Ellen was hier eerder geweest, lang geleden, en voorzover ze kon nagaan was er niets veranderd. Aan de muren hingen foto's van Oud-Oslo en door de bruine wanden en het glazen afdakje in het midden werd er een kleine poging gedaan om de sfeer van een Engelse pub te creëren. Een héél kleine poging, om eerlijk te zijn. Met de kunststof tafels en banken leek het meer op de rooksalon van een veerpont voor de kust van Møre. Achter in de zaal stond een serveerster met een schort voor tegen de bar geleund te roken terwijl ze half geïnteresseerd naar Ellen keek. Harry zat met gebogen hoofd helemaal in de hoek bij het raam. Een leeg halveliterglas stond voor hem.

'Hoi,' zei Ellen, en ze ging op de stoel tegenover hem zitten.

Harry keek op en knikte. Alsof hij juist op haar had zitten wachten. Zijn hoofd zakte weer naar beneden.

'We hebben geprobeerd je te bereiken. We hebben je thuis gebeld.'

'Was ik thuis?' Hij zei het vlak, zonder een lach.

'Ik weet het niet. Ben je thuis, Harry?' Ze knikte naar het glas.

Hij haalde zijn schouders op.

'Hij overleeft het wel,' zei ze.

'Ik heb het gehoord. Møller heeft een boodschap achtergelaten op mijn antwoordapparaat.' Zijn dictie was verrassend helder. 'Hij zei niets over hoe zwaar gewond hij is. Er zitten veel zenuwen en zo in je ruggengraat, is het niet?'

Hij hield zijn hoofd scheef, naar Ellen antwoordde niet.

'Misschien is hij alleen maar verlamd,' zei Harry, en hij tikte tegen zijn lege glas. 'Proost.'

'Je ziekmelding loopt tot morgen,' zei zij. 'Dan verwachten we je weer terug op het werk.'

Hij hief met moeite zijn hoofd op. 'Ben ik ziek gemeld?'

Ellen schoof een plastic mapje over tafel. De achterkant van een roze papier was te zien.

'Ik heb met Møller gesproken. En dokter Aune. Neem de kopie van je ziekmelding mee. Møller zei dat het normaal is om een paar dagen rust te nemen als je tijdens je dienst iemand hebt neergeschoten. Maar kom morgen.'

Zijn ogen gingen naar het raam, dat was voorzien van gekleurd, bobbelig glas. Waarschijnlijk met het oog op discretie, zodat je van buiten de mensen binnen niet kon zien. Het tegenovergestelde van de Kaffebrenneri, dacht Ellen.

'Dus je komt?' vroeg ze.

'Tja.' Hij keek haar aan met die troebele blik die ze nog kende uit de tijd dat hij terug was gekomen uit Bangkok. 'Ik zou er geen geld op durven zetten.'

'Kom toch maar. Er staan je een paar leuke verrassingen te wachten.'

'Verrassingen?' Harry lachte zacht. 'Wat kan dat nu wezen? Vervroegde uittreding? Eervol ontslag? Geeft de president me het *Purple Heart*?'

Hij tilde zijn hoofd zo ver op dat Ellen zijn bloeddoorlopen ogen kon zien. Ze zuchtte en draaide haar hoofd naar het raam. Achter het bobbelglas gleden vormeloze auto's voorbij als in een psychedelische film.

'Waarom doe je dit jezelf aan, Harry? Jij weet – ik weet – iederéén weet dat het niet jouw fout was! Zelfs de Secret Service geeft toe dat het hun fout was dat we niet geïnformeerd waren. En dat wij – jij – juist gehandeld hebben.'

Harry sprak zachtjes zonder haar aan te kijken: 'Denk je dat zijn familie het zo zal zien wanneer hij thuiskomt in een rolstoel?'

'Heregod, Harry!' Ellen verhief haar stem en zag vanuit haar ooghoek dat een vrouw bij een tafeltje hen met groeiende interesse opnam; ze hoopte waarschijnlijk op een fikse ruzie.

'Er zijn altijd ongeluksvogels die het niet redden, Harry. Zo is het nu eenmaal; dat is niemands schuld. Wist je dat elk jaar zestig procent van de heggenmussen doodgaat? Zestig procent! Als je zou stilstaan bij de zin daarvan, eindig je nog voordat je het begrepen hebt zelf bij die zestig procent, Harry.'

Harry antwoordde niet; hij knikte alleen naar het geruite tafelkleed met de zwarte brandgaatjes van sigaretten.

'Ik ga mezelf haten dat ik dit heb gezegd, Harry, maar ik zal het als een persoonlijke verdienste zien als je morgen komt. Kom gewoon morgen; ik zal niks tegen je zeggen en je hoeft ook niets met mij te doen. Oké?'

Harry stak zijn pink door een van de zwarte gaatjes in het tafelkleed. Toen verschoof hij het lege glas, zodat een van de andere gaatjes bedekt was.

'Is dat Waaler die in de auto zit?' vroeg Harry.

Ellen knikte. Ze wist heel goed dat die twee elkaar beslist niet mochten. Ze kreeg een idee – aarzelde, maar waagde de poging: 'Hij heeft er trouwens honderd kronen om verwed dat je niet op komt dagen.'

Harry lachte weer zacht. Hij hief zijn hoofd op, nam het in zijn handen en keek haar aan.

'Je kunt echt slecht liegen, Ellen. Maar bedankt voor de poging.'

'Wel verdomme.'

Ze haalde diep adem, wilde iets zeggen, maar bedacht zich. Keek lang naar Harry. Haalde toen weer diep adem: 'Wat kan het schelen? Eigenlijk moet Møller je dit zeggen, maar nu zeg ik het je: ze willen je een aanstelling geven als inspecteur bij het POT.'

Harry's zware lach klonk als de motor van een Cadillac Fleetwood: 'Oké, met een beetje oefening is het toch niet zeker dat je zo slecht blijft liegen.'

'Het is waar!'

'Dat kan niet.' Zijn blik ging weer door het raam naar buiten.

'Waarom niet? Je bent een van onze beste rechercheurs; je hebt net bewezen dat je een zeer daadkrachtige politieman bent; je hebt rechten gedaan; je...'

'Het kan niet, dat zeg ik. Zelfs als iemand met dit idiote idee is gekomen.'

'Maar waarom?'

'Om een heel eenvoudige reden. Zei je niet zestig procent van die vogels?'

Hij trok het tafelkleed met het glas over tafel.

'Het waren heggenmussen,' zei ze.

'Precies. En waaraan gaan ze dood?'

'Wat bedoel je?'

'Ze zullen toch niet zomaar gaan liggen?'

'Van de honger. Roofdieren. Kou. Uitputting. Misschien vliegen ze tegen een raam. Van alles.'

'Oké. Want ik wed dat er geen één in de rug wordt geschoten door een Noorse politieagent die geen toestemming heeft om een wapen te dragen omdat hij het schietexamen niet heeft gehaald. Een agent die, zodra dit ontdekt wordt, aangeklaagd zal worden en waarschijnlijk veroordeeld zal worden tot een gevangenisstraf van een tot drie jaar, denk je niet?'

Hij tilde het glas op en zette het met een dreun op het kunststof naast het tafelkleed.

'Welk schietexamen?' vroeg ze, opgelucht.

Hij keek haar doordringend aan. Ze ontmoette met een zelfverzekerd gezicht zijn blik.

'Wat bedoel je?' vroeg hij.

'Ik weet niet waar je het over hebt, Harry.'

'Je weet verdomd goed dat...'

'Voorzover ik weet, heb jij je schietexamen van dit jaar gehaald. En dat denkt Møller ook. Hij is zelfs vanmorgen naar de schietbaan geweest om het bij de instructeur te checken. Ze hebben naar je gegevens gekeken, en voorzover ze konden zien, heb je hoog genoeg gescoord. Ze maken niemand inspecteur bij het POT die iemand heeft neergeschoten zonder dat hij een schietvergunning heeft, snap je?'

Ze keek breed lachend naar Harry, die er nu eerder verward dan dronken uitzag.

'Maar ik héb geen schietvergunning!'

'Jawel, je hebt die alleen zoekgemaakt. Je vindt hem wel, Harry, je vindt hem wel.'

'Luister eens, ik...'

Hij hield ineens op en staarde naar het plastic mapje voor zich op de tafel. Ellen stond op.

'Dan zien we elkaar om negen uur, inspecteur?'

Een zwijgende knik was het enige antwoord dat Harry kon geven.

16 | *Radisson SAS, Holbergplass, 5 november 1999*

Betty Andresen had van dat blonde, krullende Dolly Parton-haar dat eruitzag als een pruik. Het was geen pruik, en verder hield de gelijkenis met Dolly Parton ook op. Betty Andresen was lang en mager, en als ze lachte, zoals nu, deed ze haar mond maar een beetje open, waardoor haar tanden net te zien waren. Die lach was bestemd voor de oude man aan de andere kant van de receptie in het Radisson SAS Hotel aan de Holbergplass. Het was geen gewone receptie, maar er waren diverse multifunctionele eilandjes met computerschermen, waardoor ze enkele gasten tegelijk konden helpen.

'Goedemiddag,' zei Betty Andresen. Dat was iets wat ze op de hotelvakschool in Stavanger had geleerd: om duidelijk onderscheid te maken tussen de verschillende tijdstippen op een dag. Dus een uur geleden had ze nog 'Goedemorgen' gezegd, en over een paar uur zou ze 'Goedenavond' zeggen. Dan zou ze naar haar tweekamerflat op Torshov gaan en wensen dat er iemand was tegen wie ze 'Goedenacht' zou kunnen zeggen.

'Ik zou graag een kamer bekijken op de allerhoogste etage.'

Betty Andresen staarde naar de doorweekte schouders van de jas. Het hoosde buiten. Een waterdruppel klampte zich trillend vast aan de rand van de hoed van de oude man.

'U wilt een kamer *bekijken*?'

Betty Andresens lach verdween niet. Daar was ze voor opgeleid, en ze hield vast aan het principe dat iedereen behandeld diende te worden als gast totdat het tegendeel onomstotelijk bewezen was. Maar even zeker wist ze dat wat ze voor zich had een voorbeeld was van het soort oude-man-die-op-bezoek-is-in-de-hoofdstad-en-graag-het-uitzicht-van-het-SAS-hotel-wilde-zien-zonder-ervoor-te-betalen. Ze kwamen hier nogal eens, vooral 's zomers. En het ging niet alleen om het uitzicht. Een dame had eens gevraagd of ze de Palace-suite op de eenentwintigste etage mocht zien, zodat ze die kon beschrijven aan haar vrienden wanneer ze zou vertellen dat ze daar gelogeerd had. Ze had Betty zelfs vijftig kronen geboden om haar in het gastenboek in te schrijven, zodat ze dat als bewijs kon gebruiken.

'Een- of tweepersoonskamer?' vroeg Betty. 'Roken of niet-roken?'

De meesten begonnen bij die vragen al te stotteren.

'Dat maakt niet zoveel uit,' zei de oude man. 'Het belangrijkste is het uitzicht. Ik wil een kamer zien die op het zuidwesten uitkijkt.'

'Ja, dan kunt u over de stad uitkijken.'

'Precies. Wat is de beste kamer die u hebt?'

'De beste is natuurlijk de Palace-suite. Maar wacht even; ik zal kijken of er geen gewone kamer vrij is.'

Ze rammelde over het toetsenbord en wachtte tot hij zou toehappen. Het duurde niet lang.

'Ik wil graag de suite zien.'

Natuurlijk wil je dat, dacht ze. Ze keek naar de oude man. Betty Andresen was geen onredelijke vrouw. Als de grootste wens van een oude man was het uitzicht van het SAS-hotel te zien, wilde zij hem dat niet weigeren.

'Laten we naar boven gaan om te kijken,' zei ze, en ze schonk hem haar stralendste lach, die eigenlijk voorbehouden was aan de vaste gasten.

'Bent u misschien op bezoek bij iemand in Oslo?' vroeg ze beleefd-ongeïnteresseerd in de lift.

'Nee,' zei de oude man. Hij had witte, borstelige wenkbrauwen zoals haar vader had gehad.

Betty drukte op de liftknop, de deuren gleden dicht en de lift zette zich in beweging. Betty zou daar nooit aan kunnen wennen; het leek of je naar de hemel werd gezogen. Toen gleden de deuren weer open, en zoals altijd verwachtte ze half en half dat ze in een nieuwe en andere wereld terechtgekomen was, net als het meisje in het verhaal met de wervelwind. Maar het was altijd dezelfde oude wereld. Ze liepen door de gang met behang dat kleurde bij het tapijt en bij de dure, saaie kunst aan de muur. Ze stak de sleutel in het slot van de suite, zei 'Alstublieft' en hield de deur voor de oude man open, die langs haar heen glipte met een uitdrukking op zijn gezicht die zij voor verwachtingsvol hield.

'De Palace-suite is honderdvijf vierkante meter groot,' zei Betty. 'Hij bestaat uit twee slaapkamers met elk een kingsize bed en twee badkamers, allebei met whirlpool en telefoons.'

Ze liep de kamer in, waar de oude man al voor het raam was gaan staan.

'De meubels zijn ontworpen door de Deense ontwerper Poul Henriksen,' zei ze, en ze streek met haar hand over het flinterdunne glas van de salontafel. 'Wilt u misschien de badkamers zien?'

De oude man antwoordde niet. Hij had zijn drijfnatte hoed opgehouden en in de stilte die volgde kon Betty een druppel op het kersenhouten parket horen vallen. Ze ging naast hem staan. Van hieraf konden ze alles zien wat de moeite waard was om gezien te worden: het Radhus, het Nationaltheater, het Slot, het Storting en Akerhus festning. Onder hen lag het Slottspark, waar de bomen met zwarte, gespreide heksenvingers omhoogwezen naar de grijsblauwe hemel.

'U zou op een mooie lentedag moeten terugkomen,' zei Betty.

De oude man draaide zich om en keek haar niet-begrijpend aan, tot Betty zich realiseerde wat ze had gezegd. Ze had er net zo goed aan toe kunnen voegen: aangezien u toch alleen maar gekomen bent voor het uitzicht.

Ze deed haar best om te lachen.

'Als het gras groen is en de bomen in het Slottspark in blad staan. Dan is het erg mooi.'

Hij keek haar aan, maar zijn gedachten leken heel ergens anders.

'Daar heb je gelijk in,' zei hij ten slotte. 'Bomen krijgen bladeren, daar had ik niet aan gedacht.'

Hij wees naar het raam.

'Kan dat open?'

'Maar een klein stukje,' zei Betty, opgelucht dat het onderwerp veranderd was. 'Je draait daar aan de klink.'

'Waarom maar een klein stukje?'

'Voor het geval iemand domme ideeën zou krijgen.'

'Domme ideeën?'

Ze keek hem snel aan. Was hij een beetje seniel, deze oude man?

'Eruit springen,' zei ze. 'Zelfmoord begaan, dus. Er zijn immers veel ongelukkige mensen die...'

Ze maakte een handbeweging om aan te geven wat ongelukkige mensen doen.

'Dus dat is een dom idee?' De oude man wreef over zijn kin. Zag ze een spoortje van een lach tussen alle rimpels? 'Zelfs als je ongelukkig bent?'

'Ja,' zei Betty beslist. 'In elk geval in mijn hotel. En tijdens mijn dienst.'

'Tijdens mijn dienst.' De oude man grinnikte. 'Die is goed, Betty Andresen.'

Ze schrok toen ze haar naam hoorde. Die had hij natuurlijk op haar naambordje gelezen. Dan was er in elk geval niets aan de hand met zijn gezichtsvermogen, want de letters van haar naam waren zo klein als de letters van RECEPTIE groot waren. Ze deed of ze discreet op haar horloge keek.

'Ja,' zei hij. 'Je hebt wel wat anders te doen dan mij het uitzicht te laten zien.'

'Inderdaad,' zei ze.

'Ik neem de kamer,' zei de oude man.

'Wat zegt u?'

'Ik neem de kamer. Niet voor vannacht, maar...'

'U neemt de kamer?'

'Ja. Die is toch te huur of niet?'

'Eh... ja, maar... hij is erg duur.'

'Ik betaal graag vooruit.'

De oude man haalde een portefeuille uit zijn binnenzak en trok er een bundel biljetten uit.

'Nee, nee, zo bedoelde ik het niet. Maar zevenduizend kronen voor één nacht. Wilt u niet kijken naar...'

'Deze kamer bevalt me,' zei de oude man. 'Tel het alsjeblieft na.'

Betty staarde naar de biljetten van duizend kronen die hij naar haar uitstak.

'We kunnen de betaling regelen als u komt,' zei ze. 'Eh... wanneer wilt u...'

'Zoals je aanraadde, Betty: een dag in de lente.'

'Juist. Nog een speciale datum?'

'Natuurlijk.'

17 | *Politiebureau, 5 november 1999*

Bjarne Møller zuchtte en keek uit het raam. Zijn gedachten dreven weg zoals ze de laatste tijd zo vaak deden. De regen was even gestopt, maar de loodgrijze lucht boven het politiebureau van Grønland hing laag. Een hond plaste over het bruine, levenloze grasveld buiten. Er was een vacature bij het PAC in Bergen. De sollicitatietermijn liep volgende week af. Hij had van een collega daar gehoord dat het in de herfst maar twee keer regende in Bergen: van september tot november en van november tot nieuwjaar. Ze overdreven altijd, die lui uit Bergen. Hij was er geweest en vond het een leuke stad. Ver van de politici in Oslo, en klein. Hij hield van klein.

'Wat?' Møller draaide zich om en ontmoette de vertwijfelde blik van Harry.

'Je was me aan het uitleggen dat het goed voor me zou zijn om eens ergens anders heen te gaan.'

'O?'

'Jouw woorden, chef.'

'O, ja. Jazeker. We moeten erop letten dat we niet vastroesten in onze oude gewoontes. Dat we verdergaan, ons ontwikkelen. Weggaan.'

'Weg en weg. Het POT zit drie etages boven ons.'

'Weg van al het andere, dan. POT-chef Meirik heeft het idee dat je prima zou passen in de vacature die hij daar heeft.'

'Moet er niet geadverteerd worden?'

'Niet over nadenken, Harry.'

'Nee, maar ik kan me met de beste wil van de wereld niet voorstellen waarom ze mij willen hebben bij het POT. Zie ik eruit als een typische spion?'

'Nee, nee.'

'Nee?'

'Ik bedoel, jawel. Niet jawel, maar... waarom niet?'

Møller krabde zich stevig op het achterhoofd. Zijn gezicht was rood geworden.

'Verdomme, Harry, we bieden je een baan aan als inspecteur,

vijf salarisschalen hoger, geen nachtdiensten meer en een beetje respect van die rotjongens. Dat is een goede zaak, Harry.'

'Ik hou van nachtdiensten.'

'Niemand houdt van nachtdiensten.'

'Waarom kan ik die vacature voor inspecteur die we hier hebben niet vervullen?'

'Harry! Doe me een lol en zeg gewoon ja.'

Harry rommelde met het kartonnen bekertje. 'Chef,' zei hij, 'hoe lang kennen we elkaar al?'

Møller stak zijn wijsvinger waarschuwend omhoog. 'Niet op die toer.

Kom me niet aan met we-zijn-samen-door-goede-en-slechte-tijden-gegaan...'

'Zeven jaar. En in die zeven jaar heb ik mensen verhoord die misschien tot de domsten behoren die er in deze stad op twee benen rondlopen, maar toch ben ik nog nooit iemand tegengekomen die zo slecht liegt als jij. Ik ben misschien dom, maar ik heb nog een paar hersencellen over die prima functioneren. En die vertellen me dat het niet mijn cv kan zijn dat me geschikt maakt voor deze baan. En dat het ook niet kan dat ik – heel verrassend – ineens de beste score van de afdeling van dit jaar heb gehaald bij het schietexamen. Ze vertellen me dat dit te maken heeft met het feit dat ik iemand van de Secret Service heb neergeknald. En je hoeft niets te zeggen, chef.'

Møller, die net zijn mond had geopend, deed zijn kaken weer op elkaar en kruiste in plaats daarvan demonstratief zijn armen.

Harry ging verder: 'Ik begrijp dat jij de regie niet hebt. En hoewel ik er geen volledig beeld van heb, heb ik wel fantasie en kan ik raden. En als ik gelijk heb, dan betekent dit dat mijn eigen wensen met betrekking tot mijn carrièreverloop binnen de politie van ondergeschikt belang zijn. Dus geef me op één vraag antwoord: heb ik een keus?'

Møller knipperde een paar keer met zijn ogen. Hij dacht weer aan Bergen. Aan sneeuwloze winters. Aan zondagse uitstapjes met zijn vrouw en kinderen naar Fløyen. Een plaats waar het prettig was op te groeien. Een paar goedaardige kwajongensstreken en weinig gedonder, geen criminele bendes en veertienjarigen die een overdosis nemen. Politiebureau Bergen. Tja.

'Nee,' zei hij.

'Mooi,' zei Harry. 'Dat dacht ik al.' Hij verfrommelde het kartonnen bekertje en mikte op de prullenbak. 'Vijf salarisschalen, zei je?'

'En een eigen kantoor.'

'Goed afgeschermd van de andere zeker.' Hij gooide met een langzame, bedachtzame armbeweging. 'Overuren betaald?'

'Niet in die salarisschaal, Harry.'

'Dan moet ik om vier uur snel naar huis gaan.' Het kartonnen bekertje viel een halve meter van de prullenbak op de grond.

'Dat is vast niet zo moeilijk,' zei Møller met een lachje.

18 | *Slottspark, 10 november 1999*

Het was een heldere en koude avond. Het eerste wat de oude man opviel toen hij uit het metrostation kwam, was hoeveel mensen er nog op straat waren. Hij had gedacht dat er in het centrum bijna geen mensen zouden zijn, maar op de Karl Johan raasden in het neonlicht taxi's af en aan en op het trottoir liepen mensen op en neer. Hij stond te wachten tot het voetgangerslicht op groen sprong, met naast hem een groepje donker gekleurde jongeren die een merkwaardig, kakelend taaltje spraken. Hij vermoedde dat ze uit Pakistan kwamen. Of Arabië misschien. Zijn gedachten werden onderbroken omdat het licht op groen sprong. Hij liep doelbewust naar de overkant en vervolgens omhoog naar de verlichte façade van het Slot. Zelfs hier waren mensen, vooral jongeren, op weg van en naar god-weet-wat. Hij stopte en probeerde weer op adem te komen bij het beeld van Karl Johan, die gezeten op zijn paard dromerig uitkeek op het Storting en de macht die hij geprobeerd had daarvandaan naar het Slot achter hem te verhuizen.

Het had al een week lang niet geregend en de droge blaadjes ritselden toen hij tussen de bomen in het park rechts afsloeg. Hij legde zijn hoofd in zijn nek en staarde naar de kale takken die zich aftekenden tegen de sterrenhemel. Er schoot hem een versje te binnen:

Els en peppel, berk en eik,
Doodse kroon, grauw als slijk.

Hij bedacht dat het beter geweest was als vanavond de maan niet had geschenen. Aan de andere kant kon hij zo makkelijker vinden wat hij zocht: de grote eik waartegen hij zijn hoofd had laten rusten op de dag dat hij had gehoord dat zijn leven ten einde liep. Hij volgde met zijn ogen de stam tot aan de kroon. Hoe oud zou de boom zijn? Tweehonderd jaar? Driehonderd? De boom was misschien al volgroeid geweest toen Karl Johan zich tot koning van Noorwegen had laten kronen. Maar toch: aan elk leven komt een eind. Aan zijn eigen leven, aan dat van de boom, ja, zelfs aan dat van de koning. Hij ging achter de boom staan, zodat hij niet te zien was vanaf de heuvel, en gooide zijn rugzak af. Toen ging hij op zijn hurken zitten, opende de rugzak en haalde de inhoud eruit. Drie flessen met glyfosfaatoplossing die de winkelier in Jernia aan de Kirkevei *Round Up* had genoemd, en een paardenspuit met een stevige stalen punt die hij bij de Sfinx-apotheek had gekocht. Hij had gezegd dat hij de spuit nodig had bij het koken, om vet in het vlees te spuiten, maar die uitleg was niet nodig geweest, want de winkelier had hem ongeïnteresseerd aangekeken en was hem al vergeten voordat hij de deur uit was.

De oude man keek snel rond, waarna hij de lange stalen naald door de kurk van een van de flessen stak en de zuiger langzaam omhoogtrok, zodat de heldere vloeistof langzaam werd opgezogen. Hij voelde met zijn hand totdat hij een opening vond tussen twee stukken bast en stak de naald erin. Het ging niet zo makkelijk als hij gedacht had; hij moest hard duwen om de naald het hout in te krijgen. Het zou geen effect hebben als hij in het buitenste hout spoot; hij moest tot in het cambium, het binnenste van de boom, de vitale organen, komen. Hij duwde uit alle macht. De naald trilde. Verdomme! Hij moest hem niet breken, want hij had alleen deze. De naald ging er een stukje in, maar na enkele centimeters ging hij niet verder. Ondanks de lage temperatuur brak het zweet hem uit. Hij pakte de spuit steviger beet en wilde nog harder duwen, toen hij het geritsel van bladeren boven aan de heuvel hoorde. Hij liet de spuit los. Het geluid kwam dichterbij. Hij sloot zijn ogen en hield zijn adem in. De voetstappen kwamen vlak langs hem heen. Toen hij zijn ogen weer opendeed, zag hij twee gedaantes die achter de bosjes verdwenen op weg naar het uitzichtspunt bij de Fredriksgate. Hij ademde uit en wierp zich weer op de spuit. Het was buigen of barsten, besloot hij, en hij duwde uit alle macht. En net toen hij verwachtte dat de naald zou breken, gleed die de boom in. De oude man wiste het zweet van zijn voorhoofd. De rest was simpel.

Na tien minuten had hij twee flessen van de vloeistof naar binnen gespoten, en hij was al een eind op weg met de derde toen hij stemmen hoorde naderen. Twee gedaantes kwamen door de bosjes vanaf het uitzichtspunt aangelopen. Hij nam aan dat het dezelfde twee waren die hij erheen had zien lopen.

'Hallo!' zei een mannenstem.

De oude man reageerde instinctief: hij kwam overeind en ging voor de boom staan, zodat zijn lange jaspanden de spuit verborgen die nog steeds in de stam stond. Op hetzelfde ogenblik werd hij verblind door het licht. Hij sloeg zijn handen voor zijn gezicht.

'Doe dat licht weg, Tom.' Een vrouw.

Het licht verdween en hij zag de lichtbundel tussen de bomen in het park dansen.

De twee waren helemaal naar hem toe gelopen en de ene, een vrouw van begin dertig, met mooie, regelmatige trekken, hield een kaart voor zijn gezicht, zo dichtbij dat hij zelfs in het spaarzame maanlicht haar foto kon zien, duidelijk jonger en met een serieuze uitdrukking op het gezicht. En een naam. Ellen en nog wat.

'Politie,' zei ze. 'Het spijt me als we u hebben laten schrikken.'

'Wat doe je hier midden in de nacht, opa?' vroeg de man. Ze waren allebei in burger en onder de zwarte wollen muts van de man zag hij een knappe jongeman met koude, blauwe ogen die hem aanstaarden.

'Ik maak alleen maar een wandeling,' zei de oude man, en hij hoopte dat de trilling in zijn stem niet hoorbaar was.

'Ja, ja,' zei degene die Tom heette. 'Achter een boom met een lange jas. Weet je hoe we dat noemen?'

'Hou op, Tom!' Dat was de vrouw. 'Neem ons niet kwalijk,' zei ze met haar gezicht naar de oude man toe gekeerd. 'Er is hier een paar uur geleden iemand overvallen in het park. Er is een jonge jongen neergeslagen. Hebt u iets gezien of gehoord?'

'Ik ben hier nog maar net,' zei de oude man, en hij richtte zich tot de vrouw om de vorsende blik van de man te ontwijken. 'Ik heb niets gezien. Alleen maar het steelpannetje en de Grote Beer.' Hij wees naar de hemel. 'Dat is niet zo mooi. Is hij ernstig gewond?'

'Tamelijk. Het spijt ons dat we hebben gestoord,' glimlachte ze. 'Nog een prettige avond.'

Ze verdween en de oude man sloot zijn ogen en liet zich langs de stam achter zich naar beneden zakken. Het volgende ogenblik werd hij aan de kraag van zijn jas omhooggetrokken en hij voelde iemand warm in zijn oor ademen. Toen was daar de stem van de jongeman: 'Als ik je ooit op heterdaad betrap, snijd ik 'm eraf. Hoor je? Ik heb een hekel aan jullie soort.'

De handen lieten de kraag los en hij was weg.

De oude man zakte op de grond en voelde het vocht van de natte bodem door zijn kleding omhoogtrekken. In zijn hoofd neuriede een stem hetzelfde versje, steeds maar weer:

Els en peppel, berk en eik,
Doodse kroon, grauw als slijk.

19 | *Herbert's Pizza, Youngstorget, 12 november 1999*

Sverre Olsen kwam binnen, knikte tegen de jongens aan de hoektafel, haalde een pilsje bij de bar en nam het mee naar de tafel.

Niet de hoektafel, maar zijn eigen tafel. Dit was al meer dan een jaar zijn tafel, vanaf het moment dat hij die spleetoog bij Dennis Kebab in elkaar had geslagen. Hij was al vroeg op pad, en tot nu toe zat er niemand anders, maar het zou niet lang duren voor de kleine pizzeria op de hoek van de Torggate en Youngstorget volstroomde. Vandaag werden namelijk de uitkeringen uitbetaald. Hij keek naar de jongens in de hoek. Daar zaten er drie van de harde kern, maar tegenwoordig sprak hij niet meer met hen. Ze waren lid van de nieuwe partij, de Nationale Alliantie, en er was onenigheid over de ideologie ontstaan, zou je kunnen zeggen. Hij kende hen uit de tijd van de jeugdbeweging. Het waren echte patriotten, dat wel, maar nu keerden ze de partij de rug toe. Roy Kvinset, met een onberispelijk kaalgeschoren hoofd, droeg zoals altijd zijn versleten strakke spijkerbroek, laarzen en een wit T-shirt met het logo van de Nationale Alliantie in rood, wit en blauw. Maar Halle was in het nieuw. Hij had zijn haar zwart geverfd en gel gebruikt om zijn kapsel plat op zijn schedel te plakken. Zijn snor provoceerde de mensen natuurlijk het meest: een donker, pasgeknipt borsteltje, een exacte kopie van de snor van de Führer. Hij had de wijde paardrijbroek en -laarzen vaarwel gezegd en vertoonde zich nu in een groene camouflagebroek. Gregersen was de enige die er normaal uitzag: kort jasje, puntbaardje en zonnebril op het hoofd. Hij was zonder twijfel de slimste van de drie.

Sverre keek verder om zich heen. Een meisje en een jongen schrokten een pizza naar binnen. Hij had hen niet eerder gezien, maar ze zagen er niet uit als politieverklikkers. En ook niet als journalisten. Waren ze misschien van Monitor? Hij had afgelopen winter een kerel van Monitor ontmaskerd, een type met bange ogen dat hier een paar keer te veel was geweest, te amicaal was en gesprekken had aangeknoopt met een paar van hen. Sverre vermoedde verraad en ze hadden die kerel mee naar buiten genomen en zijn trui uitgetrokken. Hij had een bandrecorder en een microfoon vastgetapet op zijn buik. Nog voordat ze een vinger naar hem hadden uitgestoken, had hij toegegeven dat hij van Monitor was. Doodsbang. Het waren schijtlaarzen, die Monitor-lui. Die dachten dat hun spel, vrijwillig toezicht houden op het fascistische milieu, belangrijk en gevaarlijk werk was, dat ze geheimagenten waren die constant in levensgevaar verkeerden. Nou ja, zo bekeken verschilden ze niet zoveel van een paar lui bij hen in de partij, dat moest hij toegeven. Die kerel was er in elk geval van overtuigd geweest dat ze hem zouden doden en was zo bang geworden dat hij in zijn broek pieste. Letterlijk. Sverre had de donkere streep gezien die langs zijn broekspijp naar beneden kronkelde en op het asfalt liep. Dat herinnerde hij zich het best van die avond: op het spaarzaam verlichte pleintje achter de pizzeria glinsterde een beekje urine dat het laagste punt zocht.

Sverre Olsen besloot dat die twee gewoon een hongerig stel waren dat de pizzeria had ontdekt. Het tempo waarin ze aten gaf aan dat ze nu ook de clientèle hadden ontdekt en graag zo snel mogelijk weer weg wilden. Bij het raam zat een oude man in een jas en met een hoed op. Misschien een alcoholist, alhoewel zijn kleding anders deed vermoeden. Maar zo zagen ze er de eerste dagen vaak uit als het Leger des Heils ze had aangekleed, in duidelijk gebruikte kwaliteitsjassen en kostuums die enigszins uit de mode waren. Terwijl hij naar hem keek, hief de man ineens zijn hoofd op en beantwoordde zijn blik. Het was geen alcoholist. De man had heldere blauwe ogen en Sverre keek instinctief weg. Het leek verdomme wel of de oude kerel hem aanstaarde!

Sverre concentreerde zich op zijn halve liter. Het werd tijd dat hij gauw iets verdiende. Hij moest zijn haar laten groeien, zodat de tatoeage in zijn nek bedekt werd, een overhemd met lange mouwen aantrekken en op zoek gaan. Er waren genoeg baantjes. Rotbaantjes. De prettige, goedbetaalde baantjes hadden die zwarten allemaal al ingepikt. De homo's, de heidenen en de zwarten.

'Mag ik hier zitten?'

Sverre keek op. Het was die oude man, hij stond voor hem. Sverre had niet eens gemerkt dat hij aan was komen lopen.

'Dit is mijn tafel,' zei Sverre afwijzend.

'Ik wil alleen maar een praatje maken.' De oude man legde een krant tussen hen in op de tafel en ging op de stoel tegenover hem zitten. Sverre staarde hem waakzaam aan.

'Rustig maar, ik ben een van jullie,' zei de oude man.
'Welke jullie?'
'Degenen die hier vaker komen. De nationaalsocialisten.'
'O ja?'
Sverre maakte zijn lippen nat en bracht zijn glas naar zijn mond. De oude man zat onbeweeglijk en keek hem aan. Rustig, alsof hij alle tijd van de wereld had. Dat had hij misschien ook wel, hij zag eruit als zeventig. Op z'n minst. Zou hij een van die oude kerels van Zorn 88 zijn? Een van die stille mannen op de achtergrond over wie Sverre alleen gehoord had, maar die hij nooit had gezien?
'Ik heb iets nodig.' De oude man sprak zacht.
'O ja?' zei Sverre. Maar hij had een iets vriendelijker houding aangenomen. Je kon immers nooit weten.
'Een wapen,' zei de oude man.
'Wat is er met een wapen?'
'Ik heb iets nodig. Kun je me helpen?'
'Waarom zou ik?'
'Kijk even in de krant. Pagina 28.'
Sverre trok de krant naar zich toe, hield de oude man in de gaten terwijl hij de pagina's omsloeg. Op pagina 28 stond een artikel over neonazi's in Spanje. Door die Even Juul. De grote zwart-witfoto van een jongeman die een schilderij van generalissimo Franco omhooghield was gedeeltelijk bedekt met een biljet van duizend kronen.
'Als je me kunt helpen...' zei de oude man.
Sverre haalde zijn schouders op.
'... komt er nog eens negenduizend bij.'
'O ja?' Sverre nam nog een slok. Keek rond. Het jonge stel was vertrokken, maar Halle, Gregersen en Kvinset zaten nog in de hoek. En zo meteen zouden de anderen komen, en dan zou het onmogelijk zijn om nog een enigszins discreet gesprek te voeren. Tienduizend kronen!
'Wat voor een wapen?'
'Een geweer.'
'Dat is niet zo moeilijk.'

De oude man schudde het hoofd.

'Een Märklin-geweer.'

'Märklin?'

De oude man knikte.

'Zoals de modeltrein?' vroeg Sverre.

Een spleet opende zich in het gerimpelde gezicht onder de hoed. De oude man lachte zeker.

'Als je me niet kunt helpen, zeg dat dan nu. Je kunt die duizend kronen houden, we hebben het er niet meer over, ik ga hier weg en we zien elkaar nooit weer.'

Sverre voelde een adrenalinestootje. Dit was niet de gebruikelijke praat over bijlen, jachtgeweren en een of andere dynamietstaaf; dit was serieus. Deze kerel was serieus.

De deur ging open. Sverre keek over de schouder van de oude man. Het was niet een van de jongens, alleen die alcoholist met de rode IJslandse trui. Hij kon vervelend worden als hij een pilsje kwam bietsen, maar verder was hij ongevaarlijk.

'Ik zal zien wat ik kan doen,' zei Sverre, en hij pakte de duizend kronen.

Sverre zag niet eens wat er gebeurde. De hand kwam als de klauw van een arend neer op de zijne en nagelde die vast aan de tafel.

'Dat heb ik niet gevraagd.' De stem was koud en scherp als een ijsschots.

Sverre probeerde zijn hand los te rukken, maar dat lukte niet. Het lukte hem niet om uit de greep van een oude vent los te komen!

'Ik heb gevraagd of je me kunt helpen, en ik wil een ja of een nee horen. Begrepen?'

Sverre voelde een enorme razernij – zijn oude vriend en vijand – in zich opkomen. Maar voorlopig had die niet de andere gedachte verdrongen: tienduizend kronen. Er was een man die hem kon helpen, een heel speciale man. Het zou niet goedkoop zijn, maar hij had het gevoel dat die ouwe niet zou beknibbelen op de provisie.

'Ik... Ik kan je helpen.'

'Wanneer?'

'Over drie dagen. Hier. Zelfde tijdstip.'

'Onzin! In drie dagen heb je zo'n geweer niet.' De oude man liet zijn greep verslappen. 'Maar ga naar de man die jou kan helpen en vraag hem naar de man die hem kan helpen te gaan, en dan zie je me hier over drie dagen, zodat we tijd en datum voor de levering kunnen afspreken.'

Sverre drukte honderdtwintig kilo op de sportschool. Hoe kon deze magere bejaarde...

'Zeg dat het geweer bij levering contant betaald zal worden in Noorse kronen. Jij krijgt over drie dagen de rest van je geld.'

'O ja? Wat nou als ik alleen maar het geld neem...'

'Dan kom ik terug om je te vermoorden.'

Sverre wreef over zijn handpalm. Hij vroeg niet om nadere uitleg.

Een ijskoude wind blies over het trottoir voor de telefooncel aan de Torggate Bad toen Sverre Olsen met bevende vingers het nummer draaide. Verdomme, wat was het koud! Allebei zijn laarzen hadden ook nog een gat in de neus. Er werd aan de andere kant opgenomen.

'Ja?'

Sverre Olsen slikte. Waarom kreeg hij altijd zo'n ongemakkelijk gevoel van die stem?

'Met mij, Olsen.'

'Vertel.'

'Iemand wil een geweer hebben. Van het merk Märklin.'

Geen antwoord.

'Zoals de modeltrein,' voegde Sverre toe.

'Ik weet wel wat een Märklin is, Olsen.' De stem aan de andere kant was vlak en neutraal, maar Sverre kon de verachting horen. Hij zei niets, want hoewel hij de man aan de andere kant van de lijn haatte, was de angst groter; hij schaamde zich er niet voor dat toe te geven. De man ging door voor gevaarlijk. Alleen een enkeling in het milieu had van hem gehoord en ook Sverre kende zijn echte naam niet. Maar via zijn connecties had hij Sverre en zijn handlangers meer dan eens gered. Dat was natuurlijk in het belang van de Zaak geweest, niet uit een speciale voorliefde voor Sverre Olsen. Als Sverre iemand anders had geweten van wie hij had gedacht dat die hem kon geven wat hij nodig had, had hij veel liever met die persoon contact gezocht.

De stem: 'Wie vraagt dat, en waarvoor zal het wapen gebruikt worden?'

'Een oude vent, ik heb hem nooit eerder gezien. Hij zei dat hij een van ons was. En ik heb niet precies gevraagd wie hij te grazen wil nemen, om het zo maar te zeggen. Misschien niemand. Misschien wil hij het hebben voor…'

'Hou je bek, Olsen. Zag hij eruit of hij geld had?'

'Hij was goed gekleed. En hij heeft me duizend kronen gegeven alleen om antwoord te krijgen op de vraag of ik hem kon helpen.'

'Hij heeft een duizendje gegeven om je je bek te laten houden, niet om te antwoorden.'

'Ja, nou…'

'Interessant.'

'Ik zie hem over drie dagen weer. Dan wil hij weten of we het voor elkaar krijgen.'

'Wíj?'

'Ja, dus…'

'Of ík het voor elkaar krijg, bedoel je.'

'Natuurlijk. Maar…'

'Wat betaalt hij je trouwens voor de rest van de klus?'

Sverre aarzelde. 'Tien briefjes.'

'Je krijgt van mij hetzelfde. Tien. Als de koop doorgaat. Begrepen?'

'Begrepen.'

'Waarom krijg je die tien?'

'Om mijn bek te houden.'

Sverres tenen waren helemaal gevoelloos toen hij oplegde. Hij had nieuwe laarzen nodig. Hij bleef staan kijken naar een lege, willoze chipszak die door de wind was opgetild en nu tussen de auto's door in de richting van de Storgate werd geblazen.

20 | *Herbert's Pizza, 15 november 1999*

De oude man liet de glazen deur van Herbert's Pizza achter zich dichtvallen. Hij stond op het trottoir te wachten. Een Pakistaanse vrouw met een kinderwagen en haar hoofd in een sjaal gewikkeld liep voorbij. Voor hem zoefden de auto's en in de zijraampjes kon hij zijn bewegende spiegelbeeld en de grote ruiten van de pizzeria achter zich zien. Links van de toegangsdeur was het glas gedeeltelijk bedekt met een wit kruis van tape. Het leek erop dat iemand geprobeerd had de ruit in te trappen. Het patroon van barsten in de ruit leek op het web van een spin. Achter het raam kon hij Sverre Olsen nog zien zitten aan de tafel waar ze de details hadden afgesproken. Over drie weken containerhaven in Bjørvika. Pier 4. Twee uur 's nachts. Wachtwoord: *Voice of an Angel.* Dat was zeker de titel van een popsong. Hij had er nog nooit van gehoord, maar het klonk wel aardig. De prijs was helaas niet aardig: 750.000. Maar hij was niet van plan te onderhandelen. Het was nu alleen de vraag of zij hun deel van de afspraak na zouden komen of dat ze hem daar bij die containerhaven in elkaar zouden slaan. Hij had geappelleerd aan de loyaliteit toen hij aan de jonge neonazi had verteld dat hij vroeger frontsoldaat was geweest, maar hij was er niet zeker van of hij hem geloofd had. Of het indruk had gemaakt. Hij had zelfs een verhaal verzonnen waar hij in dienst was geweest voor het geval de jongen ernaar zou vragen. Maar dat had hij niet gedaan.

Er kwamen nog meer auto's voorbij. Sverre Olsen was blijven zitten, maar er was iemand anders opgestaan, die nu met onzekere stappen op weg was naar de uitgang. De oude man herkende hem; hij was hier de laatste keer ook geweest. En vandaag had hij hen de hele tijd in de gaten gehouden. De deur ging open. Hij wachtte. Het verkeer was even gestopt, maar hij kon horen dat de man vlak achter hem bleef staan. Toen kwam het: 'Nee maar, ben jij het, kerel?'

De stem was van dat heel speciale, raspende soort dat je alleen kreeg door jarenlang drankmisbruik, roken en weinig slaap.

'Ken ik u?' vroeg de oude man zonder zich om te draaien.

'Ik zou denken van wel, ja.'

De oude man draaide zijn hoofd om, nam hem enige tijd op en draaide weer weg.

'Ik kan niet zeggen dat ik iets bekends aan u zie.'

'Nee maar! Herken je een kameraad uit de oorlog niet?'

'Welke oorlog?'

'We hebben voor dezelfde zaak gevochten, jij en ik.'

'Als jij het zegt. Wat wil je?'

'Watte?' vroeg de alcoholist met een hand achter zijn oor.

'Ik vroeg wat je wilde,' herhaalde de oude man luider.

'Wil en wil. Het is toch normaal om met een oude bekende een praatje te maken, of niet? Vooral een bekende die je zo lang niet hebt gezien. En helemaal met iemand van wie je dacht dat hij dood was.'

De oude man draaide zich om.

'Zie ik er dood uit?'

De man in de rode IJslandse trui staarde hem aan met blauwe ogen die wel turkooizen knikkers leken. Zijn leeftijd was onmogelijk te schatten: veertig of tachtig. Maar de oude man wist hoe oud de alcoholist was. Als hij zich concentreerde, kon het zelfs gebeuren dat hij zich zijn verjaardag nog herinnerde. Ze waren tijdens de oorlog altijd heel precies geweest met het vieren van verjaardagen.

De alcoholist deed een stap naar voren.

'Nee, je ziet er niet dood uit. Ziek ja, maar niet dood.'

Hij stak een enorme vuile knuist naar voren en de oude man rook direct de zware stank van zweet, urine en drank.

'Wat is er? Wil je een oude kameraad geen hand geven?' De stem leek op een doodsrochel.

De oude man drukte de uitgestoken hand licht en kort met zijn eigen hand nog in zijn handschoen.

'Ziezo,' zei hij. 'Nu hebben we elkaar een hand gegeven. Als je verder niets wilt, moet ik nu verder.'

'Willen en willen.' De alcoholist schommelde heen en weer terwijl hij probeerde de blik van de oude man vast te houden. 'Ik vroeg me af wat een man zoals jij in een hol als dit te zoeken heeft. Het is niet zo vreemd dat je je dat afvraagt, of wel? Hij heeft zich zeker vergist, dacht ik de vorige keer dat ik je zag. Maar toen zat je met die akelige kerel te praten van wie gezegd wordt dat hij mensen met een honkbalknuppel neerslaat. En toen was je hier vandaag weer...'

'Ja?'

'Toen bedacht ik dat ik het een van de journalisten moest vragen die hier af en toe zijn. Of zij weten wat een kerel die er zo respectabel uitziet als jij in dit milieu te zoeken heeft. Zij weten alles, weet je. En wat ze niet weten, daar gaan ze wel naar op zoek. Bijvoorbeeld hoe het mogelijk is dat een kerel van wie iedereen dacht dat hij dood was ineens weer levend is geworden. Zij hebben binnen de kortste keren informatie ingewonnen. Zo.'

Hij deed een vergeefse poging met zijn vingers te knippen.

'En dan komt dat in de krant, snap je?'

De oude man zuchtte. 'Kan ik je ergens mee helpen?'

'Ziet het daarnaar uit?' De alcoholist gebaarde met zijn hand en grijnsde een tandenkerkhof bloot.

'Ik begrijp het,' zei de oude man, en hij keek rond. 'Laten we een stukje lopen. Ik hou niet van toeschouwers.'

'Hè?'

'Ik hou niet van toeschouwers.'

'Nee, wat moet je daarmee?'

De oude man legde zijn hand licht op de schouder van de ander.

'We gaan hier in.'

Ze liepen een steegje naast Herbert's Pizza in, waar grote afvalbakken van grijs plastic in een rij achter elkaar stonden en hun het zicht op de straat ontnamen.

'Je hebt toch nog niemand verteld dat je me hebt gezien?'

'Ben je gek? Ik dacht eerst dat ik het me inbeeldde: een geest op klaarlichte dag. Bij Herbert's!'

Hij lachte schallend, maar zijn lach ging over in een gorgelende, natte hoest. Hij boog zich voorover en zocht steun tegen de muur, totdat de hoest over was. Toen kwam hij weer overeind, veegde het speeksel uit zijn mondhoeken en zei: 'Nee, dank je wel.

Dan hadden ze me opgesloten.'

'Wat is een passende prijs voor je zwijgen, vind je?'

'Passend, passend... Ik zag die ellendeling het duizendje van jouw krant plukken...'

'Ja?'

'Met een paar van die briefjes houd ik het wel een tijdje uit, dat is duidelijk.'

'Hoeveel dan?'

'Hoeveel heb je?'

De oude man zuchtte en keek rond om zich ervan te verzekeren dat niemand het zag. Toen deed hij zijn jas open en stak zijn hand naar binnen.

Sverre Olsen stak met lange passen de Youngstorget over en zwaaide met de groene plastic tas. Twintig minuten geleden had hij platzak en met gaten in zijn laarzen bij Herbert's gezeten en nu liep hij hier met glimmende *combatboots*, hoge met twaalf paar vetergaatjes, gekocht bij Top Secret in de Henrik Ibsengate. Plus een envelop met nog achtduizend nieuwe duizendjes. En met tien in het vooruitzicht. Het was vreemd hoe snel het kon veranderen. In de herfst had het er nog naar uitgezien dat hij drie jaar zou moeten zitten, totdat zijn advocaat had ontdekt dat de dikke vrouw van de jury de eed op de verkeerde plaats had afgelegd!

Sverre was in zo'n goed humeur dat hij overwoog Halle, Gregersen en Kvinset aan zijn tafel te vragen. Ze trakteren op een biertje. Om te kijken hoe ze reageerden. Ja, verdomme!

Hij stak de Pløensgate over voor een Pakistaanse griet met kinderwagen en lachte naar haar, uit gekheid. Hij was op weg naar de deur van Herbert's toen hij bedacht dat het onzin was om met een plastic zak met versleten laarzen te lopen. Hij liep de steeg in, wipte het deksel van een van de zware afvalbakken omhoog en legde de plastic zak bovenin. Toen hij de steeg uit liep zag hij dat tussen de afvalbakken verderop in de steeg twee benen staken. Hij keek om zich heen. Niemand op straat. Niemand op het pleintje achter. Wat was dit: een alcoholist, een junkie? Hij liep ernaartoe.

De bakken hadden wieltjes en op de plek waar de benen uitstaken waren ze dicht tegen elkaar aan geschoven. Hij voelde zijn hart bonzen. Sommige junkies werden pissig als je ze stoorde. Sverre ging niet verder en schopte de ene bak aan de kant.

'Wel verdomme!'

Het was eigenlijk gek dat Sverre Olsen, die bijna zelf een man had gedood, nog nooit een dode man had gezien. En het was ook gek dat hij bijna door zijn knieën zakte. De man die tegen de muur zat geleund, staarde met open ogen in onbepaalde richting en was zo dood als een pier. De doodsoorzaak was zonneklaar: het gapende rode gat in zijn hals maakte duidelijk waar zijn keel was doorgesneden. Hoewel de wond nog amper bloedde, was het bloed eerst flink naar buiten gegutst, want de hele rode IJslandse trui van de man was kleverig en nat. De stank van afval en urine werd overweldigend en Sverre proefde de smaak van gal nog voordat die omhoogkwam: twee bier en pizza. Hij leunde tegen een afvalbak en kotste op het asfalt. De neuzen van zijn schoenen waren geel van het braaksel, maar hij merkte het niet. Hij staarde alleen maar naar het rode riviertje dat glinsterde in het schemerige licht terwijl het naar het laagste punt zocht.

21 | *Leningrad, 17 januari 1944*

Een Russisch YAK 1-jachtvliegtuig denderde over het hoofd van Edvard Mosken toen hij gebukt door de loopgraaf rende.

Ze zagen meestal geen kans om flinke schade aan te richten, die jachtvliegtuigen; het leek erop dat de Russen een tekort hadden aan bommen. Het laatste wat hij gehoord had, was dat ze de piloten handgranaten hadden gegeven, waarmee ze moesten proberen hun stellingen te raken als ze overvlogen!

Edvard was in sectie Noord geweest om brieven voor de mannen op te halen en het laatste nieuws te horen. De hele herfst was er een lange reeks van neerslachtig makende meldingen geweest over verliezen en terugtrekkingen aan het oostfront. In november hadden de Russen Kiew al heroverd en in oktober had het niet veel gescheeld of het Duitse leger was ten noorden van de Zwarte Zee omsingeld. Dat Hitler het oostfront verzwakt had door de troepen naar het westfront te sturen had de situatie er niet beter op gemaakt. Maar het zorgwekkendste had Edvard vandaag gehoord. Twee dagen geleden had generaal-luitenant Gusev vanuit Oranienbaum, aan de zuidkant van de Finse bocht, een ongekend offensief ingezet. Edvard herinnerde zich Oranienbaum omdat het een klein bruggenhoofd was dat ze tijdens de opmars naar Leningrad links hadden laten liggen. Ze hadden het de Russen laten houden, omdat het geen strategische betekenis had! Nu had Iwan kans gezien om in het grootste geheim een heel leger rond het Kronstadt-fort te verzamelen, en de berichten meldden dat de Katusja-raketten de Duitse stellingen onophoudelijk bombardeerden en dat er van het dichte sparrenbos alleen nog maar splinters over waren. Ze hadden inderdaad een paar nachten achtereen Stalins muziek in de verte gehoord, maar dat het zo erg was had hij niet vermoed.

Edvard had van de gelegenheid gebruikgemaakt om langs het lazaret te gaan om een van de jongens te bezoeken die een voet had verloren door in niemandsland op een mijn te stappen, maar de ziekenverzorgster, een klein vrouwtje uit Estland met droevige ogen in donkere oogkassen, waardoor het leek of ze een masker droeg, had alleen haar hoofd geschud en het Duitse woord gezegd dat ze waarschijnlijk het best kende: '*Tot.*'

Edvard had er kennelijk nogal aangeslagen uitgezien, want ze had een poging gedaan om hem op te monteren door naar een bed te wijzen waarin duidelijk een andere Noor lag.

'*Leben*,' had ze gezegd, en ze had naar hem gelachen. Maar haar ogen stonden nog steeds droevig.

Edvard kende de slapende man niet, maar toen hij de witte leren jas die over de stoel hing in het oog kreeg, begreep hij wie daar lag: het was de compagniechef Lindvig van regiment Noorwegen in hoogsteigen persoon. Een legende. En nu lag hij hier! Hij besloot de mannen dit nieuws te besparen.

Een nieuw jachtvliegtuig denderde boven zijn hoofd. Waar kwamen al die vliegtuigen ineens vandaan? Vorige herfst had het erop geleken dat Iwan er geen een meer overhad.

Hij ging een hoek om en zag Dale gebukt staan, met zijn rug naar hem toe.

'Dale!'

Dale draaide zich niet om. Nadat hij in november door een granaatinslag buiten westen was geweest, hoorde Dale niet zo goed meer. Hij zei ook niet zoveel meer en hij had die glazige, naar binnen gekeerde blik gekregen die mannen met een *shell shock* vaak krijgen. Dale had in het begin geklaagd over hoofdpijn, maar de regimentsdokter had naar hem gekeken en gezegd dat hij niet veel voor hem kon doen, dat hij maar moest afwachten of het overging. Er was zo'n gebrek aan strijdkrachten dat ze er niet aan konden beginnen gezonde mensen naar het lazaret te sturen, had hij gezegd.

Edvard legde een hand op de schouder van Dale, die zich zo abrupt omdraaide dat Edvard onderuitging op het ijs, dat door de zon nat en glad was geworden. Het was in elk geval een zachte winter, dacht Edvard, en hij moest lachen terwijl hij op zijn rug lag, maar zijn gelach verstomde toen hij recht in de loop van het geweer van Dale keek.

'*Passwort!*' riep Dale. Boven het vizier zag Edvard een wijd opengesperd oog.

'Hé, hallo. Ik ben het, Dale.'

'*Passwort!*'

'Doe dat geweer weg! Ik ben het: Edvard, verdomme!'

'*Passwort!*'

'*Gluthaufen.*'

Edvard voelde de paniek omhoogkomen toen hij Dales vinger zich rond de trekker zag krommen. Verstond hij het niet?

'*Gluthaufen!*' riep hij uit alle macht. '*Gluthaufen*, verdomme!'

'*Fehl! Ich schiesse!*'

Mijn god, die man was gek! Op hetzelfde ogenblik schoot het Edvard te binnen dat ze die ochtend het wachtwoord hadden veranderd. Nadat hij naar sectie Noord was vertrokken! Dales vinger drukte tegen de trekker, maar die wilde niet verder. Hij kreeg een vreemde frons boven zijn oog. Toen haalde hij de veiligheidspal over en richtte opnieuw. Zou het zo eindigen? Zou hij na alles wat hij overleefd had sterven door een kogel van een landgenoot met een shock? Edvard staarde naar de zwarte loop en wachtte op de vonken. Zou hij die kunnen zien? Heregod. Hij keek langs de geweerloop naar de blauwe hemel boven hen, waar een zwart kruis zich aftekende tegen de lucht – een Russisch jachtvliegtuig. Het zat te hoog om het te kunnen horen. Toen sloot hij zijn ogen.

'*Engelstimme!*' riep iemand vlakbij.

Edvard opende zijn ogen en zag Dale twee keer knipperen achter het vizier. Het was Gudbrand. Hij hield zijn hoofd dicht bij dat van Dale en riep in zijn oor.

'*Engelstimme!*'

Dale liet het geweer zakken. Toen grijnsde hij naar Edvard en knikte. '*Engelstimme*,' herhaalde hij.

Edvard deed zijn ogen weer dicht en zuchtte.

'Brieven?' vroeg Gudbrand.

Edvard krabbelde overeind en gaf de stapel papieren aan Gudbrand. Dale had nog steeds een grijns om zijn lippen, maar hij had weer die lege uitdrukking op zijn gezicht. Edvard pakte de geweerloop van Dale stevig vast en hield zijn gezicht vlak voor hem.

'Is er iemand thuis, Dale?'

Hij wilde het met een normale stem zeggen, maar het was niet meer dan een schor en hees gefluister.

'Hij hoort je niet,' zei Gudbrand, terwijl hij de brieven doornam.

'Ik wist niet dat het zo slecht met hem ging,' zei Edvard, en hij zwaaide met een hand voor Dales gezicht.

'Hij zou hier niet meer moeten zijn. Hier is een brief van zijn familie. Laat hem die zien; dan begrijp je waar ik het over heb.'

Edvard pakte de brief en hield die voor Dale, maar hij constateerde dat er geen enkele reactie kwam behalve een snel lachje, waarna hij zijn gestaar in de eeuwigheid weer hervatte, of waar zijn blik dan ook heen ging.

'Je hebt gelijk,' zei hij. 'Hij is aan zijn eind.'

Gudbrand overhandigde Edvard een brief. 'Hoe gaat het thuis?' vroeg hij.

'Ach, je weet wel,' zei Edvard, en hij keek lang naar de brief.

Gudbrand wist het niet, want Edvard en hij hadden sinds vorig jaar winter niet veel met elkaar gesproken. Het was vreemd, maar zelfs onder deze omstandigheden konden twee mensen elkaar heel goed ontlopen als ze dat per se wilden. Niet dat Gudbrand een hekel had aan Edvard. Integendeel, hij had respect voor deze man uit Mjøndal – een verstandige man, een moedig soldaat en een grote steun voor de jonge en nieuwe manschappen, vond Gudbrand. In de herfst hadden ze Edvard bevorderd tot *Scharführer*, wat gelijkstond aan sergeant in het Noorse leger, maar zijn verantwoordelijkheid was hetzelfde gebleven. Edvard had voor de grap gezegd dat hij bevorderd was omdat de andere sergeanten gesneuveld waren en ze een overschot hadden aan sergeantsbaretten.

Gudbrand had vaak gedacht dat zij tweeën onder andere omstandigheden goede vrienden hadden kunnen worden. Maar wat er afgelopen winter was gebeurd met Sindre die verdween en het lijk van Daniël dat op mysterieuze wijze weer was opgedoken, had de hele tijd tussen hen in gestaan.

Het doffe geluid van een explosie in de verte verbrak de stilte, gevolgd door het geknetter van machinegeweren die elkaar antwoord gaven.

'Het gaat er steeds heftiger aan toe,' zei Gudbrand, meer vragend dan constaterend.

'Ja,' zei Edvard. 'Dat komt door dat verrekte weer. Onze trucks met bevoorrading rijden zich vast in de blubber.'

'Moeten we terugtrekken?'

Edvard haalde zijn schouders op. 'Een paar kilometer misschien. Maar we komen terug.'

Gudbrand hield een hand boven zijn ogen en keek naar het oosten. Hij had geen zin om terug te komen. Hij had zin om naar huis te gaan en te kijken of er daar nog een toekomst voor hem was.

'Heb je het Noorse bord gezien bij de kruising vlak bij het lazaret, dat ronde bord met dat kruis?' vroeg hij. 'En die pijl langs de weg die naar het oosten wijst waarop staat LENINGRAD 5 KM?'

Edvard knikte.

'Weet je wat er op de pijl staat die naar het westen wijst?'

'OSLO,' antwoordde Edvard. '2611 KM.'

'Dat is ver.'

'Ja, dat is ver.'

Dale had Edvard het geweer laten houden en zat op de rand van de loopgraaf met zijn handen begraven in de sneeuw voor hem. Zijn hoofd hing als een geknakte bloem tussen zijn smalle schouders. Ze hoorden een nieuwe explosie, dichterbij dit keer.

'Nog bedankt voor...'

'Niets te danken,' haastte Gudbrand zich te zeggen.

'Ik heb Olaf Lindvig in het lazaret gezien,' zei Edvard. Hij wist niet waarom hij dit zei. Misschien omdat Gudbrand met Dale de enige was die net zo lang bij de eenheid was als hijzelf.

'Was hij...?'

'Slechts licht gewond. Ik heb zijn witte leren jas gezien.'

'Het is een goeie vent, heb ik gehoord.'

'Ja, we hebben veel goeie kerels.'

Ze bleven zwijgend tegenover elkaar staan.

Edvard kuchte en stak een hand in zijn zak.

'Ik heb een paar Russische sigaretten van Noord gekregen. Als je vuur hebt...'

Gudbrand knikte, knoopte zijn camouflagejas open, vond het luciferdoosje en haalde een lucifer langs het grove papier. Toen hij opkeek, zag hij eerst alleen Edvards wijd opengesperde cyclopenoog. Het staarde over zijn schouder. Toen hoorde hij het jankende geluid.

'Dekking!' riep Edvard.

Het volgende moment lagen ze op het ijs en de hemel boven hen spleet met een scheurend geluid open. Gudbrand kon nog net het staartstuk zien van het Russische jachtvliegtuig dat langs hun loopgraven vloog, zo laag dat de sneeuw van de heuvels opstoof. Toen was het weg en werd het weer stil.

'Dat was toch...' fluisterde Gudbrand.

'God in de hemel,' kreunde Edvard. Hij draaide zich om en lachte naar Gudbrand. 'Ik kon de piloot zien; hij had de glazen koepel omhooggetrokken en boog zich uit de cockpit. Iwan is gek geworden.' Hij lachte hikkend. 'Dit is me je dagje wel.'

Gudbrand keek naar de geknakte lucifer die hij nog steeds in zijn hand hield. Toen begon ook hij te lachen.

'Hè, hè,' zei Dale, en hij keek vanaf zijn plekje in de sneeuw op de rand van de loopgraaf naar zijn twee kameraden. 'Hè, hè.'

Gudbrand keek even naar Edvard, en toen begonnen ze te bulderen van het lachen. Ze lachten tot ze hikten en hoorden eerst het vreemde geluid niet dat naderbij kwam.

Klak-klak ...

Het klonk alsof iemand met zijn hak in de sneeuw sloeg.

Klak...

Toen klonk het geluid van metaal tegen metaal, en Gudbrand en Edvard draaiden zich om naar Dale, die langzaam omviel in de sneeuw.

'In 's hemelsnaam...' begon Gudbrand.

'Granaat!' brulde Edvard.

Gudbrand reageerde instinctief op Edvards kreet en dook in elkaar, maar terwijl hij zo lag kreeg hij de pin in het oog die een meter voor hem op het ijs ronddraaide. Aan de ene kant zat een metalen klomp. Hij voelde zijn lichaam bijna bevriezen toen hij begreep wat er stond te gebeuren.

'Maak dat je wegkomt!' schreeuwde Edvard achter hem.

Het was waar: de Russische piloten gooiden echt handgranaten uit de vliegtuigen! Gudbrand lag op zijn rug en probeerde weg te komen, maar zijn armen en benen gleden op het natte ijs onder hem weg.

'Gudbrand!'

Dat merkwaardige geluid was de handgranaat geweest die op het ijs van de loopgraaf was gevallen. Hij moest precies op de helm van Dale terecht zijn gekomen!

'Gudbrand!'

De granaat draaide rond, sprong op en danste op het ijs. En Gudbrand kon zijn blik er niet van afhouden. Vier seconden tussen het uitrekken van de pin en de ontploffing, hadden ze dat niet geleerd in Sennheim? De Russen hadden misschien andere granaten, misschien was het nu zes? Of acht? Rond en rond draaide de granaat, zoals zo'n grote rode bromtol die vader in Brooklyn voor hem had gemaakt. Gudbrand tolde en Sonny en zijn kleine broertje keken toe en telden hoe lang de tol bleef staan. *'Twenty-one, twenty-two...'* Moeder riep vanuit het raam op de tweede etage dat het eten klaar was en dat hij binnen moest komen, vader kon elk moment thuiskomen. 'Wacht even,' riep hij naar haar omhoog. 'De tol is aan het tollen!' Maar ze hoorde het niet, ze had het raam alweer dichtgedaan. Edvard riep niet meer en het was ineens stil geworden.

22 | *Wachtkamer van dokter Buer, 22 december 1999*

De oude man keek op de klok. Hij zat al een kwartier in de wachtkamer. Hij hoefde vroeger nooit te wachten, in de tijd van Konrad Buer. Konrad had nooit meer patiënten aangenomen dan zijn agenda toeliet.

Er zat een man aan de andere kant van de kamer. Donkere huid, Afrikaans. Hij bladerde in een weekblad en de oude man merkte dat hij zelfs van deze afstand elke letter op de cover kon lezen. Iets over de koninklijke familie. Zat die Afrikaan daar nu over te lezen, over de Noorse koning? Wat een absurd idee.

De Afrikaanse man bladerde verder. Hij had zo'n snor die langs zijn mondhoeken naar beneden liep, net zoals de koerier die de oude man die nacht had ontmoet. Het was een korte ontmoeting geweest. De koerier was in een Volvo – zeker een huurauto – naar de containerhaven gekomen. Hij was gestopt, het raam was met een zoemend geluid naar beneden gegaan en hij had het wachtwoord gezegd: *Voice of an Angel.* En hij had dus net zo'n snor. En treurige ogen. Hij had direct gezegd dat hij uit veiligheidsoverwegingen het geweer niet in de auto had en dat ze een eindje moesten rijden om het op te halen. De oude man had geaarzeld, maar had toen besloten dat, als ze hem wilde beroven, ze dat dan wel in de haven zouden doen. Hij had plaatsgenomen en ze waren, uitgerekend, naar het Radisson SAS-hotel aan de Holbergplass gereden. Toen ze door de receptie liepen had hij Betty Andresen achter de balie gezien, maar ze had niet hun richting op gekeken.

De koerier had in het Duits het geld in de koffer geteld. De oude man had gevraagd waarom hij die taal sprak, en de koerier had geantwoord dat zijn ouders uit de Elzas kwamen. De oude man had overwogen om te vertellen dat hij daar geweest was, in Sennheim. Een idee.

Nadat hij in de universiteitsbibliotheek op internet veel had gelezen over het Märklin-geweer, was het wapen zelf enigszins een anticlimax. Het zag eruit als een gewoon jachtgeweer, alleen wat groter. De koerier had hem laten zien hoe hij het uit elkaar moest halen en weer in elkaar moest zetten. En hij had hem 'Herr Urias' genoemd. Toen had de oude man het gedemonteerde wapen in een grote schoudertas gedaan en de lift naar de receptie beneden genomen. Even had hij overwogen Betty Andresen te vragen een taxi voor hem te bestellen. Opnieuw een idee.

'Hallo!'

De oude man keek op.

'Ik geloof dat we ook een gehoortest moeten doen.'

Dokter Buer stond in de deuropening en deed een poging tot een joviale lach. Hij ging hem voor naar binnen. De wallen onder de ogen van de dokter waren nog dikker geworden.

'Ik heb drie keer je naam geroepen.'

Ik vergeet mijn naam, dacht de oude man. Ik vergeet al mijn namen.

De oude man begreep uit de manier van doen van de dokter dat hij slecht nieuws had.

'Ik heb de resultaten van de tests die we hebben gedaan,' zei hij. Snel, voordat hij goed en wel op zijn stoel zat, om het slechte nieuws zo snel achter de rug te hebben.

'En de kanker heeft zich helaas uitgezaaid.'

'Natuurlijk,' zei de oude man. 'Is dat niet de bedoeling van kankercellen, om zich uit te zaaien?'

'Ha, ha. Inderdaad.' Buer veegde een onzichtbaar stofje van het bureau.

'De kanker is net als wij,' zei de oude man. 'Doen wat je moet doen.'

'Ja,' zei dokter Buer. Hij zag er geforceerd ontspannen uit in zijn in elkaar gezakte zithouding.

'Jij doet ook wat je moet doen, dokter.'

'Je hebt gelijk, helemaal gelijk.' Dokter Buer glimlachte en pakte zijn bril. 'We overwegen nog steeds een chemokuur. Je zult daardoor verzwakken, maar je leven kan... eh...'

'Verlengd worden?'

'Ja.'

'Hoeveel tijd heb ik nog zonder z'n kuur?'

Buers adamsappel sprong op en neer. 'Iets korter dan we eerst hadden aangenomen.'

'En dat betekent?'

'Dat betekent dat de kanker zich uitgezaaid heeft van de lever naar de bloedbaan naar...'

'Hou je mond en noem me een tijd.'

Dokter Buer keek hem zwijgend aan.

'Je hebt een hekel aan je werk, hè?' zei de oude man.

'Hoe bedoel je?'

'Niets. Een datum, alsjeblieft.'

'Het is onmogelijk om...'

Dokter Buer schoot omhoog uit zijn achterovergezakte houding toen de vuist van de oude man het bureau zo hard raakte dat de hoorn van het telefoontoestel viel. Hij opende zijn mond om iets te zeggen, maar bedacht zich toen hij de trillende wijsvinger van de oude man zag. Toen zuchtte hij, zette zijn bril af en wreef met een vermoeid gebaar over zijn gezicht.

'De zomer. Juni. Misschien eerder. Hoogstens augustus.'

'Goed,' zei de oude man. 'Dat komt goed uit. Pijn?'

'Die kan elk moment komen. Je krijgt medicijnen.'

'Kan ik nog lang blijven functioneren?'

'Moeilijk te zeggen. Dat ligt aan de pijn.'

'Ik moet medicijnen hebben die ervoor zorgen dat ik kan functioneren. Dat is belangrijk, begrijp je?'

'Alle pijnstillers...'

'Ik kan goed tegen pijn. Ik moet alleen iets hebben dat me bij bewustzijn houdt, waardoor ik kan denken, rationeel kan handelen.'

'Prettige kerstdagen!' Dat was het laatste wat dokter Buer zei. De oude man stond op de trap. Hij had eerst niet begrepen waarom het zo druk was in de stad, maar nu hij herinnerd was aan de aanstaande feestdagen zag hij de paniek in de ogen bij de mensen die zich over de trottoirs haastten op zoek naar de laatste kerstcadeaus. Op Egertorget stonden mensen rond een popbandje dat speelde. Een man in het uniform van het Leger des Heil ging rond met een bus. Een junkie stond te stampen in de sneeuw, terwijl zijn blik flakkerde als een kaarsje dat bijna werd uitgeblazen. Er passeerden hem twee tieners; vriendinnen, arm in arm, met rode wangen. Ze deelden duidelijk een heleboel spannende geheimen over jongens en keken vol verwachting uit naar wat dit leven hun nog zou brengen. En de lichtjes. Elk raam was verlicht. Hij hief zijn hoofd naar de hemel boven Oslo. Een warme, gouden koepel van gereflecteerd licht van de stad. Mijn god, wat verlangde hij naar haar. Volgende kerst, dacht hij. De volgende kerst vieren we samen, mijn lief.

DEEL 3
URIAS

23 | *Rudolph II Hospital, Wenen, 7 juni 1943*

Helena Lang liep met snelle passen terwijl ze het karretje in de richting van zaal 4 duwde. De ramen stonden open en ze haalde diep adem, vulde haar longen en hoofd met de frisse geur van pas gemaaid gras. Geen geur van vernietiging en dood vandaag. Een jaar geleden was Wenen voor de eerste keer gebombardeerd. De laatste weken waren er elke nacht dat het helder weer was bombardementen uitgevoerd. Alhoewel het Rudolph II Hospital enkele kilometers van het centrum lag, hoog verheven boven de oorlog in het groene Wienerwald, had de rook van de branden in de stad de zomerlucht verstikt.

Helena sloeg een hoek om en lachte naar dokter Brockhard, die aanstalten maakte om te blijven staan voor een praatje, maar ze haastte zich verder. Brockhard, met die verstarde, starende ogen achter zijn bril, maakte haar altijd nerveus en gaf haar een ongemakkelijk gevoel als ze met z'n tweeën waren. Af en toe had ze het idee dat die ontmoetingen met Brockhard in de gang niet toevallig waren. Haar moeder zou hartkloppingen krijgen als ze zou zien hoe Helena de jonge, veelbelovende arts ontweek, vooral omdat Brockhard uit een bijzonder degelijke Weense familie kwam. Maar Helena mocht noch Brockhard, noch zijn familie, noch de pogingen van haar moeder om haar te gebruiken als retourbiljet naar het juiste milieu. Moeder gaf de oorlog de schuld van wat er gebeurd was. Het was de schuld van de oorlog dat Helena's vader, Henrik Lang, zo plotseling zijn Joodse geldschieters was kwijtgeraakt, waardoor hij zijn crediteuren niet meer volgens plan kon betalen. En de geldcrisis had ertoe geleid dat hij had moeten improviseren. Hij had zijn Joodse bankiers overgehaald hun obligaties, waarop de Oostenrijkse staat beslag had gelegd, te laten overschrijven naar Lang. En nu zat Henrik Lang dus in de gevangenis wegens samenzwering met staatsvijandelijke Joodse krachten.

In tegenstelling tot haar moeder miste zij haar vader meer dan de positie die de familie had. Ze miste bijvoorbeeld helemaal niet de grote feesten, die onvolwassen, oppervlakkige gesprekken en de voortdurende pogingen om haar te koppelen aan rijke, verlegen jongens.

Ze keek op haar polshorloge en haastte zich verder. Een vogeltje was kennelijk door een van de open ramen naar binnen gevlogen en zat nu onbekommerd te zingen op een van de lampenkappen die aan het hoge plafond hingen. De eerste dagen had Helena het onvoorstelbaar gevonden dat er buiten een oorlog woedde. Dat kwam waarschijnlijk doordat het bos, de dichte rijen sparrenbomen, alles buitensloot wat ze hier boven niet wilden zien. Maar liep je een van de zalen binnen, dan begreep je snel genoeg dat het maar een denkbeeldige vrede was. Met hun verminkte lichamen en aan stukken gescheurde zielen brachten de gewonde soldaten ook hier de oorlog binnen. In het begin had ze naar hun verhalen geluisterd in de vaste overtuiging dat zij met haar kracht en geloof hen uit hun ontreddering kon helpen. Maar ze wilden allemaal verder vertellen over hetzelfde nachtmerrieachtige sprookje – over wat een mens kan en moet uitstaan hier op aarde, over welke vernederingen ze hadden doorstaan omdat ze zo graag wilden leven. Dat alleen de doden ongeschonden ontsnappen. Dus Helena was opgehouden met luisteren. Ze deed of ze luisterde, terwijl ze verbanden verwisselde, de temperatuur opnam en hun medicijnen en eten gaf. En wanneer ze sliepen, probeerde ze niet naar hen te kijken, want hun gezichten gingen in hun slaap door met vertellen. Ze kon het lijden aflezen van de bleke jongensgezichten en de gruwelijkheden van de geharde, gesloten gezichten, en ze zag het doodsverlangen in de van pijn vertrokken gelaatstrekken bij iemand die zojuist had gehoord dat zijn voet eraf moest.

Toch liep ze vandaag met lichte, snelle stappen. Misschien kwam dat doordat het zomer was, misschien doordat een arts haar zojuist had gezegd hoe mooi ze die ochtend was. Of misschien kwam het door de Noorse patiënt op zaal 4 die zo meteen zou lachen en '*Guten Morgen*' zou zeggen in zijn merkwaardige, grappige Duits. Dan zou hij ontbijten en haar ondertussen langdurig volgen met zijn ogen als ze van bed naar bed ging en de andere patiënten hun ontbijt gaf en voor ieder van hen een paar opmonterende woorden had. En bij elk vijfde of zesde bed zou ze even naar hem kijken, en als hij naar haar lachte zou ze snel teruglachen en doorgaan of er niets gebeurd was. Niets. En toch was dit alles. Het was de gedachte aan deze korte momenten die haar nu door de dag heen hielp, die ervoor zorgden dat ze kon lachen wanneer de lelijk verbrande kapitein Hadler in het bed bij de deur gekscherend vroeg of ze zijn geslachtsdelen nu snel na zouden sturen van het front.

Ze deed de klapdeur van zaal 4 open. Het zonlicht dat naar binnen stroomde maakte dat al het wit, de wanden, het plafond en de lakens, licht leek te geven. Zo zal het zijn als je het paradijs binnenloopt, dacht ze.

'Guten Morgen, Helena.'

Ze lachte naar hem. Hij zat in een stoel naast het bed en las een boek.

'Goed geslapen, Urias?' vroeg ze opgewekt.

'Als een beer,' zei hij.

'Een beer?'

'Ja. In... Hoe zeg je dat in het Duits, als ze 's winters slapen?'

'O, in winterslaap.'

'Ja, in winterslaap.'

Ze lachten allebei. Helena wist dat de andere patiënten hen in de gaten hielden en keken of ze niet langer bij hem bleef dan bij de anderen.

'En je hoofd? Dat gaat nu elke dag een beetje beter, of niet?'

'Ja, het gaat steeds beter. Ooit zal ik weer net zo knap zijn als ik vroeger was, wacht maar af.'

Ze herinnerde zich de dag dat ze hem binnenkregen. Het leek onnatuurlijk dat iemand kon overleven met zo'n gat in zijn hoofd als hij had. Ze stootte met haar kan tegen zijn theekop, zodat die bijna viel.

'Hola!' lachte hij. 'Vertel me eens: heb je tot laat vannacht gedanst?'

Ze keek op. Hij knipoogde naar haar.

'Ja,' zei ze, en ze raakte in de war omdat ze loog over zoiets idioots.

'En wat dansen jullie hier in Wenen?'

'Ik bedoel nee: ik heb helemaal niet gedanst. Ik ben alleen maar laat naar bed gegaan.'

'Jullie walsen toch? Van die Wienerwalsen?'

'Ja, inderdaad,' zei ze, en ze concentreerde zich op de thermometer.

'Zo,' zei hij en hij stond op. Toen begon hij te zingen. De anderen keken op van hun bed. Het was een lied in een onbekende taal, maar hij zong met een mooie, warme stem. En de gezondsten juichten en lachten toen hij met kleine, voorzichtige walspasjes door de zaal draaide, waardoor de ceintuur van zijn ochtendjas om hem heen wapperde.

'Kom terug, Urias, anders stuur ik je regelrecht naar het oostfront,' riep ze streng.

Hij kwam gehoorzaam weer zitten. Hij heette geen Urias, maar hij had erop gestaan dat ze die naam zouden gebruiken.

'Kun je de *rheinländer*?' vroeg hij.

'De rheinländer?'

'Dat is een dans die we geleend hebben uit Rheinland. Zal ik je hem laten zien?'

'Jij blijft hier stil zitten tot je weer gezond bent!'

'En dan neem ik je in Wenen mee uit en leer ik je de rheinländer!'

De uren die hij de laatste dagen op de veranda had doorgebracht in de zomerzon hadden hem al een mooi bruin kleurtje gegeven, en nu glinsterden zijn witte tanden in zijn vrolijke gezicht.

'Volgens mij klink je al gezond genoeg om teruggestuurd te worden,' pareerde zij, maar het lukte haar niet om haar blozen een halt toe te roepen. Ze maakte aanstalten om verder te gaan met haar ronde toen ze zijn hand op de hare voelde.

'Zeg ja,' fluisterde hij.

Ze wuifde hem met een heldere lach weg en ging verder naar het volgende bed, met een hart dat als een vogeltje in haar borst zong.

'En?' zei dokter Brockhard, en hij keek op van zijn papieren toen ze zijn kamer binnenkwam, en zoals altijd wist ze niet of het een vraag was, een inleiding tot een langere vraag of alleen maar een stopwoord. Dus ze zei niets en bleef bij de deur staan.

'U hebt naar mij gevraagd, dokter?'

'Waarom blijf je "u" zeggen, Helena?' Brockhard zuchtte lachend. 'Hemel, we kennen elkaar van jongs af aan.'

'Wat wilde u tegen mij zeggen?'

'Ik heb besloten om de Noor op zaal 4 beter te melden.'

'Juist ja.'

Ze vertrok geen spier. Waarom zou ze ook? De mensen bleven hier tot ze weer hersteld waren; dan gingen ze weer weg. Het alternatief was dat ze doodgingen. Dat was het leven in een ziekenhuis.

'Ik heb de Wehrmacht hiervan vijf dagen geleden op de hoogte gesteld. We hebben al nieuwe orders voor hem gekregen.'

'Dat is snel.' Haar stem was vast en kalm.

'Ja, ze zitten te springen om nieuwe manschappen. We voeren een oorlog, zoals je weet.'

'Ja,' zei ze. En ze zei niet wat ze dacht: we voeren oorlog en hier, duizend kilometer van het front, zit jij, tweeëntwintig jaar oud, en je doet werk dat een zeventigjarige zou kunnen doen. Met dank aan *Herr* Brockhard senior.

'Ik dacht dat jij hem die boodschap wel zou willen overbrengen. Jullie kunnen kennelijk goed met elkaar opschieten.'

Ze merkte dat hij haar opnam.

'Wat vind je juist aan hém zo leuk, Helena? Wat onderscheidt hem van de andere vierhonderd soldaten die hier in het ziekenhuis liggen?'

Ze wilde protesteren, maar hij was haar voor.

'Neem me niet kwalijk, Helena, ik heb er natuurlijk niets mee te maken. Ik ben alleen nieuwsgierig. Ik...'

Hij klemde een pen tussen de toppen van zijn wijsvingers, draaide zich om en keek uit het raam.

'... vraag me alleen af wat je ziet in zo'n buitenlandse gelukszoeker die zijn eigen land heeft verraden om bij de veldheer in de gunst te komen, als je begrijpt wat ik bedoel. Hoe gaat het trouwens met je moeder?'

Helena slikte voordat ze antwoordde: 'U hoeft zich geen zorgen te maken over mijn moeder, dokter. Als u mij de orders geeft, kan ik die overbrengen.'

Brockhard draaide zich naar haar om. Hij pakte een brief op die voor hem lag op het bureau.

'Hij moet naar de derde pantserdivisie in Hongarije. Je weet wat dat betekent?'

Ze fronste haar voorhoofd. 'Derde pantserdivisie? Hij is vrijwillig bij de Waffen-ss. Waarom wordt hij ingelijfd bij het reguliere Wehrmacht-leger?'

Brockhard haalde zijn schouders op.

'In deze tijden moeten we doen wat we kunnen en de opgaven waar we voor staan volbrengen. Of ben je het daar niet mee eens, Helena?'

'Wat bedoelt u?'

'Hij is toch infanterist? Dat wil zeggen dat hij achter die strijdwagens moet lopen, niet erin moet zitten. Een vriend van me die in de Oekraïne is geweest, vertelde dat ze elke dag Russen neerschoten tot hun geweren te heet werden. Hij zei dat de lijken op hopen liggen, maar dat ze blijven toestromen en dat er geen einde aan lijkt te komen.'

Ze kon zich er nog maar net van weerhouden om de brief uit Brockhards handen te rukken en in stukken te scheuren.

'Misschien moet een jonge vrouw als jij een beetje realistischer zijn en zich niet te sterk binden aan een man die je waarschijnlijk nooit meer zult zien. Wat staat die sjaal je trouwens geweldig goed, Helena. Is het een familiestuk?'

'Ik ben verbaasd en blij dat u zich zorgen maakt om mij, dokter, maar ik verzeker u dat dat geheel overbodig is. Ik heb geen speciale gevoelens voor deze patiënt. Het middageten moet uitgedeeld worden, dus als u mij wilt excuseren, dokter...'

'Helena, Helena...' Brockhard schudde zijn hoofd en lachte. 'Denk je nou echt dat ik blind ben? Denk je dat ik opgewekt kan toezien wat voor verdriet dit bij jou teweegbrengt? De warme vriendschap tussen onze families geeft me de gedachte in dat er een band tussen ons is, Helena. Anders zou ik niet zo vertrouwelijk met je praten. Je moet het me niet kwalijk nemen, maar je hebt vast wel gemerkt dat ik warme gevoelens voor je heb, en…'

'Stop!'

'Wat?'

Helena had de deur achter haar dichtgedaan en verhief nu haar stem: 'Ik ben hier vrijwillig, Brockhard, ik ben niet een van uw verpleegsters met wie u kunt doen wat u wilt. Geef me die brief en zeg wat u wilt, anders ga ik hier onmiddellijk weg.'

'Lieve Helena.' Brockhard keek nu bezorgd. 'Begrijp je dan niet dat dit nu juist van jou afhangt?'

'Van mij?'

'Een betermelding is een subjectief iets. Vooral als het om hoofdletsel gaat.'

'Dat begrijp ik.'

'Ik zou hem nog voor drie maanden ziek kunnen melden, en wie zal zeggen of er over drie maanden nog een oostfront is?'

Ze keek Brockhard niet-begrijpend aan.

'Je leest toch zo ijverig in de Bijbel, Helena? Je kent de geschiedenis toch waarin koning David Batseba begeert, hoewel ze getrouwd is met een van zijn soldaten? Dus hij geeft zijn generaals de opdracht haar echtgenoot naar de frontlinie te sturen zodat hij zal sneuvelen. En koning David kan haar zonder problemen de zijne maken.'

'Wat heeft dat met ons te maken?'

'Niets. Niets, Helena. Ik ben niet van plan je uitverkorene naar het front te sturen als hij nog niet gezond is. Of iemand anders, overigens. Dat wilde ik maar even zeggen. En aangezien jij de gezondheidstoestand van deze patiënt net zo goed kent als ik, dacht ik dat ik misschien naar jouw raad moest luisteren voordat ik definitief beslis. Als jij denkt dat hij nog niet gezond genoeg is, moet ik misschien een nieuwe ziekmelding naar de Wehrmacht sturen.'

Het begon Helena langzaam te dagen.

'Wat vind je, Helena?'

Ze kon het nauwelijks bevatten: hij wilde Urias als gijzelaar gebruiken om haar te krijgen. Had hij hier lang over na moeten denken? Had hij hier weken mee rondgelopen en alleen maar gewacht op het juiste tijdstip? En hoe wilde hij haar eigenlijk hebben, als huisvrouw of als minnares?

'Nou?' vroeg Brockhard.

De gedachten raasden door haar hoofd en probeerden een uitweg te vinden uit deze doolhof. Maar hij had alle wegen afgesloten. Natuurlijk, hij was geen domme man. Zolang Brockhard Urias ziek meldde, zou zij zich in alles moeten voegen naar wat Brockhard wilde. De orders voor Urias zouden alleen worden uitgesteld. Pas als Urias weg was, had Brockhard geen macht meer over haar. Macht? Heregod, ze kende de Noor nauwelijks. En ze had niet geweten wat hij voor haar voelde.

'Ik...' begon ze.

'Ja?'

Hij had zich geïnteresseerd voorovergebogen. Ze wilde verdergaan, wilde zeggen wat ze moest zeggen om zichzelf vrij te maken, maar iets hield haar tegen. Het duurde een seconde voordat ze begreep wat het was: het waren de leugens. Het was een leugen dat ze vrij wilde zijn, een leugen dat ze niet wist wat Urias voor haar voelde, een leugen dat mensen zich altijd moesten onderwerpen en vernederen om te overleven – allemaal leugens. Ze beet op haar onderlip toen ze merkte dat die begon te trillen.

24 | *Bislett, oudejaarsavond 1999*

Het was twaalf uur toen Harry Hole in de Holgbergsgate bij het Radisson SAS-hotel uit de tram stapte en opmerkte dat de lage middagzon even weerspiegelde in de ramen van het flatgebouw bij het Rikshospital voordat hij weer achter de wolken verdween. Hij was voor de laatste keer in zijn kamer geweest. Om op te ruimen en te kijken of hij alles had meegenomen, zo had hij zichzelf voorgehouden. Maar het weinige dat hij tot zijn persoonlijke eigendommen rekende, had in een plastic tas gepast die hij de dag tevoren van huis had meegenomen. In de gangen was het stil geweest. Degenen die geen dienst hadden, waren thuis bezig met het laatste feest van de eeuw. Op de rugleuning lag nog een serpentine als herinnering aan het afscheidsfeestje van de vorige dag, dat natuurlijk was georganiseerd door Ellen. De nuchtere afscheidswoorden van Bjarne Møller waren niet geheel in overeenstemming geweest met Ellens blauwe ballonnen en de kaarsjes op de taart, maar het toespraakje was sympathiek geweest. Vermoedelijk wist de afdelingschef dat Harry het hem nooit zou vergeven als hij hoogdravend of sentimenteel was geworden. En Harry moest toegeven dat hij best trots was geweest toen Møller hem gefeliciteerd had met zijn benoeming tot inspecteur en hem succes had gewenst bij het POT. Zelfs de sarcastische glimlach van Tom Waaler en het lichte hoofdschudden van een van de toehoorders achterin bij de deur hadden dit niet kunnen bederven.

Zijn bezoek aan zijn kamer was waarschijnlijk alleen maar bedoeld geweest om er voor de laatste keer te gaan zitten, in die krakende, kapotte bureaustoel waarin hij de laatste zeven jaar had gezeten. Harry schudde het van zich af. Was al dit sentimentele gedoe soms opnieuw een teken dat hij oud begon te worden?

Harry liep de Holberggate af en sloeg links af de Sofiegate in. De meeste huizen in de smalle straat waren arbeiderswoningen uit het begin van de eeuw en waren niet al te best onderhouden. Maar nadat de huizenprijzen waren gestegen en de jeugd uit de middenklasse, die geen geld had om in Majorstua te wonen, hierheen was getrokken, was de aanblik van de buurt vooruitgegaan. Er was echter één appartement waarvan de buitenkant de laatste jaren geen opknapbeurt had gehad: nummer 8. Dat van Harry. Maar dat kon Harry niets schelen.

Hij deed de deur van het slot en opende zijn brievenbus onder aan de trap. Een reclamefolder over pizza's en een envelop van een incassobureau in Oslo waarvan hij onmiddellijk wist dat het een aanmaning was voor betaling van een parkeerboete van vorige maand. Hij vloekte terwijl hij de trap op liep. Hij had voor een spotprijsje een vijftien jaar oude Ford gekocht van een oom die hij goedbeschouwd niet eens kende. Een beetje verroest en met een versleten versnellingsbak, dat wel, maar met een handig open dak. Maar tot nu toe was er vaker sprake geweest van parkeerbonnen en garagerekeningen dan van wind door zijn haar. Bovendien startte het rotding niet; hij moest er altijd op letten bergafwaarts te parkeren, zodat hij hem op gang kon duwen.

Hij deed de deur van zijn flat open. Het was een spartaans uitgerust tweekamerflatje. Opgeruimd, schoon en zonder tapijten op de blankgeschuurde houten vloer. De enige versieringen aan de muur waren een foto van moeder met Søs en een filmposter die hij uit de Symra-bioscoop had gejat toen hij zeventien was. Geen planten, kaarsjes of leuke prulletjes. Hij had ooit een prikbord opgehangen om ansichtkaarten, foto's en spreuken die hij tegenkwam op te prikken. Hij had zulke prikborden bij anderen thuis gezien. Toen hij merkte dat hij nooit kaarten kreeg en dat hij eigenlijk ook nooit foto's maakte, had hij een citaat van Bjørneboe uitgeknipt:

Deze acceleratie in productie van paardenkrachten is opnieuw een teken van toename van ons inzicht in de zogenoemde natuurwetten. Dat inzicht = angst.

Harry stelde met een blik op de telefoonbeantwoorder vast dat er geen boodschap was achtergelaten (de zoveelste onnodige investering), knoopte zijn overhemd open, legde het in de wasmand en pakte een schoon van de keurige stapel in de kast.

Harry liet het antwoordapparaat aanstaan (misschien zou er nog iemand van een enquêtebureau bellen), en draaide de voordeur weer achter zich op slot.

Zonder sentimentele gevoelens kocht hij de laatste kranten van de eeuw in de winkel bij Ali. Toen liep hij de Dovregate door. In de Waldemar Thranesgate haastten de mensen zich naar huis na hun laatste inkopen voor het grote millenniumfeest. Harry huiverde in zijn jas tot hij over de drempel van het Schrøder-restaurant stapte en de vochtige warmte van mensen hem tegemoet kwam. Het was er redelijk druk, maar hij zag dat zijn favoriete tafel net vrijkwam en snelde erheen. De oude man die van de tafel was opgestaan, zette zijn hoed op, wierp een korte blik op Harry vanonder zijn witte, borstelige wenkbrauwen en knikte zwijgend voordat hij vertrok. De tafel stond bij het raam en was bij daglicht een van de weinige met voldoende licht om de krant te lezen in de voor de rest slecht verlichte ruimte. Hij was net gaan zitten toen Maja kwam.

'Hoi, Harry.' Ze wapperde met een grijze vaatdoek over het tafelkleed. 'Het dagmenu?'

'Als de kok nuchter is vandaag.'

'Dat is-ie. Iets te drinken?'

'Dat was het.' Hij keek op. 'Wat raad je aan vandaag?'

'Nou.' Ze zette haar handen in haar zij en stak luid en duidelijk van wal: 'In tegenstelling tot wat mensen altijd beweren, heeft deze stad het schoonste drinkwater van het land. En de minst giftige waterleiding bevindt zich in gebouwen van rond de eeuwwisseling, zoals deze.'

'En wie heeft je dat verteld, Maja?'

'Dat was jij, Harry.' Haar lach klonk hees en hartelijk.

'Alcoholvrij staat je trouwens goed, Harry.' Ze zei het vrij zachtjes, noteerde zijn bestelling en verdween.

De andere kranten stonden vol met millenniumgepraat, dus stortte Harry zich op *Dagsavisen.* Zijn oog viel op een grote foto op pagina 6 van een houten wegwijzer met daarop geschilderd een rond bord met een kruis. Daarnaast een pijl met daarop: OSLO 2611 KM, en op een andere stond: LENINGRAD 5 KM.

Het artikel was ondertekend met 'Even Juul', hoogleraar geschiedenis.

De intro was kort en krachtig: *Voorwaarden voor fascisme met betrekking tot de toenemende werkloosheid in West-Europa.*

Harry had de naam Juul eerder in de krant gezien; de man was een deskundige op het gebied van de geschiedenis van de Noorse bezetting en de Nasjonal Samling. Harry bladerde de rest van de krant door, maar vond niets interessants en bladerde terug naar het artikel van Juul. Het was een reactie op een eerder verschenen artikel over de sterke positie van het neonazisme in Zweden. Juul beschreef hoe het neonazisme, dat in heel Europa sterk op zijn retour was geweest in de economische bloeitijd van de jaren negentig, nu weer met hernieuwde kracht de kop opstak. Hij schreef ook dat het opvallende van deze nieuwe golf was dat het een sterker ideologisch fundament had. Terwijl het neonazisme van de jaren tachtig meer te maken had gehad met mode en groepsgedrag, met uniformering in de vorm van eenzelfde kledingstijl, kaalgeschoren hoofden en archaïsche slogans als 'Sieg Heil', was deze nieuwe golf beter georganiseerd. Deze werd financieel ondersteund en was niet meer zo afhankelijk van enkele gefortuneerde leiders en sponsors. Bovendien was de nieuwe beweging niet alleen een reactie op de omstandigheden binnen de maatschappij, zoals werkloosheid of immigratie, schreef Juul; men wilde ook een alternatief voor de sociaaldemocratie bieden. Het trefwoord was herbewapening – moreel, militair en rassenideologisch. De teloorgang van het christendom werd gebruikt als voorbeeld voor het morele verval, evenals de toename van hiv en narcoticagebruik. En het vijandsbeeld was ook gedeeltelijk nieuw: de voorvechters van de EU die de nationale en rassengrenzen wilden opheffen, de NAVO die een hand uitstak naar de Russische en Slavische tweederangsburgers en de nieuwe Aziatische kapitaalkrachtigen, die de rol van de Joden hadden overgenomen als wereldbankiers.

Maja kwam met het eten.

'Aardappelballetjes?' vroeg Harry, en hij staarde naar de grauwe klonten die op een bed van Chinese kool lagen en bedekt waren met een Thousand Island-dressing.

'Schrøder-style,' zei Maja. 'Restjes van gisteren. Gelukkig nieuwjaar.'

Harry hield de krant omhoog om te kunnen eten en had net de eerste hap van een celluloseachtig aardappelballetje genomen toen hij een stem achter de krant hoorde: 'Dit wordt te gek, vind ik.'

Harry keek langs de krant. Aan het tafeltje naast hem zat de Mohikaan en hij keek hem strak aan. Misschien zat hij daar de hele tijd al; Harry had in elk geval niet gemerkt dat hij binnen was gekomen. Ze noemden hem de Mohikaan omdat hij waarschijnlijk de laatste was van zijn soort. Hij was in de oorlog bij de marine geweest en was twee keer getorpedeerd. Al zijn kameraden waren allang dood, had Maja Harry verteld. Zijn lange, piekerige baard hing in zijn bierglas, en zomer en winter had hij zijn jas aan. Op zijn gezicht, dat zo mager was dat het alleen een schedel leek, lag een netwerk van adertjes als een rode bliksemflits op een krijtwitte huid. Zijn rode, waterige ogen staarden Harry aan vanachter een dijk van slappe huidplooien.

'Te gek!' herhaalde hij.

Harry had in zijn leven genoeg dronkenmanspraat gehoord om niet te veel acht te slaan op wat de vaste klanten van Schrøder te melden hadden, maar dit was iets anders. In al die jaren dat hij hier kwam, waren dit namelijk de eerste begrijpelijke woorden die hij de Mohikaan had horen zeggen. Zelfs na die nacht, vorige winter, toen Harry de Mohikaan slapend tegen een gevel in de Dovregate had gevonden en de oude man naar alle waarschijnlijkheid had gered van een vriesdood, had de Mohikaan nooit anders gedaan dan naar Harry geknikt als ze elkaar tegenkwamen. En nu leek het erop dat de Mohikaan zijn zegje had gezegd, want hij perste zijn lippen op elkaar en concentreerde zich weer op zijn glas. Harry keek om zich heen, waarna hij zich vooroverboog naar de tafel van de Mohikaan.

'Herinner je je mij, Konrad Åsnes?'

De oude man gromde en keek in de lucht zonder antwoord te geven.

'Ik heb je vorig jaar op straat gevonden, slapend in een hoop sneeuw. Het vroor acht graden.'

De Mohikaan sloeg zijn ogen ten hemel.

'Er staat daar geen straatlantaarn, dus het was een geluk dat ik je zag. Het had je dood kunnen zijn, Åsnes.'

De Mohikaan kneep een rood oog dicht en staarde Harry kwaad aan, waarna hij zijn halve liter ophief.

'Tja, dan bedank ik je hartelijk.'

Hij dronk voorzichtig. Toen zette hij het glas zachtjes op tafel; hij richtte alsof het belangrijk was dat het op een heel speciale plaats op het blad kwam te staan.

'Die boeven moesten ze neerschieten.'
'O ja? Wie dan?'
De Mohikaan wees met een kromme vinger naar Harry's krant. Harry draaide hem om. De voorpagina was opgesierd met een kaalgeschoren Zweedse neonazi.
'Tegen de muur met die lui!' De Mohikaan sloeg met vlakke hand op de tafel en een paar hoofden draaiden zich naar hem om. Harry gebaarde dat hij zijn volume moest temperen.
'Het zijn maar jonge jongens, Åsnes. Probeer een beetje te genieten. Het is oudejaarsavond.'
'Jong? Hoe oud denk je dat wij waren? Dat heeft de Duitsers niet weerhouden. Kjell was negentien. Oscar tweeëntwintig. Tegen de muur, voordat het zich verspreidt, dat zeg ik! Het is een ziekte, je moet het onmiddellijk de kop indrukken.'
Hij richtte een trillende wijsvinger op Harry.
'Daar zat er eentje, waar jij nu zit. Ze deugen verdomme niet! Jij moet als politieman achter ze aan gaan en ze pakken.'
'Hoe weet je dat ik bij de politie ben?' vroeg Harry verbaasd.
'Ik lees ook kranten. Je hebt ergens hier ver vandaan een of andere figuur doodgeschoten. Dat is mooi, maar zou je dat hier ook niet eens doen?'
'Je bent spraakzaam vandaag, Åsnes.'
De Mohikaan perste zijn lippen op elkaar en wierp Harry een laatste blik toe, waarna hij zich omkeerde naar de muur en de schilderijen van de Youngstorget begon te bestuderen. Harry begreep dat het gesprek voorbij was, wenkte Maja dat ze koffie kon komen brengen en keek op de klok. Een nieuw millennium stond voor de deur. Het Schrøder-restaurant sloot om vier uur vanwege een 'besloten nieuwjaarsarrangement', stond er op een poster die bij de ingang hing. Harry keek naar de bekende gezichten. Voorzover hij kon zien waren alle gasten gekomen.

25 | *Rudolph II Hospital, Wenen, 8 juni 1943*

Zaal 4 was gevuld met slaapgeluiden. Vannacht was het stiller dan gewoonlijk, niemand die kreunde van de pijn of schreeuwend wakker werd uit een nachtmerrie. En ook het luchtalarm had Helena nog niet gehoord. Als ze vannacht geen bombardementen uitvoerden, zou het hopelijk een stuk makkelijker zijn. Ze was de slaapzaal in geslopen, was aan het voeteneinde van het bed gaan staan en keek naar hem. In de lichtkegel van de leeslamp zat hij; hij was zo in de ban van het boek dat hij las dat hij haar niet eens opmerkte. Hier stond ze, in het donker. Met al die donkere gedachten.

Hij kreeg haar in de gaten toen hij de bladzijde om wilde slaan. Hij lachte en legde het boek direct weg.

'Goedenavond, Helena. Ik dacht dat je vannacht geen dienst had.'

Ze legde haar wijsvinger op haar lippen en kwam naderbij.

'Hoe weet jij wanneer iemand dienst heeft?' fluisterde ze.

Hij lachte.

'Van de anderen weet ik niets. Ik weet alleen wanneer jij nachtdienst hebt.'

'O ja?'

'Woensdag, vrijdag en zondag, en dan maandag en donderdag. Dan weer woensdag, vrijdag en zondag. Wees niet bang, dat is een compliment. Er is hier verder niet veel anders om je hoofd over te breken. Ik weet ook wanneer Hadler klysma's moet hebben.'

Ze lachte zachtjes.

'Maar je weet niet dat je weer beter gemeld bent, of wel?'

Hij keek verbaasd naar haar op.

'Je hebt orders gekregen om naar Hongarije te gaan,' fluisterde ze. 'Naar de derde pantserdivisie.'

'Pantserdivisie? Maar dat is toch de Wehrmacht? Ze kunnen me daar niet inzetten, ik ben Noors.'

'Ik weet het.'

'En wat moet ik in Hongarije, ik...'

'Ssst, je maakt de anderen wakker, Urias. Ik heb de orders gelezen. Ik ben bang dat we er niet veel aan kunnen veranderen.'

'Maar dat moet een fout zijn. Dat...'

Per ongeluk veegde hij het boek van de deken, waardoor het met een klap op de vloer viel. Helena bukte zich en raapte het op. Op het omslag, onder de titel *The Adventures of Huckleberry Finn*, stond een tekening van een jongen in lompen op een houten vlot. Urias was duidelijk kwaad.

'Dat is mijn oorlog niet,' zei hij met samengeperste lippen.

'Dat weet ik ook wel,' fluisterde ze, en ze legde het boek in zijn tas onder de stoel.

'Wat doe jij?' fluisterde hij.

'Luister naar mij, Urias. Er is weinig tijd.'

'Tijd?'

'De nachtzuster doet over een halfuur haar ronde. Je moet in die tijd beslissen.'

Hij trok het scherm voor de leeslamp naar beneden om haar in het donker beter te kunnen zien.

'Wat is er aan de hand, Helena?'

Ze slikte.

'En waarom heb je vandaag geen uniform aan?' vroeg hij.

Hier had ze het meest tegen opgezien. Niet om te liegen tegen haar moeder en te zeggen dat ze voor een paar dagen naar haar zus in Salzburg zou gaan. Niet om de zoon van de boswachter over te halen om haar naar het ziekenhuis te brengen, die nu voor de poort stond te wachten. Ook niet om afscheid te nemen van haar spullen, de kerk en het veilige leventje hier in het Wienerwald. Maar om hem alles te vertellen, dat ze van hem hield en dat ze graag haar leven en toekomst op het spel wilde zetten. Want ze kon zich vergissen. Niet in wat hij voor haar voelde, dat wist ze. Maar in zijn karakter. Zou hij de moed en daadkracht hebben om te doen wat zij zou voorstellen? Hij had in elk geval begrepen dat het niet zijn oorlog was die ze tegen het Rode Leger in het zuiden voerden.

'We hadden eigenlijk meer tijd moeten hebben om elkaar beter te leren kennen,' zei ze, en ze legde een hand op de zijne. Hij greep die en hield hem vast.

'Maar die luxe hebben we niet,' zei ze, en ze drukte zijn hand. 'Over een uur gaat er een trein naar Parijs. Ik heb twee kaartjes gekocht. Mijn leraar woont daar.'

'Je leraar?'

'Het is een lang en gecompliceerd verhaal, maar hij wil ons ontvangen.'

'Wat bedoel je met "ontvangen"?'

'We kunnen bij hem wonen. Hij woont alleen. En hij heeft voorzover ik weet geen vrienden. Heb je een paspoort?'

'Hè? Ja...'

Hij zag er verbijsterd uit, alsof hij zich afvroeg of hij boven zijn boek in slaap was gevallen en dit droomde.

'Ja, ik heb een paspoort.'

'Mooi, de reis duurt twee dagen. We hebben vaste plaatsen en ik heb voldoende eten bij me.'

Hij haalde diep adem: 'Waarom Parijs?'

'Het is een grote stad, een stad waarin je kunt verdwijnen. Luister, ik heb wat kleren van vader in de auto liggen. Je kunt in de auto burgerkleding aantrekken. Zijn schoenmaat...'

'Nee.' Hij stak zijn hand omhoog en haar zachte, intense spraakwaterval hield ogenblikkelijk op. Ze hield haar adem in en staarde naar zijn bedachtzame gezicht.

'Nee,' herhaalde hij fluisterend. 'Dat is dom.'

'Maar...' Ze voelde ineens dat ze een ijsklomp in haar maag had.

'Het is beter om in uniform te reizen,' zei hij. 'Een jongeman in burger wekt alleen maar argwaan.'

Ze was zo blij dat ze niets meer kon zeggen en drukte zijn hand nog steviger. Haar hart zong zo hard en wild dat ze het tot bedaren moest brengen.

'Maar één ding nog,' zei hij, en hij zwaaide stil zijn benen uit bed.

'Ja?'

'Hou je van me?'

'Ja.'
'Goed.'
Hij had zijn jas al aan.

26 | POT, *politiebureau, 21 februari 2000*

Harry keek rond. Naar de keurige, overzichtelijke planken met ordners die onberispelijk chronologisch in het gelid stonden. Naar de muur waaraan diploma's en oorkondes hingen, getuigen van een carrière met een voorspoedig verloop. Een zwart-witfoto van een jongere Kurt Meirik in legeruniform met majoorinsignes die koning Olav begroet, hing recht achter het bureau, opvallend voor iedereen die binnenkwam. Naar deze foto zat Harry te kijken toen de deur achter hem openging.

'Het spijt me dat je moest wachten, Hole. Blijf zitten.'

Het was Meirik. Harry had geen aanstalten gemaakt om te gaan staan.

'En,' zei Meirik, en hij ging achter het bureau zitten, 'hoe zijn je eerste weken bij ons geweest?'

Meirik zat met een rechte rug en toonde een rij grote, gele tanden op zo'n manier dat je hem ervan verdacht dat hij in zijn leven niet al te veel geoefend had in lachen.

'Tamelijk saai,' zei Harry.

Meirik keek verbaasd. 'Zo erg was het toch niet?'

'Nou, jullie hebben betere automaatkoffie dan bij ons.'

'Bij Geweldsdelicten, bedoel je?'

'Sorry,' zei Harry. 'Het duurt even voordat ik daaraan gewend ben. Dat het POT nu "ons" is.'

'Ja, ja, we moeten gewoon geduld hebben. Dat geldt zowel voor de een als voor de ander. Of niet, Hole?'

Harry knikte. Het had weinig zin om tegen windmolens te vechten. Niet na een maand al in elk geval. Hij had zoals verwacht een kamer helemaal achter in de gang gekregen; daardoor zag hij de anderen die daar werkten niet vaker dan strikt noodzakelijk was. Zijn opdracht bestond uit het lezen van rapporten die van de regionale afdelingen van het POT kwamen en dan doodeenvoudig kijken of het zaken waren die hogerop gestuurd moesten worden. En Meiriks instructies waren heel duidelijk geweest: als het niet overduidelijk uit de duim gezogen was, moest het doorgestuurd worden. Harry had, met andere woorden, een baan gekregen als afvalfilter. De afgelopen week waren er drie rapporten binnengekomen. Hij had geprobeerd ze langzaam te lezen, maar er waren grenzen aan hoe lang je het kon rekken. Eén rapport kwam uit Trondheim en ging over een nieuw afluistersysteem waarvan niemand begreep hoe het werkte omdat hun afluisterexpert was opgestapt. Harry had het doorgestuurd. Het tweede ging over een Duitse zakenman in Bergen die ze niet langer verdachten omdat hij nu inderdaad de partij gordijnrails had geleverd die hij gezegd had te zullen leveren. Het derde rapport kwam uit de regio Østlandet, van het bureau in Skien. Ze hadden klachten gehad van huisjeseigenaren in Siljan die vorig weekend schoten hadden gehoord. Aangezien het geen jachtseizoen was, was er een agent heen gegaan voor onderzoek, en in het bos had hij lege geweerhulzen van een onbekend merk gevonden. Ze hadden ze naar de Technische Recherche gestuurd, die had teruggerapporteerd dat het waarschijnlijk ging om munitie van een Märklin-geweer, een weinig voorkomend wapen.

Harry had het rapport doorgestuurd, maar had eerst zelf een kopie gemaakt.

'Tja, ik wilde met je praten over een vlugschrift dat we in handen hebben gekregen. De neonazi's zijn van plan op de 17e mei amok te gaan maken bij de moskeeën in Oslo. Er is een of andere belangrijke heilige dag voor de moslims die dit jaar op 17 mei valt. Een stel buitenlandse ouders verbieden hun kinderen in de kinderoptocht mee te lopen omdat ze naar de moskee moeten.'

'Het Suikerfeest.'

'Wat zeg je?'

'Het Suikerfeest. De feestdag. Dat is het einde van de ramadan.'

'Weet jij daar iets van?'

'Nee, maar ik ben vorig jaar bij mijn buren uitgenodigd voor het eten. Het zijn Pakistani. Ze vonden het zielig voor me dat ik met het Suikerfeest alleen zat.'

'O ja? Hmm.' Meirik zette zijn Horst Tappert-bril op: 'Hier is het vlugschrift. Ze schrijven dat het een belediging van het gastland is als er iets anders op de 17e gevierd wordt dan de nationale feestdag. En dat de kleurlingen weliswaar uitkeringen van de staat ontvangen, maar zich onttrekken aan de burgerplicht van iedere Noor.'

'Om in optocht gehoorzaam hoera te roepen voor Noorwegen,' zei Harry, en hij haalde een pakje sigaretten tevoorschijn. Hij had de asbak boven op de boekenplank gezien en Meirik knikte als antwoord op Harry's vragende blik. Harry stak een sigaret aan, inhaleerde diep en probeerde zich voor te stellen hoe de gulzige adertjes in zijn longen de nicotine in zich opzogen. Het leven werd korter, en de gedachte dat hij nooit zou kunnen stoppen met roken vervulde hem met een wonderlijke tevredenheid. Lak hebben aan de waarschuwing die op pakjes sigaretten stond was wellicht niet de meest opzienbarende opstand die een mens zich kon veroorloven, maar het was er wel eentje die hij kon betalen.

'Kijk eens wat je te weten kunt komen,' zei Meirik.

'Goed. Maar ik waarschuw je dat ik mezelf slecht in bedwang heb als het om die kaalkoppen gaat.'

'Ha, ha.' Meirik liet zijn grote gele tanden weer zien en Harry wist waaraan hij deed denken: aan een goed gedresseerd paard.

'Ha, ha.'

'Er is nog iets anders,' zei Harry. 'Het gaat over dat rapport waarin melding wordt gemaakt van gevonden munitie in Siljan. Van een Märklin-geweer.'

'Ik geloof dat ik daar iets over gehoord heb, ja.'

'Ik heb zelf een beetje onderzoek gedaan.'

'O?'

Harry hoorde de koele ondertoon.

'Ik heb het wapenregister van het laatste jaar gecontroleerd. Er zijn geen geregistreerde Märklin-geweren in Noorwegen.'

'Dat verbaast me niet. Die lijst is vast al door iemand anders van het POT gecontroleerd nadat jij het rapport hebt doorgestuurd, Hole. Dat is niet jouw werk, weet je.'

'Misschien niet. Maar ik wil er alleen zeker van zijn dat de betreffende persoon een verband legt met de wapensmokkelrapporten van Interpol.'

'Interpol? Waarom zouden we dat doen?'

'Niemand importeert zulke geweren naar Noorwegen. Dus worden ze binnengesmokkeld.'

Harry haalde een computeruitdraai uit zijn borstzak.

'Dit is de verzendlijst die Interpol in november gevonden heeft tijdens een huiszoeking bij een illegale wapenhandelaar in Johannesburg. Kijk, hier. Märklin-geweer. En hier staat de bestemming. Oslo.'

'Hmm. Hoe ben je hieraan gekomen?'

'Interpol-site op internet. Toegankelijk voor iedereen bij het POT. Iedereen die daar zin in heeft.'

'O ja?' Meirik liet zijn ogen een moment op Harry rusten, waarna hij verderging met het bestuderen van de uitdraai.

'Dit is allemaal goed en wel, maar wapensmokkel is niet ons pakkie-an, Hole. Als je eens wist op hoeveel illegale wapens de wapenafdeling in de loop van een jaar beslag legt...'

'Zeshonderdelf,' zei Harry.

'Zeshonderdelf?'

'Tot nu toe dit jaar. En dat alleen in het Oslo-district. Twee van de drie komen van criminelen – hoofdzakelijk lichte handwapens, jachtgeweren en afgezaagde lopen. Gemiddeld elke dag een beslaglegging. Het aantal is in de jaren negentig bijna verdubbeld.'

'Goed, dan begrijp je misschien dat we bij het POT geen prioriteit geven aan een ongeregistreerd geweer in Buskerud.'

Meirik sprak met ingehouden kwaadheid. Harry blies de sigarettenrook uit en keek toe hoe die naar het plafond opsteeg.

'Siljan ligt in Telemark,' zei hij.

Meiriks vuisten spanden zich.

'Heb je de douane al gebeld, Hole?'

'Nee.'

Meirik keek op zijn horloge, een lomp, onelegant roestvrij stalen ding, dat hij, vermoedde Harry, gekregen had voor lange en trouwe dienst.

'Ik stel voor dat je dat doet. Dit is een zaak voor hen. Op het moment heb ik belangrijker...'

'Weet je wat een Märklin-geweer is, Meirik?'

Harry zag de wenkbrauwen van de POT-chef op- en neergaan en vroeg zich af of het al niet te laat was. Hij kon de luchtverplaatsingen van de windmolens al voelen.

'Ook mijn pakkie-an niet, Hole. Dit moet je opnemen met...'

Het leek erop dat Kurt Meirik ineens besefte dat hij de enige baas van Hole was.

'Een Märklin-geweer,' zei Harry, 'is een halfautomatisch jachtgeweer uit Duitsland met patronen van zestien millimeter doorsnede, groter dan bij elk ander geweer. Het is bestemd voor de jacht op groot wild, zoals waterbuffels en olifanten. Het eerste geweer is in 1970 gemaakt, maar er zijn er maar driehonderd geproduceerd totdat de Duitse overheid de verkoop van het wapen in 1973 verbood. De reden daarvan was dat het Märklin-geweer met een paar aanpassingen en een Märklin-vizier een professioneel moordwapen werd, en het was in 1973 al het meest gevraagde wapen voor aanslagen aan het worden. Van die driehonderd geweren zijn er in elk geval honderd in handen van huurmoordenaars en terroristische organisaties gevallen, zoals de Baader-Meinhofgroep en de Rode Brigade.'

'Hmm. Honderd, zei je?' Meirik gaf Harry de uitdraai terug. 'Dat wil zeggen dat twee van de drie het ding gebruiken waarvoor het bedoeld is: de jacht.'

'Dit is geen wapen voor elandenjacht of jacht op een ander dier in Noorwegen, Meirik.'

'O, waarom niet?'

Harry vroeg zich af waarom Meirik zich bleef beheersen, waarom hij hem niet verzocht te vertrekken. En waarom hij zo'n zin had Meirik tot een dergelijke reactie te provoceren. Misschien was het wel niets, misschien was hij oud en chagrijnig aan het worden. Maar toch, Meirik gedroeg zich als een goed betaalde kinderoppas die het rotjoch niet durfde aan te pakken. Harry bekeek de lange askegel die zich naar de grond boog.

'Ten eerste is de jacht van oudsher geen miljonairssport in Noorwegen. Een Märklin-geweer inclusief vizier kost rond de 150.000 Duitse mark; dat is ongeveer net zoveel als een nieuwe Mercedes. En elke patroon kost negentig mark. Ten tweede ziet een eland die getroffen is door een 16-mm kogel eruit alsof hij door een trein is overreden. Een enorme rotzooi.'

'Ha, ha.' Meirik had duidelijk besloten zijn tactiek te veranderen. Nu leunde hij achterover en nam zijn glimmende schedel in zijn handen om aan te geven dat hij er niets op tegen had dat Hole hem een poosje zou amuseren. Harry stond op, viste de asbak van de bovenste plank en ging weer zitten.

'Het is natuurlijk mogelijk dat de patronen van de een of andere fanatieke wapenverzamelaar zijn die het nieuwe wapen alleen heeft getest, en dat het nu in een glazen vitrine in een Noorse villa hangt en nooit meer zal worden gebruikt. Maar mogen we daarvan uitgaan?'

Meirik wiegde zijn hoofd heen en weer. 'Dus jij stelt voor ervan uit te gaan dat er nu in Noorwegen een professionele moordenaar zit?'

Harry schudde zijn hoofd.

'Ik stel voor dat ik naar Skien ga en daar rondkijk. Bovendien twijfel ik eraan of daar een prof bezig is geweest.'

'O ja?'

'Profs ruimen op. Lege patroonhulzen laten liggen is net zoiets als een visitekaartje achterlaten. Maar als een amateur een Märklin-geweer heeft, word ik daar niet rustiger van.'

Meirik liet een paar keelgeluiden horen. Toen knikte hij.

'Goed. En hou me op de hoogte of je iets vindt over de plannen van onze neonazi's.'

Harry doofde zijn sigaret. VENICE, ITALY stond er aan de zijkant van de asbak, die de vorm had van een gondel.

27 | *Linz, 9 juni 1943*

Het gezin van vijf personen stapte uit de trein, en ineens hadden ze de coupé voor zich alleen. Toen de trein weer langzaam in beweging kwam, ging Helena op de plaats bij het raam zitten, maar ze zag niet veel in het donker – alleen de contouren van de gebouwen dicht bij de spoorbaan. Hij zat tegenover haar en nam haar op met een glimlach om zijn lippen.

'Jullie kunnen in Oostenrijk goed verduisteren,' zei hij. 'Ik zie geen enkel lichtje.'

Ze zuchtte. 'We zijn er goed in te doen wat ons opgedragen is.'

Ze keek op haar horloge. Bijna twee uur.

'De volgende stad is Salzburg,' zei ze. 'Dat ligt vlak bij de grens met Duitsland. En dan...'

'München, Zürich, Basel, Frankrijk en Parijs. Je hebt het al drie keer gezegd.'

Hij boog zich voorover en pakte haar hand.

'Het gaat goed, je zult het zien. Kom hier zitten.'

Ze ging verzitten zonder zijn hand los te laten en legde haar hoofd zacht tegen zijn schouder. Hij had er zo anders uitgezien toen hij zijn uniform had aangetrokken.

'Dus die Brockhard heeft een ziekmelding gestuurd voor een week?'

'Ja, hij wilde hem gistermiddag op de post doen.'

'Waarom zo'n korte verlenging?'

'Tja, dan kon hij de situatie – en mij – beter onder controle houden. Ik moest hem elke week voldoende reden geven om jouw ziekmelding te verlengen, begrijp je?'

'Ja, ik begrijp het,' zei hij, en ze zag zijn kaakspieren spannen.

'Laten we het nu niet meer over Brockhard hebben,' zei ze. 'Vertel liever een verhaal.'

Ze streelde hem over zijn wang en hij zuchtte luid. 'Welk verhaal wil je horen?'

'Maakt me niet uit.'

De verhalen – daarmee had hij haar interesse gewekt in het ziekenhuis. Ze verschilden van de verhalen van de andere soldaten.

Urias' verhalen gingen over moed, kameraadschap en hoop. Zoals die keer dat hij terugkwam van wachtlopen en ontdekte dat er een poolkat op de borstkas van zijn slapende kameraad stond, klaar om zijn keel door te bijten. De afstand bedroeg minstens tien meter en de bunker met de zwarte aarden wallen was pikkedonker. Maar hij had geen keus. Hij legde het geweer tegen zijn wang en vuurde tot het magazijn leeg was. De poolkat hadden ze de volgende dag opgegeten.

Er waren meer van dergelijke verhalen geweest. Helena kon ze zich niet allemaal herinneren, maar ze herinnerde zich wel dat ze begonnen was met luisteren. Zijn verhalen waren levendig en leuk, en van sommige wist ze niet zeker of ze ze moest geloven. Maar ze wilde het graag, want ze waren een soort tegengif tegen de andere verhalen, die gingen over het noodlottige noodlot en de zinloze dood.

Terwijl de verduisterde trein zachtjes over de pas gerepareerde rails door de nacht schudde en schokte, vertelde Urias over de keer dat hij een Russische sluipschutter had doodgeschoten in niemandsland, naar hem toe was gegaan en de atheïstische bolsjewiek een christelijke begrafenis had gegeven, compleet met psalmgezang.

'Ik kon ze aan de Russische kant horen applaudisseren,' vertelde Urias, 'zo mooi zong ik die avond.'

'Echt?' lachte ze.

'Mooier dan je ooit iemand bij de Staatsopera hebt horen zingen.'

'Je liegt.'

Urias trok haar naar zich toe en zong zachtjes in haar oor:

'Kom naar de kring rond het vuur,
staar in de vlammen, geel en rood,
hij die ons vraagt voor dit groot avontuur,
verlangt trouw in leven en dood.
In de oplaaiende vlammengloed
zie je Noorwegen uit vroeger tijd.
Het volk doelgericht en met grote moed,
jouw landgenoten in arbeid en strijd.

Zie de vaders voor de vrijheid leven,
offers brengen, vrouw en man.
Duizenden en duizenden hun leven geven
voor de strijd van ons dierbare land.
Je ziet mannen in hun dagelijks werk
in dit harde, koude noorden.
Het landwerk maakt moedig en sterk
om te strijden voor de Noorse aarde.

Zie de Noren, wier namen en woorden
in sagen en liederen staan beschreven.
Zij leven eeuwig voort in zuiden en noorden.
Hun daden kunnen wij steeds opnieuw beleven.
Maar de grootste van allen van dit avontuur,
hij die heeft gehesen de rood-gele vlag,
voor onze leider Quisling brandt dit vuur
tot onze Noorse overwinningsdag!'

Urias zweeg daarna en staarde zonder iets te zien uit het raam. Helena begreep dat zijn gedachten ergens ver weg waren en liet hem met rust. Ze legde een arm over zijn borst.

Ratel-ratel-ratel.

Het klonk alsof er iemand over de rails onder hen liep, iemand die probeerde hen te pakken.

Ze was bang. Niet zozeer voor het onbekende dat voor hen lag als wel voor de onbekende man tegen wie ze zich aan drukte. Nu ze zo dicht bij hem was, leek het net of alles wat ze gezien had en waar ze aan gewend was geraakt verdween.

Ze luisterde naar zijn hartslag, maar het geratel van de rails was te luid, dus ze moest er maar van uitgaan dat daar binnen een hart zat. Ze moest om zichzelf lachen en een gevoel van geluk vlamde door haar heen. Wat een heerlijke, heerlijke waanzin! Ze wist helemaal niets van hem; hij had weinig over zichzelf gesproken, alleen maar die verhalen.

Zijn uniform rook naar aarde, en in een flits bedacht ze dat het uniform van een dode soldaat die een poosje op het slagveld lag ook zo moest ruiken. Of als hij begraven was. Maar waar kwamen die gedachten vandaan? Ze was de hele tijd zo gespannen geweest dat ze nu pas merkte hoe moe ze was.

'Slaap,' zei hij als antwoord op haar gedachten.

'Ja,' zei zij. Terwijl de wereld om haar heen verdween, dacht ze dat ze in de verte luchtalarm hoorde.

'Wat is er?'

Ze hoorde haar eigen stem, voelde dat Urias haar heen en weer schudde en schoot overeind. Het eerste wat ze dacht toen ze de geüniformeerde man in de deuropening zag, was dat ze verloren waren, dat het hun gelukt was hen te pakken.

'De kaartjes, alstublieft.'

'O,' ontglipte haar. Ze probeerde zich te beheersen, maar voelde de onderzoekende blik van de conducteur terwijl ze nerveus in haar tas rommelde. Eindelijk vond ze de gele papieren kaartjes die ze op station Wenen had gekocht en overhandigde ze aan de conducteur. Hij bestudeerde ze en wiegde ondertussen op de maat van de treinbewegingen heen en weer. Het duurde langer dan Helena prettig vond.

'Jullie gaan naar Parijs?' vroeg hij. 'Samen?'

'Inderdaad,' zei Urias.

De conducteur was een oudere man. Hij keek naar hen beiden.

'Jullie zijn geen Oostenrijkers, hoor ik.'

'Nee. Noors.'

'Ah, Noorwegen. Ik heb gehoord dat het daar mooi is.'

'Jazeker, dat klopt.'

'Dus u hebt zich vrijwillig gemeld om voor Hitler te vechten?'

'Ja. Ik ben aan het oostfront geweest. In het noorden.'

'O, ja? Waar in het noorden dan?'

'Bij Leningrad.'

'Hmm. En nu wilt u naar Parijs. Samen met uw...?'

'Vriendin.'

'Vriendin, precies. Met verlof?'

'Ja.'

De conducteur knipte de kaartjes.

'Uit Wenen?' vroeg hij aan Helena, en hij gaf haar de kaartjes. Ze knikte.

'Ik zie dat u katholiek bent,' zei hij, en hij wees naar het crucifix dat aan een kettinkje op haar blouse hing. 'Dat is mijn vrouw ook.'

Hij boog zich naar achteren en keek het gangpad door. En toen vroeg hij met zijn blik op de Noor gericht: 'Heeft uw vriendin u de Stephansdom in Wenen laten zien?'

'Nee. Ik heb in het ziekenhuis gelegen, dus ik heb helaas niet veel van de stad gezien.'

'Juist. Een katholiek ziekenhuis, misschien?'

'Ja. Rudo...'

'Ja,' onderbrak Helena hem. 'Een katholiek ziekenhuis.'

'Hmm.'

Waarom gaat die conducteur niet weg, dacht Helena.

De conducteur kuchte.

'Ja?' zei Urias ten slotte.

'Het is mijn zaak niet, maar ik hoop dat jullie eraan gedacht hebben de papieren mee te nemen dat jullie verlof hebben.'

'Papieren?' vroeg Helena. Ze was twee keer eerder met haar vader naar Frankrijk geweest, en het was geen moment in haar opgekomen dat ze andere papieren nodig hadden dan hun paspoort.

'Ja, voor u is dat geen probleem, *Fräulein*, maar voor uw vriend in uniform is het essentieel dat hij papieren bij zich heeft waaruit blijkt waar hij gestationeerd is en waar hij heen gaat.'

'Maar daar hebben we natuurlijk papieren voor bij ons,' riep ze uit. 'U denkt toch niet dat we zonder reizen?'

'Nee, nee,' haastte de conducteur zich te zeggen. 'Ik wil u er alleen aan helpen herinneren. Een paar dagen geleden...'

Zijn blik ging naar de Noor.

'... hebben ze een jongeman opgepakt die dus geen papieren bij zich had waaruit zijn bestemming bleek, en daarom werd hij voor een deserteur aangezien. Ze hebben hem meegenomen naar het perron en doodgeschoten.'

‘U maakt een grapje.’

‘Helaas niet. Ik wil u niet bang maken, maar oorlog is oorlog. En u hebt immers alles voor elkaar, dus u zult geen problemen krijgen als we vlak na Salzburg bij de grensovergang met Duitsland komen.’

De wagon slingerde even en de conducteur moest zich vastgrijpen aan de deurpost. De drie mensen keken elkaar zwijgend aan.

‘Dus daar is de eerste controle?’ vroeg Urias tot slot. ‘Na Salzburg.’

De conducteur knikte.

‘Dank u,’ zei Urias.

De conducteur kuchte weer: ‘Ik had een zoon van uw leeftijd. Hij is gevallen aan het oostfront, bij Dnerp.’

‘Dat spijt me.’

‘Nou, het spijt me dat ik u wakker heb gemaakt, Fräulein. *Mein Herr.*’

Hij tikte tegen zijn pet en ging weg.

Helena controleerde of de deur goed dichtzat. Toen verborg ze haar gezicht in haar handen.

‘Hoe heb ik zo naïef kunnen zijn!’ snikte ze.

‘Nou, nou,’ zei hij, en hij legde een arm rond haar schouders. ‘Ik had aan de verlofpapieren moeten denken. Ik wist toch dat ik me niet vrij kon bewegen?’

‘Maar als je nu vertelt over je ziekmelding en dat je zin had om naar Parijs te gaan? Het is toch een deel van het Derde Rijk, het is…’

‘Dan bellen ze naar het ziekenhuis en zal Brockhard vertellen dat ik gevlucht ben.’

Ze lag dicht tegen hem aan en huilde in zijn schoot. Hij streelde haar over haar gladde bruine haar.

‘Bovendien had ik moeten weten dat het te fantastisch was om waar te zijn,’ zei hij. ‘Ik bedoel, zuster Helena en ik in Parijs?’

Ze hoorde de lach in zijn stem: ‘Nee, ik word vast zo meteen wakker in mijn ziekenhuisbed en denk dat het helaas maar een droom was. En dan verheug ik me erop dat je het ontbijt komt brengen. Trouwens, je hebt morgen nachtdienst, was je dat vergeten? Dan kan ik je vertellen over die keer dat Daniël twintig matrassen had gestolen van een groep Zweden.'

Ze hief een betraand gezicht naar hem op.

'Kus me, Urias.'

28 | *Siljan, Telemark, 22 februari 2000*

Harry wierp een snelle blik op de klok en gaf voorzichtig meer gas. De afspraak was om vier uur, dus een halfuur geleden. Als hij pas arriveerde als de schemering al was ingevallen, zou de hele tocht voor niets zijn geweest. Wat er nog over was van de metalen pinnen aan de sneeuwkettingen boorde zich met een raspend geluid in het ijs. Hoewel hij nog maar vier kilometer had gereden over het bochtige, gladde bospad, had hij het gevoel dat het al uren geleden was dat hij van de hoofdweg af was gegaan. De goedkope zonnebril die hij bij de Shell-pomp had gekocht had niet veel geholpen en zijn ogen deden pijn van het scherpe licht in de sneeuw.

Eindelijk kreeg hij een politieauto aan de kant van de weg in het oog, met daarop Skien. Hij remde voorzichtig, parkeerde er vlak achter en haalde de ski's van het dak. Het was een paar van een skiproducent uit Trøndelag die vijftien jaar geleden failliet was gegaan. Toen moest hij ook voor het laatst wax op de ski's hebben gedaan; die zag er nu uit als een grijze, taaie massa. Hij vond het spoor dat van de weg naar de hut liep, precies zoals ze het beschreven hadden. De ski's leken wel aan de loipe vastgelijmd; hij kon niet wegglijden, mocht hij dat proberen. De zon stond laag boven de sparrenbomen toen hij de hut vond. Op de trap van een zwartgeteerde houten hut zaten twee mannen in anorak en een jongen die Harry, die niet bekend was met tieners, ergens tussen de twaalf en zestien jaar oud schatte.

'Ove Bertelsen?' vroeg Harry, en hij hing over zijn skistokken. Hij was buiten adem.

'Hier,' zei de ene man. Hij stond op en stak een hand uit. 'En dit is agent Folldal.'

De andere man knikte gereserveerd.

Harry begreep dat de jongen de patroonhulzen gevonden moest hebben. 'Het zal wel fijn zijn om aan de lucht van Oslo te ontsnappen, denk ik,' zei Bertelsen.

Harry haalde een pakje sigaretten tevoorschijn.

'Nog heerlijker om uit de lucht van Skien te ontsnappen, zou ik denken.'

Folldal nam zijn pet af en rechtte zijn rug.

Bertelsen lachte: 'Anders dan mensen denken, is de lucht van Skien schoner dan in welke andere Noorse stad ook.'

Harry beschermde de lucifer met een hand en stak de sigaret aan.

'O ja? Daar zal ik de volgende keer aan denken. Hebben jullie iets gevonden?'

'Het is hier vlakbij.'

De andere drie klikten hun ski's vast en met Folldal op kop volgden ze een loipe die hen naar een open plek in het bos leidde. Folldal wees met een skistok naar een zwarte steen die twintig centimeter boven de dunne sneeuwlaag uitstak.

'De jongen heeft de lege hulzen bij de steen in de sneeuw gevonden. Ik vermoed dat het een jager was die hier heeft geoefend. Je ziet daarnaast skisporen. Het heeft al een week niet gesneeuwd, dus ze kunnen heel goed van de schutter zijn. Het lijkt erop dat hij van die brede telemarkski's aanhad.'

Harry ging op zijn hurken zitten. Hij streek met een vinger langs de steen waar het brede spoor hem raakte.

'Hmm. Of oude houten ski's.'

'O, ja?'

Harry hield een splintertje licht hout omhoog.

'Krijg nou wat,' zei Folldal, en hij keek naar Bertelsen.

Harry draaide zich om naar de jongen. Hij droeg een ruime katoenen broek met overal zakken en een wollen muts die hij goed over zijn oren had getrokken.

'Aan welke kant van de steen heb je de hulzen gevonden?'

De jongen wees. Harry deed zijn ski's af, liep om de steen heen en ging op zijn rug in de sneeuw liggen. De hemel was nu lichtblauw geworden, zoals altijd op een heldere winterdag vlak voor de zon onderging. Toen draaide hij zich op zijn zij en gluurde over de steen. Hij keek in de richting van het punt waar ze op de open plek waren gekomen. Daar stonden vier houten stompen.

'Hebben jullie de kogels gevonden, of beschadigingen van schoten?'

Folldal krabde zich in de nek. 'Je bedoelt of we elke boomstam in een omtrek van een halve kilometer hebben onderzocht?'

Bertelsen legde discreet een want over zijn mond. Harry tikte de as van zijn sigaret en keek naar het gloeiende puntje.

'Nee, ik bedoel: hebben jullie die stompen daarginds bekeken?'

'En waarom zouden we die bekijken?' vroeg Folldal.

'Omdat Märklin de zwaarste jachtgeweren ter wereld maakt. Een geweer van vijftig kilo nodigt niet uit tot schieten uit stand, dus is het logisch aan te nemen dat hij deze steen hier gebruikt heeft om aan te leggen. Märklin-geweren gooien de lege hulzen er aan de rechterkant uit. En aangezien de hulzen aan die kant van de steen lagen, heeft hij in de richting geschoten waar wij vandaan kwamen. Het is niet geheel onlogisch dat hij iets op de stompen heeft gezet om op te richten, of wel?'

Bertelsen en Folldal keken elkaar aan.

'Ja, dan moeten we maar eens gaan kijken,' zei Bertelsen.

'Als het geen ontzettend grote berkkever is...' zei Bertelsen drie minuten later. 'Dan is het een ontzettend groot kogelgat.'

Hij lag op zijn knieën in de sneeuw en stak een vinger in een van de stompen. 'Verdomme, de kogel is er ver in gegaan; ik kan hem niet voelen.'

'Kijk erin,' zei Harry.

'Hoezo dat?'

'Kijk of hij er niet dwars doorheen is gegaan,' zei Harry.

'Dwars door die dikke sparrenstomp?'

'Doe nou maar en kijk of je daglicht ziet.'

Harry hoorde Folldal achter zich snuiven. Bertelsen bracht zijn oog naar het gat.

'Maar in 's hemelsnaam...'

'Zie je iets?' riep Folldal.

'Hoe is het mogelijk? Ik zie de halve waterval van Siljan.'

Harry wendde zich naar Folldal, die zich omdraaide en in de sneeuw spuugde.

Bertelsen kwam weer overeind. 'Wat heeft een kogelvrij vest voor zin als je door zo'n monster beschoten wordt?' kreunde hij.

'Geen enkele,' zei Harry. 'Het enige wat helpt is een pantser.' Hij drukte zijn sigaret uit tegen de droge stomp en corrigeerde zichzelf: 'Een dik pantser.'

Hij bleef staan en wreef met de ski onder zijn voet over de sneeuw.

'We moeten maar eens gaan praten met de mensen van de dichtbij gelegen hutten,' zei Bertelsen. 'Misschien heeft iemand iets gezien. Of krijgt er iemand zin om toe te geven dat hij een dergelijk wapen uit de hel in zijn bezit heeft.'

'Nadat de wapenamnestie van vorig jaar...' begon Folldal, maar hij bedacht zich toen hij zag dat Bertelsen naar hem keek.

'Kunnen we nog ergens anders mee helpen?' vroeg Bertelsen aan Harry.

'Nou,' zei Harry, en hij staarde somber in de richting van de weg. 'Heeft iemand er iets op tegen om een beetje tegen een auto aan te duwen?'

29 | *Rudolph II Hospital, Wenen, 23 juni 1944*

Helena Lang had een déjà vu. De ramen stonden open en de warme zomermorgen vulde de gang met de geur van pas gemaaid gras. De laatste twee weken waren er elke nacht bombardementen geweest, maar ze merkte niets van de rooklucht. Ze had een brief in haar hand. Een fantastische brief! Zelfs de zure hoofdzuster moest glimlachen toen Helena haar '*Guten Morgen*' zong.

Dokter Brockhard keek verbaasd op van zijn papieren toen Helena zonder te kloppen het kantoor binnenstormde.

'En?' zei hij.

Hij zette zijn bril af en richtte zijn starre blik op haar. Ze ving een glimp op van zijn natte tong die de veer van de bril ving. Ze ging zitten.

'Christopher,' begon ze. Ze had zijn voornaam niet meer gebruikt sinds ze klein waren. 'Ik heb je iets te vertellen.'

'Mooi,' zei hij. 'Daar heb ik op gewacht.'

Ze wist waar hij op wachtte: een verklaring waarom ze zijn wens niet had vervuld om naar zijn flat te gaan in het hoofdgebouw van het ziekenhuisterrein, ondanks het feit dat hij de ziekmelding van Urias tweemaal had verlengd. Helena had het aan de bombardementen geweten dat ze niet naar buiten durfde. Toen had hij aangeboden om haar in het zomerhuis van haar moeder te bezoeken, iets wat ze beslist had afgewezen.

'Ik zal alles vertellen,' zei ze.

'Alles?' vroeg hij met een lachje.

Nee, dacht ze. Bijna alles.

'Die ochtend dat Urias...'

'Hij héét geen Urias, Helena.'

'Die ochtend dat hij weg was en jullie alarm sloegen, herinner je je die nog?'

'Uiteraard.'

Brockhard legde zijn bril naast het papier voor zich, met de veer van de bril evenwijdig aan de rand. 'Ik vroeg me af of ik de verdwijning aan de militaire politie zou doorgeven, maar toen dook hij weer op met het verhaal dat hij de halve nacht in het bos had gelopen.'

'Dat heeft hij niet gedaan. Hij kwam met de nachttrein uit Salzburg.'

'O ja?' Brockhard leunde achterover in zijn stoel met een trek op zijn gezicht die erop duidde dat hij er niet van hield te laten zien dat hij verbaasd was.

'Hij nam voor middernacht de nachttrein uit Wenen, stapte uit in Salzburg, waar hij een halfuur wachtte op de nachttrein de andere kant op. Om negen uur was hij op het *Hauptbahnhof*.'

'Hmm.' Brockhard staarde naar de pen die hij tussen zijn vingertoppen hield. 'En wat heeft hij voor reden gegeven voor deze idiote tocht?'

'Tja,' zei Helena, zonder dat ze in de gaten had dat ze lachte. 'Je herinnert je misschien dat ik die ochtend ook te laat kwam?'

'Ja...'

'Ik kwam ook uit Salzburg.'

'O ja?'

'Ja.'

'Ik geloof dat je dat moet uitleggen, Helena.'

Ze legde het uit terwijl ze naar Brockhards vingertoppen staarde. Onder de punt van de pen had zich een bloeddruppel gevormd.

'Ik begrijp het,' zei Brockhard toen ze klaar was. 'Jullie wilden naar Parijs. En hoe lang hadden jullie gedacht daar onopgemerkt te blijven?'

'Het was wel duidelijk dat we niet goed hadden nagedacht. Maar Urias vond dat we naar Amerika moesten gaan. Naar New York.'

Brockhard liet een droog lachje horen. 'Je bent anders zo'n verstandig meisje, Helena. Ik begrijp dat die landverrader je verblind heeft met zijn zoete leugens over Amerika. Maar weet je wat?'

'Nee?'

'Ik vergeef het je.'

En hij ging verder toen hij haar stomverbaasde gezicht zag: 'Ja, ik vergeef je. Je zou eigenlijk gestraft moeten worden, maar ik weet hoe rusteloos meisjesharten kunnen zijn.'

'Ik vraag niet om vergeving...'

'Hoe gaat het met je moeder? Het zal wel zwaar voor haar zijn om nu alleen te zijn. Heeft je vader geen drie jaar gekregen?'

'Vier. Wil je zo vriendelijk zijn om naar me te luisteren, Christopher?'

'Ik vraag je niets te doen of te zeggen waar je later spijt van krijgt, Helena. Wat je verteld hebt, verandert niets. De afspraak blijft zoals hij was.'

'Nee!' Helena stond zo snel op dat de stoel achter haar op de grond viel, en toen gooide ze de brief die ze in haar hand hield op het bureau.

'Kijk zelf! Je hebt geen macht meer over mij. Of over Urias.'

Brockhard keek naar de brief. De bruine, geopende envelop zei hem niets. Hij viste het papier eruit, zette zijn bril op en begon te lezen:

Waffen-ss
Berlijn, 21 juni

Wij hebben een verzoek ontvangen van de hoofdcommandant van het Noorse politiedepartement, Jonas Lie, of u met onmiddellijke ingang overgeplaatst kunt worden naar de politie in Oslo. Aangezien u Noors staatsburger bent, zien wij geen reden om deze wens niet in te willigen. Met deze overplaatsing worden de orders met betrekking tot overplaatsing naar de Wehrmacht ingetrokken. U zult van het Noorse politiedepartement nadere details ontvangen over plaats en tijdstip waarop u zich moet melden.

Heinrich Himmler,
Hoofdcommandant van de Schutzstaffel (ss)

Brockhard moest tweemaal naar de handtekening kijken. Heinrich Himmler persoonlijk! Toen hield hij het briefpapier tegen het licht.

Helena: 'Je kunt bellen en het onderzoeken als je wilt, maar geloof me: het is echt.'

Door het open raam kon ze vogels horen zingen in de tuin. Brockhard schraapte twee keer zijn keel voor hij begon te spreken: 'Dus jullie hebben een brief geschreven naar het hoofd van de politie in Noorwegen?'

'Ik niet. Urias. Ik heb alleen het juiste adres opgezocht en hem gepost.'

'Heb jij hem gepost?'

'Ja. Of nee, eigenlijk niet. Ik heb het bericht eerlijk gezegd per telegram verstuurd.'

'Het hele verzoek?'

'Ja.'

'Juist. Dat zal wel duur… heel duur zijn geweest.'

'Ja, dat klopt, maar het had haast.'

'Heinrich Himmler...' zei hij, meer tegen zichzelf dan tegen haar.

'Het spijt me, Christopher.'

Opnieuw dat droge lachje: 'Echt waar? Heb je niet precies gekregen wat je wilde, Helena?'

Ze negeerde de vraag en dwong zichzelf vriendelijk te glimlachen.

'Ik moet je om een gunst vragen, Christopher.'

'O?'

'Urias wil dat ik met hem meega naar Noorwegen. Ik heb een aanbeveling nodig van het ziekenhuis om een uitreisvisum te kunnen krijgen.'

'En nu ben je bang dat ik daarbij een spaak in het wiel zal steken?'

'Je vader zit in het ziekenhuisbestuur.'

'Ja, ik zou je in de problemen kunnen brengen.' Hij wreef over zijn kin. Zijn starre blik had zich vastgezet ergens boven op haar hoofd.

'Je kunt ons toch niet tegenhouden, Christopher. Urias en ik houden van elkaar. Begrijp je?'

'Waarom zou ik een soldatenhoer een dienst bewijzen?'

Helena's mond viel half open. Zelfs uit de mond van iemand die ze verachtte, die duidelijk uit woede sprak, trof het woord haar als een mokerslag. Maar voordat ze kon antwoorden, vertrok Brockhards gezicht zich alsof híj de dreun te verwerken had.

'Vergeef me, Helena. Ik... Verdomme!' Hij keerde haar met een ruk de rug toe.

Helena wilde het liefst opstaan en weggaan, maar ze kon de woorden niet vinden om zich los te maken. Zijn stem was gespannen toen hij verderging: 'Ik wilde je geen pijn doen, Helena.'

'Christopher...'

'Je begrijpt het niet. Ik zeg dit niet uit arrogantie, maar ik heb kwaliteiten waarvan ik weet dat jij ze in de loop van de tijd zou leren te waarderen. Misschien ben ik een beetje te ver gegaan, maar bedenk wel dat ik de hele tijd het beste met je voorhad.'

Ze staarde naar zijn rug. De doktersjas was een maat te groot voor zijn smalle, afhangende schouders. Ze dacht terug aan de Christopher die ze als kind had gekend. Hij had kleine, zwarte krullen gehad en een keurig kostuum gedragen, hoewel hij nog maar twaalf jaar was. Ze was zelfs een zomer lang verliefd op hem geweest.

Hij liet een lange en bevende zucht horen. Ze deed een stap in zijn richting, maar bedacht zich. Waarom zou ze medelijden met deze man voelen? Ja, ze wist wel waarom: omdat haar eigen hart overliep van geluk zonder dat ze daar veel moeite voor had hoeven doen. Terwijl Christopher Brockhard, die elke dag probeerde het geluk af te dwingen, altijd een eenzame man zou blijven.

'Christopher, ik moet nu gaan.'

'Ja. Natuurlijk. Je moet doen wat je moet doen, Helena. En ik moet doen wat ik moet doen,' zei hij.

30 | *Politiebureau, 24 februari 2000*

Wright vloekte. Hij had alle knoppen van de overheadprojector geprobeerd om de foto scherp te krijgen, maar tevergeefs.

Een stem kuchte: 'Ik denk dat de foto misschien onscherp is, Wright. Het ligt niet aan de projector.'

'Nou, dit is in elk geval Andreas Hochner,' zei Wright, en hij hield een hand boven zijn ogen om de aanwezigen te zien. De kamer had geen ramen en nu het licht was uitgedaan was het pikkedonker. En, zo had Wright gehoord, ook afluisterzeker, wat dat ook mocht beteken.

Behalve hijzelf, Andreas Wright, luitenant in het leger bij de inlichtingendienst, waren er maar drie andere personen aanwezig: majoor Bard Ovesen van de inlichtingendienst bij Defensie, Harry Hole, die nieuwe bij het POT, en de POT-chef zelf, Kurt Meirik. Hole had hem de naam gefaxt van de wapenhandelaar in Johannesburg. En hem sindsdien elke dag aan zijn hoofd gezeurd om verdere informatie. Kennelijk waren er mensen bij het POT die meenden dat de inlichtingendienst bij Defensie een onderafdeling van het POT was, maar zij hadden waarschijnlijk het reglement niet gelezen, waarin stond dat de organisaties samenwerkten op basis van gelijkheid. Wright had het wel gelezen. Dus uiteindelijk had hij die nieuwe duidelijk gemaakt dat zaken die geen prioriteit hadden moesten blijven liggen. Een halfuur later had Meirik zelf gebeld en gezegd dat de zaak wel prioriteit had. Waarom konden ze dat niet meteen zeggen?

De onscherpe zwart-witfoto op het doek toonde een man die een restaurant uit kwam, en het leek erop dat hij door een autoruit was genomen. De man had een breed, grof gezicht met donkere ogen en een brede, platte neus met een dikke zwarte hangsnor daaronder.

'Andreas Hochner, geboren in 1954 in Zimbabwe uit Duitse ouders,' las Wright van de kopieën die hij bij zich had. 'Vroeger huursoldaat in Kongo en Zuid-Afrika, is waarschijnlijk sinds midden jaren tachtig actief in de wapensmokkel. Toen hij negentien was, heeft hij met zeven anderen terechtgestaan voor moord op een zwarte jongen uit Kinshasa, maar is wegens gebrek aan bewijs vrijgesproken. Getrouwd en tweemaal gescheiden. Zijn werkgever in Johannesburg wordt ervan verdacht achter de smokkel te zitten van luchtafweerraketten naar Syrië en de aanschaf van chemische wapens in Irak. Hij geeft toe tijdens de oorlog in Bosnië speciale wapens aan Karadzic te hebben verkocht en tijdens de belegering van Sarajevo sluipschutters te hebben opgeleid, maar dat laatste is niet bevestigd.'

'Laat de details maar zitten, alsjeblieft,' zei Meirik, en hij keek op zijn horloge. Dat liep achter, maar het had een mooie inscriptie van het ministerie van Defensie aan de achterkant.

'Tja,' zei Wright, en hij bladerde verder in de papieren. 'Ja. Andreas Hochner is een van de vier personen die tijdens een razzia bij een wapenhandelaar in december in Johannesburg gearresteerd zijn. In verband met die arrestatie werd er een gecodeerde bestellijst gevonden met een bestelling voor een geweer van het merk Märklin met de code Oslo. En een datum, 21 december. Dat is alles.'

Het werd stil. Alleen het gezoem van de ventilator van de projector was te horen. Er werd in het donker gehoest. Het leek op Bard Ovesen. Wright kneep met zijn ogen.

'Hoe weten we zeker dat Hochner hier de sleutelfiguur is?' vroeg Ovesen.

Harry Holes stem in de duisternis: 'Ik heb gesproken met een inspecteur van politie in Johannesburg, Esaias Burne in Hillbrow. Hij kon me vertellen dat ze na de arrestaties huiszoeking hadden gedaan bij de betreffende personen en dat ze een interessant paspoort hadden gevonden in de flat van Hochner. Met zijn eigen foto, maar met een heel andere naam.'

'Een wapensmokkelaar met een vals paspoort is niet direct... sensationeel,' zei Ovesen.

'Ik wil het vooral hebben over een stempel dat ze daarin gevonden hebben. OSLO, NORWAY. 10 DECEMBER.'

'Dus hij is in Oslo geweest?' zei Meirik. 'Op de klantenlijst stond een Noor, en we hebben lege patroonhulzen van dit supergeweer gevonden. We kunnen er dus van uitgaan dat Andreas Hochner in Noorwegen is geweest en dat de transactie heeft plaatsgevonden. Maar wie is de Noor op de klantenlijst?'

'De bestellijst is helaas geen lijst van een postorderbedrijf met volledige naam en adres.' Harry's stem. 'De Oslo-klant wordt Urias genoemd – vast een codenaam. En volgens Burne in Johannesburg is Hochner er niet zo happig op iets te vertellen.'

'Ik dacht dat de politie in Johannesburg effectieve verhoormethoden gebruikte,' zei Ovesen.

'Zou kunnen, maar Hochner riskeert kennelijk meer door te praten dan door te zwijgen. Die klantenlijst is lang...'

'Ik heb gehoord dat ze elektriciteit gebruiken in Zuid-Afrika,' zei Wright. 'Onder de voeten, op de tepels en... ja. Erg pijnlijk. À propos, kan iemand het licht aandoen?'

Harry: 'In een zaak waarin er sprake van is dat er chemische wapens van Saddam worden gekocht, wordt een zakenreisje met een geweer naar Oslo tamelijk onbeduidend. Ik geloof trouwens dat de Zuid-Afrikanen hun elektriciteit opsparen voor belangrijker kwesties, om het zo maar eens te zeggen. Bovendien zijn we er niet zeker van dat Hochner weet wie Urias is. En zolang we niet weten wie hij is, moeten we de volgende vraag stellen: wat is hij van plan? Een aanslag? Een terroristische actie?'

'Of een roofoverval,' zei Meirik.

'Met een Märklin-geweer?' zei Ovesen. 'Dan schiet je met een kanon op een mus.'

'Een drugsafrekening misschien,' veronderstelde Wright.

'Ach,' zei Harry. 'Er was alleen een pistool nodig om de best beschermde man van Zweden te vermoorden. En de moordenaar van Palme is nooit gepakt. Dus waarom een geweer van meer dan een half miljoen kronen om hier iemand neer te schieten?'

'Wat stel jij voor, Harry?'

'Misschien is het geen Noor die doelwit is, maar iemand uit het buitenland. Iemand die voortdurend het doelwit is van terroristische aanslagen, maar die in zijn eigen land te goed beveiligd wordt om daar een aanslag op hem te plegen. Iemand die denkt dat ze beter in een klein, vreedzaam land kunnen moorden, waar volgens hem de veiligheidsmaatregelen navenant zijn.'

'Wie?' vroeg Ovesen. 'Er zijn op het moment geen buitenlanders in Noorwegen met een verhoogd veiligheidsrisico.'

'En er is niemand op weg,' voegde Meirik daaraan toe.

'Misschien is het nog verder weg,' zei Harry.

'Maar het wapen is toch al een maand geleden gekomen?' vroeg Ovesen. 'Het kan niet dat buitenlandse terroristen een maand voordat ze een opdracht uitvoeren al naar Noorwegen komen.'

'Misschien zijn het geen buitenlanders, maar is het een Noor.'

'Er is in Noorwegen niemand die zo'n opdracht waar jij het over hebt kan uitvoeren,' zei Wright terwijl hij op de muur tastte naar de lichtschakelaar.

'Precies,' zei Harry. 'Dat is ook precies het punt.'

'Het hele punt?'

'Stel je een bekende buitenlandse terrorist voor die iemand in zijn eigen land van het leven wil beroven en dat die persoon naar Noorwegen gaat. De veiligheidsdienst in het land waar hij woont, volgt elke beweging die hij maakt, dus in plaats van zelf te proberen de grens over te komen zoekt hij contact met een milieu in Noorwegen dat dezelfde motieven kan hebben als hijzelf. Dat dat milieu slechts uit amateurs bestaat, is feitelijk een voordeel, want dan weet de terrorist dat de beveiligingsdienst niet op hen zal letten.'

Meirik: 'Die lege hulzen kunnen erop duiden dat het amateurs zijn, ja.'

'De terrorist en de amateur worden het erover eens dat de terrorist de dure aanschaf van het wapen zal financieren en daarna verbreekt hij alle banden; er is niets meer te vinden wat naar de terrorist leidt. Daarmee heeft hij een proces in gang gezet zonder zelf risico te lopen, behalve een financieel.'

'Maar wat nou als de amateur geen kans ziet om de opdracht uit te voeren?' vroeg Ovesen. 'Of in plaats daarvan besluit het wapen te verkopen en ervandoor te gaan met het geld?'

'Dat is natuurlijk een risico, maar we moeten ervan uitgaan dat de opdrachtgever die amateur uitzoekt op zijn motivatie. Misschien heeft hij ook een persoonlijk motief dat maakt dat hij bereid is zijn eigen leven in de waagschaal te stellen om de opdracht uit te voeren.'

'Aardige hypothese,' zei Ovesen. 'Hoe had je gedacht die te toetsen?'

'Dat gaat niet. Ik heb het over een man over wie we niets weten. We weten niet hoe hij denkt, of we ervan uit kunnen gaan of hij rationeel handelt.'

'Prettig,' zei Meirik. 'Hebben we andere theorieën hoe het wapen in Noorwegen terecht kan zijn gekomen?'

'Stapels,' zei Harry. 'Maar dit is de ergst denkbare.'

'Jaja,' verzuchtte Meirik. 'Wij moeten nu dus op jacht naar geesten. We moeten maar eens proberen of we een praatje kunnen maken met die Hochner. Ik zal een paar telefoontjes... Ai.'

Wright had de lichtschakelaar gevonden en de kamer baadde in wit, hard licht.

31 | *Zomerresidentie van de familie Lang, Wenen, 25 juni 1944*

Helena stond in de slaapkamer en bekeek zichzelf in de spiegel. Het liefst zou ze het raam openzetten om te kunnen luisteren naar voetstappen op het grind, maar moeder was erg precies met de verduistering. Ze keek naar de foto van vader op het planchet voor de spiegel. Het viel haar elke keer op hoe jong en onschuldig hij er op deze foto uitzag.

Ze had, zoals altijd, haar haar vastgemaakt met een eenvoudige speld. Zou ze het anders doen? Beatrice had moeders rode mousselinen jurk ingenomen zodat Helena's lange, slanke figuur er ook goed in uitkwam. Moeder had vader in deze jurk ontmoet. Die gedachte was vreemd en in zekere zin ook een beetje pijnlijk. Als moeder haar over die tijd vertelde, leek het of ze het over twee andere mensen had – twee knappe, gelukkige mensen, die dachten te weten waarnaar ze op weg waren.

Helena maakte de haarspeld los en schudde haar hoofd, zodat haar bruine haar over haar gezicht viel. De deurbel ging. Ze hoorde de voetstappen van Beatrice in de hal. Helena liet zich achterovervallen op het bed en voelde haar maag samentrekken. Ze kon er niets aan doen; het leek wel of ze weer veertien was en smoorverliefd! Ze hoorde het gedempte geluid van gepraat beneden; moeders scherpe, nasale stem; het gekletter van de kleerhangers toen Beatrice een jas ophing in de garderobe. Jas, dacht Helena. Hij had een jas aangetrokken, hoewel het een warme, drukkende zomeravond was zoals ze die meestal pas in augustus hadden.

Ze wachtte eindeloos. Toen hoorde ze moeders stem roepen: 'Helena!'

Ze stond op van het bed, maakte de haarspeld weer vast, keek naar haar handen, herhaalde in zichzelf: ik heb geen grote handen, ik heb geen grote handen. Toen wierp ze een laatste blik in de spiegel – ze was mooi! –, haalde bevend adem en liep haar kamer uit.

'Hele...'

Moeders stem viel stil zodra ze Helena boven aan de trap zag. Helena zette haar voet voorzichtig op de eerste tree, de hoge hakken waar ze anders ook de trap mee af liep voelden ineens wankel en instabiel.

'Je gast is gekomen,' zei moeder.

Jóúw gast. Onder andere omstandigheden was Helena misschien geïrriteerd geweest door de manier waarop moeder dit benadrukte, dat ze deze gewone buitenlandse soldaat niet als haar gast in huis beschouwde. Maar dit waren bijzondere tijden, en Helena kon haar moeder wel zoenen dat ze het niet moeilijker had gemaakt, dat ze in elk geval de gang in was gelopen om hem te ontvangen voordat Helena haar entree maakte.

Helena keek naar Beatrice. De oude hulp glimlachte, maar had dezelfde melancholieke blik in haar ogen als moeder. Helena keek naar Hem. Zijn ogen straalden zo dat het leek of ze de warmte ervan op haar wang kon voelen, en ze liet haar blik zakken naar de pas geschoren, bruine nek, naar de kraag met 'ss' en naar het groene uniform dat zo kreukelig was in de trein en dat nu keurig was geperst. In zijn hand had hij een boeket rozen, die Beatrice al had aangeboden in een vaas te zetten, maar daarvoor had hij bedankt en hij had haar gevraagd even te wachten, zodat Helena ze eerst zou zien.

Ze deed nog een stap. Haar hand rustte licht op de reling. Het ging nu makkelijker. Ze hief haar hoofd op en nam hen alle drie tegelijk op. En ze begreep ineens dat dit op een vreemde manier het mooiste moment in haar leven was. Want ze besefte wat zij zagen en spiegelde zich daarin.

Moeder zag zichzelf; haar eigen verloren gegane droom en jeugd kwam de trap af; Beatrice zag het meisje dat ze had opgevoed als haar eigen dochter; en Hij zag de vrouw van wie hij zo zielsveel hield dat hij het niet kon verbergen achter Scandinavische verlegenheid en goede manieren.

'Wat ben je mooi,' zei Beatrice geluidloos. Helena knikte terug. Toen was ze beneden.

'Dus je hebt in het stikdonker de weg gevonden?' lachte ze naar Urias.

'Ja,' antwoordde hij luid en duidelijk, en het antwoord galmde als in een kerk door de betegelde hoge hal.

Moeder sprak met haar doordringende, ietwat schelle stem terwijl Beatrice als een vriendelijke geest in en uit de eetkamer zweefde. Helena kon haar ogen niet van de ketting met diamanten die moeder om haar hals droeg afhouden. Het was haar dierbaarste sieraad, dat alleen bij speciale gelegenheden tevoorschijn werd gehaald.

Moeder had een uitzondering gemaakt en de deur naar de tuin op een kier laten staan. Het wolkendek lag zo laag dat er misschien vannacht geen bombardementen waren. Het windje door de open deur deed de vlammetjes van de kaarsen flakkeren, en de schaduwen dansten op de portretten van ernstige mannen en vrouwen die allen de achternaam Lang droegen. Moeder had hem precies uitgelegd wie wie was, wat ze hadden gepresteerd en uit welke families ze hun echtgenotes hadden gehaald. Urias had geluisterd met iets wat Helena op een klein sarcastisch lachje vond lijken, maar dat was in het halfdonker niet goed te zien. Moeder had uitgelegd dat ze zich verplicht voelden op stroom te besparen nu het oorlog was. Ze had het natuurlijk niet over de nieuwe financiële situatie en dat Beatrice als enige van het personeel, dat eerst uit vier personen had bestaan, over was.

Urias legde zijn vork neer en kuchte. Moeder zat aan het hoofd van de tafel en de jongelui zaten tegenover elkaar.

'Dit was echt heerlijk, mevrouw Lang.'

Het was een eenvoudige maaltijd geweest. Niet zo eenvoudig dat het beledigend zou zijn, maar op geen enkele wijze zo overdadig dat hij reden zou hebben zich een eregast te voelen.

'Dat is Beatrice,' zei Helena ijverig. 'Ze bakt de beste wienerschnitzels van Oostenrijk. Hebt u die al eerder gegeten?'

'Nog maar één keer. En die haalde het niet bij deze.'

'*Schwein*,' zei moeder. 'De schnitzel die u hebt gegeten was vast van varkensvlees. Hier gebruiken we alleen kalfsvlees. Of eventueel kalkoen.'

'Ik kan me geen vlees herinneren,' zei hij, en hij lachte. 'Ik geloof dat het voornamelijk ei en broodkruimels waren.'

Helena lachte zacht en moeder wierp haar een snelle blik toe.

Het gesprek was tijdens het eten een paar maal stilgevallen, maar na de lange pauzes had Urias net zo vaak het woord genomen als Helena en moeder. Helena had al voordat ze hem te eten had gevraagd besloten dat ze zich er niets van aan zou trekken wat moeder vond. Urias was beleefd, maar hij was een man uit een eenvoudig boerengeslacht, zonder het raffinement in uiterlijk en manieren dat voortkomt uit een opvoeding in een voornaam milieu. Maar ze had zich nauwelijks zorgen hoeven maken. Helena was echt verbaasd te zien hoe gemakkelijk en geroutineerd Urias zich gedroeg.

'U bent misschien van plan na de oorlog te gaan werken?' vroeg moeder, en ze stak de laatste hap aardappel in haar mond.

Urias knikte en wachtte geduldig tot mevrouw Lang klaar was met kauwen op de volgende onontkoombare vraag.

'En waar wilt u werken, als ik mag vragen?'

'Als postbode. Er was me in elk geval voordat de oorlog begon een baan aangeboden.'

'Post rondbrengen? Wonen de mensen in uw land niet erg ver uit elkaar?'

'Dat valt wel mee. We vestigen ons waar het mogelijk is. Langs de fjorden, in de dalen en op andere plaatsen die bescherming bieden tegen weer en wind. En we hebben ook steden en grotere dorpen.'

'O ja? Interessant. Mag ik vragen of u geld hebt?'

'Moeder!' Helena keek haar moeder ongelovig aan.

'Ja, liefje?' Moeder veegde met een servet haar mond af en gebaarde Beatrice dat ze de borden kon afruimen.

'Het lijkt wel een verhoor.' Helena's donkere wenkbrauwen vormden twee V's op haar witte voorhoofd.

'Ja,' zei moeder. Ze lachte stralend naar Urias en hief haar glas. 'Dit is ook een verhoor.'

Urias hief zijn glas en beantwoordde haar lach.

'Ik begrijp u goed, mevrouw Lang. Zij is uw enige dochter. U hebt volkomen gelijk – ja, ik zou bijna zeggen: het is uw plicht om uit te zoeken wat voor man ze heeft gevonden.'

De lippen van mevrouw Lang gingen al naar voren om een slok te kunnen nemen, maar het wijnglas bleef plotseling halverwege de lucht hangen.

'Ik ben niet vermogend,' ging Urias verder. 'Maar ik heb werklust en een goed stel hersens, en ik zal in staat zijn zowel mijzelf als Helena en vast nog een paar anderen te voeden. Ik beloof u zo goed mogelijk voor haar te zorgen, mevrouw Lang.'

Helena kreeg sterk de neiging om te gaan giechelen, maar was tegelijkertijd wonderlijk opgewonden.

'Mijn hemel!' riep moeder, en ze zette het glas weer neer. 'U gaat wel een beetje erg snel, jongeman!'

'Ja.' Urias nam een grote slok en keek lang naar het glas. 'En ik wil nogmaals zeggen dat dit echt een goede wijn is, mevrouw Lang.'

Helena probeerde hem tegen zijn been te schoppen, maar ze kon er onder de brede eiken tafel niet bij.

'Maar dit zijn vreemde tijden. En er is zo weinig tijd.' Hij zette het glas neer, maar hield zijn blik erop gevestigd. De poging tot een lachje die Helena eerder had menen te zien, was verdwenen.

'Ik heb op avonden zoals deze met kameraden bij elkaar gezeten en gepraat, mevrouw Lang. Over alles wat we in de toekomst wilden doen, over hoe het nieuwe Noorwegen moest worden, en over alle dromen die we wilden verwezenlijken. Grote en kleine. En een paar uur later lagen ze dood en zonder toekomst op het slagveld.'

Hij tilde zijn hoofd op en keek haar strak aan.

'Ik ga snel omdat ik een vrouw heb gevonden die ik wil en die mij wil. Buiten woedt een oorlog, en met wat ik u kan vertellen over mijn toekomstplannen houd ik u voor de gek. Ik heb nog maar één uur om mijn leven te leven, mevrouw Lang. En misschien is dat alles wat ook u nog rest.'

Helena keek snel naar haar moeder. Ze zat als versteend.

'Ik heb vandaag een brief gekregen van de Noorse politie. Ik moet me voor doktersonderzoek melden in het legerhospitaal in de Sinsen-school in Oslo. Ik vertrek over drie dagen. En ik ben van plan uw dochter mee te nemen.'

Helena hield haar adem in. Het zware getik van de wandklok dreunde door de kamer. Moeders diamanten glinsterden terwijl de spieren in haar rimpelige hals zich spanden en weer ontspanden. Door een plotselinge windvlaag door de tuindeur lagen de vlammen plat en de schaduwen tussen de donkere meubels dansten op en neer. Alleen Beatrice' schaduw bij de keukendeur leek stil te staan.

'*Strudel*,' zei moeder, en ze wenkte Beatrice. 'Een specialiteit uit Wenen.'

'Ik wil alleen maar dat u weet dat ik me er erg op verheug,' zei Urias.

'Ja, dat moet u ook,' zei moeder, en ze dwong zichzelf tot een sardonisch lachje. 'Hij is gemaakt van appels uit eigen tuin.'

32 | *Johannesburg, 28 februari 2000*

Het politiebureau van Hillbrow lag in het centrum van Johannesburg en leek op een vesting met prikkeldraad boven op de muren en ijzeren tralies voor ramen die zo klein waren dat het wel schietgaten leken.

'Alleen al in dit politiedistrict zijn vannacht twee mannen – zwart – vermoord,' zei politieman Esaias Burne terwijl hij Harry door de doolhof van gangen met witgeverfde, afbladderende muren en versleten linoleum leidde. 'Heb je het enorme Carltonhotel gezien? Gesloten. De blanken zijn allang naar de voorsteden verhuisd, dus nu hebben we alleen elkaar nog om op te schieten.'

Esaias trok zijn broek omhoog. Hij was zwart en lang, had x-benen en meer dan een beetje overgewicht. Zijn witte nylon shirt vertoonde donkere zweetkringen onder de armen.

'Andreas Hochner zit op het moment in een gevangenis buiten de stad die we Sin City noemen,' zei hij. 'We hebben hem vandaag hierheen gehaald voor dit verhoor.'

'Zijn er behalve mijzelf nog anderen?' vroeg Harry.

'Hier zijn we,' zei Esaias, en hij deed een deur open. Ze kwamen in een kamer waar twee mannen met over elkaar geslagen armen door een bruingeverfde ruit in de muur stonden te kijken.

'Eén richting,' fluisterde Esaias. 'Hij kan ons niet zien.'

De twee voor de ruit knikten naar Esaias en Harry, en maakten plaats.

Ze keken in een kleine, donkere kamer waar middenin een tafel en stoel stonden. Op de tafel stonden een asbak vol met peuken en een microfoon met een tafelstatief. De man op de stoel had donkere ogen en een dikke zwarte hangsnor die tot zijn mondhoeken hing. Harry herkende hem direct van Wrights onscherpe foto.

'Noor?' zei de man tegen Harry, zonder de man daar binnen een ogenblik uit het oog te verliezen. 'Hij is van jou, Noor. Je hebt twintig minuten.'

'In de fax stond dat...'

'Schiet op met je fax, man. Weet je hoeveel landen deze man willen verhoren, of liever: dat we hem uitleveren?'

'Nou, nee.'

'Wees blij dat je hem in elk geval mag spreken,' zei de man.

'Waarom wil hij met mij praten?'

'Hoe moeten wij dat weten? Vraag het hem zelf.'

Harry probeerde de buikademhaling toen hij de kleine, benauwde verhoorkamer binnenstapte. Aan de muur, waar rode strepen van roest een soort traliepatroon hadden gemaakt, hing een klok. Die wees halftwaalf aan. Harry dacht aan de politiemensen die hem met argusogen volgden; misschien dat hij daarom zweet in zijn handen kreeg. De gedaante in de stoel zat in elkaar gedoken, met halfgesloten ogen.

'Andreas Hochner?'

'Andreas Hochner?' herhaalde de man in de stoel op een fluistertoon. Hij keek op en zag eruit of hij zojuist iemand in het oog had gekregen die hij het liefst in elkaar wilde trappen. 'Nee, die is thuis en neukt je moeder.'

Harry ging omzichtig zitten en meende achter de donkere spiegel een lachsalvo te horen.

'Ik ben Harry Hole van de Noorse politie,' zei hij zacht. 'Je hebt ermee ingestemd met mij te praten.'

'Noorwegen?' zei Hochner sceptisch. Hij boog zich voorover en bestudeerde de ID-kaart die Harry omhooghield nauwkeurig. Hij lachte een beetje schaapachtig: 'Het spijt me. Hole. Ze hadden me niet verteld dat het vandaag Noorwegen was, begrijp je. Ik heb op jullie gewacht.'

'Waar is je advocaat?' Harry legde de map op tafel, opende die en haalde er een lijst met vragen en een notitieboekje uit.

'Vergeet hem, ik vertrouw die kerel niet. Staat de microfoon aan?'

'Ik weet het niet. Heb je iets te zeggen?'

'Ik wil niet dat de nikkers meeluisteren. Ik ben geïnteresseerd in een deal. Met jou. Met Noorwegen.'

Harry keek op van het papier. De klok boven Hochners hoofd tikte. Er waren drie minuten voorbij. Iets in hem zei dat het helemaal niet zeker was dat hij de toegewezen tijd mocht volmaken.

'Wat voor deal?'

'Staat de microfoon aan?' beet Hochner hem tussen zijn tanden door toe.

'Wat voor deal?'

Hochner sloeg zijn ogen ten hemel. Toen leunde hij over de tafel en fluisterde snel: 'In Zuid-Afrika staat de doodstraf op de dingen die ik heb gedaan. Begrijp je waar ik heen wil?'

'Misschien. Ga verder.'

'Ik kan je dingen vertellen over die man in Oslo als je me garandeert dat jouw regering de nikkerregering hier om gratie zal vragen. Omdat ik jullie heb geholpen, snap je? Jullie minister-president was toch hier? Zij en Mandela hebben rondgekeken en elkaar omarmd. De ANC-kopstukken maken nu de dienst uit, ze houden van Noorwegen. Jullie ondersteunen hen, boycotten ons toen de nikkercommunisten wilden dat we geboycot werden. Ze zullen naar jullie luisteren, snap je?'

'Waarom kun je deze ruilhandel niet gebruiken door de politie hier te helpen?'

'Verdomme!' Hochners vuist raakte de tafel, zodat de asbak opsprong en het peuken regende. 'Begrijp je dan niets, stommeling? Ze denken dat ik een nikkerjong heb vermoord!'

Zijn handen klemden zich rond de tafelrand en hij staarde Harry met wijd opengesperde ogen aan. Toen leek zijn gezicht te barsten; het zakte in elkaar als een lekke voetbal. Hij verborg zijn gezicht in zijn handen.

'Ze willen me alleen maar zien bungelen, ja toch!'

Er klonk een gekwelde snik. Harry nam hem op. Het was maar de vraag hoe lang die twee daar binnen Hochner uit zijn slaap hadden gehouden met een verhoor voordat hij kwam. Hij haalde diep adem. Toen boog hij zich over de tafel, greep met zijn ene hand de microfoon en trok met de andere de stekker eruit.

'Deal, Hochner. We hebben tien seconden voor onszelf. Wie is Urias?'

Hochner keek hem tussen zijn vingers door aan.

'Hè?'

'Snel, Hochner, ze zijn zo binnen!'

'Hij... Hij is oud, zeker over de zeventig. Ik heb hem maar één keer ontmoet, bij de overdracht.'

'Hoe zag hij eruit?'

'Oud, zoals gezegd...'

'Signalement!'

'Hij droeg een jas en een hoed. En het was midden in de nacht in een slecht verlichte containerhaven. Blauwe ogen, geloof ik, gemiddelde lengte... eh.'

'Waar hebben jullie over gepraat? Snel!'

'Van alles. We spraken eerst Engels, maar gingen later over op Duits omdat hij begreep dat ik dat sprak. Ik vertelde dat mijn ouders uit de Elzas kwamen. Hij was daar ook geweest, in een plaats die Sennheim heet.'

'Wat is zijn opdracht?'

'Ik weet het niet. Maar het is een amateur. Hij praat veel, en toen hij het geweer kreeg, zei hij dat hij voor het eerst na vijftig jaar weer een wapen vasthield. Hij zei dat hij een bloedhekel had aan...'

De deur van de kamer vloog open.

'Aan wat?' riep Harry.

Op hetzelfde ogenblik voelde hij dat er een vuist rond zijn kaak werd geklemd. En een stem beet hem dicht bij zijn oor toe: 'Wat ben je verdomme aan het doen!'

Harry hield Hochners blik vast toen ze hem achterwaarts naar de deur sleepten. Die was glazig geworden en zijn adamsappel wipte op en neer. Harry kon zijn lippen zien bewegen, maar verstond niet wat hij zei.

Toen viel de deur voor hem dicht.

Harry wreef in zijn nek terwijl Esaias hem naar het vliegveld bracht. Ze reden al twintig minuten voordat Esaias begon te praten.

'We werken al zes jaar aan deze zaak. Er staan twintig landen op de lijst van wapenleveranties. Voor wat er vandaag is gebeurd, zijn we nu juist de hele tijd bang geweest: dat iemand zou proberen inlichtingen te krijgen door diplomatieke hulp aan te bieden.'

Harry haalde zijn schouders op.

'En wat dan nog? Jullie hebben hem opgepakt en je werk gedaan, Esaias. Jullie hoeven alleen nog maar de medailles op te halen. Welke afspraken iemand wil maken met Hochner en een regering is jullie zaak niet.'

'Jij bent een politieman, Harry. Jij weet wat het betekent om misdadigers vrijuit te zien gaan – lui die niet aarzelen om een moord te begaan, van wie je weet dat ze verdergaan waar ze gebleven zijn zodra ze weer buiten staan.'

Harry gaf geen antwoord.

'Dat weet je? Mooi. Dan heb ik een voorstel. Het leek erop dat jij je deel van de handel hebt gekregen van Hochner. Dat betekent dat het aan jou is of jij je houdt aan jouw deel van de afspraak. Of het verder laat zitten. *Understand – izzit?*'

'Ik doe alleen maar mijn werk, Esaias, en ik zou Hochner later nodig kunnen hebben als getuige. Het spijt me.'

Esaias sloeg zo hard op het stuur dat Harry schrok.

'Laat ik je iets vertellen, Harry. Voor de verkiezingen in 1994, toen we nog steeds een blanke minderheidsregering hadden, schoot Hochner in een zwarte *township* die Alexandra heet vanaf een watertoren bij een schoolplein twee zwarte meisjes van elf jaar neer. We vermoeden dat daar iemand uit de Afrikaner Volkswag, de apartheidspartij, achter zat. De school was omstreden omdat er drie blanke leerlingen op zaten. Hij gebruikte Singapore-kogels, hetzelfde type dat ze in Bosnië gebruikten. Die openen zich na honderd meter en boren zich als een drilboor door alles wat ze raken. Beide meisjes werden in de hals getroffen, en deze keer maakte het niet uit dat het zoals gewoonlijk meer dan een uur duurde voordat de ambulance opdook in de zwarte townships.'

Harry gaf geen antwoord. 'Maar je hebt het bij het verkeerde eind als je denkt dat we uit zijn op wraak, Harry. We begrijpen dat het niet goed is om een nieuwe samenleving te bouwen op wraak. De eerste zwarte meerderheidsregering heeft daarom een commissie opgericht die de misdaden tijdens het apartheidsregime onderzoekt. Het gaat ons niet om wraak, maar om bekentenissen en vergeving. Het heeft veel wonden geheeld en de hele samenleving goedgedaan. Maar tegelijkertijd zijn we de strijd tegen de criminaliteit aan het verliezen, en vooral hier in Joeburg, waar de zaak helemaal uit de hand loopt. We zijn een jonge en kwetsbare natie, Harry, en als we verder willen komen, moeten we laten zien dat wetten en regels iets betekenen, dat chaos geen excuus is om misdaden te plegen. Iedereen herinnert zich de moorden in 1994, iedereen volgt de zaak nu in de krant. Daarom is dit belangrijker dan jouw of mijn agenda, Harry.'

Hij balde zijn vuist en sloeg weer op het stuur.

'Het gaat er niet om dat we als een rechter moeten beslissen over leven en dood, maar dat we de gewone mensen het vertrouwen terug moeten geven dat er rechtvaardigheid bestaat. En soms moet de doodstraf worden uitgesproken om hun dat vertrouwen te geven.'

Harry tikte een sigaret uit het pakje, deed het raam op een kier en keek naar de gele bergen met slakken die het monotone, droge landschap onderbraken.

'Dus wat zeg je, Harry?'

'Dat je het gaspedaal verder moet intrappen als ik het vliegtuig wil halen, Esaias.'

Esaias sloeg zo hard op het stuur dat het Harry verbaasde dat de stuurkolom ertegen kon.

33 | *Lainzer Tiergarten, Wenen, 27 juni 1944*

Helena zat alleen op de achterbank van André Brockhards zwarte Mercedes. De auto zoefde langzaam tussen de grote paardenkastanjes door die aan weerszijden waakten over de oprijlaan. Ze waren op weg naar de stallen van de Lainzer Tiergarten.

Ze keek naar de groene open plekken in het bos. Achter hen op de droge zandweg hing een stofwolk, en zelfs met het raam open was het bijna onverdraaglijk warm in de auto.

Een paar paarden die graasden in de schaduw aan de rand van het beukenbos, tilden hun hoofd op toen de auto voorbijkwam.

Helena hield van de Lainzer Tiergarten. Voor de oorlog had ze vaak haar zondagen doorgebracht in dit grote bosgebied aan de zuidrand van het Wienerwald – picknicken met haar ouders, ooms en tantes of paardrijden met vrienden.

Ze was op alles voorbereid toen ze die ochtend van de hoofdzuster in het ziekenhuis het bericht had gekregen dat André Brockhard haar wilde spreken en dat hij 's middags een auto zou sturen. Vanaf het moment dat ze de aanbevelingsbrief van het ziekenhuisbestuur had ontvangen, samen met het uitreisvisum, had ze met haar hoofd in de wolken gelopen, en het eerste wat ze dacht, was dat ze Christophers vader wilde bedanken voor het feit dat het bestuur haar had geholpen. Vervolgens had ze bedacht dat André Brockhard haar vast niet wilde spreken zodat zij hem kon bedanken.

Rustig, Helena, dacht ze. Morgenochtend vroeg zijn we hier weg.

Ze had de vorige dag twee koffers met wat kleding en haar dierbaarste bezittingen ingepakt. Het crucifix boven haar bed was het laatste wat ze in haar koffer stopte. Het speeldoosje dat ze van vader had gekregen stond nog steeds op de kaptafel. Dingen waarvan ze nooit had gedacht vrijwillig te willen scheiden – het was vreemd hoe weinig ze nu betekenden. Beatrice had haar geholpen en ze hadden over vroeger gepraat terwijl ze luisterden naar moeders voetstappen die beneden heen en weer gingen. Het zou een zwaar en moeilijk afscheid worden. Maar nu verheugde ze zich op vanavond. Urias had namelijk gezegd dat het zonde en jammer was dat hij niets van Wenen had gezien voordat hij vertrok, dus hij had haar voor een etentje uitgenodigd. Ze wist niet waar; hij had alleen geheimzinnig met zijn ogen geknipperd en gevraagd of ze dacht dat ze de auto van de boswachter zouden kunnen lenen.

'We zijn er, Fräulein Lang,' zei de chauffeur, en hij wees naar het eind van de weg, waar de oprijlaan voor een fontein ophield. Boven het water balanceerde een vergulde kleine cupido op één been op een bol van speksteen. Daarachter lag een landhuis van grijze baksteen. Aan weerszijden van het huis stonden twee lange, lage, roodgeschilderde houten gebouwen, die samen met een eenvoudig stenen huis een besloten plein achter het hoofdgebouw vormden.

De chauffeur stopte, stapte uit en opende het portier voor Helena.

André Brockhard had in de deuropening van het landhuis gestaan. Nu kwam hij hun tegemoet en zijn glimmende rijlaarzen schitterden in de zon. André Brockhard was halverwege de vijftig, maar zijn tred was nog net zo veerkrachtig als die van een jongeman. Zijn rode katoenen jack hing open vanwege de warmte en hij was zich er duidelijk van bewust dat zijn atletische bovenlichaam zo beter tot zijn recht kwam. Zijn rijbroek zat strak gespannen rond zijn gespierde dijen. Brockhard senior kon niet minder op zijn zoon lijken.

'Helena!' Zijn stem klonk precies zo warm en hartelijk als een stem kan klinken bij mannen die zo machtig zijn dat ze zelf beslissen wanneer een situatie warm en hartelijk moet zijn. Het was lang geleden dat ze hem had gezien, maar Helena vond hem er net zo uitzien als vroeger: wit haar, een rijzige gestalte, en met twee blauwe ogen die langs een grote, majestueuze neus naar haar keken. Zijn hartvormige mond duidde er weliswaar op dat deze man ook een zachtere kant had, maar de meesten hadden daar nog geen kennis mee gemaakt.

'Hoe gaat het met jou en je moeder? Ik hoop dat ik niet te brutaal ben geweest door je op deze manier van je werk te halen,' zei hij, en hij reikte haar de hand voor een korte, droge handdruk. Hij ging verder zonder op antwoord te wachten: 'Ik moet met je praten, en ik vond dat het niet kon wachten.' Hij wees met een weids gebaar naar de huizen. 'Tja, je bent hier natuurlijk eerder geweest.'

'Nee,' zei Helena, en met samengeknepen ogen lachte ze naar hem.

'Niet? Ik had gedacht dat Christopher je mee hiernaartoe had genomen. Jullie klitten vroeger aan elkaar.'

'Dat herinnert u zich een beetje verkeerd, Herr Brockhard, Christopher en ik kenden elkaar inderdaad, maar...'

'O ja? In dat geval moet ik je maar even rondleiden. Laten we naar de stallen gaan.'

Hij legde zijn hand licht in haar rug en leidde haar in de richting van een van de houten gebouwen. Het grind knarste onder hun voeten.

'Het is triest wat er gebeurd is met je vader, Helena. Erg jammer. Ik wilde dat ik iets voor jou en je moeder kon doen.'

Je had ons met kerst kunnen vragen, zoals je altijd deed, dacht Helena, maar ze zei niets. Ze was bovendien blij geweest; zo had ze geen last gehad van moeders stress.

'Janjic!' riep Brockhard naar een zwartharige jongen die in de zon tegen de muur geleund zadeltuig stond te poetsen. 'Haal Venezia.'

De jongen verdween de stal in en Brockhard bleef staan wachten en sloeg met een zweepje tegen zijn knie terwijl hij op de hakken van zijn rijlaarzen op en neer wipte. Helena wierp een lange blik op haar horloge.

'Ik ben bang dat ik niet zo lang kan blijven, Herr Brockhard. Mijn dienst...'

'Nee, natuurlijk. Ik begrijp het. Laat ik ter zake komen.'

Ze hoorden opgewonden gehinnik en het geluid van hoeven die tegen houten planken sloegen.

'Het geval wil dat je vader en ik samen in zaken hebben gezeten. Vóór het trieste faillissement, natuurlijk.'

'Dat weet ik.'

'Ja, en je weet ook dat je vader veel schulden heeft. Dat is er immers indirect de oorzaak van dat het gegaan is zoals het is gegaan. Ik bedoel die ongelukkige...' Hij zocht naar het juiste woord. En vond het: 'Die affiniteit met die Joodse geldwolf was erg schadelijk voor hem.'

'U bedoelt Joseph Bernstein?'

'Ik herinner me de namen van die mensen niet meer.'

'Natuurlijk wel, hij was op uw kerstfeest.'

'Joseph Bernstein?' André Brockhard lachte, maar zijn ogen lachten niet mee. 'Dat moet jaren geleden zijn.'

'Kerst 1938. Voor de oorlog.'

Brockhard knikte en wierp een ongeduldige blik richting staldeur.

'Je hebt een goed geheugen, Helena. Dat is mooi. Christopher heeft iemand nodig met een goed geheugen. Omdat hijzelf nog weleens wat vergeet, bedoel ik. Verder is het een beste jongen, dat zul je wel merken.'

Helena voelde dat haar hart begon te bonken. Was er toch iets verkeerd? Brockhard sprak immers tegen haar als tegen een toekomstige schoondochter. Ze werd niet bang, maar voelde juist woede in zich opkomen. Toen ze weer begon te praten, was het de bedoeling dat haar stem vriendelijk klonk, maar de woede snoerde rond haar strottenhoofd en deed haar stem hard en metalig klinken: 'Ik hoop dat er geen misverstand is ontstaan, Herr Brockhard.'

Brockhard moest de klank van haar stem opgemerkt hebben, want er was in elk geval niet veel meer over van de warmte waarmee hij haar had begroet toen hij zei: 'In dat geval moeten we deze misverstanden uit de weg ruimen. Ik wil graag dat je hiernaar kijkt.'

Hij haalde een papier uit de binnenzak van zijn rode jack, vouwde het open en gaf het aan haar.

Bürgschaft stond er boven aan het document, dat op een contract leek. Haar ogen vlogen over het compacte handschrift. Ze begreep niet veel van wat er stond, behalve dat het over het huis in het Wienerwald ging en dat de namen van vader en André Brockhard erin stonden en dat het was ondertekend met hun respectieve handtekeningen. Ze keek hem vragend aan.

'Het ziet eruit als een kredietbrief.'

'Het is een kredietbrief,' knikte hij. 'Toen je vader begreep dat de kredieten van de Joden, en daarmee zijn eigen krediet, werden ingetrokken, kwam hij naar mij om me te vragen garant te staan voor een grote herfinancieringslening in Duitsland. Ik was helaas zo teerhartig dat ik me heb laten overhalen. Je vader was een trotse man, en om te voorkomen dat de kredietgarantie de schijn had van liefdadigheid, stond hij erop dat het zomerhuis waar je moeder en jij nu in wonen gebruikt werd als onderpand.'

'Waarom voor uw kredietgarantie en niet als onderpand voor de lening?'

Brockhard keek haar verrast aan.

'Goede vraag. Het antwoord is dat de waarde van het huis niet hoog genoeg was om als onderpand te kunnen dienen voor de lening die je vader nodig had.'

Hij lachte en haalde een hand over zijn gespierde stierennek, die door de warmte bezweet was geraakt.

'Ik bezit immers het een en ander in Wenen.'

Een grove onderschatting. Iedereen wist dat André Brockhard grote aandelenportefeuilles had bij twee van de grootste Oostenrijkse bedrijven. Na de *Anschluss*, de bezetting van Hitler in 1938, waren de bedrijven overgegaan van de productie van werktuigen en machines op de productie van wapens voor de strijdkrachten, en was Brockhard multimiljonair geworden. En nu wist Helena dat hij ook het huis waarin ze woonden bezat. Ze voelde langzaam een steen naar beneden zakken in haar maag.

'Kijk maar niet zo zorgelijk, mijn lieve Helena,' riep Brockhard uit, en de warmte was plotseling weer terug in zijn stem. 'Ik ben niet van plan het huis van je moeder af te pakken, dat begrijp je toch wel?'

Maar de steen in haar maag bleef zakken. Hij had er net zo goed aan toe kunnen voegen: 'Of van mijn eigen schoondochter.'

'Venezia!' riep hij.

Helena draaide zich om naar de staldeur, waar de staljongen uit de schaduw kwam en een glanzend wit paard naar buiten leidde. Hoewel er een storm van gedachten door Helena's hoofd raasde, deed de aanblik haar even alles vergeten. Het was het mooiste paard dat ze ooit had gezien, alsof er een buitenaards wezen voor haar stond.

'Een Lippizaner,' zei Brockhard. ''s Werelds best gedresseerde paardenras. In 1562 geïmporteerd uit Spanje door Maximilian II. Je moeder en jij hebben natuurlijk de dressuur in de Spaanse rijschool gezien?'

'Ja, uiteraard.'

'Het lijkt wel ballet, hè?'

Helena knikte. Ze kon haar ogen niet van het dier afhouden.

'Ze hebben tot eind augustus zomervakantie in de Lainzer Tiergarten. Helaas mogen alleen Spaanse ruiters op ze rijden. Ongetrainde ruiters kunnen de paarden slechte gewoonten leren. Jaren van ongelooflijke dressuur kunnen verloren gaan.'

Venezia was gezadeld. Brockhard pakte het leidsel en de staljongen stapte opzij. Het dier bleef doodstil staan.

'Sommigen zeggen dat het afschuwelijk is om paarden danspassen te leren, dat het dier zo gedwongen wordt dingen te doen die tegen zijn natuur ingaan, maar mensen die dergelijke dingen beweren, hebben deze paarden niet in training gezien. Dat heb ik wel. En geloof me: ze vinden het heerlijk. Weet je waarom?'

Hij aaide het paard over de neus.

'Omdat het in zijn aard ligt. God heeft het in Zijn wijsheid zo geregeld dat ondergeschikte schepsels nooit gelukkiger zijn dan wanneer ze een meerdere kunnen dienen en gehoorzamen. Zelfs in de zogenaamde democratische landen geven de zwakken de macht vrijwillig af aan de elite die sterker en slimmer is dan zijzelf. Zo is het nu eenmaal. En aangezien we allen schepsels van

God zijn, is het de verantwoordelijkheid van de meerdere om ervoor te zorgen dat ondergeschikte schepsels zich onderwerpen.'

'Zodat ze gelukkig worden?'

'Precies, Helena. Je begrijpt veel voor zo'n... jonge vrouw.'

Ze kon niet uitmaken op welk woord de meeste nadruk lag.

'Het is belangrijk om te begrijpen welke plaats je inneemt, zowel voor hoog als voor laag. Ga je daartegen in, dan word je op de lange duur nooit gelukkig.'

Hij klopte het paard op de nek en keek in Venezia's grote bruine ogen.

'Jij bent er toch niet zo eentje die ertegen ingaat, of wel?'

Helena begreep dat hij het tegen haar had en sloot haar ogen terwijl ze probeerde diep en rustig adem te halen. Ze begreep dat wat ze zei of niet zei bepalend kon zijn voor de rest van haar leven, dat ze het zich niet kon veroorloven zich te laten meeslepen door haar woede.

'Nou?'

Ineens hinnikte Venezia en ze rukte haar hoofd opzij, zodat Brockhard weggleed in het grind, zijn evenwicht verloor en aan het leidsel onder de hals van het paard bleef hangen. De staljongen kwam aangevlogen, maar nog voordat hij er was, stond Brockhard, rood en bezweet, weer op beide benen en gebaarde hem geïrriteerd weg te gaan. Helena kon er niets aan doen dat ze moest lachen, en het was mogelijk dat Brockhard het zag. In elk geval hief hij de zweep op naar het paard, maar hij bedacht zich en liet hem weer zakken. Hij vormde een paar woorden met zijn hartvormige mond die Helena nog meer amuseerden. Toen kwam hij naar Helena toe en legde een hand licht, maar gebiedend tegen haar rug: 'We hebben genoeg gezien en jij hebt belangrijk werk dat op je wacht, Helena. Ik zal je naar de auto brengen.

Ik hoop en reken erop dat we elkaar snel weer zullen zien, Helena,' zei hij, en hij pakte haar hand. 'Mijn vrouw heeft me overigens gevraagd jou te vragen de vriendelijke groeten over te brengen aan je moeder. Ik geloof zelfs dat ze zei dat ze jullie een van de komende weekends te eten wilde vragen. Ik weet niet meer wanneer, maar jullie horen vast van haar.'

Helena wachtte tot de chauffeur uitstapte en het portier voor haar openhield en zei toen: 'Weet u eigenlijk waarom het gedresseerde paard u op de grond wilde gooien, Herr Brockhard?'

Ze keek hem aan en zag hoe de temperatuur in zijn ogen weer omhoogschoot.

'Omdat u recht in zijn ogen keek, Herr Brockhard. Een paard vat oogcontact op als een provocatie, als teken dat je hem en de plaats die hij in de groep inneemt niet respecteert. Als het hem niet lukt om oogcontact te vermijden, moet hij op een andere manier reageren, bijvoorbeeld door in opstand te komen. Zonder respect te tonen komt u tijdens de dressuur nergens, hoe superieur uw soort ook mag zijn. Dat kan iedere dierentemmer u vertellen. Voor sommige soorten is het onverdraaglijk om geen respect te krijgen. Op de hoogvlakten in Argentinië zijn er wilde paarden die over de eerste de beste rand rennen als een mens hen probeert te berijden. Vaarwel, Herr Brockhard.'

Ze ging op de achterbank van de Mercedes zitten en ademde bevend uit toen het portier werd dichtgeslagen. Toen ze over de oprijlaan van de Lainzer Tiergarten reden, sloot ze haar ogen en zag ze André Brockhard als versteend in de stofwolk achter hen staan.

34 | *Wenen, 28 juni 1944*

'Goedenavond, *meine Herrschaften.*'

De kleine, magere gerant boog diep en Helena kneep Urias in zijn arm omdat hij het niet kon laten te lachen. Ze hadden de hele weg vanaf het ziekenhuis gelachen om het kabaal dat ze maakten. Toen bleek dat Urias een vreselijk chauffeur was, had Helena namelijk verlangd dat hij elke keer dat ze een auto tegenkwamen op de smalle weg naar de Hauptstrasse zou stoppen. In plaats daarvan had Urias op de claxon geleund, met als resultaat dat de auto's die ze tegenkwamen naar de kant van de weg gingen of helemaal waren gestopt. Gelukkig reden er in Wenen niet veel auto's meer, dus waren ze om halfacht heelhuids in de Weihburggasse in het centrum gearriveerd.

De gerant wierp een snelle blik op Urias' uniform, waarna hij met een diepe zorgrimpel op zijn voorhoofd in het boek met reserveringen keek. Helena keek over zijn schouder. Het geroezemoes van het gepraat en gelach onder de kristallen kroonluchters aan de ronde, goudkleurige en door zuilen ondersteunde plafonds werd maar net overstemd door de klanken van het orkest.

Dit was dus Drei Husaren, dacht ze opgetogen. Het leek wel of de drie traptreden buiten hen op een magische manier hadden weggevoerd van de gehavende stad en binnen hadden geleid in een wereld waarin bommen en al dat soort zaken van ondergeschikt belang waren geworden. Richard Strauss en Arnold Schönberg waren hier ongetwijfeld vaste gasten geweest, want dit was de plaats waar rijke, intellectuele en vrijzinnige mensen in Wenen elkaar ontmoetten. Zo vrijzinnig dat haar vader het nooit in zijn hoofd zou hebben gehaald om zijn gezin hier mee naartoe te nemen.

De gerant kuchte. Helena begreep dat hij niet onder de indruk was van Urias' onderkorporaalinsignes, maar zijn aarzeling kon ook voortkomen uit de vreemde buitenlandse naam in het boek.

'Uw tafel is klaar, volgt u mij alstublieft,' zei hij. Hij greep twee menukaarten mee, schonk hun een flauwe glimlach en drentelde weg.

'Alstublieft.'

Urias keek met een opgelaten lachje naar Helena. Ze hadden een ongedekte tafel gekregen bij de klapdeur naar de keuken.

'De ober komt zo bij u,' zei de gerant, en hij maakte dat hij wegkwam.

Helena keek rond en begon te lachen: 'Kijk,' zei ze. 'Dat was onze oorspronkelijke tafel.'

Urias draaide zich om. En inderdaad: vooraan bij het orkestpodium was een ober bezig een lege tafel die was gedekt voor twee personen op te ruimen.

'Het spijt me,' zei hij. 'Ik geloof dat ik "majoor" voor mijn naam heb gezegd toen ik belde. Ik ging ervan uit dat jouw schoonheid mijn ontbrekende officiersgraad zou overstemmen.'

Ze pakte zijn hand en op hetzelfde ogenblik viel het orkest in met een vrolijke csardas.

'Ze spelen vast voor ons,' zei hij.

'Misschien wel.' Ze sloeg haar ogen neer. 'En zo niet, dan hindert dat niets. De muziek die je hoort is zigeunermuziek. Erg mooi als hij door zigeuners wordt gespeeld. Zie jij ze?'

Hij schudde zijn hoofd zonder zijn blik van haar gezicht af te wenden, alsof het belangrijk was om elke trek, elke huidplooi en elke haar in zich op te nemen.

'Ze zijn allemaal weg,' zei ze. 'De Joden ook. Geloof jij dat de geruchten waar zijn?'

'Welke geruchten?'

'Over de concentratiekampen.'

Hij haalde zijn schouders op.

'Er zijn als het oorlog is altijd van allerlei geruchten. Wat mij betreft zou ik me volkomen veilig voelen in gevangenschap bij Hitler.'

De zangers in het orkest hieven een driestemmig lied aan in een vreemde taal. Een paar toehoorders zongen mee.

'Wat is dat?' vroeg Urias.

'Een *verbunkos*,' zei Helena. 'Een soort soldatenlied, net als dat Noorse lied dat je in de trein zong. Het diende om jonge Hongaarse mannen te rekruteren voor de Rákóczi-oorlog. Waar lach je nu om?'

'Om al die rare dingen die je weet. Versta je ook wat ze zingen?'

'Een beetje. Lach niet.' Ze lachte zelf onderdrukt. 'Beatrice is Hongaars, en ze zong het altijd voor mij, dus ik heb een paar woorden opgepikt. Het gaat over vergeten helden en idealen en zo.'

'Vergeten.' Hij greep haar hand. 'Zoals deze oorlog ook ooit zal zijn.'

De ober was ongemerkt bij de tafel gearriveerd en kuchte discreet om zijn aanwezigheid kenbaar te maken.

'Hebben meine Herrschaften al een keus kunnen maken?'

‘Ik geloof het wel,’ zei Urias. ‘Wat kunt u vandaag aanbevelen?’

‘Hähnchen.’

‘Een half haantje? Klinkt goed. U kunt misschien een goede wijn voor ons kiezen. Helena?’

Helena’s ogen gingen over de menukaart.

‘Waarom staan er geen prijzen bij?’ vroeg ze.

‘De oorlog, Fräulein. Ze veranderen van dag tot dag.’

‘En wat kost een haantje?’

‘Vijftig schilling.’

Vanuit haar ooghoek zag Helena Urias bleek worden.

‘Goulashsoep,’ zei ze. ‘We hebben net gegeten, en ik hoor dat jullie bekendstaan om jullie Hongaarse gerechten. Wil jij dat niet eens proberen, Urias? Twee keer warm eten op een dag is niet gezond.’

‘Ik...’ begon Urias.

‘En een lichte wijn,’ zei Helena.

‘Twee goulashsoep en een lichte wijn?’ vroeg de ober met opgetrokken wenkbrauwen.

‘U begrijpt vast wel wat ik bedoel.’ Ze gaf hem de menukaart en een stralende lach. ‘Ober.’

Ze bleven elkaar strak aankijken tot de ober in de keuken verdwenen was. Toen barstten ze in lachen uit.

‘Je bent niet wijs!’ lachte hij.

‘Ik? Ik nodig niet iemand uit voor een etentje bij Drei Husaren met minder dan vijftig schilling op zak!’

Hij haalde een zakdoek tevoorschijn en boog zich over de tafel. ‘Weet je wat, Fräulein Lang?’ zei hij, terwijl hij voorzichtig haar lachtranen wegveegde. ‘Ik hou van u. Dat doe ik echt.’

Op dat moment ging het luchtalarm.

Als Helena later terugdacht aan die avond, vroeg ze zich altijd af hoe goed ze zich die herinnerde, of de bommen echt zo dichtbij waren gevallen als ze zich herinnerde, of iedereen zich echt had omgedraaid toen ze door het middenpad van de Stephansdom waren gelopen. Maar hoewel hun laatste nacht samen in Wenen in een onwerkelijk waas gehuld bleef, verhinderde dat haar niet om zich in koude dagen aan haar herinneringen te warmen. En ze kon denken aan het korte ogenblik in die zomernacht, en vaak moest ze dan lachen, maar op sommige dagen rolden de tranen over haar wangen zonder dat ze ooit precies wist waarom.

Toen het luchtalarm ging, verstomden alle geluiden. Eén seconde bevroor het hele restaurant tot een stilleven; toen klonken de eerste krachttermen onder de vergulde dakgewelven.

'*Hunde!*'

'*Scheiße!* Het is pas acht uur.'

Urias schudde zijn hoofd.

'De Engelsen zijn gek,' zei hij. 'Het is nog niet eens donker.'

Ineens waren de obers druk in de weer bij de tafels terwijl de gerant van tafel naar tafel liep en commando's riep.

'Kijk,' zei Helena. 'Zo meteen ligt het restaurant misschien in puin, en het enige waar ze nu aan denken is de rekening opmaken voordat de gasten ervandoor gaan.'

Een man in een zwart kostuum sprong het podium op, waar het orkest bezig was hun instrumenten in te pakken.

'Luistert u even!' riep hij. 'We vragen iedereen die betaald heeft zich zo snel mogelijk naar de dichtstbijzijnde schuilkelder aan de Weihburggasse 20 te begeven. Stil alstublieft, stil en luister! U gaat rechtsaf als u buiten komt en loopt tweehonderd meter. Let op de mannen met een rode band om hun arm; zij zullen u de weg wijzen. En blijft u kalm; het duurt nog even voor de vliegtuigen er zijn.'

Op hetzelfde ogenblik hoorden ze de eerste dreun van een bominslag. De man op het podium probeerde nog iets te zeggen, maar de stemmen en het geschreeuw in het restaurant overstemden hem en hij gaf het op. Hij sloeg een kruis, sprong van het podium en verdween.

Mensen haastten zich naar de uitgang, waar een groep verschrikte mensen bij elkaar dromde. In de garderobe stond een vrouw te schreeuwen: '*Mein Regenschirm* – mijn paraplu!' Maar er was geen garderobejuffrouw te zien. Een nieuwe dreun, dichterbij dit keer. Helena keek naar het verlaten tafeltje naast haar, waar twee halflege wijnglazen tegen elkaar aan rinkelden toen de zaal trilde. Het maakte een hoog, tweetonig geluid. Twee jonge vrouwen ondersteunden een walrusachtige, tamelijk beschonken man in de richting van de uitgang. Zijn overhemd hing uit zijn broek en hij had een gelukzalige glimlach om zijn lippen.

Na twee minuten was het restaurant helemaal leeg en viel er een merkwaardige stilte. Het enige wat ze hoorden was een zacht gesnik uit de garderobe, waar de vrouw niet langer om haar paraplu riep, maar nu met haar hoofd op de balie lag. Gedeeltelijk opgegeten gerechten en geopende flessen stonden nog op de witte tafelkleden. Urias had nog steeds Helena's hand vast. Een nieuwe dreun deed de kristallen kroonluchters rinkelen; de vrouw in de garderobe kwam weer bij haar positieven en liep gillend naar buiten.

'Eindelijk alleen,' zei Urias.

De grond onder hun voeten schudde en een fijne wolk van verguld gruis van het plafond glinsterde in de lucht. Urias stond op en gebaarde met zijn arm.

'Onze beste tafel is zojuist vrijgekomen, Fräulein. Mag ik u uitnodigen...'

Ze pakte zijn arm en stond op, en samen schreden ze in de richting van het podium. Ze maakte zich nauwelijks zorgen over de hoge fluittoon. Het kabaal van de explosie die volgde was oorverdovend. Het pleisterwerk van de muur kwam als een zandstorm van de muren af en de grote ramen aan de Weihburggasse werden eruit geblazen. Het licht viel uit.

Urias stak de kaarsen in de kandelaars op tafel aan, trok een stoel voor haar naar achteren, tilde het gevouwen servet tussen duim en wijsvinger op, sloeg het open in de lucht en liet het zacht neerkomen op haar schoot.

'*Hähnchen und Prädikatswein?*' vroeg hij, terwijl hij discreet de glassplinters van de tafel, de borden en haar haren wegveegde.

Misschien waren het de kaarsen en het vergulde stof dat glinsterde in de lucht terwijl buiten de duisternis inviel, misschien was het het verkoelende windje dat door de open ramen kwam en dat een adempauze in de hete, hectische zomer bracht. Of misschien was het gewoon haar eigen hart, het bloed dat door haar aderen leek te razen om deze uren nog intenser te beleven. Want ze hoorde muziek, en dat was immers onmogelijk, want het orkest had ingepakt en was weggevlucht. Was het maar een droom, deze muziek? Pas jaren later, vlak voordat ze zou bevallen van een dochter, ontdekte ze toevallig waardoor ze aan muziek had moeten denken. Boven de pas aangeschafte wieg had de vader van haar dochter een mobile gehangen van gekleurd glas; op een avond was ze met haar hand door het mobile gegaan, en direct herkende ze de muziek. En had begrepen wat het was: het waren de kristallen kroonluchters geweest in Drei Husaren die voor hen hadden gespeeld. Een fijn, helder klokkenspel, wiegend op de bewegingen van de aarde. Urias was de keuken in en uit gemarcheerd met *Salzburger Nockerl* en drie flessen *Heuriger*-wijn uit de wijnkelder, waar hij ook een van de koks met een fles in een hoek had zien zitten. De kok had geen poging ondernomen om Urias te stoppen toen hij bezig was zich te voorzien van wijn. Integendeel, hij had instemmend geknikt toen Urias hem een fles liet zien.

Toen legde hij zijn veertig schilling onder de kandelaar en liepen ze de milde juninacht in. In de Weihburggasse was het doodstil, maar de lucht was zwaar van de geur van rook, stof en aarde.

'Laten we een stukje wandelen,' zei Urias.

Zonder dat een van hen iets had gezegd over de richting waarin ze zouden lopen, sloegen ze rechts af de Kärntner Strasse in. Ineens stonden ze op een donkere, lege Stephansplatz.

'Grote god,' zei Urias. De enorme kathedraal voor hen vulde de jonge nacht.

'De Stephansdom?' vroeg hij.

'Ja.' Helena boog haar hoofd naar achteren en haar ogen volgden de *Südturm*, de zwartgroene spits, omhoog naar de hemel, waar de eerste sterren al tevoorschijn kwamen.

Het volgende dat Helena zich kon herinneren was dat ze in de kathedraal stonden, de witte gezichten van de mensen die hier hun toevlucht hadden gezocht, het kindergehuil en de orgelmuziek. Ze liepen naar het altaar, arm in arm – of had ze dat ook alleen maar gedroomd? Had hij haar niet ineens tegen zich aan gedrukt en gezegd dat zij de zijne moest worden, en had ze niet 'ja, ja, ja' gefluisterd, terwijl de kerk de woorden had opgevangen en tegen de gewelven had geslingerd, tegen de duif en tegen de gekruisigde, waar ze herhaald en herhaald werden tot ze wel waar moesten zijn? Of het gebeurd was of niet, de woorden waren hoe dan ook meer de waarheid dan de woorden die ze sinds het gesprek met André Brockhard bij zich had: 'Ik kan niet met je mee.'

Die waren ook gezegd, maar wanneer en waar?

Ze had het haar moeder diezelfde middag verteld: dat ze niet wegging, maar ze had geen reden gegeven. Moeder had geprobeerd haar te troosten, maar Helena had de scherpe, zelfingenomen stem van moeder niet kunnen verdragen en had zich opgesloten op haar slaapkamer. Toen was Urias gekomen; hij had op de deur geklopt, en ze had besloten om niet meer na te denken, maar om zich te laten vallen zonder bang te zijn, zonder angst te voelen voor de eeuwige afgrond. Misschien had hij het direct gezien toen ze de deur opendeed, misschien hadden ze op de drempel een stilzwijgende afspraak gemaakt dat ze de rest van hun leven zouden leven in de uren voordat de trein vertrok.

'Ik kan niet met je mee.'

De naam André Brockhard had naar gal op haar tong gesmaakt en ze had hem uitgespuugd. Samen met de rest: de documenten over de kredietgarantie, moeder die het risico liep op straat gezet te worden, vader die geen fatsoenlijk leven zou hebben om naar zijn gezin terug te keren, Beatrice die geen andere familie had om heen te gaan. Ja, dat werd allemaal gezegd, maar wanneer? Had ze het hem in de kathedraal verteld? Of nadat ze door de straten naar de Philharmonikerstrasse waren gelopen, waar het trottoir bedekt was met bakstenen en glassplinters en er gele vlammen uit de ramen kwamen van het oude kantoorgebouw, die de weg verlichtten toen ze de luxueuze, maar nu verlaten en verduisterde hotelreceptie in schoten, een lucifer aanstaken, een willekeurige sleutel van de wand pakten en de trappen op renden waar de tapijten zo dik waren dat ze geen geluid konden maken, waar ze op geesten leken die door de gangen waarden op jacht naar kamer

342. Toen lagen ze in elkaars armen, rukten elkaar de kleren van het lijf alsof die ook in brand stonden, en toen zijn adem tegen haar huid brandde, krabde ze hem tot bloedens toe en drukte ze daarna haar lippen tegen de wondjes. Ze herhaalde de woorden tot het klonk als een bezwering: 'Ik kan niet met je mee.'

Toen het luchtalarm weer ging ten teken dat het bombardement voor deze keer voorbij was, lagen ze omstrengeld in de bloederige lakens en huilde ze onafgebroken.

Naderhand was alles samengevloeid in één maalstroom van lichamen, slaap en dromen. Wanneer ze hadden gevreeën en wanneer ze alleen maar had gedroomd dat ze dat deden, wist ze niet. Ze was midden in de nacht wakker geworden omdat het regende en wist instinctief dat hij weg was. Ze was naar het raam gelopen en staarde naar de straat beneden haar, waar de as en aarde weer werden weggespoeld. Het water stroomde over de trottoirs en een opengeklapte herenparaplu zeilde in de richting van de Donau. Ze was weer naar bed gegaan en in slaap gevallen. Maar toen ze weer wakker werd, was het licht buiten, waren de straten droog, lag hij naast haar en ademde niet. Ze keek op de wekker op het nachtkastje. Nog twee uur voor de trein ging. Ze streelde hem over zijn voorhoofd.

'Waarom haal je gaan adem?' fluisterde ze.

'Ik ben net wakker. Jij ademde ook niet.'

Ze kroop tegen hem aan. Hij was naakt, maar warm en bezweet.

'Dus we zijn dood.'

'Ja,' zei hij alleen maar.

'Je was weg.'

'Ja.'

Ze voelde dat hij rilde.

'Maar nu ben je weer terug,' zei ze.

DEEL 4

HET VAGEVUUR

35 | *Containerhaven in Bjørvika, 29 februari 2000*

Harry parkeerde naast een barak, op het enige beschutte plekje dat hij kon vinden op het volkomen vlakke kadegebied in Bjørvika. Het plotselinge zachte weer had de sneeuw doen smelten, de zon scheen en het was kort gezegd een heerlijke dag. Hij liep tussen de als gigantische legoblokken op elkaar gestapelde containers in de zon; ze maakten scherpe schaduwen op het asfalt. De letters en tekens vertelden dat ze uit verre streken als Taiwan, Buenos Aires en Kaapstad kwamen. Harry stond aan de kaderand, sloot zijn ogen en droomde weg, terwijl hij de geur opsnoof van zout water, door de zon opgewarmde teer en diesel. Toen hij ze weer opendeed, kwam de Deense veerpont net zijn blikveld binnen. Het leek wel een koelkast. Een koelkast die als tijdverdrijf volgens een vaste dienstregeling dezelfde mensen heen en weer voer.

Hij wist dat het te laat was om nog sporen te vinden van de ontmoeting tussen Hochner en Urias. Het was niet eens zeker dat ze elkaar in deze containerhaven ontmoet hadden, het kon net zo goed in Filipstad zijn geweest. Maar hij had toch gehoopt dat de plaats hem iets zou vertellen, zijn fantasie op gang zou helpen.

Hij schopte tegen een touw dat op de kade lag. Misschien moest hij een boot aanschaffen om vader en Søs deze zomer mee het meer op te nemen. Vader moest er nodig eens uit. De ooit zo sociale man was een kluizenaar geworden nadat mama acht jaar geleden was overleden. En Søs ondernam uit zichzelf niet zoveel, hoewel je vaak vergat dat ze het syndroom van Down had.

Een vogel stortte zich enthousiast tussen de containers naar beneden. Een pimpelmees vliegt 28 kilometer per uur. Dat had Ellen hem verteld. Een wilde eend 62 kilometer. Ze redden zich allebei redelijk goed. Nee, Søs was het probleem niet; hij maakte zich meer zorgen om vader.

Harry probeerde zich te concentreren. Alles wat Hochner had

gezegd, had hij genoteerd in het rapport, woord voor woord, maar nu haalde hij zich zijn gezicht voor de geest om te proberen zich te herinneren wat hij niet had gezegd. Hoe zag Urias eruit? Hochner had niet veel kunnen zeggen, maar als iemand een ander moest beschrijven, begon hij meestal bij datgene wat het meest in het oog sprong, datgene wat anders was. En het eerste wat Hochner over Urias had gezegd, was dat hij blauwe ogen had. Alhoewel Hochner blauwe ogen heel bijzonder kon vinden, kon het ook betekenen dat Urias geen zichtbare handicap had of dat hij niet op een vreemde manier sprak of liep. Hij sprak zowel Duits als Engels en was in een plaats in Duitsland geweest die Sennheim heette. Harry staarde de Deense veerpont na, die verdween in de richting van Drøbak. Reizen... Was Urias misschien zeeman geweest? Harry had in een atlas gezocht, zelfs een Duitse, maar had Sennheim niet gevonden. Misschien had Hochner het verzonnen. Waarschijnlijk was het onbelangrijk.

Hochner had gezegd dat Urias vol haatgevoelens zat. Dus klopte het misschien wat hij had geraden: dat degene naar wie ze zochten een persoonlijk motief had. Maar wat haatte hij dan zo?

De zon verdween achter Hovedøya en de wind vanaf de Oslofjord werd direct onaangenamer. Harry trok zijn jas dichter om zich heen en liep terug naar de auto. En die half miljoen, had Urias die van zijn opdrachtgever gekregen of ging het om een soloactie met eigen geld?

Hij haalde zijn mobiel tevoorschijn. Een Nokia, piepklein, slechts twee weken oud. Hij had zich er lang tegen verzet, maar Ellen had hem er ten slotte toe overgehaald er een voor zichzelf te kopen. Hij drukte haar nummer in.

'Hoi, Ellen, met Harry. Ben je alleen? Oké. Ik wil dat je je concentreert. Ja, we spelen een spelletje. Ben je klaar?'

Ze hadden het al vaker gedaan. 'Het spel' bestond eruit dat hij haar trefwoorden opgaf. Zonder achtergrondinformatie, geen aanwijzing waar hij vastliep – slechts korte blokjes informatie van een tot vijf woorden, in willekeurige volgorde. Ze had in de loop der tijd een methode ontwikkeld. De belangrijkste regel was dat het minstens vijf blokjes moesten zijn en niet meer dan tien.

Harry was op het idee gekomen toen hij eens met Ellen had gewed om een nachtdienst omdat ze beweerde dat ze de volgorde van de kaarten in een kaartspel kon onthouden als ze daar twee minuten voor kreeg, dus twee seconden per kaart. Hij had drie nachtdiensten gekregen voordat hij zich had overgegeven. Later had ze hem de methode die ze gebruikte onthuld. Ze dacht niet aan de kaarten als kaart, maar ze verbond van tevoren een persoon of een gebeurtenis aan elke kaart en construeerde vervolgens een verhaal in de volgorde van de kaarten. Hij had daarna geprobeerd tijdens het werk gebruik te maken van haar vermogen tot combineren. Het resultaat was enkele keren verbluffend geweest.

'Man, zeventig jaar,' zei Harry langzaam. 'Noors. Een half miljoen kronen. Verbitterd. Blauwe ogen. Märklin-geweer. Spreekt Duits. Geen handicaps. Wapensmokkel in containerhaven. Schiettraining bij Skien. Dat is het.'

Hij ging in de auto zitten.

'Niets? Dat had ik al gedacht. Oké. Het was de moeite van het proberen waard. Toch bedankt. De groeten.'

Harry stortte zich in het drukke verkeer voor het postkantoor toen hem ineens iets te binnen schoot en hij belde opnieuw.

'Ellen? Daar ben ik weer. Zeg, ik ben iets vergeten. Denk je even mee? *Heeft in geen vijftig jaar een wapen aangeraakt.* Herhaal: *Heeft in geen…* Ja, ik weet dat het meer dan vier woorden zijn. Nog steeds niets? Verdomme, nou mis ik mijn afslag! We spreken elkaar nog, Ellen.'

Hij legde de mobiele telefoon op de stoel naast hem en concentreerde zich op het verkeer. Hij was net de rotonde af toen de mobiel overging.

'Harry. Wat? Hoe kom je daar in godsnaam bij? Ja, ja, word nu niet kwaad, Ellen. Ik vergeet af en toe dat je niet weet wat er in je bolle hoofd omgaat. Hersens. Jouw enorme, creatieve, heerlijke hersens, Ellen. En ja, wat je zegt is erg verhelderend. Dank je wel.'

Hij verbrak de verbinding en herinnerde zich ineens dat hij haar nog steeds drie nachtdiensten schuldig was. Nu hij niet langer bij Geweldsdelicten werkte, moest hij iets anders bedenken. Hij probeerde in drie seconden iets anders te bedenken.

36 | *Irisvei, 1 maart 2000*

De deur ging open en Harry keek in een paar heldere blauwe ogen in een rood gezicht.

'Harry Hole, politie,' zei hij. 'Ik heb gisteren gebeld.'

'Klopt.'

Het grijswitte haar van de oude man was strak naar achteren gekamd en hij droeg een stropdas onder een gebreid vest. EVEN EN SIGNE JUUL stond er op de brievenbus bij het hek voor het rode huisje dat in een rustige villawijk ten noorden van het centrum lag.

'Komt u binnen, meneer Hole.'

De stem was rustig en zelfverzekerd, en er was iets in zijn houding waardoor professor Even Juul jonger leek dan hij moest zijn. Harry had informatie ingewonnen en had onder andere ontdekt dat de professor geschiedenis in het verzet bij Hjemmefronten had gezeten. En hoewel Even Juul gepensioneerd was, werd hij nog steeds gezien als de meest vooraanstaande expert op het gebied van de geschiedenis van de bezetting van Noorwegen en de Nasjonal Samling.

Harry boog zich voorover om zijn schoenen uit te doen. Op de muur voor hem hingen oude, ietwat vergeelde zwart-witfoto's in kleine lijstjes. Op een ervan was een jonge vrouw in verpleegstersuniform te zien. Op een andere een jonge man in een witte jas.

Ze liepen de kamer in, waar een Airdale-terriër met grijze snuit ophield met blaffen en in plaats daarvan Harry plichtmatig besnuffelde, waarna hij naast de leunstoel van Juul ging liggen.

'Ik heb een paar artikelen van u in *Dagsavisen* gelezen over het fascisme en het nationaalsocialisme,' begon Harry toen ze zaten.

'Mijn hemel, er zijn dus lezers?' glimlachte Juul.

'U wilt waarschuwen tegen het hedendaagse neonazisme?'

'Niet waarschuwen. Ik wijs op historische parallellen. Het is de verantwoordelijkheid van een historicus om te signaleren, niet om te veroordelen.'

Juul stopte zijn pijp.

'Veel mensen denken dat goed en fout absolute waarden zijn. Dat is niet zo; ze veranderen in de loop der tijd. De taak van de historicus is in de eerste plaats de historische waarheid vinden, de bronnen raadplegen, en die objectief en zonder emotie weergeven. Als historici moeten oordelen over de stommiteiten van de mensen, zou ons werk in de toekomst als dode fossielen blijven liggen, als een afdruk van het rechtsgevoel van die tijd.'

Een blauwe rookpluim steeg op. 'Maar daar kwam u vast niet naar vragen.'

'Wij vroegen ons af of u ons zou kunnen helpen met het opsporen van een man.'

'Dat zei u aan de telefoon. Wie is die man?'

'Dat weten we niet. We nemen aan dat hij blauwe ogen heeft, Noors is en ouder is dan zeventig jaar. En hij spreekt Duits.'

'En?'

'Dat is het.'

Juul lachte. 'Ja, dan hebben jullie wel veel keus.'

'Tja. Er zijn in ons land 158.000 mannen boven de zeventig, en ik schat dat er rond de 100.000 blauwe ogen hebben en Duits spreken.'

Juul trok een wenkbrauw op. Harry lachte schaapachtig: 'Statistisch jaarboek. Ik heb het voor de lol opgezocht.'

'En waarom denken jullie dat ik kan helpen?'

'Daar kom ik nog op. Deze persoon zou tegen iemand anders hebben gezegd dat hij meer dan vijftig jaar geen geweer meer heeft aangeraakt. Ik dacht, of liever gezegd: mijn collega dacht, dat meer dan vijftig jaar ook méér dan vijftig is, maar minder dan zestig.'

'Logisch.'

'Ja, zij is erg... eh... logisch. Dus laten we zeggen dat het vijfenvijftig jaar geleden is. Dan belanden we midden in de Tweede Wereldoorlog. Hij is twintig jaar en heeft dus een wapen. Alle Noren met een privéwapen moesten dat bij de Duitsers inleveren, dus waar is hij?'

Harry stak drie vingers op: 'Nou, of hij zit in het verzet, of hij is gevlucht naar Engeland, of hij zit in Duitse dienst aan het front. Hij spreekt beter Duits dan Engels, dus...'

'Dus die collega van jullie kwam tot de conclusie dat hij aan het Duitse front moet hebben gevochten?' zei Juul.

'Inderdaad.'

Juul zoog aan zijn pijp.

'Veel verzetsmensen moesten ook Duits leren,' zei hij. 'Om te kunnen infiltreren, af te luisteren enzovoort. En u vergeet de Noren bij de Zweedse politie.'

'Dus de conclusie klopt niet?'

'Tja, laat ik eens hardop denken,' zei Juul. 'Rond de 15.000 Noren meldden zich vrijwillig als frontsoldaat, terwijl 7000 werden aangenomen en dus een wapen mochten gebruiken. Dat zijn er veel meer dan degenen die naar Engeland gingen om zich daar te melden. En hoewel er aan het eind van de oorlog meer Noren in het verzet zaten, hebben de meesten van hen nooit een wapen vastgehouden.'

Juul lachte.

'Laten we er voorlopig van uitgaan dat u gelijk hebt. Nu staan deze frontsoldaten niet in het telefoonboek onder het kopje "Voormalige soldaten bij de Waffen-SS", maar ik neem aan dat jullie weten waar jullie moeten zoeken?'

Harry knikte.

'Het archief van de landverraders. Gearchiveerd op naam, met alle gegevens van de rechtszaken. Ik ben er de laatste dagen doorheen gegaan. Ik had waarschijnlijk gehoopt dat er inmiddels nogal wat overleden waren en dat we tot een hanteerbaar aantal kwamen. Maar daarin had ik me vergist.'

'Ja, het zijn taaie donders,' lachte Juul.

'En nu kom ik bij de reden waarom we u gebeld hebben. U kent de achtergrond van de frontsoldaten beter dan wie ook. Ik wil dat u mij helpt te begrijpen hoe zo'n man denkt, wat hem drijft.'

'Bedankt voor het vertrouwen, meneer Hole, maar ik ben een

historicus en ik weet niet meer dan een ander van de motieven van een individu. Ik heb, zoals u misschien weet, in het verzet gezeten in Milorg en dat maakt mij niet zo geschikt om me te verplaatsen in de gedachtegang van een frontsoldaat.'

'Ik denk dat u toch wel het een en ander weet.'

'O ja?'

'Ik geloof dat u wel weet wat ik bedoel. Ik heb grondig graafwerk verricht.'

Juul trok aan zijn pijp en keek Harry aan. In de stilte die nu volgde merkte Harry dat er iemand in de deuropening stond. Hij draaide zich om en zag een oudere vrouw staan. Ze had vriendelijke, rustige ogen, die Harry aankeken.

'We zijn in gesprek, Signe,' zei Even Juul.

Ze knikte opgewekt naar Harry, opende haar mond om iets te gaan zeggen, maar deed hem weer dicht toen haar blik die van Even Juul ontmoette. Toen knikte ze weer, sloot de deur zacht achter zich en was weg.

'Dus u weet het?' vroeg Juul.

'Ja. Ze was verpleegster aan het oostfront, of niet?'

'Bij Leningrad. Van 1942 tot aan de terugtrekking in maart 1943.' Hij legde zijn pijp weg. 'Waarom zitten jullie achter die man aan?'

'Om eerlijk te zijn, weten we dat ook niet. Maar het zou kunnen gaan om een aanslag.'

'Hmm.'

'Dus waar moeten we op letten? Een zonderling? Een man die nog steeds overtuigd nazist is? Een crimineel?'

Juul schudde zijn hoofd: 'De meeste frontsoldaten hebben hun straf uitgezeten en zijn daarna geruisloos de samenleving ingegleden. Velen van hen hebben het verrassend goed gedaan, zelfs met het stempel "landverrader". Dat is niet zo vreemd. Het blijkt dat het vaak de getalenteerde mensen zijn die in een kritieke situatie als een oorlog stelling nemen.'

'Dus degene naar wie we op zoek zijn kan heel goed iemand zijn die in het leven iets bereikt heeft?'

'Absoluut.'

‘Een topfunctie?’

‘De deur naar de nationaal belangrijke posities in het bedrijfsleven en de politiek was wel gesloten.’

‘Maar hij kan een zelfstandig ondernemer zijn geweest, een *Gründer*. In elk geval iemand die genoeg heeft verdiend om een wapen van een half miljoen te kopen. Op wie kan hij het gemunt hebben?’

‘Moet dat per se iets te maken hebben met zijn verleden als frontsoldaat?’

‘Iets in mij zegt dat dat het geval is.’

‘Uit wraak dus?’

‘Is dat zo onlogisch?’

‘Nee, het is mogelijk. Veel frontsoldaten zien zichzelf als de ware patriotten tijdens de oorlog omdat zij, uitgaand van hoe de situatie in 1940 was, gehandeld hebben in het belang van de natie. Dat we hen veroordeeld hebben tot landverraders zien ze als pure justitiemoord.’

‘Dus?’

Juul krabde zich achter het oor.

‘Tja. De rechters in die rechtszaken zijn nu immers bijna allemaal overleden. En dat is ook het geval met de politici die de aanstichters van die rechtszaken waren. Uw wraaktheorie lijkt me weinig steekhoudend.’

Harry zuchtte.

‘U hebt gelijk. Ik probeer alleen maar de puzzelstukjes aan elkaar te passen.’

Juul wierp een snelle blik op de klok. ‘Ik beloof u dat ik erover na zal denken, maar ik weet eerlijk gezegd niet of ik u kan helpen.’

‘Mag ik u toch bedanken?’ zei Harry, en hij stond op. Toen bedacht hij iets en haalde een bundeltje samengevouwen papieren uit zijn jaszak.

‘Ik heb trouwens een kopie bij me van mijn rapport van het getuigenverhoor in Johannesburg. Misschien kunt u kijken of u iets kunt vinden wat van betekenis is?’

Juul zei ja, maar schudde zijn hoofd alsof hij nee bedoelde.

Toen Harry zijn schoenen aandeed in de gang, wees hij naar de foto van de jongeman in witte jas.

'Bent u dat?'

'Halverwege de vorige eeuw, ja,' lachte Juul. 'Die foto is voor de oorlog genomen, in Duitsland. Ik moest in de voetsporen treden van mijn vader en grootvader en studeerde daar medicijnen. Toen de oorlog uitbrak ben ik naar huis gegaan en ben ik eigenlijk bij toeval mijn eerste geschiedenisboeken tegengekomen. Daarna was het te laat: ik was verslaafd.'

'Dus u bent gestopt met medicijnen?'

'Dat is maar hoe je het bekijkt. Ik wilde proberen te verklaren hoe één mens, hoe een ideologie, zoveel mensen kon verleiden. En misschien ook een medicijn vinden.'

Hij lachte. 'Ik was heel, heel jong.'

37 | *Eerste etage, Continental Hotel, 1 maart 2000*

'Fijn dat we elkaar op deze manier kunnen ontmoeten,' zei Bernt Brandhaug, en hij hief zijn wijnglas.

Ze proostten en Aud Hilde glimlachte naar de staatssecretaris.

'En niet alleen op het werk,' zei hij, en hij hield haar blik vast totdat zij haar ogen neersloeg. Brandhaug nam haar op. Ze was niet direct knap, had enigszins grove trekken en was misschien een beetje log in haar bewegingen. Maar ze had iets charmants en flirterigs over zich, en gedroeg zich jeugdig.

Ze had hem die middag gebeld vanuit het kantoor van Personeelszaken met een probleem waarvan ze niet precies wist hoe ze het moest behandelen, maar voordat ze meer had kunnen zeggen had hij haar gevraagd naar zijn kamer te komen. En toen ze daar was gearriveerd, had hij direct besloten dat hij nu geen tijd had en dat ze de kwestie tijdens een etentje na werktijd moesten bespreken.

'Als rijksambtenaren moeten we ook onze voordeeltjes hebben,' had hij gezegd. Zij dacht waarschijnlijk dat hij het etentje bedoelde.

Tot zover was alles goed gegaan. De gerant had hun zijn vaste tafeltje gegeven en er waren voorzover hij kon zien geen bekenden in het restaurant.

'Tja, het was een rare zaak die we gisteren kregen,' zei ze, en ze liet de ober het servet op haar schoot leggen. 'We hadden een oudere man die beweerde dat we hem geld schuldig waren. Buitenlandse Zaken, dus. Bijna twee miljoen kronen, zei hij, en hij verwees naar een brief die hij in 1970 had gestuurd.'

Ze sloeg haar ogen ten hemel. Ze zou minder oogschaduw moeten gebruiken, dacht Brandhaug.

'Zei hij waarom we hem geld schuldig waren?'

'Hij zei dat hij in de oorlog bij de marine had gezeten. Het ging over iets met Nortraship, dat ze zijn gage hadden ingehouden.'

'O ja, ik geloof dat ik weet waar het over gaat. Wat zei hij nog meer?'

'Dat hij niet langer kon wachten. Dat we hem hadden verraden, en de andere marinemensen ook. En dat God ons zou veroordelen voor onze zonden. Ik weet niet of hij dronken was of ziek, maar hij zag er in elk geval sjofel uit. Hij had een brief bij zich van de Noorse consul-generaal in Bombay uit 1944, die hem namens de Noorse staat de nabetaling garandeerde van de risicotoeslag waar hij als stuurman van de Noorse handelsvloot tijdens de oorlog recht op had. Als hij die brief niet had gehad, hadden we hem er natuurlijk uit gegooid en jou niet lastiggevallen met zo'n bagatel.'

'Je kunt altijd bij me komen, Aud Hilde,' zei hij, en hij voelde op hetzelfde moment even iets van paniek: ze héétte toch Aud Hilde?

'Arme man,' zei Brandhaug, en hij gaf de kelner een teken dat ze meer wijn wilden. 'Het trieste van deze zaak is dat hij natuurlijk gelijk heeft. Nortraship werd opgericht om de belangen te behartigen van dat deel van de Noorse handelsvloot dat de Duitsers nog niet in handen hadden. Het was een organisatie met aan de ene kant politieke en aan de andere kant commerciële belangen. De Britten betaalden Nortraship bijvoorbeeld grote sommen geld voor de risicotoeslag om gebruik te kunnen maken van Noorse schepen. Maar in plaats van het geld uit te betalen aan de manschappen, ging het rechtstreeks naar de staat en de rederijen. We hebben het over honderden miljoenen kronen. De koopvaardijlieden uit de oorlog hebben geprobeerd middels een rechtszaak hun geld te krijgen, maar ze verloren in 1954 voor de Hoge Raad. Pas in 1972 heeft het parlement besloten dat ze recht hadden op hun geld.'

'Deze man heeft kennelijk niets ontvangen. Omdat hij in de Chinese Zee werd getorpedeerd door de Japanners en niet door de Duitsers, zei hij.'

'Heeft hij zijn naam genoemd?'

'Konrad Åsnes. Wacht, ik zal je de brief laten zien. Hij heeft een berekening gemaakt met rente en rente op rente.'

Ze boog zich voorover naar haar tas. Haar bovenarm trilde een beetje. Ze zou een beetje moeten trainen, dacht Brandhaug. Vier kilo eraf en Aud Hilde zou een prachtige boezem hebben in plaats van te... mollig zijn.

'Het is goed,' zei hij. 'Ik hoef het niet te zien. Nortraship valt onder Economische Zaken.'

Ze keek naar hem op.

'Hij was er vast van overtuigd dat wij hem geld schuldig waren. Hij heeft ons een betalingstermijn van veertien dagen gegeven.'

Brandhaug lachte. 'O ja? En waarom heeft hij na zestig jaar ineens zo'n haast?'

'Dat heeft hij niet gezegd. Hij zei alleen dat we zelf de consequenties moesten aanvaarden als we niet betaalden.'

'Mijn hemel.' Brandhaug wachtte tot de ober hen allebei had ingeschonken voordat hij zich naar haar toe boog. 'Ik heb er een hekel aan consequenties te aanvaarden, jij ook?'

Ze lachte onzeker.

Brandhaug hief zijn glas.

'Ik vroeg me alleen af wat we met deze zaak aan moeten,' zei ze.

'Vergeet het,' zei hij. 'Maar ik vraag me ook iets af, Aud Hilde.'

'Wat dan?'

'Of je de kamer al hebt gezien waarover we in dit hotel de beschikking hebben.'

Aud Hilde lachte weer en zei dat dat niet het geval was.

38 | SATS-*fitnesscentrum, Ila, 2 maart*

Harry trapte en zweette. Het fitnesscentrum had achttien hypermoderne ergometerfietsen, alle bezet door stadse, over het algemeen knappe mensen die naar stomme tv's staarden die aan het plafond hingen. Harry keek naar Elisa in *Expeditie Robinson* die geluidloos zei dat ze Poppe niet kon uitstaan. Harry wist dat al. Het was een herhaling.

'*That don't impress me much!*' schalde het uit de luidsprekers.

Nee maar, dacht Harry, die noch van de schallende muziek, noch van het raspende geluid hield dat ergens uit zijn longen kwam. Hij kon gratis trainen in de trimruimte van het politiebureau, maar Ellen had hem overgehaald om bij het SATS-centrum te beginnen. Hij had erin toegestemd, maar had haar tegengehouden toen ze geprobeerd had hem in te schrijven voor een van de aerobicsuurtjes. Met een groep mensen in de maat bewegen op die hiphopmuziek, terwijl een krampachtig grijnzende instructeur met quasi-inspirerende uitspraken als '*No pain, no gain*' het tempo aangaf, was voor Harry een onbegrijpelijke vorm van vrijwillige zelfvernedering. Wat hem betreft, was het grootste voordeel van SATS dat hij kon trainen en tegelijkertijd *Expeditie Robinson* kon kijken, en dat hij niet in dezelfde ruimte als Tom Waaler hoefde te zijn, die zijn meeste vrije tijd leek door te brengen in het trimlokaal van de politie. Harry keek om zich heen en constateerde dat hij ook vanavond de oudste was. De meesten waren meisjes met walkmandopjes in de oren, die regelmatig zijn richting op keken. Niet omdat ze naar hém keken, maar omdat de populairste stand-up comedian van Noorwegen naast hem zat in een grijze anorak zonder één zweetdruppeltje onder zijn jongensachtige kapsel. Op Harry's speedometer lichtte een berichtje op: *You're training very well.*

But dressing badly, dacht Harry, en hij keek naar de verwassen, slobberige trainingsbroek die hij de hele tijd moest ophijsen doordat zijn mobiel in de zak zat. En zijn versleten Adidasschoenen waren niet nieuw genoeg om modern te zijn en niet oud genoeg om weer hip te zijn. Het JOY DIVISION-T-shirt dat ooit een zekere geloofwaardigheid had gehad, gaf nu alleen maar het signaal af dat hij de laatste jaren niet was bijgebleven op het gebied van muziek. Maar helemaal misplaatst voelde Harry zich niet, totdat er een gepiep klonk en hij zeventien verontwaardigde blikken, inclusief die van de stand-up comedian, op zich gericht voelde. Hij pakte zo snel mogelijk het zwarte duivelse machientje uit zijn broekzak.

'Hole.'

'Okay, so you're a rocket scientist, that don't impress...'

'Met Juul. Stoor ik?'

'Nee, het is maar muziek.'

'Je hijgt als een walrus. Bel me terug als het beter uitkomt.'

'Het komt goed uit. Ik ben in een fitnesscentrum.'

'Juist. Ik heb goed nieuws. Ik heb het rapport uit Johannesburg gelezen. Waarom heb je me niet verteld dat hij in Sennheim is geweest?'

'Urias? Is dat belangrijk? Ik was er niet eens zeker van dat ik het goed had verstaan; ik heb het namelijk opgezocht in een Duitse atlas, maar kon geen Sennheim vinden.'

'Het antwoord op je vraag is: ja, het is belangrijk. Als je twijfelde of de man naar wie je op zoek bent een frontsoldaat is, kun je daar nu mee ophouden. Dat is honderd procent zeker. Sennheim is een klein plaatsje en de enige Noren die ik ooit heb horen vertellen dat ze daar geweest waren, waren daar tijdens de oorlog. In een trainingskamp voordat ze naar het oostfront vertrokken. De reden dat je Sennheim niet in een Duitse atlas kon vinden, is dat het niet in Duitsland ligt, maar in de Elzas in Frankrijk.'

'Maar...'

'De Elzas is in de loop der tijden afwisselend Frans en Duits geweest; daarom spreken ze daar Duits. Dat onze man in Sennheim is geweest reduceert het aantal potentiële kandidaten aanzienlijk. Alleen de Noren van regiment Nordland en regiment Noorwegen hebben daar namelijk hun opleiding gehad. En nog beter: ik kan je een naam geven van iemand die in Sennheim is geweest en die vrijwel zeker wil meewerken.'

'O ja?'

'Een frontsoldaat uit het regiment Nordland. Hij heeft zich in 1944 vrijwillig bij ons, Hjemmefront, gemeld.'

'Jezus.'

'Hij is opgegroeid op een afgelegen boerderij bij ouders en oudere broers die allemaal fanatieke nationaalsocialisten waren en werd gedwongen om zich vrijwillig te melden als frontsoldaat. Hij is nooit een overtuigd nazi geweest en is in 1943 bij Leningrad gedeserteerd. Hij heeft bij de Russen korte tijd in de gevangenis gezeten en heeft ook een poosje voor hen gevochten voordat hij kans zag om via Zweden terug te keren in Noorwegen.'

'Vertrouwden jullie een frontsoldaat?'

Juul lachte. 'Absoluut.'

'Waarom lach je?'

'Dat is een lang verhaal.'

'Ik heb de tijd.'

'We hebben hem opdracht gegeven om iemand uit zijn eigen familie te liquideren.'

Harry stopte met fietsen. Juul kuchte en zei: 'Toen we hem in Nordmarka vonden, vlak bij Ullevålseter, geloofden we zijn verhaal eerst niet. We dachten dat hij een infiltrant was en waren van plan hem dood te schieten. Maar we hadden contacten met het archief van de politie in Oslo, zodat we zijn verhaal konden checken, en het bleek dat hij zelfs aan het front als vermist te boek stond en dat hij verdacht werd van desertie. Zijn familieachtergrond klopte en hij had papieren bij zich die aantoonden dat hij degene was voor wie hij zich uitgaf. Maar dat kon natuurlijk allemaal in elkaar zijn gezet door de Duitsers, dus we besloten hem te testen.'

Pauze.

'En?' vroeg Harry.

'We verstopten hem in een hut, waar hij zowel van ons als van de Duitsers geïsoleerd zat. Iemand stelde voor dat we hem de opdracht zouden geven om een van zijn nationaalsocialistische broers te liquideren. Dat was vooral bedoeld om te zien hoe hij zou reageren. Hij zei geen woord toen we hem de opdracht gaven, maar toen we de volgende dag bij de hut kwamen, was hij weg. We waren ervan overtuigd dat hij ervandoor was gegaan, maar twee dagen later dook hij weer op. Hij zei dat hij naar de boerderij van zijn familie in Gudbrandsdalen was geweest. Een paar dagen later kregen we rapporten van onze mensen daar. De ene broer hadden ze gevonden in de stal, de andere in de hooischuur, en de ouders lagen in de kamer.'

'Heremetijd,' zei Harry. 'Die man moet gek zijn geweest.'

'Waarschijnlijk. Dat waren we allemaal. Het was oorlog. We hebben er trouwens nooit over gesproken, toen niet en later ook niet. Jij moet ook niet...'

'Natuurlijk niet. Waar woont hij?'

'Hier in Oslo. Holmenkollen, geloof ik.'

'En hoe heet hij?'

'Fauke. Sindre Fauke.'

'Mooi. Ik zal contact met hem opnemen. Bedankt, Juul.'

Op het televisiescherm stuurde Poppe in een overdreven closeup een betraande groet naar huis. Harry bevestigde de mobiel aan het koord van zijn trainingsbroek, hees de broek op en begaf zich naar de kleedkamer.

'*... whatever, that don't impress me much...*'

39 | *House of Singles, Hegdehaugsveien, 2 maart 2000*

'Wolkwaliteit super 110,' zei de verkoopster, en ze hield de jas voor de oude man omhoog. 'De beste. Licht en onverslijtbaar.'

'Hij wordt maar één keer gebruikt,' zei de oude man, en hij glimlachte.

'O,' zei ze, een beetje in de war. 'In dat geval hebben we iets goedkopers...'

'Deze is goed.' Hij bekeek zichzelf in de spiegel.

'Klassieke snit,' verzekerde de verkoopster. 'De meest klassieke die we hebben.'

Ze keek geschrokken naar de oude man, die in elkaar was gekrompen.

'Voelt u zich niet goed? Moet ik...'

'Nee hoor, het is alleen maar een steek. Het gaat wel over.' De oude man richtte zich weer op.

'Hoe snel kunt u de broek inkorten?'

'Volgende week woensdag kan hij klaar zijn. Als het geen haast heeft. U hebt hem misschien voor een speciale gelegenheid nodig?'

'Inderdaad. Maar woensdag is goed.'

Hij betaalde haar met briefjes van honderd. Terwijl ze die telde, zei ze: 'Ja, ik wil u alleen maar zeggen dat u een kostuum hebt gekocht voor de rest van uw leven.'

Zijn lach klonk nog lang na zijn vertrek in haar oren.

40 | *Holmenkollenåsen, 3 maart 2000*

Aan de Holmenkollvei in Besserud vond Harry het huisnummer waar hij naar zocht op een groot, bruingebeitst huis onder de schaduw van een paar enorme sparren. Er liep een grindweg naar het huis toe en Harry reed helemaal tot aan de open plek voor de ingang en draaide daar een rondje. Het was de bedoeling dat er geparkeerd werd tegen de helling, maar toen hij naar de eerste versnelling terugschakelde, hoestte de auto plotseling en sloeg af. Harry vloekte en draaide het contactsleuteltje om, maar de startmotor huilde slechts klaaglijk.

Hij stapte uit en liep naar het huis. Tegelijkertijd kwam er een vrouw naar buiten. Ze had hem duidelijk niet horen aankomen en bleef met een vragende lach boven aan de trap staan.

'Goedemorgen,' zei Harry, en hij knikte naar de auto. 'Die is niet helemaal gezond; hij heeft... medicijnen nodig.'

'Medicijnen?' Haar stem was diep en warm.

'Ja, ik geloof dat hij een staartje heeft meegekregen van de griep die heerst.'

Haar lach werd breder. Ze leek rond de dertig jaar oud en droeg een zwarte jas van een eenvoudige, zonder twijfel elegante snit, waarvan Harry instinctief wist dat hij vreselijk duur was.

'Ik wilde net weggaan,' zei de vrouw. 'Moet u hier zijn?'
'Ik geloof het wel. Sindre Fauke?'
'Bijna goed,' zei ze. 'Maar u bent een paar maanden te laat. Mijn vader is naar het centrum verhuisd.'
Harry was dichterbij gekomen en zag dat ze knap was. En iets in haar ongedwongen manier van spreken, de manier waarop ze hem recht in de ogen keek, duidde er ook op dat ze zelfverzekerd was. Een carrièrevrouw, schatte Harry. Makelaarster, cheffin op een bank, politica of zoiets. In elk geval bemiddeld, daar was hij tamelijk zeker van. Het kwam niet alleen door haar jas en het kolossale huis achter haar, maar ook door iets in haar houding, en door haar hoge, aristocratische jukbeenderen. Ze liep de trap af en zette haar voeten voor elkaar alsof ze op een rechte lijn liep; het zag er heel gemakkelijk uit. Balletlessen, dacht Harry.
'Kan ik u ergens mee helpen?'
De medeklinkers waren helder, de nadruk op 'ik' zo overduidelijk dat het bijna theatraal werd.
'Ik ben van de politie.' Hij begon in zijn jaszak naar zijn ID-kaart te zoeken, maar ze wimpelde hem glimlachend af.
'Tja, ik zou graag een praatje maken met uw vader.'
Harry merkte tot zijn ergernis dat hij onwillekeurig wat netter ging praten dan hij gewoonlijk deed.
'En waarom?'
'We zijn naar iemand op zoek. En ik hoop dat uw vader ons kan helpen.'
'Naar wie zijn jullie op zoek?'
'Dat kan ik niet zeggen.'
'Goed.' Ze knikte alsof het een test was geweest en Harry zojuist geslaagd was.
'Maar als hij hier niet meer woont...' zei Harry, en hij hield een hand boven zijn ogen. Haar handen waren slank. Pianolessen, dacht Harry. En ze had lachrimpeltjes rond haar ogen. Misschien was ze toch ouder dan dertig?
'Dat is geen probleem,' zei ze. 'Hij is verhuisd naar Majorstua. Vibesgate 18. Daar kunt u hem vinden, of in de universiteitsbibliotheek, denk ik.'

Universiteitsbibliotheek. Ze sprak het zo duidelijk uit dat er geen enkele letter verloren ging.

'Vibesgate 18. Ik begrijp het.'

'Mooi.'

'Ja.'

Harry knikte. En knikte. Als een plastic hondje op een hoedenplank. Ze lachte met op elkaar geklemde lippen en trok haar wenkbrauwen op alsof ze wilde zeggen dat dit het was, dat hun ontmoeting voorbij was als er niet meer vragen waren.

'Ik begrijp het,' herhaalde Harry.

Haar wenkbrauwen waren zwart en volkomen symmetrisch. Zeker geëpileerd, dacht Harry.

'Ik moet nu gaan,' zei ze. 'Mijn tram...'

'Ik begrijp het,' zei Harry voor de derde keer, zonder aanstalten te maken voor vertrek.

'Ik hoop dat jullie hem vinden... mijn vader.'

'Dat zal wel.'

'Morgen.' Het grind knarste onder haar hakken toen ze wegliep.

'Ik heb een klein probleem...' zei Harry.

'Bedankt voor de hulp,' zei Harry.

'Graag gedaan,' zei ze. 'Weet je zeker dat het geen grote omweg is?'

'Helemaal niet, ik moet zoals gezegd dezelfde kant op,' zei Harry, en hij keek zorgelijk weg van de dunne en ongetwijfeld erg dure leren handschoenen die grijs waren geworden van het vuil van de achterkant van de Escort.

'De vraag is alleen of de auto het zolang uithoudt,' zei hij.

'Hij ziet er inderdaad uit of hij het een en ander heeft meegemaakt,' zei zij, en ze wees naar het gat in het dashboard waar de radio hoorde te zitten en waar nu een kluwen rode en gele draden uit hing.

'Ingebroken,' zei Harry. 'Daarom kan het portier niet meer op slot; ze hebben het slot ook vernield.'

'Dus nu kan iedereen er gebruik van maken?'

'Ja, zo gaat dat als je oud genoeg wordt.'

Ze lachte. 'O ja?'

Hij keek even naar haar. Misschien was zij een van die mensen wier uiterlijk niet verandert naarmate ze ouder worden, die er van hun twintigste tot hun vijftigste uitzien alsof ze dertig zijn. Hij vond haar profiel mooi, die delicate lijnen. Haar huid had een natuurlijke, warme tint en niet de droge, matte bruine kleur die vrouwen van haar leeftijd zich in februari zo graag aanmeten. Ze had haar jas opengedaan en hij kon haar lange, slanke hals zien. Hij keek naar haar handen, die rustig in haar schoot lagen.

'Het is rood,' zei ze kalm.

Harry trapte op de rem.

'Sorry,' zei hij.

Waar was hij mee bezig? Naar haar handen kijken om te zien of ze een trouwring droeg? Mijn god.

Hij keek om zich heen en hij besefte ineens waar hij was.

'Is er iets?' vroeg ze.

'Nee, nee.' Het licht sprong op groen en hij gaf gas. 'Ik heb alleen slechte herinneringen aan deze plaats.'

'Ik ook,' zei zij. 'Ik ben hier een paar jaar geleden met de trein langs gekomen vlak nadat er een politieauto dwars over de rails was geschoten en zich in de muur daar had geboord.'

Ze wees. 'Het was vreselijk. De ene politieman hing nog steeds rond een paal, als een gekruisigde. Ik kon er een paar nachten niet van slapen. Er werd beweerd dat de politieman die achter het stuur zat dronken was.'

'Wie beweerde dat?'

'Iemand met wie ik studeerde. Van de politieacademie.'

Ze reden langs Frøen. Vindern lag achter hen. Heel ver achter hen, besloot hij voor zichzelf.

'Dus je hebt op de politieacademie gezeten?' vroeg hij.

'Nee, ben je gek?' Ze lachte weer. Harry genoot van het geluid. 'Ik heb rechten gestudeerd.'

'Ik ook,' zei hij. 'In welk jaar zat jij?'

Slim, slim, Hole.

'Ik ben in '92 afgestudeerd.'

Harry telde op en trok af. Minstens dertig, dus.

'En jij?'

'In '90,' zei Harry.

'Dan herinner je je misschien het concert met de Raga Rockers tijdens het Jura-festival in '88?'

'Jazeker. Daar ben ik geweest. In de tuin.'

'Ik ook! Was het niet geweldig?' Ze keek hem aan. Haar ogen schitterden.

Waar? dacht hij. *Waar was je?*

'Ja, het was mooi.' Harry herinnerde zich niet veel van het concert. Maar ineens schoot hem te binnen dat al die zelfingenomen rijke meisjes plotseling opdoken als Raga speelde.

'Maar als we in dezelfde tijd gestudeerd hebben, moeten we ook gemeenschappelijke kennissen hebben,' zei ze.

'Dat betwijfel ik. Ik was toen politieman en hing niet rond in studentenkringen.'

Zwijgend reden ze de Industrigate af.

'Je kunt me hier wel afzetten,' zei ze.

'Moet je hierheen?'

'Ja, dit is goed.'

Hij zette de auto stil en ze draaide zich naar hem om. Een losse pluk haar hing in haar gezicht. Haar blik was zacht en tegelijkertijd vastberaden. Bruine ogen. Opeens en volkomen onverwacht kwam er een wilde gedachte in hem op: hij wilde haar kussen.

'Bedankt,' zei ze, en ze glimlachte.

Ze wilde het portier openen, maar er gebeurde niets.

'Sorry,' zei Harry. Hij boog zich over haar heen en ademde haar geur in. 'Het slot...' Hij gaf het portier een flinke duw en het ging open. Hij voelde zich of hij dronken was.

'Misschien zien we elkaar nog eens,' zei ze.

'Wie weet.'

Hij had zin om haar te vragen waar ze heen moest, waar ze werkte, of ze het werk leuk vond, waar ze nog meer van hield, of ze een vriend had, of ze zin had om mee te gaan naar een concert, ook als het geen Raga was. Maar gelukkig was het te laat; ze voerde haar balletpasjes al uit op het trottoir van de Sporveisgate.

Harry zuchtte. Hij had haar een halfuur geleden ontmoet en

wist niet eens hoe ze heette. Misschien had hij alleen maar last van een vroege midlifecrisis.

Hij keek in zijn spiegel en maakte een hoogst onreglementaire U-bocht. De Vibesgate lag vlakbij.

41 | *Vibesgate, Majorstua, 3 maart 2000*

Er stond een man in de deuropening, die breed lachte toen Harry hijgend de vierde trap beklom.

'Het spijt me van al die trappen,' zei de man, en hij stak zijn hand uit. 'Sindre Fauke.'

Zijn ogen waren nog jong, maar zijn gezicht zag eruit alsof het twee wereldoorlogen had meegemaakt. Minstens. Wat er nog over was van zijn witte haar was glad naar achteren gekamd. Hij droeg een rood houthakkersoverhemd onder een Noorse trui. Zijn handdruk was vast en warm.

'Ik heb net koffie gezet,' zei hij. 'En ik weet wat je wilt.'

Ze liepen de kamer in, die was ingericht als werkkamer. Er stond een computermeubel met een computer. Overal lagen papieren. Stapels boeken en tijdschriften bedekten de tafels en lagen opgestapeld langs de muren.

'Ik ben nog niet helemaal op orde,' legde hij uit, en hij maakte plaats voor Harry op de bank.

Harry keek rond. Geen foto's aan de muur, alleen een kalender van RIMI met foto's van Nordmarka.

'Ik ben met een groot project bezig, dat hopelijk zal resulteren in een boek. Een boek over de oorlog.'

'Heeft iemand dat boek al niet geschreven?'

Fauke lachte schallend. 'Ja, dat zou je kunnen zeggen. Ze hebben het alleen niet helemaal goed gedaan. En dit boek gaat over míjn oorlog.'

'Juist. En waarom dit boek?'

Fauke haalde zijn schouders op.

'Op het gevaar af om pretentieus te klinken: wij die erbij zijn geweest, hebben de verantwoordelijkheid tegenover het nageslacht om voordat we het tijdelijke voor het eeuwige verwisselen onze ervaringen door te geven. Zo zie ik het tenminste.'

Fauke verdween naar de keuken en riep naar de kamer: 'Even Juul heeft me gebeld en vertelde dat ik bezoek zou krijgen. Iemand van de politie, begreep ik.'

'Ja. Maar Juul had me verteld dat u in Holmenkollen woonde.'

'Even en ik hebben niet zoveel contact, en ik heb bij de verhuizing hetzelfde telefoonnummer gehouden omdat het maar voor tijdelijk is. Totdat ik klaar ben met mijn boek.'

'Nou ja. Ik ben daar eerst geweest en heb uw dochter ontmoet. Zij heeft me uw adres gegeven.'

'Dus ze was thuis? Ze had zeker een vrije dag.'

Van welke baan, wilde Harry bijna vragen, maar hij bedacht dat dat te veel zou opvallen.

Fauke kwam terug met een grote, dampende koffiekan en twee bekers.

'Zwart?' Hij zette een van de bekers voor Harry neer.

'Graag.'

'Mooi. Want je hebt geen keus.' Fauke lachte zo hard dat hij bij het inschenken bijna koffie morste.

Harry vond dat Fauke hem opvallend weinig deed denken aan zijn dochter. Noch haar keurige manier van praten en haar beschaafde gedrag, noch haar gelaatstrekken en donkere haar zag Harry bij hem terug. Alleen het voorhoofd was hetzelfde: hoog met overdwars een blauwe, dikke ader.

'U hebt daar een groot huis,' zei hij in plaats daarvan.

'Alleen onderhoud en sneeuwruimen,' antwoordde Fauke. Hij proefde de koffie en smakte tevreden. 'Het is somber en triest, en ver van alles vandaan. Ik kan de Holmenkollen niet uitstaan. Er wonen daar alleen maar snobs. Niks voor een jongen uit het Gudbrandsdal, zoals ik.'

'Waarom verkoopt u het dan niet?'

'Mijn dochter vindt het daar fijn. Ze is er opgegroeid. Je wilde over Sennheim praten?'

'Woont uw dochter alleen?'

Harry kon zijn tong wel afbijten. Fauke nam een slok uit zijn beker. Hij slikte de koffie niet meteen door.

'Ze woont samen met een jongen. Oleg.'

Zijn blik was afwezig en hij lachte niet langer.

Harry trok een paar conclusies. Te snel, wellicht, maar als het klopte wat hij dacht, was Oleg een van de redenen waarom Sindre Fauke nu in Majorstua woonde. Dus ze woonde samen. Niet meer aan denken. Ook wel goed, eigenlijk.

'Ik kan u niet zoveel vertellen, Fauke. Zoals u begrijpt, werken we...'

'Ik begrijp het.'

'Goed. Ik zou graag willen dat u me vertelt wat u weet van de Noren die in Sennheim zijn geweest.'

'Ai. We waren met een heleboel, moet je weten.'

'Degenen die vandaag de dag nog leven.'

Fauke grijnsde even.

'Ik wil niet morbide doen, maar dat maakt het beduidend makkelijker. We stierven als ratten aan het oostfront. Gemiddeld sneuvelde elk jaar zestig procent van mijn eenheid.'

'Jezus, het percentage heggenmussen dat dood... eh...'

'Ja?'

'Neem me niet kwalijk. Ga verder.'

Harry staarde opgelaten in zijn koffiebeker.

'Het punt is dat je in een oorlog verdomd snel leert,' zei Fauke. 'Overleef je het eerste halfjaar, dan zijn je overlevingskansen ineens verveelvoudigd. Je stapt niet op mijnen, houd je hoofd laag in de loopgraven, je wordt wakker als je het laden van een Mosin-Nagant-geweer hoort. En je weet dat er geen plaats is voor helden en dat angst je beste vriend is. Na een halfjaar hadden we een klein groepje Noren dat begreep dat we de oorlog misschien konden overleven. En de meesten van ons waren in Sennheim. Naarmate de oorlog voortduurde, verhuisde het trainingskamp steeds verder Duitsland in. Of de vrijwilligers kwamen direct uit Noorwegen. De mannen die kwamen zonder eerst naar het trainingskamp geweest te zijn...'

Fauke schudde zijn hoofd.

'Die sneuvelden?' vroeg Harry.

'We namen niet eens de moeite om de namen van de nieuwelingen te leren. Wat had dat voor zin? Het is moeilijk te begrijpen, maar zelfs tot ver in 1944 stroomden de vrijwilligers naar het oostfront toe, toen wij, die er zaten, allang hadden begrepen welke kant het op ging. Ze dachten dat ze Noorwegen moesten redden, de stakkers.'

'Ik heb begrepen dat u daar in 1944 niet meer was?'

'Dat klopt. Ik ben op nieuwjaarsavond 1943 gedeserteerd. Ik ben tweemaal een landverrader geweest.' Fauke lachte. 'En ben tweemaal in het verkeerde kamp terechtgekomen.'

'U hebt voor de Russen gevochten?'

'Min of meer. Ik zat in krijgsgevangenschap. We stierven bijna van de honger. Op een ochtend vroegen ze in het Duits of iemand iets van telegrafie af wist. Ik wist er wel iets van, dus stak ik mijn hand op. Het bleek dat alle communicatiespecialisten van het regiment gesneuveld waren. Verdomd, iedereen! De volgende dag zat ik aan de veldtelefoon terwijl we mijn vroegere kameraden aanvielen. Dat was bij Narva...' Fauke pakte de koffiebeker op en klemde zijn handen eromheen.

'Ik lag op een heuvel en zag de Russen een Duitse machinegeweerstelling met een mitrailleur bestormen. De Duitsers maaiden ze neer. Honderdtwintig man en vier paarden lagen opgestapeld voor hen toen de mitrailleur te warm werd. De Russen doodden hen met bajonetten om munitie te sparen. Vanaf het begin tot het eind van de aanval was er hoogstens een halfuur verstreken. Honderdtwintig doden. Toen weer verder naar de volgende stelling. En daar van hetzelfde laken een pak.'

Harry zag de beker een beetje trillen.

'Ik begreep dat ik zou sneuvelen. En dat voor een zaak waarin ik niet geloofde. Ik geloofde niet in Stalin en niet in Hitler.'

'Waarom bent u naar het oostfront gegaan als u niet in de zaak geloofde?'

'Ik was achttien. Ik ben opgegroeid op een boerderij diep in het Gudbrandsdal, waar we bijna geen andere mensen zagen dan onze buren. We lazen geen kranten, hadden geen boeken; ik wist niets. Alles wat ik van politiek wist, had ik van mijn vader. We waren de enigen van onze familie die nog in Noorwegen waren, de rest was in de jaren twintig geëmigreerd naar Amerika. Mijn ouders en de buren waren fervente aanhangers van Quisling en lid van de nationaalsocialistische partij. Ik had twee oudere broers tegen wie ik enorm opkeek. Ze zaten bij de beweging en hadden de opdracht om thuis de jeugd te rekruteren voor de partij; anders hadden zij zich ook gemeld als frontsoldaat. Dat vertelden ze mij in elk geval. Pas later begreep ik dat de gerekruteerden landverraders waren. Maar toen was het te laat; toen was ik al op weg naar het front.'

'Dus u bent aan het front bekeerd?'

'Ik zou het geen bekeren willen noemen. De meeste vrijwilligers dachten meer aan Noorwegen dan aan de politiek. Het keerpunt voor mij kwam toen ik besefte dat ik de oorlog van een ander land voerde. Zo simpel was het eigenlijk. En zo bekeken was het niet beter om voor de Russen te vechten. In juni 1944 had ik laad-en-losdienst op de kade van Tallin. Daar lukte het me aan boord te komen van een Zweedse Rode Kruis-boot. Ik verstopte me in de laadruimte met kolen en heb daar drie dagen gelegen. Ik heb koolmonoxidevergiftiging opgelopen, maar ik ben in Stockholm aangekomen. Van daaruit ben ik naar Noorwegen gegaan en ben ik zelf de grens overgestoken. Het was inmiddels augustus.'

'Waarom bent u zonder hulp de grens over gegaan?'

'De weinige mensen met wie ik in Zweden contact had, vertrouwden me niet. Mijn verhaal was een beetje té fantastisch. Maar het was niet erg, ik vertrouwde ook niemand.'

Hij lachte weer luid.

'Dus ik heb me verstopt en het is gelukt. De grens passeren was kinderspel. Geloof me: het was gevaarlijker om voedselrantsoenen te halen in Leningrad dan om tijdens de oorlog van Zweden naar Noorwegen te gaan. Nog wat koffie?'

'Bedankt. Waarom bent u niet in Zweden gebleven?'

'Een goede vraag. Die ik me al vaak gesteld heb.'

Hij haalde een hand door zijn dunne, witte haar.

'Maar ik was bezeten van de gedachte aan wraak, begrijp je. Ik was jong, en als je jong bent, heb je een verkeerde voorstelling van rechtvaardigheid. Ik was een jongeman met grote innerlijke conflicten toen ik aan het oostfront was, en ik heb me tegenover veel van mijn frontkameraden als een klootzak gedragen. Toch, of misschien wel juist daarom, wilde ik wraak nemen voor al die mensen die hun leven hadden geofferd voor de leugens waarmee ze ons thuis hadden verleid. En voor mijn eigen vernielde leven, waarvan ik dacht dat het nooit meer goed zou komen. Het enige wat ik wilde, was afrekenen met degenen die ons land werkelijk verraden hadden. Tegenwoordig zouden psychologen het waarschijnlijk een oorlogspsychose noemen en me hebben laten opnemen. In plaats daarvan ging ik naar Oslo zonder dat ik een dak boven mijn hoofd had of iemand kende die zich over me kon ontfermen, en de enige papieren die ik had, konden ervoor zorgen dat ik ter plekke als deserteur geliquideerd kon worden. Op de dag dat ik per vrachtwagen in Oslo aankwam, ben ik naar Nordmarka gelopen en heb onder de sparren geslapen. Drie dagen heb ik op bessen geleefd voordat ze me vonden.'

'Het Hjemmefront?'

'Ik heb van Even Juul begrepen dat hij je de rest heeft verteld.'

'Ja.' Harry draaide zijn beker rond. De liquidaties. Dat was iets onbegrijpelijks, dat niet beter te begrijpen werd door de ontmoeting met deze man. Het was de hele tijd nadrukkelijk in zijn gedachten aanwezig geweest vanaf het moment dat Harry had gezien dat Fauke hem in de deuropening lachend stond op te wachten en hem de hand had gedrukt. *Deze man heeft twee broers en zijn ouders doodgeschoten.*

'Ik weet wat je denkt,' zei Fauke. 'Ik was een soldaat die orders had gekregen om iemand te liquideren. Als ik die orders niet had gekregen, had ik het niet gedaan. Maar ik weet één ding: zij hoorden bij degenen die ons hadden verraden.'

Fauke keek Harry recht in de ogen. Zijn beker trilde niet meer.

'Je vraagt je af waarom ik ze allemaal heb gedood terwijl de order was om er één te doden,' zei hij. 'Het probleem was dat ze niet gezegd hadden wie. Ze lieten het aan mij over om te oordelen over leven en dood. En dat kreeg ik niet voor elkaar. Dus heb ik ze allemaal gedood. Er was aan het front een kerel die we

Roodborstje noemden, net zoals het vogeltje. Hij had me geleerd dat doden met de bajonet de meest humane manier was. De halsslagader gaat van het hart direct naar de hersenen, en op het moment dat je die verbinding doorsnijdt, krijgen de hersenen geen zuurstof meer en is het slachtoffer in één klap hersendood. Het hart pompt drie keer, misschien vier keer, maar stopt dan met kloppen. Het probleem is dat het moeilijk is. Gudbrand, die Roodborstje heette, was er een meester in, maar ik heb twintig minuten met moeder gevochten en het lukte me alleen maar om haar een paar vleeswonden toe te brengen. Ten slotte moest ik haar doodschieten.'

Harry's mond was droog. 'Ik begrijp het,' zei hij.

Die betekenisloze woorden bleven in de lucht hangen. Harry schoof zijn koffiebeker verder op tafel en haalde een notitieblok uit zijn leren jas.

'Misschien kunnen we praten over de mensen met wie u in Sennheim hebt gezeten?'

Sindre Fauke stond ineens op.

'Het spijt me, Hole. Het was niet mijn bedoeling om het zo kil en akelig te beschrijven. Voor we verdergaan zal ik het je uitleggen: ik ben geen slecht mens, het is alleen mijn manier om met deze dingen om te gaan. Ik had je hier niet over hoeven te vertellen, maar ik heb het toch gedaan. Omdat ik het wel móét doen. Daarom schrijf ik dat boek ook. Ik moet erdoorheen, elke keer dat het onderwerp, direct of indirect, ter sprake komt. Om ervan overtuigd te zijn dat ik niet vlucht. Op de dag dat ik vlucht, zal de angst zijn eerste slag gewonnen hebben. Ik weet niet waarom dat zo is. Een psycholoog kan het vast wel uitleggen.'

Hij zuchtte.

'Maar nu heb ik gezegd over de zaak wat ik erover te zeggen heb. Dat is vast en zeker al te veel. Nog koffie?'

'Nee, bedankt,' zei Harry.

Fauke ging weer zitten. Hij steunde met zijn kin op zijn gebalde vuisten.

'Goed. Sennheim. De harde Noorse kern. Met mijzelf erbij gaat het eigenlijk over niet meer dan vijf personen. En een van hen, Daniël Gudeson, is in de nacht dat ik verdween gesneuveld. Vier mannen dus. Edvard Mosken, Hallgrim Dale, Gudbrand Johansen en ik. De enige die ik na de oorlog terug heb gezien is Edvard Mosken, onze groepscommandant. Dat was in de zomer van 1945. Hij heeft drie jaar gekregen voor landverraad. Van de anderen weet ik niet eens of ze het hebben overleefd. Maar ik zal je vertellen wat ik over hen weet.'

Harry nam een blanco vel papier voor zich.

42 | POT, *3 maart 2000*

G-u-d-b-r-a-n-d J-o-h-a-n-s-e-n. Harry tikte de letters met zijn wijsvinger in op het toetsenbord. Een eenvoudige jongen. Volgens Fauke een aardig, enigszins week type dat die Daniël Gudeson, die dood was geschoten tijdens de wacht, als voorbeeld en een soort surrogaat grote broer had gezien. Harry drukte op ENTER en het programma ging aan het werk.

Hij staarde naar de muur. Op de muur. Naar een fotootje van Søs. Ze trok een grimas; dat deed ze altijd als er een foto van haar werd gemaakt. Een zomervakantie, lang geleden. De schaduw van de fotograaf viel op haar witte T-shirt. Mama.

Een bliepje van de computer gaf aan dat de zoektocht klaar was en hij richtte zijn blik weer op het beeldscherm.

In het bevolkingsregister stonden twee Gudbrand Johansens geregistreerd, maar uit de geboortedata bleek dat ze onder de zestig waren. Sindre Fauke had de namen voor hem gespeld, dus schrijffouten konden er nauwelijks zijn. Het kon alleen maar betekenen dat hij een andere naam had aangenomen. Of dat hij in het buitenland woonde. Of dat hij dood was.

Harry probeerde de volgende. De groepscommandant uit Mjøndalen. Vader van een klein kind. E-d-v-a-r-d M-o-s-k-e-n. Verstoten uit de familie omdat hij zich gemeld had als frontsoldaat. Dubbelklik op 'ZOEK'.

Opeens ging het licht aan. Harry draaide zich om.

'Je moet het licht aandoen als je zo laat werkt.' Kurt Meirik stond in de deuropening met zijn vinger op het lichtknopje. Hij kwam binnen en ging op de tafelrand zitten.

'Wat heb je ontdekt?'

'Dat we een man zoeken van over de zeventig. En dat hij waarschijnlijk frontsoldaat is geweest.'

'Ik bedoel over die neonazi's en 17 mei.'

'O.' De computer bliepte opnieuw. 'Ik heb nog geen tijd gehad om daar goed naar te kijken, Meirik.'

Er stonden twee Edvard Moskens op het scherm. De ene was in 1942 geboren, de andere in 1921.

'We hebben zaterdag afdelingsfeest,' zei Meirik.

'Ik heb de uitnodiging in mijn postvakje gevonden.' Harry dubbelklikte op '1921' en het adres van de oudste Mosken verscheen op het scherm. Hij woonde in Drammen.

'De personeelschef zei dat je je nog niet aangemeld had. Ik wil er graag zeker van zijn dat je komt.'

'Hoezo dat?'

Harry typte in het strafregister de geboortedatum van Edvard Mosken in.

'We willen dat de mensen elkaar leren kennen over de grenzen van de afdelingen heen. Tot nu toe heb ik je niet één keer in de kantine gezien.'

'Ik vind het prettig in mijn eigen kamer.'

Niets gevonden. Hij switchte naar het politieregister, waarin alle mensen staan die ooit met de politie in aanraking zijn geweest. Niet alleen veroordeelden; ze kunnen ook gearresteerd zijn, zijn opgeroepen of zelf het slachtoffer van een misdrijf zijn geweest.

'Het is mooi dat je je zo in deze zaak verdiept, maar je moet je niet helemaal ingraven. Zie ik je zaterdag, Harry?'

ENTER.

'Ik zie wel. Ik heb al een andere afspraak, die ik lang geleden heb gemaakt,' loog Harry.

Alweer niets gevonden. Aangezien hij toch in het politieregister zat, typte hij de naam van de derde frontsoldaat in die Fauke hem gegeven had. H-a-l-l-g-r-i-m D-a-l-e. Een opportunist, volgens Fauke. Hij had erop vertrouwd dat Hitler de oorlog zou winnen en degenen zou belonen die de juiste kant hadden gekozen. Hij had er al spijt van gehad toen ze in Sennheim waren, maar toen was het te laat. Harry had het idee dat de naam hem bekend voorkwam toen Fauke die had genoemd, en nu kwam dat gevoel terug.

'Laat ik duidelijker zijn,' zei Meirik. 'Ik verplicht je om te komen.'

Harry keek op. Meirik lachte.

'Een grapje,' zei hij. 'Maar het zou fijn zijn als je kwam. Een goedenavond verder.'

'Goedenavond,' mompelde Harry, en hij keek weer naar het scherm. Eén Hallgrim Dale. Geboren in 1922. ENTER.

Het scherm werd opgevuld met tekst. Nog een bladzijde erbij. En nog een.

Dus ze hadden het later niet allemaal goed gedaan, dacht Harry. Hallgrim Dale, woonachtig in de Schweigaardsgate, Oslo, was, zoals de kranten het zo graag uitdrukten, een oude bekende van de politie. Harry's ogen gingen over de lijst. Landloperij, dronkenschap, burengerucht, diefstalletjes, een vechtpartij. Een heleboel, maar niets ernstigs. Het imponerendste was dat hij nog leefde, dacht Harry, die vaststelde dat hij nog in augustus in de cel had gezeten om zijn roes uit te slapen. Hij zocht in het telefoonboek van Oslo naar Dales nummer en toetste dat in. Terwijl hij wachtte tot de telefoon werd opgenomen, zocht hij in het bevolkingsregister naar de andere Edvard Mosken, geboren in 1942. Hij woonde ook in Drammen. Hij noteerde de geboortedatum en switchte naar het strafregister.

'U hebt een nummer gedraaid dat buiten gebruik is. Dit is een bericht van Telenor. U hebt een...'

Harry was niet verbaasd. Hij legde de hoorn neer.

Edvard Mosken had een strafblad. Een lang strafblad, hij zat nog steeds. Waarvoor? Drugs, gokte Harry, en hij drukte op ENTER. Een derde deel van de mensen die in de gevangenis zaten, had met drugs te maken gehad. Hier. Inderdaad. Vier kilo. Vier jaar onvoorwaardelijk.

Harry gaapte en rekte zich uit. Schoot hij nu op of zat hij hier alleen maar omdat hij zin had om naar Schrøder te gaan en het niet kon opbrengen om daar nu alleen koffie te drinken? Wat een rotdag. Hij vatte samen: Gudbrand Johansen bestaat niet, in elk geval niet in Noorwegen. Edvard Mosken woont in Drammen en heeft een zoon die veroordeeld is voor drugsbezit. En Hallgrim Dale is een alcoholist en niet echt een type dat een half miljoen kronen te besteden heeft.

Harry wreef zich in de ogen.

Zou hij in het telefoonboek zoeken naar Fauke en kijken of er een nummer aan de Holmenkollvei in stond? Hij kreunde.

Ze woont samen. En ze heeft geld. En klasse. Kort gezegd: alles wat jij niet hebt.

Hij typte in het politieregister de geboortedatum van Hallgrim Dale in. ENTER. Het apparaat ruiste en rommelde.

Een lange lijst. Meer van hetzelfde. Arme alcoholist.

Ze hebben beiden rechten gestudeerd. En ze houdt ook van Raga Rockers.

Wacht even. Bij de laatste zaak had Dale de code 'slachtoffer'.

Had iemand hem in elkaar geslagen? ENTER.

Vergeet die vrouw. Zo, nu was ze vergeten. Zou hij Ellen bellen en vragen of ze zin had om naar de film te gaan? Haar de film laten kiezen? Nee, hij ging liever naar SATS. Uitzweten.

Het lichtte op van het scherm.

HALLGRIM DALE. 151199. MOORD.

Harry hield zijn adem in. Hij was verbaasd, maar waarom ook weer niet zó verbaasd? Hij dubbelklikte op 'Details'. Het zoemde en suisde. Maar voor één keer waren de raderen in zijn eigen hersenen sneller dan de computer, en toen de informatie kwam, had hij de naam al kunnen plaatsen.

43 | *SATS, 3 maart 2000*

'Ellen.'

'Hoi, met mij.'

'Wie?'

'Harry. En doe niet alsof er andere mannen zijn die je bellen en zeggen "met mij".'

'Stik jij. Waar ben je? Wat is dat voor een afschuwelijke muziek?'

'Ik ben in SATS.'

'Watte?'

'Ik fiets. Bijna achttien kilometer.'

'Om het beeld even precies voor me te zien, Harry: je zit op een fiets in SATS en praat tegelijkertijd door je mobiel?' Ze legde nadruk op 'SATS' en 'mobiel'.

'Is daar iets mis mee?'

'Heremetijd, Harry.'

'Ik heb de hele avond geprobeerd je te pakken te krijgen. Herinner je je die moord nog die jij en Tom Waaler hadden in november, die Hallgrim Dale?'

'Natuurlijk. Geweldsdelicten heeft het bijna meteen overgenomen. Hoezo?'

'Ik weet het niet precies. Het kan iets te maken hebben met die frontsoldaat naar wie ik op zoek ben. Wat kun je me vertellen?'

'Dat is werk, Harry. Bel me morgen op het bureau.'

'Even maar, Ellen. Kom op.'

'Een van de koks van Herbert's Pizza heeft Dale in de steeg gevonden. Hij lag met doorgesneden keel tussen afvalcontainers. Sporenonderzoek heeft niets opgeleverd. De arts die obductie heeft verricht, vond het trouwens een verdomd keurige snee in de hals. Puur chirurgenwerk, zei hij.'

'Wie denk jij dat het gedaan heeft?'

'Geen flauw idee. Het kan natuurlijk iemand van die neonazi's zijn geweest, maar dat geloof ik niet.'

'Waarom niet?'

'Als je een kerel vlak voor je eigen stamkroeg vermoordt, dan ben je óf erg overmoedig, óf gewoon dom. Maar alles aan deze moord lijkt netjes, doordacht. Er waren geen tekenen van een vechtpartij, geen getuigen. Alles duidt erop dat de moordenaar wist wat hij deed.'

'Motief?'

'Moeilijk te zeggen. Dale had in elk geval schulden en amper genoeg geld om hem te chanteren. Hij heeft voorzover we weten niets te maken gehad met drugs. We hebben zijn flat doorzocht – niets, alleen maar lege flessen. We hebben met een paar van zijn alcoholistenvriendjes gesproken. Hij oefende om de een of andere onbegrijpelijke reden aantrekkingskracht op die cafédames uit.'

'Cafédames?'

'Ja, die altijd rond alcoholisten hangen. Je hebt ze gezien, je weet wat ik bedoel.'

'Ja, maar... cafédames?'

'Jij kunt je altijd zo vastbijten in idiote dingen, Harry, en dat kan ontzettend irritant zijn, wist je dat? Misschien moet je...'

'Sorry, Ellen. Je hebt volkomen gelijk, en ik zal me beteren. Waar was je gebleven?'

'Er is veel partnerruil in kringen van alcoholisten, dus we kunnen een moord uit jaloezie niet uitsluiten. Wist je trouwens wie we verhoord hebben? Je oude vriend Sverre Olsen. De kok had hem rond het tijdstip van de moord bij Herbert's Pizza gezien.'

'En?'

'Alibi. Hij heeft daar de hele dag gezeten. Hij is maar tien minuten weg geweest om iets te kopen. De verkoopster kon het bevestigen.'

'Hij kon het in tien minuten...'

'Ja, jij zou het wel leuk vinden als hij het was. Maar, zeg Harry...'

'Misschien had Dale iets anders dan geld.'

'Harry...'

'Misschien had hij informatie. Over iets.'

'Jullie houden daar op de zesde van complottheorieën, hè? Maar kunnen we dit morgen verder afhandelen?'

'Sinds wanneer ben jij zo precies met je werktijden?'

'Ik lig al in bed.'

'Om halfelf?'

'Ik ben niet alleen.'

Harry stopte met fietsen. Hij had er niet eerder aan gedacht dat mensen om hem heen het gesprek konden volgen. Hij keek om zich heen. Gelukkig waren er maar een handjevol mensen zo laat aan het trainen.

'Is het die kunstenaar van Tørst?' fluisterde hij.

'Mm-mm.'

'En hoe lang zijn jullie al bedkameraden?'

'Een poosje.'

'Waarom heb je niets gezegd?'

'Je hebt niets gevraagd.'

'Ligt hij naast je?'

'Mm-mm.'

'Is hij goed?'

'Mm-mm.'

'Heeft hij gezegd dat hij van je houdt?'

'Mm-mm.'

Stilte.

'Denk je aan Freddy Mercury als jullie...'

'Welterusten, Harry.'

44 | *Harry's kantoor, 6 maart 2000*

De klok in de receptie wees halfnegen aan toen Harry op het werk kwam. Het was eigenlijk geen receptie, meer een entree die als sluis fungeerde. En de sluischef was Linda, die opkeek van haar computer en hem opgewekt goedemorgen wenste. Linda werkte langer dan wie ook bij het POT en was strikt genomen de enige bij het POT met wie Harry contact hoefde te hebben om zijn dagelijkse werk te kunnen uitvoeren. Behalve als 'sluischef' fungeerde deze vlotgebekte, kleine vrouw van vijftig jaar als een soort gemeenschappelijke secretaresse, receptioniste en manusje-van-alles. Harry had al een paar maal bij zichzelf gedacht dat hij Linda zou nemen als hij als spion voor een vreemde natie iemand nodig had om uit te horen over het POT. Bovendien was zij de enige bij het POT, naast Meirik, die wist waar Harry mee bezig was. Wat de anderen dachten, wist Harry niet. Tijdens een van de weinige bezoeken aan de kantine om yoghurt of sigaretten (die ze niet hadden) te kopen, had hij de blikken rond de tafels opgemerkt. Maar hij had niet geprobeerd ze te duiden; hij was alleen snel teruggegaan naar zijn kamer.

'Er heeft iemand voor je gebeld,' zei Linda. 'Sprak Engels. Even zien...'

Ze haalde een geel papiertje van de zijkant van haar beeldscherm.

'Hochner.'

'Hochner?' riep Harry uit.

Linda keek een beetje onzeker naar het papiertje. 'Ja, dat zei ze.'

'*Ze? Hij*, bedoel je?'

'Nee, het was een vrouw. Ze zei dat ze terug zou bellen...'

Linda draaide zich om naar de klok aan de muur achter zich. 'Nu. Het klonk alsof het tamelijk belangrijk was om je te pakken te krijgen. Nu je toch hier bent, Harry: heb je al een kennismakingsrondje gedaan?'

'Nog geen tijd gehad. Volgende week, Linda.'

'Je bent hier nu al een maand. Gisteren vroeg Steffensen me wie die lange blonde kerel is die hij op het toilet tegenkwam.'

'O ja? En wat heb je geantwoord?'

'Ik heb gezegd dat het *on a need-to-know-basis* is.' Ze lachte. 'En je moet op het afdelingsfeest komen zaterdag.'

'Dat heb ik begrepen,' mompelde hij, en hij pakte twee papieren die in het postvak lagen. Het ene was een herinnering aan het feest, het andere een intern memo over een nieuwe vertrouwensman. Beide verdwenen in de prullenmand toen hij de deur van zijn kamer achter zich had dichtgedaan.

Hij ging zitten en drukte op REC en PAUZE van de telefoonbeantwoorder en wachtte. Ongeveer dertig seconden later ging de telefoon.

'Herry Hole speaking.'

'Hærri? Spiking?' Het was Ellen.

'Sorry. Ik dacht dat het iemand anders was.'

'Hij is een beest,' zei ze voordat hij iets kon zeggen. 'Føkking ønbelievebel.'

'Als je het hebt over degene over wie ik denk dat je het hebt, mag je nu stoppen, Ellen.'

'Jaloers? Van wie verwacht je trouwens telefoon?'

'Een vrouw.'

'Eindelijk!'

'Vergeet het maar. Waarschijnlijk is het een familielid of de vrouw van iemand die ik verhoord heb.'

Ze zuchtte. 'Wanneer vind je nou eens iemand, Harry?'

'Je bent verliefd, hè?'

'Reken maar. Jij niet?'

'Ik?'

Ellens vreugdevolle kreet deed pijn aan zijn oor.

'Je hebt niet geantwoord! Je bent verliefd, Harry Hole! Wie, wie?'

'Hou op, Ellen.'

'Zeg dat ik gelijk heb!'

'Ik heb niemand, Ellen.'

'Lieg niet tegen mama.'

Harry lachte. 'Vertel me liever over Hallgrim Dale. Hoe staat het met het onderzoek?'

'Weet ik niet. Vraag het aan Geweldsdelicten.'

'Dat zal ik doen, maar wat zegt jouw intuïtie over de moordenaar?'

'Dat hij professioneel is, geen lustmoordenaar. En hoewel ik heb gezegd dat de moord erg keurig leek, geloof ik niet dat die van tevoren gepland was.'

'O, nee?'

'De moord was efficiënt uitgevoerd en er waren geen sporen achtergelaten, maar de plaats van het misdrijf was slecht gekozen: hij kón vanaf de straat en vanuit de achtertuin worden gezien.'

'Mijn andere telefoon gaat, ik bel je terug.'

Harry drukte op het REC-knopje van de beantwoorder en controleerde of de recorder liep voordat hij de andere lijn opnam.

'Harry.'

'Hello, my name is Constance Hochner.'

'How do you do, Miss Hochner?'

'Ik ben de zus van Andreas Hochner.'

'Ik begrijp het.'

Hoewel de lijn slecht was, kon hij horen dat ze nerveus was. Toch ging ze recht op haar doel af.

'U hebt een afspraak met mijn broer, *Mister Hole.* En u hebt zich niet gehouden aan uw deel van de afspraak.'

Ze sprak met een wonderlijk accent, hetzelfde als Andreas Hochner. Harry probeerde instinctief zich een beeld van haar te vormen, een gewoonte die hij zich als rechercheur had aangewend.

'Tja, mevrouw Hochner, ik kan niets voor uw broer doen voordat ik de inlichtingen die hij ons heeft gegeven heb geverifieerd. Voorlopig heb ik niets kunnen vinden wat bevestigt wat hij gezegd heeft.'

'Maar waarom zou hij liegen, meneer Hole? Een man in zijn situatie?'

'Juist daarom, mevrouw Hochner. Als hij niets weet, kan hij wanhopig genoeg zijn om te doen alsof.'

Het werd even stil aan de andere kant van de krakende lijn uit... Johannesburg?

Constance Hochner sprak weer: 'Andreas heeft me gewaarschuwd dat u zoiets misschien zou zeggen. Ik bel u daarom om te zeggen dat ik van mijn broer aanvullende informatie heb gekregen die interessant voor u kan zijn.'

'O ja?'

'Maar u krijgt die informatie niet voordat uw regering actie onderneemt in de zaak van mijn broer.'

'We zullen doen wat we kunnen.'

'Ik neem contact met u op als we merken dat jullie ons helpen.'

'Zoals u zult begrijpen werkt het niet op die manier, mevrouw Hochner. Eerst moeten we resultaten hebben door de informatie die we krijgen; dan kunnen we hem helpen.'

'Mijn broer moet garanties hebben. De rechtszaak tegen hem begint over twee weken.'

Haar stem begaf het bijna midden in de zin en Harry merkte dat ze bijna huilde.

'Het enige wat ik u kan geven is mijn belofte dat ik zal doen wat ik kan, mevrouw Hochner.'

'Ik ken u niet. U begrijpt het niet. Ze zijn van plan Andreas ter dood te veroordelen. U...'

'Toch is dat het enige wat ik u kan aanbieden.'

Ze begon te huilen. Harry wachtte. Na een poosje werd ze stil.

'Hebt u kinderen, mevrouw Hochner?'

'Ja.' Ze haalde haar neus op.

'En zij weten waarvoor uw broer is aangeklaagd?'

'Natuurlijk.'

'Dan begrijpt u ook dat hij heel wat positieve daden moet verrichten. Dus als hij via u een aanslag kan voorkomen, heeft hij iets goeds gedaan. En dat hebt u ook, mevrouw Hochner.'

Ze ademde zwaar in de hoorn. Een ogenblik dacht Harry dat ze weer begon te huilen.

'Belooft u zo goed mogelijk uw best te doen, meneer Hole? Mijn broer heeft niet alles gedaan waar ze hem van beschuldigen.'

'Dat beloof ik.'

Harry hoorde zijn eigen stem: kalm en vast. Maar tegelijkertijd kneep hij in de hoorn.

'Oké,' zei Constance Hochner zacht. 'Andreas zegt dat degene die het wapen die nacht in de haven in ontvangst heeft genomen en heeft betaald, niet dezelfde is als degene die het wapen heeft besteld. De man die de bestelling deed was bijna een vaste klant, een jongere man. Hij sprak goed Engels, met een Scandinavisch accent. En hij stond erop dat Andreas de codenaam "de Prins" voor hem gebruikte. Andreas zei dat jullie moesten beginnen met zoeken in kringen waar veel wapens omgaan.'

'Is dat alles?'

'Andreas heeft hem nooit gezien, maar hij beweert dat hij de stem direct zou herkennen als jullie een geluidsopname naar hem zouden opsturen.'

'Goed,' zei Harry, en hij hoopte dat ze niet zou merken hoe teleurgesteld hij was. Hij rechtte automatisch zijn schouders, om zich schrap te zetten voor de leugen die hij nu opdiste: 'Als ik iets vind, zal ik beginnen hier aan de touwtjes te trekken.'

De woorden brandden als bijtende vloeistof in zijn mond.
'Hartelijk dank, meneer Hole.'
'Geen dank, mevrouw Hochner.'
Hij herhaalde nadat ze had neergelegd in zichzelf de laatste woorden twee keer.

'Het is vreselijk,' zei Ellen toen ze het verhaal over de familie Hochner had aangehoord.
'Probeer eens of je hersenen een poosje kunnen vergeten dat ze verliefd zijn en of ze een van hun trucjes nog kunnen,' zei Harry. 'Je hebt je aanwijzingen gekregen.'
'Onwettige wapenimport, vaste klant, de Prins, wapenmilieu. Dat zijn er maar vier.'
'Dat is alles wat ik heb.'
'Waarom zeg ik hier ja tegen?'
'Omdat je van me houdt. Nu moet ik rennen.'
'Wacht. Vertel me eens over die vrouw op wie...'
'Ik hoop dat je intuïtie op het gebied van misdrijven beter is, Ellen. Ik zie je.'

Harry toetste het nummer in dat hij van Inlichtingen had gekregen.
'Mosken.' Vaste stem.
'Edvard Mosken?'
'Ja. Met wie spreek ik?'
'Inspecteur Hole, POT. Ik heb een paar vragen.'
Het viel Harry op dat het de eerste keer was dat hij zich voorstelde als inspecteur. Om de een of andere reden voelde het nog steeds als een leugen.
'Is er iets met mijn zoon?'
'Nee. Komt het u uit dat ik morgen om twaalf uur bij u langskom?'
'Ik ben met pensioen. En alleen. Er is nauwelijks een tijdstip te vinden waarop het niet uitkomt.'
Harry belde Even Juul en bracht hem op de hoogte van wat er tot nu toe gebeurd was.

Terwijl hij op weg was naar de kantine om yoghurt te halen, dacht Harry aan wat Ellen had gezegd over de moord op Hallgrim Dale. Hij wilde naar Geweldsdelicten bellen om meer informatie, maar hij had sterk het gevoel dat Ellen hem het belangrijkste over de zaak had verteld. Maar toch. Statistisch gezien is de kans om vermoord te worden in Noorwegen rond de 0,1 promille. Als een persoon naar wie je op zoek bent als lijk opduikt in een vier maanden oude moordzaak, is het moeilijk te geloven dat dat toevallig is. Kon de moord op de een of andere manier te maken hebben met de koop van het Märklin-geweer? Het was nog maar net negen uur en Harry had nu al hoofdpijn. Hij hoopte dat Ellen met iets kwam over de Prins. Wat dan ook. Als er niets anders was, was dat misschien een goed startpunt.

45 | *Sogn, 6 maart 2000*

Na het werk reed Harry naar de verzorgingsflats van Sogn. Søs stond al in de deuropening op hem te wachten toen hij aankwam. Ze was het laatste jaar een beetje aangekomen, maar haar vriend, Henrik, die een stukje verderop op de etage woonde, vond het mooi, beweerde ze: 'Maar ja, Henrik is ook een mongo.'

Dat zei ze altijd als ze Henriks kleine eigenaardigheden wilde verklaren. Ze was zelf geen mongo. Er liep kennelijk een onzichtbare, maar scherpe scheidslijn. En Søs legde graag aan Harry uit wie van de bewoners er een was en wie niet.

Ze vertelde Harry de gewone dingen: wat Henrik de afgelopen week had gezegd (wat af en toe tamelijk verrassend kon zijn), wat ze op tv hadden gezien, wat ze hadden gegeten en waar ze met vakantie heen zouden gaan. Ze maakten altijd vakantieplannen. Dit keer was het Hawaï, en Harry kon bij de gedachte aan Søs en Henrik in hawaïhemden op het vliegveld van Honolulu een lach niet onderdrukken.

Hij vroeg of ze vader onlangs nog gesproken had en ze vertelde dat hij twee dagen geleden op bezoek was geweest.

'Dat is mooi,' zei Harry.

'Ik geloof dat hij mama nu vergeten is,' zei Søs. 'Dat is goed.'

Harry bleef een poosje zitten en dacht na over haar woorden. Toen klopte Henrik aan en zei dat *Hotel Caesar* over drie minuten op TV 2 begon. Harry deed zijn jas aan en beloofde binnenkort te bellen.

Zoals gewoonlijk reed het verkeer bij het kruispunt Ullevål-Stadion maar langzaam door en hij merkte te laat dat hij wegens wegwerkzaamheden aan de ringweg rechts af had moeten slaan. Hij dacht aan wat Constance Hochner hem verteld had: dat Urias een tussenpersoon had gebruikt, waarschijnlijk een Noor. Dat betekende dat er iemand was die wist wie Urias was. Hij had Linda al gevraagd om in de geheime archieven te zoeken naar iemand met de schuilnaam de Prins, maar hij was er vrij zeker van dat ze niets zou vinden. Hij had een voorgevoel dat deze man slimmer was dan de doorsneecrimineel. Als het waar was wat Andreas Hochner zei, dat de Prins een vaste klant was, betekende dat dat hij erin geslaagd was een eigen klantenkring op te bouwen zonder dat het POT of wie dan ook iets ontdekt had. Zoiets kost tijd en voorzichtigheid, list en discipline, en geen van de criminelen die Harry kende beschikte over die kwaliteiten. Natuurlijk was het ook mogelijk dat hij gewoon het geluk had gehad dat hij nog niet was gepakt. Of hij had een positie die hem beschermde. Constance Hochner had gezegd dat hij goed Engels sprak. Hij kon diplomaat zijn, bijvoorbeeld, iemand die in en uit het land kon zonder door de douane tegengehouden te worden.

Harry nam de afrit bij de Slemdalsvei en reed in de richting van Holmenkollen.

Zou hij Meirik vragen om Ellen voor een poosje aan het POT uit te lenen? Hij verwierp de gedachte meteen weer. Meirik leek het belangrijker te vinden dat hij neonazi's telde en sociale bijeenkomsten bezocht dan dat hij geesten uit de oorlogsjaren najoeg.

Harry was al helemaal naar haar huis gereden voordat hij doorhad waar hij naar op weg was. Hij zette de auto stil en spiedde tussen de bomen door. Vanwaar hij stond was het zo'n zestig meter naar het huis. Er brandde licht op de eerste etage.

'Idioot,' zei hij hardop, en hij schrok van het geluid van zijn eigen stem. Hij wilde weer verder rijden toen hij zag dat de buitendeur opengging en er licht op de trap viel. De gedachte dat zij hem kon zien en de auto zou herkennen, bracht hem onmiddellijk in paniek. Hij zette de auto in z'n achteruit om stil en discreet uit het blikveld te verdwijnen, maar hij gaf te weinig gas en de motor sloeg af. Hij hoorde stemmen. Een lange man in een donkere, lange overjas kwam de trap af. Hij praatte, maar degene met wie hij sprak stond achter de deur verstopt. Toen boog hij zich naar voren in de deuropening en kon Harry hen niet meer zien.

Ze kussen elkaar, dacht hij. Ik ben naar Holmenkollen gereden om te zien hoe een vrouw met wie ik een kwartier gesproken heb wordt gekust door haar levenspartner.

Toen ging de deur dicht en stapte de man in een Audi. Hij reed naar de hoofdweg en passeerde Harry.

Op weg naar huis vroeg Harry zich af hoe hij zichzelf zou straffen. Het moest een strenge straf zijn, iets wat een afschrikwekkende werking had voor de toekomst. Het aerobicuurtje bij SATS.

46 | *Drammen, 7 maart 2000*

Harry had nooit begrepen waarom mensen zo negatief deden over Drammen. De stad was niet mooi, maar in welk opzicht was Drammen lelijker dan de andere uit de kluiten gewassen boerendorpjes in Noorwegen? Hij overwoog om een kop koffie te gaan drinken in restaurant Børsen, maar zijn horloge vertelde hem dat hij dat niet haalde.

Edvard Mosken woonde in een roodhouten huis met uitzicht op de renbaan. Een oudere Mercedes-station stond geparkeerd voor de garage. Mosken stond zelf in de deuropening. Hij bestudeerde de ID-kaart van Harry lang, voor hij zei: 'Geboren in 1965? Je ziet er ouder oud, Hole.'

'Slechte genen.'

'Dat is jammer.'

‘Tja. Ik kon op mijn veertiende al naar binnen bij de films die geschikt waren voor achttien jaar en ouder.’

Het was niet te zien of Edvard Mosken het grapje leuk vond. Hij gebaarde dat Harry naar binnen moest komen.

‘Woont u alleen?’ vroeg Harry terwijl Mosken hem voorging naar de woonkamer. Het huis was schoon en netjes, maar er stonden weinig persoonlijke dingen in. En het was overdreven keurig, precies zoals mannen het prettig vonden als ze het zelf mogen bepalen. Het deed Harry denken aan zijn eigen appartement.

‘Ja. Mijn vrouw heeft me na de oorlog verlaten.’

‘Verlaten?’

‘Zich uit de voeten gemaakt. Opgestapt. Weggegaan.’

‘Ik begrijp het. Kinderen?’

‘Ik had een zoon.’

‘Had?’

Edvard Mosken bleef staan en draaide zich om.

‘Druk ik me onduidelijk uit, Hole?’

Zijn ene witte wenkbrauw was opgetrokken en vormde een scherpe hoek op zijn hoge, gladde voorhoofd.

‘Sorry,’ zei Harry. ‘Ik ben soms traag van begrip.’

‘Oké. Ik héb een zoon.’

‘Bedankt. Wat hebt u voor uw pensioen gedaan?’

‘Ik had een paar vrachtwagens. Mosken Transport. Ik heb het bedrijf zeven jaar geleden verkocht.’

‘Een goed lopend bedrijf?’

‘Goed genoeg. De kopers hebben de naam gehouden.’

Ze gingen aan weerszijden van de salontafel zitten. Harry begreep dat koffie niet aan de orde was. Edvard zat op de bank, voorovergeleund met zijn handen gekruist, alsof hij wilde zeggen: dan hebben we het maar gehad.

‘Waar was u in de nacht van 22 december?’

Harry had onderweg besloten met deze vraag te beginnen. Door de enige kaart op tafel te leggen die hij had, voordat Mosken de kans kreeg het terrein te verkennen en in de gaten kreeg dat ze niet meer hadden, hoopte Harry in elk geval dat hij een reactie kon forceren die hem iets verder kon helpen. Of Mosken iets te verbergen had, bijvoorbeeld.

'Word ik van iets verdacht?' vroeg Mosken. Zijn gezicht verried niet meer dan een lichte verbazing.

'Het zou fijn zijn als u alleen op de vraag antwoord gaf, meneer Mosken.'

'Zoals u wilt. Ik was hier.'

'Dat is snel.'

'Wat bedoelt u?'

'U hoeft niet lang na te denken.'

Mosken maakte een grimas. Zijn mond vertoonde slechts een parodie van een grijns, terwijl zijn ogen hem berustend aankeken.

'Als je ouder wordt, herinner je je de avonden dat je níét alleen thuiszat.'

'Sindre Fauke heeft me een lijst gegeven van Noren die samen in een trainingskamp hebben gezeten in Sennheim. Gudbrand Johansen, Hallgrim Dale, u en Fauke zelf.'

'U bent Daniël Gudeson vergeten.'

'O ja? Is hij niet gesneuveld voordat de oorlog voorbij was?'

'Inderdaad.'

'Waarom noemt u hem dan?'

'Omdat hij met ons in Sennheim is geweest.'

'Ik heb van Fauke begrepen dat jullie met meer Noren in Sennheim waren, maar dat jullie vieren de enigen waren die de oorlog hebben overleefd.'

'Dat klopt.'

'Dus waarom noemt u speciaal Gudeson?'

Edvard Mosken keek Harry aan. Toen keek hij omhoog.

'Omdat hij er zo lang bij was. Wij dachten dat hij het zou overleven. Ja, we dachten zelfs dat hij onsterfelijk was. Hij was geen gewone man.'

'Wist u dat Hallgrim Dale dood is?'

Mosken schudde zijn hoofd.

'U lijkt niet erg verbaasd.'

'Waarom zou ik? Vandaag de dag ben ik eerder verbaasd als ik hoor dat iemand nog leeft.'

'Als ik u nu vertel dat hij vermoord is?'

'Tja, nou, dat is iets anders. Waarom vertelt u me dat?'

'Wat weet u van Hallgrim Dale?'

'Niets. De laatste keer dat ik hem zag was bij Leningrad. Toen had hij een shell shock.'

'Jullie zijn niet samen naar huis gereisd?'

'Hoe Dale en de anderen thuis zijn gekomen weet ik niet. Ik ben in de winter van 1944 gewond geraakt door een granaat die uit een Russisch jachtvliegtuig in de loopgraven werd gegooid.'

'Een jachtvliegtuig? Uit een vliegtuig?'

Mosken liet een scheef lachje zien en knikte.

'Toen ik in het lazaret wakker werd, was de terugtrekking al in volle gang. In de nazomer van '44 lag ik in het lazaret in de Sinsen-school in Oslo. Toen kwam de capitulatie.'

'Dus u hebt geen van de anderen teruggezien nadat u gewond was geraakt?'

'Alleen Sindre. Drie jaar na de oorlog.'

'Nadat u uw straf had uitgezeten?'

'Ja. We kwamen elkaar toevallig tegen in een restaurant.'

'Wat vindt u ervan dat hij gedeserteerd is?'

Mosken haalde zijn schouders op.

'Hij had vast zijn redenen. Hij heeft in elk geval een kant gekozen op een tijdstip dat het nog helemaal niet duidelijk was hoe het verder zou gaan. Dat is meer dan je van de meeste Noren kunt zeggen.'

'Hoe bedoelt u?'

'Tijdens de oorlog hadden we een spreekwoord: "Wie wacht met kiezen, kiest altijd het juiste." Kerst 1943 zagen we wel dat we aan de verliezende hand waren, maar we hadden er geen idee van hoe slecht het er eigenlijk voor stond. Dus niemand kon Sindre ervan beschuldigen dat hij een weerhaantje was. Zoals die lui hier thuis die de hele oorlog op hun kont hadden gezeten en die de laatste maanden van de oorlog ineens haast kregen om zich aan te melden bij het Hjemmefront. Wij noemden hen "de heiligen der laatste dagen". Sommigen van hen praten nu in het openbaar over de heldhaftige inzet van de Noren voor de goede zaak.'

'Denkt u aan een speciale persoon?'

'Je denkt toch aan de een of de ander die naderhand een geweldige heldenrol toegedicht krijgt. Maar dat is niet zo belangrijk.'

'Hoe zit het met Gudbrand Johansen – herinnert u zich hem?'

'Natuurlijk. Hij heeft aan het eind mijn leven gered. Hij...'

Mosken beet op zijn onderlip. Alsof hij te veel had gezegd, dacht Harry.

'Wat is er met hem gebeurd?'

'Gudbrand? Als ik dat eens wist. Die granaat... Gudbrand, Hallgrim Dale en ik zaten in de loopgraaf toen dat ding over het ijs naar ons toe kwam glijden en de helm van Dale trof. Ik herinner me alleen dat Gudbrand er het dichtstbij was toen die granaat explodeerde. Toen ik uit coma kwam, kon niemand mij vertellen hoe het met Gudbrand en Dale was.'

'Wat bedoelt u? Waren ze verdwenen?'

Moskens ogen gingen naar het raam.

'Het is op dezelfde dag gebeurd dat het Russische offensief serieus begon. De situatie was op z'n zachtst gezegd chaotisch. De loopgraaf waar het gebeurd was, was allang in Russische handen toen ik bijkwam, en het regiment was naar een andere plaats vertrokken. Als Gudbrand het overleefd had, zou hij waarschijnlijk naar het lazaret van regiment Nordland zijn gebracht, in de sectie Noord. Dat geldt ook voor Dale als hij gewond was geraakt. Ik denk dat ik daar ook ben geweest, maar toen ik wakker werd, was ik dus ergens anders.'

'Gudbrand Johansen staat niet in het bevolkingsregister.'

Mosken haalde zijn schouders op.

'Dan is hij toch door die granaat gedood. Daar ging ik van uit.'

'En u hebt dus nooit geprobeerd hem op te sporen?'

Mosken schudde zijn hoofd.

Harry keek om zich heen of er iets was dat erop duidde dat Mosken koffie in huis had: een koffiekan, een koffiekopje. Op de schoorsteenmantel stond een foto van een vrouw in een gouden lijstje.

‘Bent u verbitterd geraakt door wat er na de oorlog met u en de andere frontsoldaten is gebeurd?’

‘Wat betreft de straf: nee. Ik ben een realist. Het proces is gegaan zoals het gegaan is omdat het politiek noodzakelijk was. Ik heb een oorlog verloren. Ik beklaag mezelf niet.’

Edvard Mosken lachte ineens; hij lachte als een schorre ekster, zonder dat Harry begreep waarom. Toen werd hij weer serieus.

‘Wat pijn heeft gedaan is het stempel van landverrader. Maar ik troost me met de gedachte dat wij, degenen die er geweest zijn, weten dat we ons land hebben verdedigd met ons leven.’

‘Uw politieke standpunten uit die tijd…’

‘Of ik nog steeds dezelfde standpunten inneem?’

Harry knikte, en Mosken lachte droog.

‘Die vraag is makkelijk te beantwoorden: nee. Ik zat verkeerd. Zo simpel ligt het eigenlijk.’

‘U hebt later geen contact gehad met het neonazimilieu?’

‘God bewaar me, nee! Een paar jaar geleden was er toch een bijeenkomst in Hokksund? Een van die idioten heeft me toen gebeld met de vraag of ik wilde komen praten over de oorlog. Ik geloof dat ze zich *Blood and Honour* noemden, zoiets.’

Mosken leunde over de salontafel. Op een hoek daarvan lag een stapel tijdschriften precies parallel aan de tafelrand.

‘Waar is het POT deze keer eigenlijk naar op zoek? Willen ze de neonazi’s in kaart brengen? In dat geval bent u aan het verkeerde adres.’

Harry twijfelde hoeveel hij deze keer kon vertellen. Maar zijn antwoord was vrij eerlijk: ‘Ik weet niet precies waarnaar we op zoek zijn.’

‘Dat klinkt naar het POT dat ik ken, ja.’

Hij lachte weer zijn eksterlach. Het was een hard en onprettig geluid.

Harry concludeerde later dat een combinatie van het hatelijke gelach en het feit dat hij geen koffie kreeg ertoe geleid moest hebben dat hij de volgende vraag stelde: ‘Hoe denkt u dat het voor uw kind geweest moet zijn om op te groeien met een vader die een naziverleden had? Denkt u dat het een reden kan zijn waarom Edvard Mosken junior in de gevangenis zit wegens een drugsdelict?'

Harry had er onmiddellijk spijt van toen hij de woede en de pijn in de oude ogen zag. Hij wist dat hij wat hij wilde weten ook zonder deze stoot onder de gordel te weten kon komen.

'Die rechtszaak was een farce!' brieste Mosken. 'De advocaat die ze mijn zoon hadden gegeven, is de kleinzoon van de rechter die mij na de oorlog berecht heeft. Ze proberen mijn kind te straffen om de schaamte te verbergen over wat ze zelf in de oorlog hebben gedaan. Ik...'

Hij deed er ineens het zwijgen toe. Harry wachtte tot hij verder zou gaan, maar er kwam niets meer. Ineens voelde hij de honden in zijn maag aan de kettingen rukken. Ze hadden zich al een tijd niet meer gemeld. Ze hadden drinken nodig.

'Een van de heiligen der laatste dagen?' vroeg Harry.

Mosken haalde zijn schouders op. Hij begreep dat dit onderwerp voor vandaag beëindigd was en keek op de klok.

'Hebt u nog plannen?' vroeg Harry.

'Ik wil nog naar mijn hut.'

'O ja? Is dat ver weg?'

'Grenland. Ik wil daar voor het donker zijn.'

Harry stond op. In de gang bleven ze staan en zochten naar passende afscheidswoorden, toen Harry ineens iets te binnen schoot: 'U zei dat u in de winter van 1944 gewond was geraakt bij Leningrad en dat u in de nazomer in de Sinsen-school lag. Waar was u in de tussentijd?'

'Wat bedoelt u?'

'Ik heb net een boek gelezen van Even Juul. Hij is als historicus deskundig op het gebied van de oorlog.'

'Ik weet heel goed wie Even Juul is,' zei Mosken met een ondoorgrondelijk lachje.

'Hij schrijft dat het regiment Norge in maart 1944 in Krasnoje Selo werd opgeheven. Waar was u vanaf maart totdat u in de Sinsen-school lag?'

Mosken keek Harry lang aan. Toen opende hij de buitendeur en keek naar buiten.

'Het begint te vriezen,' zei hij. 'U moet voorzichtig rijden.'

Harry knikte. Mosken richtte zich op, hield een hand boven zijn ogen en staarde in de richting van de lege renbaan. De baan met fijn grind tekende zich als een grauw ovaal af tegen de vuile sneeuw.

'Ik was op plaatsen die vroeger een naam hadden,' zei Mosken. 'Maar ze waren zo veranderd dat niemand ze nog herkende. Op de kaarten stonden alleen wegen, water en mijnenvelden ingetekend, geen namen. Als ik zeg dat ik in Pärnu in Estland was, is dat misschien de waarheid. Ik weet het niet, en niemand weet het. De lente en de zomer van '44 lag ik op een brancard en dacht ik aan de dood. Niet aan waar ik was.'

Harry reed langzaam langs de rivier en bleef bij de stadsbrug voor het rode verkeerslicht staan. De andere brug, over de E18, ging als een gebitsbeugel door het landschap heen en versperde het uitzicht op de Drammensfjord. Oké, misschien was in Drammen niet alles gelukt. Harry was eigenlijk van plan bij Børsen te stoppen voor een kop koffie, maar had zich bedacht. Ze serveerden daar ook bier, bedacht hij.

Het licht sprong op groen. Harry gaf gas.

Edvard Mosken had heftig gereageerd op zijn vraag naar zijn zoon. Harry besloot precies na te kijken wie de rechter in de zaak-Mosken was geweest. Toen wierp hij in zijn spiegel een laatste blik op Drammen. Er bestonden vast lelijker steden.

47 | *Ellens kamer, 7 maart 2000*

Ellen had niets kunnen bedenken.

Harry was naar haar kamer gegaan en zat op zijn oude, krakende stoel. Ze hadden een nieuwe aangenomen, een jonge kerel van een politiebureau in Steinkjer, hij zou hier over een maand beginnen.

'Ik ben niet helderziend,' zei ze toen ze Harry's teleurgestelde gezicht zag.

'En ik heb het tijdens de ochtendbespreking nagevraagd, maar niemand heeft ooit van de Prins gehoord.'

'Hoe zit het met de wapenafdeling? Zij moeten een lijst hebben van wapensmokkelaars.'

'Harry!'

'Ja?'

'Ik werk niet meer voor jou.'

'Vóór mij?'

'Mét jou, dan. Maar het voelt als werken voor jou. Beul.'

Harry zette zich af en draaide met zijn stoel in de rondte. Vier keer. Meer had hij er nooit gehaald. Ellen sloeg haar ogen ten hemel.

'Oké, ik heb de wapenafdeling ook gebeld,' zei ze. 'Zij hadden ook nooit van de Prins gehoord. Waarom geven ze je bij het POT geen assistente?'

'Deze zaak heeft geen prioriteit. Meirik laat me er verder aan werken, maar eigenlijk wil hij dat ik uitzoek wat de neonazi's met de nationale feestdag van plan zijn.'

'Een van de trefwoorden was "wapenmilieu". Ik kan me nauwelijks een milieu voorstellen waarin meer wapens omgaan dan dat van de neonazi's. Waarom begin je daar niet? Dan sla je twee vliegen in één klap.'

'Daar heb ik ook al aan gedacht.'

48 | *Ryktet, Grensen, 7 maart 2000*

Even Juul stond op de trap toen Harry bij zijn huis aankwam.

Burre stond naast hem en trok aan zijn halsband.

'Dat is snel,' zei Juul.

'Ik ben direct na het telefoontje in de auto gestapt,' zei Harry. 'Nemen we Burre mee?'

'Ik heb hem alleen maar even mee naar buiten genomen terwijl ik wachtte. Naar binnen, Burre.'

De hond keek Juul smekend aan.

'Nu!'

Burre stoof naar binnen. Zelfs Harry schrok van het plotselinge bevel.

'Dan gaan we,' zei Juul.

Harry ving terwijl ze wegreden een glimp op van een gezicht achter de keukengordijnen.

'Het is lichter geworden,' zei Harry.

'O ja?'

'De dagen, bedoel ik. Ze worden langer.'

Juul knikte zonder te antwoorden.

'Ik heb over één ding na lopen denken,' zei Harry. 'De familieleden van Sindre Fauke, hoe zijn die doodgegaan?'

'Dat heb ik toch verteld? Hij heeft hen vermoord.'

'Ja, maar hoe?'

Even Juul keek Harry lang aan voordat hij antwoordde: 'Ze zijn doodgeschoten. Door het hoofd.'

'Alle vier?'

Ze vonden uiteindelijk een parkeerplaats in Grensen en liepen daarvandaan naar een café waarover Juul het aan de telefoon had gehad en dat hij beslist aan Harry wilde laten zien.

'Dit is dus Ryktet,' zei Harry toen ze het slecht verlichte, bijna lege café in gingen. Er zaten maar een paar mensen aan de versleten tafels. Harry en Juul haalden koffie en gingen bij het raam zitten. Twee oudere mannen aan een tafel verderop in het café stopten met praten en gluurden naar hen.

'Dit doet me denken aan een café waar ik weleens kom,' zei Harry, en hij knikte naar de twee.

'De onverbeterlijken,' zei Juul. 'Oude nazi's en frontsoldaten die nog steeds van mening zijn dat ze gelijk hebben. Ze zitten hier en spuwen hun gal over het grote verraad, de regering-Nygaardsvold en over de algemene toestand van de wereld. In elk geval degenen die nog ademhalen. De groep dunt uit, zie ik.'

'Nog steeds politiek geëngageerd?'

'O, ja, ze zijn nog steeds woedend. Op de ontwikkelingshulp, bezuinigingen op de defensie-uitgaven, vrouwelijke priesters, het homohuwelijk, onze nieuwe landgenoten – alles wat jij maar bedenken kunt, daar winden deze kerels zich over op. In hun hart zijn het nog steeds fascisten.'

'En u denkt dat Urias hierbij kan zitten?'

'Als hij de een of andere wraakoefening in gedachten heeft, dan vindt hij hier in elk geval gelijkgestemden. Er zijn natuurlijk meer ontmoetingsplaatsen voor frontsoldaten; ze hebben bijvoorbeeld jaarlijks een reünie in Oslo. Ze komen uit het hele land, de soldaten en al die anderen die aan het oostfront zijn geweest. Maar zo'n reünie heeft een heel ander karakter – meer een sociaal karakter, waar de gesneuvelden herdacht worden en het verboden is om over politiek te praten. Nee, als ik op zoek zou zijn naar een frontsoldaat met wraakgevoelens, zou ik hier beginnen.'

'Is uw vrouw bij een van die reünies geweest?'

Juul keek Harry verbaasd aan. Toen schudde hij langzaam zijn hoofd. 'Ik vraag het zomaar,' zei Harry. 'Ik dacht dat ze misschien iets te vertellen had.'

'Dat heeft ze niet,' zei Juul scherp.

'Goed. Is er een verband tussen de onverbeterlijken, zoals u ze noemt, en de neonazi's?'

'Waarom vraagt u dat?'

'Ik heb een tip gehad die erop wijst dat Urias een tussenpersoon heeft gebruikt om het Märklin-geweer te pakken te krijgen, een persoon die zich in het wapenmilieu bevindt.'

Juul schudde zijn hoofd.

'De meeste frontsoldaten zouden zich beledigd voelen als ze hoorden dat u hen gelijkstelt met de neonazi's. Hoewel de neonazi's veel respect hebben voor de frontsoldaten. Voor hen vertegenwoordigen zij de ultieme droom: het land en ras verdedigen met een wapen in de hand.'

'Dus als een frontsoldaat een wapen nodig heeft, kan hij op hulp van de neonazi's rekenen?'

'Hij zal er in elk geval welwillendheid ontmoeten, ja. Maar hij moet weten met wie hij moet praten. Niet iedereen kan hem zo'n geavanceerd wapen leveren als het wapen waarnaar jij op zoek bent. Het is bijvoorbeeld tekenend dat de politie in Hønefoss laatst een huiszoeking heeft gedaan in een garage van een paar neonazi's en een oude, verroeste Datsun heeft gevonden die volgestouwd was met zelfgemaakte knuppels, houten speren en een paar botte bijlen. Het grootste gedeelte van dit milieu bevindt zich letterlijk nog in het stenen tijdperk.'

'Dus waar moet ik beginnen te zoeken naar iemand die contacten heeft met internationale wapenhandelaars?'

'Het probleem is niet dat die kring zo groot is. *Fritt Ord*, het Vrije Woord, de krant van de nationalisten, zegt dat er in Noorwegen rond de vijftienhonderd nationaalsocialisten en nationaaldemocraten zijn, maar als je bij Monitor navraagt, de vrijwillige organisatie die het fascistenmilieu in de gaten houdt, zullen ze zeggen dat er maximaal vijftig actief zijn. Nee, het probleem is dat de werkelijke leiders, degenen die aan de touwtjes trekken, niet zichtbaar zijn. Zij dragen geen laarzen en hebben geen hakenkruizen op hun armen getatoeëerd, om het zo maar te zeggen. Ze hebben misschien een positie in de samenleving die ze kunnen gebruiken voor de Zaak, maar om dat te kunnen doen mogen ze absoluut niet opvallen.'

Plotseling klonk er een zware stem achter hen: 'Hoe waag je het hierheen te komen, Even Juul?'

49 | *Gimle-bioscoop, Bygdøy Allee, 7 maart 2000*

'Dus wat doe ik?' zei Harry tegen Ellen, en hij duwde haar naar voren in de rij. 'Ik zat me net af te vragen of ik naar een van die ouwe zuurpruimen zou gaan om te vragen of ze iemand kenden die met plannen voor een aanslag rondliep en die in voorbereiding daarop was overgegaan tot de aanschaf van een meer dan doorsnee-duur geweer. En op dat moment staat er een van hen bij de tafel en vraagt met een grafstem: 'Hoe waag je het hierheen te komen, Even Juul?' '

'Dus wat deed je?' vroeg Ellen.

'Niets. Ik zit daar gewoon en zie het gezicht van Even Juul vertrekken. Hij ziet eruit of hij een geest heeft gezien. Het is overduidelijk dat die twee elkaar kennen. Het was trouwens de tweede die ik vandaag ontmoette die Juul kende. Edvard Mosken zei dat hij hem ook kende.'

'Is dat zo vreemd? Juul schrijft in de krant en is op tv; hij is een bekend persoon.'

'Daar heb je wel gelijk in. In elk geval stond Juul op en beende linea recta naar buiten. Ik moest er gewoon achteraan rennen. Juul was lijkbleek toen ik hem op straat weer inhaalde. Maar toen ik het vroeg, beweerde hij dat hij niet wist wie die man in Ryktet was. Daarna bracht ik hem naar huis, en toen hij uitstapte, zei hij nauwelijks nog gedag. Hij leek volkomen uit zijn doen. Is de tiende rij goed?'

Harry boog zich voorover naar het loket en kocht twee kaartjes.

'Ik ben sceptisch,' zei Harry.

'Hoezo?' vroeg Ellen. 'Omdat ik gezegd heb naar welke film we gaan?'

'Ik heb een kauwgomkauwend meisje in de bus tegen haar vriendin horen zeggen dat *Alles over mijn moeder* zo mooi is. Dat "mooi"!'

'En wat wil dat zeggen?'

'Als meisjes zeggen dat een film "mooi" is, krijg ik zo'n groenetomatengevoel. Als jullie meisjes een smartlap voorgeschoteld krijgen die slimmer door elkaar is gehusseld dan een Oprah Winfrey Show, denken jullie dat jullie een "warme, intelligente film" hebben gezien. Popcorn?'

Hij duwde haar verder de rij in.

'Je bent een bedorven mens, Harry. Een bedorven mens. Trouwens, weet je: Kim was jaloers toen ik vertelde dat ik met een collega naar de film ging.'

'Gefeliciteerd.'

'Voordat ik het vergeet,' zei ze. 'Ik heb de naam gevonden waarom je had gevraagd, die advocaat die Edvard Mosken junior heeft verdedigd. En van zijn grootvader die rechter was tijdens het proces tegen de landverraders.'

'Ja?'

Ellen lachte.

'Johan Krohn en Kristian Krohn.'

'Nee, maar.'

'Ik heb met de officier van justitie gesproken in de zaak tegen junior. Mosken senior heeft amok gemaakt toen het gerechtshof zijn zoon schuldig had bevonden. En gebruikte fysiek geweld tegen Krohn. Hij beweerde luidkeels dat Krohn en zijn grootvader samenspanden tegen de Mosken-familie.'

'Interessant.'

'Ik verdien nu wel een grote popcorn, hè?'

Alles over mijn moeder was veel beter dan Harry had gevreesd. Maar midden in de scène waarin Rosa begraven wordt, moest hij toch een snifferige Ellen storen en vragen waar Grenland ligt. Ze antwoordde dat dat het gebied rond Porsgrunn en Skien was en mocht de rest van de film in alle rust uitkijken.

50 | *Oslo, 8 maart 2000*

Harry zag dat het kostuum te klein was. Hij zag het, maar begreep het niet. Hij was sinds zijn achttiende niet meer aangekomen en het kostuum had perfect gepast toen hij het in 1990 voor het examenfeest bij Dressmann had gekocht. Toch zag hij in de spiegel van de lift dat zijn sokken te zien waren onder zijn pantalon en boven zijn Dr. Martens-schoenen. Dit was weer zo'n onoplosbaar mysterie.

De liftdeuren gleden open en Harry kon de muziek, de luide mannenstemmen en het gelach van vrouwen al uit de kantine horen komen. Hij keek op zijn horloge. Het was kwart over acht. Elf uur moest kunnen, dan ging hij naar huis.

Hij haalde diep adem, liep de kantine binnen en keek om zich heen. Het was een typisch Noorse kantine: een vierkante ruimte met een glazen bar waar je aan één kant eten kon bestellen, met lichte meubels uit een of ander fjorddal, en roken was er verboden. De feestcommissie had zijn best gedaan om het alledaagse te camoufleren met ballonnen en rode kleden. Hoewel er vooral mannen waren, was de man-vrouwverhouding beter dan bij feesten van Geweldsdelicten. Het leek erop dat het de meesten al gelukt was de nodige alcohol in te nemen. Linda had iets gezegd over 'eerst-gaan-we-nog-naar...' en Harry was blij dat hij daar niet voor uitgenodigd was.

'Wat zie je er goed uit in pak, Harry!'

Dat was Linda. Hij herkende haar bijna niet in het strakke jurkje dat haar overtollige kilo's benadrukte, maar ook haar vrouwelijkheid. Ze droeg een dienblad met oranje drankjes, dat ze hem voorhield.

'Eh... nee bedankt, Linda.'

'Doe niet zo saai, Harry. Het is feest!'

'*Tonight we're gonna party like it's nineteen-ninety-nine...*' huilde Prince.

Ellen boog zich voorover in de chauffeursstoel en zette het geluid zachter. Tom Waaler keek haar van opzij aan.

'Een beetje te hard,' zei ze. En ze bedacht dat het nog maar drie weken duurde voordat de politieman uit Steinkjer begon en zij niet meer met Waaler hoefde samen te werken.

Het was niet de muziek; daar had ze geen last van. En hij was ook geen slechte politieman.

Het waren de telefoongesprekken. Niet dat Ellen er geen begrip voor had dat het seksuele leven enig onderhoud vergde, maar de helft van de keren dat zijn mobiel ging, was het een vrouw die, zo begreep ze uit de gesprekken, afgedankt werd, of al afgedankt was of binnenkort afgedankt zou worden. De gesprekken van de laatste categorie waren het ergst. Dat waren de vrouwen die hij nog niet aan de kant had geschoven, en hij had een heel speciaal stemmetje als hij met hen sprak. Ellen kreeg dan zin om te roepen: 'Doe het niet! Hij is niet goed voor je! Vlucht!' Ellen Gjelten was een ruimhartig persoon die mensen snel hun zwakheden vergaf. Bij Tom Waaler had ze geen zwakheden kunnen ontdekken, maar ook geen menselijkheid. Ze mocht hem gewoon niet.

Ze reden langs het Tøyenpark. Waaler had een tip gekregen dat iemand Ayub had gezien, de Pakistaanse bendeleider naar wie ze op zoek waren na de overval in december in het Slottspark, in het Perzische restaurant Aladdin in de Hausmannsgate. Ellen wist dat ze te laat waren, maar ze wilden alleen navraag doen of iemand wist waar Ayub was. Ze zouden geen antwoord krijgen, maar lieten in elk geval zien dat ze niet van plan waren de man met rust te laten.

'Wacht in de auto, ik ga even binnen kijken,' zei Waaler.

'Oké.'

Waaler deed de rits van zijn leren jack open.

Om de spieren te laten zien die hij in de fitnessruimte van het politiebureau had ontwikkeld, dacht Ellen. Of om genoeg van zijn schouderholster te laten zien om hun te laten weten dat hij bewapend was. De politiemensen van Geweldsdelicten hadden een onbeperkte bevoegdheid om een wapen te dragen, maar ze wist dat Waaler iets anders droeg dan zijn dienstpistool. Een type van een groter kaliber; ze had geen zin gehad om details te vragen. Na auto's sprak Waaler het liefst over handwapens, en dan gaf zij toch de voorkeur aan auto's. Zelf droeg ze geen wapen. Alleen als het een dienstbevel was, zoals bij het bezoek van de president afgelopen herfst.

Er spookte haar iets door het hoofd. Maar dat werd onderbroken door een digitale versie van het liedje 'Napoleon en zijn leger'. Het was Waalers mobiel. Ellen deed het portier open om hem te roepen, maar hij was al bij Aladdin naar binnen.

Het was een vervelende week geweest. Ellen kon zich niet herinneren dat ze ooit zo'n vervelende week had gehad sinds ze bij de politie was. Ze was bang dat het te maken had met het feit dat ze ineens een privéleven had. Ineens was het van belang om 's avonds niet te laat thuis te komen, en dienst op zaterdagavond, zoals nu, was ineens een offer. De mobiel liet voor de vierde keer 'Napoleon...' horen.

Een van de afgedankten? Of eentje die het nog tegoed had? Als Kim haar nu liet vallen... Maar dat zou hij niet doen. Dat wist ze gewoon.

'Napoleon' voor de vijfde keer.

Over twee uur zat haar dienst erop en ging ze naar huis – douchen en dan naar Kim in de Helgesensgate. Ze zou maar vijf minuten nodig hebben, zo geil als ze nu was. Ze grinnikte.

Zes keer! Ze greep de mobiel, die binnen handbereik lag.

'Dit is de voicemail van Tom Waaler. Meneer Waaler is helaas niet te bereiken, spreek na de pieptoon een boodschap in.'

Het was een grap; ze wilde eigenlijk daarna haar naam zeggen, maar om de een of andere reden bleef ze zitten luisteren naar de zware ademhaling aan de andere kant. Misschien om de spanning, of misschien was ze alleen maar nieuwsgierig. In elk geval besefte ze ineens dat degene aan de andere kant van de lijn dacht dat hij de voicemail had gekregen en nu op de pieptoon wachtte! Ze drukte op een van de nummertoetsen. *Piep.*

'Hoi, dit is Sverre Olsen.'

'Hallo, Harry, dit is...'

Harry draaide zich om, maar de rest van de zin verdween in het gedreun van de bas toen de zelfbenoemde deejay het volume van de muziek dat uit de boxen vlak achter Harry kwam verder openzette: '*That don't impress me much...*'

Harry was nog maar twintig minuten op het feest, had al twee keer op zijn horloge gekeken en had het klaargespeeld om zich de volgende vragen vier keer stellen: had de moord op een dronken frontsoldaat iets te maken met de aanschaf van een Märklingeweer? Wie kon zó snel en effectief op klaarlichte dag in een steeg in het centrum van Oslo iemand met een mes vermoorden? Wie is de Prins? Heeft het proces tegen Moskens zoon iets met de zaak te maken? Wat was er geworden van de vijfde frontsoldaat, Gudbrand Johansen? En waarom had Mosken niet de moeite genomen hem te zoeken als het waar was wat hij zei: dat Gudbrand Johansen hem het leven had gered?

Nu stond hij in de hoek bij een van de luidsprekers met een Munkholm in een gewoon bierglas, om geen vragen te krijgen waarom hij alcoholvrij bier dronk, terwijl hij een stel van de jongere POT-werknemers tijdens het dansen gadesloeg.

'Het spijt me, ik heb niets gehoord,' zei Harry.

Kurt Meirik draaide een glas met het oranje goedje in zijn hand rond. In zijn blauwgestreepte pak zag hij er nog slanker uit. Het pak zat als gegoten, voorzover Harry kon zien. Harry trok aan zijn colbertmouwen; hij wist dat de mouwen van zijn overhemd tot ver voorbij de manchetknopen te zien waren. Meirik boog zich verder naar hem toe.

'Ik wilde zeggen dat dit de cheffin is van onze buitenlandafdeling, inspecteur van politie...'

Harry's blik ging naar de vrouw naast Meirik. Slank figuur. Rode, eenvoudige jurk. Hij kreeg een voorgevoel.

So you got the looks, but have you got the touch...

Bruine ogen. Hoge jukbeenderen. Donker getinte huid. Kort, donker haar, dat het smalle gezicht omlijstte. In haar ogen lag al een lach. Hij herinnerde zich dat ze mooi was, maar niet zo... verrukkelijk. Dat was het enige woord dat hij echt vond passen: verrukkelijk. Hij wist dat het feit dat ze nu voor hem stond hem sprakeloos van verbazing moest maken, maar om de een of andere reden zat er een zekere logica in, iets wat hem inwendig instemmend deed knikken tegen de hele situatie.

'... Rakel Fauke,' zei Meirik.

'We kennen elkaar al,' zei Harry.

'O?' zei Kurt Meirik verbaasd.

Ze keken elkaar aan.

'Dat klopt,' zei ze. 'Maar ik geloof dat we nog niet zover waren gekomen dat we ons hebben voorgesteld.'

Ze stak een hand naar hem uit. De hand vormde een kleine hoek, waardoor Harry weer aan piano- en balletlessen moest denken.

'Harry Hole,' zei hij.

'Aha,' zei zij. 'Natuurlijk. Van Geweldsdelicten, of niet?'

'Inderdaad.'

'Ik wist toen we elkaar ontmoetten niet dat jij de nieuwe inspecteur van het POT was. Als je dat gezegd had, dan...'

'Dan wat?' vroeg Harry.

Ze hield haar hoofd een beetje scheef.

'Ja, wat dan?' Ze lachte. Haar lach maakte dat het idiote woord weer in Harry's hoofd opdook: verrukkelijk.

'Dan had ik je in elk geval verteld dat we op dezelfde plaats werken,' zei ze. 'Normaal gesproken val ik mensen niet lastig met wat ik doe. Dan krijg je zulke rare vragen. Dat is bij jou zeker ook zo?'

'Jezus, ja,' zei Harry.

Ze lachte weer. Harry vroeg zich af wat er nodig was om haar de hele tijd zo te laten lachen.

'Hoe komt het dat ik je nog niet eerder bij het POT heb gezien?' vroeg ze.

'Harry's kantoor ligt helemaal aan het eind van de gang,' zei Kurt Meirik.

'Aha.' Ze knikte, nog steeds begripvol, maar met die fonkelende lach in haar ogen. 'Het kantoor aan het eind van de gang, ja, ja.'

Harry knikte somber.

'Nou,' zei Meirik, 'jullie hebben kennisgemaakt. We waren op weg naar de bar, Harry.'

Harry wachtte op een uitnodiging. Die kwam niet.

'We spreken elkaar nog.'

Uiteraard, dacht Harry. Er zullen vanavond wel meer ondergeschikten zijn die deze collegiale schouderklop van de POT-chef krijgen. Hij ging met zijn rug tegen de box staan, maar keek hen verstolen na. Ze had hem herkend. Ze herinnerde zich dat ze zich niet aan elkaar hadden voorgesteld. Hij leegde zijn glas in één slok. Het smaakte nergens naar.

There's something else: the afterworld...

Waaler gooide het portier achter zich dicht.

'Niemand had Ayub ooit gesproken of van hem gehoord, of hem ooit gezien,' zei hij. 'Rijden maar.'

'Juist,' zei Ellen. Ze keek in de spiegel en trok op.

'Je begint ook Prince te waarderen, hoor ik.'

'O, ja?'

'Je hebt de muziek in elk geval harder gezet toen ik buiten was.'

'O.' Ze moest Harry bellen.

'Is er iets aan de hand?'

Ellen staarde recht voor zich uit, op het natte, zwarte asfalt dat glinsterde in het licht van de lantaarns.

'Wat zou er aan de hand moeten zijn?'
'Ik weet niet. Je ziet eruit alsof er iets gebeurd is.'
'Er is niets gebeurd, Tom.'
'Heeft er iemand gebeld? Hé!' Tom schoot overeind en legde zijn handen op het dashboard. 'Zag je die auto niet of zo?'
'Sorry.'
'Moet ik het overnemen?'
'Het stuur? Hoezo dat?'
'Omdat je rijdt als een...'
'Als een wat?'
'Laat maar. Ik vroeg of er iemand gebeld had.'
'Er heeft niemand gebeld, Tom. Als er iemand gebeld had, had ik het gezegd.'
Ze moest Harry bellen. Snel.
'Waarom heb je mijn mobiel dan uitgezet?'
'Hè?' Ellen staarde hem geschrokken aan.
'Hou je ogen op de weg, Gjelten. Ik vroeg: waarom...'
'Er heeft niemand gebeld, zeg ik. Je hebt je mobiel zeker zelf uitgezet!'
Zonder het te willen was haar stem zo luid geworden dat hij galmde in haar eigen oren.
'Oké, Gjelten,' zei hij. 'Rustig maar, ik vroeg het me gewoon af.'
Ellen probeerde te doen wat hij zei: rustig ademhalen en alleen aan het verkeer voor haar denken. Op de rotonde sloeg ze links af richting de Vahlsgate. Zaterdagavond, maar de straten in dit deel van de stad waren bijna leeg. Groen. Rechtsaf de Jens Bjelkesgate in. Linksaf de Tøyengate in en dan de garage van het politiebureau. Ze voelde de hele weg de onderzoekende blik van Tom.

Harry had niet één keer op zijn horloge gekeken sinds hij Rakel Fauke had gezien. Hij had zelfs met Linda een rondje gemaakt en een paar collega's begroet. De gesprekken waren moeizaam verlopen. Ze vroegen naar zijn taken en nadat hij daarop geantwoord had, viel het gesprek stil. Kennelijk was het een ongeschreven wet bij het POT dat je niet te veel vroeg. Of het interesseerde hun allemaal geen barst. Ook goed; hij interesseerde zich ook niet zo voor hen. Hij was weer terug op zijn plaats voor de box. Hij had een paar keer een glimp opgevangen van haar rode jurk; zij leek ook alleen maar hier en daar een praatje te maken. Ze had in elk geval niet gedanst, daar was hij tamelijk zeker van.

Heremetijd, ik gedraag me als een puber, dacht hij.

Hij keek toch op zijn horloge. Halftien. Hij kon naar haar toe gaan, een paar woorden zeggen, kijken wat er gebeurde. En als er niets gebeurde, stapte hij gewoon op, danste één keer met Linda zoals hij beloofd had en ging dan naar huis. Niets gebeurde? Wat verbeeldde hij zich eigenlijk? Een bijna getrouwde politie-inspecteur? Hij moest een pilsje hebben. Nee. Hij keek weer op zijn horloge. Hij gruwde bij de gedachte aan de dans die hij beloofd had. Naar huis. De meesten waren nu al aardig dronken. En zelfs in nuchtere toestand zouden ze nauwelijks merken dat de nieuwe aan het eind van de gang verdween. Hij kon naar de deur slenteren en de lift naar beneden nemen. En buiten wachtte zijn trouwe Escort. Linda leek zich op de dansvloer trouwens prima te vermaken met een jonge agent aan wie ze zich had vastgeklampt. Hij zwierde met een schalks lachje met haar rond.

'Tijdens het Raga-concert op het Jura-festival swingde het meer, vind je niet?'

Hij voelde dat zijn hart sneller ging kloppen toen hij haar donkere stem naast zich hoorde.

Tom ging in Ellens kantoor naast haar stoel staan.

'Het spijt me als ik in de auto een beetje grof was,' zei hij.

Ze had hem niet horen aankomen en schrok op. Ze had de telefoon in haar hand, maar had het nummer nog niet ingetoetst.

'Ach, het was niets,' zei ze. 'Ik ben vandaag wat uit mijn doen... Je weet wel.'

'PMS?'

Ze keek naar hem op en zag dat het geen grapje was, dat hij echt probeerde begripvol te zijn.

'Misschien wel,' zei ze. Waarom was hij nu naar haar kantoor gekomen? Dat deed hij toch nooit?

'Je dienst zit erop, Gjelten.' Hij knikte naar de klok aan de wand. Het was tien uur. 'Ik heb mijn auto hier. Laat ik je even naar huis brengen.'

'Bedankt voor het aanbod, maar ik moet eerst even bellen. Ga maar vast.'

'Privételefoontje?'

'Nee, alleen...'

'Dan wacht ik hier even.'

Waaler liet zich neervallen in Harry's stoel, die kreunde in protest. Hun blikken ontmoetten elkaar. Verdomme! Waarom had ze niet gezegd dat het een privégesprek was? Nu was het te laat. Begreep hij dat ze iets ontdekt had? Ze probeerde zijn blik te doorgronden, maar het leek of ze die vaardigheid was kwijtgeraakt toen de paniek bezit van haar had genomen. Paniek? Ze begreep nu waarom ze zich altijd ongemakkelijk had gevoeld in gezelschap van Tom Waaler; dat kwam niet door zijn ongevoeligheid, door zijn kijk op vrouwen, kleurlingen, punkers en homo's, of zijn neiging om elke gelegenheid aan te grijpen waarin het geoorloofd was geweld te gebruiken. Ze kon zó tien andere politiemensen opnoemen die Tom Waaler wat dat betreft naar de kroon staken, maar toch had ze altijd iets positiefs bij hen kunnen ontdekken waardoor ze met ze om kon gaan. Maar met Tom Waaler lag het anders, en nu wist ze wat het was: ze was bang voor hem.

'Laat maar,' zei ze. 'Het kan wel wachten tot maandag.'

'Goed.' Hij stond weer op. 'Dan gaan we.'

Waaler had een Japanse sportwagen, een van die auto's die er volgens Ellen uitzagen als goedkope Ferrari-kopieën. De auto had kuipstoeltjes die haar schouders samenpersten en luidsprekers die de halve auto leken te vullen. De motor ronkte zacht en het licht van de straatlantaarns schoot door het interieur toen ze over de Trondheimvei reden. Een falsetstem die ze zo langzamerhand wel kende, klonk uit de boxen: '... *I only wanted to be some kind of a friend, I only wanted to see you bathing...*'

Prince. De Prins.

'Ik kan hier wel uitstappen,' zei Ellen; ze probeerde haar stem zo gewoon mogelijk te laten klinken.

'Geen sprake van,' zei Waaler. Hij keek in de spiegel. 'Deur-tot-deurservice. Waar moeten we heen?'

Ze weerstond de aanvechting het portier open te rukken en naar buiten te springen.

'Hier naar links,' zei Ellen, en ze wees.

Alsjeblieft, wees thuis, Harry.

'Jens Bjelkegate,' las Waaler hardop van het naambordje dat aan een huismuur hing. Hij sloeg af.

De straatverlichting was hier spaarzamer en de trottoirs waren verlaten. Vanuit haar ooghoek zag Ellen vierkantjes licht over Waalers gezicht glijden. Wist hij dat zij het wist? En zag hij dat ze met haar hand in haar tas zat en het zwarte gasflesje omklemde dat ze in Duitsland had gekocht? Ze had het hem in de herfst laten zien toen hij had beweerd dat ze zichzelf en haar collega's in gevaar bracht door te weigeren een wapen te dragen. En had hij niet discreet laten doorschemeren dat hij haar een handig handwapen kon leveren dat ze overal op haar lichaam kon verbergen en dat niet geregistreerd was, en dat men daarom niet bij haar zou komen als er 'een ongeluk' zou gebeuren? Ze had hem toen niet zo goed doorgehad; ze had gedacht dat het weer zo'n machograp was en het lachend weggewuifd.

'Stop maar naast die rode auto daar.'

'Maar nummer 4 komt pas in het volgende blok,' zei hij.

Had ze hem verteld dat ze op nummer 4 woonde? Misschien. Misschien was ze dat vergeten. Ze voelde zich zo doorzichtig als een kwal; hij kon zó zien dat haar hart veel te snel sloeg.

De motor draaide ronkend stationair. Hij was gestopt. Ze zocht koortsachtig naar de portiergreep. Die stomme Japanse ontwerpers ook! Waarom konden ze niet gewoon een simpele portiergreep aanbrengen?

'Tot maandag,' hoorde ze Waalers stem achter zich zeggen toen ze de greep had gevonden en naar buiten tuimelde. De giftige februarilucht van Oslo zoog ze naar binnen alsof ze na een lang en koud verblijf onder water weer aan de oppervlakte kwam. Het laatste wat ze achter zich hoorde voordat de zware toegangsdeur dichtviel, was het gladde, geoliede geronk van Waalers auto, die nog steeds stilstond.

Ze stormde de trap op, stampte zwaar met haar laarzen op elke tree en hield haar sleutel als een wichelroede voor zich. Toen was ze in haar flat. Terwijl ze het nummer van Harry's flat draaide, herhaalde ze de woorden van Sverre Olsen in haar hoofd: 'Dit is Sverre Olsen. Ik wacht nog steeds op die tien flappen die ik als commissie zou ontvangen voor het wapen van die oude vent. Bel me thuis.'

Toen had hij opgehangen.

In een nanoseconde had ze begrepen hoe het zat. Het vijfde trefwoord in het raadsel, wie de tussenpersoon was in de Märklin-handel. Een politieman. Tom Waaler. Natuurlijk. Tienduizend kronen commissie voor iemand als Olsen, dat moest een aardige deal zijn. Die oude vent. Wapenmilieu. Extreem-rechtse sympathieën. De Prins die binnenkort commissaris wordt. Het was glashelder, zo duidelijk dat ze een ogenblik geschokt was dat zij, met haar talent voor nuances die anderen ontgingen, het niet eerder door had gehad. Ze wist dat de paranoia haar allang in zijn greep had, maar ze had de gedachte, terwijl ze zat te wachten tot hij uit het restaurant kwam, niet van zich af kunnen zetten: Tom Waaler had alle mogelijkheden om verder te klimmen, om aan touwtjes te trekken op steeds belangrijker posities, beschermd door de macht. En god mag weten wie hij op het politiebureau al had meegesleept. Als ze erover nadacht, moesten er natuurlijk meer mensen zijn van wie ze het nooit zou verwachten dat ze er ook in verwikkeld waren. Maar de enige op wie ze honderd, hónderd procent zeker vertrouwde, was Harry.

Gelukkig, hij ging over. Zijn lijn was nooit bezet. Kom op, Harry!

Ze wist ook dat het slechts een kwestie van tijd was voor Waaler met Olsen sprak en ontdekte wat er gebeurd was, en ze twijfelde er geen moment aan dat ze vanaf dat ogenblik in levensgevaar zou verkeren. Ze moest snel handelen en kon zich geen fout veroorloven. Een stem onderbrak haar gedachten: 'Dit is de telefoonbeantwoorder van Hole. Spreek een boodschap in.'

Piep.

'Verdomme, Harry! Dit is Ellen. We hebben hem. Ik bel je nu op je mobiel.'

Ze hield de hoorn tussen schouder en kin terwijl ze in haar telefoonindex de H opsloeg, liet hem uit haar handen glippen zodat hij met een klap op de grond viel, vloekte en vond ten slotte Harry's mobiele nummer. Gelukkig legde hij nooit zijn mobiel weg, dacht ze terwijl ze het nummer intoetste.

Ellen Gjelten woonde op de tweede etage van een opgeknapt appartementengebouw, samen met een tamme koolmees die Helge heette. De flat had vijftig centimeter dikke muren en dubbel glas. Maar toch zou ze zweren dat ze het ronkende geluid van een draaiende motor hoorde.

Rakel Fauke lachte.

'Als je Linda een dans beloofd hebt, kom je er niet vanaf met een paar slappe pasjes.'

'Tja. Het alternatief is ervandoor gaan.'

Er viel een stilte en Harry realiseerde zich dat zijn woorden ook verkeerd begrepen konden worden. Hij vroeg snel: 'Hoe ben jij bij het POT gekomen?'

'Via het Russisch,' zei ze. 'Ik heb een cursus Russisch gegeven bij het departement van Defensie en heb daarna twee jaar als tolk in Moskou gewerkt. Kurt Meirik heeft me toen al gerekruteerd. Na mijn rechtenstudie ben ik direct bij het POT begonnen in schaal 35. Ik dacht dat ik een gouden ei had gelegd!'

'Was dat dan niet zo?'

'Ben je gek? Nu verdienen de mensen met wie ik heb gestudeerd het driedubbele van wat ik ooit zal krijgen.'

'Je zou ontslag kunnen nemen en kunnen gaan doen wat zij doen.'

Ze haalde haar schouders op. 'Ik hou van wat ik doe. Dat is niet bij iedereen het geval.'

'Daar zeg je wat.'

Stilte.

Daar zeg je wat. Was dat het enige wat hij kon zeggen?

'Hoe zit het met jou, Harry? Vind jij het leuk wat je doet?'

Ze stonden nog steeds met hun rug naar de dansvloer, maar Harry voelde haar blik: hoe ze hem met haar ogen de maat nam. Allerlei gedachten gingen door zijn hoofd. Dat ze lachrimpeltjes had rond haar ogen en mond, dat de hut van Mosken niet ver af lag van de plaats waar ze de lege hulzen van het Märklin-geweer hadden gevonden, dat volgens *Dagbladet* veertig procent van de vrouwen in de stad ontrouw was, dat hij de vrouw van Even Juul wilde vragen of ze zich herinnerde dat drie Noorse soldaten uit het regiment Norge gewond of gedood waren door een handgranaat die uit een vliegtuig was gegooid, dat hij had moeten toeslaan bij de uitverkoop van Dressmann die op TV 3 was aangekondigd. Maar of hij leuk vond wat hij deed?

'Soms,' zei hij.

'Wat vind je er leuk aan?'

'Ik weet het niet. Klinkt dat niet stom?'

'Ik weet het niet.'

'Ik zeg het niet omdat ik er niet over heb nagedacht waarom ik politieman ben. Ik heb daar wel over nagedacht. Maar ik weet het niet. Misschien vind ik het gewoon leuk om op slechte jongens en meisjes te jagen.'

'En wat doe je als je niet op slechte jongens en meisjes jaagt?' vroeg ze.

'Dan kijk ik naar *Expeditie Robinson*.'

Ze lachte weer. En Harry wist dat hij bereid was om de meest idiote dingen te zeggen als hij haar maar zo aan het lachen kon maken. Hij vermande zich en vertelde tamelijk serieus hoe zijn leven er nu uitzag, maar aangezien hij er heel goed op lette dat hij onaangename zaken buiten beschouwing liet, had hij niet veel te vertellen. Omdat ze nog steeds geïnteresseerd leek, ging hij verder met verhalen over zijn vader en Søs. Waarom vertelde hij uiteindelijk altijd over Søs als iemand hem vroeg iets over zichzelf te vertellen?

'Ze klinkt als een leuke meid,' zei ze.

'Ze is geweldig,' zei Harry. 'En moedig. Nooit bang voor nieuwe dingen. Een testpiloot van het leven.'

Harry vertelde over de keer dat ze mondeling een bod had gedaan op een flat in de Jacob Aallsgate, waar ze een foto van had gezien op de huizenpagina's van *Aftenposten*. Omdat het behang op de foto haar denken deed aan haar kinderkamer in Oppsal. En voor twee miljoen kronen had ze de optie gekregen, die zomer een recordprijs in Oslo.

Rakel Fauke lachte zo dat ze tequila morste op Harry's colbertje.

'Het mooiste aan haar is dat ze elke keer dat ze een noodlanding maakt, weer opstaat, het stof van haar kleren klopt en weer afstevent op de volgende zelfmoordpoging.'

Ze veegde de revers van zijn colbert droog met haar zakdoek.

'En jij, Harry, wat doe jij als jij een noodlanding maakt?'

'Ik? Tja. Ik blijf een poosje liggen. En dan sta ik weer op. Je hebt immers geen alternatief.'

'Daar zeg je wat.'

Hij keek haar snel aan om na te gaan of ze de draak met hem stak. De pretlichtjes dansten in haar ogen. Ze straalde kracht uit en hij betwijfelde of ze veel ervaring had met noodlandingen.

'Jouw beurt om iets te vertellen.'

Rakel had geen zus naar wie ze kon verwijzen, ze was enig kind. Dus vertelde ze in plaats daarvan over haar werk.

'Maar we pakken helaas zelden iemand,' zei ze. 'De meeste zaken worden in der minne geschikt tijdens een telefoongesprek of op een borrel op een ambassade.'

Harry grijnsde scheef.

'En hoe werd de zaak met de Secret Service-agent die ik heb neergeschoten geschikt?' vroeg hij. 'Telefoongesprek of borrel?'

Ze keek hem peinzend aan, stak twee vingers in haar glas en viste er een ijsklontje uit. Ze hield het omhoog. Een druppel gesmolten water liep langzaam langs haar handpalm naar beneden, onder een dun gouden armbandje door naar haar elleboog.

'Dans je, Harry?'

'Volgens mij heb ik net tien minuten nodig gehad om uit te leggen hoe ik het haat.'

Ze hield haar hoofd weer scheef.

'Ik bedoel: dans je met mij?'

'Op deze muziek?'

Een panfluitversie van 'Let It Be' droop als dikke stroop uit de boxen.

'Je overleeft het wel. Zie het als een warming-up voor de grote Linda-test.'

'Flirten we nu?' vroeg Harry.

'Wat zei u, inspecteur?'

'Het spijt me, maar ik ben erg slecht in verborgen signalen herkennen, dus ik vroeg of we aan het flirten zijn.'

'Dat kan ik me niet voorstellen.'

Hij legde een hand om haar middel en deed een paar voorzichtige danspasjes.

'Het voelt als je onschuld verliezen,' zei hij. 'Maar het is kennelijk onvermijdelijk. Dit is een van die dingen waar een Noorse man vroeg of laat doorheen moet.'

'Waar heb je het over?' lachte ze.

'Dansen met een collega op een bedrijfsfeest.'

'Ik dwing je niet.'

Hij lachte. De muziek had van alles mogen zijn. Ze hadden de Vogeltjesdans achterstevoren op de ukelele kunnen spelen, voor deze dans had hij hoe dan ook een moord begaan.

'Wacht even, wat heb je daar zitten?' vroeg ze.

'Nou. Het is geen pistool, en ik vind het écht leuk je te zien. Maar...'

Harry haalde de mobiel uit zijn riem en liet haar los om het apparaatje op de box te leggen. Ze stak haar armen naar hem uit toen hij terugkwam.

'Ik hoop dat hier geen dief rondloopt,' zei hij. Het was een oeroud grapje op het politiebureau en ze moest het al honderd keer gehoord hebben. Maar ze lachte toch zacht in zijn oor.

Ellen liet de telefoon helemaal tot het einde toe overgaan voordat ze neerlegde. Toen probeerde ze het opnieuw. Ze stond bij het raam en keek op straat. Geen auto. Natuurlijk niet, ze zag spoken.

Tom was vast op weg naar zijn huis, naar zijn bed. Of een ander bed.

Na drie pogingen belde ze in plaats van Harry Kim. Hij klonk moe.

'Ik heb de taxi om zeven uur vanavond ingeleverd,' zei hij. 'Ik heb twintig uur gereden.'

'Ik neem snel een douche,' zei ze. 'Ik wilde alleen even zeker weten dat je er was.'

'Je klinkt gestrest.'

'O, nee hoor. Ik ben er over drie kwartier. Ik moet trouwens je telefoon lenen. En ik blijf tot morgen.'

'Fijn. Zou je nog even naar 7-Eleven in de Markvei willen gaan en sigaretten willen kopen?'

'Goed. Ik neem een taxi.'

'Waarom?'

'Dat leg ik je later wel uit.'

'Je weet dat het zaterdagavond is, hè? Een taxi kun je vergeten, je komt er bij de centrale nooit door. En het kost je maar vier minuten om hierheen te lopen.'

Ze twijfelde.

'Hé?' zei ze.

'Ja?'

'Hou je van me?'

Ze hoorde zijn lachje en stelde zich zijn halfgesloten, slaperige ogen voor en zijn magere, bijna uitgemergelde lichaam onder het dekbed in het miserabele flatje in de Helgenesgate. Het had uitzicht over de Akerselva. Het had alles. En een ogenblik vergat ze bijna Tom Waaler. Bijna.

'Sverre!'

De moeder van Sverre Olsen stond onder aan de trap en schreeuwde haar longen uit het lijf. Zo lang hij zich kon herinneren had ze dat zo gedaan.

'Sverre! Telefoon!'

Ze brulde of ze hulp nodig had of op het punt stond om te verdrinken of zoiets.

'Ik neem hem hier op, mama!'

Hij sloeg zijn benen over de rand van het bed, nam de hoorn van het toestel en wachtte tot hij de klik hoorde ten teken dat zijn moeder had opgelegd.

'Hallo?'

'Met mij.' Prince op de achtergrond. Altijd Prince.

'Dat dacht ik al.'

'Hoezo?'

De vraag kwam razendsnel. Zo snel dat Sverre het gevoel kreeg zich te moeten verdedigen, net of hij zijn gesprekspartner geld schuldig was in plaats van omgekeerd.

'Je belt toch omdat je mijn boodschap hebt gekregen?' zei Sverre.

'Ik bel omdat ik op mijn lijst van ontvangen gesprekken op mijn mobiel kijk. Ik zie dat je vanavond om 20.32 uur met iemand gesproken hebt. Over welke boodschap klets je nu?'

'Over de poen. Ik zit krap bij kas, en je hebt beloofd...'

'Met wie heb je gesproken?'

'Hè? Met die griet op je voicemail. Pittige tante, heb je een nieuwe...?'

Geen antwoord. Alleen zachtjes Prince: '*You sexy motherfucker...*' De muziek werd plotseling uitgezet.

'Vertel me precies wat je hebt gezegd.'

'Ik zei alleen dat...'

'Nee! Precies. Woord voor woord.'

Sverre herhaalde het zo goed als hij kon.

'Ik dacht al dat het zoiets was,' zei de Prins. 'Je hebt zojuist onze hele operatie aan een buitenstaander verraden, Olsen. Als we dit lek niet onmiddellijk dichten, zijn we er geweest. Begrijp je?'

Sverre Olsen begreep niets.

De Prins klonk weer kalm toen hij uitlegde dat zijn mobiel in verkeerde handen terecht was gekomen.

'Je hebt geen voicemail gehoord, Olsen.'

'Wie was het dan?'

'Laten we het de vijand noemen.'

'Monitor? Hebben ze spionnen of zo?'

'Die persoon is op weg naar de politie. Het is jouw taak om haar tegen te houden.'

'Mijn? Ik wil alleen maar mijn geld en...'

'Hou je bek, Olsen.'

En Olsen hield zijn bek.

'Het gaat om de Zaak. Je bent een goed soldaat, of niet?'

'Ja, maar...'

'En een goed soldaat ruimt de rommel achter zich op, of niet?'

'Ik heb alleen maar boodschappen doorgegeven tussen die ouwe vent en jou. Jij bent toch...'

'Zeker soldaten die een straf van drie jaar boven hun hoofd hebben hangen, die op grond van een vormfout omgezet is naar een voorwaardelijke straf.'

Sverre kon zichzelf horen slikken.

'Hoe weet jij dat?' begon hij.

'Dat doet er niet toe. Ik wil alleen dat je begrijpt dat je evenveel te verliezen hebt als ik en de rest van de broederschap.'

Sverre antwoordde niet. Dat was niet nodig.

'Bekijk het positief, Olsen. Het is oorlog. En we hebben geen plaats voor idioten en verraders. Bovendien beloont de broederschap zijn soldaten. Boven op de tienduizend krijg je nog een keer veertigduizend als de klus erop zit.'

Sverre dacht na. Aan wat hij zou aantrekken.

Waar?' vroeg hij.

'Schousplass over twintig minuten. Neem mee wat je nodig hebt.'

'Drink je niet?' vroeg Rakel.

Harry keek rond. De laatste dans was zo innig geweest dat die tot opgetrokken wenkbrauwen had kunnen leiden. Nu zaten ze helemaal achter in de kantine aan een tafel.

'Ik ben ermee gestopt.'

Ze knikte.

'Het is een lange geschiedenis,' voegde hij eraan toe.

'Ik heb geen haast.'

'Vanavond heb ik alleen maar zin om leuke verhalen te horen,' lachte hij. 'Laten we het liever over jou hebben. Heb je een jeugd gehad die de moeite waard is?'

Harry had verwacht dat ze zou lachen, maar hij kreeg alleen een flauw lachje.

'Mijn moeder overleed toen ik vijftien was, maar afgezien daarvan durf ik over het meeste wel te praten.'

'Sorry.'

'Dat hoef je niet te zeggen. Ze was een ongewone vrouw. Maar we wilden vanavond toch leuke verhalen vertellen?'

'Heb je broers of zussen?'

'Nee. Ik heb alleen maar mijn vader.'

'Dus jij moest alleen voor hem zorgen?'

Ze keek verrast naar hem op.

'Ik weet wat het is,' zei hij. 'Mijn moeder is ook overleden. Mijn vader heeft jarenlang in een stoel gezeten en naar de muur gestaard. Ik moest hem letterlijk voeren.'

'Mijn vader leidde een grote bouwmarktketen die hij zelf had opgebouwd en waarvan ik dacht dat die zijn hele leven was. Maar in de nacht dat mijn moeder overleed raakte hij al zijn interesse daarin kwijt. Hij heeft zijn aandelen verkocht voordat het helemaal fout ging. En hij duwde alle bekenden van zich af. Inclusief mij. Hij is een bittere, eenzame man geworden.'

Ze maakte een gebaar met haar hand.

'Ik had mijn eigen leven. Ik had een man ontmoet in Moskou, en vader voelde zich verraden omdat ik met een Rus wilde trouwen. Toen ik Oleg met me meenam naar Noorwegen, werd het contact tussen vader en mij erg moeizaam.'

Harry stond op en kwam terug met een margarita voor haar en cola voor hemzelf.

'Jammer dat we elkaar bij rechten nooit zijn tegengekomen, Harry.'

'Ik was toen een hufter,' zei Harry. 'Ik was agressief tegen iedereen die niet dezelfde platen en films goed vond als ik. Niemand vond me leuk. Ik mezelf ook niet.'

'Daar geloof ik niets van.'

'Ik heb dat uit een film gejat. Die kerel die dat zei probeerde

Mia Farrow te versieren. In de film, dus. Ik heb nooit kunnen uittesten hoe het in het echte leven werkt.'

'Nou,' zei ze, en ze proefde peinzend van haar margarita. 'Ik geloof dat het een goed begin is. Maar weet je zeker dat je dat met dat jatten ook niet gejat hebt?'

Ze lachten en spraken over goede en slechte films, en goede en slechte concerten waar ze heen waren geweest, en na een poosje begreep Harry dat hij zijn eerste indruk van haar voor een groot deel moest bijstellen. Ze had bijvoorbeeld op eigen houtje de wereld rondgereisd toen ze twintig was, een leeftijd waarop Harry wat volwassenheid betreft alleen kon bogen op een mislukte interrailtour en een groeiend alcoholprobleem.

Ze keek op de klok.

'Elf uur. Er zit iemand op me te wachten.'

Harry voelde zijn hart samentrekken.

'Op mij ook,' zei hij, en hij stond op.

'O?'

'Alleen een monster onder het bed. Zal ik je naar huis brengen?'

Ze lachte: 'Dat is niet nodig.'

'Het ligt bijna op de route.'

'Woon jij ook in Holmenkollen?'

'Vlakbij. Of tamelijk vlakbij. Bislett.'

Ze lachte.

'Aan de andere kant van de stad dus. Dan weet ik waar jij op uit bent.'

Harry lachte schaapachtig. Ze legde een hand op zijn arm.

'Ik moet weer helpen met je auto aan te duwen, hè?'

'Het lijkt erop dat hij weg is, Helge,' zei Ellen.

Ze stond bij het raam met haar cape om en keek tussen de gordijnen door naar buiten. De straat beneden was leeg; de taxi die er had gestaan was vertrokken met drie behoorlijk aangeschoten vriendinnen. Helge gaf geen antwoord. De eenvleugelige koolmees knipperde tweemaal met zijn ogen en krabde met een koolmeespootje aan zijn buik.

Ellen probeerde Harry nog een keer op zijn mobiel te bellen, maar dezelfde vrouwenstem herhaalde dat het toestel ofwel uitgezet was, ofwel geen bereik had.

Toen legde ze een doek over de kooi, zei Helge welterusten, deed het licht uit en draaide de deur op slot. Er waren nog steeds geen mensen in de Jens Bjelkesgate en ze haastte zich naar de Thorvald Meyersgate, waar het, zoals ze wist, op zaterdagavond wemelde van de mensen. Voor het restaurant Fru Hagen groette ze een stel met wie ze tijdens een vochtige hardloopwedstrijd hier in Grünerløkkas een paar woorden had gewisseld. Het schoot haar ineens te binnen dat ze Kim beloofd had sigaretten te kopen en ze keerde terug om naar 7-Eleven in de Markvei te gaan. Ze zag een nieuw gezicht dat ze vaag herkende en ze glimlachte automatisch toen ze zag dat hij naar haar keek.

Bij 7-Eleven stond ze te aarzelen: rookte Kim nu Camel of Camel Light? Ze realiseerde zich ineens hoe kort ze eigenlijk nog maar samen waren. En hoeveel ze nog van elkaar moesten leren. En dat het voor het eerst in haar leven was dat dit haar niet bang maakte, maar dat ze zich erop verheugde. Ze was gewoonweg dolgelukkig. De gedachte dat hij maar drie straten hiervandaan naakt in bed lag vervulde haar van een gelukzalige, lome lust. Ze koos Camel en wachtte ongeduldig tot ze aan de beurt was. Weer op straat besloot ze een kortere route langs de Akerselva te nemen.

Het viel haar op hoe snel je zelfs in een grote stad van de drukte in de stilte kon komen. Ineens waren het gekolk van de rivier en het gekraak van de sneeuw onder haar laarzen het enige wat ze kon horen. En het was te laat om spijt te krijgen van haar doorsteek toen ze begreep dat ze niet alleen haar eigen voetstappen hoorde. En toen hoorde ze de ademhaling ook: zwaar en hijgend. Angstig en woedend, dacht Ellen, en ze wist op hetzelfde ogenblik dat ze in levensgevaar verkeerde. Ze draaide zich niet om, maar begon alleen te rennen. De voetstappen achter haar gingen snel over op hetzelfde tempo. Ze probeerde effectief en beheerst te lopen, niet in paniek te raken en geen krachten te verspillen. *Niet als een wijf lopen*, dacht ze, en ze tastte naar de pepperspray in de zak van haar cape, maar de voetstappen achter haar kwamen onverbiddelijk naderbij. Ze probeerde zichzelf wijs te maken dat ze gered was als ze de eenzame lichtbundel voor haar zou bereiken. Maar ze wist ook dat dat niet klopte. Precies onder de lantaarn werd haar schouder getroffen door de eerste klap en viel ze op haar zij in de sneeuw. De tweede klap verlamde haar arm en de pepperspray gleed uit haar hand. De derde verbrijzelde haar knieschijf, maar de pijn blokkeerde de schreeuw die nog diep in haar keel vastzat en haar halsslagader in de winterbleke huid deed opzwellen. Ze zag hem de honkbalknuppel opheffen; ze herkende hem nu ook. Het was dezelfde man die ze had gezien toen ze bij Fru Hagen was omgedraaid. De politievrouw in haar registreerde dat hij een kort groen jasje droeg, zwarte laarzen en een zwarte combatmuts. De eerste klap tegen haar hoofd beroofde haar van haar gezichtsvermogen en ze zag alleen nog maar de nachtelijke duisternis.

Veertig procent van de heggenmussen overleeft, dacht ze. Ik overleef deze winter.

Haar vingers woelden door de sneeuw om een houvast te vinden. De tweede klap raakte haar achterhoofd.

De winter duurt niet lang meer, dacht ze. Ik zal het overleven.

Harry stopte bij de oprit naar de villa van Rakel Fauke aan de Holmenkollenvei. Het witte maanlicht gaf haar huid een onwerkelijk lijkbleek schijnsel, en zelfs in het halfdonker in de auto kon hij aan haar ogen zien dat ze moe was.

'Dat was het dan,' zei Rakel.

'Dat was het,' zei Harry.

'Ik zou je graag nog even mee naar binnen vragen, maar...'

Harry lachte. 'Ik neem aan dat Oleg dat vast niet goed zou vinden.'

'Oleg slaapt zoet, maar ik denk aan zijn oppas.'

'Oppas?'

'De oppas van Oleg is de dochter van een collega bij het POT. Begrijp me alsjeblieft niet verkeerd, maar ik wil zulke geruchten niet op het werk hebben.'

Harry staarde naar de instrumenten op het dashboard. In het ruitje voor de kilometerteller zat een barst, en hij vermoedde dat de zekering van het olielampje doorgebrand was.

'Is Oleg jouw kind?'

'Ja, wat dacht jij dan?'

'Nou, ik dacht dat je het over je partner had.'

'Welke partner?'

De sigarettenaansteker was uit het raam gegooid of samen met de radio gestolen.

'Ik heb Oleg gekregen toen ik in Moskou was,' zei ze. 'Zijn vader en ik hebben twee jaar samengewoond.'

'Wat is er gebeurd?'

Ze haalde de schouders op.

'Er is niets gebeurd. We hielden gewoon niet meer van elkaar. En ik ben teruggegaan naar Oslo.'

'Dus jij bent...'

'Alleenstaande moeder. Hoe zit het met jou?'

'Alleen. Gewoon alleen.'

'Voordat je bij ons begon, had iemand het over jou en die vrouw met wie je het kantoor deelde bij Geweldsdelicten.'

'Ellen? Ach, we konden gewoon goed met elkaar opschieten. Kunnen goed met elkaar opschieten. Ze helpt me nog steeds met het een en ander.'

'Met wat dan?'

'De zaak waaraan ik werk.'

'O ja, de zaak.'

Ze keek weer op haar horloge.

'Zal ik je helpen het portier open te maken?' vroeg Harry.

Ze lachte, schudde haar hoofd en gaf een duw met haar schouder. De scharnieren piepten toen het portier openging.

De Holmenkollås was uitgestorven. Alleen het zachte geruis van oude sparren was te horen. Ze zette een voet in de sneeuw.

'Welterusten, Harry.'

'Nog één ding.'

'Ja?'

'Toen ik hier vorige keer kwam, waarom vroeg je me toen niet wat ik van je vader wilde? Je vroeg alleen maar of je ergens mee kon helpen.'

'Beroepsdeformatie. Ik vraag niet naar zaken die me niets aangaan.'

'Ben je nog steeds niet nieuwsgierig?'

'Ik ben altijd nieuwsgierig, ik vraag alleen niet. Waar gaat het om?'

'Ik ben op zoek naar een frontsoldaat met wie je vader misschien samen heeft gevochten in de oorlog. Die frontsoldaat heeft een Märklin-geweer gekocht. Je vader maakte op mij geen verbitterde indruk toen ik hem sprak.'

'Het lijkt erop dat het schrijfproject hem wakker heeft geschud. Ik sta versteld van hem.'

'Misschien komt het ooit weer goed tussen jullie.'

'Misschien,' zei zij.

Hun blikken ontmoetten elkaar, leken zich vast te haken en kwamen niet meer los.

'Flirten we nu?' vroeg ze.

'Dat kan ik me niet voorstellen.'

Hij kon haar lachende ogen nog voor zich zien lang nadat hij zijn auto tegen de regels in had geparkeerd bij Bislett, het monster onder zijn bed had verjaagd en was gaan slapen zonder acht te slaan op het rode lampje in de kamer dat vertelde dat hij een bericht had op zijn antwoordapparaat.

Sverre Olsen deed de deur zachtjes achter zich dicht, trok zijn schoenen uit en sloop de trap op. Hij stapte over de tree waarvan hij wist dat die kraakte, maar wist ook dat het zinloos was.

'Sverre?' Het geroep kwam door de openstaande slaapkamerdeur.

'Ja, mama?'

'Waar ben je geweest?'

'Gewoon even buiten. Ik ga nu slapen.'

Hij sloot zich af voor haar woorden; hij kende ze immers wel. Ze troffen hem als een ijzelregen en smolten voordat ze de grond bereikten. Toen deed hij de deur van zijn kamer dicht en was alleen. Hij ging op bed liggen, staarde naar het plafond en liet de gebeurtenissen nogmaals de revue passeren. Het leek wel een film. Hij sloot zijn ogen, probeerde hem buiten te sluiten, maar de film bleef doorgaan.

Hij had geen flauw idee wie ze was. De Prins had hem zoals afgesproken ontmoet op de Schousplass en ze waren naar de straat gereden waar ze woonde. Ze hadden zo geparkeerd dat ze hen niet kon zien vanuit haar flat, maar ze konden haar zien als ze naar buiten kwam. Hij had gezegd dat het de hele nacht kon duren en dat hij zich moest ontspannen, had vervolgens die stomme muziek opgezet en de stoelrug achterover laten zakken. Maar al na een halfuur was de huisdeur opengegaan en had de Prins gezegd: 'Dat is ze.'

Sverre was achter haar aan gerend, maar was pas dichter bij haar gekomen toen ze uit de donkere straat waren, en toen waren er te veel mensen om hen heen. Ze had zich ineens ergens omgedraaid en hem recht aangekeken, en heel even was hij er zeker van geweest dat hij ontdekt was, dat ze de knuppel in de mouw boven zijn kraag had zien uitsteken. Hij was zo bang geworden dat hij de spieren in zijn gezicht niet onder controle kon houden, maar later, toen ze 7-Eleven uit was gekomen, was de angst in woede overgegaan. Hij herinnerde zich wat er onder de lantaarn gebeurd was, maar herinnerde zich de details niet. Hij wist wat er gebeurd was, maar het leek wel of er een gedeelte weg was, zoals bij die quiz op televisie waar een gedeelte van een foto wordt weggelaten en je moet raden wat je ziet.

Hij deed zijn ogen weer open. Staarde naar de kromgetrokken gipsplaten boven de deur. Als hij het geld kreeg, zou hij een dakdekker laten komen om die lekkage te laten repareren waarover mama zich zo vaak had lopen opwinden. Hij probeerde aan het dak te denken, maar wist dat hij dat alleen deed om die andere gedachte weg te duwen. Dat het verkeerd was. Dat het deze keer anders was. Niet zoals met die spleetoog bij Dennis Kebab. Dit meisje was een gewoon Noors meisje geweest. Kort bruin haar. Blauwe ogen. Ze zou zijn zus kunnen zijn. Hij probeerde voor zichzelf te herhalen wat de Prins hem had ingeprent: dat hij een soldaat was, dat het voor de Zaak was.

Hij keek naar de foto die hij aan de wand onder het hakenkruis had geprikt. Het was de ss-Reichsführer en de chef van de Duitse politie Heinrich Himmler op een spreekgestoelte in Oslo in 1941. Hij sprak voor de Noren die vrijwillig bij de Waffen-ss gingen. Groen uniform. ss-initialen op de kraag. Vidkun Quisling op de achtergrond. Himmler. Eervolle dood op 23 mei 1945. Zelfmoord.

'Verdomme!'

Sverre zwaaide zijn benen weer op de vloer, stond op en begon rusteloos heen en weer te lopen.

Voor de spiegel aan de deur bleef hij staan. Pakte zijn hoofd vast. Toen doorzocht hij de zakken van zijn jas. Verdomme, waar was de combatmuts? Een ogenblik sloeg de paniek toe bij de gedachte dat die naast haar in de sneeuw kon liggen, maar toen bedacht hij dat hij de muts nog op had gehad toen hij was teruggekomen bij de auto van de Prins. Hij ademde uit.

De knuppel had hij laten verdwijnen zoals de Prins het hem had gezegd: de vingerafdrukken afgeveegd en in de Akerselva gegooid. Nu was het alleen een kwestie van niet opvallen en afwachten wat er gebeurde. De Prins had gezegd dat hij het verder zou afhandelen, zoals hij dat wel vaker had gedaan. Waar de Prins werkte wist Sverre niet, maar dat hij goede connecties had bij de politie was duidelijk. Hij kleedde zich uit voor de spiegel. De tatoeages op zijn huid leken grauw in het witte maanlicht dat door de gordijnen viel. Hij streelde met zijn vingers het ijzeren kruis dat om zijn nek hing.

'Hoer,' mompelde hij. 'Vuile communistenhoer.'

Toen hij eindelijk sliep, begon het in het oosten al licht te schemeren.

51 | *Hamburg, 30 juni 1944*

Lieve, geliefde Helena,

Ik hou meer van je dan ik van mezelf hou, dat weet je nu. Hoewel we maar weinig tijd hadden, en jij een lang en gelukkig leven voor je hebt (dat weet ik!), hoop ik dat je me nooit helemaal zult vergeten. Het is avond en ik zit in een slaapzaal in de haven van Hamburg. Buiten vallen de bommen. Ik ben alleen, de anderen hebben beschutting gezocht in de bunkers en kelders. Er is hier geen stroom, maar de branden buiten geven genoeg licht om te schrijven.

Vlak voordat we Hamburg bereikten, moesten we de trein uit omdat de rails de nacht daarvoor gebombardeerd waren. We zijn per vrachtwagen naar de stad gebracht, en onderweg zagen we verschrikkelijke dingen. Elk tweede huis leek ingestort te zijn, honden scharrelden door de rokende puinhopen, en overal zag ik magere kinderen in lompen met grote lege ogen naar de vrachtwagens staren. Twee jaar geleden ben ik door Hamburg gekomen op weg naar Sennheim, maar je herkent de stad niet meer. Toen vond ik de Elbe de mooiste rivier die ik ooit had gezien, maar nu dreven er planken en wrakken in bruin afvalwater, en ik heb iemand horen zeggen dat de rivier vergiftigd is door alle lijken die erin drijven. Ze hebben het over nieuwe bombardementen vannacht en het is tijd om het land te verlaten. Volgens plan ga ik vanavond verder naar Kopenhagen, maar de rails in het noorden zijn gebombardeerd.

Excuses voor mijn slechte Duits. Zoals je kunt zien, heb ik ook geen vaste hand, maar dat komt door de bommen die het huis doen schudden. Maar ik ben niet bang. Waar moet ik nu bang voor zijn? Vanaf het punt waar ik zit ben ik getuige van een fenomeen waar ik over gehoord heb, maar dat ik nog nooit heb gezien: een vuurtornado. De vlammen aan de andere kant van de haven lijken alles naar zich toe te zuigen. Ik kan zien hoe planken en hele dakplaten omhoogkomen en de vlammen in vliegen. En het water dat kookt! Er stijgt damp op onder de bruggen, als een stakker zou proberen het vege lijf te redden door in het water te springen zou hij levend gekookt worden. Ik heb het raam geopend, maar de lucht bevat kennelijk geen zuurstof meer. En toen hoorde ik ook het gebrul; het lijkt of er iemand in de vlammen staat te roepen: 'Meer, meer!' Het is akelig en angstaanjagend, maar in zekere zin ook opwindend.

Mijn hart is zo vervuld van liefde dat ik me onkwetsbaar voel. Dankzij jou, Helena. Als je op een dag een kind krijgt (ik weet en ik wil dat het gebeuren zal!) wil ik dat je mijn verhaal vertelt. Vertel het als een sprookje, want dat is het: een echt sprookje! Ik heb besloten vannacht naar buiten te gaan om te kijken wat ik vind, wie ik tegenkom. Deze brief zal ik in een metalen veldfles op tafel laten liggen. Ik heb je naam en adres er met een bajonet in gekrast, zodat degene die hem vindt het zal begrijpen.

Je geliefde
Urias

DEEL 5
ZEVEN DAGEN

52 | *Jens Bjelkesgate, 9 maart 2000*

'Hallo, dit is het antwoordapparaat van Ellen en Helge. Laat een bericht achter.'

'Hallo Ellen, dit is Harry. Zoals je hoort heb ik gedronken, en dat spijt me. Maar als ik nuchter was geweest, had ik je waarschijnlijk niet gebeld. Dat begrijp je vast wel. Ik was vandaag op de plaats van het misdrijf. Je lag op je rug op de weg die langs de Akerselva loopt. Je bent door een jong stel gevonden dat kort na middernacht op weg was naar Blå. Doodsoorzaak: zware verwondingen op het voorste deel van de schedel als gevolg van harde slagen met een stomp voorwerp. Je bent ook op je achterhoofd geslagen en had in totaal drie schedelbreuken; daarbij nog een gebroken linkerknieschijf en verwondingen van een klap aan je rechterschouder. We gaan ervan uit dat de verwondingen door hetzelfde voorwerp zijn toegebracht. Dokter Blix schat het tijdstip van overlijden tussen 23.00 en 24.00 uur. Je zag eruit als... Ik... Wacht even.

Sorry. Goed. Sporenonderzoek heeft twintig afdrukken van laarzen in de sneeuw opgeleverd, en een paar sporen vlak naast je, maar de laatste waren uiteengeschopt, waarschijnlijk met het doel om ze te verwijderen. Er hebben zich nog geen getuigen gemeld, maar we maken het gewone rondje door de buurt. De weg is immers door diverse mensen vanuit hun huis te zien, en Geweldsdelicten denkt dat het mogelijk is dat iemand iets gezien heeft. Persoonlijk denk ik dat die kans minimaal is. Er was namelijk tussen kwart over elf en kwart voor twaalf een herhaling op televisie van de Zweedse *Expeditie Robinson.* Grapje. Ik probeer leuk te zijn, heb je het in de gaten? O ja, we hebben een blauwe muts gevonden een paar meter vanwaar jij lag. Er zaten bloedvlekken op, en hoewel je tamelijk veel bloed hebt verloren, gelooft dokter Blix niet dat het bloed zo ver gespat kan zijn. Als het jouw bloed is, kan de muts dus van de moordenaar zijn geweest.

We hebben het bloed opgestuurd voor analyse en de muts naar het laboratorium van de Technische Recherche, waar hij bekeken wordt op huidresten en haren. Als die kerel geen haaruitval heeft, heeft hij hopelijk roos. Haha. Je bent Ekman en Friesen toch niet vergeten? Ik heb niet meer trefwoorden, maar meld het me als je iets te binnen schiet. Was er nog iets? Ja, Helge heeft bij mij een nieuw thuis gevonden. Ik weet dat het geen verandering ten goede is, maar dat geldt voor ons allemaal, Ellen. Met uitzondering van jou misschien. Nu schenk ik me weer wat te drinken in en ga daarover nadenken.'

53 | *Jens Bjelkesgate, 10 maart 2000*

'Hallo, dit is het antwoordapparaat van Ellen en Helge. Laat een bericht achter.'

'Hallo, dit is Harry weer. Ik ben vandaag niet aan het werk gegaan. Het is me wel gelukt dokter Blix op te bellen. Ik ben blij je te kunnen vertellen dat je niet seksueel misbruikt bent en dat, voorzover we konden nagaan, al je aardse eigendommen nog aanwezig waren. Dat betekent dat we geen motief hebben, hoewel het natuurlijk ook kan betekenen dat de dader geen tijd had om te doen wat hij van plan was. Of het niet over zijn hart kon verkrijgen om het te doen. Vandaag hebben zich twee getuigen gemeld die je voor Fru Hagen hebben gezien. Bij 7-Eleven aan de Markvei is om 22 uur 55 een betaling geregistreerd op jouw pasje. Jouw vriend, die Kim, is de hele dag verhoord. Hij vertelde dat jij naar hem op weg was en dat hij gevraagd had sigaretten voor hem te kopen. Een jongen bij Geweldsdelicten heeft zich erin vastgebeten dat je een ander merk sigaretten had gekocht dan die Kim rookt. Bovendien heeft hij geen alibi. Het spijt me, Ellen, maar op het moment is hij de hoofdverdachte.

Ik heb overigens zojuist bezoek gehad. Ze heet Rakel en werkt bij het POT. Ze kwam langs om te zien hoe het met me gaat, zei ze. Ze heeft hier even gezeten, maar we hebben niet veel gezegd.

Na een poosje ging ze weer weg. Ik geloof dat het niet zo'n succes was.

Je moet de groeten hebben van Helge.'

54 | *Jens Bjelkesgate, 13 maart 2000*

'Hallo, dit is het antwoordapparaat van Ellen en Helge. Laat een bericht achter.'

'Het is de koudste maart sinds mensenheugenis. De thermometer wijst –8 aan en de ramen in dit huizenblok stammen van de vorige eeuwwisseling. De algemene opvatting dat je het niet koud hebt als je dronken bent, is grote onzin. Ali, mijn buurman, klopte vanmorgen aan. Ik ben kennelijk lelijk van de trap gevallen toen ik gisteravond thuiskwam, en hij heeft me naar bed geholpen.

Het moet tegen lunchtijd zijn geweest toen ik op het werk verscheen, want de kantine was stampvol toen ik mijn koffie haalde. Ik had het idee dat ze naar me staarden, maar dat kan aan mij liggen. Ik mis je vreselijk, Ellen.

Ik heb het dossier van die Kim van je gelicht. Ik heb gezien dat hij kort heeft gezeten voor hasjbezit. Geweldsdelicten gelooft nog steeds dat hij het was. Ik heb hem nooit ontmoet, en het is duidelijk dat ik geen mensenkenner ben. Maar op grond van wat ik van jou over hem gehoord heb, lijkt hij me hier geen type voor, of wel? Ik heb de Technische Recherche gebeld, en het blijkt dat er geen enkele haar is gevonden op de muts, alleen iets wat kennelijk huidresten zijn. Ze sturen ze op voor een DNA-analyse en hopen dat het resultaat binnen vier weken bekend is. Weet je hoeveel haren een volwassene per dag verliest? Ik heb het nagekeken. Rond de honderdvijftig. Maar geen haar in die muts te vinden. Daarna ben ik naar Møller gegaan en heb hem gevraagd een lijst te maken van alle mensen die de laatste vier jaar veroordeeld zijn wegens het toebrengen van zwaar lichamelijk letsel en die op het moment een kaalgeschoren schedel hebben.

Rakel is bij me langs geweest op kantoor met een boek. *Onze zangvogels.* Wonderlijk boek. Geloof jij dat Helge gierst lust? Je moet de groeten hebben.'

55 | *Jens Bjelkesgate, 14 maart 2000*

'Hallo, dit is het antwoordapparaat van Ellen en Helge. Laat een bericht achter.'

'Ze hebben je vandaag begraven. Ik was er niet. Jouw mensen verdienden een waardige herdenking, en ik was vandaag niet bijzonder presentabel. In plaats daarvan heb ik vanuit Schrøder aan je gedacht. Om acht uur vanavond ben ik in de auto gestapt en naar de Holmenkollenvei gereden. Het was een slecht idee. Rakel had bezoek van diezelfde kerel die ik daar al eerder had gezien. Hij stelde zich voor als iemand van het departement van Buitenlandse Zaken en beweerde daar uit hoofde van zijn beroep te zijn. Ik geloof dat hij Brandhaug heet. Rakel leek niet erg ingenomen te zijn met zijn bezoek, maar dat kan aan mij liggen. Dus ik ben er snel weer vandoor gegaan, voordat het te pijnlijk werd. Rakel stond erop dat ik een taxi nam. Maar als ik naar buiten kijk, zie ik de Escort in de straat staan, dus ik heb die raad kennelijk niet opgevolgd.

Alles gaat, zoals je begrijpt, een beetje chaotisch op het moment. Maar ik ben vandaag wel in de dierenwinkel geweest en heb vogelvoer gekocht. De vrouw achter de toonbank heeft me Trill aangeraden. Dat heb ik genomen.'

56 | *Jens Bjelkesgate, 15 maart 2000*

'Hallo, dit is het antwoordapparaat van Ellen en Helge. Laat een bericht achter.'

'Ik ben vandaag naar Ryktet geweest. Doet me denken aan Schrøder. Ze kijken je in elk geval geen twee keer aan als je 's ochtends bier besteld. Ik ben bij een oude kerel aan tafel gaan zitten en slaagde er na een paar pogingen in een gesprek op gang te krijgen. Ik heb hem gevraagd wat hij tegen Even Juul heeft. Hij keek me toen lang aan; het was duidelijk dat hij me niet herkende van de laatste keer dat ik hier was. Maar nadat ik een pilsje voor hem had besteld, kreeg ik het verhaal te horen. Die kerel was frontsoldaat geweest, dat had ik al begrepen, en hij had de vrouw van Juul, Signe, gekend. Zij was verpleegster aan het oostfront. Ze had zich vrijwillig gemeld omdat ze verloofd was met een van de Noorse soldaten uit het regiment Norge. Toen ze in 1945 werd opgepakt voor landverraad, had Juul een oogje op haar. Ze kreeg twee jaar, maar de vader van Juul, die een hoge positie had in de Arbeiderspartij, heeft ervoor gezorgd dat ze al na een paar maanden werd vrijgelaten. Toen ik de oude man vroeg waarom hij zich daar zo over opwond, mompelde hij alleen maar dat Juul niet zo heilig was als hij zich voordeed. Dat was het woord dat hij gebruikte: 'heilig.' Hij zei dat Juul net zo was als de andere historici: hij beschreef de mythe over Noorwegen tijdens de oorlog zoals de overwinnaars dat graag zien. De man herinnerde zich niet hoe haar eerste verloofde heette, alleen dat hij een soort held was voor de andere mannen in het regiment.

Daarna ben ik naar het werk gegaan. Kurt Meirik kwam langs om naar me te kijken. Hij zei niets. Ik heb Bjarne Møller opgebeld en hij kon vertellen dat de lijst waar ik om gevraagd had vierendertig namen bevatte. Zijn mannen zonder haar meer geneigd geweld te gebruiken, denk je? Møller heeft in elk geval een agent rond laten bellen om de alibi's van de betrokkenen na te trekken en zodoende het aantal mogelijkheden te reduceren. Ik lees uit het voorlopig rapport dat Tom Waaler je naar huis heeft gebracht en dat je toen je uitstapte om 22 uur 15 rustig was. Hij heeft ook nog verteld dat jullie het over alledaagse dingen hadden. Maar toch, toen je mij, volgens Telenor om 22 uur 16, dus direct nadat je was thuisgekomen, belde, was je in alle staten over wat je op het spoor was gekomen. Ik vind dat vreemd. Bjarne Møller vindt dat niet. Misschien lig het aan mij.

Laat snel iets van je horen, Ellen.'

57 | *Jens Bjelkesgate, 16 maart 2000*

'Hallo, dit is het antwoordapparaat van Ellen en Helge. Laat een bericht achter.'

'Ik ben vandaag niet naar het werk geweest. Buiten is het –12, in mijn flat een paar graden warmer. De telefoon ging de hele dag, en toen ik eindelijk besloten had hem op te nemen, was het dokter Aune. Aune is een goede psycholoog; hij doet in elk geval niet alsof hij minder verward is over hetgeen er in onze hoofden omgaat. Aunes eerder gehoorde bewering dat de psychische barsten bij een alcoholicus daar beginnen waar de laatste dronkenschap eindigt, is een goede waarschuwing, maar het is niet noodzakelijkerwijs waar. Denkend aan wat er in Bangkok gebeurde, was hij er verbaasd over dat het deze keer toch redelijk goed met me gaat. Alles is relatief. Aune had het overigens over een Amerikaanse psycholoog die beweerde dat de levensloop van een mens tot op zekere hoogte erfelijk is; als we in de voetsporen treden van onze ouders, zal onze levensloop ook op elkaar lijken. Mijn vader werd na de dood van mijn moeder eenzelvig, en nu is Aune bang dat ik dat ook zal worden door een paar tegenslagen die ik heb gehad. Die kwestie van Vindern, je weet wel. En in Sydney. En nu dit. Tja. Ik heb verteld hoe ik mijn dagen doorbreng, maar moest lachen toen dokter Aune zei dat Helge me ervan weerhouden had de controle over mijn leven volkomen los te laten. Een koolmees! Aune is zoals gezegd een goeie vent, maar hij zou dat psychologengezwam achterwege moeten laten.

Ik heb Rakel gebeld en gevraagd of ze met me uit wil. Ze zei dat ze erover na zou denken en terug zou bellen. Ik begrijp niet waarom ik dit mezelf aandoe.'

58 | *Jens Bjelkesgate, 17 maart 2000*

'... icht van Telenor. U hebt een nummer gebeld dat buiten gebruik is. Dit is een bericht van Telenor. U hebt...'

DEEL 6
BATSEBA

59 | *Møllers kantoor, 24 april 2000*

Het eerste voorjaarsoffensief kwam laat. Pas eind maart begon het te gorgelen en te stromen in de goten. In april was alle sneeuw in het Sognsvann verdwenen. Maar toen moest de lente weer een stapje terug doen. Er viel nieuwe sneeuw, zelfs in de stad lagen hoge sneeuwhopen, en het duurde weken voordat de zon alles weer had weggesmolten. Hondenpoep en afval van het vorige jaar lagen in de straten te stinken, de wind blies over de open vlaktes in het Grønlandsleir en bij Galerie Oslo stoof het strooizand omhoog. De mensen liepen in hun ogen te wrijven en te hoesten. Men had het over de alleenstaande moeder die misschien ooit koningin werd, het EK voetbal en het ongewone weer. Op het politiebureau sprak men over wat men met Pasen had gedaan, over de miezerige loonstijgingen, en verder deed men alsof alles weer als vroeger was.

Maar niets was nog als vroeger.

Harry zat in zijn kamer met zijn benen op tafel en keek naar de wolkeloze dag, naar de bejaarde dames die 's middags met hun lelijke hoeden de trottoirs bevolkten, de koeriersdiensten die door oranje reden – al die kleine dingen die de stad de bedrieglijke schijn van alledaagsheid gaven. Hij had het zich lang afgevraagd: was hij de enige die zich niet voor de gek liet houden? Het was zes weken geleden dat ze Ellen begraven hadden, maar als hij naar buiten keek zag hij geen verandering.

Er werd op de deur geklopt. Harry reageerde niet, maar de deur ging toch open. Het was afdelingschef Bjarne Møller.

'Ik hoorde dat je terug was.'

Harry keek naar een rode bus die buiten bij de halte bleef staan. De reclame op de zijkant was van Storebrand Levensverzekering.

'Zou je me kunnen vertellen, chef,' vroeg hij, 'waarom ze het levensverzekering noemen terwijl het toch eigenlijk een doodsverzekering is?'

Møller zuchtte en ging op de rand van het bureau zitten.

'Waarom heb je hier geen stoel, Harry?'

'Mensen komen eerder ter zake als ze niet zitten.' Hij staarde nog steeds uit het raam.

'We hebben je gemist bij de begrafenis, Harry.'

'Ik had me omgekleed,' zei Harry, meer tegen zichzelf dan tegen Møller. 'Ik was ervan overtuigd dat ik erheen zou gaan. Toen ik opkeek en de treurige menigte bij elkaar zag, dacht ik even dat ik er al was. Totdat ik Maja voor me zag staan om op mijn bestelling te wachten.'

'Ik dacht al dat het zoiets was,' zei Møller.

Er liep een hond over het bruine plein met zijn snuit naar de grond en zijn staart fier in de lucht. Er was tenminste één levend wezen dat prijs stelde op de Oslose lente.

'Wat is er daarna gebeurd?' vroeg Møller. 'We hebben je een poosje niet gezien.'

Harry haalde zijn schouders op.

'Ik had het druk. Heb een huisgenoot gekregen, een eenvleugelige koolmees. En ik heb naar de oude berichten van mijn voicemail geluisterd. Alle berichten die ik de laatste twee jaar heb gekregen bleken op een bandje van een halfuur te staan. En ze waren allemaal van Ellen. Treurig, nietwaar? Tja. Misschien ook niet. Het enige treurige is dat ik niet thuis was toen ze voor de laatste keer belde. Wist je dat Ellen hem ontmaskerd had?'

Voor de eerste keer sinds Møller binnen was, draaide Harry zich om en keek hem aan.

'Je herinnert je Ellen toch nog wel?'

Møller zuchtte.

'We herinneren ons Ellen nog allemaal, Harry. En ik herinner me het bericht dat ze had ingesproken, en dat je tegen Geweldsdelicten hebt gezegd dat je dacht dat het om de tussenpersoon in de wapenhandel ging. Dat het ons niet gelukt is om de dader te vinden, betekent niet dat we haar vergeten zijn, Harry. De mensen van Geweldsdelicten zijn al weken op de been; we hebben bijna niet geslapen. Als je op het werk was geweest, had je misschien gezien hoe hard we gewerkt hebben.'

Møller had al meteen spijt van wat hij gezegd had. 'Ik wilde niet...'

'Ja, dat wilde je wel. En je hebt natuurlijk gelijk.'

Harry wreef over zijn gezicht.

'Gisteravond luisterde ik naar een van haar ingesproken berichten. Ik weet niet waarom ze belde. De boodschap was doorspekt met raadgevingen over wat ik moest eten en eindigde ermee dat ik moest denken aan het voer voor de vogels en stretchoefeningen na de training, en aan Ekman en Friesen. Weet je wie Ekman en Friesen zijn?'

Møller schudde zijn hoofd.

'Twee psychologen zijn tot de ontdekking gekomen dat door lachen de aangezichtsspieren een chemische reactie in de hersenen op gang brengen, waardoor je positiever over de wereld om je heen wordt, en meer tevreden over je leven. Ze hebben eigenlijk die oude zegswijze bewezen: "Als je tegen de wereld lacht, lacht de wereld terug." Ze heeft kans gezien me dat een poosje te laten geloven.'

Hij keek Møller aan.

'Triest, niet?'

'Ontzettend triest.'

Ze glimlachten en zwegen even.

'Zo te merken ben je gekomen om me iets te vertellen, chef. Wat is het?'

Møller stond op en begon heen en weer te lopen.

'De lijst van vierendertig kaalkoppen is na het checken van de alibi's teruggebracht tot twaalf. Oké?'

'Oké.'

'Met de huidresten die we gevonden hebben op de muts kon door middel van DNA-analyse de bloedgroep vastgesteld worden. Vier van de twaalf hebben dezelfde bloedgroep. We hebben van deze vier bloed afgenomen en dat opgestuurd voor DNA-analyse. De resultaten zijn vandaag binnengekomen.'

'Ja?'

'Nada.'

Het werd stil. Het enige wat te horen was, waren de gummizo-

len van Møllers schoenen die bij elke stap knerpten.
'En Geweldsdelicten heeft de theorie verworpen dat de vriend van Ellen het heeft gedaan?' vroeg Harry.
'We hebben zijn DNA ook gecontroleerd.'
'Dus we zijn weer terug bij af?'
'Min of meer wel, ja.'
Harry draaide zich weer om naar het raam. Een groep lijsters vloog uit de grote iep en verdween in westelijke richting naar Plaza.
'Misschien is de muts een vals spoor?' zei Harry. 'Ik heb het nooit helemaal kunnen begrijpen dat een dader die geen andere sporen nalaat, die zelfs zijn laarsafdrukken in de sneeuw uitveegt, zo klungelig is om een paar meter bij het slachtoffer vandaan zijn muts kwijt te raken.'
'Misschien, maar het bloed is van Ellen, dat hebben we vastgesteld.'
Harry kreeg de hond weer in het oog, die al snuffelend terug kwam lopen, ruikend aan hetzelfde spoor. Ongeveer midden op het plein bleef hij een poosje besluiteloos met zijn snuit over de grond gaan, waarna hij een beslissing nam, naar links liep en uit Harry's blikveld verdween.
'We moeten aan de muts vasthouden,' zei Harry. 'Behalve de mannen die veroordeeld zijn, moeten we ook kijken naar degenen die in hechtenis genomen of aangeklaagd zijn wegens mishandeling. Van de laatste tien jaar. Inclusief Akershus. En let erop dat...'
'Harry...'
'Wat is er?'
'Je werkt niet meer bij ons. Het onderzoek wordt geleid door Geweldsdelicten. Je vraagt me om mijn neus in andermans zaken te steken.'
Harry zei niets; hij knikte alleen maar langzaam. Hij keek strak naar iets bij Ekeberg.
'Harry?'
'Heb je er weleens over nagedacht dat je heel ergens anders zou willen zijn, chef? Ik bedoel, kijk nou toch naar deze smerige lente.'

Møller bleef staan en glimlachte.

'Nu je het vraagt, kan ik je zeggen dat ik vaak heb gedacht dat Bergen een mooie plaats is. Voor kinderen en zo. Je weet wel.'

'Maar je zou nog steeds politieman zijn, of niet?'

'Uiteraard.'

'Omdat lui zoals wij nergens anders voor deugen, hè?'

Møller haalde zijn schouders op. 'Misschien niet.'

'Maar Ellen deugde wél voor andere dingen. Ik heb vaak gedacht dat het een enorme verspilling van menselijk talent was dat zij bij de politie werkte. Dat het haar werk was om slechte jongens en meisjes te vangen. Dat is iets voor mensen zoals wij, Møller, maar het is niets voor haar. Begrijp je wat ik bedoel?'

Møller kwam naar het raam en bleef naast Harry staan.

'Het wordt beter zodra het mei is.'

'Ja,' zei Harry.

De klok van de Grønland-kerk sloeg tweemaal.

'Ik zal kijken of ik Halvorsen op de zaak kan zetten,' zei Møller.

60 | *Departement Buitenlandse Zaken, 27 april 2000*

Bernt Brandhaugs lange en enorme ervaring met vrouwen had hem het volgende geleerd: als hij een enkele keer besloot dat hij een vrouw niet alleen wilde, maar móést hebben, dan had dat een van de vier volgende oorzaken: ze was knapper dan alle anderen, ze bevredigde hem op seksueel gebied beter dan alle anderen, zijn mannelijkheid kwam bij haar beter tot zijn recht dan bij alle anderen, óf – en dat was de belangrijkste – ze wilde iemand anders hebben.

Bernt Brandhaug besefte dat Rakel Fauke zo'n vrouw was.

Hij had haar een keer in januari opgebeld met de smoes dat hij een beoordeling nodig had van de nieuwe militair attaché aan de Russische ambassade in Oslo. Ze had gezegd dat ze hem een rapport kon sturen, maar hij had erop gestaan dat ze het mondeling deed. Aangezien het vrijdag was, had hij voorgesteld samen een pilsje te gaan drinken in de bar van het Continental. Zo had hij ontdekt dat ze alleenstaande moeder was. Ze had de uitnodiging namelijk afgeslagen met de mededeling dat ze haar zoon van school moest halen, en toen had hij opgewekt gevraagd: 'Ik ga ervan uit dat een vrouw van jouw generatie een man heeft die zoiets doet.'

Hoewel ze het niet met zoveel woorden had gezegd, had hij uit haar antwoord begrepen dat er geen man was.

Toen hij de hoorn neerlegde, was hij toch tevreden met het resultaat, hoewel het hem een beetje irriteerde dat hij met nadruk 'jouw generatie' had gezegd en op die manier het leeftijdsverschil tussen hen had benadrukt.

Het volgende dat hij gedaan had, was Kurt Meirik bellen om hem zo discreet mogelijk uit te horen over mevrouw Fauke. Hij was niet zo discreet dat Meirik geen lont rook, maar dat interesseerde hem niet.

Meirik was zoals gewoonlijk goed geïnformeerd. Rakel had op Brandhaugs eigen departement twee jaar als tolk bij de Noorse ambassade in Moskou gewerkt. Ze was met een Rus getrouwd, een jonge professor in de gentechnologie; hij had haar in een razend tempo veroverd en zijn theorieën in praktijk gebracht door haar zwanger te maken. Dat de professor zelf geboren was met een gen voor latent alcoholisme, gecombineerd met een voorliefde voor fysieke argumentatie, had er al snel toe geleid dat er een einde aan de liefde kwam. Rakel Fauke had niet de fout van haar vele lotgenoten gemaakt en had niet afgewacht, vergeven en geprobeerd begrip op te brengen, maar was meteen nadat de eerste klap gevallen was met Oleg op de arm de deur uit gelopen. Haar echtgenoot en zijn relatief invloedrijke familie hadden het voogdijrecht voor Oleg opgeëist en zonder haar diplomatieke immuniteit zou het haar amper gelukt zijn om haar zoon uit Rusland te krijgen.

Toen Meirik vertelde dat haar man een zaak had aangespannen, herinnerde Brandhaug zich vaag een dagvaarding van een Russisch gerechtshof die hij op zijn bureau had gehad. Maar toen was ze alleen maar een tolk geweest, en hij had de zaak gedelegeerd zonder acht te slaan op haar naam. Toen Meirik meldde dat de hele voogdijkwestie nog steeds niet opgelost was, beëindigde Brandhaug onmiddellijk het gesprek en draaide het nummer van de juridische afdeling.

In het volgende telefoongesprek met Rakel nodigde hij haar uit voor een etentje, dit keer zonder een smoes te gebruiken. Toen ze deze uitnodiging opnieuw vriendelijk, maar beslist afsloeg, dicteerde hij een brief aan haar, ondertekend door de chef van de juridische afdeling. De brief vertelde in beknopte bewoordingen dat het departement van Buitenlandse Zaken, in aanmerking genomen dat de zaak al zo lang sleepte, nu zocht naar een oplossing met de Russische overheid 'uit medegevoel met Olegs Russische familie'. Dat betekende dat Rakel Fauke en Oleg voor de Russische rechter moesten verschijnen en zich moesten houden aan de uitkomst van het proces.

Vier dagen later belde Rakel Brandhaug op en vroeg of ze hem kon spreken inzake een privéaangelegenheid. Hij antwoordde naar waarheid dat hij het op het moment erg druk had en vroeg of het een paar weken uitgesteld kon worden. Toen zij, met een stem die dwars door haar beleefde, professionele toon heen trilde, aandrong op een snelle ontmoeting, vond hij na enige bedenktijd een gaatje op vrijdag om acht uur 's avonds in de bar van het Continental. Hij bestelde daar twee gin-tonics terwijl zij met, naar hij aannam, de biologisch bepaalde vertwijfeling van een moeder uitlegde wat het probleem was. Hij knikte ernstig, deed zijn best om medegevoel in zijn ogen te leggen, en ten slotte waagde hij het een beschermende, vaderlijke hand op de hare te leggen. Ze verstijfde, maar hij deed of er niets gebeurd was en vertelde haar dat hij helaas de beslissingen van zijn afdelingschefs niet kon herzien, maar dat hij vanzelfsprekend alles zou doen wat in zijn macht lag om te verhinderen dat ze voor het Russische gerecht moest verschijnen. Hij benadrukte ook dat hij, rekening houdend met de politieke macht van de familie van haar ex-man, haar bezorgdheid over het feit dat de uitkomst van het proces weleens in haar nadeel zou kunnen zijn volkomen deelde. Hij zat als betoverd in haar bruine, betraande ogen te staren, en het kwam hem voor dat hij nog nooit zoiets moois had gezien. Ze sloeg overigens zijn uitnodiging om de avond met een dineetje in het restaurant voort te zetten af. De rest van de avond, met een whiskyglas en betaal-tv op de hotelkamer, werd een anticlimax.

De volgende morgen belde Brandhaug de Russische ambassadeur en zei dat er binnen BZ een interne discussie aan de gang was over het voogdijschap van Oleg Fauke Gosev; hij vroeg hem een brief te schrijven waarin precies de huidige wensen van de Russische overheid in dezen beschreven stonden. De ambassadeur had nog nooit van de zaak gehoord, maar beloofde hem natuurlijk aan zijn wens te zullen voldoen en de brief in de vorm van een verzoek te formuleren. De brief waarin de Russen Rakel en Oleg verzochten voor het gerecht in Rusland te verschijnen, kwam een week later. Brandhaug stuurde direct een kopie naar de chef van de juridische afdeling en naar Rakel Fauke. Ditmaal kwam haar telefoontje al na één dag. Na haar aangehoord te hebben zei Brandhaug dat het in strijd met zijn diplomatieke principes was om te proberen zijn invloed te gebruiken in de zaak, en dat het hoe dan ook niet goed was om hierover via de telefoon te spreken.

'Zoals je weet, heb ik zelf geen kinderen,' zei hij. 'Maar zoals je Oleg beschrijft, lijkt hij mij een bijzondere jongen.'

'Als je hem zou zien, dan zou je...' begon ze.

'Dat moet toch te regelen zijn? Ik heb toevallig aan de brief gezien dat je aan de Holmenkollenvei woont; dat is maar een kippeneindje van Nordberg.'

Hij merkte de aarzeling aan de andere kant van de lijn op, maar hij wist dat hij de troeven in handen had: 'Zullen we zeggen morgenavond om negen uur?'

Het duurde geruime tijd voor ze zei: 'Geen enkele zesjarige is om negen uur nog op.' Dus spraken ze om zes uur af.

Oleg had net als zijn moeder bruine ogen en was een goed opgevoed kind. Het ergerde hem ondertussen dat de moeder niet veranderde van gespreksonderwerp en ook Oleg niet naar bed stuurde. Ja, je zou haar ervan kunnen verdenken dat ze de jongen als gijzelaar op de bank liet zitten. En Brandhaug vond het ook niet prettig dat het kind naar hem staarde. Ten slotte begreep Brandhaug dat Rome ook niet op één dag gebouwd is, maar toen hij op de trap stond om weg te gaan, keek hij haar diep in de ogen en zei: 'Je bent niet alleen een knappe vrouw, Rakel, je bent ook erg moedig. Ik wil alleen dat je weet dat je veel voor me betekent.'

Hij was er niet helemaal zeker van hoe hij haar blik moest duiden, maar greep toch de kans aan, boog zich voorover en gaf haar een kus op haar wang. Haar reactie was tweeduidig. Haar mond lachte en ze bedankte hem voor het compliment, maar haar ogen waren koud toen ze daaraan toevoegde: 'Het spijt me dat ik u zo lang heb opgehouden, meneer Brandhaug. Uw vrouw zit vast op u te wachten.'

Zijn bedoelingen waren zo eenduidig geweest dat hij besloot om haar een paar dagen bedenktijd te geven, maar er kwam geen nieuw telefoontje van Rakel Fauke. In plaats daarvan kwam er onverwacht een brief van de Russische ambassade waarin om antwoord werd gevraagd. Brandhaug begreep dat hij met zijn ingrijpen slapende honden in de zaak-Oleg Fauke Gosev wakker had gemaakt. Jammer, maar nu dat eenmaal het geval was, zag hij geen reden om dat niet uit te buiten. Hij belde onmiddellijk Rakel bij het POT op en gaf haar de nieuwste ontwikkelingen in de zaak door.

Een paar weken later was hij weer in de houten villa aan de Holmenkollenvei; de villa was groter en nog donkerder dan de zijne. De hunne. Ditmaal ná kinderbedtijd. Ze leek in zijn gezelschap veel ontspannener dan eerder het geval was geweest. Hij had het gesprek zelfs op een persoonlijker spoor kunnen brengen, zodat hij zonder dat het al te veel opviel aan haar kon vertellen hoe platonisch de relatie tussen hem en zijn vrouw was geworden en hoe belangrijk het was om af en toe je verstand uit te schakelen en te luisteren naar je hart en lichaam. Toen werd hij plotseling onderbroken door de voordeurbel. Rakel stond op om open te doen en kwam terug met een lange man met een bijna kaalgeschoren hoofd. Rakel stelde hem voor als een collega bij het POT, en Brandhaug wist zeker dat hij de naam eerder had gehoord, hij herinnerde zich alleen niet waar en wanneer. Alles aan die kerel stond hem onmiddellijk tegen. Hij vond de onderbreking vervelend, het feit dat de man duidelijk aangeschoten was en dat hij op de bank ging zitten en, net als Oleg, hem begon aan te staren zonder een woord te zeggen. Maar wat hij het ergste vond, was de verandering bij Rakel: ze bloeide ineens op, ging koffie zetten en lachte overdreven om 's mans cryptische eenlettergrepige antwoorden, alsof het geniale ingevingen waren. En er klonk oprechte bezorgdheid in haar stem door toen ze hem verbood met zijn eigen auto naar huis te rijden. Het enige wat in het voordeel van die kerel sprak, was het feit dat hij er ineens weer vandoor ging en dat ze kort daarna zijn auto hoorden starten, wat natuurlijk kon betekenen dat hij zo fatsoenlijk was om zichzelf dood te rijden. De schade die hij had aangericht was echter niet meer te herstellen, en niet lang daarna zat Brandhaug zelf in zijn auto op weg naar huis. Toen schoot hem zijn oude regel weer te binnen: dat er vier mogelijke oorzaken zijn waarom een man besluit dat hij een vrouw móét hebben. En dat de belangrijkste is dat je erkent dat zij liever een ander heeft.

Toen hij de volgende dag Kurt Meirik belde om te vragen wie die lange, blonde man was, was hij eerst erg verbaasd. Toen begon hij te lachen. Omdat het de wonderlijke man was die hij zelf een hogere positie bij het POT had bezorgd. De ironie van het lot, natuurlijk, maar ook het lot bepaalt in sommige gevallen de besluiten van de staatssecretaris van het Koninklijke Noorse Departement van Buitenlandse Zaken. Toen Brandhaug de telefoon neerlegde, was hij al in een beter humeur; hij liep fluitend door de gangen op weg naar een volgende vergadering en bereikte de vergaderzaal in minder dan zeventig seconden.

61 | *Politiebureau, 27 april 2000*

Harry stond in de deuropening van zijn oude kantoor en keek naar een jonge, blonde man die op Ellens stoel zat. Hij was zo geconcentreerd bezig op zijn computer dat hij Harry pas zag toen deze kuchte.

'Zo, jij bent dus Halvorsen?' vroeg Harry.

'Ja,' zei de man met een vragende blik.

'Van het politiebureau in Steinkjer?'

'Klopt.'

'Harry Hole. Ik zat vroeger waar jij nu zit, maar op de andere stoel.'

'Die is kapot.'

Harry lachte. 'Hij is altijd kapot geweest. Bjarne Møller had jou gevraagd een paar dingetjes te checken in verband met de zaak-Ellen Gjelten.'

'Een paar dingetjes?' riep Halvorsen ongelovig uit. 'Ik heb er drie dagen lang dag en nacht aan gewerkt.'

Harry ging in de oude stoel zitten, die verhuisd was naar Ellens bureau. Het was de eerste keer dat hij zag hoe het kantoor eruitzag vanaf haar plaats.

'Wat heb je gevonden, Halvorsen?'

Halvorsen fronste zijn voorhoofd.

'Het is in orde,' zei Harry. 'Ik heb om die informatie gevraagd; je kunt het navragen bij Møller als je wilt.'

Er scheen Halvorsen een licht op te gaan.

'Natuurlijk, jij bent Hole van het POT! Sorry dat ik zo traag van begrip ben.' Er verscheen een brede lach op het jongensachtige gezicht. 'Ik herinner me die zaak in Australië – hoe lang is dat geleden?'

'Een tijdje. Zoals gezegd...'

'O, ja, de lijst!' Hij tikte met zijn knokkels op een stapel met computeruitdraaien. 'Dit zijn alle personen die in de laatste tien jaar wegens zware mishandeling voorlopig zijn vastgezet, aangeklaagd of veroordeeld. Het zijn meer dan duizend namen. Dat was nog wel snel gedaan; het probleem is uit te zoeken wie een kale kop heeft. In de dossiers staat daar niets over. Het kan weken duren...'

Harry leunde achterover in de stoel.

'Ik begrijp het. Maar het systeem gebruikt codes voor het type wapen dat er gebruikt is. Zoek naar verschillende slagwapens en kijk hoeveel je er dan overhoudt.'

'Ik was al van plan om hetzelfde aan Møller voor te stellen toen ik zag hoeveel namen het waren. De meesten op de lijst hebben een mes, een schietwapen of alleen hun vuisten gebruikt. Over een paar uur heb ik een nieuwe lijst klaar.'

Harry stond op.

'Mooi,' zei hij. 'Ik herinner me mijn interne nummer niet, maar dat kun je in de telefoonlijst vinden. En de volgende keer als je een goede inval hebt, aarzel dan niet om het te zeggen. We zijn niet zó slim hier in de hoofdstad.'

Halvorsen lachte onzeker.

62 | POT, *2 mei 2000*

De regen had de hele middag de straten gegeseld, totdat de zon ineens met geweld door de wolken brak, en in een handomdraai was de hemel wolkeloos. Harry zat met zijn benen op het bureau en zijn handen achter zijn hoofd en verbeeldde zich dat hij aan het Märklin-geweer dacht. Maar zijn gedachten hadden een ommetje door het raam gemaakt; langs de schoongewassen straten die nu roken naar warm, vochtig asfalt; langs de treinrails omhoog naar Holmenkollen, waar grauwe plekken sneeuw nog in de schaduw tussen de bomen lagen, en waar Rakel, Oleg en hij zigzaggend hadden rondgesprongen op de blubberige paden om de grootste plassen te vermijden. Harry kon zich vaag herinneren dat hijzelf op Olegs leeftijd dergelijke zondagse uitstapjes had gemaakt. Als het lange wandelingen waren en Søs en hij achteraan bleven hangen, had vader stukjes chocola op de laagste takken gelegd. Søs was er nog steeds van overtuigd dat Bros aan de bomen groeide.

Oleg had de eerste twee keren dat Harry op bezoek was niet veel tegen hem gezegd. Maar dat hinderde niet. Harry wist ook niet wat hij tegen Oleg moest zeggen. Maar hun beider verlegenheid was wat minder geworden toen Harry ontdekte dat Oleg Tetris op zijn Gameboy had. Harry had zonder genade of schaamtegevoel zijn uiterste best gedaan en had de zesjarige met meer dan veertig punten verslagen. Daarna was Oleg Harry vragen gaan stellen over van alles en nog wat; waarom de sneeuw wit is bijvoorbeeld, en al die andere dingen waardoor volwassenen diepe denkrimpels krijgen en zich zo moeten concentreren dat ze vergeten om zich te generen. Afgelopen zondag had Oleg een haas in wintervacht gezien en was erachteraan gerend, en Harry had Rakels hand gepakt. De hand was koud vanbuiten en warm vanbinnen. Ze had haar hoofd scheef gehouden en naar hem gelachen, terwijl ze haar arm heen en weer had gezwaaid alsof ze wilde zeggen: we spelen een spelletje, dit is niet echt. Hij had gemerkt dat ze een beetje gespannen was toen ze mensen naderden en had haar hand losgelaten. Daarna hadden ze chocolademelk gedronken in Frognerseter en Oleg had gevraagd waarom het lente werd.

Hij had Rakel mee uit eten gevraagd. Voor de tweede keer. De eerste keer had ze gezegd dat ze erover na moest denken, en vervolgens had ze hem opgebeld en nee gezegd. Dit keer had ze ook gezegd dat ze erover na moest denken, maar ze had tenminste geen nee gezegd. Nog niet.

De telefoon ging. Het was Halvorsen. Hij klonk slaperig en zei dat hij net uit bed kwam.

'Ik heb zeventig personen gecontroleerd van de honderdtien die op de lijst stonden van lui die met een slagwapen iemand zwaar hebben mishandeld,' zei hij. 'Voorlopig heb ik acht kaalkoppen kunnen vinden.'

'Hoe ben je dat te weten gekomen?'

'Ik heb ze opgebeld. Het is ongelooflijk hoeveel er thuis zijn om vier uur 's nachts.'

Halvorsen lachte onzeker toen het stil bleef aan Harry's kant.

'Je hebt ieder van hen afzonderlijk opgebeld?' vroeg Harry.

'Inderdaad,' zei Halvorsen. 'Of op hun mobiel. Het is ongelooflijk zoveel...'

Harry onderbrak hem: 'En toen heb je die misdadigers gewoon vriendelijk gevraagd de politie een nauwkeurig signalement van henzelf te geven?'
'Niet echt. Ik zei dat we op zoek waren naar een verdachte met lang rood haar en vroeg of ze de laatste tijd hun haar hadden geverfd,' zei Halvorsen.
'Ik volg je niet.'
'Als jij een kale kop hebt, wat zou je dan antwoorden?'
'Hmm,' zei Harry. 'Jullie zijn een stelletje slimmeriken daar in Steinkjer.'
Hetzelfde onzekere lachje.
'Fax me de lijst,' zei Harry.
'Je krijgt hem zodra ik hem terug heb.'
'Terug?'
'Een van de mensen hier op de afdeling. Hij zat hier op me te wachten. Het had zeker haast.'
'Ik dacht dat vooral Geweldsdelicten zich bezighield met de Gjelten-zaak,' zei Harry.
'Kennelijk niet.'
'Wie was het?'
'Ik geloof dat hij Vågen heet of zoiets,' zei Halvorsen.
'Er werkt geen Vågen bij Geweldsdelicten. Bedoel je niet Waaler?'
'Die was het,' zei Halvorsen, en hij voegde er een beetje beschaamd aan toe: 'Er zijn nu zoveel nieuwe namen...'
Harry had de jonge agent het liefst uitgescholden dat hij onderzoeksmateriaal had afgegeven aan iemand die hij nauwelijks kende. Maar het was nu niet het juiste moment voor harde kritiek. De jongen was drie nachten achter elkaar opgebleven en was waarschijnlijk bekaf.
'Goed werk,' zei Harry, en hij wilde ophangen.
'Wacht! Je faxnummer?'
Harry staarde uit het raam. Wolken pakten zich weer samen boven Ekeberg.
'Dat kun je in de telefoonlijst vinden,' zei hij.

De telefoon ging direct nadat Harry had opgehangen. Het was Meirik, die hem vroeg in gestrekte draf naar zijn kantoor te komen.

'Hoe staat het met de rapportage over de neonazi's?' vroeg hij onmiddellijk toen hij Harry in de deuropening zag.

'Slecht,' zei Harry, en hij zakte neer op een stoel. Vanaf de foto boven Meiriks hoofd keek het Noorse koningspaar op hem neer. 'De E op het toetsenbord blijft hangen,' voegde Harry eraan toe.

Meirik lachte net zo geforceerd als de man op de foto en zei Harry dat hij het rapport voorlopig maar moest vergeten.

'Ik heb je voor iets anders nodig. De woordvoerder van de vakbond heeft me zojuist opgebeld. De helft van het leidinggevend personeel is vandaag per fax met de dood bedreigd. Ondertekend met 88, een andere notatie voor "Heil Hitler". Dat is niet de eerste keer, maar ditmaal heeft de pers er lucht van gekregen. Ze beginnen al hierheen te bellen. Het is ons gelukt om de afzender op te sporen. Het bericht komt van een faxmachine in een openbaar gebouw in Klippan. Daarom moeten we de bedreigingen serieus nemen.'

'Klippan?'

'Een plaatsje drie kilometer ten oosten van Helsingborg. Zestienduizend inwoners en het ergste nazinest van Zweden. Er zijn daar families die sinds de jaren dertig zonder onderbreking overtuigd nazi zijn geweest. Een deel van de Noorse nazi's gaat daar op pelgrimstocht heen om rond te kijken en te leren. Ik wil dat je een grote tas inpakt, Harry.'

Harry kreeg een onaangenaam voorgevoel.

'We sturen je daarheen om een beetje te spioneren, Harry. Je moet het milieu in. Werk, identiteit en andere details regelen we nog. Wees erop voorbereid dat je daar een poos blijft. Onze Zweedse collega's hebben al voor onderdak gezorgd.'

'Spioneren,' herhaalde Harry. Hij kon zijn oren nauwelijks geloven. 'Ik weet geen bal van spionage, Meirik. Ik ben een rechercheur. Of was je dat vergeten?'

Meiriks lachje was akelig dunnetjes geworden.

'Je leert snel, Harry, het is geen grote zaak. Zie het als een interessante en nuttige ervaring.'

‘Hmm. Hoe lang?’

‘Een paar maanden. Maximaal zes.’

‘Zes?!’ riep Harry uit.

‘Je moet het positief zien, Harry. Je hebt geen gezin om rekening mee te houden, niemand…’

‘Wie zitten er nog meer in het team?’

Meirik schudde zijn hoofd.

‘Geen team. Jij bent er alleen; dan is het geloofwaardiger. En je rapporteert direct aan mij.’

Harry wreef zich over zijn kin.

‘Waarom ik, Meirik? Je hebt toch een hele afdeling van experts op het gebied van spionage en extremisme?’

‘Eén keer moet de eerste zijn.’

‘En hoe zit het met het Märklin-geweer? We hebben het spoor terug kunnen volgen naar een oude nazi, en nu komen die bedreigingen ondertekend met Heil Hitler. Kan ik niet beter hier doorgaan met…’

‘Het blijft zoals ik het gezegd heb, Harry.’ Meirik kon niet meer lachen.

Er klopte iets niet. Harry kon het van een afstand ruiken, maar hij wist niet uit welke hoek de wind waaide. Hij stond op en Meirik deed hetzelfde.

‘Je vertrekt na het weekend,’ zei Meirik. Hij stak een hand uit.

Een vreemd gebaar, dacht Harry, en Meirik realiseerde zich dat kennelijk ook, want zijn gezicht had een verlegen uitdrukking gekregen. Maar nu was het te laat; de hand hing in de lucht, hulpeloos, met gespreide vingers, en Harry drukte hem snel om een einde aan de pijnlijke situatie te maken.

Toen Harry langs Linda bij de receptie liep, riep ze dat er een fax voor hem in het postvak lag en Harry griste hem in het voorbijgaan mee. Het was de lijst van Halvorsen. Hij liet zijn ogen snel over de namen gaan terwijl hij door de gangen beende en probeerde te bedenken voor welk deel van hem het goed zou zijn om een halfjaar op te trekken met neonazi’s in een gat in Zuid-Zweden. Niet dat deel van hem dat probeerde nuchter te blijven.

Niet dat deel van hem dat wachtte op Rakels antwoord op de uitnodiging. En zeker niet het deel van hem dat de moordenaar van Ellen wilde vinden. Hij bleef als aan de grond genageld staan.

Die laatste naam...

Er was geen reden om verrast te zijn dat er namen opdoken van oude bekenden, maar dit was iets anders. Dit was het geluid wanneer hij zijn Smith & Wesson had schoongemaakt en de delen weer in elkaar had gezet: die gladde klik die hem vertelde dat alles klopte.

Hij was binnen enkele seconden op zijn kantoor en belde meteen Halvorsen. Die noteerde Harry's vragen en beloofde terug te bellen zodra hij iets had.

Harry leunde achterover. Hij kon zijn hart horen kloppen. Het was niet zijn sterkste punt: kleine stukjes informatie combineren die ogenschijnlijk niets met elkaar te maken hadden. Kennelijk had hij even inspiratie gehad. Toen Halvorsen een kwartier later terugbelde, had Harry het idee dat hij uren had gewacht.

'Het klopt,' zei Halvorsen. 'Een van de laarsafdrukken die de Technische Recherche ter plaatse heeft aangetroffen, was van combatboots, maat 45. Ze konden dat vaststellen omdat het een afdruk was van een laars die nauwelijks versleten was.'

'En weet jij wie combatboots dragen?'

'O, ja, ze zijn goedgekeurd door de NAVO. Veel militairen in Steinkjer bestelden ze altijd speciaal. En ik weet dat sommige van die Engelse voetbalhooligans ze ook dragen.'

'Precies. Skinheads. *Bootboys.* Neonazi's. Heb je foto's kunnen vinden?'

'Vier stuks. Twee van de Aker-cultuurwerkplaats en twee van een demonstratie voor het jongerencentrum Blitz in '92.'

'Draagt een van hen een muts?'

'Ja, op de foto van de Aker-cultuurwerkplaats.'

'Een combatmuts?'

'Even kijken.'

Harry hoorde Halvorsen zwaar ademen in de hoorn. Hij deed een schietgebedje.

'Het lijkt op een baret,' zei Halvorsen.

'Weet je het zeker?' vroeg Harry, zonder zijn teleurstelling te verbergen.

Halvorsen wist het zeker, en Harry vloekte hardop.

'Maar de laarzen kunnen ons misschien verder helpen?' vroeg Halvorsen voorzichtig.

'De moordenaar heeft de laarzen vast weggegooid, als hij bij zijn verstand was. En het feit dat hij de sporen in de sneeuw heeft uitgewist duidt erop dat hij dat is.'

Harry dacht na. Hij herkende het gevoel: die plotselinge zekerheid te weten wie de dader is, en hij wist dat het gevaarlijk was. Gevaarlijk omdat het de twijfel verjoeg, dat stemmetje dat tegenwerpingen maakte, dat zegt dat het beeld toch nog niet perfect is. De twijfel is als koud water, en je wilt geen koud water wanneer je voelt dat je op het punt staat een moordenaar in de kraag te grijpen. Ja, Harry was al vaker overtuigd geweest. En had zich vergist.

Halvorsen sprak: 'De militaire staf kocht de combatboots direct in de Verenigde Staten, dus er zijn niet veel winkels die ze verkopen. En als deze laarzen bijna nieuw waren...'

Harry kon de gedachtegang direct volgen: 'Heel goed, Halvorsen! Zoek uit wie ze verkoopt, begin met die dumpshops. Daarna ga je daarheen met de foto's en vraag je of iemand in de afgelopen maanden aan die kerel laarzen heeft verkocht.'

'Harry... eh.'

'Ja, ik weet het. Ik zal het eerst regelen met Møller.'

Harry wist dat de kans om een verkoper te vinden die zich alle klanten kon herinneren aan wie hij laarzen had verkocht erg klein was. Die kansen zouden natuurlijk aanmerkelijk groter zijn als de klant SIEG HEIL in zijn nek had getatoeëerd, maar Halvorsen kon niet vroeg genoeg leren dat het onderzoek in een moordzaak voor negenennegentig procent bestaat uit zoeken op de verkeerde plaats. Harry hing op en belde Møller. De afdelingschef luisterde naar zijn argumenten en toen Harry klaar was, kuchte hij en zei: 'Het is prettig om te horen dat Tom Waaler en jij het eindelijk ergens over eens zijn.'

'O?'

‘Hij heeft me een halfuur geleden opgebeld en zei bijna hetzelfde als jij nu. Ik heb hem toestemming gegeven Sverre Olsen voor verhoor op te halen.’

‘Jezus.’

Harry wist niet precies wat hij moest zeggen. Dus toen Møller vroeg of hij nog meer had, mompelde Harry: ‘Tot ziens’, en hing op. Hij staarde uit het raam. De spits was net begonnen in de Schweigaardsgate. Hij pikte er een man uit in een grijs colbert en met een ouderwetse hoed op en volgde zijn langzame passen tot hij buiten zijn gezichtsveld was. Harry voelde dat zijn polsslag weer bijna normaal was. Klippan. Hij was het bijna vergeten, maar nu kwam het terug als een verlammende kater. Hij vroeg zich af of hij het interne nummer van Rakel zou bellen, maar verwierp die gedachte onmiddellijk.

Toen gebeurde er iets merkwaardigs.

Een beweging aan de rand van zijn blikveld trok zijn aandacht automatisch naar iets voor het raam. Hij zag eerst niet wat het was, alleen maar dat het met grote vaart naderde. Hij opende zijn mond, maar het woord, de schreeuw of wat het ook was wat zijn hersenen probeerden te formuleren, kwam niet over zijn lippen. Er klonk een doffe dreun, de ruit vibreerde even en hij staarde naar een natte plek waarin een grijze veer geplakt zat die heen en weer bewoog in de lentewind. Hij bleef even zitten. Toen greep hij zijn jack en rende naar de lift.

63 | *Krokliveien, Bjerke, 2 mei 2000*

Sverre Olsen zette de radio harder. Hij bladerde langzaam door het nieuwste damesblad van zijn moeder, terwijl hij luisterde naar het bericht van de nieuwslezer over de dreigementen die de leiders van de vakbond hadden ontvangen. Het druppelde onophoudelijk door het gat in de dakgoot boven het eetkamerraam. Hij lachte. Het klonk als een van de ideeën van Roy Kvinset. Hopelijk ditmaal met minder spelfouten.

Hij keek op de klok. Dat zou vanmiddag vast hét gespreksonderwerp zijn bij Herbert's Pizza. Hij was volkomen platzak, maar hij had deze week de oude Wilfa-stofzuiger gerepareerd, dus misschien was moeder bereid hem een honderdje te lenen. Die klote-Prins! Het was alweer veertien dagen geleden dat hij had herhaald dat Sverre het geld 'over een paar dagen' zou krijgen. Ondertussen begonnen mensen aan wie Sverre zelf geld schuldig was een onaangenaam dreigend toontje tegen hem aan te slaan. En het ergst van alles: zijn tafel bij Herbert's Pizza werd door anderen bezet. Die zaak bij Dennis Kebab was zo langzamerhand te lang geleden.

Als hij de laatste tijd bij Herbert's zat, kreeg hij soms ineens de onbedwingbare neiging om op te staan en te roepen dat hij dat politiewijf bij Grünerløkke had vermoord. Dat het bloed er bij de laatste klap als een fontein uit was gespoten en dat ze schreeuwend dood was gegaan. Hij hoefde niet te zeggen dat hij er geen idee van had gehad dat ze een politievrouw was. Of dat hij door al dat bloed bijna had moeten overgeven.

Die klote-Prins, hij had de hele tijd geweten dat ze een smeris was!

Sverre had die veertigduizend verdiend; daar viel niets tegen in te brengen. Maar wat kon hij doen? Na wat er gebeurd was, had de Prins Sverre verboden hem te bellen. Bij wijze van voorzorgsmaatregel, tot de ergste storm was gaan liggen, had hij gezegd.

De scharnieren van de tuinpoort knarsten. Sverre stond op, draaide de radio uit en haastte zich de gang in. Op de trap hoorde hij moeders voetstappen op het grindpad. Toen was hij op zijn eigen kamer en hoorde hij haar de sleutel in het slot steken. Terwijl ze beneden rommelde, bleef hij midden in de kamer staan en bestudeerde zichzelf in de spiegel. Hij haalde een hand over zijn schedel en voelde de haarstoppels als een borstel tegen zijn vingers. Hij had een besluit genomen: ook als hij die veertigduizend kreeg, zou hij op zoek gaan naar een baan. Hij was het spuugzat om thuis te zitten, en om eerlijk te zijn was hij 'de kameraden' in Herbert's ook spuugzat. Hij was het zat om achter lui aan te lopen die niets klaarspeelden. Tenslotte had hij de sterkstroomleiding op de vakopleiding gerepareerd en hij was goed in het repareren van elektrische apparatuur. Veel elektriciens waren op zoek naar leerlingen en compagnons. Over een paar weken zou zijn haar zo lang zijn dat je de Sieg Heil-tatoeage op zijn achterhoofd niet zag.

Zijn haar, ja. Hij dacht ineens aan het telefoontje dat hij vannacht had gekregen: een politieman met een Trondheim-dialect had gevraagd of hij rood haar had! Toen Sverre vanmorgen wakker werd, had hij gedacht dat het een droom was, totdat moeder aan de ontbijttafel had gevraagd wie er nou om vier uur 's nachts belt.

Sverre liet zijn blik van de spiegel naar de wanden gaan. De foto van de Führer, de concertposter, de hakenkruisvlag en het Blood & Honour-affiche dat een kopie was van de propagandaposter van Joseph Goebbels. Voor het eerst viel het hem op dat het hem deed denken aan een jongenskamer. Als je de vlag door een sjaal van Manchester United verving en de foto van Heinrich Himmler door een van David Beckham, zou de kamer eruitzien alsof het die van een veertienjarige was.

'Sverre!' Dat was moeder.

Hij sloot zijn ogen.

'Sverre!'

Het ging niet weg. Het ging nooit weg.

'Ja!' riep hij zo hard dat de schreeuw zijn hoofd vulde.

'Er is hier iemand die met je wil praten!'

Hier? Met hem? Sverre opende zijn ogen en keek verbijsterd naar zichzelf in de spiegel. Er kwam hier nooit iemand. Voorzover hij wist, wist niemand zelfs dat hij hier woonde. Zijn hart begon sneller te kloppen. Zou het die politieman uit Trondheim weer zijn?

Hij wilde naar de deur lopen, maar die ging al open.

'Goedendag, Olsen.'

Doordat de lage lentezon recht door het raam in het trapgat scheen, kon hij alleen het silhouet zien dat de deuropening vulde. Maar hij hoorde heel goed wie het was.

'Ben je niet blij me te zien?' zei de Prins, en hij deed de deur achter zich dicht. Hij keek nieuwsgierig rond. 'Leuke kamer heb je.'

‘Hoe heeft ze je...’

‘Ik heb je moeder dit laten zien.’ De Prins zwaaide met een kaart waarop een verguld rijkswapen stond op een lichtblauwe achtergrond. POLITIE stond er op de andere kant.

‘O, verdomme,’ zei Sverre, en hij slikte. ‘Is die echt?’

‘Wie zal het zeggen? Rustig maar, Olsen. Ga zitten.’

De Prins wees naar het bed en nam zelf plaats op de bureaustoel.

‘Wat kom je doen?’ vroeg Sverre.

‘Wat denk je?’ Hij grijnsde breed naar Sverre, die op het randje van het bed zat. ‘Tijd voor de afrekening, Olsen.’

‘Tijd voor de afrekening?’

Sverre had zichzelf nog steeds niet helemaal onder controle. Hoe wist de Prins dat hij hier woonde? En dan die politiekaart! Nu Sverre naar hem keek, viel het hem op dat de Prins heel goed bij de politie kon zijn: die keurige scheiding, die koude ogen, het solariumbruine gezicht, het goedgetrainde bovenlijf, het korte jack van zacht zwart leer en de blauwe spijkerbroek. Vreemd dat dat hem nog nooit eerder was opgevallen.

‘Ja,’ zei de Prins, nog steeds lachend. ‘De tijd voor de afrekening is gekomen.’ Hij haalde een envelop uit zijn binnenzak en gaf die aan Sverre.

‘Eindelijk,’ zei Sverre, met een kort, nerveus lachje, en hij stak zijn hand in de envelop. ‘Wat is dit?’ vroeg hij. Hij haalde een gevouwen A4’tje tevoorschijn.

‘Dat is een lijst met acht namen van personen die Geweldsdelicten binnenkort met een bezoekje vereren en bij wie vrijwel zeker een bloedproef wordt genomen voor een DNA-analyse, om te zien of het DNA overeenstemt met dat van de huidresten die ze op de muts hebben gevonden. Jouw muts die op de plaats van het misdrijf lag.’

‘Mijn muts? Je zei dat je hem in je auto had gevonden en had verbrand!’

Sverre staarde geschrokken naar de Prins, die meewarig zijn hoofd schudde.

‘Het ziet ernaar uit dat ik teruggegaan ben naar de plaats van het misdrijf. Daar stond een jong, doodsbang stel te wachten op de politie. Ik moet je muts in de sneeuw "verloren" zijn, een paar meter van het lijk vandaan.'

Sverre streek een paar keer met beide handen over zijn schedel.

'Je ziet eruit alsof je in de war bent, Olsen.'

Sverre knikte en probeerde te lachen, maar zijn mondhoeken leken niet te willen gehoorzamen.

'Wil je dat ik het je uitleg?'

Sverre knikte weer.

'Als een politiebeambte wordt vermoord, dan heeft die zaak tot de moordenaar is gevonden de hoogste prioriteit, ongeacht hoe lang dat duurt. Het staat niet in een reglement, maar er worden nooit vragen gesteld bij de kosten als het een van onze eigen mensen betreft. Dat is het probleem met het doden van politiemensen: de rechercheurs geven gewoon niet op voordat ze...'

Hij wees naar Sverre.

'... de schuldige hebben. Het is alleen een kwestie van tijd, dus ik heb de vrijheid genomen om de rechercheurs een handje te helpen, zodat de wachttijd niet te lang zou worden.'

'Maar...'

'Je vraagt je misschien af waarom ik de politie heb geholpen om jou te vinden als het meer dan waarschijnlijk is dat je mij zult aangeven om zelf strafvermindering te krijgen?'

Sverre slikte. Hij probeerde na te denken, maar het was te veel en alles blokkeerde.

'Ik begrijp dat je hersens hiervan kraken,' zei de Prins, en hij ging met zijn vinger over het imitatie IJzeren Kruis dat op een spijker aan de wand hing. 'Ik had je natuurlijk direct na de moord kunnen neerschieten. Maar dan had de politie begrepen dat er iemand belang bij had om jouw sporen uit te wissen, en dan was de jacht voortgezet.'

Hij haalde de ketting van de spijker en hing die om zijn nek, over zijn leren jack.

'Een ander alternatief om zelf de zaak snel "op te lossen" was om je tijdens de arrestatie neer te schieten en het zo te arrangeren dat het eruitzag dat je je verzet had. Het probleem daarmee was dat het dan had kunnen lijken dat één persoon de zaak had opgelost. Iemand had verdenkingen kunnen krijgen, vooral omdat ik de laatste was met wie Ellen Gjelten samen was voordat ze stierf.'

Hij zweeg en lachte.

'Kijk niet zo bang, Olsen! Ik zeg dat ik dat alternatief verworpen heb. Wat ik heb gedaan is aan de zijlijn zitten. Ik heb ervoor gezorgd dat ik op de hoogte bleef van de voortgang van het onderzoek en heb gezien dat ze jou langzaam naderden. Het is steeds het plan geweest om in te grijpen als ze je te dicht naderden, dan zou ik het stokje overnemen en de laatste etappe zelf volbrengen. Een alcoholist die bij het POT werkt, heeft je trouwens opgespoord.'

'Ben... Ben jij bij de politie?'

'Staat dit me?' De Prins wees naar het IJzeren Kruis. 'Verdomme, ik ben net als jij een soldaat, Olsen. Een schip moet waterdichte schotten hebben om te voorkomen dat het bij lekkage zinkt. Je weet wat het betekent als ik je nu mijn identiteit prijsgeef?'

Sverres mond en keel waren zo droog geworden dat hij niet meer kon slikken. Hij was bang. Doodsbang.

'Dat zou betekenen dat ik je niet levend deze kamer uit had kunnen laten gaan. Begrijp je?'

'Ja.' Sverres stem was hees. 'M-mijn geld...'

De Prins stak een hand in zijn leren jas en haalde een pistool tevoorschijn.

'Zit stil.'

Hij liep naar het bed, ging naast Sverre zitten en richtte het pistool op de deur terwijl hij het met beide handen vasthield.

'Dit is een Gluck, 's werelds beste handwapen. Ik heb het gisteren uit Duitsland gekregen. Het fabricagenummer is eruit geslepen. De straatwaarde is rond de achtduizend kronen. Zie het als een eerste aanbetaling.'

Sverre dook in elkaar toen de knal kwam. Hij staarde met grote ogen naar het kleine gat hoog boven de deur. Het stof danste in de streep zonlicht dat als een laserstraal door het gat de kamer in viel.

'Voel eens,' zei de Prins, en hij liet het pistool in zijn schoot vallen. Toen stond hij op en liep naar de deur. 'Hou het stevig vast. Perfect in balans niet?'

Willoos greep Sverre de kolf van het pistool. Hij voelde dat hij onder zijn T-shirt nat was van het zweet. *Er zit een gat in het dak.* Dat was het enige wat hij kon denken: dat de kogel een nieuw gat had gemaakt en dat ze nog steeds geen timmerman hadden gevonden. Toen kwam datgene waarop hij had zitten wachten. Hij sloot zijn ogen.

'Sverre!'

Ze klonk alsof ze bezig was te verdrinken. Hij omklemde het pistool. Ze klonk altijd alsof ze bezig was te verdrinken. Toen opende hij zijn ogen weer en zag dat de Prins zich als in slowmotion bij de deur omdraaide, zijn armen hief en de glimmende zwarte Smith & Wesson met beide handen vasthield.

'Sverre!'

Er kwam een gele steekvlam uit de loop. Hij zag haar voor zich zoals ze onder aan de trap stond. Toen trof de kogel hem. Hij drong door zijn hersenpan, ging er via zijn achterhoofd weer uit, waar hij de SIEG HEIL-tatoeage aan flarden trok, ging dwars door de houten wand, door het isolatiemateriaal, waarna hij stopte aan de achterkant van de eternietplaat die tegen de buitenmuur zat. Maar toen was Sverre Olsen al dood.

64 | *Krokliveien, 2 mei 2000*

Harry had een kop koffie gebietst uit een van de thermoskannen van de Technische Recherche. Nu stond hij op straat voor het kleine, lelijke huisje aan de Krokliveien in de wijk Bjerke en keek omhoog naar een jonge agent. Hij stond op een ladder tegen het huis om het gat in het dak te markeren waar de kogel doorheen was gegaan. Er kwamen al nieuwsgierige toeschouwers aangelopen en de politie had voor de zekerheid het hele huis afgezet met geel lint. De man op de ladder baadde in de namiddagzon, maar het huis lag in een laag gedeelte van het terrein en het was koud op de plek waar Harry stond.

'Dus je bent direct gekomen nadat het gebeurd was?' hoorde Harry een stem achter zich zeggen. Hij draaide zich om. Het was Bjarne Møller. Hij verscheen steeds minder vaak op de plaats van het misdrijf, maar Harry had gehoord dat hij een goede rechercheur was. Sommigen zeiden zelfs dat ze hem dat werk hadden moeten laten doen. Harry bood hem met een vragende blik het bekertje koffie aan, maar Møller schudde zijn hoofd.

'Ja, ik was hier al na vier minuten,' zei Harry. 'Wie heeft je dat verteld?'

'De alarmcentrale. Ze zeiden dat je had gebeld en om versterking had gevraagd kort nadat Waaler de schietpartij had gemeld.'

Harry knikte naar de rode sportauto die voor de poort stond.

'Toen ik hier kwam, zag ik de rode Japanner van Waaler staan. Ik wist dat hij hierheen was, dus dat klopte. Maar toen ik uit mijn auto stapte, hoorde ik een verschrikkelijk geluid. Ik dacht eerst dat het een hond uit de buurt was, maar toen ik het grindpad op liep, begreep ik dat het uit het huis kwam, en dat het geen hond was, maar een mens. Ik wilde geen risico nemen en belde om versterking van het politiebureau Økern.'

'Het was de moeder?'

Harry knikte. 'Ze was volkomen hysterisch. Het duurde minstens een halfuur voordat ze haar een beetje gekalmeerd hadden en ze iets verstandigs kon zeggen. Weber zit nu in de kamer met haar te praten.'

'Die oude, gevoelige Weber?'

'Weber is oké. Op het werk is hij een zuurpruim, maar in zulke situaties kan hij erg goed met mensen omgaan.'

'Ik weet het, ik maak maar een grapje. Hoe neemt Waaler het op?'

Harry haalde zijn schouders op.

'Ik begrijp het,' zei Møller. 'Het is een kouwe kikker. Goed zo. Zullen we naar binnen gaan om te kijken?'

'Ik ben al binnen geweest.'

'Geef me dan een rondleiding.'

Ze baanden zich een weg naar de eerste etage, terwijl Møller begroetingen mompelde naar collega's die hij lang niet had gezien.

De slaapkamer was gevuld met in het wit geklede specialisten van de Technische Recherche en er was flitslicht. Op het bed lag zwart plastic, waarop ze een omtrek hadden getekend.

Møller liet zijn blik over de wanden gaan. 'Herejezus,' mompelde hij.

'Sverre Olsen stemde geen Arbeiderspartij,' zei Harry.

'Niets aanraken, Bjarne,' riep een commissaris die Harry herkende van de Technische Recherche. 'Je weet hoe het de vorige keer ging.'

Dat wist Møller kennelijk nog; hij lachte in elk geval vriendelijk mee.

'Sverre Olsen zat op bed toen Waaler binnenkwam,' zei Harry. 'Volgens Waaler stond hijzelf bij de deur hier en vroeg Olsen waar hij was in de nacht dat Ellen vermoord werd. Olsen deed alsof hij zich de datum niet meer kon herinneren. Toen vroeg Waaler verder, en langzamerhand werd duidelijk dat Olsen geen alibi had. Volgens Waaler heeft hij Olsen toen gevraagd mee te gaan naar het bureau om een verklaring af te leggen, en toen greep Olsen plotseling het pistool dat hij zeker onder het kussen had liggen. Hij schoot en de kogel ging precies over de schouder van Waaler, dwars door de deur en toen door het dak in de gang. Volgens Waaler heeft hij toen zijn dienstpistool gepakt en geschoten voordat Olsen de kans kreeg meer schoten af te vuren.'

'Snelle reactie. Goed schot, heb ik gehoord.'

'Dwars door het hoofd,' zei Harry.

'Niet zo vreemd, misschien. Waaler had het beste resultaat bij de schietproef in de herfst.'

'Je vergeet mijn resultaat,' zei Harry droog.

'Hoe ziet het eruit, Ronald?' riep Møller naar de in het wit geklede leider van de Technische Recherche.

'Duidelijke zaak, zou ik denken.' De man stond op en rechtte kreunend zijn rug. 'De kogel die Olsen gedood heeft, hebben we in de eternietplaat gevonden. De kogel die door de deur is gegaan, is ook door het dak gegaan. We zullen zien of we die ook vinden, zodat de jongens van Ballistiek morgen iets te doen hebben. De hoek waaronder geschoten is klopt in beide gevallen.'

'Hmm. Bedankt.'

'Niets te danken, Bjarne. Hoe is het met je vrouw?'

Møller vertelde hoe het met zijn vrouw ging, maar vroeg niet hetzelfde aan hem, want voorzover Harry wist had hij niemand. Vorig jaar waren vier van de jongens in dezelfde maand gescheiden. In de kantine hadden ze gegrapt dat het kwam door de lijklucht.

Buiten zagen ze Weber staan. Hij stond apart met een koffiebeker in de hand en keek naar de man op de ladder.

'Is het goed gegaan, Weber?' vroeg Møller.

Weber nam hen op, alsof hij zich eerst afvroeg of hij wel zin had om antwoord te geven.

'Zij zal geen problemen geven,' zei hij, en hij keek weer naar de man op de ladder. 'Ze zei natuurlijk dat ze het niet begreep, dat haar zoon niet tegen bloed kon enzovoort, maar we zullen geen moeilijkheden krijgen wat betreft de zaken die hier voorgevallen zijn.'

'Hmm.' Møller legde een hand achter Harry's elleboog. 'Laten we een eindje lopen.' Ze slenterden over de straat. Het was een wijk met kleine huisjes, kleine tuintjes en een paar grotere woonblokken verderop. Een paar kinderen, met rode wangen van inspanning, stoven hun voorbij op de fiets op weg naar de politieauto's met blauwe zwaailichten. Møller wachtte tot ze buiten gehoorsafstand van de anderen waren.

'Je lijkt niet erg blij dat we de moordenaar van Ellen gepakt hebben,' zei hij.

'Blij en blij. Ten eerste weten we nog niet of het Sverre Olsen was. De DNA-analyse...'

'De DNA-analyse zal uitwijzen dat hij het was. Wat is er aan de hand, Harry?'

'Niets, chef.'

Møller stond stil. 'Echt niet?'

'Echt niet.'

Møller knikte naar het huis: 'Komt het doordat je vindt dat Olsen er te makkelijk af komt met een snelle kogel?'

'Er is niets, zeg ik!' zei Harry plotseling heftig.

'Gooi het eruit!' brulde Møller.

'Ik vind alles gewoon erg merkwaardig!'

Møller fronste zijn voorhoofd: 'Wat is merkwaardig?'

'Een ervaren politieman als Waaler.' Harry liet zijn stem dalen en sprak langzaam, met nadruk op elk woord. 'Dat hij ervoor kiest alleen op pad te gaan om te praten met een van moord verdachte persoon en die eventueel te arresteren. Dat gaat in tegen alle geschreven en ongeschreven wetten.'

'Dus wat zeg je? Dat Waaler het geprovoceerd heeft? Denk je dat hij Olsen zover heeft gekregen om zijn wapen te trekken, zodat hij Ellen kon wreken? Is dat het? Sta je daarom daar boven en zeg je "volgens Waaler" dit en "volgens Waaler" dat, alsof we bij de politie de woorden van een collega niet vertrouwen? Terwijl de helft van de Technische Recherche meeluistert.'

Ze staarden elkaar aan. Møller was bijna even lang als Harry.

'Ik zeg alleen dat het merkwaardig is,' zei Harry, en hij draaide zich om. 'Dat is alles.'

'Het is genoeg, Harry! Ik weet niet waarom je Waaler hierheen bent gevolgd, of je een vermoeden had dat er iets kon gebeuren. Maar ik weet dat ik hier niets meer over wil horen. Ik wil helemaal geen enkele toespeling meer horen. Begrepen?'

Harry keek naar het gele huis van de familie Olsen. Het was kleiner en had geen hoog hek, zoals de andere huizen in deze stille straat. De hekken van de andere huizen maakten dat het lelijke met eterniet beklede huis er onbeschermd uitzag. Alsof het geïsoleerd was van de andere huizen. Het rook naar zure braadboter en de metalen stem van de Bjerke-renbaan in de verte kwam en ging met de wind.

Harry haalde de schouders op: 'Sorry. Ik... Je weet...'

Møller legde een hand op zijn schouder.

'Ze was de beste. Ik weet het, Harry.'

65 | *Schrøder-restaurant, 2 mei 2000*

De oude man las *Aftenposten*. Hij was verdiept in de tips voor de renbaan toen hij de serveerster in de gaten kreeg die bij zijn tafel stond.

'Hallo,' zei ze, en ze zette een halve liter voor hem neer. Hij antwoordde zoals gewoonlijk niet en nam haar alleen maar op terwijl ze zijn kleingeld uittelde. Haar leeftijd was moeilijk te schatten, maar hij vermoedde ergens tussen de vijfendertig en de veertig jaar. En ze zag eruit of de jaren voor haar net zo zwaar waren geweest als voor de klanten die ze bediende. Maar ze had een gulle lach. Ze kon tegen een stootje. Ze verdween en hij nam de eerste slok van zijn bier terwijl zijn blik door de zaak ging.

Hij keek op de klok. Toen stond hij op, liep naar de munttelefoon achter in de zaak, stopte er drie kronen in, koos het nummer en wachtte. Nadat de telefoon drie keer was overgegaan, werd de hoorn opgenomen en hij hoorde haar stem: 'Juul.'

'Signe?'

'Ja.'

Hij kon aan haar stem horen dat ze al bang was, dat ze wist wie er belde. Het was de zevende keer, dus misschien herkende ze het patroon en wist ze dat hij vandaag zou bellen.

'Je spreekt met Daniël,' zei hij.

'Met wie spreek ik? Wat wil je?' Haar ademhaling ging snel.

'Ik zeg toch dat je met Daniël spreekt? Ik wil alleen dat je herhaalt wat je toen hebt gezegd. Herinner je je het?'

'Hou hier alsjeblieft mee op. Daniël is dood.'

'Tot in de dood, Signe. Niet *tot* de dood, maar *in* de dood.'

'Ik bel de politie.'

Hij hing op. Deed zijn jas aan, zette zijn hoed op en liep langzaam naar buiten het zonlicht in. Op Sankthanshaugen kregen de planten al de eerste knoppen. Het duurde niet lang meer.

Rakels lach overstemde het geroezemoes van stemmen, het gekletter van bestek en het gedraaf van de obers door het overvolle restaurant.

'... en ik werd bijna bang toen ik zag dat ik een bericht op mijn antwoordapparaat had,' zei Harry. 'Je weet wel: dat knipperende oogje. En toen klonk jouw commandostem door de kamer.'

Hij liet zijn stem zwaarder klinken: '"Met Rakel. Diner, vrijdagavond om acht uur. Denk aan een colbert en je portemonnee."' Je hebt Helge een doodschrik bezorgd, ik heb hem twee keer gierst moeten geven voordat hij gekalmeerd was.'

'Dat heb ik niet geregeld!' protesteerde ze tussen twee schaterlachen door.

'Nou, dan iets wat erop leek.'

'Nee! En het is jouw schuld. Het komt door die boodschap op je antwoordapparaat.'

Ze probeerde haar stem net zo zwaar te laten klinken: '"Hole. Laat een bericht achter." Dat is gewoon zo... zo...'

'Harry?'

'Precies!'

Het was een perfecte middag geweest en een perfecte avond, en nu was de tijd gekomen om het kapot te maken, dacht Harry.

'Meirik stuurt me voor een spionageopdracht naar Zweden,' zei hij, en hij draaide zijn waterglas rond. 'Voor een halfjaar. Ik vertrek na het weekend.'

'O.'

Hij was verbaasd dat hij geen reactie op haar gezicht zag.

'Ik heb eerder vandaag Søs en mijn vader gebeld en het verteld,' ging hij verder. 'Mijn vader praatte. Hij heeft me zelfs succes gewenst.'

'Dat is mooi.' Ze lachte snel en begon naarstig de dessertkaart te bestuderen.

'Oleg zal je missen,' zei ze zacht.

Hij keek haar aan, maar het lukte niet om haar blik te vangen.

'En jij dan?' vroeg hij.

Een scheef lachje ging over haar gezicht.

'Ze hebben Banana Split à la Szechuan,' zei ze.

'Bestel er maar twee.'

'Ik zal jou ook missen,' zei ze, en ze liet haar blik over de volgende bladzijde van de kaart gaan.

'Hoeveel?'

Ze haalde haar schouders op.

Hij herhaalde de vraag. En zag hoe ze ademhaalde, iets wilde zeggen, maar weer uitademde en opnieuw begon. Ten slotte zei ze: 'Het spijt me, Harry, maar op het moment is er slechts plaats voor één man in mijn leven. Een klein mannetje van zes jaar.'

Het voelde als een emmer met ijskoud water.

'Kom op,' zei Harry. 'Ik kan me niet zó vergissen.'

Ze keek met een vragende blik op van het menu.

'Jij en ik,' zei Harry, en hij boog zich over de tafel. 'Hier vanavond. We flirten. We hebben het leuk samen. Maar we willen meer. Jij wilt meer.'

'Misschien.'

'Niet misschien. Heel zeker. Jij wilt alles.'

'En dan?'

'En dan? Jij moet me vertellen wat er dán komt, Rakel. Ik vertrek over een paar dagen naar een gat in Zuid-Zweden. Ik ben geen verwend kind, ik wil alleen weten of ik iets heb om in de herfst naar terug te keren.'

Hun blikken ontmoetten elkaar en deze keer hield hij de hare vast. Lang. Ten slotte legde ze de menukaart weg.

'Het spijt me. Ik bedoel het niet zo. Ik weet dat het vreemd klinkt, maar... het alternatief gaat niet.'

'Welk alternatief?'

'Doen waar ik zin in heb. Jou met me mee naar huis nemen, al je kleren uitdoen en de hele nacht met je vrijen.'

Het laatste zei ze zacht en snel. Alsof het iets was waarmee ze zo lang mogelijk wilde wachten, maar dat áls het gezegd werd zo gezegd moest worden: naakt en direct.

'Hoe zit het met een andere nacht?' zei Harry. 'En met meer nachten? Met morgen, overmorgen en volgende week en...'

'Stop!' Ze had een kwade rimpel boven haar neus gekregen. 'Je moet het begrijpen, Harry. Het gaat niet.'

'Juist.' Harry wipte een sigaret uit het pakje en stak die aan. Hij stond toe dat ze met haar hand over zijn wang en mond streelde. Die voorzichtige beroering ging als een schok door zijn zenuwbaan en liet een doffe pijn achter.

'Het ligt niet aan jou, Harry. Ik heb een tijd gedacht dat ik het één keer kon doen. Ik heb alle argumenten doorlopen. Twee volwassen mensen. Niemand anders bij betrokken. Zonder verplichtingen, en eenvoudig. En een man in wie ik meer zin heb dan in welke andere man ook sinds... sinds de vader van Oleg. Daarom weet ik ook dat het niet bij deze keer zal blijven. En dat... dat gaat niet.'

Ze stopte.

'Is het omdat de vader van Oleg een alcoholist was?' vroeg Harry.

'Waarom vraag je dat?'

'Ik weet het niet. Dat zou verklaren waarom je je niet aan mij wilt binden. Niet dat je samengewoond moet hebben met een andere alcoholist om te begrijpen dat ik een slechte partij ben, maar...'

Ze legde een hand op de zijne.

'Jij bent geen slechte partij, Harry. Dat is het niet.'

'Dus wat is het dan?'

'Dit is de laatste keer. Zo is het. We spreken niet meer met elkaar af.'

Ze keek hem lang aan. En nu zag hij het: het waren geen lachtranen die in haar ooghoeken blonken.

'En de rest van het verhaal?' vroeg hij, en hij probeerde te lachen. 'Is het zoals alles bij het POT gaat, *on a need-to-know-basis*?'

Ze knikte.

De ober kwam naar hun tafel, maar moest begrepen hebben dat het een slechte timing was en verdween weer.

Ze opende haar mond om iets te zeggen. Harry zag dat ze op het punt stond om in huilen uit te barsten. Ze beet op haar onderlip. Toen legde ze haar servet voor zich op tafel, schoof haar stoel naar achteren, stond zonder een woord te zeggen op en liep weg. Harry bleef naar het servet zitten staren. Ze moest het lang hebben gekneed, dacht hij, want het was tot een bal verwrongen. Hij keek ernaar hoe de bal zich langzaam openvouwde, als een witte papieren bloem.

67 | *Halvorsens flat, 6 mei 2000*

Toen Halvorsen werd gewekt door het gerinkel van de telefoon, wezen de verlichte cijfers op de digitale wekker 1 uur 10 aan.

'Hole. Sliep je?'

'Nee, hoor,' zei Halvorsen, zonder te begrijpen waarom hij loog.

'Ik vroeg me een paar dingen af over Sverre Olsen.'

Aan de ademhaling en het verkeer op de achtergrond te horen liep Harry buiten.

'Ik weet wat je weten wilt,' zei Halvorsen. 'Sverre Olsen kocht een paar combatboots bij Top Secret in de Henrik Ibsensgate. Ze herkenden hem van een foto en konden me zelfs een datum geven. Het bleek namelijk dat Geweldsdelicten daar was geweest om zijn alibi te checken in verband met de Hallgrim Dale-zaak vorige kerst. Maar dat heb ik je vandaag allemaal gefaxt.'

'Ik weet het, daar kom ik nu vandaan.'

'Nu? Ging je vanavond niet uit eten?'

'Tja. We waren snel klaar.'

'En toen ben je naar het bureau gegaan?' vroeg Halvorsen ongelovig.

'Ja, inderdaad. Je fax heeft me aan het denken gezet. Ik vroeg me af of je morgen een paar dingen voor me kunt uitzoeken.'

Halvorsen kreunde. Ten eerste had Møller hem op een niet mis te verstane manier laten weten dat Harry Hole niet langer iets te maken had met de Ellen Gjelten-zaak. Ten tweede was het morgen zaterdag en een vrije dag.

'Ben je daar nog, Halvorsen?'

'Jazeker.'

'Ik kan me wel voorstellen wat Møller heeft gezegd. Daar moet je schijt aan hebben. Nu heb je de kans om iets meer te leren van recherchewerk.'

'Het probleem is, Harry...'

'Hou je mond en luister, Halvorsen.'

Halvorsen vloekte inwendig. En luisterde.

68 | *Vibesgate, 8 mei 2000*

De geur van vers gezette koffie was in de gang, waar Harry zijn jas ophing op een overladen kapstok, al te ruiken.

'Bedankt dat u me op zo'n korte termijn kon ontvangen, meneer Fauke.'

'Ach, wat,' bromde Fauke uit de keuken. 'Een oude man zoals ik is gewoon blij als hij ergens mee kan helpen. Áls ik kan helpen.'

Hij schonk koffie in twee grote bekers en ze gingen aan de keukentafel zitten. Harry streek met zijn vingertoppen over het ruwe oppervlak van de zware, donkere eikenhouten tafel.

'Uit de Provence,' zei Fauke ongevraagd. 'Mijn vrouw hield van Franse boerenmeubels.'

'Mooie tafel. Uw vrouw had een goede smaak.'

Fauke glimlachte.

'Ben je getrouwd, Hole? Niet? Ook niet geweest? Je moet niet te lang wachten, weet je. Je wordt een zonderling als je te lang alleen blijft. Ik weet waar ik het over heb. Ik was al over de dertig toen we trouwden. Dat was toen laat. Mei 1955.'

Hij wees naar een van de foto's die aan de muur boven de keukentafel hingen.

'Is dat echt uw vrouw?' vroeg Harry. 'Ik dacht dat het Rakel was.'

'Ach ja, natuurlijk,' zei hij nadat hij Harry eerst verbaasd had aangekeken. 'Ik vergeet dat Rakel en jij elkaar via het POT kennen.'

Ze liepen de kamer in, waar de stapels papieren sinds de laatste keer alleen maar aangegroeid waren. Nu waren alle stoelen, behalve de bureaustoel, bezet. Fauke maakte plaats voor hen aan de overvolle salontafel.

'Heb je iets gevonden over die namen die ik je gegeven had?' vroeg hij.

Harry gaf Fauke een korte samenvatting.

'Ondertussen zijn er nieuwe elementen bij gekomen,' zei hij. 'Er is een politievrouw vermoord.'

'Ik heb daar in de krant over gelezen.'

'Nu lijkt het erop dat de zaak is opgelost. We wachten alleen op het resultaat van de DNA-analyse. Gelooft u in toevalligheden?'

'Niet echt.'

'Ik ook niet. Daarom ga ik mezelf vragen stellen als dezelfde persoon opduikt in zaken die ogenschijnlijk niets met elkaar te maken hebben. Dezelfde avond dat de politievrouw, Ellen Gjelten, werd vermoord liet ze een boodschap voor me achter op mijn antwoordapparaat: "We hebben hem nu."'

'Johan Bòrgen?'

'Wat? O, zo. Dat geloof ik niet. Ze hielp met het zoeken naar de persoon die in contact is geweest met de verkoper van het Märklin-geweer in Johannesburg. Er hoeft natuurlijk geen verband te bestaan tussen die persoon en de moordenaar, maar de gedachte ligt voor de hand. Vooral omdat ze erg veel haast had om me te pakken te krijgen. Het was een zaak waar ik al een paar weken mee bezig was. Toch probeerde ze die avond enkele keren om me te bereiken. En ze klonk erg opgewonden. Dat kan betekenen dat ze zich bedreigd voelde.'

Harry legde een wijsvinger op de salontafel.

'Eén van de personen van uw lijst, Hallgrim Dale, is in de herfst vermoord. In de steeg waar hij gevonden is, vond men onder andere resten van braaksel. Die werden niet direct in verband gebracht met de moord, omdat de bloedgroep in het braaksel niet overeenstemde met die van het slachtoffer, en omdat het beeld van een koelbloedige, professionele moord niet paste bij iemand die op de plaats van het misdrijf overgeeft. Maar Geweldsdelicten kon natuurlijk niet volledig uitsluiten dat het braaksel van de moordenaar was en heeft een speekselproef opgestuurd voor een DNA-analyse. Eerder vandaag heeft een van mijn collega's de uitkomst vergeleken met de resultaten van de DNA-test van de huidresten die we op de muts hebben gevonden die bij de plaats lag waar de politievrouw is vermoord. Ze zijn identiek.'

Harry zweeg en keek naar de andere man.

'Ik begrijp het,' zei Fauke. 'Jij denkt dat het een en dezelfde dader is.'

'Nee, dat geloof ik niet. Ik geloof alleen dat er een verband bestaat tussen de moorden, dat het niet toevallig is dat Sverre Olsen beide keren in de buurt was.'

'Waarom kan hij hen niet alle twee vermoord hebben?'

'Hij kan het natuurlijk gedaan hebben, maar er is een wezenlijk verschil tussen de geweldsmisdrijven die Sverre Olsen eerder heeft begaan en de moord op Hallgrim Dale. Hebt u ooit gezien welke verwondingen een honkbalknuppel bij een mens kan aanrichten? Het zachte hout breekt botten en de inwendige organen, zoals lever en nieren, scheuren. Maar de huid is vaak intact, en het slachtoffer sterft aan inwendige bloedingen. Bij de moord op Hallgrim Dale werd de halsslagader doorgesneden. Bij zo'n moordmethode spuit het bloed eruit. Begrijpt u?'

'Ja, maar ik begrijp niet waar je heen wilt.'

'Sverre Olsens moeder zei tegen een van onze mensen dat Sverre niet tegen bloed kon.'

Faukes koffiebeker bleef op weg naar zijn mond steken. Hij zette hem weer neer.

'Ja, maar...'

'Ja, ik weet wat u denkt: dat hij het toch gedaan kan hebben, en dat het feit dat hij niet tegen bloed kon juist het braaksel verklaart. Maar het punt is dat het niet de eerste keer was dat de moordenaar een mes gebruikte. Volgens het rapport van de patholoog was het een perfecte, chirurgische snee die alleen gemaakt kan worden door iemand die weet wat hij doet.'

Fauke knikte langzaam. 'Nu begrijp ik wat je bedoelt,' zei hij.

'U ziet er peinzend uit,' zei Harry.

'Ik geloof dat ik weet waarom je hier bent gekomen: je vraagt je af of een van de frontsoldaten uit Sennheim een dergelijke moord zou kunnen begaan.'

'Inderdaad. En is dat het geval?'

'Ja, het is mogelijk.' Fauke legde zijn handen rond de koffiebeker en zijn blik werd afwezig. 'Degene die je niet gevonden hebt. Gudbrand Johansen. Ik heb je verteld dat we hem Roodborstje noemden.'

'Zou u me meer over hem kunnen vertellen?'

'Ja. Maar dan schenk ik eerst nog koffie in.'

69 | *Irisveien, 8 mei 2000*

'Wie is daar?' klonk het achter de deur. Het was een klein, angstig stemmetje. Harry kon haar silhouet zien achter het matglas.

'Hole. Ik heb gebeld.'

De deur ging op een kier.

'Neem me niet kwalijk, ik...'

'Het is goed, ik begrijp het.'

Signe Juul deed de deur helemaal open en Harry stapte de vestibule in.

'Even is er niet,' zei ze met een verontschuldigend lachje.

'Ja, dat zei u al aan de telefoon,' zei Harry. 'Maar ik wil met u praten.'

'Met mij?'

'Als dat kan, mevrouw Juul?'

De oude vrouw ging hem voor. Haar haar, dik en staalgrijs, was in een knot gevlochten en vastgezet met een ouderwetse haarspeld. En haar ronde, wiegende lijf deed je denken aan een zachte omarming en goed eten.

Burre tilde zijn kop op toen ze de kamer in kwamen.

'Dus uw man is alleen weg?' vroeg Harry.

'Ja, hij mag Burre niet meenemen het café in,' zei ze. 'Ga zitten, alstublieft.'

'Het café?'

'Daar is hij sinds kort mee begonnen,' glimlachte ze. 'Om kranten te lezen. Hij kan beter nadenken als hij niet alleen maar thuiszit, zegt hij.'

'Daar zit wel iets in.'

'Zeker. En je kunt ook een beetje wegdromen, denk ik.'

'Waarheen droomt hij dan weg, denkt u?'

'Tja, dat weet ik niet. Je zou kunnen denken dat je weer jong bent en op een terras in Parijs of Wenen zit.' Weer dat snelle, verontschuldigende lachje. 'Genoeg daarover. Wilt u koffie?'

'Ja, graag.'

Harry keek naar de muren toen Signe Juul naar de keuken ging. Boven de haard hing een portret van een man in een zwarte cape. De vorige keer was het portret Harry niet opgevallen. De man stond in een tamelijk dramatische houding; kennelijk tuurde hij naar verre horizonten, buiten het blikveld van de schilder. Harry liep naar het portret. Op een koperplaatje op de lijst stond: *Chef-arts Kornelius Juul 1885-1959*.

'Dat is de grootvader van Even,' zei Signe Juul, die met een dienblad binnenkwam.

'Juist. U hebt hier veel portretten.'

'Ja,' zei ze, en ze zette het dienblad neer. 'De foto daarnaast is Evens grootvader van moederskant, dokter Werner Schumann. Hij was in 1885 een van de initiatiefnemers van het Ullevål-ziekenhuis.'

'En die?'

'Jonas Schumann. Chef-arts bij het Rikshospital.'

'En uw familie?'

Ze keek hem verward aan. 'Wat bedoelt u?'

'Op welke foto's staat uw familie?'

'Die... hangen ergens anders. Melk?'

'Nee, dank u.'

Harry ging zitten. 'Ik wil graag met u over de oorlog praten,' zei hij.

'Ach, nee,' ontglipte haar.

'Ik snap het, maar het is belangrijk.'

'We zullen zien,' zei ze, en ze schonk koffie voor zichzelf in.

'U was verpleegster tijdens de oorlog...'

'Frontzuster, ja. Landverraadster.'

Harry keek op. Haar ogen keken hem rustig aan.

'We waren met zo'n vierhonderd. We hebben na de oorlog allemaal gevangenisstraf gekregen. Hoewel het Internationale Rode Kruis een verzoek bij de Noorse overheid had ingediend om af te zien van strafvervolging. Het Noorse Rode Kruis heeft ons pas in 1990 verontschuldigingen aangeboden. Evens vader, op die foto daar, had contacten en heeft mijn straf kunnen verkorten, onder andere omdat ik in het voorjaar van 1945 twee gewonde mannen van het Hjemmefront had geholpen. En omdat ik nooit lid was geweest van de Nasjonal Samling. Wilt u nog meer weten?'

Harry staarde in zijn koffiekopje. Het viel hem op hoe stil het kon zijn in sommige villawijken van Oslo.

'Het gaat me niet om uw verhaal, mevrouw Juul. Maar herinnert u zich een Noorse frontsoldaat die Gudbrand Johansen heette?'

Signe Juul schrok op en Harry begreep dat hij op iets gestoten was.

'Waar bent u eigenlijk naar op zoek?' vroeg ze, en haar gezicht verstrakte.

'Heeft uw man dat niet verteld?'

'Even vertelt mij nooit iets.'

'Goed. Ik probeer een beeld te krijgen van de Noorse frontsoldaten die in Sennheim zijn geweest voordat ze naar het front werden gestuurd.'

'Sennheim,' herhaalde ze zacht voor zichzelf. 'Daniël was daar.'

'Ja, ik weet dat u verloofd bent geweest met Daniël Gudeson. Sindre Fauke heeft me dat verteld.'

'Wie is dat?'

'Een voormalig frontsoldaat en later een verzetsman die uw man kent. Fauke heeft me aangeraden met u te gaan praten over Gudbrand Johansen. Fauke is zelf gedeserteerd, dus hij weet niet wat er later met Gudbrand is gebeurd. Maar een andere Noorse frontsoldaat, Edvard Mosken, vertelde me over een handgranaat die in een loopgraaf explodeerde. Mosken wist niet precies wat er daarna was gebeurd, maar als Johansen het overleefd had, moet je wel aannemen dat hij in het veldhospitaal terecht is gekomen.'

Signe Juul maakte een smakkend geluid. Burre kwam kwispelend aangelopen en ze begroef een hand in de dikke, stugge vacht.

'Ja, ik herinner me Gudbrand Johansen,' zei ze. 'Daniël schreef af en toe over hem, zowel in zijn brieven uit Sennheim als in de stukjes die ik in het veldhospitaal van hem kreeg. Ze verschilden erg van elkaar. Ik geloof dat Gudbrand Johansen in de loop der tijd een soort jonger broertje van hem werd.' Ze glimlachte. 'Dat gold voor veel mannen met wie Daniël omging.'

'Weet u wat er verder met Gudbrand gebeurd is?'

'Hij kwam, zoals u al dacht, bij ons in het veldhospitaal. Dat was in de tijd dat het gebied in Russische handen viel. We trokken ons in allerijl terug. We kregen geen medicijnen aan het front omdat alle wegen verstopt werden door verkeer in de andere richting. Johansen was zwaargewond; hij had onder andere een granaatsplinter in zijn dij, vlak boven zijn knie. We waren bang dat er koudvuur in zijn voet kwam en dat we zouden moeten amputeren. Dus in plaats van te wachten op medicijnen die niet kwamen, werd hij met de stroom mee naar het westen gestuurd. Het laatste wat ik van hem zag was een ongeschoren gezicht op een vrachtwagen dat onder een deken vandaan stak. Het dooide en de modder kwam tot aan de assen, en het duurde meer dan een uur voordat ze de eerste bocht om waren en uit het zicht waren verdwenen.'

De hond had zijn kop in haar schoot gelegd en keek met droevige ogen naar haar op.

'En dat was het laatste wat u van hem zag of hoorde?'

Ze bracht het porseleinen kopje langzaam naar haar lippen, nam een heel klein slokje en zette het kopje weer neer. Haar hand trilde een beetje.

'Ik heb een paar maanden later een kaart van hem gekregen,' zei ze. 'Hij schreef dat hij een paar dingen van Daniël had, onder andere een Russische baret die naar ik begreep een soort oorlogstrofee was. Het klinkt een beetje vreemd, maar dat was niet ongewoon voor een oorlogsgewonde.'

'Die kaart, hebt u...?'
Ze schudde haar hoofd.
'Weet u nog waar hij vandaan kwam?'
'Nee. Ik herinner me alleen dat de naam me aan groen en landelijk deed denken, en dat hij het goed had.'
Harry stond op.
'Hoe wist die Fauke eigenlijk van mij?' vroeg ze.
'Nou...' Harry wist niet zo goed hoe hij het moest zeggen, maar ze was hem voor.
'Alle frontsoldaten hebben over mij gehoord,' zei ze, en alleen haar mond lachte. 'De vrouw die haar ziel aan de duivel heeft verkocht in ruil voor strafvermindering. Denken ze dat?'
'Ik weet het niet,' zei Harry. Hij voelde dat hij weg moest. Ze waren maar twee huizenblokken van de Ringvei verwijderd, maar het zou ook een bergmeer kunnen zijn, zo stil als het hier was.
'Weet u, ik heb hem nooit meer gezien,' zei ze. 'Daniël. Nadat ze hadden gezegd dat hij dood was.'
Ze staarde naar een denkbeeldig punt voor haar.
'Ik heb een nieuwjaarsgroet van hem gekregen via een hospik, en drie dagen later zag ik Daniëls naam staan op de lijst van gesneuvelden. Ik geloofde niet dat het waar was; ik zei dat ik het weigerde te geloven voordat ze me het lijk hadden laten zien. Dus namen ze me mee naar het massagraf in sectie Noord waar de doden werden verbrand. Ik ben het graf in gegaan, heb zoekend over de lijken gelopen, ging van het ene verbrande lijk naar het andere, en staarde in de lege, zwart-witte oogkassen. Maar geen van hen was Daniël. Ze zeiden dat ik hem onmogelijk zou kunnen herkennen, maar ik zei dat ze ongelijk hadden. Toen zeiden ze dat hij misschien in een van de andere graven was gelegd die al dicht waren gegooid. Ik weet het niet, maar ik heb hem nooit meer gezien.'
Ze dook in elkaar toen Harry kuchte.
'Bedankt voor de koffie, mevrouw Juul.'
Ze liep met hem mee naar de gang. Terwijl hij bij de garderobekast zijn jas dicht stond te doen, kon hij het niet laten om op de foto's te zoeken naar trekken die hij in haar gezicht herkende, maar tevergeefs.

'Moeten we hierover iets aan Even vertellen?' vroeg ze toen ze de deur voor hem opendeed.

Harry keek haar verbaasd aan.

'Ik bedoel, moet hij weten dat we hierover hebben gepraat?' voegde ze er haastig aan toe. 'Over de oorlog en... Daniël?'

'Nee, als u dat niet wilt.'

'Hij merkt het natuurlijk dat u geweest bent. Kunnen we niet zeggen dat u op hem hebt gewacht, maar dat u nu weg moest?'

Haar blik was vragend, maar er lag ook iets anders in.

Harry kon pas bedenken wat het was toen hij op de Ringvei reed en door het open raam het bevrijdende geluid van het gebrul van auto's hoorde dat de stilte uit zijn hoofd blies. Het was angst. Signe Juul was ergens bang voor.

70 | *Brandhaugs huis, Nordberg, 9 mei 2000*

Bernt Brandhaug tikte zacht met zijn mes tegen de rand van het kristallen glas, schoof de stoel naar achteren, hield het servet tegen zijn mond en kuchte licht. Er speelde een klein lachje rond zijn lippen, alsof hij al plezier had om de spitsvondigheden in zijn toespraakje dat hij voor zijn gasten ging houden: hoofdcommissaris van politie Størksen met haar man en Kurt Meirik en zijn vrouw.

'Lieve vrienden en collega's.'

Vanuit zijn ooghoek kon hij zien dat zijn vrouw stijfjes glimlachte, alsof ze wilde zeggen: het spijt me dat we dit moeten aanhoren, maar dit valt buiten mijn controle.

Vanavond sprak Brandhaug over vriendschap en collegialiteit. Over de betekenis van loyaliteit en het belang van het bundelen van de juiste krachten in een democratie om zich tegen middelmatigheid, onverantwoordelijkheid en incompetentie op leidinggevend niveau te verdedigen. Je kon natuurlijk niet verwachten dat huisvrouwen en boeren die langs democratische weg waren gekozen, de complexiteit van het vakgebied waaraan ze nu ineens leiding moesten geven, konden doorgronden.

'De democratie is zijn eigen beloning,' zei Brandhaug, een formulering die hij had gestolen en tot de zijne had gemaakt. 'Maar dat betekent niet dat de democratie geen prijs heeft. Als we metaalarbeiders tot minister van Financiën maken...'

Hij controleerde met tussenpozen of de hoofdcommissaris wel luisterde, maakte een grapje over het democratiseringsproces in sommige voormalige Afrikaanse kolonies waar hij ambassadeur was geweest. Maar de toespraak die hij al diverse keren voor een ander gehoor had gehouden, inspireerde hem vanavond niet. Hij was met zijn gedachten heel ergens anders, waar hij de laatste weken steeds was geweest: bij Rakel Fauke.

Ze was een obsessie geworden, en de laatste tijd had hij af en toe gedacht dat hij haar moest proberen te vergeten, dat hij te ver was gegaan in zijn pogingen haar te krijgen.

Hij dacht aan zijn manoeuvres van de laatste dagen. Als Kurt Meirik geen chef van het POT was geweest, was het niet gelukt. Het eerste wat hij had moeten doen, was die Harry Hole uit beeld krijgen, hem laten verdwijnen uit de stad, naar een plaats waar hij noch Rakel, noch iemand anders kon ontmoeten.

Brandhaug had Kurt gebeld en gezegd dat zijn contact bij *Dagbladet* hem had verteld dat er geruchten gingen in perskringen dat er 'iets' was gebeurd in relatie tot het bezoek van de president in de herfst. Ze moesten handelen voordat het te laat was, Hole ergens verstoppen waar de pers hem niet te pakken kon krijgen, vond Kurt ook niet?

Kurt had geaarzeld en 'tja' en 'maar' gezegd. In elk geval tot het was overgewaaid, had Brandhaug aangedrongen. Brandhaug twijfelde er eerlijk gezegd aan of Meirik hem wel geloofde. Niet dat dat hem veel kon schelen. Een paar dagen later had Kurt hem opgebeld en gezegd dat Harry Hole naar het front gestuurd was, naar een of ander godverlaten plaatsje in Zweden. Brandhaug had zich letterlijk in de handen gewreven. Niets kon zijn plannen met Rakel nu nog in de weg staan.

'Onze democratie is als een mooie, lachende maar naïeve dochter. Het feit dat de juiste krachten in de samenleving zich bundelen heeft niets te maken met elitair gedrag of machtstactiek, het is gewoon onze enige garantie dat onze dochter, de democratie, niet verkracht wordt en de leiding wordt overgenomen door ongewenste krachten. Daarom is ook loyaliteit, deze bijna vergeten deugd, tussen mensen niet alleen wenselijk, maar zelfs noodzakelijk – ja, het is een plicht om...'

Ze zaten in de kamer in diepe leunstoelen en Brandhaug had de doos met zijn Cubaanse sigaren rond laten gaan. Het was een geschenk van de Noorse consul-generaal in Havana.

'Gerold tegen de binnenkant van een Cubaanse vrouwendij,' had hij met een knipoog gefluisterd tegen de man van Anne Størksen, maar het leek wel of hij de grap niet helemaal doorhad. Die man van haar leek een beetje saai en stijf – hoe heette hij ook weer? Een dubbele naam. Heremetijd, was hij het vergeten? Tor Erik! Tor Erik was het.

'Nog wat cognac, Tor Erik?'

Tor Erik glimlachte met opeengeperste, smalle lippen en schudde zijn hoofd. Zeker zo'n ascetisch type dat elke week vijftig kilometer jogt, dacht Brandhaug. Alles aan de man was dunnetjes: zijn lichaam, zijn gezicht, zijn haar. Hij had de blik gezien die Tor Erik tijdens zijn toespraak met zijn vrouw had gewisseld, alsof hij haar herinnerde aan een privégrapje. Het hoefde niets met zijn toespraak te maken te hebben.

'Verstandig,' zei Brandhaug zuur. 'Morgen is er weer een dag, nietwaar?'

Elsa stond ineens in de kamerdeur.

'Er is telefoon voor je, Bernt.'

'We hebben gasten, Elsa.'

'Het is *Dagbladet.*'

'Ik neem hem in mijn werkkamer.'

Het was de nieuwsredactie, een vrouwspersoon van wie hij de naam niet kende. Ze klonk jong en hij probeerde zich een voorstelling van haar te maken. Het ging over de demonstratie voor de Oostenrijkse ambassade in de Thomas Heftyesgate tegen Jörg Haider en de rechts-extremistische FPÖ die in de regering gekozen werd. Ze wilde alleen een paar korte commentaren voor de ochtendkrant van morgen.

'Meneer Brandhaug, denkt u dat het nodig is om ons te beraden op onze diplomatieke betrekkingen met Oostenrijk?'

Hij sloot zijn ogen. Ze visten, zoals ze dat af en toe deden, maar zowel zij als hij wist dat ze nooit beethadden; hij had te veel ervaring. Hij voelde dat hij aangeschoten was. Zijn hoofd was licht en de wereld danste een beetje, maar dat was geen probleem.

'Dat is een politieke beslissing die niet op het ministerie van Buitenlandse Zaken genomen wordt,' zei hij.

Er viel een stilte. Haar stem stond hem wel aan. Ze was blond, dat kon hij voelen.

'Maar kunt u met uw ruime ervaring niet voorspellen wat de Noorse regering zal doen?'

Hij wist wat hij moest antwoorden, het was pijnlijk eenvoudig: 'Ik waag me niet aan voorspellingen.'

Niet meer en niet minder. Het was eigenlijk grappig; je hoefde niet eens zo lang op een positie als de zijne te zitten om het gevoel te krijgen dat je al eerder op alle vragen geantwoord had. Jonge journalisten dachten meestal dat ze de eerste waren die hem deze vraag stelde, een vraag waar ze een halve nacht over hadden nagedacht. En ze werden allemaal geïmponeerd door het feit dat hij eerst na leek te denken voordat hij het antwoord gaf dat hij waarschijnlijk al tientallen malen had gegeven: 'Ik waag me niet aan voorspellingen.'

Hij was verbaasd dat hij die woorden al niet tegen haar had gezegd. Maar er was iets met haar stem, iets wat hem uitnodigde om haar iets meer tegemoet te komen. 'Uw ruime ervaring,' had ze gezegd. Hij had zin om te vragen of ze zelf op het idee was gekomen om nu juist hem, Bernt Brandhaug, te bellen.

'Als hoogste ambtenaar op het departement van Buitenlandse Zaken ga ik ervan uit dat we normale betrekkingen onderhouden met Oostenrijk,' zei hij. 'Maar wij zien natuurlijk ook wel dat ook andere landen reageren op wat er daar nu aan de hand is. Maar dat we diplomatieke betrekkingen onderhouden met een land betekent niet dat we alles goedkeuren wat daar gebeurt.'

'Nee, met zoveel militaire regimes onderhouden we immers diplomatieke betrekkingen,' antwoordde de stem aan de andere kant. 'Dus waarom reageren we zo heftig op deze gebeurtenissen, denkt u?'

'Dat heeft te maken met de jongste geschiedenis van Oostenrijk.' Hier zou hij moeten stoppen. 'Er is een verband met het nazisme. De meeste historici zijn het erover eens dat Oostenrijk tijdens de Tweede Wereldoorlog in feite een bondgenoot was van Hitler-Duitsland.'

'Was Oostenrijk niet bezet, net als Noorwegen?'

Hij besefte dat hij er geen flauw idee van had wat ze tegenwoordig op school over de Tweede Wereldoorlog leerden. Erg weinig, zo te horen.

'Hoe zei je ook alweer dat je heet?' vroeg hij. Misschien had hij toch een slok te veel op. Ze vertelde hem haar naam.

'Juist, Natasja, laat ik je eerst even helpen voordat je verdergaat met deze belronde. Heb je over de *Anschluss* gehoord? Dat hield in dat Oostenrijk niet, zoals andere landen, bezet werd. De Duitsers zijn in maart 1938 gewoon naar binnen gemarcheerd. Er was bijna geen verzet, en dat is zo gebleven tot het eind van de oorlog.'

'Dus ongeveer net zoals in Noorwegen?'

Brandhaug was geschokt. Ze had het op een luchtige manier gezegd, zonder een spoor van gêne over haar gebrek aan kennis.

'Nee,' zei hij langzaam, alsof hij tegen een kind sprak dat traag van begrip was. 'Niet zoals in Noorwegen. In Noorwegen hebben we ons verzet, en de Noorse koning en onze regering zaten in Londen en steunden en amuseerden ons hier thuis met... radioprogramma's.'

Hij hoorde dat het een beetje ongelukkig geformuleerd was en voegde eraan toe: 'In Noorwegen was het hele volk tegen de bezetters. Die enkele Noorse verrader die in een Duits uniform liep en aan de Duitse kant vocht, was van dat uitschot dat je helaas in elk land vindt. Maar in Noorwegen hebben de goede krachten standgehouden; de intellectuelen die het verzet leidden, vormden een groep mensen die ons de weg naar de democratie heeft gewezen. Deze mensen waren loyaal tegenover elkaar, en dat was precies wat Noorwegen gered heeft. De democratie is zijn eigen beloning. Schrap wat ik over de koning heb gezegd, Natasja.'

'Dus u vindt dat alle mensen die aan Duitse zijde hebben gevochten uitschot waren?'

Waar wilde ze eigenlijk heen? Brandhaug besloot het gesprek te beëindigen.

'Ik wil alleen maar zeggen dat mensen die in oorlogstijd hun land verraden blij mogen zijn dat ze ervan afkomen met gevangenisstraf. Ik ben ambassadeur geweest in landen waar zulke lui zonder pardon werden geëxecuteerd, en ik weet nog niet zo zeker of dat ook niet beter was geweest hier in Noorwegen. Maar terug naar het commentaar dat je wilde, Natasja. Het departement van Buitenlandse Zaken heeft dus geen commentaar op de demonstratie of op de nieuwe Oostenrijkse regeringspartij, dus als je het me verder niet kwalijk wilt nemen, Natasja...'

Natasja toonde begrip en hij hing op.

Toen hij weer de kamer in kwam, wilden de anderen net vertrekken.

'Nu al?' zei hij, en hij glimlachte breed, maar probeerde hen niet tegen te houden. Hij was moe.

Hij liep met zijn gasten mee naar de deur, gaf vooral de hoofdcommissaris een stevige hand en zei dat ze nooit moest aarzelen als er iets was waar hij mee kon helpen. De officiële weg was ook goed, maar...

Het laatste waar hij aan dacht voor hij in slaap viel, was Rakel Fauke. En haar politieman die op een zijspoor was gezet. Hij viel in slaap met een glimlach om zijn lippen, maar werd wakker met een denderende hoofdpijn.

71 | *Fredrikstad-Halden, 10 mei 2000*

De trein was maar halfvol en Harry had een plaatsje bij het raam.

Het meisje op de stoel achter hem had de oordopjes van haar walkman uitgedaan en hij kon de zanger horen, maar niet de instrumenten. De afluisterexpert die ze in Sydney hadden geraadpleegd, had Harry uitgelegd dat het menselijk oor bij geringe geluidssterkte alleen die frequentie versterkt waarin de menselijke stem ligt.

Er zat iets troostends in, vond Harry, dat het laatste wat je hoort voordat het volkomen stil wordt menselijke stemmen zijn.

Strepen van regen vochten zich trillend een weg dwars over de ruit. Harry keek naar de vlakke, natte velden en naar de elektrische leidingen die langs de rails op en neer wipten.

Op het perron van Fredrikstad had een janitsaren-orkest staan spelen. De conducteur had uitgelegd dat het orkest daar altijd stond te oefenen voor de nationale feestdag.

'Elk jaar om deze tijd op dinsdag,' zei hij. 'De dirigent vindt dat de repetities realistischer zijn wanneer er mensen omheen staan.'

Harry had een tas met kleren gepakt. De flat in Klippan zou eenvoudig, maar goed ingericht zijn. Een tv, een stereo-installatie en zelfs een paar boeken.

'*Mein Kampf* en zo,' had Meirik met een lach gezegd.

Hij had Rakel niet gebeld. Hoewel hij ernaar verlangde haar stem te horen. De laatste menselijke stem.

'Het volgende station is Halden,' kraakte het nasaal uit de luidspreker, en het bericht werd onderbroken door een schreeuwende, valse toon van een remmende trein.

Harry ging met zijn vinger over de ruit terwijl de zin in zijn hoofd rondtolde. Een schreeuwende, valse toon. Een valse, schreeuwende toon. Een toon, schreeuwend en...

Een toon is niet vals, dacht hij. Een toon kan niet vals zijn zolang hij niet met andere tonen samen is. Zelfs Ellen, de muzikaalste persoon die hij had gekend, had meer trefwoorden, meer tonen nodig gehad om de muziek te horen. Zelfs zij was niet in staat om op grond van één enkel trefwoord met honderd procent zekerheid te zeggen of het vals was, verkeerd was of dat het een leugen was.

En toch zong die ene toon in zijn oor, hoog en snerpend vals: dat hij naar Klippan moest om te spioneren om de mogelijke afzender te vinden van een fax die tot nu toe alleen maar had geleid tot een paar koppen in de krant. Hij had vandaag de kranten nog doorgekeken, en het was duidelijk dat ze de zaak van de dreigementen, waar ze vier dagen geleden zo'n ophef over hadden gemaakt, allang weer vergeten was. In plaats daarvan schreef *Dagbladet* iets over Lasse Kjus die Noorwegen haatte en in het bijzonder staatssecretaris Bernt Brandhaug, omdat hij, als ze hem juist citeerden, gezegd zou hebben dat de landverraders de doodstraf hadden moeten krijgen.

Een andere toon was ook vals. Maar die was misschien vals omdat hij dat zo wilde. Rakels afscheid bij het etentje; de uitdrukking in haar ogen, die halve liefdesverklaring voordat ze daar weer korte metten mee had gemaakt en hem had laten zitten met het gevoel een vrije val te maken en met een rekening van achthonderd kronen, die zij zou betalen. Het klopte niet. Of wel? Rakel was in Harry's flat geweest, had hem zien drinken en had naar hem geluisterd toen hij met een door tranen verstikte stem verteld had over een dode collega die hij net twee jaar kende, maar van wie hij het idee had dat zij tot nu toe de enige in zijn leven was met wie hij een nauwe band had. Pathetisch. Het zou mensen bespaard moeten blijven om elkaar zo naakt te zien. Dus waarom had ze er toen al geen eind aan gemaakt, niet tegen zichzelf gezegd dat deze man meer problemen gaf dan goed voor haar was?

Zoals gewoonlijk als zijn privéleven te ingewikkeld werd, was hij gevlucht in zijn werk. Dat was gebruikelijk voor een bepaald type man, had hij gelezen. Misschien dat hij daarom het weekend had gebruikt om samenzweringstheorieën en gedachtekronkels te bedenken waarin hij alle zaken – het Märklin-geweer, de moord op Ellen, de moord op Hallgrim Dale – in één grote pan had gegooid zodat hij ze door elkaar kon roeren tot één smerig ruikende soep. Weer pathetisch.

Hij keek in de opengeslagen krant die voor hem op het klaptafeltje lag. Naar de foto van de staatssecretaris van BZ. Ergens kwam die man hem bekend voor.

Hij wreef met een hand over zijn gezicht. Hij wist uit ervaring dat menselijke hersenen hun eigen verbanden begonnen te leggen als je niet verder kwam in een onderzoek. En het onderzoek naar het geweer was een afgesloten hoofdstuk; dat had Meirik wel duidelijk gemaakt. Hij had het geen zaak genoemd. Meirik wilde liever dat Harry rapporten zou schrijven over neonazi's en ging spioneren bij losgeslagen Zweedse jeugd. Wel verdomme!

'... uitstappen aan de rechterkant.'

En als hij nu gewoon uitstapte? Wat kon er in het ergste geval gebeuren? Zolang BZ en het POT bang waren dat het schietincident van vorig jaar zou uitlekken, kon Meirik hem niet ontslaan. En wat Rakel betreft ... Wat Rakel betreft, wist hij het niet.

De trein stopte met een laatste kreun en het werd benauwend stil in de coupé. Op de gang klapten de deuren. Harry bleef zitten. Hij kon het zingen uit de walkman nu beter horen. Hij had het vaker gehoord, maar kon er niet op komen waar.

72 | *Nordberg en Continental-hotel, 10 mei 2000*

De oude man was volkomen onvoorbereid en hij snakte naar adem toen de pijn ineens toesloeg. Hij kromp op de grond in elkaar en stak een vuist in zijn mond om het niet uit te schreeuwen. Zo bleef hij liggen en hij probeerde bij bewustzijn te blijven terwijl golven van licht en donker door hem heen spoelden. Hij opende en sloot zijn ogen. De hemel rolde over hem heen; het leek of de tijd sneller verstreek; de wolken raasden door de lucht; de sterren schenen door het blauw; het werd nacht, dag, nacht, dag en weer nacht. Toen was het voorbij, en hij rook de geur van natte aarde onder zich en wist dat hij nog steeds leefde.

Hij bleef een poosje liggen om weer op adem te komen. Door het zweet kleefde zijn overhemd aan zijn lichaam. Toen draaide hij zich op zijn buik en keek weer naar het huis.

Het was een groot, zwart, houten huis. Hij lag daar al vanaf vanmiddag en wist dat alleen de vrouw thuis was. Toch brandde er achter elk raam licht, zowel op de begane grond als op de eerste etage. Hij had gezien dat ze, toen het enigszins schemerig werd, door het huis liep om overal het licht aan te doen, dus hij nam aan dat ze bang was voor het donker.

Hij was zelf ook bang. Niet voor het donker; daar was hij nooit bang voor geweest. Hij was bang voor de tijd, die steeds sneller ging. En voor de pijn. Dat was een nieuw fenomeen, dat hij nog niet onder controle had kunnen krijgen. En hij wist niet of hem dat zou lukken. En de tijd? Hij probeerde niet te denken aan de cellen die zich deelden en deelden.

Een bleke maan kwam op aan de hemel. Hij keek op zijn horloge. Halfacht. Zo meteen werd het te donker en moest hij tot morgen wachten. Dat betekende dat hij de hele nacht in deze schuilplaats moest blijven. Hij keek naar de constructie die hij had gemaakt. Die bestond uit twee Y-vormige takken die hij zo in de grond had gestoken dat er nog een halve meter omhoogstak. Tussen deze takken, in de Y-vormige inkepingen, had hij een flinke dennentak gelegd. Vervolgens had hij drie lange takken afgesneden, en die stonden rechtop en steunden de dennentak. Daarop had hij een dikke laag sparrentakken gelegd. Daarmee had hij een soort dakje gemaakt dat hem tegen de regen beschermde, de warmte een beetje vasthield en hem verborg voor wandelaars die hier tegen alle verwachtingen in langs zouden kunnen komen. Het had hem een klein halfuur gekost om deze schuilplaats te maken.

De kans dat hij vanaf de weg ontdekt zou worden, of door iemand van de buren, was volgens hem erg klein. Die persoon moest een ongelooflijk scherp zicht hebben om de schuilplaats vanaf driehonderd meter afstand tussen de dichte sparrenstammen te ontdekken. Voor de zekerheid had hij de voorkant ook met sparrentakken bedekt en de geweerloop met een doek omwikkeld, zodat de avondzon niet kon reflecteren in het staal.

Hij keek weer op zijn horloge. Waar bleef hij, verdomme?

Bernt Brandhaug draaide zijn glas in zijn hand en keek weer op de klok. Waar bleef ze, verdomme?

Ze hadden om halfacht afgesproken en nu was het bijna kwart voor. Hij goot de rest van zijn drankje naar binnen en schonk een nieuw in uit de whiskyfles die de receptionist naar zijn kamer had gebracht. Jameson. Het enige goede dat Ierland ooit had voortgebracht. Hij schonk opnieuw in. Het was een vreselijke dag geweest. De kop in *Dagbladet* had ervoor gezorgd dat de telefoon niet stil had gestaan. Velen hadden hem weliswaar gelijk gegeven, maar ten slotte had hij een nieuwsredacteur van *Dagbladet* gebeld, een oude studievriend, en hem duidelijk gezegd dat hij verkeerd geciteerd was. Het was voldoende geweest om hem inside-information in het vooruitzicht te stellen over de belangrijke speech die de minister van Buitenlandse Zaken zou houden op de komende EG-vergadering. De redacteur had bedenktijd gevraagd. Na een uur had hij teruggebeld. Die Natasja bleek nog maar net begonnen in haar baan en ze had toegegeven dat ze Brandhaug misschien verkeerd had begrepen. Ze zouden niet rectificeren, maar de zaak ook niet verder uitdiepen. Zijn huid was gered.

Brandhaug nam een grote slok, liet de whisky door zijn mond rollen en proefde het ruwe en tegelijk milde aroma tot achter in zijn keel. Hij keek om zich heen. Hoeveel nachten had hij hier al doorgebracht? Hoeveel keer was hij wakker geworden in het iets te zachte kingsize-bed met een lichte hoofdpijn van iets te veel drank? En de vrouw naast hem, als ze daar nog steeds lag, gevraagd de lift te nemen naar de ontbijtzaal op de eerste etage en daar de trap naar de receptie te nemen, zodat het leek of ze net van een ontbijtbespreking kwam en niet uit een van de gastenkamers? Gewoon voor de zekerheid.

Hij schonk opnieuw in.

Met Rakel zou het anders zijn. Hij zou haar niet naar de ontbijtzaal sturen.

Er werd zacht op de deur geklopt. Hij stond op, wierp een laatste blik op de exclusieve goudgele beddensprei, voelde even iets van angst omhoogkomen, dat hij op hetzelfde ogenblik wegjaagde, en liep in vier passen naar de deur. Bij de deur keek hij in de spiegel, streek met zijn tong over zijn witte voortanden, maakte een vinger nat en haalde die over zijn wenkbrauwen en deed toen de deur open.

Ze stond tegen de muur geleund met haar jas open. Daaronder droeg ze een rode jurk. Hij had haar gevraagd iets roods te dragen. Haar oogleden waren zwaar en ze liet een half ironisch lachje zien. Brandhaug was verbaasd; zo had hij haar nog niet eerder gezien. Het leek bijna of ze gedronken had, of pillen had geslikt; haar ogen keken hem zo wazig aan en hij herkende haar stem nauwelijks toen ze iets vaags mompelde over dat ze bijna verkeerd was gelopen. Hij pakte haar onder de arm, maar ze bevrijdde zich, en dus leidde hij haar de kamer in met een hand tegen haar rug. Ze plofte op de bank neer.

'Iets drinken?' vroeg hij.

'Ja, natuurlijk,' zei ze onduidelijk. 'Of wil je dat ik me meteen uitkleed?'

Brandhaug schonk zonder te antwoorden een glas voor haar vol. Hij begreep wat ze probeerde te doen. Maar als ze dacht dat ze zijn plezier kon bederven door de rol 'gekocht en betaald' te spelen, vergiste ze zich. Oké, hij had er waarschijnlijk de voorkeur aan gegeven als ze de rol van 'zijn verovering op het departement' had gespeeld: het onschuldige meisje dat valt voor de onweerstaanbare charme en zelfverzekerde, masculiene sensualiteit van haar chef. Maar het belangrijkste was dat ze toegaf aan zijn wensen. Hij was te oud om te denken dat mensen romantische beweegredenen hadden. Het enige wat hen van elkaar onderscheidde was waar ze op uit waren: macht, carrière of voogdijrecht voor een zoon.

Hij had er nooit last van gehad dat vrouwen juist vielen voor de chef. Want dat was hij. Hij was staatssecretaris Bernt Brandhaug. Hij had zijn hele leven gewerkt om dat te worden, verdomme. Dat Rakel zichzelf verdoofd had en zich aanbood als een hoer veranderde daaraan niets.

'Het spijt me, ik moest je hebben,' zei hij, en hij liet twee ijsklontjes in haar glas vallen. 'Als je me leert kennen, zul je het allemaal beter begrijpen. Maar ik zal je toch een eerste les geven, een idee van hoe ik denk en functioneer.'

Hij reikte haar het glas aan.

'Sommige mannen kruipen door het leven met hun neus over de grond en nemen genoegen met de kruimels. Wij gaan op onze beide benen staan, lopen naar de tafel en zoeken de plaats die ons toekomt. We zijn in de minderheid, omdat onze levensinstelling ervoor zorgt dat we soms brutaal moeten zijn, en die brutaliteit vereist kracht die nodig is om je los te rukken van onze sociaaldemocratische, egalitaire opvoeding. Als ik de keus heb tussen dit en kruipen, geef ik er de voorkeur aan te breken met een kortzichtig moralisme dat niet in staat is individuele handelingen in perspectief te zetten. En ik geloof dat jij, diep vanbinnen, mij daarom respecteert.'

Ze gaf geen antwoord, goot alleen haar drankje naar binnen.

'Hole betekende nooit een probleem voor jou,' zei ze. 'Hij en ik zijn alleen maar goede vrienden.'

'Ik geloof dat je liegt,' zei hij, en hij schonk aarzelend het glas vol dat ze hem voorhield. 'En ik moet je alleen hebben. Begrijp het niet verkeerd; toen ik de voorwaarde had gesteld dat je direct alle contact met Hole moest verbreken, had dat weinig met jaloezie te maken en veel met een zekere reinheid. Bovendien zal een kort verblijf in Zweden hem geen kwaad doen, of waar Meirik hem dan ook heen heeft gestuurd.'

Brandhaug lachte kort.

'Waarom kijk je me zo aan, Rakel? Ik ben koning David niet, en Hole… hoe zei je ook alweer dat hij heette, die man die de generaals op last van koning David naar het front stuurde?'

'Urias,' mompelde ze.

'Precies. Hij sneuvelde aan het front, is het niet?'

'Anders was het geen goed verhaal,' zei ze in haar glas.

'Goed. Maar er gaat niemand dood. En als ik me goed herinner, waren koning David en Batseba daarna best gelukkig met elkaar.'

Brandhaug ging naast haar op de bank zitten en tilde met een vinger haar kin op.

'Vertel me eens, Rakel: hoe komt het dat je zoveel over de Bijbel weet?'

'Goede opvoeding,' zei ze. Ze rukte zich los en trok haar jurk over haar hoofd.

Hij slikte en keek haar aan. Ze was verrukkelijk. Ze droeg wit ondergoed. Hij had haar speciaal gevraagd wit ondergoed te dragen. Daardoor kwam de lichtbruine tint van haar huid goed uit.

Niemand zou zeggen dat ze al een zwangerschap achter de rug had. Maar het feit dat dat wel het geval was, dat ze aantoonbaar vruchtbaar was, een kind had gevoed aan haar borst, maakte haar in Bernt Brandhaugs ogen nog aantrekkelijker. Ze was volmaakt.

'We hebben geen haast,' zei hij, en hij legde een hand op haar knie. Haar gezicht verraadde niets, maar hij voelde hoe ze verstijfde.

'Doe wat je niet laten kunt,' zei ze, en ze haalde haar schouders op.

'Wil je niet eerst de brief zien?'

Hij knikte naar de bruine envelop met het zegel van de Russische ambassade die midden op tafel lag. In het korte briefje van ambassadeur Vladimir Aleksandrov aan Rakel Fauke meldde hij dat de Russische overheid haar verzocht de uitnodiging om voor de rechtbank te verschijnen inzake het voogdijrecht voor Oleg Fauke Gosev te annuleren. De hele zaak was voor onbepaalde tijd uitgesteld op grond van de lange wachttijden bij de rechtbank. Het was niet makkelijk geweest. Hij had Aleksandrov aan een paar gunsten moeten helpen herinneren die de Russische ambassade aan Brandhaug te danken had. En hem bovendien een paar nieuwe gunsten moeten beloven. Een paar daarvan waren echt op het randje van wat een staatssecretaris van BZ zich kon permitteren.

'Ik vertrouw je,' zei ze. 'Ik wil dit graag achter de rug hebben.'

Ze knipperde nauwelijks met haar ogen toen zijn hand tegen haar wang kletste, maar haar hoofd danste heen en weer als bij een lappenpop.

Brandhaug wreef over zijn hand terwijl hij haar peinzend aankeek.

'Je bent niet dom, Rakel,' zei hij. 'Dus ik neem aan dat je begrijpt dat dit maar van tijdelijk aard is, dat het nog een halfjaar duurt voordat de zaak verjaard is. Een nieuwe oproep kan elk moment komen; dat kost me maar één telefoontje.'

Ze keek hem aan, en hij zag eindelijk een teken van leven in haar dode ogen.

'Ik geloof dat een excuus op zijn plaats is,' zei hij.

Haar borst ging op en neer, haar neusvleugels trilden. Haar ogen vulden zich langzaam met tranen.

'Nou?' vroeg hij.

'Het spijt me.' Haar stem was amper verstaanbaar.

'Je moet harder praten.'

'Het spijt me.'

Brandhaug glimlachte.

'Nou, nou, Rakel.' Hij veegde een traan van haar wang. 'Dit gaat goed. Als je me eerst maar kent. Ik wil dat we vrienden worden. Begrijp je dat, Rakel?'

Ze knikte.

'Heel zeker?'

Ze haalde haar neus op en knikte weer.

'Mooi.'

Hij stond op en maakte zijn riem los.

Het was een ongewoon koude nacht en de oude man was in zijn slaapzak gekropen. Hoewel hij op een laag sparrentakken lag, trok de kou van de grond in zijn lichaam. Zijn benen waren verstijfd en hij moest regelmatig van zijn ene op zijn andere kant draaien om het gevoel in zijn bovenlijf ook niet te verliezen.

Nog steeds waren alle ramen verlicht, maar buiten was het nu zo donker dat hij niet veel meer kon zien door zijn vizier. Maar het wás niet helemaal hopeloos. Als de man vanavond thuiskwam, kwam hij met zijn auto, en de buitenlamp boven de garagedeur was aan. De oude man keek door het vizier. Hoewel de lamp niet veel licht gaf, was de garagedeur zo licht dat hij zich daar scherp tegen zou aftekenen.

De oude man draaide op zijn rug. Het was hier stil, hij zou de auto horen aankomen. Als hij maar niet sliep. De pijnaanval had hem kracht gekost. Maar hij zou niet slapen. Hij had nog nooit geslapen tijdens het wachtlopen. Nooit. Hij riep de haat weer op en probeerde zich daaraan te warmen. Dit was anders; dit was niet zoals die andere haat, die al jaren brandde met een zwakke, gelijkmatige vlam, die het kreupelhout van simpele gedachten verteerde en opruimde, zodat hij helder zicht kreeg en beter kon kijken. Deze nieuwe haat brandde zo fel dat hij er niet zeker van was of hij degene was die de haat onder controle had of dat de haat hém onder controle hield. Hij wist dat hij zich niet moest laten meesleuren, dat hij het hoofd koel moest houden.

Hij keek tussen de bomen door naar de sterrenhemel boven hem. Het was stil, stil en koud. Hij ging dood. Ze gingen allemaal dood. Dat was een goede gedachte; die probeerde hij vast te houden. Toen sloot hij zijn ogen.

Brandhaug staarde naar de kroonluchter aan het plafond. Een streepje blauw licht van de Blaupunkt-reclame werd gereflecteerd in de prisma's. Zo stil. Zo koud.

'Je kunt nu gaan,' zei hij.

Hij keek niet naar haar; hij hoorde alleen het geluid van het dekbed dat opzij werd geslagen en voelde het bed veren. Toen hoorde hij het geluid van kleren die aangetrokken werden. Ze had geen woord gezegd. Niet toen hij haar had vastgepakt en niet toen hij haar bevolen had hetzelfde bij hem te doen. Ze had alleen maar die grote, wijd opengesperde, donkere ogen. Donker van angst. Of haat. Daardoor was hij zo van de wijs geraakt dat hij geen...

Eerst had hij gedaan of er niets aan de hand was, had hij gewoon gewacht op het gevoel. Gedacht aan andere vrouwen die hij had bezeten, al die keren dat het gelukt was. Maar het gevoel kwam niet, en na een poosje had hij haar gevraagd hem daar niet meer aan te raken. Het had geen zin zich door haar te laten vernederen.

Ze gehoorzaamde als een robot. Lette erop dat ze zich hield aan haar deel van de afspraak, niet meer en niet minder. Het duurde nog een halfjaar voordat de zaak van Oleg verjaard was. Hij had tijd genoeg. Niet nodig om zich te laten opjagen. Er zouden nog andere dagen, andere nachten komen.

Hij was weer opnieuw begonnen, maar hij had al die drank niet moeten nemen. Die had hem stom en onontvankelijk gemaakt voor zowel haar als zijn eigen liefkozingen.

Hij had haar bevolen in bad te gaan, had een drankje voor zichzelf en haar ingeschonken. Warm water en zeep. Hij had lange monologen gehouden over hoe mooi ze was. Ze had geen woord gezegd. Zo stil. Zo koud. Ten slotte was het water ook koud geworden, en hij had haar afgedroogd en weer mee naar bed genomen. Ze had kippenvel en haar huid was droog. Ze begon te rillen en hij had gevoeld dat hij begon te reageren. Eindelijk. Zijn handen waren naar beneden gegaan. Toen had hij haar ogen weer gezien: groot, donker, dood. Haar blik ergens vastgekleefd aan het plafond. En de magie was weer weg. Hij had zin om haar te slaan, om weer leven in die dode ogen te slaan, om haar met vlakke hand te slaan, haar huid te zien opvlammen, heftig en rood.

Hij hoorde dat ze de brief van tafel pakte en de klik toen ze haar tas opende.

'De volgende keer moeten we minder drinken,' zei hij. 'Dat geldt ook voor jou.'

Ze antwoordde niet.

'Volgende week, Rakel. Zelfde plaats, zelfde tijd. Vergeet je het niet?'

'Hoe zou ik kunnen?' vroeg ze. De deur ging open en weg was ze.

Hij stond op, mixte een nieuw drankje. Water en Jameson, het beste wat... Hij dronk het langzaam op. Toen ging hij weer liggen.

Het was bijna middernacht. Hij sloot zijn ogen, maar de slaap wilde niet komen. Hij kon horen dat er iemand in de kamer ernaast betaal-tv had aangedaan. Als het de tv was. Het gekreun klonk tamelijk levensecht. Een politiesirene doorkliefde de nacht. Verdomme! Hij wierp zich op zijn andere zij. Het zachte bed maakte dat zijn rug al verstijfd was. Hij had hier altijd problemen met slapen, en niet alleen door het bed. De gele kamer was en bleef een hotelkamer, een vreemde plaats.

Vergadering in Larvik, had hij tegen zijn vrouw gezegd. En zoals gewoonlijk kon hij zich niet herinneren in welk hotel ze logeerden toen ze daarnaar vroeg. 'Was het Rica, of zo?'

Hij kon haar beter bellen als het niet te laat werd, had hij gezegd. 'Maar je weet hoe het gaat met die late dineetjes, schatje.'

Nou ja, ze had niets te klagen. Hij had haar een leven gegeven dat meer was dan waar ze met haar achtergrond op had durven hopen. Hij had haar de wereld laten zien; ze had in luxueuze ambassadeurswoningen met veel bedienend personeel gewoond in de mooiste steden van de wereld; ze had talen leren spreken, spannende mensen ontmoet. Ze had nooit iets hoeven te doen in haar leven. Wat zou ze moeten doen als ze hem niet had? Ze had nog nooit een baan gehad. Hij was haar reden van bestaan, haar familie, kortweg: alles wat ze had. Nee, hij maakte zich geen zorgen over wat Elsa dacht of niet dacht.

Maar toch. Hij dacht nu wel aan haar. Dat hij daar nu graag wilde zijn, bij haar. Een warm, vertrouwd lichaam tegen zijn rug, een arm om hem heen. Ja, een beetje warmte na al die kilte.

Hij keek weer op de klok. Hij kon zeggen dat het diner vroeg afgelopen was en dat hij besloten had naar huis te gaan. Ze zou zelfs blij zijn; ze had er immers een hekel aan om 's nachts alleen te zijn in het grote huis.

Hij bleef nog even liggen en hoorde de geluiden uit de naburige kamer.

Toen stond hij snel op en begon zich aan te kleden.

De oude man was niet oud meer. En hij danste. Het was een langzame wals en ze had haar wang tegen zijn hals gelegd. Ze hadden lang gedanst, ze waren bezweet en haar huid was zo warm dat hij gloeide tegen de zijne. Hij voelde dat ze glimlachte. Hij had zin om nog door te dansen, zo te dansen, haar vast te houden tot het huis afgebrand was, het dag werd, tot ze hun ogen konden openen en zien dat ze ergens anders waren.

Ze fluisterde iets, maar de muziek was te hard.

'Wat?' zei hij, en hij boog zich voorover. Ze legde haar lippen tegen zijn oor.

'Je moet wakker worden,' zei ze.

Hij deed zijn ogen open. Knipperde in het donker en zag toen zijn eigen adem, die stijf en wit voor hem hing. Hij had de auto niet horen komen. Hij draaide zich om, kreunde zacht en probeerde zijn arm onder zich vandaan te halen. Het geklap van de garagedeur had hem gewekt. Hij hoorde de auto optrekken en kon nog net zien hoe een blauwe Volvo opgeslokt werd door de duisternis van de garage. Zijn rechterarm sliep. Over een paar seconden zou de man weer naar buiten komen, in het licht staan, de garagedeur sluiten, en dan... zou het te laat zijn.

De oude man worstelde wanhopig met de rits van de slaapzak en wist zijn linkerarm te bevrijden. De adrenaline stroomde door zijn bloed, maar de slaap lag nog steeds als een wattendeken over hem heen en dempte alle geluiden en maakte dat hij niet helder kon zien. Hij hoorde het geluid van het dichtslaan van het autoportier.

Hij had beide armen uit de slaapzak en de heldere sterrenhemel gaf gelukkig zoveel licht dat hij het geweer snel vond en in stelling kon brengen. Snel, snel! Hij legde zijn wang tegen de koude geweerkolf. Hij keek door het vizier. Hij knipperde, maar zag niets. Met trillende vingers knoopte hij de lap eraf die moest voorkomen dat er rijp op de lens kwam. Zo! Hij legde zijn wang weer tegen de kolf. Wat nu weer? De garage was niet meer duidelijk te zien; hij had kennelijk aan de knop voor het scherpstellen gezeten. Hij hoorde het geklap van de garagedeur die dicht werd gedaan. Hij stelde scherp en de man daar beneden kwam in beeld. Het was een lange, breedgeschouderde man in een zwarte wollen jas. Hij stond met zijn rug naar hem toe. De oude man knipperde tweemaal met zijn ogen. De droom hing er nog steeds als een lichte mist voor.

Hij wilde wachten tot de man zich had omgedraaid, tot hij er honderd procent zeker van kon zijn dat hij de juiste was. Zijn vinger kromde zich rond de trekker, drukte die voorzichtig in. Met het wapen waar hij jaren mee had geschoten was het makkelijker gegaan; daarvan zat het afdrukpunt in zijn bloed en daarbij waren alle bewegingen automatisch gegaan. Hij concentreerde zich op zijn ademhaling. Een mens doden was niet moeilijk. Niet als je daarop getraind was. Bij het begin van de Slag om Gettysburg, in 1863, hadden twee onervaren compagnieën op vijftig meter afstand van elkaar gestaan; ze hadden salvo na salvo op elkaar afgevuurd zonder dat er iemand geraakt werd. Niet omdat het slechte schutters waren, maar omdat ze over elkaars hoofden hadden geschoten. Ze hadden gewoonweg niet de laatste stap durven nemen om een ander mens te doden. Maar als ze het eenmaal één keer hadden gedaan...

De man voor de garage draaide zich om. Door het vizier leek het of hij de oude man recht aankeek. Het was hem, geen twijfel mogelijk. Zijn bovenlichaam vulde bijna het hele kruis van het vizier. De mist in het oude hoofd trok langzaam op. Hij hield zijn adem in en trok de trekker langzaam en rustig naar achteren. Hij moest hem bij het eerste schot raken, want buiten de cirkel van licht bij de garage was het aardedonker. De tijd bevroor. Bernt Brandhaug was een dode man. Het hoofd van de oude was nu helemaal helder.

Daarom kwam het gevoel dat hij iets verkeerd deed een duizendste deel van een seconde voordat hij begreep wat het was. De trekker stopte. De oude man drukte harder, maar de trekker wilde niet verder. Hij moest nog ontgrendelen. De oude wist dat het te laat was. Hij vond de pal met zijn duim en duwde die omhoog. Toen staarde hij door het vizier naar de lege, verlichte plaats. Brandhaug was verdwenen, op weg naar de deur die aan de andere kant van het huis aan de straatkant zat.

De oude man knipperde. Zijn hart bonkte tegen zijn ribben. Hij ademde uit met zijn pijnlijke longen. Hij had geslapen. Hij knipperde weer. De omgeving leek te zwemmen in een soort mist. Hij had gefaald. Hij sloeg met zijn blote vuist op de grond. Pas toen de eerste warme traan op zijn hand viel, merkte hij dat hij huilde.

73 | *Klippan, Zweden, 11 mei 2000*

Harry werd wakker.

Het duurde even voor hij wist waar hij was. Toen hij 's middags in het huis was gekomen, was het eerste wat hij had gedacht dat het onmogelijk zou zijn om hier te slapen. Alleen een dun wandje en niet-geïsoleerde ramen scheidden hem van het verkeer op straat. Maar toen de supermarkt aan de overkant was dichtgegaan, leek de omgeving uitgestorven. Er kwamen bijna geen auto's meer voorbij en de mensen leken weggeblazen.

Harry had in de supermarkt een Pizza Grandiosa gekocht, die hij had opgewarmd in de oven. Hij bedacht dat het grappig was om in Zweden te zitten en Italiaans eten te eten dat in Noorwegen was gemaakt. Daarna had hij de bestofte tv die op een bierkratje in de hoek stond, aangezet. Er moest iets aan de hand zijn met de tv, want alle mensen hadden een wonderlijk groen gezicht. Hij had naar een documentaire zitten kijken, over een meisje dat een persoonlijk verhaal over haar broer had geschreven. Die had tijdens haar jeugd in de jaren zeventig over de hele wereld gereisd en haar brieven gestuurd. Van het clochardmilieu in Parijs, uit een kibboets in Israël, een treinreis in India, op de rand van radeloosheid in Kopenhagen. De film was simpel gemaakt. Een paar filmbeelden, maar vooral statische beelden, een voice-over en een wonderlijk, trieste vertelling. Hij had er kennelijk over gedroomd, want hij werd wakker met die personen en plaatsen nog steeds op zijn netvlies.

Het geluid dat hem gewekt had kwam uit de jas die hij over de keukenstoel had gehangen. Het hoge gepiep weergalmde in de kale kamer. Hij had de kleine kachel hoog gezet, maar toch had hij het onder het dunne dekbed steenkoud. Hij zette zijn voeten op het koude linoleum en viste zijn mobiel uit de binnenzak van zijn jas.

'Hallo?'

Geen antwoord.

'Hallo?'

Het enige wat hij aan de andere kant hoorde was iemand die ademhaalde.

'Ben jij het, Søs?' Zij was de enige die hem zo snel te binnen schoot die zijn nummer had en die hem midden in de nacht kon bellen.

'Is er iets aan de hand? Met Helge?'

Hij had getwijfeld of hij Søs de vogel kon toevertrouwen, maar ze was blij geweest en had beloofd goed voor hem te zorgen.

Maar het was Søs niet. Zij ademde niet zo. En zij zou hem antwoorden.

'Wie is dit?'

Nog steeds geen antwoord.

Hij wilde ophangen toen hij een zachte snik hoorde. De ademhaling klonk beverig, het leek of degene aan de andere kant wilde gaan huilen. Harry ging op de bank zitten, die ook als bed fungeerde. Door de kier van het gordijn kon hij het neonlicht van de ICA-supermarkt zien.

Harry haalde een sigaret uit het pakje dat op de salontafel lag, stak die aan en ging liggen. Hij nam een diepe trek terwijl hij hoorde dat de bevende ademhaling overging in zacht gehuil.

'Nou, nou,' zei hij.

Er reed een auto voorbij. Zeker een Volvo, dacht Harry. Hij trok het dekbed over zijn benen. Toen vertelde hij het verhaal over het meisje en haar grote broer, ongeveer zoals hij het zich herinnerde. Toen hij klaar was, huilde ze niet meer en kort nadat hij welterusten had gezegd werd de verbinding verbroken.

Toen de mobiel weer ging, was het acht uur en licht buiten. Harry vond het apparaat tussen zijn benen onder het dekbed. Het was Meirik. Hij klonk gestrest.

'Kom als de bliksem naar Oslo,' zei hij. 'Het ziet ernaar uit dat je Märklin-geweer in gebruik is genomen.'

DEEL 7
ZWARTE CAPE

74 | *Rikshospital, 11 mei 2000*

Harry herkende Bernt Brandhaug direct. Hij had een brede glimlach en keek Harry aan met wijd opengesperde ogen.

'Waarom lacht hij?' vroeg Harry.

'Vraag het me niet,' zei Klemetsen. 'De aangezichtsspieren verstijven en dan krijg je de meest vreemde gelaatsuitdrukkingen. Soms heb ik hier ouders die hun eigen kinderen niet herkennen omdat ze zo veranderd zijn.'

De operatietafel met het lijk stond midden in de witte obductiezaal. Klemetsen haalde het laken weg, zodat ze de rest van het lichaam konden zien. Halvorsen draaide zich abrupt om. Hij had bedankt voor de geparfumeerde crème die Harry hem voordat ze naar binnen gingen aangeboden had. Maar aangezien het slechts twaalf graden was in obductiezaal 4 van het rechtsgeneeskundig laboratorium van het Rikshospital, was de lucht ook niet het ergst. Halvorsen hoestte voortdurend.

'Klopt,' zei Klemetsen. 'Hij ziet er niet fraai uit.'

Harry knikte. Klemetsen was een goede patholoog en een begripvol mens. Hij begreep heel goed dat Halvorsen nieuw was en wilde hem niet in verlegenheid brengen. Maar Brandhaug zag er niet erger uit dan de meeste lijken. Dat wil zeggen, hij zag er niet erger uit dan de tweeling die een week in het water had gelegen of de achttienjarige die, op de vlucht voor de politie, met een vaart van tweehonderd kilometer per uur een ongeluk had gekregen, of het junkiemeisje dat alleen gekleed in een donzen jack zichzelf in brand had gestoken. Harry had al veel gezien en Brandhaug was kansloos op de lijst van de tien ergsten. Maar het was duidelijk: rekening houdend met het feit dat Bernt Brandhaug slechts door één kogel in de rug was getroffen, zag hij er vreselijk uit. De gapende wond in de borstkas waar de kogel het lichaam had verlaten, was zo groot dat Harry er een vuist in kon steken.

'Dus de kogel is in zijn rug geschoten?' zei Harry.

'Tussen de schouderbladen; hij is een beetje schuin naar beneden gegaan. Dwars door het ruggenmerg, en door het borstbeen weer naar buiten. Zoals je ziet ontbreekt er een stuk van het borstbeen. Er zijn sporen daarvan op de autostoel gevonden.'

'Op de autostoel?'

'Ja, hij had net de garagedeur geopend. Hij wilde kennelijk naar zijn werk, en de kogel is dwars door hem heen gegaan, door de voorruit en de achterruit, en is in de garagemuur blijven steken. Dat weten we inmiddels.'

'Wat voor een kogel kan het geweest zijn?' vroeg Halvorsen, die kennelijk weer wat was bijgekomen.

'Dat moet je aan de collega's van Ballistiek vragen,' zei Klemetsen. 'Maar de uitwerking van de kogel houdt het midden tussen die van een dumdumkogel en een tunnelboor. De enige keer dat ik zoiets heb gezien, was tijdens mijn uitzending voor de VN naar Kroatië in 1991.'

'Een Singapore-kogel,' zei Harry. 'Ze hebben de resten een halve centimeter diep in de muur gevonden. De huls die ze in het bos hebben aangetroffen is van hetzelfde type als ik eerder deze winter in Siljan heb gevonden. Daarom hebben ze me direct gebeld. Wat heb je ons nog meer te melden, Klemetsen?'

Er was niet veel meer. Hij vertelde dat de obductie al had plaatsgehad onder toeziend oog van Geweldsdelicten, zoals wettelijk was voorgeschreven. De doodsoorzaak was duidelijk, en verder waren er nog twee zaken die hij de moeite waard vond om te melden: dat er sporen van alcohol in zijn bloed waren en dat er vaginale afscheiding onder zijn rechtermiddelvinger zat.

'Van zijn vrouw?' vroeg Halvorsen.

'Dat moet de Technische Recherche uitzoeken,' zei Klemetsen, en hij keek de jonge politieman over zijn bril heen aan. 'Als ze dat nodig vinden. Wanneer het voor het onderzoek niet noodzakelijk is, is het misschien niet nodig om zijn vrouw ernaar te vragen.'

Harry knikte.

Ze reden over de Sognsvei en vervolgens over de Peder Ankersvei voordat ze bij Brandhaugs huis kwamen.

'Lelijk huis,' zei Halvorsen.

Ze belden aan en het duurde een tijdje voordat een zwaar opgemaakte vrouw van midden vijftig opendeed.

'Elsa Brandhaug?'

'Ik ben zijn zus. Waar gaat het over?'

Harry liet zijn identiteitskaart zien.

'Nog meer vragen?' vroeg de zus met onderdrukte woede in haar stem. Harry knikte en wist ongeveer wat er nu zou komen.

'Nee maar! Ze is volkomen uitgeput, en het brengt haar man niet meer terug dat jullie...'

'Neemt u me niet kwalijk, maar we denken niet aan haar man,' onderbrak Harry beleefd. 'Hij is dood. We denken aan het volgende slachtoffer. Zodat anderen bespaard blijft wat mevrouw Brandhaug nu moet doormaken.'

De zus bleef met haar mond open staan; ze wist niet hoe ze haar zin verder moest afmaken. Harry hielp haar door te vragen of ze hun schoenen uit moesten doen voordat ze naar binnen gingen.

Mevrouw Brandhaug maakte niet zo'n uitgeputte indruk als de zus beweerd had.

Ze zat op de bank en staarde voor zich uit, maar Harry zag het breiwerk dat onder een kussen vandaan stak. Niet dat er iets mis mee was om te breien als je man net vermoord was. Toen Harry erover nadacht, vond hij het misschien ook wel logisch: iets bekends om je aan vast te houden als de wereld om je heen in elkaar stort.

'Ik vertrek vanavond,' zei ze. 'Naar mijn zus.'

'Als ik het goed begrepen heb, staat u tot nader order onder politiebescherming,' zei Harry. 'Voor het geval dat...'

'Voor het geval ze het ook op mij gemunt hebben,' zei ze, en ze knikte.

'Gelooft u dat dat het geval is?' vroeg Halvorsen. 'En wie zijn "ze"?'

Ze haalde haar schouders op en staarde uit het raam naar het bleke licht dat de kamer in viel.

'Ik weet dat mijn collega's van Geweldsdelicten hier al naar hebben gevraagd,' zei Harry, 'maar u weet dus niet of uw man bedreigd is na het artikel van gisteren in *Dagbladet*?'

'Er heeft niemand gebeld,' zei ze. 'Maar in het telefoonboek staat ook alleen maar mijn naam. Bernt wilde dat zo. Jullie kunnen beter bij BZ vragen of er iemand gebeld heeft.'

'Dat hebben we gedaan,' zei Halvorsen, en hij wierp Harry een snelle blik toe. 'We zijn bezig alle binnengekomen telefoontjes van gisteren na te trekken.'

Halvorsen vroeg nog wat meer over mogelijke vijanden van haar man, maar ze had niet veel te melden.

Harry luisterde een poosje en vroeg toen ineens: 'Hebt u gisteren helemaal geen telefoon gehad?'

'Jawel, een paar keer,' zei ze.

'Wie heeft er gebeld?'

'Mijn zus. Bernt. En een of andere enquêteur, als ik me goed herinner.'

'Waar vroegen ze naar?'

'Ik weet het niet. Ze vroegen naar Bernt. Ze hebben toch van die namenlijsten met leeftijd en geslacht...'

'Ze vroegen naar Bernt Brandhaug?'

'Ja...'

'Onderzoeksbureaus gebruiken geen namen. Hebt u geluiden op de achtergrond gehoord?'

'Hoe bedoelt u?'

'Die lui zitten vaak met meer mensen in grote kantoorruimtes.'

'Er was iets,' zei ze. 'Maar...'

'Maar?'

'Niet het soort geluid waar u het over hebt. Het was... anders.'

'Wanneer was dat telefoontje?'

'Rond twaalf uur, geloof ik. Ik heb gezegd dat hij tegen zessen thuis zou zijn. Ik was vergeten dat Bernt naar Larvik moest voor een diner met de Raad voor Export.'

'Hebt u, aangezien uw man niet in het telefoonboek staat, toen niet gedacht dat de beller misschien alle Brandhaugs kon hebben gebeld om te ontdekken waar Bernt woont? Of om erachter te komen wanneer uw man naar huis zou komen?'

'Nu volg ik u niet...'

'Onderzoeksbureaus bellen niet onder werktijd om te vragen naar een man die waarschijnlijk aan het werk is.'

Harry draaide zich om naar Halvorsen.

'Vraag bij Telenor of ze het nummer kunnen achterhalen waar ze vandaan hebben gebeld.'

'Neemt u me niet kwalijk, mevrouw Brandhaug,' zei Halvorsen. 'Maar het is me in de gang opgevallen dat u een nieuwe Ascom-ISDN-telefoon hebt. Ik heb hetzelfde apparaat. De laatste tien binnengekomen telefoontjes worden opgeslagen met nummer en tijdstip. Zou ik...'

Harry wierp Halvorsen een waarderende blik toe, waarna hij opstond. De zus van mevrouw Brandhaug liep met hem mee naar de gang.

'Bernt was tot op zekere hoogte ouderwets,' zei mevrouw Brandhaug met een scheef lachje naar Harry. 'Maar hij hield ervan moderne dingen te kopen als die op de markt kwamen. Telefoons en zo.'

'Hoe ouderwets was hij op het gebied van echtelijke trouw, mevrouw Brandhaug?'

Haar hoofd schoot omhoog.

'Ik vond dat ik dit onderwerp nu maar even moest aansnijden, nu we met z'n tweeën zijn,' zei Harry. 'Geweldsdelicten heeft gecontroleerd wat u hun vanochtend hebt verteld. Uw man had gisteren geen afspraak met iemand van de Raad van Export in Larvik. Wist u dat BZ kan beschikken over een hotelkamer in het Continental?'

'Nee.'

'Mijn chef bij het POT heeft me vanochtend vroeg die tip gegeven. Het blijkt dat uw man daar gistermiddag ingecheckt heeft. We weten niet of hij alleen was of met iemand samen, maar je vraagt je toch het een en ander af als een man zijn vrouw voorliegt en een hotel neemt.'

Harry bestudeerde haar terwijl haar gezicht een metamorfose onderging: van razernij naar vertwijfeling naar berusting naar... lachen. Het klonk als gesnik.

'Ik zou eigenlijk niet verbaasd moeten zijn,' zei ze. 'Als u het echt weten wilt: hij was op dat gebied ook... erg modern. Maar ik begrijp niet wat dat met deze zaak te maken kan hebben.'

'Het kan voor een jaloerse echtgenoot een motief zijn geweest om hem te doden,' zei Harry.

'Het verschaft mij ook een motief, meneer Hole. Hebt u daaraan gedacht? Toen we in Nigeria woonden, kostte een huurmoord tweehonderd kronen.' Ze liet hetzelfde gekwetste gelach horen. 'Ik dacht dat jullie de uitspraken in de krant als motief beschouwden.'

'We onderzoeken alle mogelijkheden.'

'Door zijn werk had hij vooral met vrouwen te maken,' zei ze. 'Ik weet natuurlijk niet alles, maar ik heb hem een keer op heterdaad betrapt. En toen ging ik ook een patroon zien, hoe hij het eerder had gedaan. Maar moord?' Ze schudde haar hoofd. 'Je schiet tegenwoordig toch iemand niet meer neer voor zoiets, of wel?'

Ze keek Harry vragend aan, die niet wist wat hij moest antwoorden. Door de glazen deur naar de gang hoorden ze de zachte stem van Halvorsen.

Harry kuchte: 'Weet u of hij op het moment een relatie met een vrouw had?'

Ze schudde het hoofd. 'Vraag maar op BZ. Het is een wonderlijk milieu, moet u weten. Er is daar vast iemand die u van harte een tip wil geven.'

Ze zei het zonder bitterheid; het was meer een zakelijk feit.

Ze keken beiden op toen Halvorsen binnenkwam.

'Merkwaardig,' zei hij. 'U hebt om 12 uur 24 telefoon gehad, mevrouw Brandhaug. Maar niet gisteren, eergisteren.'

'O, ja, ik vergis me misschien,' zei ze. 'Ja, dan heeft het niets met de zaak te maken.'

'Misschien niet,' zei Halvorsen. 'Maar ik heb het nummer toch gecheckt bij Inlichtingen. Het gesprek kwam van een munttelefoon. Uit restaurant Schrøder.'

'Restaurant?' zei ze. 'Ja, dat verklaart waarschijnlijk ook de geluiden op de achtergrond. Gelooft u...?'

'Er hoeft geen verband te zijn met de moord op uw man,' zei Harry, en hij stond op. 'Er zitten veel vreemde mensen in Schrøder.'

Ze liep met hen mee naar de trap. Buiten was het grijs en laaghangende wolken schoven over de bergrug.

'Het is hier erg donker,' zei ze. 'Hebt u dat gemerkt?'

Toen Harry en Halvorsen aan kwamen lopen, was de Technische Recherche nog steeds bezig het gebied rond de schuilplaats waar ze de lege huls hadden gevonden uit te kammen.

'Hé daar!' hoorden ze een stem roepen toen ze bukten om onder het gele lint door te duiken.

'Politie,' antwoordde Harry.

'Maakt niet uit!' riep dezelfde stem terug. 'Jullie moeten wachten tot we klaar zijn.'

Het was Weber. Hij had hoge laarzen en een merkwaardige gele regenjas aan. Harry en Halvorsen gingen weer achter de afzetting staan.

'Hallo, Weber,' riep Harry.

'Ik heb geen tijd,' antwoordde hij, en hij maakte een afwerend gebaar.

'Het duurt maar heel even.'

Weber kwam met grote passen aangelopen en op zijn gezicht stond duidelijk irritatie te lezen.

'Wat wil je?' riep hij al van twintig meter afstand.

'Hoe lang heeft hij gewacht?'

'Die kerel hier? Geen flauw idee.'

'Vooruit, Weber. Een tip.'

'Werkt Geweldsdelicten aan deze zaak of jullie?'

'Allebei. De samenwerking is nog niet helemaal gecoördineerd.'

'En je probeert me te laten geloven dat dat wel zal gebeuren?'

Harry lachte en haalde een sigaret uit zijn pakje.

'Jij hebt het wel vaker bij het juiste eind gehad, Weber.'

'Hou op met dat geslijm, Hole. Wie is die jongen?'

'Halvorsen,' zei Harry, voordat Halvorsen de kans kreeg om zich voor te stellen.

'Luister eens, Halvorsen,' zei Weber, terwijl hij naar Harry keek zonder een poging te doen om zijn afschuw te verbergen. 'Roken is walgelijk en het overtuigende bewijs dat de mens in het leven maar op één ding uit is: genot. Die kerel die hier geweest is, heeft acht peuken achtergelaten in een halfvol flesje Solo. Teddy zonder filter. Die Teddy-kerels roken er wel meer dan twee per dag, dus als het pakje niet leeg was, dan gok ik dat hij hier maximaal een etmaal geweest is. Hij heeft de onderste sparrentakken afgesneden waarop nooit regen valt. Toch zaten er regendruppels op het dak van de schuilplaats. Het heeft gistermiddag om drie uur voor het laatst geregend.'

'Dus hij is hier geweest van gistermiddag drie uur tot vanochtend acht uur?' vroeg Halvorsen.

'Ik geloof dat Halvorsen het nog ver kan schoppen,' zei Weber laconiek, terwijl hij Harry nog steeds aankeek. 'Vooral als je bedenkt met welke concurrentie hij te maken heeft in het korps. Het wordt steeds erger. Heb je gezien wat voor lui ze tegenwoordig aannemen bij de politieschool? Zelfs op de lerarenopleidingen zitten ware genieën als je het vergelijkt met de rotzooi die wij krijgen.'

Weber had ineens niet meer zo'n haast en begon een lang relaas over de sombere toekomst van de politie.

'Heeft iemand van de buren iets gezien?' haastte Harry zich te vragen toen Weber even adem moest halen.

'Vier mannen van ons hebben overal aangebeld, maar de meeste mensen komen pas laat thuis van hun werk. Ze zullen niets vinden.'

'Waarom niet?'

'Ik geloof dat hij niet in deze buurt is geweest. We hebben met een hond eerder vandaag een kilometer zijn voetsporen gevolgd door het bos. Tot een wandelpad. Maar daar waren we het spoor kwijt. Ik neem aan dat hij heen en terug dezelfde weg heeft genomen, over het netwerk aan paden tussen het Sognsvann en het Maridalsvann. Zijn auto kan hij op een heleboel parkeerplaatsen hebben gezet. En elke dag lopen hier honderden wandelaars over de paden, en de helft draagt een rugzak. Snap je?'

‘Ik snap het.’
‘En nu ga je me vragen of we vingerafdrukken hebben gevonden.’
‘Nou...’
‘Vooruit.’
‘Hoe zit het met het flesje Solo?’
Weber schudde zijn hoofd.
‘Geen afdrukken. Niets. Als je bedenkt dat hij hier zo lang geweest is, heeft hij verbazend weinig sporen achtergelaten. We zoeken nog steeds, maar ik ben er vrijwel zeker van dat de schoenafdruk en een paar textielvezels het enige is wat we zullen vinden.’
‘Plus een lege huls.’
‘Die heeft hij met opzet laten liggen. De rest is daarvoor veel te zorgvuldig opgeruimd.’
‘Hmm. Als een waarschuwing, misschien. Wat denk je?’
‘Wat ik denk? Ik dacht dat alleen jonge mensen hersens hadden. Die indruk krijg ik zo langzamerhand.’
‘Goed. Bedankt voor je hulp, Weber.’
‘En stop met roken, Hole.’
‘Moeilijk type,’ zei Halvorsen in de auto op weg naar het centrum.
‘Weber kan een beetje nors doen,’ gaf Harry toe. ‘Maar hij verstaat zijn vak.’
Halvorsen trommelde het ritme van een onhoorbaar deuntje op het dashboard. ‘Wat nu?’ vroeg hij.
‘Continental.’

Geweldsdelicten had een kwartier nadat het beddengoed was verschoond het Continental-hotel gebeld. Het was niemand opgevallen dat Brandhaug bezoek had gehad, alleen maar dat hij rond middernacht had uitgecheckt.
Harry stond bij de receptie en trok aan zijn laatste sigaret, terwijl de dienstdoende receptionist van de vorige avond zich ongelukkig in de handen wreef.
‘We wisten pas laat in de ochtend dat het Brandhaug was die neergeschoten was,’ zei hij. ‘Anders zouden we wel zo slim zijn

geweest om zijn kamer niet op te ruimen.'

Harry knikte en nam een laatste trek van zijn sigaret. De hotelkamer was toch niet de plaats van het misdrijf; het was alleen interessant geweest om te weten of er lange blonde haren op het kussen lagen en degene te kunnen spreken die de laatste was met wie Brandhaug die avond had gesproken.

'Verder was er niets,' zei de receptionist met een lach alsof hij elk moment in huilen zou kunnen uitbarsten.

Harry antwoordde niet. Hij had gemerkt dat de receptionist steeds nerveuzer werd naarmate Halvorsen en hij minder zeiden. Dus hij zei niets, maar wachtte alleen terwijl hij de sigarettenas bestudeerde.

'Eh...' zei de receptionist, en hij streek met zijn hand over de kraag van zijn colbertjasje.

Harry wachtte. Halvorsen keek naar de grond. De receptionist hield het vijftien seconden vol en barstte toen los.

'Maar het is natuurlijk wel voorgekomen dat hij boven bezoek had.'

'Van wie?' zei Harry zonder op te kijken van de sigarettenas.

'Vrouwen en mannen.'

'Wie?'

'Dat weet ik werkelijk niet. Het gaat ons niets aan met wie de staatssecretaris zijn tijd doorbrengt.'

'Echt niet?'

Stilte.

'Het komt natuurlijk wel voor als er een vrouw binnenkomt die duidelijk geen gast van ons is dat we noteren naar welke etage ze de lift neemt.'

'Zou u haar herkennen?'

'Ja.' Het antwoord kwam snel, zonder aarzeling. 'Ze was knap. En behoorlijk aangeschoten.'

'Een prostituee?'

'Als dat zo is, dan uit de luxe klasse. En die zijn meestal nuchter. Tja, niet dat ik daar zoveel van weet, dit hotel is immers geen...'

'Bedankt,' zei Harry.

Die middag voerde de zuidenwind ineens warme lucht mee, en toen Harry na een vergadering met Meirik en de commissaris het politiebureau uit kwam, wist hij instinctief dat er iets voorbij was en dat er een nieuw jaargetijde was aangebroken.

De commissaris en Meirik hadden Brandhaug allebei gekend. Maar alleen beroepsmatig, benadrukten ze. Het was duidelijk dat de twee met elkaar hadden overlegd en Meirik begon de vergadering met de mededeling dat de spionageopdracht in Klippan voorgoed van de baan was. Harry vond dat hij er zelfs opgelucht uitzag. De commissaris legde een voorstel aan hem voor en Harry begreep dat zijn geploeter in Sydney en Bangkok toch ook een zekere indruk had gemaakt op de leiding van de politie.

'Een typische libero' had de commissaris Harry genoemd. En hij had hem verteld dat ze hem nu ook op die manier wilden inzetten.

Een nieuw jaargetijde. De warme föhnwind maakte Harry licht in het hoofd en hij gunde zichzelf een taxi, ook omdat hij nog steeds met die zware tas rondsjouwde. Het eerste wat hij deed toen hij zijn flat in de Sofiegate binnenkwam, was een blik werpen op het antwoordapparaat. Het rode lampje brandde. Geen geknipper. Geen boodschappen.

Hij had Linda zover gekregen dat ze dossiers kopieerde en de rest van de avond bracht hij door met het lezen van alles wat ze verzameld hadden over de moorden op Hallgrim Dale en Ellen Gjelten. Niet dat hij verwachtte iets nieuws te vinden, maar het stimuleerde zijn fantasie. Ondertussen keek hij naar de telefoon en vroeg zich af hoe lang hij zou kunnen wachten om haar te bellen. De zaak-Brandhaug was ook op het journaal het hoofdonderwerp. Tegen middernacht ging hij naar bed. Om één uur stond hij op, trok de stekker van de telefoon eruit en zette het apparaat in de koelkast. Om drie uur sliep hij.

75 | *Møllers kantoor, 12 mei 2000*

'En?' zei Møller nadat Harry en Halvorsen de eerste slok koffie hadden genomen en Harry met een grimas had aangegeven wat hij ervan vond.

'Ik geloof dat het idee dat er een verband bestaat tussen het krantenartikel en de aanslag een dood spoor is,' zei Harry.

'Waarom?' Møller leunde achterover in zijn stoel.

'Weber gelooft dat de moordenaar al vroeg die dag in het bos lag te wachten, dus hoogstens een paar uur nadat *Dagbladet* was uitgekomen. Maar het was geen impulsieve daad, het was een goed geplande aanslag. Die persoon wist al geruime tijd dat hij Brandhaug wilde vermoorden. Hij had ontdekt wanneer Brandhaug wegging en weer thuiskwam, vanaf welke plek hij het best kon schieten met de minste kans om ontdekt te worden, hoe hij daar moest komen, en hoe hij weer weg kon komen en nog een heleboel van dat soort details.'

'Dus jij denkt dat dit de aanslag is waarvoor de moordenaar het Märklin-geweer heeft aangeschaft?'

'Misschien. Misschien niet.'

'Bedankt, dat heeft ons een stuk verder geholpen,' zei Møller zuur.

'Ik bedoel alleen dat het plausibel is. Aan de andere kant kloppen de proporties niet helemaal. Het lijkt een beetje overdreven om 's werelds duurste wapen binnen te smokkelen om een belangrijke, maar toch relatief gewone staatsambtenaar, die noch een lijfwacht, noch bewaking bij zijn huis heeft, uit de weg te ruimen. De moordenaar had ook gewoon kunnen aanbellen om hem met een pistool van korte afstand neer te schieten. Dit is zo... zo...'

Harry maakte cirkels met zijn hand.

'Met een kanon op een mug schieten,' zei Halvorsen.

'Precies,' zei Harry.

'Hmm.' Møller sloot zijn ogen. 'En hoe zie jij je rol in de rest van het onderzoek, Harry?'

'Een soort libero,' zei Harry glimlachend. 'Ik ben die vent van het POT die solo opereert, maar die assistentie kan vragen van alle afdelingen als het nodig is. Ik ben alleen aan Meirik rekenschap schuldig, maar ik heb toegang tot alle dossiers in deze zaak. Ik mag vragen stellen, maar ik ben niemand antwoord schuldig. Enzovoort.'

'Hoe zit het met een vergunning om te doden, heb je die ook meteen gekregen?' zei Møller. 'En een snelle auto?'

'Het was echt niet mijn idee,' zei Harry. 'Meirik heeft zojuist met de commissaris gesproken.'

'De commissaris?'

'Juist. Je zult hierover vandaag wel een mailtje krijgen. De zaak-Brandhaug heeft nu de hoogste prioriteit, en de commissaris wil geen mogelijkheid onbenut laten. Het is een FBI-methode: diverse kleinere onderzoeksgroepen die elkaar overlappen om te voorkomen dat er maar in één richting wordt gedacht, zoals je vaak ziet bij grotere zaken. Je hebt er vast wel over gelezen.'

'Nee.'

'Als je hetzelfde onderzoek door verschillende groepen laat uitvoeren, is het voordeel dat je kunt profiteren van hun verschillende invalshoeken en werkwijzen.'

'Bedankt,' zei Møller. 'Wat heeft dat met jou te maken? Waarom zit jij nu hier?'

'Omdat ik zoals gezegd assistentie nodig kan hebben van andere...'

'... afdelingen als dat nodig is. Ik heb het gehoord. Gooi het eruit, Harry.'

Harry knikte naar Halvorsen, die een beetje schaapachtig naar Møller lachte.

Møller kreunde: 'Alsjeblieft, Harry! Je weet dat we bij Geweldsdelicten al op ons tandvlees lopen wat betreft de personele bezetting.'

'Ik beloof je dat ik hem weer in goede staat zal terugbrengen.'

'Ik zei: nee!'

Harry zei niets. Hij wachtte alleen maar terwijl hij met zijn vinger speelde en de ietwat merkwaardige reproductie van het Soria Moria-slot bestudeerde die boven de boekenkast aan de muur hing.

'Wanneer krijg ik hem terug?' vroeg Møller.
'Zodra de zaak is opgelost.'
'Zodra... Zo'n antwoord geeft een chef aan zijn ondergeschikte, en niet omgekeerd, Harry.'
Harry haalde zijn schouders op.
'Het spijt me, chef.'

76 | *Irisvei, 12 mei 2000*

Haar hart ging al tekeer als een op hol geslagen naaimachine toen ze de telefoon opnam.

'Hallo, Signe,' zei de stem. 'Ik ben het.'

Direct voelde ze de tranen in haar ogen schieten.

'Hou op,' fluisterde ze. 'Alsjeblieft.'

'Trouw tot in de dood. Dat waren jouw woorden, Signe.'

'Ik roep mijn man.'

De stem lachte zacht.

'Maar hij is er niet, toch?'

Ze hield de hoorn zo krampachtig vast dat het pijn deed. Hoe kon hij weten dat Even er niet was? En hoe was het mogelijk dat hij altijd belde als Even weg was?

De volgende gedachte kneep haar keel dicht; ze kon geen adem meer halen en het werd zwart voor haar ogen: belde hij vanaf een plaats waar hij hun huis kon zien, waar hij kon zien of Even thuis was? Nee, nee, nee. Met grote moeite kon ze zich beheersen en ze concentreerde zich op haar ademhaling. Niet te snel, maar diep en rustig, zei ze tegen zichzelf. Zoals ze tegen de gewonde soldaten had gezegd als ze uit de loopgraven bij hen binnen werden gebracht, huilend, panisch en hyperventilerend. Ze kreeg haar angst onder controle. En ze kon aan de geluiden op de achtergrond horen dat hij belde vanaf een plaats waar veel mensen waren. Hier in de buurt waren alleen maar woonhuizen.

'Je zag er zo knap uit in je verpleegsteruniform, Signe,' zei de stem. 'Zo stralend rein en wit. Zo wit als Olaf Lindvig in zijn witte wapenrok – herinner je je hem nog? Je was zo rein dat ik dacht dat jij ons niet kon verraden, dat je dat niet over je hart zou kunnen verkrijgen. Ik dacht dat je was als Olaf Lindvig. Ik zag dat je hem aanraakte, Signe, zijn haar. Op een nacht in de heldere maneschijn. Jij en hij, jullie zagen eruit als engelen, alsof jullie uit de hemel gestuurd waren. Maar ik had me vergist. Er zijn trouwens engelen die níét uit de hemel komen, Signe, wist je dat?'

Ze gaf geen antwoord. De gedachten draaiden in een maalstroom rond in haar hoofd. Iets wat hij gezegd had, had dat in gang gezet. De stem. Nu hoorde ze het: hij verdraaide zijn stem.

'Nee,' dwong ze zichzelf te antwoorden.

'Niet? Dat zou je moeten weten. Ik ben zo'n engel.'

'Daniël is dood,' zei ze.

Het werd stil aan de andere kant. Alleen de adem in de hoorn. Toen sprak de stem weer: 'Ik ben gekomen om te oordelen. Over de levenden en de doden.'

Toen hing hij op.

Signe sloot haar ogen. Ze stond op en ging naar de slaapkamer. Achter de dichte gordijnen bleef ze staan en keek naar zichzelf in de spiegel. Ze beefde alsof ze hoge koorts had.

77 | *Harry's oude kamer, 12 mei 2000*

Het kostte Harry twintig minuten om weer te verhuizen naar zijn oude kamer. De dingen die hij nodig had, zaten in een 7-Eleventas. Het eerste wat hij deed was de foto van Bernt Brandhaug uit *Dagbladet* knippen. Toen prikte hij hem op het bord naast de archieffoto's van Ellen, Sverre Olsen en Hallgrim Dale. Vier momenten. Hij had Halvorsen naar het departement van Buitenlandse Zaken gestuurd om vragen te stellen en te proberen erachter te komen wie de vrouw in het Continental kon zijn. Vier personen. Vier levens. Vier verhalen. Hij ging zitten in de kapotte stoel en bestudeerde ze, maar ze staarden slechts zwijgend langs hem heen.

Hij belde Søs. Ze wilde Helge erg graag houden, in elk geval nog een tijdje. Ze waren goede vrienden geworden, zei ze. Harry zei dat het goed was, zolang ze er maar aan dacht om hem eten te geven.

'Het is een zij,' zei Søs.

'Ach, hoe weet je dat?'

'Henrik en ik hebben het bekeken.'

Hij stond op het punt om te vragen hoe ze dat bekeken hadden, maar hij bedacht dat hij dat liever niet wilde weten.

'Heb je vader nog gesproken?'

Dat had ze. Ze vroeg of Harry dat meisje nog zag.

'Welk meisje?'

'Met wie je gewandeld hebt. Ze heeft een kind.'

'O, zij. Nee, dat geloof ik niet.'

'Wat stom.'

'Stom? Je hebt haar nog nooit gezien, Søs.'

'Ik vind het stom, omdat je verliefd op haar bent.'

Af en toe zei Søs dingen waarop Harry geen antwoord wist. Ze spraken af binnenkort naar de film te gaan. Harry vroeg of Henrik nu ook mee moest, en Søs antwoordde dat dat moest, want zo gaat dat als je een vriend hebt.

Ze hingen op en Harry bleef zitten nadenken. Rakel en hij waren elkaar nog niet tegengekomen in de gang, maar hij wist waar haar kantoor was. Hij nam een besluit en stond op: hij moest nu met haar praten, hij kon niet langer meer wachten.

Linda lachte naar hem toen hij de deur van het POT opende.

'Alweer terug, schatje?'

'Ik wil alleen even naar Rakel.'

'Even, even! Harry, ik heb jullie wel op het afdelingsfeest gezien!'

Harry voelde tot zijn ergernis dat bij haar schalkse lachje zijn oren rood werden, en hij hoorde dat zijn droge lachje niet zo klonk als het zou moeten klinken.

'Maar je kunt je die wandeling besparen, Harry. Rakel is vandaag thuis. Ziek. Een ogenblik, Harry.' Ze nam de telefoon op. 'POT, kan ik u helpen?'

Harry was al op weg naar de deur toen Linda hem achternariep: 'Voor jou. Wil je hem hier nemen?' Ze gaf hem de hoorn.

'Spreek ik met Harry Hole?' Het was een vrouwenstem. Ze klonk buiten adem. Of bang.

'Daar spreekt u mee.'

'Met Signe Juul. U moet me helpen. Hij wil me vermoorden.'

Harry hoorde geblaf op de achtergrond.

'Wie wil u vermoorden, mevrouw Juul?'

'Hij is nu op weg hierheen. Ik weet dat het zo is. Hij... Hij...'

'Probeert u rustig te blijven, mevrouw Juul. Waar hebt u het over?'

'Hij heeft zijn stem verdraaid, maar dit keer heb ik hem herkend. Hij wist dat ik Olaf Lindvig in het lazaret over zijn haar heb gestreeld. Toen snapte ik het. Mijn god, wat moet ik doen?'

'Bent u alleen?'

'Ja,' zei ze. 'Ik ben alleen, helemaal alleen, begrijpt u?'

De hond op de achtergrond blafte nu als een bezetene.

'Kunt u niet naar uw buren gaan en daar op ons wachten, mevrouw Juul? Wie is het...'

'Hij zal me vinden! Hij vindt me overal!'

Ze was hysterisch. Harry legde een hand over de hoorn en vroeg Linda de alarmcentrale te bellen en te zeggen dat ze de patrouillewagen die het dichtst in de buurt was naar Juul in de Irisvei moesten sturen. Toen sprak hij weer tegen Signe Juul, en hij hoopte dat ze zijn eigen opwinding niet zou opmerken: 'Als u niet naar buiten gaat, draai dan in elk geval de deur op slot, mevrouw Juul. Wie...'

'U begrijpt het niet,' zei ze. 'Hij... Hij...' Er klonk een piep. De ingesprektoon. De verbinding was verbroken.

'Verdomme! Sorry, Linda. Zeg dat die wagen haast moet maken. En dat ze voorzichtig moeten zijn. Er kan een indringer met een wapen zijn.'

Harry belde Inlichtingen, kreeg het nummer van Juul en belde het. Nog steeds in gesprek. Harry gooide Linda de hoorn toe.

'Als Meirik naar me vraagt, zeg dan dat ik naar het huis van Even Juul ben.'

78 | *Irisvei, 12 mei 2000*

Toen Harry de Irisvei in draaide, zag hij meteen de politieauto voor Juuls huis staan. De stille straat met de houten huizen, de plassen met dooiwater, het blauwe zwaailicht dat langzaam ronddraaide, twee nieuwsgierige kinderen op fietsen – het was een herhaling van het tafereel voor het huis van Sverre Olsen. Harry hoopte dat de gelijkenis daar ophield.

Hij parkeerde, stapte uit de Escort en liep langzaam naar de tuinpoort. Op het moment dat hij die achter zich dichtdeed, hoorde hij iemand op de trap.

'Weber,' zei Harry verrast. 'Onze wegen kruisen elkaar weer.'

'Kennelijk.'

'Ik wist niet dat je ook met de patrouillewagen rondreed.'

'Je weet verdomme heel goed dat ik dat niet doe. Maar Brandhaug woont hier immers in de buurt, en we zaten net in de auto toen over de radio de melding kwam.'

'Wat is er gebeurd?'

'Dat vraag je aan mij? Er is niemand thuis. Maar de deur stond open.'

'Hebben jullie rondgekeken?'

'Van de kelder tot de zolder.'

'Merkwaardig. De hond is er ook niet, begrijp ik.'

'Mensen en honden, iedereen is weg. Maar het lijkt erop dat er iemand in de kelder is geweest, want het raampje in de kelderdeur is kapot.'

'Tja,' zei Harry, en hij keek de Irisvei af. Tussen de huizen zag hij een tennisbaan.

'Ze kan naar een van de buren zijn gegaan,' zei Harry. 'Ik heb haar gevraagd dat te doen.'

Weber liep met Harry mee de gang in, waar een jonge agent naar zichzelf stond te kijken in de spiegel boven de telefoontafel.

'En, Moen, zie je enig teken van intelligent leven?' vroeg Weber zuur.

Moen draaide zich om en knikte kort naar Harry.

'Nou,' zei Moen. 'Ik weet niet of dit intelligent is of alleen maar vreemd.'

Hij wees naar de spiegel. De twee kwamen naderbij.

'Mijn god,' zei Weber.

Het leek erop dat de grote, rode letters op de spiegel geschreven waren met lippenstift: GOD IS MIJN RECHTER.

Harry's mond voelde aan als de binnenkant van een sinaasappelschil.

De ruit van de buitendeur rinkelde toen deze werd opengerukt.

'Wat doen jullie hier?' vroeg het silhouet dat zich aftekende in het licht. 'En waar is Burre?'

Het was Even Juul.

Harry zat aan de keukentafel met Even Juul, die zich duidelijk grote zorgen maakte. Moen maakte een ronde door de buurt om te zoeken naar Signe Juul en te vragen of iemand iets had gezien. Weber had belangrijke dingen af te handelen in de zaak-Brandhaug en moest ervandoor met de politieauto, en Harry beloofde Moen een lift te geven.

'Ze zei het altijd als ze wegging,' zei Even Juul. 'Zegt, bedoel ik.'

'Is dat haar handschrift op de spiegel in de gang?'

'Nee,' zei hij. 'Ik geloof het tenminste niet.'

'Is het haar lippenstift?'

Juul keek naar Harry zonder te antwoorden.

'Ze was bang toen ik haar aan de telefoon had,' zei Harry. 'Ze was ervan overtuigd dat iemand haar wilde vermoorden. Hebt u enig idee wie dat geweest kan zijn?'

'Vermoorden?'

'Dat zei ze.'

'Niemand wil Signe vermoorden.'

'O nee?'

'Ben je soms gek geworden?'

'Tja. In dat geval moet ik wel vragen of uw vrouw labiel kan zijn. Hysterisch.'

Harry wist niet of Juul had gehoord wat hij zei, maar toen schudde hij zijn hoofd.

'Goed,' zei Harry, en hij stond op. 'Bedenk eens of er iets is wat ons verder kan helpen. En u moet alle vrienden en familie bellen naar wie ze gevlucht kan zijn. Ik heb een opsporingsbericht doorgegeven, en Moen en ik zullen de buurt hier controleren. Voorlopig kunnen we niet veel meer doen.'

Toen Harry de poort achter zich sloot, kwam Moen naar hem toe lopen. Hij schudde zijn hoofd.

'Hebben de mensen niet eens een auto gezien?' vroeg Harry.

'Op dit uur van de dag zijn er alleen maar gepensioneerden en moeders met kleine kinderen thuis.'

'Gepensioneerden letten toch altijd op allerlei dingen?'

'Deze niet, kennelijk. Als er überhaupt iets was om op te merken.'

Om op te merken. Harry wist niet waarom, maar die woorden deden hem iets. De kinderen op de fiets waren weg. Hij zuchtte.

'Laten we gaan.'

79 | *Politiebureau, 12 mei 2000*

Halvorsen zat aan de telefoon toen Harry binnenkwam. Hij liet Harry weten dat hij met een informant sprak. Harry ging ervan uit dat hij nog steeds probeerde om de vrouw van het Continental op te sporen, en dat kon alleen maar betekenen dat het bij BZ niet gelukt was. Behalve een stapel archiefkopieën op het bureau van Halvorsen waren er geen papieren in hun kantoor. Alles wat niet te maken had met de Märklin-zaak was opgeruimd.

'Goed,' zei Halvorsen. 'Bel me als je iets hoort, oké?'

Hij hing op.

'Heb je Aune te pakken gekregen?' vroeg Harry, en hij plofte op zijn stoel neer.

Halvorsen knikte en stak twee vingers omhoog. Om twee uur. Harry keek op de klok. Aune zou er over twintig minuten zijn.

'Bezorg me een foto van Edvard Mosken,' zei Harry, en hij pakte de hoorn van de haak. Hij belde het nummer van Sindre Fauke, die toestemde in een ontmoeting om drie uur. Toen lichtte hij Halvorsen in over de verdwijning van Signe Juul.

'Geloof je dat het iets te maken heeft met de zaak-Brandhaug?' vroeg Halvorsen.

'Ik weet het niet, maar het is daarom des te belangrijker om met Aune te praten.'

'Waarom dat?'

'Omdat het meer en meer op gekkenwerk begint te lijken. En dan hebben we een gids nodig.'

Aune was in vele opzichten een grote man. Hij had overgewicht, was bijna twee meter lang en hij werd op zijn terrein tot de beste psychologen van het land gerekend. Psychopaten behoorden niet tot zijn vakgebied, maar Aune was een slimme man en had Harry al bij andere zaken geholpen.

Hij had een vriendelijk en open gezicht, en het was Harry al vaker opgevallen dat Aune eigenlijk te menselijk leek, te kwetsbaar, te normaal om te kunnen werken op het slagveld van de menselijke ziel zonder daarbij zelf schade op te lopen. Toen hij ernaar vroeg, had Aune geantwoord dat hij er natuurlijk niet zonder kleerscheuren afkwam, maar voor wie gold dat wel?

Nu luisterde hij ingespannen en geconcentreerd terwijl Harry vertelde. Over de moord op Hallgrim Dale, wiens keel was doorgesneden, over de moord op Ellen Gjelten en over de moordaanslag op Bernt Brandhaug. Harry vertelde dat Even Juul dacht dat ze naar een frontsoldaat moesten zoeken, een theorie die mogelijk werd ondersteund door het feit dat Brandhaug op de dag na zijn uitspraken in *Dagbladet* was vermoord. Ten slotte vertelde hij over de verdwijning van Signe Juul.

Daarna bleef Aune na zitten denken. Hij gromde terwijl hij afwisselend knikte en schudde met zijn hoofd.

'Ik weet helaas niet of ik jullie kan helpen,' zei hij. 'Het enige waar ik iets mee kan, is de boodschap op de spiegel. Die doet denken aan een visitekaartje, en dat is tamelijk gebruikelijk voor een seriemoordenaar, vooral wanneer hij zich na een aantal moorden zeker begint te voelen en de spanning wil opvoeren door de politie uit te dagen.'

'Is die man ziek, Aune?'

'Ziek is een relatief begrip. We zijn allemaal ziek. De vraag is alleen in hoeverre we op een maatschappelijk verantwoorde manier kunnen blijven functioneren. Er bestaan geen handelingen die op zich symptomen van een ziekte zijn; je moet naar de context kijken waarin ze worden uitgevoerd. De meeste mensen zijn uitgerust met een impulscontrole in de hersenstam die probeert te verhinderen dat we onze medemens vermoorden. Dat is slechts een van onze evolutionaire eigenschappen die ons beschermen tegen onze eigen soort. Maar als je lang genoeg traint om die remmingen te overwinnen, verzwakken ze. Bij soldaten, bijvoorbeeld. Als jij en ik ineens beginnen te moorden, is er een goede kans dat we ziek zijn geworden. Maar dat is geen voorwaarde. Neem nou een huurmoordenaar of voor mijn part een... politieman.'

'Dus bij een soldaat, iemand die tijdens de oorlog aan de ene of de andere kant gevochten heeft, is de drempel om te doden veel lager dan bij een ander persoon, vooropgesteld dat ze allebei psychisch gezond zijn?'

'Ja en nee. Een soldaat is getraind om te doden in een oorlogssituatie en zijn remming zal niet zo sterk zijn als hij het idee heeft dat hij zich weer in een dergelijke situatie bevindt.'

'Hij moet dus het gevoel hebben dat hij weer in een oorlog vecht?'

'Simpel gezegd: ja. Gegeven die situatie kan hij de ene moord na de andere begaan zonder in medische zin ziek te zijn. Niet meer dan een gewone soldaat, tenminste. Er kan sprake zijn van een divergerende realiteitsbeleving, en daarmee begeven we ons op glad ijs.'

'Hoezo?' zei Halvorsen.

'Wie zal bepalen wat waar en echt is, moreel of immoreel? De psychologen? De rechtbank? De politici?'

'Nou,' meende Harry. 'Zij hebben er in elk geval wel mee te maken.'

'Precies,' zei Aune. 'Maar als je het gevoel hebt dat diegenen die beslissingen nemen dat willekeurig of onrechtvaardig doen, dan verliezen zij in jouw ogen hun morele gezag. Als iemand bijvoorbeeld de gevangenis in moet omdat hij lid was van een volkomen wettige partij, dan zoekt hij een andere rechter. Hij legt de zaak voor aan een hogere instantie, om het zo maar te zeggen.'

'God is mijn rechter.'

Aune knikte.

'Wat kan dat volgens jou betekenen, Aune?'

'Dat kan betekenen dat hij zijn daden wil verklaren. Dat hij ondanks alles de behoefte heeft begrepen te worden. De meeste mensen willen dat, weet je.'

Harry ging op weg naar Fauke even langs restaurant Schrøder. Het was er zo vroeg nog stil en Maja zat aan de tafel bij de tv te roken en de krant te lezen. Harry liet haar de foto zien van Edvard Mosken die Halvorsen in zo'n imponerend korte tijd tevoorschijn had weten te toveren. De foto kwam waarschijnlijk van de instantie waar Mosken twee jaar geleden een internationaal rijbewijs had aangevraagd.

'Die rimpelkop heb ik geloof ik weleens gezien,' zei ze. 'Maar waar en wanneer? Hij moet hier vaker geweest zijn, want ik herken hem, maar hij is hier geen vaste gast.'

'Heeft er iemand anders met hem gesproken?'

'Nou stel je een moeilijke vraag, Harry.'

'Iemand heeft hier woensdag om halftwaalf met de munttelefoon gebeld. Ik weet dat je je dat vast niet herinneren kunt, maar kán het deze persoon zijn geweest?'

Maja haalde haar schouders op.

'Natuurlijk. Maar het kan ook de kerstman geweest zijn. Je weet hoe het gaat, Harry.'

Op weg naar de Vibesgate belde Harry naar Halvorsen en vroeg hem Edvard Mosken op te zoeken.

'Moet ik hem aanhouden?'

'Nee, nee. Controleer alleen zijn alibi in verband met de Brandhaug-moord en de verdwijning van Signe Juul van vandaag.'

Sindre Fauke zag erg grauw toen hij voor Harry opendeed.

'Gisteren kwam er een vriend van me langs met een fles whisky,' legde hij uit, en hij trok een gezicht. 'Ik heb daar de conditie niet meer voor.'

Hij lachte en ging het gas onder de fluitende ketel uitdraaien.

'Ik heb gelezen over de moord op die staatssecretaris van het ministerie van Buitenlandse Zaken,' riep hij vanuit de keuken. 'Er stond dat de politie niet uitsluit dat die iets te maken heeft met zijn uitspraken over de frontsoldaten. VG schrijft dat de neonazi's erachter zitten. Geloven jullie dat echt?'

'De krant gelooft dat misschien. Wij geloven niets, en we sluiten ook niets uit. Hoe gaat het met het boek?'

'Een beetje traag op het moment. Maar als ik klaar ben, zal het sommige mensen de ogen openen. Dat houd ik mezelf tenminste voor om op dagen als deze de druk op de ketel te houden.'

Fauke zette de koffiekan op de salontafel tussen hen in en plofte neer in een leunstoel. Hij had een koude doek om zijn keel gebonden – een oude truc van het front, legde hij met een geheimzinnig lachje uit. Hij hoopte overduidelijk dat Harry zou vragen hoe die truc werkte, maar deze had weinig tijd.

'De vrouw van Even Juul is verdwenen,' zei hij.

'Jezus. Is ze weggelopen?'

'Ik geloof het niet. Ken je haar?'

'Ik heb haar eigenlijk nooit ontmoet, maar ik herinner me nog goed dat het voor heel wat beroering zorgde toen Juul met haar wilde trouwen. Ze was immers verpleegster aan het front geweest en zo. Wat is er gebeurd?'

Harry vertelde over het telefoontje en de verdwijning.

'Meer weet ik niet. Ik hoopte dat jij haar misschien kende en me een idee kon geven.'

'Helaas...'

Fauke nam een slok koffie. Hij leek over iets na te denken.

'Wat stond er op de spiegel geschreven?'

'GOD IS MIJN RECHTER.'

'Hmm.'

'Waar denk je aan?'

‘Ik ben er eerlijk gezegd zelf niet zeker van,’ zei Fauke, en hij wreef over zijn ongeschoren kin.

‘Zeg het maar gewoon.’

‘Je zei dat het mogelijk is dat hij het wil uitleggen, dat hij zich begrepen wil voelen.’

‘Ja, en?’

Fauke liep naar de boekenkast, pakte er een dik boek uit en begon te bladeren.

‘Precies,’ zei hij. ‘Dacht ik het niet!’

Hij gaf Harry het boek. Het was een Bijbellexicon.

‘Kijk eens onder “Daniël”.’

Harry’s ogen gingen de bladzijde af tot hij de naam gevonden had: *Daniël. Hebreeuws. God is mijn rechter.*

Hij keek op naar Fauke, die de koffiekan ophief om in te schenken.

‘Je bent op zoek naar een geest, Hole.’

80 | *Parkvei, Uranienborg, 12 mei 2000*

Johan Krohn ontving Harry in zijn kantoor. De boekenkasten achter hem stonden stampvol met in bruin leer gebonden jaargangen van juristentijdschriften.

‘Dat is alweer een tijdje geleden,’ zei Krohn, en hij gaf met een handgebaar te kennen dat Harry moest gaan zitten.

‘Je hebt een goed geheugen,’ zei Harry.

‘Er mankeert niets aan mijn geheugen, nee. Sverre Olsen. Jullie hadden een goed onderbouwde zaak. Jammer dat de rechtbank niet volgens de regels der wet had gewerkt.’

‘Daarvoor kom ik niet,’ zei Harry. ‘Ik moet je om een gunst vragen.’

‘Vragen staat vrij,’ zei Krohn, en hij drukte zijn vingertoppen tegen elkaar. Hij deed Harry denken aan een kindsterretje dat een volwassene speelt.

‘Ik ben op zoek naar een wapen dat illegaal geïmporteerd is, en ik heb redenen om aan te nemen dat Sverre Olsen daar op de een of andere manier bij betrokken was. Het feit in aanmerking genomen dat jouw cliënt dood is, ben je niet langer aan je zwijgplicht gebonden. Je kunt ons namelijk helpen met het oplossen van de moord op Bernt Brandhaug, die zeer waarschijnlijk met dat wapen is neergeschoten.'

Krohn lachte zuinig.

'Ik zou liever zien dat je het aan mij overlaat om uit te maken hoever mijn zwijgplicht gaat, agent. Die houdt niet automatisch op wanneer de cliënt dood is. En heb je er niet bij stilgestaan dat het een beetje brutaal is om hierheen te komen om inlichtingen te vragen nadat jullie mijn cliënt hebben doodgeschoten?'

'Ik probeer mijn gevoel uit te schakelen en me professioneel op te stellen,' zei Harry.

'Doe dan wat meer moeite!' Krohns stem piepte nog meer toen hij die verhief. 'Dit is namelijk niet erg professioneel. Net zo onprofessioneel als een man in zijn eigen huis vermoorden.'

'Het was noodweer,' zei Harry.

'Formeel,' zei Krohn. 'Het was een ervaren politieman. Hij had moeten weten dat Olsen labiel was en had niet zo binnen moeten vallen. Die politieman had echt aangeklaagd moeten worden.'

Harry kon het niet laten: 'Ik ben het met je eens dat het altijd triest is als misdadigers op formele gronden vrijuit gaan.'

Krohn knipperde tweemaal met zijn ogen voordat hij begreep wat Harry bedoelde.

'"Op juridische gronden" is iets anders, agent,' zei hij. 'Het afleggen van een eed in de rechtszaal is misschien een detail, maar zonder rechtszekerheid…'

'Mijn rang is inspecteur.'

Harry deed zijn best om langzaam en zacht te spreken: 'En die rechtszekerheid waar je het over hebt, heeft mijn collega het leven gekost. Sla dat maar op in dat geheugen van je waar je zo trots op bent. Ellen Gjelten, achtentwintig jaar. Het grootste talent op het gebied van recherchewerk van de politie van Oslo. Gebarsten schedel. Een afschuwelijke dood.'

Harry stond op en leunde met zijn een meter negentig over Krohns bureau. Hij kon diens adamsappel in zijn dunne gierennek op en neer zien wippen. En twee lange seconden stond Harry zichzelf de luxe toe om te genieten van de angst in de ogen van de jonge advocaat. Toen liet hij een visitekaartje op het bureau vallen.

'Bel me als je besloten hebt hoe lang jouw zwijgplicht duurt,' zei hij.

Harry was al bijna de deur uit toen Krohns stem hem tegenhield: 'Hij heeft me kort voor zijn dood opgebeld.'

Harry draaide zich om. Krohn zuchtte: 'Hij was bang voor iets, Sverre Olsen. Eenzaam en doodsbang.'

'Wie niet?' mompelde Harry. En toen: 'Zei hij voor wie hij bang was?'

'De Prins. Zo noemde hij hem: de Prins.'

'Zei Olsen waarom hij bang was?'

'Nee. Hij zei alleen dat de Prins een soort leider was, en hij had hem opgedragen een misdaad te begaan. Toen wilde hij weten hoe strafbaar het is om een bevel op te volgen. De stomme idioot.'

'Wat voor opdracht?'

'Dat zei hij niet.'

'Zei hij verder nog iets?'

Krohn schudde zijn hoofd.

'Je kunt me op elk moment van de dag bellen als je iets invalt,' zei Harry.

'Nog één ding: als je denkt dat ik niet wakker lig van het feit dat ik de man die jouw collega heeft vermoord vrij heb gekregen, dan heb je het mis.'

Maar Harry was al vertrokken.

81 | *Herbert's Pizza, 12 mei 2000*

Harry belde Halvorsen en vroeg hem naar Herbert's te komen. Ze waren bijna alleen en gingen aan een tafeltje aan het raam zitten. Achter in de hoek zat een kerel in een lange uniformjas. Hij had een snor die na Adolf Hitler uit de mode was geraakt en zijn gelaarsde benen lagen op een stoel. Hij keek of hij het wereldrecord lamlendigheid probeerde te breken.

Halvorsen had Edvard Mosken te pakken gekregen, maar niet in Drammen.

'Hij nam de telefoon niet op toen ik hem thuis belde, dus toen heb ik zijn mobiele nummer opgevraagd bij Inlichtingen. Hij bleek in Oslo te zitten. Hij heeft een flat in de Tromsøgate in de wijk Rodeløkka, waar hij slaapt als hij op Bjerke is.'

'Bjerke?'

'Op de renbaan. Hij schijnt daar elke vrijdag en zaterdag te zijn. Een beetje wedden en plezier maken, noemde hij het. En verder is hij voor een kwart eigenaar van een paard. Ik heb hem in de stal achter de baan gesproken.'

'Wat zei hij nog meer?'

'Dat hij soms in Schrøder zit om te eten als hij in Oslo is. Dat hij niet wist wie Bernt Brandhaug is en dat hij hem zeker niet thuis heeft gebeld. Hij wist wie Signe Juul was; hij zei dat hij haar kende van het front.'

'Hoe zit het met het alibi?'

Halvorsen bestelde een Pizza Hawaï met paprika en ananas.

'Mosken is de hele week alleen in de flat in de Tromsøgate geweest, behalve dan zijn uitstapjes naar Bjerke, zei hij. Hij was daar ook op de ochtend dat Brandhaug vermoord werd. En vanmorgen.'

'Juist ja. Wat voor een indruk maakte hij op jou?'

'Hoe bedoel je?'

'Geloofde je hem?'

'Ja. Nee. Geloven, geloven...'

'Denk na, Halvorsen, wees niet bang. En zeg gewoon wat je voelt, ik zal het niet tegen je gebruiken.'

Halvorsen keek naar de tafel en rommelde met de menukaart.

'Als Mosken loog, is hij in elk geval een kouwe kikker. Dat kan ik je wel zeggen.'

Harry verzuchtte: 'Zorg jij ervoor dat Mosken permanent bewaakt wordt? Ik wil dag en nacht twee man voor zijn flat hebben.'

Halvorsen knikte en belde een nummer op zijn mobiel. Harry kon het stemgeluid van Møller horen terwijl hij stiekem naar de neonazi in de hoek keek. Of hoe hij zich ook noemde. Nationaalsocialisten. Nationaaldemocraten. Hij had net een kopie gekregen van een afstudeerscriptie sociologie van de universiteit. In de conclusie stond dat er op dat moment zevenenvijftig neonazi's in Noorwegen waren.

De pizza werd gebracht en Halvorsen keek Harry vragend aan.

'Ga je gang,' zei Harry. 'Ik ben niet dol op pizza.'

De jas in de hoek had gezelschap gekregen van een kort, groen combatjack. De mannen staken hun koppen bij elkaar en keken naar de twee politiemannen.

'Nog één ding,' zei Harry. 'Linda, van het POT, vertelde me dat een gedeelte van het SS-archief in Keulen in de jaren zeventig verbrand is, maar dat ze af en toe informatie vinden over Noren die aan de Duitse kant hebben gevochten. Orders, bevorderingen, rangen – zulke dingen. Ik wil graag dat je daarheen belt en kijk of je iets kunt vinden over Daniël Gudeson. En Gudbrand Johansen.'

'*Yes, boss*,' zei Halvorsen met zijn mond vol met pizza. 'Als ik hier klaar mee ben.'

'Ik ga ondertussen een praatje maken met die lui daar,' zei Harry, en hij stond op.

In zijn werk had Harry nooit geschuwd om zijn lengte te gebruiken om mentaal overwicht te krijgen. En hoewel de Hitler-snor naar Harry opkeek alsof het een krachtsinspanning was, wist Harry dat achter die koude blik dezelfde angst lag als bij Krohn. Deze kerel was er alleen beter in getraind die te verbergen. Harry trok de stoel waar de Hitler-snor zijn laarzen op had liggen naar zich toe en nog voordat de man zelf kon reageren, klapten zijn benen op de grond.

'Sorry,' zei Harry. 'Ik dacht dat deze stoel vrij was.'

'Klotediender,' zei de Hitler-snor. De kale schedel boven het combatjack draaide zich om.

'Klopt,' zei Harry. 'Of juut. Of smeris. Dienstklopper. Nee, dat is een beetje te vriendelijk misschien. Hoe zit het met *The Man*, is dat internationaal genoeg?'

'Heb je iets tegen ons?' vroeg de jas.

'Ja, ik heb iets tegen jullie,' zei Harry. 'Al heel lang. Doe de Prins de groeten van me en geef het door: dat Hole een beetje terug gaat pesten. Van Hole aan de Prins, snappen jullie dat?'

Het combatjack staarde hem met open mond aan. Toen opende de jas een mond met schots en scheef staande tanden en lachte zo hard dat het speeksel rondspatte.

'Heb je het over Håkon Magnus of zo?' vroeg hij, en het combatjack begreep de clou en lachte mee.

'Ach,' zei Harry. 'Als jullie maar het gewone voetvolk zijn, weten jullie natuurlijk niet wie de Prins is. Dan moeten jullie het bericht maar doorgeven aan jullie directe superieur. Ik hoop dat de pizza smaakt, jongens.'

Harry liep terug naar Halvorsen, terwijl hij de blikken voelde prikken in zijn rug.

'Eet op,' zei Harry tegen Halvorsen, die met een enorm stuk pizza voor zijn mond zat. 'We moeten hier weg voordat ik nog meer last van mijn geweten krijg.'

82 | *Holmenkollås, 12 mei 2000*

Het was de warmste lenteavond tot nu toe. Harry had het autoraampje openstaan en een zacht briesje streek over zijn gezicht en haar. Vanaf de Holmenkollås kon hij de Oslofjord zien, waar de eilanden als bruingroene schelpen uitgestrooid lagen en de eerste witte zeilen van het seizoen richting land gingen. Een paar jongelui stonden langs de kant van de weg naast een roodgeverfde bus te urineren. Uit de bus denderde muziek: '*Won't you be my lover...*'

Een oudere dame in kniebroek en met een anorak rond haar middel geknoopt kwam met een vermoeide, gelukzalige glimlach op haar lippen naar beneden gelopen.

Harry parkeerde naast haar huis. Hij wilde niet op de oprit parkeren. Hij wist niet waarom – misschien omdat het minder opdringerig leek om hier beneden zijn auto neer te zetten. Belachelijk natuurlijk, want hij kwam onaangekondigd en ongevraagd.

Hij was halverwege de oprit toen zijn mobiel ging. Het was Halvorsen, die vanuit het archief van landverraders belde.

'Niets,' zei hij. 'Als Daniël Gudeson echt nog in leven is, is hij later niet veroordeeld voor landverraad.'

'En Signe Juul?'

'Ze heeft een jaar gekregen.'

'Maar ze heeft dus niet in de gevangenis gezeten. Verder nog iets interessants?'

'Niets, en ze beginnen me hier weg te kijken, want ze gaan dicht.'

'Ga naar huis om te slapen. Misschien bedenken we morgen nog iets.'

Harry was onder aan de trap gekomen en wilde die met een sprong nemen toen de deur openging. Rakel droeg een wollen trui en een spijkerbroek. Haar haar zat in de war en haar gezicht was nog bleker dan anders. Hij zocht in haar ogen naar een teken van vreugde om het weerzien, maar zag niets. Ook niet die neutrale beleefdheid die hij het meest vreesde. Haar ogen drukten eigenlijk helemaal niets uit, wat dat ook mocht betekenen.

'Ik hoorde buiten iemand praten,' zei ze. 'Kom binnen.'

In de kamer zat Oleg in zijn pyjama voor de televisie.

'Hoi, verliezer,' zei Harry. 'Moet je geen Tetris oefenen?'

Oleg snoof zonder op te kijken.

'Ik vergeet altijd dat kinderen niet met ironie kunnen omgaan,' zei Harry tegen Rakel.

'Waar ben je geweest?' vroeg Oleg.

'Geweest?' Harry raakte een beetje in verwarring toen hij Olegs beschuldigende gezichtsuitdrukking zag. 'Hoe bedoel je?'

Oleg haalde zijn schouders op.

'Koffie?' vroeg Rakel. Harry knikte. Oleg en Harry zaten zwijgend te kijken naar de ongelooflijke trektocht van de gnoes door de Kalahariwoestijn terwijl Rakel in de keuken rommelde. Het duurde lang, zowel de trektocht als de koffie.

'Zesenvijftigduizend,' zei Oleg ten slotte.

'Je liegt,' zei Harry.

'Ik sta boven aan de Ali Time High-lijst!'

'Laat zien.'

Oleg stond op en stormde de kamer uit toen Rakel met de koffie binnenkwam en tegenover hem ging zitten. Harry pakte de afstandsbediening en zette het geluid van de denderende hoeven af. Rakel verbrak uiteindelijk de stilte: 'En wat ga je doen op de nationale feestdag?'

'Ik heb dienst. Maar als dit een uitnodiging ergens voor is, zal ik hemel en aarde bewegen...'

Ze lachte en maakte een afwerend handgebaar.

'Sorry, ik zeg maar wat. Laten we het over iets anders hebben.'

'Je bent dus ziek?' vroeg Harry.

'Dat is een lang verhaal.'

'Je hebt vast wel even tijd.'

'Waarom ben je terug?' vroeg zij.

'Brandhaug. Met wie ik merkwaardig genoeg hier heb zitten praten.'

'Ja, het leven zit vol met absurde toevalligheden,' zei Rakel.

'Zo absurd in elk geval dat je het in een roman niet zou pikken.'

'Je weet de helft nog niet, Harry.'

'Wat bedoel je?'

Ze zuchtte alleen maar en roerde in haar koffie.

'Wat is er aan de hand?' zei Harry. 'Geeft de hele familie vanavond gecodeerde berichten?'

Ze probeerde te lachen, maar dat ging over in gesnuf. Voorjaarsverkoudheid, dacht Harry.

'Ik... Het...'

Ze probeerde nog een paar keer om haar zin te beginnen, maar het lukte niet. Het lepeltje draaide eindeloos rond in haar kopje. Over haar schouder zag Harry hoe een gnoe langzaam en genadeloos de rivier in werd getrokken door een krokodil.

'Ik heb een vreselijke tijd achter de rug,' zei ze. 'En ik heb je gemist.'

Ze keek naar hem op, en nu pas zag Harry dat ze huilde. De

tranen biggelden over haar wangen en verzamelden zich onder haar kin. Ze deed geen poging om ze te stoppen.

'Nou...' begon Harry, en dat was alles wat hij nog kon zeggen voordat ze in elkaars armen lagen. Ze klemden zich aan elkaar vast als schipbreukelingen aan een boei. Harry beefde. Alleen dit, dacht hij. Dit is al genoeg, om haar zo vast te houden.

'Mama!' Het geroep kwam van de bovenverdieping. 'Waar is mijn Gameboy?'

'In een van de lades van de commode,' riep Rakel met trillende stem. 'Begin bovenin.'

'Kus me,' fluisterde ze tegen Harry.

'Maar Oleg kan...'

'Hij ligt niet in de commode.'

Toen Oleg de trap af kwam met de Gameboy, die hij ten slotte had gevonden in de speelgoedkist, had hij de veranderde sfeer in de kamer eerst niet zo in de gaten. Hij lachte om Harry, die bezorgd bromde toen hij het nieuwe puntenaantal zag. Maar net toen Harry een poging wilde doen om het record te breken, hoorde hij Oleg zeggen: 'Waarom kijken jullie zo raar?'

Harry keek naar Rakel, die zich nog maar net goed kon houden.

'Dat komt doordat we elkaar zo aardig vinden,' zei Harry, en hij zag kans drie balkjes kwijt te raken door een lange smalle helemaal rechts te zetten. 'En van je record blijft straks geen spaan heel, verliezer.'

Oleg lachte en sloeg Harry op zijn schouder.

'Nietes. Jíj verliest.'

83 | *Harry's flat, 12 mei 2000*

Harry voelde zich geen verliezer toen hij kort voor middernacht zijn flat binnenstapte en het rode oog van het antwoordapparaat zag knipperen. Hij had Oleg naar bed gedragen en Rakel en hij hadden koffiegedronken. Zij had gezegd dat ze hem op een dag een lang verhaal zou vertellen. Als ze niet zo moe was. Harry had gezegd dat ze toe was aan vakantie, en daar was ze het mee eens geweest.

'We kunnen met z'n drieën gaan,' had hij gezegd. 'Als deze zaak is opgelost.'

Ze had hem over zijn hoofd geaaid.

'Je mag daar geen grapjes over maken, Hole.'

'Wie heeft het over grapjes?'

'Ik wil er nu niet over praten. Ga naar huis, Hole.'

Ze hadden in de gang nog wat gezoend en Harry proefde nog steeds haar smaak op zijn lippen.

Op kousenvoeten sloop hij de kamer in zonder het licht aan te doen en hij drukte op de PLAY-knop van het antwoordapparaat. De stem van Sindre Fauke vulde de duisternis: 'Met Fauke. Ik heb nagedacht. Als Daniël Gudeson meer dan een geest is, is er maar één iemand op de wereld die dat raadsel kan oplossen, en dat is de man die die bewuste nieuwjaarsnacht waarin Daniël kennelijk is beschoten, wacht met hem liep. Gudbrand Johansen. Je moet Gudbrand Johansen zien te vinden, Hole.'

Toen kwam het geluid van de hoorn die werd neergelegd en een piep. Toen Harry wachtte op de aansluitende klik, kwam er een tweede bericht: 'Met Halvorsen. Het is halftwaalf. Ik heb net een telefoontje gehad van een van de observanten. Ze hebben eindeloos staan wachten voor de woning van Mosken, maar hij kwam niet thuis. Toen hebben ze het nummer in Drammen geprobeerd, alleen om te kijken of hij opnam. Maar dat was niet het geval. Een van de jongens is naar Bjerke gereden, maar daar was alles dicht en het licht was uit. Toen heb ik gezegd dat ze maar geduld moesten hebben en heb ik op de politieradio gevraagd uit te kijken naar de auto van Mosken. Dat je het maar weet. Tot morgen.'

Nieuwe piep. Nieuw bericht. Een nieuw record op Harry's antwoordapparaat.

'Hier Halvorsen weer. Ik begin seniel te worden. Het ziet er namelijk naar uit dat we een beetje geluk hebben. Het archief van de SS in Keulen had geen persoonlijke gegevens van Gudeson en Johansen. Ze zeiden dat ik naar het archief van de Wehrmacht in

Berlijn moest bellen. Daar trof ik een echte brombeer die zei dat er maar heel weinig Noren in het gewone Duitse leger zijn geweest. Maar toen ik hem de zaak uitlegde, zei hij dat hij het toch wel na wilde kijken. Na een poosje belde hij terug en zei dat hij zoals verwacht niets had kunnen vinden over Daniël Gudeson. Maar hij had wel kopieën gevonden van papieren van ene Gudbrand Johansen, inderdaad een Noor. Daaruit bleek dat Johansen in 1944 werd overgeplaatst van de Waffen-SS naar de Wehrmacht. En er stond een stempel op de kopieën dat de originelen in de zomer van 1944 naar Oslo waren gestuurd. Dat kon volgens onze man in Berlijn alleen maar betekenen dat Johansen orders had gekregen om daarheen te gaan. Hij heeft ook correspondentie met een arts gevonden die Johansens ziekmelding heeft ondertekend. In Wenen.'

Harry ging op de enige stoel in de kamer zitten.

'De arts heet Christopher Brockhard, van het Rudolph II Hospital. Ik heb het bij de politie in Wenen gecontroleerd, en daar werd gezegd dat het ziekenhuis nog steeds volledig in bedrijf is. Ze hebben me zelfs de namen en telefoonnummers gegeven van twintig nog in leven zijnde personen die daar tijdens de oorlog hebben gewerkt.'

Die Teutonen kunnen wel archiveren, dacht Harry.

'Dus ben ik begonnen met bellen. Jezus, wat is mijn Duits slecht!'

Halvorsens lach schalde uit de luidspreker.

'Ik heb er acht moeten bellen voordat ik een verpleegster trof die zich Gudbrand Johansen kon herinneren. Het was een dame van vijfenzeventig jaar. Ze herinnerde zich hem nog goed, zei ze. Je krijgt morgen haar naam en adres. Ze heet trouwens Mayer. Helena Mayer.'

Een krakende stilte werd gevolgd door een piep en de klik van het apparaat dat stopte.

Harry droomde van Rakel, van haar gezicht dat zich verstopte in zijn hals, van haar sterke handen en van de vallende blokjes van het Tetris-spelletje. Maar het was de stem van Sindre Fauke die hem midden in de nacht wekte en hem in het donker naar de contouren van een man liet staren: 'Je moet Gudbrand Johansen vinden.'

84 | *Akershus-vesting, 13 mei 2000*

Het was halfdrie 's nachts en de oude man had zijn auto naast een klein pakhuis geparkeerd in een straat die Akershusstranda heette. De straat was vroeger een van de belangrijke verkeersaders van Oslo geweest, maar nadat de Fjellinje-tunnel was geopend, was de Akerhusstranda aan de ene kant afgesloten. Nu werd die alleen overdag gebruikt door mensen die in de haven werken. En door hoerenlopers die een rustig plekje voor hun 'geneugten' zochten. Tussen de weg en het water lagen namelijk alleen een paar pakhuizen en aan de andere kant was de westfaçade van de Akershus-vesting. Maar natuurlijk zou je, als je met een nachtkijker op Akers Brygge zou staan, hetzelfde kunnen zien als de oude man: de rug van een grijze overjas die elke keer omhoogschokte als de man zijn heupen naar voren stootte, en het gezicht van een zwaar opgemaakte en zeer dronken vrouw die zich tegen de westmuur van de vesting geleund onder het kanon liet nemen. Aan weerszijden van het parende stel stonden schijnwerpers die de bergwand en de muur boven hen verlichtten.

Kriegswehrmachtgefängnis Akershus. Het binnenste deel was 's avonds gesloten, en zelfs als het hem gelukt zou zijn om op de echte executieplaats te komen, was het risico van ontdekking nog te groot. Niemand wist precies hoevelen er tijdens de oorlog waren geëxecuteerd, maar er hing een gedenkplaat voor de gevallen Noorse verzetsmensen. De oude man wist dat het in ten minste één geval ging om een gewone misdadiger, ongeacht aan welke kant je stond. En daar hadden ze ook Quisling doodgeschoten en de anderen die tijdens het proces de doodstraf hadden gekregen. Quisling had in de kruittoren gezeten. De oude man had zich vaak afgevraagd of de titel van het boek over de executiemethodes van de laatste eeuw, die door de schrijver in detail waren beschreven, aan deze toren was ontleend. Was die beschrijving van de executie door een vuurpeloton eigenlijk de ware toedracht bij de executie van Vidkun Quisling op die oktoberdag in 1945? Toen hadden ze de verrader naar die plaats gebracht om zijn lichaam te laten doorboren met kogels. Hadden ze, zoals de schrijver het beschreef, een zak over zijn hoofd gedaan en een witte lap op het hart vastgemaakt als een soort schietschijf? Hadden ze vier commando's geroepen voordat de schoten vielen? En hadden de geoefende schutters zo slecht geschoten dat de arts met de stethoscoop had moeten zeggen dat de ter dood veroordeelde nogmaals geëxecuteerd moest worden, tot ze vijf keer geschoten hadden en de dood door bloedverlies uit de vele wonden intrad?

De oude man had de beschrijving uit een boek geknipt.

De man in de grijze overjas was klaar en liep door de bosjes naar zijn auto. De vrouw stond nog steeds bij de muur, ze had haar rok weer naar beneden getrokken en stak een sigaret op, die in het donker gloeide toen ze eraan trok. De oude man wachtte. Toen drukte ze de sigaret uit onder haar hak en liep terug over het bemodderde pad rond de vesting naar haar 'kantoor' in de straten rond de Norges Bank.

De oude man draaide zich om naar de achterbank, waar een geknevelde vrouw hem aanstaarde met dezelfde schrikogen die hij had gezien toen ze ontwaakte uit haar roes van di-ethylether. Hij kon haar mond zien bewegen achter de knevel.

'Wees niet bang, Signe,' zei hij. Hij boog zich naar haar toe en maakte iets vast op haar cape. Ze probeerde haar hoofd te buigen zodat ze kon zien wat het was, maar hij duwde het weer omhoog.

'Laten we een stukje gaan lopen,' zei hij. 'Zoals we vroeger deden.'

Hij stapte uit de auto, opende het achterportier, trok haar naar buiten en duwde haar voor zich uit. Ze struikelde en viel op haar knieën in het grind naast de weg. Hij greep het touw waarmee hij haar had vastgebonden en trok haar overeind. Hij zette haar precies voor een schijnwerper met het licht in haar gezicht.

'Blijf hier staan, ik ben de wijn vergeten,' zei hij. 'Rode Ribeiros, die herinner je je toch nog wel? Sta stil, want anders...'

Ze was verblind door het licht en hij moest het mes helemaal voor haar gezicht houden, zodat ze het kon zien. En ondanks het felle licht waren haar pupillen zo groot dat haar ogen bijna zwart leken. Hij liep terug naar de auto en keek rond. Niemand te zien. Hij luisterde en hoorde slechts het gelijkmatige geraas van de stad. Toen opende hij de kofferbak. Hij schoof de zwarte vuilniszak aan de kant en voelde dat het hondenlijk al stijf begon te worden. Het staal van het Märklin-geweer glinsterde mat. Hij pakte het eruit en ging voorin zitten. Hij draaide het raampje half open en legde het wapen aan. Toen hij opkeek kon hij haar gigantische schaduw tegen de geelbruine muur uit de zestiende eeuw zien dansen. De schaduw moest vanaf Nesodden te zien zijn. Prachtig.

Hij startte de auto met zijn rechterhand en gaf gas. Hij keek voor de laatste keer om zich heen voordat hij door het vizier keek. De afstand bedroeg nauwelijks vijftig meter en haar cape vulde het hele kruis van het vizier. Hij mikte iets meer naar rechts en het zwarte kruis vond wat het zocht: het witte papier. Toen hield hij zijn adem in en kromde zijn vinger rond de trekker.

'Hartelijk welkom,' fluisterde hij.

DEEL 8
DE OPENBARING

85 | *Wenen, 14 mei 2000*

Harry gunde zichzelf drie seconden van genot om alleen maar het koele leer van de Tyrolean Air-stoel tegen zijn nek en onderarmen te voelen. Toen begon hij weer na te denken.

Onder hen lag het landschap als een groen-gele lappendeken, met de Donau als een bruine etterende wond glinsterend in de zon. De stewardess had zojuist gemeld dat ze de landing op Schwechat hadden ingezet en Harry bereidde zich voor.

Hij hield er sowieso al niet van om te vliegen, maar de laatste jaren was hij echt bang geworden. Ellen had hem een keer gevraagd waarvoor hij bang was. 'Om neer te storten en dood te gaan, waarvoor anders, verdomme?' had hij geantwoord. Zij had gezegd dat de kans om met een vliegtuig om te komen één op de dertig miljoen was. Hij had haar bedankt voor deze informatie en gezegd dat hij nu niet bang meer was.

Harry ademde in en uit terwijl hij probeerde niet te luisteren naar de wisselende geluiden van de motor. Waarom werd de doodsangst met de jaren erger? Zou het omgekeerde niet het geval moeten zijn? Signe Juul was negenenzeventig jaar geworden en was waarschijnlijk panisch van angst geweest. Een van de bewakers van de Akershus-vesting had haar gevonden. Ze hadden een telefoontje gekregen van een slapeloze miljonair uit Aker Brygge. Hij had gemeld dat een van de schijnwerpers aan de zuidmuur kapot was en de dienstdoende wacht had er een van zijn jonge collega's naartoe gestuurd. Harry had hem twee uur later verhoord en hij vertelde dat hij toen hij naderbij was gekomen het ontzielde lichaam van een vrouw over een schijnwerper had zien liggen; het schermde het licht af. Hij had eerst gedacht dat het een junkie was, maar toen hij beter keek en haar grijze haar en ouderwetse kleren zag, had hij begrepen dat het een oudere vrouw was. Zijn volgende gedachte was dat ze onwel was geworden, maar toen ontdekte hij dat haar handen geboeid op haar rug zaten. Naderhand had hij het gapende gat in de cape gezien.

'Ik kon het vernielde ruggenmerg zien,' vertelde hij Harry. 'Ik kon het verdomme zíén.'

Toen had hij verteld dat hij steunend met één hand tegen de muur had overgegeven, en dat hij pas later, toen de politie was gekomen en de vrouw had weggehaald en er weer licht op de muur was gevallen, begrepen had wat dat kleverige spul was dat hij op zijn hand had. Hij had Harry de hand laten zien, alsof het belangrijk was.

De Technische Recherche was gekomen en Weber was naar Harry toe gelopen terwijl hij Signe Juul met slaapdronken ogen had opgenomen en had gezegd dat God hier geen rechter was, maar die kerel van een verdieping lager.

De enige getuige was een bewaker die een pakhuis gecontroleerd had. Hij was om kwart voor drie een auto tegengekomen die in oostelijke richting over Akershusstranda gereden was. Maar hij had hem met het grote licht verblind en daardoor had hij noch het automerk, noch de kleur kunnen zien.

Het leek of de piloot gas gaf. Harry stelde zich voor dat ze probeerden hoogte te winnen omdat de piloot zojuist de Alpen recht voor de cockpit had zien opdoemen. Toen leek het of Tyrolean Air alle lucht onder de vleugels kwijt was, en Harry voelde zijn maag onder zijn oren zitten. Hij kreunde onwillekeurig toen die het volgende ogenblik weer als een gummibal omlaagschoot. De piloot meldde via de luidsprekers iets in het Duits en Engels over turbulentie.

Aune had er ooit op gewezen dat iemand die niet in staat was om angst te voelen vermoedelijk geen dag zou overleven. Harry klemde zich vast aan de armleuning en probeerde troost te putten uit die gedachte.

Het was overigens Aune geweest die Harry er indirect toe had verleid om het eerste vliegtuig naar Wenen te nemen. Toen hij alle feiten op een rijtje had, had hij direct gezegd dat de factor tijd van beslissende betekenis was.

'Als het om een seriemoordenaar gaat, is hij de controle aan het verliezen,' had Aune gemeend. 'Niet zoals de klassieke seriemoordenaar met seksuele motieven die bevrediging zoekt en die elke keer teleurgesteld is en de frequentie uit pure frustratie opvoert. Deze moordenaar is overduidelijk niet seksueel gemotiveerd. Hij heeft het een of andere zieke plan dat uitgevoerd moet worden. Tot nu toe is hij voorzichtig geweest en heeft hij rationeel gehandeld. Dat de moorden zo kort op elkaar volgen en het feit dat hij grote risico's neemt om de symboliek van zijn handelingen te benadrukken, zoals met die terechtstelling bij de Akershus-vesting, duidt erop dat hij zich ofwel onoverwinnelijk voelt, ofwel dat hij de controle aan het verliezen is, of misschien wel psychotisch wordt.'

'Of dat hij nog steeds de volledige controle heeft,' had Halvorsen gezegd. 'Hij heeft geen fouten gemaakt. We hebben nog steeds geen sporen gevonden.'

En daar had Halvorsen verdomd gelijk in. Geen sporen.

Mosken had alles kunnen uitleggen. Hij had de telefoon opgenomen in Drammen toen Halvorsen daar 's morgens heen belde toen hij in Oslo nergens te zien was. Ze konden uiteraard niet weten of het klopte wat hij zei: dat hij om halfelf naar Drammen was gereden nadat Bjerke was dichtgegaan en dat hij er om halftwaalf was. Of dat hij daar om halfvier 's nachts was aangekomen en dus in staat was geweest om Signe Juul dood te schieten.

Harry had Halvorsen verzocht de buren van Mosken te bellen om te vragen of zij gezien of gehoord hadden wanneer Mosken thuiskwam, maar hij verwachtte daar niet veel van. En hij had Møller gevraagd om bij de officier van justitie een verzoek in te dienen voor een huiszoekingsbevel voor beide woningen van Mosken. Harry wist dat hun argumenten hiervoor vaag waren en de officier had natuurlijk geantwoord dat hij in elk geval iets van een bewijs nodig had voordat hij groen licht kon geven.

Geen sporen. Het was om gek van te worden.

Harry sloot zijn ogen. Even Juuls gezicht had hij nog steeds op zijn netvlies. Grauw, gesloten. Hij had in elkaar gedoken in een leunstoel in de Irisvei gezeten met de hondenhalsband in zijn hand.

Toen raakten de wielen het asfalt en Harry constateerde dat hij weer tot de dertig miljoen gelukkigen behoorde.

De politieman die de commissaris van Wenen zo bereidwillig aan Harry had toegewezen als chauffeur, gids en tolk, stond in de aankomsthal te wachten in een donker kostuum. Hij droeg een zonnebril, had een stierennek en had een A4'tje in zijn hand waarop met zwarte stift MR. HOLE was geschreven.

De stierennek stelde zich voor als Fritz (iemand moet toch zo heten, dacht Harry) en begeleidde hem naar een marineblauwe BMW, die kort daarna over de autosnelweg richting centrum zoefde, langs fabriekspijpen die witte rook uitbraakten en voorbeeldige automobilisten die rechts gingen rijden als Fritz gas gaf.

'Je logeert in het spionnenhotel,' zei Fritz.

'Het spionnenhotel?'

'Het oude, eerbiedwaardige Imperial. Daar overnachtten tijdens de Koude Oorlog zowel de Russische als de westerse spionnen. Je chef heeft kennelijk geld genoeg.'

Ze kwamen bij de Kärntner Ring en Fritz wees naar voren.

'Daar rechts zie je de toren van de Stephansdom boven de daken van de huizen,' zei hij. 'Mooi, hè? Hier is het hotel. Ik wacht hier terwijl je incheckt.'

De receptionist in het Imperial glimlachte toen Harry met grote ogen rondkeek.

'We hebben het voor veertig miljoen opgeknapt om het weer in dezelfde staat te krijgen als voor de oorlog. Het is bijna volledig verwoest tijdens een bombardement in 1944 en was tot een paar jaar geleden tamelijk vervallen.'

Toen Harry op de tweede etage uit de lift stapte, had hij het gevoel in een zompig moeras te lopen, zo dik en zacht was het tapijt. De kamer was niet bijzonder groot, maar er stond een breed hemelbed, dat eruitzag of het minstens honderd jaar oud was. Toen hij het raam opende, rook hij de geuren van de konditorei aan de overkant.

'Helena Mayer woont in de Lazarettegasse,' lichtte Fritz Harry in toen hij weer in de auto was gestapt. Hij toeterde naar een auto die van rijbaan verwisselde zonder richting aan te geven.

'Ze is weduwe en heeft twee volwassen kinderen. Ze heeft na de oorlog tot haar pensioen als lerares gewerkt.'

'Heb je al met haar gesproken?'

'Nee, maar ik heb haar dossier gelezen.'

De woning in de Lazarettegasse lag in een wijk die vroeger waarschijnlijk chic was geweest. Maar nu bladderde de verf in het trappenhuis van de muren en de echo van hun voetstappen vermengde zich met het geluid van druppelend water.

Helena Mayer stond glimlachend bij de voordeur op de derde etage. Ze had levendige bruine ogen en verontschuldigde zich voor al die trappen.

Haar appartement stond tamelijk vol met meubels en snuisterijen.

'Gaan jullie toch zitten,' zei ze. 'Ik spreek zelf Duits, maar u kunt gerust Engels tegen me spreken; dat versta ik wel,' zei ze tegen Harry.

Ze haalde een dienblad met koffie. '*Strudel*,' legde ze uit, en ze wees naar de taartschaal.

'Heerlijk,' zei Fritz. Hij nam een stuk.

'Dus u hebt Gudbrand Johansen gekend?' vroeg Harry.

'Jazeker. Dat wil zeggen, we noemden hem Urias. Daar stond hij op. We dachten eerst dat hij in de war was door zijn verwondingen.'

'Wat voor verwondingen?'

'Hoofdletsel. En zijn been natuurlijk. Dokter Brockhard moest het bijna amputeren.'

'Maar hij knapte weer op en kreeg in de zomer van 1944 het bevel naar Oslo te gaan, of niet?'

'Ja, het was de bedoeling dat hij daarheen zou gaan.'

'Wat bedoelt u met "de bedoeling"?'

'Hij is verdwenen. En is in elk geval niet in Oslo opgedoken, of wel?'

'Niet voorzover wij weten. Kunt u me vertellen hoe goed u Gudbrand Johansen hebt gekend?'

'Goed. Hij was extravert en een uitstekend verteller. Ik geloof dat alle zusters verliefd op hem waren.'

'U ook?'

Ze schaterlachte. 'Ik ook. Maar hij wilde me niet hebben.'

'O nee?'

'O, ik was best knap, zal ik u zeggen; daar lag het niet aan. Maar hij wilde immers een ander hebben.'

'O, ja?'

'Ja, zij heette ook Helena.'

'Welke Helena was dat?'

De oude vrouw fronste haar voorhoofd.

'Helena Lang, geloof ik. Dat ze zo van elkaar hielden was de reden van die tragedie.'

'Welke tragedie?'

Ze keek verbaasd van Harry naar Fritz en weer terug naar Harry.

'Zijn jullie daarom niet hier?' zei ze. 'Vanwege die moord?'

86 | *Slottspark, 14 mei 2000*

Het was zondag. De mensen liepen langzamer dan anders en de oude man kon hen op weg door het park bijhouden. Bij het wachthokje bleef hij staan. De bomen hadden de lichtgroene kleur gekregen die hij zo mooi vond. Allemaal, behalve eentje. De hoge eik in het midden van het park zou nooit groener worden dan hij nu was. Je kon nu al het verschil zien. Nadat de boom uit zijn winterslaap was ontwaakt, was ook de sapstroom weer op gang gekomen en had het gif zich door vaatbundels verspreid. Nu was het bij het blad aangekomen en had het een hypergroei veroorzaakt die er in de loop van zo'n twee weken voor zou zorgen dat de bladeren verschrompelden, bruin werden en afvielen. Ten slotte zou de boom doodgaan.

Maar ze hadden dat nog niet begrepen. Ze begrepen waarschijnlijk niets. Bernt Brandhaug had geen deel uitgemaakt van zijn oorspronkelijke plan, en de oude man kon zich voorstellen dat de politie in de war was geraakt van die aanslag. Brandhaugs uitspraken in *Dagbladet* behoorden gewoon tot die merkwaardige toevalligheden, en hij had hardop gelachen toen hij ze las. Heregod, hij was het zelfs met hem eens geweest. De verliezers moeten hangen, dat was de wet van de oorlog.

Maar hoe zat het met al die andere sporen die hij hun had gegeven? Zelfs die terechtstelling bij de Akershus-vesting had hen niet op het spoor gezet van het grote verraad. Misschien ging er bij hen de volgende keer dat het kanon op de wal werd afgevuurd een lampje branden.

Hij keek rond op zoek naar een bank. De pijn kwam nu steeds vaker. Hij hoefde niet naar Buer te gaan om te weten dat de ziekte zich nu door zijn hele lichaam verspreid had, dat voelde hij zelf wel. Het was nu bijna zover.

Hij leunde tegen een boom. De koningsberk. De regering en de koning waren naar Engeland gevlucht. *Duitse bommenwerpers boven ons.* Het was het gedicht van Nordahl Grieg dat hem misselijk maakte. Daarin werd het verraad van de koning voorgesteld als een eervol terugtrekken, alsof het een morele handeling was het volk in nood te verlaten. En veilig in Londen was de koning slechts een van die vorsten in ballingschap geweest die ontroerende toespraken hadden gehouden tijdens representatieve dineetjes voor sympathiserende dames uit de elite. En ondertussen klampten ze zich vast aan de hoop dat hun koninkrijkje hen op een dag terug wilde hebben. En toen alles voorbij was, volgde de ontvangst aan de kade van de boot met de kroonprins, en alle toegestroomde mensen schreeuwden zich schor om de schaamte te overstemmen, zowel die van henzelf als die van de koning. De oude man kneep zijn ogen dicht tegen de zon.

Commandogeroep, laarzen en AG3-geweren kraakten in het grind. Afmelden. Wisseling van de wacht.

'Dus jullie wisten het niet?' zei Helena Mayer.

Ze schudden hun hoofd, en Fritz was al aan de telefoon bezig het een en ander in gang te zetten om te zoeken naar verouderde en verjaarde Geweldsdelicten.

'We vinden het vast,' fluisterde hij. Harry twijfelde daar niet aan.

'Dus de politie was ervan overtuigd dat Gudbrand Johansen zijn eigen arts vermoordde?' vroeg Harry de oude dame.

'Jazeker. Christopher Brockhard woonde alleen in een van de flats op het ziekenhuisterrein. De politie zei dat Johansen het glas van de voordeur had ingeslagen en hem terwijl hij lag te slapen in zijn eigen bed vermoord had.'

'Hoe...'

Mevrouw Mayer ging met een dramatisch gebaar met haar vinger langs haar keel.

'Ik heb het later zelf gezien,' zei ze. 'Je zou bijna denken dat de dokter het zelf had gedaan, zo keurig was er gesneden.'

'Hmm. En waarom was de politie ervan overtuigd dat Johansen de dader was?'

Ze lachte.

'Nou, dat zal ik u vertellen. Omdat Johansen aan de wacht had gevraagd in welke flat Brockhard woonde, en de wachtpost had zelf gezien dat hij buiten parkeerde en de hoofdingang in liep. Daarna was hij naar buiten komen rennen, had de auto gestart en was plankgas richting Wenen gereden. En de volgende dag was hij weg. Niemand wist waarheen. Ze wisten alleen dat hij het bevel had gekregen over drie dagen in Oslo te zijn. De Noorse politie wachtte op hem, maar hij kwam niet.'

'Kunt u zich herinneren of de politie behalve de getuigenis van de wachtpost nog andere bewijzen vond?'

'Of ik me dat kan herinneren? We hebben jaren over die moord gesproken! Het bloed op de voordeur stemde overeen met zijn bloedgroep. En de politie vond dezelfde vingerafdrukken op de slaapkamer van Brockhard, het nachtkastje en op het bed van Urias in het ziekenhuis. Bovendien hadden ze het motief...'

'O ja?'

'Ja, ze hielden van elkaar, Gudbrand en Helena. Maar Christopher zou haar krijgen.'

'Waren ze verloofd?'

'Nee, nee. Maar Christopher was gek op Helena, dat wisten we allemaal. Helena kwam uit een rijke familie, die aan lagerwal was geraakt omdat haar vader in de gevangenis was beland, en een huwelijk binnen de Brockhard-familie was een mogelijkheid voor haar moeder en haarzelf om weer vaste grond onder de voeten te krijgen. En je weet hoe het dan gaat: een jonge vrouw heeft zekere verplichtingen tegenover haar familie. In elk geval had zij die destijds.'

'Weet u waar Helena Lang tegenwoordig woont?'

'Beste man, je hebt de strudel niets eens aangeraakt,' onderbrak de weduwe hem.

Harry nam een grote hap, kauwde en knikte opgewekt naar mevrouw Mayer.

'Nee,' zei ze. 'Dat weet ik niet. Toen bekend werd dat ze bij Johansen was tijdens de moordnacht, is er een onderzoek naar haar ingesteld, maar ze hebben niets gevonden. Ze heeft ontslag genomen uit het Rudolph II Hospital en is verhuisd naar Wenen. Ze is begonnen met haar eigen naaiatelier – ja, ze was een sterke en ondernemende vrouw. Ik zag haar af en toe op straat. Ze had altijd haast. Maar halverwege de jaren vijftig verkocht ze de zaak, en daarna heb ik niets meer van haar gehoord. Sommigen zeiden dat ze naar het buitenland was vertrokken. Ik weet wie u dat kunt vragen: Beatrice Hoffmann, ze was huishoudster bij de familie Lang. Na de moord kon de familie haar niet langer betalen en heeft ze een tijd in het Rudolph II Hospital gewerkt.'

Fritz was alweer bij de telefoon.

Er vloog een vertwijfelde vlieg tegen het raam. Hij volgde alleen maar zijn eigen microscopische verstand en tikte voortdurend tegen de ruit zonder iets te begrijpen. Harry stond op.

'De strudel...'

'Een volgende keer graag, mevrouw Mayer. We hebben nu haast.'

'Hoezo dat?' zei ze. 'Dit is meer dan een halve eeuw geleden gebeurd. Het loopt nu niet meer weg.'
'Nou…' zei Harry, terwijl hij de zwarte vlieg in de zon onder de witte vitrage bestudeerde.

Fritz kreeg telefoon terwijl ze op weg waren naar het politiebureau en maakte een zeer onreglementaire draai, zodat automobilisten achter hen woest op hun claxon drukten.
'Beatrice Hoffmann leeft nog,' zei hij, en hij gaf gas op het kruispunt. 'Ze zit in een bejaardentehuis in de Mauerbachstrasse. Dat ligt in het Wienerwald.'
De BMW-turbo reed als een zonnetje. De grote stadswoningen maakten plaats voor vakwerkhuizen en boerderijen met wijngaarden, en ten slotte kwamen de groene loofbossen. Terwijl ze door lanen met beuken en kastanjes zoefden, speelde de namiddagzon door de bladeren en schiep een sprookjesachtige sfeer.
Een bejaardenverzorgster leidde hen door de grote tuin.
Beatrice Hoffmann zat op een bankje onder een knoestige en enorme eik, met een strohoed op haar kleine, rimpelige hoofd. Fritz sprak in het Duits tegen haar en vertelde waarom ze hier waren. De oude vrouw knikte en glimlachte.
'Ik ben nu negentig,' zei ze met bevende stem. 'En nog steeds krijg ik tranen in mijn ogen als ik aan Fräulein Helena denk.'
'Leeft ze nog?' vroeg Harry in zijn schoolduits. 'Weet u waar ze is?'
'Wat zegt hij?' vroeg ze met haar hand achter een oorschelp, en Fritz legde het uit.
'Ja,' zei ze. 'Ja, ik weet waar Helena is. Ze zit daar boven.'
Ze wees naar de boomkruin.
Dat was het dan, dacht Harry. Seniel. Maar de oude vrouw was nog niet uitgesproken: 'Bij de heilige Petrus. Goede katholieken waren het, de Langs, maar Helena was de engel in de familie. Zoals ik al zei: ik moet altijd huilen als ik eraan denk.'
'Herinnert u zich Gudbrand Johansen?' vroeg Harry.
'Urias,' zei Beatrice. 'Ik heb hem maar één keer ontmoet. Een knappe, charmante man, maar helaas was hij ziek Wie kon den-

ken dat zo'n aardige, beleefde jongen in staat zou zijn tot moord? Hun gevoelens waren te heftig voor hen, ja, ook voor Helena. Ze is nooit over hem heen gekomen, de arme stakker. De politie heeft hem nooit gevonden, en hoewel Helena nooit ergens van beschuldigd is, heeft André Brockhard het ziekenhuisbestuur toch zover gekregen dat ze ontslagen werd. Ze verhuisde naar de stad en deed vrijwilligerswerk voor de aartsbisschop, totdat de financiële nood van de familie haar noodzaakte om betaald werk te gaan zoeken. Toen is ze een naaiatelier begonnen. In de loop van twee jaar had ze veertien vrouwen aangesteld die fulltime voor haar naaiden. Haar vader was vrijgelaten, maar kon geen baan vinden door het schandaal met de Joodse bankiers. Mevrouw Lang kon de teloorgang van haar familie het slechtst verdragen. Ze stierf in 1953 na een langdurige ziekte, en meneer Lang kwam om tijdens een auto-ongeluk in de herfst van hetzelfde jaar. Helena verkocht het naaiatelier in 1955 en zonder iemand iets uit te leggen verliet ze het land. Ik herinner me de dag nog: 15 mei, de bevrijdingsdag van Oostenrijk.'

Fritz zag de verbaasde uitdrukking op Harry's gezicht en legde uit: 'Oostenrijk is een beetje een speciaal geval. Hier wordt niet de capitulatie van Hitler gevierd, maar de dag dat de geallieerden uit het land vertrokken.'

Beatrice vertelde hoe ze het bericht van haar dood had ontvangen: 'We hadden meer dan twintig jaar niets van haar gehoord, tot ik een brief kreeg met het poststempel Parijs. Ze was daar met haar man en dochter met vakantie. Het was een soort laatste reis, begreep ik. Ze vertelde niet waar ze woonde, met wie ze getrouwd was en welke ziekte ze had. Alleen maar dat ze niet lang meer te leven had. Ze vroeg me een kaarsje voor haar te branden in de Stephansdom. Ze was een bijzondere vrouw, Helena. Ze was zeven jaar toen ze bij me in de keuken kwam, me aankeek met haar ernstige ogen en zei dat de mens door God geschapen is om lief te hebben.'

Er biggelde een traan over een oude, gerimpelde wang.

'Ik vergeet het nooit. Zeven jaar! Ik geloof dat ze toen besloot hoe ze de rest van haar leven wilde leven. En hoewel het zeker niet zo geworden is als ze gehoopt had en de beproevingen groot waren, ben ik ervan overtuigd dat ze er haar hele leven rotsvast van overtuigd is geweest dat de mens door God geschapen is om lief te hebben. Zo was ze gewoon.'

'Hebt u de brief nog?' vroeg Harry.

Ze droogde haar tranen en knikte.

'Ik heb hem op mijn kamer. Maar laat me hier nog even zitten met mijn herinneringen. Straks kunnen we er wel heen gaan. Het wordt trouwens de eerste warme nacht van het jaar.'

Ze zaten zwijgend bij elkaar en luisterden naar het geruis in de dennenbomen en naar de vogeltjes die zongen voor de zon die bezig was achter de Sophienalpe te verdwijnen, terwijl ze allemaal aan hun doden dachten. Insecten sprongen en dansten in het laatste zonlicht. Harry dacht aan Ellen. Hij had een vogel gezien, en hij zou zweren dat het een vliegenvanger was, waarvan hij een plaatje in een vogelboek had gezien.

'Laten we gaan,' zei Beatrice.

Haar kamer was klein en eenvoudig, maar licht en prettig. Er stond een bed langs de muur, waaraan een heleboel grote en kleine foto's hingen. Beatrice rommelde in een la tussen papieren.

'Ik heb een systeem, dus ik vind hem wel,' zei ze.

Natuurlijk, dacht Harry.

Op dat moment viel zijn oog op een foto in een zilveren lijstje.

'Hier is de brief,' zei Beatrice.

Harry antwoordde niet. Hij staarde naar de foto en reageerde niet voordat hij haar stem vlak achter zich hoorde.

'Die foto is genomen toen Helena in het ziekenhuis werkte. Ze was knap, hè?'

'Jazeker,' zei Harry. 'Ze komt me merkwaardig bekend voor.'

'Dat is niet zo vreemd,' zei Beatrice. 'Ze schilderen haar al bijna tweeduizend jaar op iconen.'

Het wérd een warme nacht. Harry wierp zich in het hemelbed van de ene zij op de andere, gooide het dekbed op de grond en trok de lakens los terwijl hij probeerde te stoppen met denken en te slapen. Hij dacht een ogenblik aan de minibar, maar bedacht vervolgens dat hij de sleutel daarvan van de sleutelhanger had gehaald en op de balie bij de receptie had gelegd. Hij hoorde stemmen buiten op de gang, hoorde dat er iemand aan zijn deur rammelde en schoot overeind in bed, maar er kwam niemand binnen. Toen waren de stemmen bij hem. Hun adem voelde heet aan op zijn huid en hij hoorde stof scheuren, maar toen hij zijn ogen opende, zag hij het licht en begreep dat het de bliksem was.

Weer een donderklap. Het klonk als explosies in de verte die eerst ergens uit de ene wijk in de stad kwamen en toen weer uit een ander deel. Vervolgens sliep hij weer in en kuste haar. Hij trok haar witte nachtjapon uit en haar huid was blank, koud. Ze had kippenvel van angst en hij hield haar lang vast tot ze weer warm werd en in zijn armen weer tot leven kwam, als een bloem die het hele voorjaar gefilmd wordt en waarvan de film nu in een waanzinnig tempo wordt afgedraaid.

Hij ging door met haar te kussen, in haar nek, aan de binnenkant van haar armen, op haar buik. Niet eisend, niet eens plagerig, maar half troostend en half slaperig, alsof hij elk moment kon verdwijnen. En toen ze aarzelend meeging omdat ze geloofde dat het veilig was op de plek waarheen hij haar leidde, tot ze bij een landschap kwamen dat hij ook niet kende en toen hij zich omdraaide, was het te laat en wierp ze zich in zijn armen, terwijl ze hem vervloekte en bedreigde en hem met haar sterke handen tot bloedens toe krabde.

Hij werd wakker van zijn eigen hijgende ademhaling en moest zich in bed omdraaien om er zeker van te zijn dat hij nog steeds alleen was. Daarna vermengde alles zich in een maalstroom van donder, slaap en dromen. Hij werd midden in de nacht wakker van de regen die tegen de ruit roffelde. Hij liep naar het raam en staarde naar de straten, waar het water in de goten stroomde en een heerloze hoed met zich meetrok.

Toen Harry door de telefonische wekdienst gewekt werd, was het buiten licht en waren de straten droog.

Hij keek op de wekker op het nachtkastje. Het duurde nog twee uur voor het vliegtuig naar Oslo vertrok.

Ståle Aune had een geelgeverfd kantoor. Tegen de wanden stonden boekenkasten propvol vakliteratuur en tekeningen van Aukrust.

'Ga zitten, Harry,' zei dokter Aune. 'Stoel of divan?'

Dat was zijn standaardopeningszin, en Harry trok zijn linkermondhoek omhoog voor een standaardlach in de trant van 'goede grap, maar die kennen we al'. Toen Harry vanaf het vliegveld Gardermoen had gebeld, had Aune geantwoord dat hij gerust kon komen, maar dat hij weinig tijd had omdat hij naar een congres in Hamar moest waar hij de openingsrede moest houden.

'De titel luidt: "Problemen bij diagnostisch onderzoek bij alcoholisten,"' zei Aune. 'Je zult niet met name genoemd worden.'

'Ben je daarom zo keurig gekleed?' vroeg Harry.

'Kleding heeft een sterke signaalfunctie,' zei Aune, en hij streek met een hand over zijn revers. 'Tweed staat voor mannelijkheid en zelfverzekerdheid.'

'En een vlinderstrikje?' vroeg Harry terwijl hij een notitieboekje en een pen tevoorschijn haalde.

'Intellectuele speelsheid en arrogantie. Serieus en een beetje zelfspot. Meer dan genoeg om een tweederangs collega te imponeren, zou ik denken.'

Aune leunde tevreden achterover en vouwde zijn handen rond zijn bolle buik.

'Kun je me iets meer vertellen over een gespleten persoonlijkheid?' vroeg Harry. 'Of schizofrenie?'

Aune kreunde: 'In vijf minuten?'

'Geef me dan een korte samenvatting.'

'Ten eerste: je noemt gespleten persoonlijkheid en schizofrenie in één adem, en het is een groot misverstand dat die twee dingen hetzelfde zouden zijn. Schizofrenie is een term die gebruikt wordt voor een grote groep zeer verschillende persoonlijkheidsstoornissen en heeft helemaal niets met een gespleten persoonlijkheid te maken. Weliswaar komt *schizo* uit het Grieks en betekent het "gespleten", maar wat Eugen Bleuler bedoelde was dat de psychologische functies in de hersenen van een schizofreen opgesplitst zijn. En als...'

Harry wees naar de klok.

'Precies,' zei Aune. 'De gespleten persoonlijkheid waar jij het over hebt wordt in het Amerikaans MPD genoemd. Bij een meervoudige-persoonlijkheidsstoornis is er sprake van twee of meer persoonlijkheden bij één individu en zijn die om beurten dominant. Zoals bij Dr. Jekyll en Mr. Hyde.'

'Dus het bestaat?'

'Jazeker. Maar het komt veel minder voor dan menige Hollywood-film ons wil laten geloven. In de loop van mijn twintigjarige loopbaan als psycholoog heb ik nog nooit het genoegen gehad om een geval van MPD te kunnen observeren. Maar ik weet er wel het een en ander van.'

'Zoals?'

'Bijvoorbeeld dat deze stoornis bijna altijd samengaat met geheugenverlies. Dat betekent dat een van de persoonlijkheden bij een MPD-patiënt wakker kan worden met een kater zonder te weten dat er een andere persoonlijkheid bestaat die een alcoholist is. Ja, de ene persoonlijkheid kan zelfs een alcoholist zijn en de andere geheelonthouder.'

'Toch niet letterlijk?'

'Jawel.'

'Maar alcoholisme is ook een fysieke afhankelijkheid.'

'Ja, en juist die dingen maken MPD zo fascinerend. Ik heb een stuk gelezen over een MPD-patiënt bij wie de ene persoonlijkheid een kettingroker was, terwijl de andere nooit een sigaret aanraakte. En als je de bloeddruk opnam van de rokende persoonlijkheid, lag die twintig procent hoger. En vrouwen met MPD melden dat ze diverse keren per maand menstrueren omdat elke persoonlijkheid een eigen cyclus heeft.'

'Dus deze mensen kunnen van fysieke gesteldheid wisselen?'

'Tot op zekere hoogte, ja. Het verhaal over Dr. Jekyll en Mr. Hyde is eigenlijk niet zo ver bezijden de waarheid als je zou denken. In een beroemd geval, beschreven door dokter Osherson, is de ene persoonlijkheid heteroseksueel en de andere homoseksueel.'

‘Kunnen de persoonlijkheden verschillende stemmen hebben?’

‘Ja, wisseling van stem is zelfs een van de eenvoudigste manieren waarop je de wisseling in persoonlijkheden kunt observeren.’

‘Zo verschillend dat zelfs iemand die de ene persoon erg goed kent de andere stem niet zal herkennen? Aan de telefoon, bijvoorbeeld?’

‘Als de betreffende persoon niet op de hoogte is van de andere persoonlijkheid, dan kan dat. Als je de MPD-patiënt slechts oppervlakkig kent, kunnen de mimiek en lichaamstaal zo veranderen dat je als je met elkaar in dezelfde ruimte zit die persoon niet herkent.’

‘Zou het denkbaar zijn dat een persoon met MPD kans ziet zijn aandoening voor zijn naasten geheim te houden?’

‘Dat zou kunnen, ja. De frequentie waarmee de ene of de andere persoonlijkheid opduikt kan sterk variëren en je kunt de wisseling ook tot op zekere hoogte sturen.’

‘Maar dan moeten de persoonlijkheden wel van elkaars bestaan weten?’

‘Ja, dat is ook niet ongebruikelijk. En net zoals in het verhaal van Dr. Jekyll en Mr. Hyde kan er een bittere strijd ontstaan tussen de persoonlijkheden omdat ze niet hetzelfde doel nastreven, verschillende opvattingen over moraal hebben, verschillende personen om hen heen kunnen verdragen enzovoort.’

‘Hoe zit het met het handschrift, kunnen ze dat ook verdraaien?’

‘Het gaat hier niet om verdraaien, Harry. Jij bent ook niet altijd dezelfde. Als je thuiskomt van je werk, voltrekken zich ongemerkt een heleboel veranderingen bij je: in stemgebruik en lichaamstaal bijvoorbeeld. En het is opvallend dat je over handschriften begint, want ik heb hier een boek met een afbeelding van een brief die geschreven is door een MPD-patiënt met zeventien totaal verschillende en consistente handschriften. Ik zal kijken of ik het kan vinden als ik meer tijd heb.’

Harry noteerde een paar trefwoorden.

'Verschillende menstruaties, verschillende handschriften – dat is toch volkomen krankzinnig!' mompelde hij.

'Jouw woorden, Harry. Ik hoop dat ik je heb kunnen helpen, maar nu moet ik opschieten.'

Aune bestelde een taxi en ze gingen samen naar buiten. Toen ze buiten stonden, vroeg Aune of Harry plannen had voor 17 mei, de nationale feestdag.

'Mijn vrouw en ik nodigen een paar vrienden uit voor het ontbijt. Je bent van harte welkom.'

'Aardig van je, maar de neonazi's zijn van plan de moslims te pakken te nemen omdat ze op de 17e het Suikerfeest vieren. En ik moet de bewaking van de moskee in Grønland regelen,' zei Harry, die blij en verlegen tegelijk werd door deze verrassende uitnodiging. 'Ze vragen altijd alleenstaanden voor dergelijke klussen op feestdagen, begrijp je?'

'Kun je niet even langskomen? De meeste gasten hebben later op de dag andere verplichtingen.'

'Bedankt. Ik zal kijken, ik bel je nog wel. Wat voor vrienden heb jij eigenlijk?'

Aune voelde of zijn vlinderstrikje goed zat.

'Ik ken alleen maar lui zoals jij,' zei hij. 'Maar mijn vrouw kent een paar geschikte mensen.'

Op dat moment kwam de taxi aangereden. Harry hield het portier open terwijl Aune instapte, maar voordat hij het dichtgooide bedacht hij nog iets: 'Wat is eigenlijk de oorzaak van MPD?'

Aune boog zich voorover en keek naar Harry op.

'Waar gaat dit eigenlijk over, Harry?'

'Ik weet het niet zeker. Maar het kan belangrijk zijn.'

'Goed. Vaak zijn mensen met MPD in hun jeugd misbruikt. Maar het kan ook komen door een zeer traumatische ervaring in hun latere leven. Je creëert een andere persoon om te vluchten voor de problemen.'

'Om wat voor soort ervaringen gaat het als we aan een volwassen man denken?'

'Gebruik je fantasie. Hij kan een natuurramp hebben meegemaakt, iemand verloren hebben van wie hij hield, of hij is slacht-

offer geweest van geweld, of heeft langere tijd in angst geleefd.'
'Zoals een soldaat tijdens de oorlog?'
'Oorlog kan zonder twijfel een oorzaak zijn.'
'Of een guerrilla.'
Dat laatste zei Harry tegen zichzelf, want de taxi met Aune reed al de Theresegate uit.

'Scotsman,' zei Halvorsen.
'Je gaat 17 mei vieren in een pub die Scotsman heet?' zei Harry met een grijns en hij zette zijn tas achter de kapstok.
Halvorsen haalde zijn schouders op: 'Heb jij een beter idee?'
'Als het een pub moet zijn, zoek dan tenminste iets uit met meer stijl. Of nog beter: neem de dienst over van een van die huisvaders en hou toezicht tijdens de kinderoptocht. Een fikse toeslag en gegarandeerd geen kater.'
'Ik zal erover nadenken.'
Harry plofte neer op zijn stoel.
'Moet die niet gerepareerd worden? Hij klinkt niet best.'
'Hij kan niet meer gerepareerd worden,' zei Harry bedroefd.
'Sorry. Heb je iets kunnen vinden in Wenen?'
'Dat vertel ik zo wel. Jij eerst.'
'Ik heb geprobeerd om Even Juuls alibi te checken voor het tijdstip waarop zijn vrouw verdween. Hij beweert dat hij in het centrum was en dat hij in een café in de Ullevålsvei zat, maar dat hij geen bekenden is tegengekomen die dat kunnen bevestigen. Het personeel zegt dat het te druk was om zich mensen te kunnen herinneren.'
'Dat café ligt schuin tegenover Schrøder,' zei Harry.
'Ja, en?'
'Ik zeg het alleen maar. Wat zegt Weber?'
'Ze hebben niets gevonden. Weber zei dat als Signe Juul vervoerd is naar de vesting in de auto die de bewaker heeft gezien, dat ze dan iets op haar kleren hadden moeten vinden: textielvezels van de achterbank, aarde, olie uit de achterbak of iets dergelijks.'
'Hij heeft een vuilniszak in de auto gelegd,' zei Harry.

'Dat zei Weber ook.'

'Heb je die gedroogde grassprieten die op haar cape zaten laten checken?'

'Yep. Ze kúnnen uit de stal van Mosken komen. Plus van een miljoen andere plaatsen.'

'Het is hooi, en geen stro.'

'Er is niets bijzonders aan die grassprieten, Harry. Het zijn gewoon... grassprieten.'

'Verdomme.' Chagrijnig keek Harry rond.

'En Wenen?'

'Nog meer hooi. Heb je verstand van koffie, Halvorsen?'

'Hè?'

'Ellen zette altijd heel goede koffie. Ze kocht hem in een of andere winkel hier in Grønland. Misschien...'

'Nee!' zei Halvorsen. 'Ik ga geen koffie voor je zetten.'

'Nou ja, het is altijd te proberen,' zei Harry, en hij stond weer op. 'Ik ga een paar uur weg.'

'Was dat alles wat je over Wenen te zeggen hebt? Hooi? Geen strohalm om je aan vast te grijpen?'

Harry schudde zijn hoofd. 'Sorry, weer een dood spoor. Je went er wel aan.'

Er was iets gebeurd. Harry liep door de straten en probeerde te bedenken wat het was. Er was iets met de mensen op de straat; er was iets met hen gebeurd terwijl hij in Wenen was. Hij was al een eind de Karl Johansgate op gelopen voordat hij begreep wat het was: het was zomer geworden. Voor de eerste keer dit jaar kon Harry de geur van asfalt ruiken, de geur van mensen die voorbijliepen, en het aroma van de bloemenwinkels in Grensen. En toen hij door het Slottspark liep, was de geur van pas gemaaid gras zo intens dat hij moest glimlachen. Een man en een meisje in parkwachtersuniform stonden naar een van de boomkruinen te kijken. Ze discussieerden en schudden hun hoofd. Het meisje had het uniformjasje rond haar middel geknoopt en Harry zag dat haar collega stiekem naar het strakke T-shirtje gluurde terwijl ze naar boven wees.

In de Hegdehaugsvei ondernamen de hippe en de wat minder hippe modezaken een laatste poging om de mensen voor het feest van 17 mei aan te kleden. De kiosken verkochten sjaals en vlaggen, en in de verte kon hij de laatste repetitie van een orkest horen. Er waren regenbuien voorspeld, maar het zou warm worden.

Harry was bezweet toen hij bij Sindre Fauke aanbelde.

Fauke verheugde zich niet zo op de nationale feestdag: 'Overdreven. En te veel vlaggen. Het is niet zo vreemd dat Hitler zich wel verbonden voelde met de Noren. Wij zijn ongelooflijk nationalistisch. We durven het alleen niet te erkennen.'

Hij schonk koffie in.

'Gudbrand Johansen is in een lazaret in Wenen geweest,' zei Harry. 'De nacht voordat hij naar Noorwegen zou vertrekken, heeft hij een arts vermoord. Daarna heeft niemand hem meer gezien.'

'Zo?' zei Fauke, en hij slurpte luidruchtig van zijn gloeiendhete koffie. 'Ik wist wel dat er iets vreemds was met die jongen.'

'Wat kunt u me vertellen over Even Juul?'

'Veel. Als het moet.'

'Tja, het moet.'

Fauke trok een borstelige wenkbrauw op.

'Weet je zeker dat je niet op een verkeerd spoor zit, Hole?'

'Ik ben nergens zeker van.'

Fauke blies nadenkend in zijn koffie.

'Oké. Als het per se moet. Juul en ik hadden een relatie die in veel opzichten leek op de relatie die Gudbrand Johansen met Daniël Gudeson had. Ik was Evens surrogaatvader. Dat komt misschien wel doordat hij wees was.'

Harry's koffiekopje bleef op weg naar zijn mond plotseling steken.

'Maar weinig mensen weten dat, omdat Even zijn eigen geschiedenis verzon. Zijn verzonnen jeugd bevatte meer personen, details, plaatsen en data dan de meesten van ons zich herinneren van hun echte jeugd. De officiële versie was dat hij was opgegroeid in de Juul-familie op een boerderij in Grini. Maar de waarheid is dat hij was opgegroeid bij verschillende pleegouders en in verschillende tehuizen in Noorwegen, voordat hij als twaalfjarige bij de Juul-familie terechtkwam.'

'Hoe weet jij dat als hij erover loog?'

'Dat is een merkwaardig verhaal, maar op een nacht hadden Even en ik wacht voor ons tentenkamp dat we ten noorden van Harestua hadden opgericht, en toen gebeurde het. Even en ik stonden elkaar toen niet zo na, en ik was ontzettend verbaasd toen hij ineens begon te vertellen over hoe hij als klein kind mishandeld was en dat niemand hem wilde hebben. Hij vertelde me erg persoonlijke details over zijn leven, en een gedeelte daarvan was bijna te pijnlijk om aan te horen. Sommige van de volwassenen aan wie hij was toevertrouwd zou je...' Fauke rilde.

'Laten we een stukje lopen,' zei hij. 'Ze zeggen dat het mooi weer is vandaag.'

Ze liepen door de Vibesgate naar het Stenspark, waar de eerste bikini's van het jaar waren neergestreken. Een junkie was van zijn plekje boven op een heuvel naar beneden gekomen en keek alsof hij de planeet Aarde had ontdekt.

'Ik weet niet hoe het kan, maar het leek wel of Even Juul die nacht een ander mens was,' zei Fauke. 'Vreemd. Maar het vreemdste was nog dat hij de volgende dag deed of er niets gebeurd was, alsof hij het gesprek dat we hadden volkomen vergeten was.'

'Je zegt dat jullie elkaar niet zo na stonden, maar heb je hem iets verteld over je ervaringen aan het oostfront?'

'Ja, natuurlijk. Er gebeurde niet zoveel daar in het bos. We moesten ons steeds terugtrekken en de Duitsers bespieden; dan is er genoeg tijd voor lange verhalen.'

'Heb je veel verteld over Daniël Gudeson?'

Fauke keek Harry lang aan.

'Dus je hebt ontdekt dat Even Juul geïnteresseerd in hem is?'

'Voorlopig is dat alleen maar gissen,' zei Harry.

'Ja, ik heb veel over Daniël verteld,' zei Fauke. 'Hij was een soort legende. Zo'n vrij, sterk en gelukkig mens als hij ontmoet je zelden. En Even raakte gefascineerd door mijn verhalen; ik moest ze steeds opnieuw vertellen, vooral over die Rus die Daniël heeft opgehaald en begraven.'

'Wist hij dat Daniël tijdens de oorlog in Sennheim is geweest?'

'Natuurlijk. Alle details over Daniël die ikzelf zo langzamerhand vergat wist Even nog, en hij herinnerde mij daaraan. Om de een of andere reden identificeerde hij zich volledig met Daniël, hoewel ik me geen twee mensen kan voorstellen die meer van elkaar verschillen. Toen Even een keer dronken was, stelde hij voor dat ik hem Urias zou noemen, net zoals Daniël had gedaan. En als je het mij vraagt, is het niet toevallig dat hij tijdens het proces zijn oog had laten vallen op de jonge Signe Alsaker.'

'O?'

'Toen hij ontdekte dat de zaak van Daniël Gudesons verloofde moest voorkomen, verscheen hij in de rechtszaal en staarde alleen maar naar haar. Het leek net of hij al op voorhand had besloten dat hij haar wilde hebben.'

'Omdat zij Daniëls vrouw zou worden?'

'Weet je zeker dat dat belangrijk is?' vroeg Fauke, en hij liep zo snel tegen de heuvel op dat Harry een paar flinke stappen moest nemen om hem bij te houden.

'Tamelijk,' zei Harry.

'Ik weet niet of ik dit moet zeggen, maar persoonlijk geloof ik dat Even Juul meer hield van de mythe Daniël Gudeson dan hij ooit van Signe Juul heeft gehouden. Ik ben ervan overtuigd dat zijn bewondering voor Gudeson heeft meegespeeld in de beslissing om zijn medicijnenstudie na de oorlog niet meer op te pakken, maar in plaats daarvan geschiedenis te gaan studeren. En natuurlijk specialiseerde hij zich in de geschiedenis van de bezetting en de frontsoldaten.'

Ze waren boven op de top gekomen en Harry wiste het zweet van zijn voorhoofd. Fauke was nauwelijks buiten adem.

'Een van de redenen waarom Even Juul zo snel een belangrijke positie als historicus kreeg, was dat hij als verzetsman een perfect instrument was voor het type geschiedschrijving dat de overheid wenste voor het naoorlogse Noorwegen. Door de wijdverbreide collaboratie met de Duitsers te verzwijgen en te focussen op het minimale verzet. Het zinken van de *Blücher* in de nacht van 9 april heeft vijf pagina's in Juuls boek gekregen, terwijl wordt verzwegen dat er na de oorlog bijna honderdduizend Noren moesten voorkomen. En het heeft gewerkt; de mythe dat het volk zich verzet heeft tegen het nazisme leeft vandaag de dag nog voort.'

'Gaat je boek daarover, Fauke?'

'Ik probeer alleen de waarheid te vertellen. Even wist dat wat hij schreef een verdraaiing van de werkelijkheid was, om niet te zeggen een leugen. Ik heb het daar een keer met hem over gehad. Hij verdedigde zich door te zeggen dat het een doel had, namelijk het volk bij elkaar houden. Het enige wat hij niet in het gewenste heldhaftige licht kon stellen, was de vlucht van de koning. Hij was niet de enige verzetsman die zich in 1940 verraden voelde, maar ik heb nooit iemand ontmoet die zo zonder enig begrip de vlucht veroordeelde, zelfs niet onder de frontsoldaten. Vergeet niet dat hij zijn hele leven door mensen van wie hij hield en die hij vertrouwde verlaten was. Ik geloof dat hij alle mensen haatte die naar Londen waren gevlucht. Echt.'

Ze gingen op een bank zitten en keken op de Fagerborg-kerk en over de Oslofjord uit, die ver onder hen blauw glinsterde.

'Dit is mooi,' zei Fauke. 'Zo mooi dat het het soms waard is om ervoor te sterven.'

Harry probeerde alles te verwerken, alles in elkaar te passen. Maar er ontbrak nog steeds één detail.

'Even begon zijn studie geneeskunde in Duitsland. Weet je waar in Duitsland?'

'Nee,' zei Fauke.

'Weet je of hij een voorkeur had voor een specialisme?'

'Ja, hij heeft me ooit verteld dat hij ervan droomde om zijn beroemde pleegvader en diens vader op te volgen.'

'En wat waren die?'

'Ken je de chef-artsen Juul niet? Ze waren chirurg.'

89 | *Grønlandsleiret, 16 mei 2000*

Bjarne Møller, Halvorsen en Harry liepen naast elkaar over de Motzfeldtsgate. Ze waren midden in Klein-Karachi en de geuren, kleding en mensen om hen heen deden net zo weinig aan Noorwegen denken als de smaak van de kebab waarop ze kauwden hen deed denken aan de Noorse worstenbroodjes. Een jongen die was gekleed in Pakistaanse feestkleding maar mét een 17 mei-strikje op zijn gouden revers, kwam hun dansend op het trottoir tegemoet. Hij had een merkwaardige stompe neus en had een Noorse vlag in zijn hand. Harry had in de krant gelezen dat de moslimouders vandaag een eigen 17 mei-feest voor de kinderen hadden georganiseerd zodat ze zich de dag erna konden concentreren op het Suikerfeest.

'Hoera!'

De jongen lachte stralend naar hen terwijl hij zich voorbijhaastte.

'Even Juul is niet zomaar iemand,' zei Møller. 'Hij is waarschijnlijk onze meest vooraanstaande deskundige op het gebied van de geschiedenis van de Tweede Wereldoorlog. Als dit waar is, zullen de kranten flink tekeergaan. Om maar niet te spreken over wat er gebeurt als we ons vergissen. Als jij je vergist, Harry.'

'Het enige waar ik om vraag, is toestemming om hem te verhoren in het bijzijn van een psycholoog. En een huiszoekingsbevel.'

'En het enige waar ik om vraag, is ten minste een spoortje van een bewijs of een getuige,' zei Møller, en hij gebaarde wild met zijn handen. 'Juul is een bekend persoon en niemand heeft hem in de buurt van de plaatsen van de misdrijven gezien. Niet één keer. Hoe zit het bijvoorbeeld met dat telefoontje dat de vrouw van Brandhaug uit jouw stamcafé heeft gekregen?'

'Ik heb een foto van Even Juul aan de vrouw laten zien die bij Schrøder werkt,' zei Halvorsen.

'Maja,' zei Harry.

'Ze kon zich niet herinneren of ze hem had gezien,' zei Halvorsen.

'Dat bedoel ik nou,' kreunde Møller, en hij veegde saus van zijn mond.

'Ja, maar ik heb de foto aan een paar mensen laten zien die daar zaten,' zei Halvorsen, en hij wierp een snelle blik op Harry. 'Er zat een oude man in een overjas die knikte en zei dat we hem moesten grijpen.'

'Overjas,' zei Harry. 'Dat is de Mohikaan. Konrad Åsnes, hij heeft op een oorlogsbodem gevaren. Een type, maar geen geloofwaardige getuige, ben ik bang. Maar toch. Juul heeft gezegd dat hij in het café aan de overkant is geweest. Daar kun je geen gebruikmaken van een telefoon. Dus als hij ergens wilde bellen, was het logisch dat hij naar Schrøder ging.'

Møller trok een grimas en keek peinzend naar zijn kebab. Hij had slechts aarzelend toegestemd om een kebab te proberen, die Harry had aangeprezen met de woorden: 'Turkije ontmoet Bosnië en Pakistan in Grønlandsleiret.'

'En je gelooft echt in dat gedoe met die gespleten persoonlijkheden, Harry?'

'Ik vind het net zo merkwaardig klinken als jij, chef, maar Aune zegt dat het een mogelijkheid is. En dat hij bereid is ons te helpen.'

'En jij denkt dat Aune Juul kan hypnotiseren en die Daniël Gudeson die hij in zich heeft, kan oproepen en hem een bekentenis kan ontfutselen?'

'Het is niet eens zeker dat Even Juul weet wat Daniël Gudeson heeft gedaan, dus het is noodzakelijk dat we met hem praten,' zei Harry. 'Volgens Aune zijn mensen met MPD gelukkig erg ontvankelijk voor hypnose, omdat ze dat eigenlijk zelf steeds doen – zelfhypnose.'

'Mooi,' zei Møller, en hij sloeg zijn ogen ten hemel. 'Dus wat wil je met een huiszoekingsbevel?'

'Zoals je zelf al zei, hebben we geen bewijs en geen getuigen, en met zo'n psychologisch verhaal is het maar de vraag of de rechtbank die zou accepteren. Maar als we het Märklin-geweer vinden, zitten we goed; dan hebben we dat andere niet nodig.'

'Hmm.' Møller bleef op het trottoir staan. 'Motief?'

Harry keek Møller vragend aan.

'Mijn ervaring is dat zelfs verwarde personen in al hun gekte een motief hebben. En dat zie ik niet bij Juul.'

'Niet bij Juul, chef,' zei Harry. 'Bij Daniël Gudeson. Dat Signe Juul naar de vijand is overgelopen, kan Gudeson ten minste een wraakmotief hebben gegeven. Dat hij op de spiegel heeft geschreven GOD IS MIJN RECHTER kan erop duiden dat hij de moorden ziet als een eenzame kruistocht, dat hij vindt dat hij voor een rechtvaardige zaak strijdt, hoewel mensen hem zullen veroordelen.'

'Hoe zit het met de andere moorden? Bernt Brandhaug en, als je er gelijk in hebt dat het dezelfde moordenaar is, Hallgrim Dale?'

'Ik weet niet wat zijn motieven zijn. Bernt Brandhaug is zoals we weten doodgeschoten met het Märklin-geweer en Dale kende Daniël Gudeson. En volgens het obductierapport was Dales keel doorgesneden op een manier die een chirurg waardig is. Goed. Juul is begonnen met zijn studie medicijnen en wilde chirurg worden. Misschien moest Dale sterven omdat Juul zich voor Daniël Gudeson uitgaf.'

Halvorsen kuchte.

'Wat is er?' vroeg Harry geïrriteerd. Hij kende Halvorsen lang genoeg om te weten dat er nu een tegenwerping zou komen. En zeer waarschijnlijk een goed onderbouwde.

'Op grond van wat je hebt verteld over MPD moet hij Even Juul zijn geweest op het moment dat hij Hallgrim Dale vermoordde. Daniël Gudeson was geen chirurg.'

Harry slikte het laatste hapje kebab door, veegde zijn mond af met het servet en keek om zich heen naar een afvalbak.

'Tja,' zei hij. 'Ik zou kunnen zeggen dat we moeten wachten met actie ondernemen totdat we antwoord hebben op al onze vragen. En ik ben me bewust van het feit dat de officier van justitie de bewijsvoering te mager zal vinden. Maar noch wij, noch hij kunnen het feit negeren dat we een verdachte hebben die opnieuw kan toeslaan. Je bent bang voor commotie in de media als we Even Juul aanpakken, chef, maar stel je de commotie eens voor als hij nog meer moorden pleegt. En dat naar buiten komt dat we hem verdachten zonder dat we iets hebben gedaan...'

'Ja, ja, dat weet ik allemaal wel,' zei Møller. 'Dus jij denkt dat hij verder zal gaan met moorden?'

'Ik ben onzeker over veel dingen in deze zaak,' zei Harry. 'Maar als ik van één ding zeker ben, is het dat hij nog niet klaar is met zijn project.'

'En wat maakt jou daar zo zeker van?'

Harry klopte op zijn buik en lachte scheef.

'Hier binnen zit iemand naar me te seinen, chef. Dat er een reden moet zijn dat hij het duurste en beste wapen ter wereld heeft gekocht. Een van de redenen waarom Daniël Gudeson een legende is geworden, is dat hij een geweldige schutter was. En nu zit er iemand daar binnen te seinen dat hij deze kruistocht een logische afsluiting zal geven. Het zal de kroon op zijn werk zijn, waardoor de legende Daniël Gudeson onsterfelijk wordt.'

De zomerwarmte verdween een ogenblik toen een laatste huivering van de winter over de Motzfeldtsgate blies en stof en afval in de lucht deed wervelen. Møller sloot zijn ogen, trok zijn jas strakker om zich heen en rilde. Bergen, dacht hij. Bergen.

'Ik zal zien wat ik kan doen,' zei hij. 'Hou je paraat.'

90 | *Politiebureau, 16 mei 2000*

Harry en Halvorsen stonden paraat. Zo paraat dat ze toen Harry's telefoon ging allebei overeind schoten. Harry griste de hoorn van het toestel: 'Hole!'

'Je hoeft niet te schreeuwen,' zei Rakel. 'Daarom hebben ze de telefoon uitgevonden. Wat zei je laatst ook alweer over 17 mei?'

'Hè?' Harry had een paar seconden nodig om om te schakelen. 'Dat ik dienst heb?'

'Dat andere,' zei Rakel. 'Dat je hemel en aarde zou bewegen.'

'Meen je dat?' Harry kreeg een merkwaardig warm gevoel in zijn buik. 'Jullie willen samen met mij de dag doorbrengen als ik iemand kan vinden om mijn dienst over te nemen?'

Rakel lachte.

'Nu klink je schattig. Ik moet je er wel op wijzen dat je niet de eerste keus was, maar aangezien vader dit jaar alleen wil zijn, is het antwoord: ja, wij willen samen met jou de dag doorbrengen.'

'Wat zegt Oleg ervan?'

'Het was zijn voorstel.'

'O ja? Slimme jongen, die Oleg.'

Harry was blij. Zo blij dat hij er moeite mee had gewoon te blijven praten. En het kon hem geen bal schelen dat Halvorsen aan de andere kant van het bureau breed zat te grijnzen.

'Kunnen we op je rekenen?' Rakels stem kietelde in zijn oor.

'Als het me lukt wel. Ik bel je later nog.'

'Ja, of je komt hier vanavond eten. Als je tijd hebt tenminste. En zin.'

De woorden kwamen er zo ontspannen uit dat Harry het idee had dat ze van tevoren had geoefend. Een lach borrelde naar boven. Zijn hoofd was licht, alsof hij een verdovend middel had geslikt, en hij wilde ja zeggen, toen hij ineens moest denken aan de woorden die ze tegen hem had gezegd in het restaurant: 'Ik weet dat het niet bij deze keer zal blijven.'

Als hij in paniek moest raken, dan was dit daar het moment voor.

Zijn gedachten werden onderbroken door een knipperend lampje op het toestel.

'Ik heb een gesprek op de andere lijn, Rakel. Kun je even wachten?'

'Natuurlijk.'

Harry drukte op de toets en daar was Møllers stem.

'Het arrestatiebevel is in orde en het huiszoekingsbevel is onderweg. Tom Waaler staat klaar met twee auto's en vier gewapende mannen. Ik hoop van harte dat dat seinmannetje in je buik echt het juiste doorgeeft, Harry.'

'Hij geeft een bepaalde letter door, nooit een heel bericht,' zei Harry terwijl hij Halvorsen gebaarde zijn jas aan te trekken. 'Ik bel je.' En hij gooide de hoorn op de haak.

Ze stonden al in de lift naar beneden toen Harry bedacht dat Rakel nog steeds op de andere lijn op antwoord zat te wachten. Hij durfde niet na te denken over wat dat betekende.

91 | *Irisvei, Oslo, 16 mei 2000*

De eerste zomerdag koelde langzaam af toen de politieauto de stille villawijk binnenreed. Harry voelde zich niet goed. Dat kwam niet alleen doordat hij zweette onder zijn kogelvrije vest, maar ook doordat het té stil was. Hij tuurde naar de vitrage achter de opgesmukte hekken, maar er bewoog niets. Hij had het gevoel in een western te zijn beland en een hinderlaag in te rijden.

Harry had eerst geweigerd een kogelvrij vest aan te trekken, maar Tom Waaler, die de operatie leidde, had hem een ultimatum gesteld: het vest aantrekken of thuisblijven. Het argument dat een kogel uit een Märklin-geweer door de rugplaat van het vest zou gaan als het beroemde mes door de zachte boter, had Waaler afgedaan met een ongeïnteresseerd schouderophalen.

Ze reden met twee auto's. De tweede, waar Waaler in zat, was via de Sognsvei en Ullevål Hageby gegaan en zou de Irisvei van de andere kant in rijden. Hij hoorde de stem van Waaler kraken door de mobilofoon. Rustig en zelfverzekerd. Hij vroeg naar de positie, besprak opnieuw de procedure, en de noodprocedure, en vroeg iedere ingezette politieman om zijn opdracht te herhalen.

'Als hij een prof is, is zijn tuinhek uitgerust met een alarm, dus we gaan eroverheen en niet erdoor.'

Hij verstaat zijn vak, moest zelfs Harry toegeven, en het was overduidelijk dat de anderen in de auto respect voor Waaler hadden.

Harry wees naar het rode houten huis: 'Daar is het.'

'Alfa,' zei de agente die voorin zat door de mobilofoon. 'We zien jullie niet.'

Waaler: 'We staan direct om de hoek. Blijf uit het blikveld van het huis tot jullie ons zien. Over.'

'Te laat, we zijn er nu. Over.'

'Oké, maar blijf in de auto zitten tot we er zijn. Over en uit.'

Een seconde later zagen ze de motorkap van de andere politieauto de bocht om komen. Ze reden de laatste vijftig meter naar het huis en parkeerden zo dat de uitrit van de garage geblokkeerd werd. De andere auto stopte precies voor het tuinhek.

Terwijl ze uit de auto stapten hoorde Harry de langzame, gedempte echo van een tennisbal die geslagen werd door een niet al te strak bespannen tennisracket.

De zon verdween langzaam achter de Ullernås en door een openstaand raam kwam de geur van gebakken karbonades.

Toen begon de show. Twee politiemannen sprongen met een MP5-geweer in de aanslag over het hek en renden rond het huis, de ene rechtsom en de andere linksom.

De agente in Harry's auto bleef zitten. Het was haar taak om het radiocontact te onderhouden met de alarmcentrale en eventuele toeschouwers op afstand te houden. Waaler en de laatste politieman wachtten tot de twee anderen met getrokken dienstpistolen op hun post waren. Harry en Halvorsen stonden achter de politieauto en overzagen het geheel.

'Sigaret?' vroeg Harry aan de agente.

'Nee, bedankt,' glimlachte ze.

'Ik wilde weten of jij er een voor me had.'

Haar glimlach verdween. Typisch een niet-roker, dacht Harry.

Waaler en de agent stonden boven aan de trap aan weerszijden van de voordeur, en op dat moment ging Harry's mobiel.

Harry zag dat de agente haar ogen ten hemel sloeg. Typisch een amateur, dacht ze zeker.

Harry wilde zijn mobiel uitschakelen, maar controleerde eerst of het Rakels nummer was dat op de display stond. Het nummer kwam hem bekend voor, maar was niet van Rakel. Waaler hield zijn hand al omhoog om het signaal te geven toen Harry begreep wie er belde. Hij griste de mobilofoon uit de handen van de stomverbaasde agente.

'Alfa! Stop. De verdachte belt me nu op mijn mobiel. Hoor je me?'

Harry keek naar de trap, waar Waaler knikte. Harry drukte op zijn mobiel en hield hem tegen zijn oor: 'Hole.'

'Hallo.' Tot zijn verbijstering hoorde Harry dat het niet de stem was van Even Juul: 'Je spreekt met Sindre Fauke. Het spijt me als ik je stoor, maar ik ben in het huis van Even Juul en geloof dat jullie hierheen moeten komen.'

'Waarom? En wat doe je daar?'

'Ik geloof dat hij iets doms heeft gedaan. Hij belde me een uur geleden en zei dat ik direct moest komen, dat hij in levensgevaar was. Ik ben naar hem toe gereden en zag dat de deur open was, maar Even was nergens te zien. En nu ben ik bang dat hij zich heeft opgesloten in zijn slaapkamer.'

'Waarom denk je dat?'

'De deur van de slaapkamer zit op slot en toen ik probeerde door het sleutelgat naar binnen te kijken zag ik de sleutel aan de binnenkant zitten.'

'Oké,' zei Harry, en hij liep om de auto door het tuinhek. 'Luister goed. Blijf waar je bent. Als je iets in je handen hebt, leg dat dan weg en hou je handen zo dat we ze kunnen zien. We zijn er over twee seconden.'

Onder de verbaasde blik van Waaler en de andere politieman liep Harry de trap op, duwde de deurklink naar beneden en stapte naar binnen.

Fauke stond in de gang met de telefoon nog in zijn hand en staarde hen stomverbaasd aan.

'Mijn hemel,' zei hij alleen toen hij Waaler met getrokken pistool zag. 'Dat is snel...'

'Waar is de slaapkamer?' vroeg Harry.

Fauke wees zonder iets te zeggen naar boven.

'Wijs ons hem aan,' zei Harry.

Fauke ging de drie politiemannen voor.

'Hier.'

Harry voelde aan de deur, die inderdaad op slot bleek. Er zat een sleutel in het slot, maar daar was geen beweging in te krijgen.

'Dat had ik nog niet gezegd, maar ik heb geprobeerd de deur open te maken met een sleutel van een van de andere slaapkamers,' zei Fauke. 'Soms passen die.'

Harry trok de sleutel eruit en bracht zijn oog naar het sleutelgat. Hij zag een bed en een nachttafeltje. Iets wat op een gedemonteerde plafondlamp leek, lag op het bed. Waaler sprak zacht door de walkietalkie. Harry voelde dat het zweet langs de binnenkant van zijn vest begon te lopen. Die plafondlamp stond hem niet aan.

'Ik dacht dat je zei dat de sleutel aan de binnenkant zat?'

'Dat was ook zo,' zei Fauke. 'Totdat ik hem eruit duwde toen ik de andere sleutel probeerde.'

'En hoe komen we nu binnen?' vroeg Harry.

'Ze komen eraan,' zei Waaler, en op hetzelfde moment hoorden ze zware laarzen de trap op komen. Het was een van de mannen die achter het huis op hun post hadden gestaan. Hij had een rood breekijzer bij zich.

'Hier,' zei Waaler, en hij wees.

De splinters vlogen in het rond en de deur gleed open.

Harry stapte naar binnen en hoorde Waaler tegen Fauke zeggen dat hij buiten de kamer moest wachten.

Het eerste wat Harry opviel was de hondenriem. Dat Even Juul zich daarmee had opgehangen. Hij was gestorven in een wit overhemd, met het bovenste knoopje open, een zwarte broek en geruite sokken. Een omgevallen stoel lag tegen de klerenkast achter hem. De schoenen stonden keurig onder de stoel. Harry keek naar het plafond. De hondenriem was inderdaad aan een haak van de lamp vastgemaakt. Harry probeerde het niet te doen, maar hij kon het niet laten naar het gezicht van Even Juul te kijken. Eén oog staarde de kamer in, het andere was op Harry gericht. Onafhankelijk van elkaar. Als een tweekoppige trol met één oog in elk hoofd, dacht Harry. Hij liep naar het raam en zag dat er kinderen de Irisvei in kwamen fietsen. Het gerucht dat er politieauto's waren had zich zoals gewoonlijk weer als een lopend vuurtje verspreid.

Harry sloot zijn ogen en dacht na. De eerste indruk is belangrijk, de eerste gedachte die je hebt in een nieuwe situatie is vaak de juiste. Dat had Ellen hem geleerd. Zijn leerling had hem geleerd om zich te concentreren op het eerste wat hij voelde als hij op de plaats van het misdrijf kwam. Daarom hoefde Harry zich niet om te draaien om te weten dat de sleutel achter hem op de grond lag en dat ze daarop geen vingerafdrukken van iemand anders zouden vinden, dat niemand had ingebroken in het huis. Gewoon omdat de moordenaar en het slachtoffer aan het plafond hing. De tweekoppige trol was gespleten.

'Bel Weber,' zei Harry tegen Halvorsen, die was komen aanlopen en in de deuropening naar de dode staarde.

'Hij had waarschijnlijk een andere voorbereiding op zijn vrije dag gewenst, maar troost hem met de gedachte dat hij een eenvoudige klus heeft. Even Juul heeft de moordenaar ontmaskerd en heeft dat met de dood moeten bekopen.'

'En wie is het?' vroeg Waaler.

'Was. Hij is ook dood. Hij noemde zich Daniël Gudeson en zat in het hoofd van Even Juul.'

Op weg naar buiten vroeg Harry aan Halvorsen om tegen Weber te zeggen dat hij Harry moest bellen als hij het Märklin-geweer vond.

Harry bleef buiten op de trap staan en keek rond. Er waren opvallend veel buren die ineens iets in de tuin te doen hadden en op hun tenen liepen om over het hek te kunnen kijken. Waaler kwam naar buiten en ging naast Harry staan.

'Ik begreep niet helemaal wat je binnen zei,' zei Waaler. 'Denk je dat die kerel zelfmoord heeft gepleegd uit schuldgevoel?'

Harry schudde zijn hoofd.

'Nee, ik bedoelde wat ik zei: ze hebben elkaar gedood. Even heeft Daniël gedood om hem tegen te houden. En Daniël heeft Even gedood zodat hij hem niet zou ontmaskeren. Voor deze keer hadden ze een gedeeld belang.'

Waaler knikte, maar hij zag er niet uit alsof hij iets wijzer was geworden.

'Die oude man komt me bekend voor,' zei hij. 'De levende, bedoel ik.'

'Nou, het is de vader van Rakel Fauke.'

'Juist ja, de aantrekkelijke benen boven bij het POT, dat is het.'

'Heb je een sigaret?' vroeg Harry.

'Niets,' zei Waaler. 'De rest laat ik aan jou over, Hole. Ik denk dat ik ga. Heb je nog ergens hulp bij nodig?'

Harry schudde zijn hoofd en Waaler liep naar het hek.

‘O, ja, trouwens,’ zei Harry, ‘als je niets bijzonders hebt voor morgen: ik heb een ervaren politieman nodig die mijn dienst kan overnemen.’

Waaler lachte en liep door.

‘Je hoeft alleen maar leiding te geven aan de bewaking van de moskee in Grønland tijdens de gebedsdienst,’ riep Harry. ‘Ik kan zo zien dat je daar talent voor hebt. We hoeven er alleen maar op te letten dat de skinheads de moslims niet te grazen nemen als ze het Suikerfeest vieren.’

Waaler was al bijna door het hek en stopte ineens.

‘En daar heb jij de verantwoordelijkheid voor?’ vroeg hij over zijn schouder.

‘Het is maar een klein klusje,’ zei Harry. ‘Twee auto’s, vier man.’

‘Hoe lang?’

‘Van acht tot drie.’

Waaler draaide zich met een brede grijns om.

‘Weet je wat?’ zei hij. ‘Als ik er goed over nadenk, dan ben ik het je feitelijk schuldig. Het is goed, ik neem je dienst over.’

Waaler tikte tegen zijn pet, stapte in de auto, startte en reed weg.

Is hij mij iets schuldig, dacht Harry, en hij luisterde naar het gedempte geluid van de tennisbaan. Maar op hetzelfde ogenblik dacht hij er niet meer aan, want zijn mobiel ging weer en deze keer was het wel Rakels nummer.

92 | *Holmenkollvei, 16 mei 2000*

‘Zijn die voor mij?’

Rakel sloeg haar handen in elkaar en pakte de bos margrieten aan.

‘Ik was niet op tijd voor de bloemenwinkel, dus ze komen uit je eigen tuin,’ zei Harry, en hij stapte naar binnen. ‘Mmm, het ruikt naar kokosmelk. Thais?’

‘Ja. En gefeliciteerd met je nieuwe pak.’

'Is dat zo goed te zien?'

Rakel lachte en ging met haar hand langs de revers.

'Goede kwaliteit wol.'

'Super 110.'

Harry had geen flauw idee wat super 110 was. In een aanval van overmoed was hij kort voor sluitingstijd een hippe boetiek in de Hegdehaugsvei binnengestapt en het personeel had een kostuum gevonden waar zijn lange lichaam in paste. Zevenduizend kronen was natuurlijk veel meer dan hij van plan was geweest uit te geven, maar het alternatief was om er in zijn oude pak weer uit te zien als een slecht revuenummer, dus hij had zijn ogen dichtgedaan, zijn pasje door het apparaat gehaald en geprobeerd het te vergeten.

Ze liepen de eetkamer in, waar gedekt was voor twee personen.

'Oleg slaapt,' zei ze voordat Harry ernaar kon vragen. Er viel een stilte.

'Ik bedoel niet...' begon ze.

'O nee?' zei Harry, en hij lachte. Hij had haar nog niet eerder zien blozen. Hij trok haar naar zich toe, snoof de geur van pas gewassen haar op en voelde dat ze een beetje beefde.

'Het eten...' fluisterde ze.

Hij liet haar los en ze verdween de keuken in. Het raam naar de tuin stond open en witte vlinders, die er de vorige dag nog niet waren geweest, fladderden als confetti rond in de zonsondergang. Binnen rook het naar groene zeep en natte houten vloeren. Harry sloot zijn ogen. Hij wist dat hij een heleboel van dit soort dagen nodig zou hebben voordat het beeld van Even Juul aan de hondenriem helemaal verdwenen zou zijn, maar het was al een beetje aan het verbleken. Weber en de jongens hadden het Märklin-geweer niet gevonden, maar ze hadden de hond gevonden, Burre. In een vuilniszak in de vriezer, met doorgesneden keel. En in de gereedschapskist waren ze drie messen tegengekomen, alle drie met bloedsporen. Harry wedde dat er op één bloed van Hallgrim Dale zat.

Rakel riep uit de keuken dat hij moest helpen dragen. Zijn gedachten vervaagden.

93 | *Holmenkollvei, 17 mei 2000*

De janitsarenmuziek kwam en ging met de wind. Harry opende zijn ogen. Alles was wit. Wit zonlicht dat door de wapperende gordijnen naar binnen viel, witte wanden, een wit plafond en wit beddengoed, dat zacht en koel aanvoelde tegen zijn warme huid. Hij draaide zich om. In het kussen zat nog steeds de afdruk van haar hoofd, maar het bed was leeg. Hij keek op zijn horloge. Vijf over acht. Oleg en zij waren op weg naar de Festningsplass, waar de kinderoptocht zou vertrekken. Ze hadden afgesproken elkaar om elf uur voor het wachthuisje voor het Slot te ontmoeten.

Hij sloot zijn ogen weer en liet de nacht nog eenmaal de revue passeren. Toen stond hij op en liep naar de badkamer. Ook hier alles wit: witte doeken, wit porselein. Hij douchte met ijskoud water. En nog voordat hij het in de gaten had, hoorde hij zichzelf een oude The The-song zingen: '... *a perfect day!*'

Rakel had een handdoek voor hem klaargelegd, een witte, en hij bracht wrijvend zijn bloedsomloop op gang met de dicht geweven katoenen doek terwijl hij zijn gezicht bestudeerde in de spiegel. Hij was nu gelukkig. Of niet? Op dit moment. Hij lachte naar het gezicht voor zich. Het lachte terug. Ekman en Friesen. Lach tegen de wereld...

Hij lachte hard, knoopte de handdoek rond zijn middel en liep met natte voeten de gang door naar de slaapkamer. Het duurde even voor hij doorhad dat hij in de verkeerde slaapkamer was, want opnieuw was alles wit: muren, plafond, een ladekastje met familiefoto's en een keurig opgemaakt tweepersoonsbed met een ouderwetse gehaakte sprei.

Hij draaide zich om en wilde de kamer uit lopen, maar bleef als versteend bij de deur staan. Een deel van zijn hersenen commandeerde hem de kamer uit te gaan en het te vergeten, en een ander deel dwong hem terug om te kijken of hij inderdaad zag wat hij dacht te zien. Of liever gezegd: vreesde te zien. Hij wist niet wat hij precies vreesde en waarom; hij wist alleen: als alles perfect is, kan het niet beter gaan en wil je niets veranderen, helemaal niets. Maar het was te laat. Natuurlijk was het te laat.

Hij haalde diep adem, draaide zich om en ging terug.

De zwart-witfoto was voorzien van een eenvoudig gouden lijstje. De vrouw op de foto had een smal gezicht, hoge, opvallende jukbeenderen en rustige, lachende ogen die over de camera heen keken, waarschijnlijk naar de fotograaf. Ze zag er sterk uit. Ze droeg een simpele blouse en op de blouse hing een zilveren kruisje.

Ze schilderen haar al bijna tweeduizend jaar op iconen.

Maar dáárom was ze hem niet bekend voorgekomen toen hij een foto van haar had gezien.

Er was geen twijfel mogelijk: dit was dezelfde vrouw die hij op de foto had gezien in de kamer van Beatrice Hoffmann.

DEEL 9

DAG DES OORDEELS

94 | Oslo, 17 mei 2000

Ik schrijf dit zodat degene die dit vindt een beetje beter zal begrijpen waarom ik gedaan heb wat ik heb gedaan. Ik heb in mijn leven vaker moeten kiezen tussen twee kwaden, en wie mij wil veroordelen moet daar rekening mee houden. Maar je moet ook rekening houden met het feit dat ik nooit voor keuzes ben gevlucht, dat ik me nooit heb onttrokken aan mijn morele verplichtingen, maar liever het risico heb gelopen om verkeerd te kiezen dan om het laffe leven te leiden van de zwijgende meerderheid, van iemand die de veiligheid van de kudde kiest en een ander de beslissingen laat nemen. De laatste beslissing die ik genomen heb, heeft te maken met het feit dat ik klaar wil zijn als ik weer voor de Heer en Helena sta.

'Verdomme!'

Harry trapte op de rem terwijl de mensenmassa in nette kleren en klederdracht over het zebrapad van het Majorkryss liep. Het leek wel of de hele stad al op de been was. En of het licht nooit op groen zou springen. Eindelijk kon Harry de koppeling intrappen en gas geven. In de Vibesgate parkeerde hij naast een auto, zocht de bel van Fauke en drukte op de knop. Een klein kind liep op krakende zondagse schoenen voorbij en het geluid van een feesttrompet deed Harry schrikken.

Fauke reageerde niet. Harry liep terug naar de auto, vond het breekijzer dat hij altijd voorin op de grond onder zijn stoel had liggen omdat het slot van de kofferbak weleens weigerde. Hij liep terug en drukte met beide armen de rijen met voordeurbellen in. Na enkele seconden klonk een kakofonie van opgewonden stemmen, waarschijnlijk van mensen met weinig tijd en een strijkbout en schoenpoets in hun handen. Hij zei dat hij van de politie was. Iemand moest hem geloofd hebben, want ineens klonk er een woest gezoem en kon hij de deur openduwen. Hij nam vier treden per keer. Toen stond hij op de derde etage en zijn hart klopte nog iets sneller dan toen hij een kwartier geleden de foto in de slaapkamer had gezien.

De opdracht die ik mezelf heb gesteld, heeft al onschuldige mensen het leven gekost, en het risico bestaat natuurlijk dat het er meer zullen worden. Zo zal het in een oorlog altijd gaan. Dus zie mij als een soldaat die niet zoveel keuzes had. Dat is mijn wens. En bedenk, als je een hard oordeel over me uitspreekt, dat ook jij een feilbaar mens bent, want het zal altijd zo zijn dat we allebei, jij en ik, maar één rechter hebben: God. Hier zijn mijn memoires.

Harry sloeg tweemaal met zijn vuisten op Faukes deur en riep zijn naam. Toen er geen antwoord kwam, klemde hij het breekijzer tussen slot en sponning en duwde ertegen. Bij de derde poging gaf de deur krakend mee. Hij stapte over de drempel. Het was donker en stil in de flat, en het deed hem op een merkwaardige manier denken aan de slaapkamer waar hij zojuist vandaan kwam. Hij was heel leeg en verlaten. Hij begreep waarom dat zo was toen hij de zitkamer in liep: hij wás verlaten. Alle papieren die eerder over de grond hadden gelegen, de boeken in de scheve boekenkasten en de halflege koffiekopjes waren weg. De meubels waren in een hoek geschoven, met witte lakens eroverheen. Een streep zonlicht viel door het raam op een stapel papier die met een touw eromheen midden in de kamer op de lege vloer lag.

Als je dit leest, ben ik hopelijk dood. Hopelijk zijn we dan allemaal dood.

Harry ging op zijn hurken naast de stapel zitten. *Het grote verraad* stond er op het bovenste blad getypt. *De memoires van een soldaat.*

Harry maakte het touw los.

Op de volgende bladzijde: *Ik schrijf dit zodat degene die dit vindt een beetje beter zal begrijpen waarom ik gedaan heb wat ik heb gedaan.* Harry bladerde de stapel door. Het waren honderden dichtbeschreven vellen. Hij keek op zijn horloge. Halfnegen. Hij vond het nummer van Fritz in Wenen in zijn notitieboekje, viste zijn mobiel uit zijn zak en kreeg hem te pakken terwijl hij op het punt stond naar huis te gaan na een nachtdienst. Nadat hij even met Fritz had gesproken, belde Harry Inlichtingen, die het nummer vond en hem doorverbond.

'Weber.'

'Hole. Prettige feestdag gewenst, zeg je dat niet zo?'

'Barst jij, wat wil je?'

'Nou, je hebt waarschijnlijk plannen voor vandaag…'

'Ja. Ik was van plan de deur op slot en het raam dicht te doen en de krant te gaan lezen. Vooruit, wat is er?'

'Ik heb iemand nodig die vingerafdrukken maakt.'

'Goed. Wanneer?'

'Nu meteen. Neem je koffer mee, zodat we van hieruit stappen kunnen ondernemen. En ik heb mijn dienstpistool nodig.'

Harry gaf hem het adres. Toen pakte hij de stapel papieren op en liep naar een stoel met lakens. Hij ging zitten en begon te lezen.

95 | *Leningrad, 12 december 1942*

De vlammen doen de grauwe, nachtelijke hemel oplichten. Het lijkt alsof er een groezelig tentdoek is gespannen over het kale, troosteloze landschap dat ons aan alle kanten omgeeft. Misschien hebben de Russen een offensief ingezet, of misschien willen ze alleen maar de schijn ophouden dat ze dat hebben gedaan, dat weten we altijd pas achteraf. Daniël heeft zich weer een fantastisch schutter betoond. Als hij al geen legende was, dan is hij vandaag met zekerheid onsterfelijk geworden. Hij heeft op een halve kilometer afstand een Rus dodelijk getroffen. Vervolgens is hij op eigen houtje niemandsland in gegaan en heeft hij de dode een christelijke begrafenis gegeven. Ik heb nog nooit gehoord dat iemand dat heeft gedaan. Hij heeft de baret van de Rus mee teruggenomen als trofee. Daarna was hij zoals gewoonlijk weer in zijn element en zong en amuseerde iedereen (behalve dan een paar jaloerse zeurpieten). Ik ben er erg trots op dat ik zo'n bijzonder en moedig mens mijn vriend mag noemen. Hoewel het er soms op lijkt dat deze oorlog nooit afgelopen zal zijn en de offers voor het thuisland erg groot zijn, geeft een man als Daniël Gudeson ons allemaal de hoop dat we de bolsjewieken zullen stoppen en terug zullen keren naar een veilig en vrij Noorwegen.

Harry keek op zijn horloge en bladerde verder.

96 | *Leningrad, de nacht van 1 januari 1943*

... toen ik zag hoe angstig Sindre Fauke uit zijn ogen keek, moest ik hem kalmerend toespreken om zijn waakzaamheid te doen verslappen. Alleen wij stonden buiten bij de machinegeweerpost, de anderen waren gaan slapen en het lijk van Daniël lag verstijfd op de munitiekist. Ik krabde nog meer bloedresten van Daniël van de patronen. De maan scheen en tegelijkertijd sneeuwde het, een wonderlijke nacht, en ik dacht dat ik nu bezig was de resten van Daniël te verzamelen, hem heel te maken, zodat hij zou kunnen staan en ons zou kunnen leiden. Sindre Fauke begreep het niet; hij was een meeloper, een opportunist en een verrader die alleen diegene volgt die hij als overwinnaar ziet. En op de dag dat het er somber uitziet voor mij, voor ons, voor Daniël, zal hij ons ook verraden. Ik deed een snelle stap in zijn richting, zodat ik achter hem kwam, greep hem rustig bij zijn hoofd en stak de bajonet. Je moet een bepaald tempo hebben om een diepe en mooie snee te maken. Ik liet hem direct los omdat ik wist dat de klus geklaard was. Hij draaide zich langzaam om en staarde me aan met die kleine varkensogen van hem en hij leek te willen gaan schreeuwen, maar de bajonet was door zijn luchtpijp gegaan en er kwam alleen een sissend geluid uit het gapende gat. En bloed. Hij greep met twee handen zijn keel vast om te voorkomen dat het leven uit hem wegvloeide, maar dat leidde er alleen maar toe dat het bloed in fijne straaltjes tussen zijn vingers door stroomde. Ik liet me vallen en rolde weg, zodat er geen bloedvlekken op mijn uniform konden komen. Verse bloedvlekken zouden verdacht zijn als ze de 'desertie' van Sindre Fauke wilden onderzoeken.

Toen hij niet meer bewoog, draaide ik hem op zijn rug en trok hem naar de munitiekist waar Daniël lag. Gelukkig hebben ze dezelfde lichaamsbouw. Ik ging op zoek naar Sindre Faukes legitimatiepapieren. Die hebben we altijd bij ons, dag en nacht, want als we zonder de papieren die vertellen wie we zijn en welke orders we hebben (infanterist, sectie Noord, datum, stempel enzovoort) worden aangehouden, lopen we het risico ter plekke als deserteur geëxecuteerd te worden. Ik rolde Sindres papieren op en stopte die in de veldfles die ik aan mijn riem had hangen. Toen trok ik de zak van Daniëls hoofd en bond hem rond Sindres hoofd. Daarna nam ik Daniël op mijn rug en sleepte hem niemandsland in. Daar heb ik hem begraven in de sneeuw, zoals Daniël Urias, de Rus, had begraven. Ik heb de Russische baret van Daniël gehouden. Een psalm gezongen. 'Een vaste burcht is onze God' en toen 'Kom bij het vuur in de kring van kameraden'.

97 | *Leningrad, 3 januari 1943*

Een zachte winter. Alles is volgens plan gegaan. 's Morgens vroeg op nieuwjaarsdag zijn de lijkdragers gekomen om het lijk op de munitiekist op te halen zoals hun bevolen was. Ze dachten natuurlijk dat ze Daniël Gudeson meenamen op de slee naar Noord. Ik heb nog steeds zin om te lachen als ik daaraan denk. Of ze de zak van zijn hoofd hebben getrokken voordat ze hem in het massagraf dumpten weet ik niet, maar daar maakte ik me toch geen zorgen over; de lijkdragers wisten immers niet wie Daniël of wie Sindre Fauke was.

Het enige waar ik me zorgen over maak, is dat het lijkt alsof Mosken eraan twijfelt of Fauke gedeserteerd is. Hij denkt dat ik hem gedood kan hebben. Hij kan echter niet veel doen; het lichaam van Sindre Fauke ligt verbrand en onherkenbaar (moge zijn ziel eeuwig branden) tussen honderden anderen.

Maar vannacht, terwijl ik wachtliep, moest ik de meest gewaagde actie tot nu toe uitvoeren. Ik realiseerde me dat ik Daniël daar niet in de sneeuw kon laten liggen. Met deze zachte winter liep ik het risico dat het lijk op een gegeven moment weer zou opduiken en dat de wisseltruc zou uitkomen. En toen ik 's nachts begon te dromen wat vossen en poolkatten met het lijk van Daniël konden doen als de sneeuw in de lente verdween, besloot ik het op te graven en te zorgen dat het in het massagraf kwam. Ondanks alles is dat toch grond die gewijd is door de aalmoezenier.

Ik maakte me natuurlijk meer zorgen om onze eigen wachtposten dan om de Russen, maar gelukkig zat Hallgrim Dale, die slome kameraad van Fauke, bij het machinegeweer. Bovendien was het die nacht bewolkt en, nog belangrijker: ik voelde dat Daniël bij me was, ja, dat hij in mij was. En toen ik eindelijk het lijk op de munitiekist had gesleept en de zak om zijn hoofd wilde binden, glimlachte hij. Ik weet dat slaapgebrek en honger je bewustzijn parten kunnen spelen, maar ik zag zijn verstijfde doodsmasker voor mijn ogen veranderen. En het wonderlijke was dat ik niet bang werd, maar juist rustig en blij. Toen ben ik de bunker in geslopen en ben ik als een kind gaan slapen.

Toen Edvard Mosken me nauwelijks een halfuur later wakker maakte, leek het of ik alles gedroomd had, en ik geloof dat ik oprecht verbaasd was om te zien dat het lijk van Daniël weer was opgedoken. Maar het was niet voldoende om Mosken te overtuigen. Hij was ervan overtuigd dat het Sindre Fauke was die daar lag, dat ik hem gedood had en hem daar had neergelegd in de hoop dat de lijkdragers zouden denken dat ze hem de eerste keer vergeten waren en hem nu gewoon mee zouden nemen. Toen Dale de zak weghaalde en Mosken zag dat het toch Daniël was, viel bij hen allebei de mond open. Ik moest me inhouden om niet in lachen uit te barsten, waardoor we ons zouden verraden, Daniël en ik.

98 | *Lazaret Noord, Leningrad, 17 januari 1944*

De handgranaat die uit het Russische vliegtuig werd gegooid, raakte de helm van Dale en bleef voor ons op het ijs ronddraaien terwijl we allemaal een goed heenkomen zochten. Ik lag het dichtstbij en was ervan overtuigd dat we alle drie zouden sterven: ikzelf, Mosken en Dale. Het is vreemd, maar mijn laatste gedachte was dat het de iro-

nie van het lot was dat ik net had weten te voorkomen dat Edvard Mosken zou worden doodgeschoten door Hallgrim Dale, de stakker, en dat ik het uiteindelijk voor elkaar had gekregen om het leven van onze commandant met precies twee minuten te verlengen. Maar de Russen maken gelukkig slechte handgranaten en we brachten het er alle drie levend vanaf. Ikzelf weliswaar met een gewonde voet en met een granaatsplinter in mijn hoofd, die door mijn helm was gegaan.

Door een merkwaardig toeval kwam ik terecht op de zaal van Signe Alsaker, de verloofde van Daniël. Ze herkende me eerst niet, maar 's middags kwam ze bij me en sprak ze Noors tegen me. Ze is erg mooi en ik voelde al snel dat ik me met haar wilde verloven.

Olaf Lindvig ligt ook op deze zaal. Zijn witte wapenrok hangt op een kleerhanger aan zijn bed. Ik weet niet waarom, misschien zodat hij, zodra zijn verwondingen genezen zijn, hier op kan stappen om zijn plicht te gaan doen. Mannen van zijn kaliber zijn nu hard nodig; ik kan het Russische artillerievuur horen naderen. Op een nacht droomde hij geloof ik, want hij schreeuwde en toen kwam zuster Signe binnen. Ze gaf hem een of andere injectie, morfine misschien. Toen hij weer sliep zag ik dat ze hem over zijn haar aaide. Ze was zo mooi dat ik zin had om haar te roepen en haar te vertellen wie ik was, maar ik wilde haar niet bang maken.

Vandaag hebben ze gezegd dat ik naar het westen word gestuurd omdat de medicijnen hier niet aankomen. Niemand heeft het gezegd, maar mijn voet zweert, de Russen naderen en ik weet dat dit de enige redding is.

99 | *Wienerwald, 29 mei 1944*

De mooiste en knapste vrouw die ik ooit in mijn leven ben tegengekomen. Kun je van twee vrouwen tegelijk houden? Ja, dat is mogelijk.

Gudbrand is veranderd. Daarom heb ik Daniëls bijnaam aangenomen, Urias. Helena vindt het mooier. Gudbrand is een vreemde naam, vindt ze.

Ik schrijf gedichten als de anderen slapen, maar ik ben vast geen echte dichter. Mijn hart klopt alleen wild als zij in de deuropening staat, maar Daniël zegt dat je je rustig moet houden, ja, bijna koel als je het hart van een vrouw wilt winnen, dat het net is als vliegen vangen. Je moet heel stil zitten en het is het best om de andere kant op te kijken. En dan, als de vlieg je begint te vertrouwen, als hij op de tafel voor je landt, op je af loopt en je ten slotte bijna uitdaagt om hem te vangen, dan sla je met een bliksemsnelle actie toe: zelfverzekerd en met een heleboel zelfvertrouwen. Dat laatste is het belangrijkste. Want het is niet de snelheid, maar het zelfvertrouwen waarmee je vliegen vangt. Je krijgt maar één kans, en dan moet je klaarstaan. Zegt Daniël.

100 | *Wenen, 29 juni 1944*

Geslapen als een roos toen ik me losmaakte uit de omarming van Helena. Buiten was het bombardement allang voorbij, maar het was midden in de nacht en de straten waren nog steeds verlaten. Ik vond de auto terug die we naast het restaurant, Drei Husaren, hadden geparkeerd. De achterruit was kapot en een baksteen had een grote deuk in het dak gemaakt, maar verder was hij gelukkig nog in orde. Ik ben snel naar het ziekenhuis gereden.

Ik wist dat het te laat was om nog iets te doen voor Helena en mij. We waren slechts twee mensen gevangen in een maalstroom van gebeurtenissen waar we zelf geen vat op hadden. Haar zorg voor haar familie veroordeelde haar om te trouwen met die arts, Christopher Brockhard, die corrupte kerel die in zijn grenzeloze egoïsme (dat hij liefde noemt!) de zuiverste vorm van liefde kapotmaakt. Zag hij dan niet dat de liefde die hem leidt het tegenovergestelde is van de liefde die haar leidt? Nu moet ik mijn droom om mijn leven met Helena te delen opofferen om haar een leven te geven, misschien niet in geluk, maar dan toch wel in waardigheid, bevrijd van de vernedering waarin Brockhard haar wil dwingen.

De gedachten raasden door mijn hoofd, zoals ik door de nacht raasde over wegen net zo kronkelig als het leven zelf. Maar Daniël stuurde mijn handen en voeten.

… merkte dat ik op zijn bedrand zat en me met wantrouwen aankeek.

'Wat doe je hier?' vroeg hij.

'Christopher Brockhard, je bent een verrader,' fluisterde ik. 'En ik veroordeel je tot de dood. Ben je zover?'

Ik geloof dat hij niet zover was. Mensen zijn nooit klaar om te sterven; ze denken dat ze eeuwig zullen leven. Ik hoop dat hij de fontein van bloed nog heeft gezien die omhoogspoot; ik hoop dat hij nog gehoord heeft hoe het bloed weer op het bed spetterde. Maar ik hoop vooral dat hij in de gaten had dat hij ging sterven.

In de klerenkast heb ik een pak gevonden, een paar schoenen en een overhemd, dat ik haastig in elkaar heb gerold en onder mijn arm heb genomen. Toen rende ik naar de auto, startte…

… sliep nog steeds. Ik was doorweekt en koud door de plotselinge regen, en kroop bij haar onder het laken. Ze was als een kachel zo warm toen ik me tegen haar aan vlijde. Ik probeerde om elke centimeter van haar huid met de mijne te bedekken, probeerde me voor te stellen dat dit eeuwig zou duren, probeerde niet op mijn horloge te kijken. Over een paar uur ging de trein. En over een paar uur zou ik in heel Oostenrijk een gezochte moordenaar zijn. Ze wisten niet wanneer ik zou vertrekken en welke route ik zou nemen, maar ze wisten wel waar ik heen zou gaan. En ze zouden klaarstaan als ik in Oslo aankwam. Ik probeerde Helena zo stevig vast te houden dat het genoeg was voor een heel leven.

Harry hoorde de voordeurbel. Was er al eerder gebeld? Hij vond de intercom en opende de deur voor Weber.

'Na sport op tv heb ik hier de grootste hekel aan,' zei Weber toen hij chagrijnig binnenkwam en een enorme vliegtuigkoffer op de grond zette. 'Aan 17 mei, het land in een nationale roes, verstopte wegen zodat je het hele centrum moet doorkruisen om ergens te komen. Mijn god! Waar moet ik beginnen?'

'Je vindt vast een paar mooie afdrukken op de koffiekan in de keuken,' zei Harry. 'Ik heb met een collega in Wenen gesproken die hard aan het werk is om een vingerafdruk uit 1944 tevoorschijn te halen. Heb je de scanner en de pc meegenomen?'

Weber klopte op de koffer.

'Mooi. Als je klaar bent met het scannen van de vingerafdrukken hier, kun je mijn mobiel aan de pc koppelen en de afdrukken naar het e-mailadres sturen dat staat onder "Fritz, Wenen". Hij zit klaar om onze afdrukken te vergelijken met de zijne en zal ons de uitslag meteen mailen. Dat is het in grote lijnen. Ik moet nu verder met papieren lezen in de kamer.'

'Wat is het...'

'POT-zaken,' zei Harry. *'Need to know only.'*

'O ja?' Weber beet op zijn lip en keek Harry onderzoekend aan. Harry keek hem recht in zijn ogen en wachtte.

'Weet je, Hole?' zei hij ten slotte. 'Het is maar goed dat er iemand in dit land professioneel optreedt.'

101 | *Hamburg, 30 juni 1944*

Nadat ik de brief aan Helena had geschreven, opende ik de veldfles, peuterde er de opgerolde identiteitspapieren van Sindre Fauke uit en verving die door de brief. Toen kraste ik haar naam en adres erin met mijn bajonet en liep de nacht in. Zodra ik buiten was, kon ik de hitte voelen. De wind rukte aan mijn uniform, de hemel boven me was een vuilgele koepel, en het enige wat ik hoorde boven het gebrul van de vlammen in de verte uit, was het springen van glas en het geschreeuw van mensen die geen plek meer hadden om naartoe te vluchten. Zo had ik me ongeveer de hel voorgesteld. Er vielen geen bommen meer. Ik liep door een straat die geen straat meer was, alleen een streep asfalt door een open ruimte met ruïnes. Het enige wat nog langs 'de straat' stond was een verkoolde boom die als een heksenvinger naar de hemel wees. En een brandend huis. Daar kwam het geschreeuw uit. Toen ik zo dichtbij was gekomen dat mijn longen door de hitte zouden verbranden als ik inademde, besloot ik om te keren en in de richting van de haven te lopen. Daar zag ik haar: het meisje met de donkere, doodsbange ogen. Ze trok aan mijn uniformjasje en riep tegen mijn rug.

'Meine Mutter! Meine Mutter!'

Ik liep verder, ik kon niets doen, ik had al het skelet van een mens gezien dat brandend op de bovenste verdieping uit een raam hing. Maar het meisje volgde me en bleef wanhopig schreeuwen dat ik haar moeder moest helpen. Ik probeerde sneller te lopen, maar toen greep ze me vast met haar kleine armpjes. Ze wilde me niet loslaten en ik sleepte haar naar de grote vlammenzee beneden ons. En zo gingen we verder: een vreemd stel, twee mensen op weg naar hun einde.

Ik huilde ja, ik huilde, maar de tranen verdampten onmiddellijk. Ik weet niet wie van ons bleef staan, maar ik tilde haar op en draaide me om. Ik droeg haar de slaapzaal in en legde mijn deken over haar heen. Toen pakte ik een matras uit het andere bed en ging naast haar liggen.

Ik heb nooit geweten hoe ze heette of hoe het verder met haar is gegaan, want in de loop van de nacht verdween ze. Maar ik weet wel dat ze me het leven heeft gered. Want ik besloot weer hoop te hebben.

Ik werd wakker in een stervende stad. Op veel plaatsen woedden nog grote branden. De haven was platgebrand en boten die met hulpgoederen waren gekomen of de gewonden wilden evacueren moesten in de Außenalster blijven liggen omdat ze nergens konden aanleggen.

Pas die avond zagen mannen kans een plek te maken waar boten konden laden en lossen. Ik ging daar snel heen. Ik ging van boot naar boot, tot ik vond wat ik zocht: een boot die naar Noorwegen ging. Het schip heette Anna en ging met cement naar Trondheim. Die bestemming kwam mij goed uit, want ik ging ervan uit dat het opsporingsbericht voor mij daar niet heen zou zijn gestuurd. Chaos had de plaats ingenomen van de normale Duitse orde en de verbindingen waren op z'n zachtst gezegd onklaar. De twee SS-tekens op mijn uniformkraag maakten kennelijk indruk en ik kwam zonder problemen aan boord en wist de kapitein ervan te overtuigen dat het schriftelijke bevel dat ik hem liet zien, inhield dat ik zo snel mogelijk naar Oslo diende te reizen en dat dit onder de gegeven omstandigheden betekende dat ik met de Anna naar

Trondheim moest en vandaar per trein naar Oslo.

De tocht duurde drie dagen en ik liep zó het schip af, toonde mijn papieren en kreeg te verstaan dat ik verder moest lopen. Toen ging ik in de trein naar Oslo zitten. Die reis duurde vier dagen. Voordat ik in Oslo uit de trein stapte, ging ik naar het toilet en deed ik de kleding aan die ik van Christopher Brockhard had meegenomen. Toen was ik klaar voor de eerste test. Ik liep over de Karl Johansgate. Het motregende en het was warm. Twee meisjes kwamen me tegemoet, arm in arm, en giechelden luid toen ze me passeerden. Het inferno van Hamburg leek een lichtjaar geleden. Mijn hart juichte. Ik was terug in mijn geliefde land en was opnieuw geboren.

De receptionist in het Continental-hotel bestudeerde nauwgezet de identiteitspapieren die ik hem gegeven had. Toen keek hij mij over zijn brillenglazen aan: 'Van harte welkom bij ons, meneer Fauke.'

En toen ik in de gele hotelkamer op mijn rug op het bed lag en naar het plafond staarde terwijl ik lag te luisteren naar de geluiden van de stad, proefde ik mijn nieuwe naam: Sindre Fauke. Het was vreemd, maar ik vond dat het ging, dat het goed kon gaan.

102 | *Nordmarka, 12 juli 1944*

... een man die Even Juul heet. Net als de andere thuisfrontkameraden slikte hij mijn verhaal gewoon. Waarom zouden ze ook niet? De waarheid, dat ik een frontsoldaat ben die gezocht wordt wegens moord, zou immers nog moeilijker te verteren zijn dan het verhaal dat ik een deserteur ben van het oostfront die via Zweden naar Noorwegen is gegaan. Bovendien hebben ze bij hun informanten gecheckt en bevestigd gekregen dat een persoon met de naam Sindre Fauke als vermist is opgegeven, en dat die waarschijnlijk is overgelopen naar de Russen. De Duitsers hebben hun zaken goed op orde!

Ik spreek geen dialect. Dat is het resultaat van mijn jeugd in Amerika, maar niemand vindt het vreemd dat Sindre Fauke geen Gudbrandsdal-dialect meer spreekt. Ik kom uit een gehucht in Noorwegen, maar zelfs als er iemand uit mijn jeugd mocht opduiken

(Jeugd! Mijn god, het is nog maar drie jaar geleden, en het lijkt een mensenleven!), ben ik ervan overtuigd dat niemand me zal herkennen, zo veranderd voel ik me!

Ik ben vooral bang dat er ineens iemand opduikt die de echte Sindre Fauke kent. Gelukkig komt hij uit een zo mogelijk nog afgelegener gehucht dan ik, maar hij heeft ook familie die hem kan identificeren.

Ik liep daar dus over te piekeren en mijn verbijstering was daarom groot toen ze me het bevel gaven een van mijn (Faukes) nationaalsocialistische broers te liquideren. Het moet een test zijn of ik werkelijk aan de andere kant sta en geen infiltrant ben. Daniël en ik wilden bijna in lachen uitbarsten; we hadden bijna zelf op het idee kunnen komen: ze vroegen me diegenen op te ruimen die mij zouden kunnen ontmaskeren! Ik begrijp heel goed dat de leiders van deze nepsoldaten vinden dat broedermoord wel erg ver gaat; zo weinig weten ze over de gruwelen van de oorlog. Ik heb besloten hun bevel op te volgen voordat ze anders beslissen. Zodra het donker is ga ik naar de stad en haal mijn dienstpistool, dat samen met het uniform in een kluisje op het station ligt. Ik neem dezelfde nachttrein waarmee ik ben gekomen naar het noorden. Ik weet immers de naam van het dorpje dat dicht bij de boerderij van Fauke ligt. Daar vraag ik wel verder.

103 | *Oslo, 13 mei 1945*

Weer een vreemde dag. Het land is nog steeds in een vrijheidsroes en vandaag komt kroonprins Olav naar Oslo, samen met de regeringsdelegatie. Ik heb geen zin om naar de haven te gaan om te kijken, maar ik heb gehoord dat 'half Oslo' daarheen gaat. Ik heb vandaag in burger over de Karl Johansgate gelopen, hoewel mijn 'soldatenvrienden' niet begrijpen waarom ik niet in uniform loop en me niet laat bejubelen als een held. Dat schijnt op het moment als een magneet op jongedames te werken. Vrouwen en uniformen – als ik me niet vergis, renden ze in 1940 net zo graag achter de groene uniformen aan.

Ik ben naar het Slot gelopen om te kijken of de kroonprins op het balkon zou komen om een paar woorden te zeggen. Er stonden al een heleboel mensen. Er was net wisseling van de wacht toen ik aankwam. Weer zo'n treurig schouwspel naar Duits voorbeeld, maar de mensen juichten.

Ik hoop dat de kroonprins al die zogenaamde 'goede' Noren terecht zal wijzen die vijf jaar lang passieve toeschouwers zijn geweest zonder een poot uit te steken voor de ene of de andere kant, en die nu zo hard roepen om wraak op de landverraders. Ik geloof namelijk dat de kroonprins ons zal begrijpen, als de geruchten tenminste waar zijn dat hij de enige van het koningshuis en de regering was die na de capitulatie enige ruggengraat heeft getoond door te zeggen dat hij bij zijn volk wilde blijven en het lot daarvan wilde delen. Maar de regering heeft hem dat afgeraden; de koning en de regering zouden in een vreemde positie zitten als hij bleef en de rest ervandoor ging.

Ja, ik heb de hoop dat de jonge kroonprins (die, in tegenstelling tot 'de heiligen der laatste dagen', weet hoe je een uniform moet dragen) de natie kan uitleggen welke inzet de frontsoldaten hebben getoond, vooral omdat hijzelf had begrepen wat een gevaar de bolsjewieken betekenden (en nog betekenen!) voor onze natie. Al vroeg in 1942 zou de kroonprins gesprekken hebben gevoerd met president Roosevelt en daarin zou hij zijn bezorgdheid hebben geuit over de plannen van de Russen met Noorwegen.

Er werd met vlaggen gezwaaid. Sommigen zongen, en ik heb de oude bomen in het Slottspark nog nooit groener gezien. Maar de kroonprins kwam vandaag niet op het balkon. Dus moet ik nog even geduld hebben.

'Wenen heeft gebeld. De afdrukken zijn identiek.'

Weber stond in de deuropening.

'Mooi,' zei Harry, en hij knikte afwezig terwijl hij doorlas.

'Er heeft iemand overgegeven in de afvalbak,' zei Weber. 'Iemand die erg ziek is. Het was meer bloed dan braaksel.'

Harry likte aan zijn duim en sloeg een bladzijde om. 'Juist ja.'

Stilte.

'Heb je nog ergens anders mijn hulp voor nodig...'

'Bedankt, Weber, maar dit was het.'

Weber knikte, maar bleef staan.

'Moet je geen opsporingsbericht laten uitgaan?'

Harry hief zijn hoofd op en keek afwezig in Webers richting. 'Waarom?'

'Nee, dat weet ik verdomme niet,' zei Weber. 'En ik *don't need to know* het ook niet.'

Harry lachte, waarschijnlijk om het commentaar van de oudere politieman. 'Nee, precies.'

Weber wachtte op een vervolg, maar er kwam niets meer.

'Zoals je wilt, Hole. Ik heb een Smith & Wesson bij me. Hij is geladen en heeft een tweede magazijn. *Catch!*'

Harry keek net op tijd op om de zwarte holster te vangen die Weber naar hem toe gooide. Hij opende hem en pakte het pistool. Het was geolied en het licht werd door het pas gepoetste staal gereflecteerd. Natuurlijk. Het was Webers eigen wapen.

'Bedankt voor je hulp, Weber,' zei Harry.

'Doe geen domme dingen.'

'Ik zal het proberen. Nog een fijne... dag.'

Weber snoof. Toen hij de flat uit stampte, was Harry allang weer verdiept in de papieren.

104 | *Oslo, 27 augustus 1945*

Verraad-verraad-verraad! Ik zat als versteend op de achterste bank toen mijn vrouw werd binnengebracht, in het beklaagdenbankje werd neergezet en Even Juul een snelle, ondubbelzinnige lach toewierp. En dat lachje was voldoende om me alles te vertellen, maar ik zat als vastgenageld, niet in staat om iets anders te doen dan te luisteren en te kijken. En te lijden. Die valse leugenaarster! Even Juul weet heel goed wie Signe Alsaker is; ik heb hem over haar verteld. Hij kan nergens van beschuldigd worden. Hij denkt immers dat Daniël Gudeson dood is. Maar zij, zij heeft trouw tot in de dood gezworen! Ja, ik zeg het opnieuw: verraad! En de kroonprins heeft geen woord gezegd. Niemand heeft een woord gezegd. In de Akershusvesting schieten ze mannen dood die hun leven hebben gewaagd voor Noorwegen. De echo van de schoten hangt een seconde boven de stad; dan is hij weg en is het nog stiller dan daarvoor. Alsof er niets gebeurd is...

Vorige week heb ik te horen gekregen dat mijn zaak geseponeerd is, dat mijn heldendaden opwegen tegen de misdrijven die ik gepleegd zou hebben. Toen ik de brief las, moest ik lachen tot de tranen over mijn wangen liepen. Ze vinden dus dat de liquidatie van vier weerloze boeren in Gudbrandsdalen een heldendaad is die opweegt tegen mijn misdadige verdediging bij Leningrad van mijn vaderland! Ik gooide een stoel tegen de muur. De verhuurster kwam naar boven en ik moest me verontschuldigen. Het is om gek van te worden.

's Nachts droom ik van Helena. Alleen maar Helena. Ik moet proberen te vergeten. En de kroonprins heeft geen woord gezegd. Het is niet om uit te houden. Ik geloof...

Harry keek weer op zijn horloge. Hij bladerde snel door de papieren, tot zijn blik op een bekende naam viel.

105 | *Schrøder-restaurant, 23 september 1948*

... economische bedrijvigheid met goede toekomstperspectieven. Maar vandaag gebeurde datgene waar ik al die tijd al bang voor ben geweest.

Ik zat in de krant te lezen toen ik merkte dat er iemand bij mijn tafel stond en me opnam. Ik keek op en het bloed stolde in mijn aderen! Hij zag er een beetje verwaarloosd uit. Versleten kleren. Hij had niet meer die trotse, steile houding die ik me van hem herinner; het leek wel of er een deel van hem verdwenen was. Maar ik herkende onmiddellijk onze oude commandant, de man met het cyclopenoog.

'Gudbrand Johansen,' zei Edvard Mosken. 'Er wordt beweerd dat je omgekomen bent. In Hamburg, gaan de geruchten.'

Ik wist niet wat ik moest zeggen of doen. Ik wist alleen dat de man die voor me zat me als landverrader kon aangeven en, in het ergste geval, als moordenaar!

Mijn mond was kurkdroog toen ik uiteindelijk een woord kon uitbrengen. Ik zei: 'Jazeker, ik leef', en om tijd te winnen vertelde ik dat ik in een lazaret in Wenen had gelegen met een gewonde voet en hoofdletsel. En ik vroeg hoe het hem vergaan was. Hij vertelde dat hij naar huis was gestuurd en in het lazaret van Sinsen gelegen had, grappig genoeg dezelfde plaats waar ik heen had gemoeten. Hij had, zoals zoveel anderen, een straf van drie jaar gekregen wegens landverraad en was na tweeënhalf jaar vrijgelaten.

We praatten een beetje over koetjes en kalfjes en na een poosje ontspande ik me enigszins. Ik bestelde bier voor hem en vertelde over het aannemersbedrijf dat ik heb. Ik zei wat ik echt meende: dat het het best was voor mensen zoals wij om iets voor jezelf te beginnen, omdat de meeste bedrijven weigeren om voormalige frontsoldaten aan te nemen (vooral bedrijven die tijdens de oorlog hebben samengewerkt met de Duitsers).

'Jij ook?' vroeg hij.

Dus moest ik uitleggen dat het niet veel uitmaakte dat ik later aan de 'goede' kant had gestaan; ik had een Duits uniform gedragen.

De hele tijd speelde er een lachje rond Moskens lippen en ten slotte kon hij zich niet langer inhouden. Hij vertelde dat hij lange tijd had geprobeerd me op te sporen, maar dat alle sporen in Hamburg geëindigd waren. Hij had het bijna opgegeven toen hij de naam Sindre Fauke in een krantenartikel over verzetsmensen had gezien. Toen was zijn interesse opnieuw gewekt; hij had uitgezocht waar Fauke werkte en had gebeld. Iemand had hem gezegd dat ik misschien in Schrøder zat.

Ik verstijfde weer en dacht: nu komt het. Maar hij zei iets heel anders dan ik had verwacht: 'Ik heb je nooit goed kunnen bedanken voor het feit dat je Hallgrim Dale er toen van hebt weerhouden me dood te schieten. Je hebt mijn leven gered, Johansen.'

Ik haalde verbijsterd mijn schouders op, niet in staat iets anders te doen.

Mosken meende dat ik me als een moreel fatsoenlijk mens had gedragen toen ik hem redde. Want ik kon redenen hebben om hem dood te wensen. Als het lijk van Sindre Fauke werd gevonden, kon Mosken getuigen dat ik waarschijnlijk de moordenaar was! Ik knikte alleen maar. Toen keek hij me aan en vroeg of ik bang voor hem was. Ik realiseerde me dat ik niets te verliezen had als ik hem het hele verhaal zou vertellen.

Mosken luisterde, richtte zijn cyclopenoog een paar maal op me om te kijken of ik loog, en een paar keer schudde hij zijn hoofd, maar hij begreep dat ik voornamelijk de waarheid sprak.

Toen ik uitgesproken was, bestelde ik nog meer bier voor ons en vertelde hij over zichzelf. Dat zijn vrouw een andere man had gevonden die voor haar en zijn zoon wilde zorgen terwijl hij gevangenzat. Hij begreep haar wel. Het was misschien ook het beste voor Edvard junior dat hij niet hoefde op te groeien met een landverrader als vader. Mosken maakte een gelaten indruk. Hij zei dat hij de transportbranche in wilde, maar dat hij geen van de chauffeursbanen had gekregen waarop hij gesolliciteerd had.

'Koop je eigen vrachtwagen,' zei ik. 'Begin ook voor jezelf.'

'Daar heb ik geen geld voor,' zei hij, en hij wierp me een blik toe. Het begon me te dagen. 'En de banken zijn ook niet blij met exfrontsoldaten. Ze denken dat we allemaal schurken zijn.'

'Ik heb wat geld gespaard,' zei ik. 'Je kunt van mij lenen.'

Hij weigerde, maar ik zei dat het al een uitgemaakte zaak was.

'Ik vraag natuurlijk wel rente!' zei ik, en toen klaarde zijn gezicht op. Maar toen werd hij weer serieus en zei dat het misschien wel te duur voor hem werd omdat het wel even zou kunnen duren voordat de zaak liep. Toen moest ik hem uitleggen dat de rente laag zou zijn, eerder een symbolische rente. Vervolgens bestelde ik nog meer bier, en toen we dat opgedronken hadden en naar huis wilden gaan, gaven we elkaar een hand om onze afspraak te bezegelen.

106 | *Oslo, 3 augustus 1950*

... een brief met het poststempel Wenen. Ik legde hem voor me op de keukentafel en keek er alleen maar naar. Haar naam en adres

stonden op de achterkant. Ik had in mei een brief gestuurd naar het Rudolph II Hospital in de hoop dat iemand wist waar Helena nu was en de brief zou doorsturen. Voor het geval iemand hem zou openen, had ik er niets in geschreven wat ons in gevaar zou kunnen brengen, en ik had natuurlijk niet mijn eigen naam gebruikt. Toch had ik niet op een antwoord durven hopen. Ja, ik weet niet eens of ik heel diep vanbinnen wel een antwoord wilde, niet als het een antwoord was dat je kon verwachten: getrouwd en moeder. Nee, ik wil niet. Hoewel dat juist is wat ik voor haar gewenst heb, wat ik haar had willen schenken.

Mijn god, we waren zo jong, zij was pas negentien! En nu ik de brief in mijn handen heb, is het allemaal zo onwezenlijk, alsof het sierlijke handschrift op de envelop niets te maken heeft met de Helena van wie ik zes jaar heb gedroomd. Ik opende de brief met trillende vingers, dwong mezelf het ergste te verwachten. Het was een lange brief en het is nog maar een paar uur geleden dat ik hem heb gelezen, maar ik ken hem nu al uit mijn hoofd.

Lieve Urias,

Ik hou van je. Dat zal ik mijn hele leven doen, dat weet ik gewoon, maar het wonderlijke is dat ik het gevoel heb dat ik al mijn hele leven van je hou. Toen ik je brief kreeg moest ik huilen van geluk, het...

Harry liep de keuken in met de papieren in zijn handen, vond de oploskoffie in de kast boven het aanrecht en zette water op – dat alles terwijl hij gewoon doorlas. Over het gelukkige, maar ook moeilijke en pijnlijke weerzien in een hotel in Parijs. Ze verloofden zich de volgende dag.

Vanaf dat moment schreef Gudbrand minder en minder over Daniël, en ten slotte leek het wel of hij helemaal verdwenen was.

In plaats daarvan schreef hij over het verliefde stel dat door de moord op Christopher Brockhard steeds de hete adem van justitie in hun nek voelde. Ze hebben geheime ontmoetingen in Kopenhagen, Amsterdam en Hamburg. Helena is op de hoogte van Gudbrands nieuwe identiteit, maar kent ze de hele waarheid, over de moord aan het front, de liquidaties op de Fauke-boerderij? Kennelijk niet.

Ze verloven zich na de terugtrekking van de geallieerden uit Oostenrijk en in 1955 vertrekt ze uit een Oostenrijk, dat volgens haar zeker weer zal worden geregeerd door ‘oorlogsmisdadigers, antisemieten en fanatici die niets van hun fouten hebben geleerd’.

Ze gaan in Oslo wonen, waar Gudbrand, nog steeds onder de naam Sindre Fauke, zijn kleine bedrijf leidt. Hetzelfde jaar worden ze tijdens een privéceremonie in de tuin aan de Holmenkollvei door een katholieke priester in de echt verbonden. Daar hadden ze net van het geld dat Helena had gekregen van de verkoop van haar naaiatelier in Wenen een grote villa gekocht. Ze zijn gelukkig, schrijft Gudbrand.

Harry hoorde het water koken en zag verbaasd dat er al een groot deel van verdampt was.

107 | *Rikshospital, 1956*

Helena heeft zoveel bloed verloren dat ze een poosje in levensgevaar heeft verkeerd, maar gelukkig hebben ze op tijd ingegrepen. We hebben het kind verloren. Helena was natuurlijk ontroostbaar, zelfs toen ik maar steeds herhaalde dat ze nog jong was, dat we nog veel kansen hadden. Helaas was de arts niet optimistisch. Hij zei dat haar baarmoeder…

108 | *Rikshospital, 12 maart 1967*

Een dochter. Ze zal Rakel heten. Ik huilde en huilde maar, en Helena streelde me over mijn wang en zei dat Gods wegen…

Harry zat weer in de kamer en wreef in zijn ogen. Waarom had hij niet meteen de link gelegd toen hij de foto van Helena op

Beatrice' kamer had gezien? Moeder en dochter. Hij moest ver weg zijn geweest. Waarschijnlijk was dat ook het antwoord: ver weg. Hij zag Rakel overal: op straat in de gezichten van passerende vrouwen, op de tien tv-zenders als hij zapte, achter de bar in een café. Dus waarom zou het hem opvallen als hij haar gezicht ook zag in een foto van een mooie vrouw aan de muur?

Zou hij Edvard Mosken bellen om bevestigd te krijgen wat Gudbrand Johansen alias Sindre Fauke had geschreven? Was dat nodig? Nu niet.

Hij keek weer op zijn horloge. Waarom deed hij dat? Wat maakte dat hij haast had, behalve dan de afspraak met Rakel om elf uur? Ellen had hem daar vast antwoord op kunnen geven, maar ze was hier niet en hij had geen tijd om over het antwoord na te denken.

Hij bladerde verder tot hij bij 7 oktober 1999 was. Daarna kwamen er nog maar een paar bladzijden van het manuscript. Harry voelde dat het zweet in zijn handen stond. Hij voelde zich een beetje zoals Rakels vader het had beschreven toen hij de brief van Helena had ontvangen: een soort tegenzin om eindelijk met het onvermijdelijke geconfronteerd te worden.

109 | *Oslo, 7 oktober 1999*

Ik ga dood. Na alles wat ik heb meegemaakt, is het vreemd om me te realiseren dat ik, zoals de meeste mensen, de genadeklap krijg van een gewone ziekte. Hoe moet ik het Rakel en Oleg vertellen? Ik liep over de Karl Johansgate en merkte dat dit leven, dat sinds de dood van Helena zonder waarde was, ineens heel kostbaar voor mij is geworden. Niet omdat ik er niet naar verlang om je weer te zien, Helena, maar omdat ik zo lang verzuimd heb om mijn opdracht hier op aarde te vervullen dat er nu bijna geen tijd meer is. Ik ben hetzelfde grindpad op gelopen als op 13 mei 1945. De kroonprins is nog steeds niet op het balkon verschenen om te zeggen dat hij het begrijpt. Hij begrijpt alleen al die anderen die het moeilijk hebben gehad. Ik geloof niet dat hij komt; ik geloof dat hij een verrader is.

Later ben ik tegen een boom in slaap gevallen en ik droomde een lange, vreemde droom, als een openbaring. En toen ik wakker werd, was ook mijn oude metgezel er weer. Daniël is terug. En ik weet wat hij wil.

De Escort kreunde hard toen Harry ruw van de eerste in de tweede versnelling schakelde. En hij brulde als een gewond dier toen Harry het gaspedaal vol intrapte. Een man in feestelijke klederdracht uit Østerdalen haastte zich verschrikt over het zebrapad op het kruispunt Vibesgate-Bogstadvei en ontkwam zo aan een bijna profielloos bandenspoor op zijn kousen. In de Hegdehaugsvei stond een file richting stad en Harry ging op de linkerbaan rijden terwijl hij op de claxon drukte en hoopte dat het tegemoetkomende verkeer de tegenwoordigheid van geest zou hebben om aan de kant te gaan. Hij had zich net links van de vluchtstrook voor het Lorry Café gemanoeuvreerd toen er plotseling een lichtblauwe muur voor hem opdook. De tram!

Het was te laat om te stoppen, dus Harry gooide het stuur om en trapte op de rem, zodat het achterste deel van de auto iets draaide en tegen de vangrail aan knalde, en vervolgens tegen de tram. De linkerkant ramde de linkerkant van de tram. De zijspiegel verdween met een korte klap, maar het geluid van de portiergreep die langs de zijkant van de tram werd getrokken was langgerekt en ging door merg en been.

'Verdomme, verdomme!'

Toen was hij vrij en de wielen maakten zich los van de tramrails, kregen weer grip op het asfalt en brachten hem naar het volgende verkeerslicht.

Groen, groen, oranje.

Hij gaf vol gas, nog steeds met zijn ene hand op het midden van het stuur, in de twijfelachtige hoop dat een doordringende claxon midden in het centrum van Oslo op 17 mei om kwart over tien zou opvallen. Toen schreeuwde hij, hij trapte het rempedaal in en terwijl de Escort verwoede pogingen deed om zich vast te houden aan Moeder Aarde, schoten lege cassettehoesjes, sigarettenpakjes en Harry Hole zelf naar voren. Hij sloeg met zijn hoofd tegen de voorruit toen de auto tot stilstand kwam. Een juichend groepje kinderen met zwaaiende vlaggen had zich op het zebrapad voor hem gestort. Harry wreef over zijn voorhoofd. Hij zag het Slottspark recht voor zich uit en de weg naar het Slot was zwart van de mensen. Uit de open cabriolet naast hem hoorde hij de radio en de bekende jaarlijkse live-uitzending: 'En nu zwaait de koninklijke familie van het balkon naar de kinderoptocht en de mensenmenigte die in het park is toegestroomd. Het volk juicht vooral voor de populaire kroonprins, die zojuist uit Amerika terug is gekomen. Hij is immers...'

Harry trapte de koppeling in, gaf gas en mikte op het trottoir naast de weg.

110 | *Oslo, 16 oktober 2000*

Ik lach weer. Het is natuurlijk Daniël die lacht. Ik heb nog niet verteld dat het eerste wat hij deed toen hij wakker werd Signe bellen was. We hebben de munttelefoon in Schrøder gebruikt. En het was zo hartverscheurend leuk dat de tranen in mijn ogen sprongen.

Nog meer plannen gemaakt vannacht. Mijn probleem is nog steeds hoe ik aan het wapen moet komen dat ik nodig heb.

111 | *Oslo, 15 november 1999*

... is het probleem eindelijk opgelost, duikt hij op: Hallgrim Dale. Hij was, niet verrassend, een zwerver. Ik hoopte eerst dat hij me niet zou herkennen. Hij had kennelijk de geruchten gehoord dat ik tijdens het bombardement op Hamburg was omgekomen, want hij dacht dat ik een geest was. Hij begreep echter dat er iets loos was, want hij wilde zwijggeld hebben. Maar de Dale die ik ken zal voor geen geld ter wereld zijn mond dichthouden. Dus heb ik ervoor gezorgd dat ik de laatste was met wie hij gesproken heeft. Ik heb er geen plezier aan beleefd, maar ik moet toegeven dat ik met een

zekere voldoening merkte dat ik mijn oude kunstjes niet helemaal verleerd was.

112 | *Oslo, 6 februari 2000*

Al meer dan vijftig jaar ontmoetten Edvard en ik elkaar zes keer per jaar in Schrøder. Om de maand elke eerste dinsdagmiddag. We noemen het nog steeds 'de stafvergadering', zoals we die hielden toen het restaurant nog aan de Youngstorg lag. Ik heb me vaak afgevraagd wat me aan Edvard bindt. Misschien het feit dat we dezelfde geschiedenis hebben. Dat we door dezelfde gebeurtenissen getekend zijn. We zijn allebei aan het oostfront geweest, we hebben beiden onze vrouw verloren en onze kinderen zijn volwassen. Ik weet het niet, maar waarom zouden we niet? Het belangrijkste voor mij is dat ik Edvards volledige loyaliteit heb. Hij vergeet natuurlijk nooit dat ik hem na de oorlog geholpen heb, maar ook later heb ik hem de helpende hand geboden. Zoals in de jaren zestig, toen zijn gedrink en gewed op paarden uit de hand liepen en hij bijna zijn hele transportbedrijf was kwijtraakt als ik zijn speelschulden niet had betaald.

Nee, er is niet zoveel meer over van de dappere soldaat die ik me herinner uit Leningrad, maar de laatste jaren heeft Edvard er in elk geval vrede mee dat het leven niet helemaal zo is gegaan als hij gedacht had, en hij probeert er het beste van te maken. Hij concentreert zich op zijn paard en hij gokt en drinkt niet meer, maar hij vindt het leuk om goktips te geven.

Overigens heeft Even Juul hem gevraagd of het mogelijk is dat Daniël Gudeson toch nog leeft. Dezelfde avond heb ik Even gebeld en gevraagd of hij soms seniel aan het worden is. Maar Even vertelde me dat hij een paar dagen geleden in de slaapkamer de hoorn van de extra telefoon had opgenomen en toen een gesprek had afgeluisterd waarin een man zich uitgaf voor Daniël en daarmee zijn vrouw enorme schrik had aangejaagd. De man aan de telefoon had gezegd dat ze volgende week dinsdag weer van hem zou horen. Even dacht geluiden te horen die hem deden denken aan een café en had besloten om elke dinsdag cafés in Oslo te bezoeken totdat hij de telefoonterrorist had gevonden. Hij wist dat de politie zich niet zou bekommeren om zo'n bagatel en hij had niets tegen Signe gezegd voor het geval ze zou proberen hem tegen te houden. Ik moest in mijn hand bijten om niet in lachen uit te barsten en ik wenste hem succes, de oude idioot.

Nadat ik verhuisd ben naar de flat in Majorstua, heb ik Rakel niet meer gezien, maar ik heb haar wel gesproken aan de telefoon. Het lijkt wel of we allebei genoeg hebben van het gebekvecht. Ik heb het opgeven haar uit te leggen wat ze mij en haar moeder heeft aangedaan door met die Rus uit een oude bolsjewiekenfamilie te trouwen.

'Ik weet dat je het als verraad ziet,' zegt ze. 'Maar dat was lang geleden. Laten we er niet meer over praten.'

Het is niet lang geleden. Niets is meer lang geleden.

Oleg heeft naar me gevraagd. Het is een goed joch. Ik hoop alleen dat hij niet zo koppig en eigengereid zal worden als zijn moeder. Dat heeft ze van Helena. Ze lijken zo op elkaar dat ik tranen in mijn ogen krijg terwijl ik dit schrijf

Ik mag volgende week de hut van Edvard gebruiken. Daar zal ik het geweer uittesten. Daniël verheugt zich al.

Het licht werd groen en Harry gaf gas. Er ging een schok door de auto toen de stoeprand zich in de voorwielen groef. De Escort maakte een onelegant sprongetje en bevond zich plotseling op de grasmat. Het trottoir was te vol met mensen, dus Harry reed verder over het gras. Hij slingerde tussen de wal en de vier jongeren die op een kleed zaten te ontbijten door. In zijn spiegel zag hij een blauw zwaailicht. Al bij het wachthuisje stond de mensenmassa dicht op elkaar gepakt en Harry stopte, sprong uit de auto en rende naar de dranghekken rond het Slottspark.

'Politie!' riep Harry, en hij vocht zich door de mensenmassa heen. De mensen die vooraan stonden waren beestachtig vroeg opgestaan om zich van de beste plaatsen te verzekeren en gingen met tegenzin aan de kant. Toen hij over de dranghekken sprong probeerde een gardist hem tegen te houden, maar Harry duwde zijn arm aan de kant, rukte zijn ID-kaart tevoorschijn en stoof het lege plein op. Het grind knerpte onder zijn hakken. Hij keerde de kinderoptocht de rug toe. De Slemdalskole en het Vålerenga Ungdoms-korps defileerden net op de valse klanken van 'I'm just a Gigolo' onder het balkon met de zwaaiende koninklijke familie. Hij staarde naar een muur van blanke, lachende gezichten met rood-wit-blauwe vlaggetjes. Zijn ogen vlogen langs de rijen mensen: bejaarden, mensen die fotografeerden, vaders met kleuters op hun schouders, maar geen Sindre Fauke, Gudbrand Johansen, Daniël Gudeson.

'Verdomme, verdomme!'

Hij riep meer uit paniek dan vanwege iets anders.

Maar daar, voor de dranghekken, zag hij in elk geval een bekend gezicht. In burger aan het werk met walkietalkie en zonnebril. Dus hij had Harry's raad opgevolgd om de huisvaders van het korps te hulp te schieten ten koste van Scotsman.

'Halvorsen!'

113 | *Oslo, 17 mei 2000*

Signe is dood. Ze is drie dagen geleden als een verraadster terechtgesteld door een kogel dwars door haar valse hart. Nadat Daniël en ik lange tijd met elkaar verbonden zijn geweest, heeft hij me direct na het lossen van het schot verlaten. Hij heeft me eenzaam en in verwarring achtergelaten. Er kwam twijfel in me op en ik had een vreselijke nacht. Ik heb drie van die pillen ingenomen. Volgens dr. Buer mocht ik er maar één per keer, maar toch was de pijn ondraaglijk. Ten slotte viel ik in slaap, met Daniël weer op zijn plaats en met nieuwe moed. Dit was de een na laatste etappe, en nu gaan we vol goede moed verder.

Kom naar de kring rond het vuur,
staar in de vlammen, geel en rood,
Hij die ons vraagt voor dit groot avontuur,
verlangt trouw in leven en dood.

Hij nadert, de dag dat Het Grote Verraad zal worden gewroken. Ik ben niet bang.

Het belangrijkste is natuurlijk dat het Verraad bekend wordt. Als deze memoires door verkeerde mensen worden gevonden, bestaat het gevaar dat ze vernietigd worden of geheim worden gehouden uit angst voor de gevolgen. Voor de zekerheid heb ik daarom een jonge politieman bij de opsporingsdienst de noodzakelijke aanwijzingen gegeven. Het is nog de vraag hoe intelligent hij is, maar mijn voorgevoel zegt dat hij tenminste iemand is met een integere persoonlijkheid.

De laatste dagen waren dramatisch.

Het begon al op de dag dat ik besloten had af te rekenen met Signe. Ik had haar net gebeld en verteld dat ik haar kwam halen toen ik, komend uit Schrøder, achter het raam van de bar aan de overkant het gezicht van Even Juul zag. Ik deed of ik niets had gezien en liep verder, maar ik wist dat hij het een en ander zou gaan begrijpen als hij goed zou nadenken.

Gisteren is die politieman op bezoek geweest. Ik dacht dat de aanwijzingen die ik hem had gegeven niet zo duidelijk zouden zijn dat hij de samenhang zou begrijpen voordat ik mijn opdracht had volbracht. Maar hij bleek op het spoor van Gudbrand Johansen in Wenen te zijn gekomen. Ik begreep dat ik tijd moest winnen, in elk geval achtenveertig uur. Dus vertelde ik hem een verhaal over Even Juul dat ik net verzonnen had voor het geval deze situatie zou ontstaan. Ik vertelde dat Even een arme, verwarde man was en dat Daniël bezit van hem had genomen. Ten eerste zou het hierdoor lijken alsof Juul achter alles zat, ook de moord op Signe. Ten tweede zou de gearrangeerde zelfmoord die ik ondertussen zou uitvoeren geloofwaardiger zijn.

Toen de politieman opstapte, ging ik meteen aan het werk. Even Juul leek niet erg verbaasd toen hij de deur opendeed en me buiten op de trap zag staan. Ik weet niet of dat kwam doordat hij nagedacht had of doordat hij helemaal niet meer in staat was om zich te verbazen. Hij zag er namelijk al dood uit. Ik hield een mes tegen zijn keel en verzekerde hem dat ik hem net zo makkelijk zijn keel door zou snijden als ik bij zijn hond had gedaan. Om er zeker van te zijn dat hij begreep wat ik bedoelde, opende ik de vuilniszak die ik bij me had en liet hem het beest zien. We liepen naar boven naar de slaapkamer en hij liet zich gewillig op een stoel dirigeren en bond de hondenriem om het haakje van de lamp.

'Ik wil niet dat de politie andere sporen vindt voordat het allemaal voorbij is, dus het moet eruitzien als een zelfmoord,' zei ik. Maar hij reageerde niet; het leek wel of het hem niets kon schelen. Wie weet, misschien heb ik hem wel een dienst bewezen.

Vervolgens heb ik mijn vingerafdrukken afgeveegd, heb de vuilniszak met de hond in de diepvries gelegd en het mes in de kelder. Alles was in kannen en kruiken, en ik checkte nog even snel de slaapkamer, toen ik ineens het geluid van knarsend grind hoorde en een politieauto op straat zag. Hij leek op iemand te wachten, maar ik begreep dat ik in een lastig parket zat. Gudbrand raakte natuurlijk in paniek, maar Daniël nam het gelukkig over en handelde snel.

Ik haalde de sleutels van de twee andere slaapkamers en een daarvan paste op de kamer waar Even hing. Ik legde die binnen op de grond achter de deur, nam de originele sleutel uit het slot en gebruikte die om de deur aan de buitenkant op slot te draaien. Toen verwisselde ik hem voor de sleutel die niet paste. Ten slotte deed ik de originele sleutel in het slot van de tweede slaapkamer. Het was in een paar seconden gedaan en daarna liep ik op mijn gemak naar beneden en belde Harry's mobiel.

Even later kwam hij naar binnen.

Hoewel ik de neiging had te lachen, lukte het me denk ik toch om een verbaasd gezicht te zetten. Waarschijnlijk omdat ik ook een beetje verrast was. Ik had namelijk een van die andere politiemannen eerder gezien. Die nacht in het Slottspark. Maar ik geloof dat hij me niet herkende. Misschien omdat hij toen Daniël zag. En: ja, ik heb eraan gedacht mijn vingerafdrukken van de sleutel te vegen.

'Harry! Wat doe jij hier? Is er iets aan de hand?'

'Luister, geef over je walkietalkie het bericht door dat...'

'Hè?'

Het Bolteløkka-schoolkorps marcheerde voorbij met pauken en leek de lucht te willen doorklieven.

'Ik zei...' riep Harry.
'Hè?' riep Halvorsen.
Harry greep de walkietalkie: 'Luister goed, iedereen. Kijk uit naar een man van negenenzeventig jaar, lengte een meter vijfenzeventig, blauwe ogen, wit haar. Hij is waarschijnlijk gewapend, herhaal: gewapend, en uiterst gevaarlijk. Er bestaan verdenkingen van een aanslag, dus controleer alle ramen en daken in de omtrek. Ik herhaal...'
Harry herhaalde de mededeling, terwijl Halvorsen hem met open mond aanstaarde. Toen Harry klaar was, gooide hij hem de walkietalkie weer toe.
'Nu is het jouw taak om deze 17e mei af te gelasten, Halvorsen.'
'Wat zeg je?'
'Jij bent in functie, ik zie eruit als een... Alsof ik dronken ben. Ze zullen mij niet geloven.'
Halvorsens ogen gingen van Harry's ongeschoren kin naar zijn gekreukte, scheef dichtgeknoopte overhemd en zijn schoenen zonder sokken.
'Wie zijn "ze"?'
'Heb je nou echt niet begrepen waar ik het daarnet over had?' brulde Harry, en hij wees met trillende vingers naar voren.

114 | *Oslo, 17 mei 2000*

Vanmorgen. Vierhonderd meter afstand. Ik heb het eerder gedaan. Het park zal vol staan met jong groen. Zo vol leven, zo ver van de dood. Maar ik heb een weg gebaand voor de kogel. De kogel zal uit de hemel komen, als een vinger Gods die de verrader aanwijst, en iedereen zal zien wat Hij doet met mensen die niet rein van hart zijn. De verrader zei dat hij hield van zijn land, maar verliet het; hij vroeg ons het te redden van de indringers, van het gevaar uit het Oosten, maar bestempelde ons later als verraders.

Halvorsen rende naar de ingang van het Slot, terwijl Harry op het plein bleef staan en als een dronkenman in de rondte bleef tollen. Het zou enkele minuten duren voor het balkon leeg was; belangrijke mensen moesten eerst beslissingen nemen en de verantwoordelijkheid op zich nemen. De nationale viering werd niet zomaar afgezegd omdat een agentje met een twijfelachtige collega had gesproken. Zijn blik ging over de mensenmenigte, omhoog en naar beneden, zonder precies te weten waar hij naar zocht.

Hij zou uit de hemel komen.

Hij keek omhoog. De groene bomen. Zo ver van de dood. Ze waren zo hoog en het bladerdek was zo dicht dat het zelfs met een goed vizier onmogelijk was om vanuit de omliggende huizen te schieten.

Harry sloot zijn ogen. Zijn lippen bewogen. *Help me, Ellen.*

Ik heb een weg gebaand.

Waarom hadden de twee parkopzichters er zo verbaasd uitgezien toen hij hier gisteren liep? De boom. Die had geen bladeren. Hij opende zijn ogen weer, zijn blik vloog over de boomkruinen, en toen zag hij het: de bruine, dode eik. Harry voelde zijn hart bonken. Hij draaide zich om, liep bijna een tamboer-majoor ondersteboven en rende naar het Slot. Toen hij in één lijn stond met de boom en het balkon, bleef hij staan. Hij keek naar de boom. Achter de kale takken rees een blauwe gigant op. Het SAS-hotel. Natuurlijk. Heel eenvoudig. Eén kogel. Niemand reageerde op 17 mei op een knal. Dan kon hij rustig naar beneden gaan, de drukke receptie door en in de dichtbevolkte straten verdwijnen.

En dan? Wat dan?

Hij kon daar nu niet over nadenken, hij moest nu handelen. Maar hij was zo moe. In plaats van opwinding voelde Harry ineens de drang om naar huis te gaan, te gaan slapen en op een nieuwe dag wakker te worden terwijl er niets gebeurd was, omdat hij het allemaal maar gedroomd had. Hij schrok op van de sirenes van een passerende ambulance op de Drammensvei. Het geluid doorsneed de muziek van de hoornblazers.

'Verdomme, verdomme!'

Toen begon hij te rennen.

115 | *Radisson SAS, 17 mei 2000*

De oude man leunde met opgetrokken benen tegen het raam. Hij hield het geweer met beide handen vast en hoorde de sirene van de ambulance die langzaam wegstierf. Te laat, dacht hij. Iedereen gaat dood.

Hij had weer overgegeven. Vooral bloed. Door de pijn was hij bijna buiten bewustzijn geraakt. Daarna had hij in elkaar gekrompen op de vloer van de badkamer gelegen en gewacht tot de pillen begonnen te werken. Vier stuks. De pijn was weggegleden, maar niet voordat een laatste dolkstoot hem eraan had herinnerd dat die snel terug zou komen. De badkamer had weer zijn normale proporties aangenomen. Een van de twee badkamers. Met bubbelbad. Of was het een stoombad? Er was in elk geval een televisie en hij had die aangezet. Alle zenders zonden reportages uit met nationale liederen en ballades over het koningshuis, en reporters in feestkleding deden verslag van de kinderoptocht.

Nu zat hij in de kamer en de zon stond als een enorme explosie aan de hemel en verlichtte alles. Hij wist dat hij niet recht in die explosie moest kijken; dan werd je nachtblind en zag je de Russische sluipschutters niet die in niemandsland door de sneeuw slopen.

'Ik zie hem,' fluisterde Daniël. 'Eén uur, op het balkon recht achter de dode boom.'

Bomen? Er zijn geen bomen in dit platgebombardeerde landschap.

De kroonprins was op het balkon gekomen, maar hij zei niets.

'Hij ontsnapt!' riep een stem die op die van Sindre leek.

'Nee, hoor,' zei Daniël. 'Geen van die rotbolsjewieken zal ontsnappen.'

'Hij heeft in de gaten dat we hem gezien hebben, hij verstopt zich.'

'Nee, hoor,' zei Daniël.

De oude man legde het geweer op de vensterbank. Hij had met een schroevendraaier de schroef losgekregen die ervoor zorgde dat het raam maar op een kier kon worden opengezet. Wat had dat meisje hem toen ook alweer verteld? Dat het diende om te voorkomen dat de gasten 'domme ideeën' kregen. Hij zette het vizier op het geweer. De mensen beneden hem waren maar klein. Hij stelde de afstand in. Vierhonderd meter. Als je van boven naar beneden schiet, moet je er rekening mee houden dat de zwaartekracht de kogel beïnvloedt en dat hij een andere baan krijgt dan wanneer je rechtuit schiet. Maar Daniël wist dat, Daniël wist alles.

De oude man keek op de klok. Kwart voor elf. Tijd om in actie te komen. Hij legde zijn wang tegen de zware, koude geweerkolf en pakte de loop iets verderop met zijn linkerhand vast. Kneep zijn linkeroog een beetje dicht. Het balkonhek vulde het vizier. Toen zwarte jassen en hoeden. Hij vond het gezicht waar hij naar zocht. Hij leek er nog op. Hetzelfde jonge gezicht als in 1945.

Daniël was nog stiller geworden en richtte. Hij leek nog nauwelijks te ademen.

Voor het balkon, buiten het vizier, wees de eik met zwarte heksenvingers naar de hemel. Een vogel zat op een van de takken, midden in de schootslijn. De oude man bewoog onrustig. Dat beest had er daarnet nog niet gezeten. Maar het zou wel snel wegvliegen. Hij liet het geweer zakken en haalde adem met zijn pijnlijke longen.

Oink-oink.

Harry sloeg op het stuur en draaide de sleutel nogmaals om.

Oink-oink.

'Start, kreng! Anders breng ik je morgen direct naar de schroot.'

De Escort startte met gebrul en schoot in een fontein van gras en aarde weg. Hij maakte een scherpe bocht naar rechts bij de wal. De jongeren die op een kleed zaten, hieven hun bierflessen op en riepen: 'Heia! Heia!', terwijl Harry in de richting van het SAS-hotel raasde. Met de motor in de eerste versnelling en een hand op de claxon baande hij zich een weg over het drukbevolkte trottoir, maar bij de kleuterschool aan het eind van het park dook er ineens een kinderwagen op vanachter een boom. Hij gaf het stuur een ruk naar links, stuurde toen de andere kant weer op en zag maar net kans het hek van de kassen te ontwijken. De auto kwam zijwaarts op de Wergelandvei terecht, net voor een taxi met een Noorse vlag en berkentakken op de motorkap, die hard op de rem moest trappen. Harry bleef gas geven en manoeuvreerde de auto tussen het tegemoetkomende verkeer door de Holbergsgate in.

Hij stopte voor de draaideur van het hotel en sprong naar buiten. Toen hij de drukke receptie binnenstormde, viel er een ogenblik een stilte alsof iedereen zich afvroeg of hij nu iets unieks zou meemaken. Maar het was alleen maar een zwaar beschonken man op 17 mei; ze hadden dat al eerder gezien en de volumeknop werd weer opgedraaid. Harry stortte zich op een van die idiote 'eilanden'.

'Goedemorgen,' zei een stem. Een vrouw met opgetrokken wenkbrauwen onder blond, krullend haar dat eruitzag als een pruik, nam hem van top tot teen op. Harry keek op haar naambordje.

'Betty Andresen, wat ik nu ga zeggen is geen slechte grap. Ik ben van de politie en jullie hebben een man in het hotel die een aanslag wil plegen.'

Betty Andresen keek naar de lange, maar half geklede man met de bloeddoorlopen ogen, die ze vrijwel direct had ingedeeld onder het kopje 'dronken, gek of allebei'. Ze bestudeerde de ID-kaart die hij haar voorhield. Ze keek hem lang aan.

'Naam?' vroeg ze.

'Hij heet Sindre Fauke.'

Haar vingers vlogen over het toetsenbord.

'Helaas, er logeert hier niemand met die naam.'

'Verdomme! Probeer Gudbrand Johansen.'

'Ook geen Gudbrand Johansen, meneer Hole. Misschien het verkeerde hotel?'

'Nee! Hij is hier, hij zit nu op zijn kamer.'

'U hebt dus met hem gesproken?'

'Nee, nee, ik... Het duurt te lang om dat nu uit te leggen.'

Harry streek met zijn hand over zijn gezicht.

'Even nadenken. Hij moet op een van de bovenste etages zitten. Hoeveel etages zijn er hier?'

'Tweeëntwintig.'

'En hoeveel mensen die hoger dan de tiende zitten, hebben hun sleutel niet ingeleverd?'

'Tamelijk veel, ben ik bang.'

Harry stak zijn handen in wanhoop omhoog en staarde haar aan: 'Natuurlijk,' fluisterde hij ineens. 'Dit is de opdracht van Daniël.'

'Wat zegt u?'

'Probeer Daniël Gudeson.'

Wat zou er daarna gebeuren? De oude man wist het niet, want er was geen daarna. In elk geval was dat er tot nu toe niet geweest. Hij had vier patronen op de vensterbank gezet. Het goudbruine matte metaal reflecteerde in het zonlicht.

Hij keek weer door het vizier. De vogel zat er nog steeds. Hij herkende hem. Ze hadden dezelfde naam. Hij richtte het vizier op de mensenmenigte. Liet zijn blik over de rijen langs de dranghekken gaan. Tot hij bij iets bekends stopte. Zouden dat echt...? Hij stelde scherp. Ja, er was geen twijfel mogelijk: het was Rakel. Wat deed zij in het Slottspark? En daar kwam Oleg ook. Het leek wel of hij uit de kinderoptocht kwam gerend. Rakel tilde hem over het dranghek. Ze was sterk. Sterke handen. Net als haar moeder. Nu liepen ze naar het wachthuisje. Rakel keek op haar horloge. Ze leek op iemand te wachten. Oleg droeg de jas die hij hem met kerst had gegeven. Een 'grootvaderjas' noemde Oleg die, had Rakel verteld. Het leek wel of hij nu al te klein werd.

De oude man mompelde. Dan zou hij deze herfst een nieuwe voor hem kopen.

Deze keer kwam de pijn zonder te waarschuwen, en hij snakte wanhopig naar adem.

Het licht van de explosie zonk weg en liet de kromgebogen schaduwen langs de wanden van de loopgraven op hem af kruipen.

Het werd donker, maar net toen hij dreigde weg te glijden in de duisternis, liet de pijn zijn greep weer los. Het geweer was op de grond gegleden en zijn overhemd plakte nat van het zweet tegen zijn lichaam.

Hij stond op en legde het geweer weer op de vensterbank. De vogel was weggevlogen. Hij had een vrije schootslijn.

Het pure, jonge gezicht vulde zijn vizier weer. De jongen had gestudeerd. Oleg moest ook gaan studeren. Dat was het laatste wat hij tegen Rakel had gezegd. Dat was het laatste wat hij tegen zichzelf had gezegd voordat hij Brandhaug had doodgeschoten. Rakel was die dag niet thuis geweest toen hij even langs hun huis aan de Holmenkollvei was gegaan om een paar boeken op te halen. Dus hij had zichzelf binnengelaten, en heel toevallig had hij de brief gezien die op het bureau lag. Met het briefhoofd van de Russische ambassade. Hij had hem gelezen, hem teruggelegd en door het raam de tuin in gestaard. Hij had gekeken naar de sneeuw die de winter als een laatste plaagstoot had laten vallen. En daarna had hij alle lades van het bureau doorzocht. En de andere brieven gevonden, die met het briefhoofd van de Noorse ambassade, en ook de briefjes zonder briefhoofd, mededelingen die waren gekrabbeld op servetten of blaadjes van een notitieblok, ondertekend door Bernt Brandhaug. En hij had moeten denken aan Christopher Brockhard.

Geen van die verdomde Russen mocht vanavond onze wachtloper neerschieten.

De oude man ontgrendelde het geweer. Hij voelde zich merkwaardig rustig. Hij had zojuist bedacht hoe makkelijk het was om Brockhard de keel door te snijden. En om Brandhaug dood te schieten. Grootvaderjas, een nieuwe grootvaderjas. Hij ademde uit en kromde zijn vinger om de trekker.

Met een loper-keycard voor alle kamers van het hotel stoof Harry op de lift af en stak een voet tussen de zich sluitende deuren. Stomverbaasde gezichten staarden hem aan.

'Politie!' riep Harry. 'Iedereen eruit!'

Het leek wel of de schoolbel voor de grote pauze was gegaan, maar een man van een jaar of vijftig met een zwart sikje boven een blauwgestreept pak met een enorme sjaal in de nationale kleuren en roos op zijn schouders, bleef staan: 'Mijn beste man, we zijn Noorse staatsburgers en dit is toch echt geen politiestaat!'

Harry stapte langs de man heen de lift in en drukte op 22. Maar het sikje was nog niet klaar: 'Geef me één argument waarom ik als belastingbetaler moet accepteren dat...'

Harry trok het dienstpistool van Weber uit de schouderholster tevoorschijn: 'Ik heb hier zes argumenten, belastingbetaler. Eruit!'

De tijd vloog, en zo meteen zou de nieuwe dag beginnen. In de ochtendschemering zouden ze beter kunnen zien of het een vriend of een vijand was.

Vijand, vijand. Vroeg of laat krijg ik hem wel.

Grootvaderjas.

Hou je bek, er is geen hierna!

Het gezicht in het vizier ziet er zo serieus uit. Lach, jongen.

Verraad, verraad, verraad!

De trekker is al zo ver naar achteren gehaald dat er geen weerstand meer is, een niemandsland waarin ergens het afdrukpunt ligt. Niet aan de knal en de terugslag denken, alleen verder duwen, laten komen als het komt.

De dreun verraste hem volkomen. Een fractie van een seconde was het doodstil. Toen kwam de echo en rolde de golf van geluid over de stad, en op hetzelfde moment viel er een plotselinge stilte waarin de duizenden geluiden verstomden.

Harry rende door de gang op de tweeëntwintigste etage toen hij de dreun hoorde.

'Verdomme!' vloekte hij.

De muren die hem tegemoetkwamen en voorbijgleden gaven hem het gevoel dat hij in een trechter liep. Deuren. Schilderijen, blauwe kubusmotieven. Zijn voetstappen waren op het zachte tapijt bijna niet te horen. Mooi. Goede hotels denken aan geluiddempers. En goede politiemensen denken aan wat ze moeten denken. Verdomme, verdomme, zure melk in zijn hersenen. Een ijsmachine. Kamer 2254, kamer 2256. Een nieuwe dreun. Palacesuite.

Zijn hart roffelde tegen zijn ribben. Harry ging naast de deur staan en stak de loper-keycard in het slot. Er klonk een zacht gebrom. Toen een heldere klik en het controlelampje sprong op groen. Harry duwde de deurklink langzaam naar beneden.

De politie had vaste procedures voor situaties als deze. Harry was op cursus geweest en was hierin getraind. Hij was niet van plan om ook maar iets daarvan te gebruiken.

Hij trapte de deur open, stormde naar binnen met het pistool in beide handen geklemd en liet zich in de kamer op zijn knieën vallen. De zon scheen de kamer in, verblindde hem en prikte in zijn ogen. Een open raam. De zon hing als een stralenkrans boven de witharige persoon die zich langzaam omdraaide.

'Politie! Laat dat wapen vallen!' schreeuwde Harry.

Harry's pupillen werden kleiner en uit het licht kroop het silhouet van het geweer dat op hem gericht was.

'Laat dat wapen vallen,' herhaalde hij. 'Je hebt gedaan waarvoor je bent gekomen, Fauke. De opdracht is uitgevoerd. Het is klaar nu.'

Het was vreemd, maar het muziekkorps speelde buiten nog steeds alsof er niets gebeurd was. De oude man hief het geweer op en legde de kolf tegen zijn wang. Harry's ogen waren nu gewend aan het licht en hij staarde in de loop van het wapen dat hij tot nu toe alleen op foto's had gezien.

Fauke mompelde iets, maar zijn woorden werden overstemd door een nieuwe dreun, helderder en harder dit keer.

'In g...' fluisterde Harry.

Buiten, achter Faukes rug, zag hij boven de Akershus-vesting een rookpluim opstijgen als een wit tekstballonnetje. De saluutschoten van 17 mei. Het waren de 17 mei-saluutschoten geweest die hij had gehoord! Harry hoorde het hoerageroep. Hij snoof de lucht op. Het rook niet naar verbrand kruit in de kamer. Hij begreep dat Fauke niet geschoten had. Nog niet. Hij omklemde zijn pistool en keek naar het gerimpelde gezicht dat hem uitdrukkingsloos over het vizier heen aanstaarde. Het ging niet alleen om zijn leven en dat van de oude man. De instructies waren helder.

'Ik kom net van de Vibesgate, ik heb je dagboek gelezen,' zei

Harry. 'Gudbrand Johansen. Of praat ik nu met Daniël?'

Harry beet op zijn lip en probeerde zijn vinger om de trekker te buigen.

De oude man mompelde weer.

'Wat zeg je?'

'Wachtwoord,' zei de oude man. Zijn stem klonk hees en heel anders dan de laatste keer dat Harry hem had gehoord.

'Doe dat niet,' zei Harry. 'Dwing me niet.'

Een zweetdruppel liep van Harry's voorhoofd langs zijn neusbrug en bleef aan zijn neuspuntje hangen, waar hij kennelijk geen beslissing kon nemen. Harry veranderde de greep op het pistool.

'Wachtwoord,' herhaalde de oude man.

Harry kon zien dat de vinger zich om de trekker kromde. Hij voelde de doodsangst zijn hart omklemmen.

'Nee,' zei Harry. 'Het is nog niet te laat.'

Maar hij wist dat dat niet waar was. Het was wél te laat. De oude man was al aan de andere kant van het verstand, aan de andere kant van deze wereld, dit leven.

'Wachtwoord.'

Straks was het voor hen allebei afgelopen, nog een beetje langzame tijd, kerstavond voordat...

'Oleg,' zei Harry.

Het geweer was nog steeds op zijn hoofd gericht. In de verte klonk een claxon. Er ging een rimpeling over het oude gezicht.

'Het wachtwoord is Oleg,' zei Harry.

De vinger rond de trekker was gestopt.

De oude man opende zijn mond om iets te zeggen.

Harry hield zijn adem in.

'Oleg,' zei de oude man. Het klonk als wind over zijn droge lippen.

Harry kon het later niet helemaal verklaren, maar hij zag het: de oude man stierf op hetzelfde ogenblik. En het volgende moment was het het gezicht van een kind dat Harry door de rimpels heen aankeek. Het geweer was niet langer op hem gericht en Harry liet zijn pistool zakken. Toen stak hij langzaam zijn hand uit en legde die op de schouder van de oude man.

'Beloof je me...' De stem van de oude man was nauwelijks verstaanbaar. '... dat ze niet...'

'Ik beloof het,' zei Harry. 'Ik zal er persoonlijk voor zorgen dat de namen niet bekend worden gemaakt. Oleg en Rakel mogen hier geen schade van ondervinden.'

De oude man staarde Harry lang aan. Het geweer viel met een klap op de grond, en toen zakte hij in elkaar.

Harry haalde het magazijn uit het geweer en legde het op de bank, waarna hij het nummer van de receptie belde en Betty vroeg een ambulance te bellen. Toen belde hij Halvorsen op zijn mobiel en zei dat het gevaar geweken was. Hij tilde de oude man op en legde hem op de bank, pakte een stoel en wachtte.

'Ik heb hem gekregen,' fluisterde de oude man. 'Hij was bijna ontsnapt, snap je. In zijn schuttersputje.'

'Wie heb je gekregen?' vroeg Harry, en hij nam een diepe trek van zijn sigaret.

'Daniël. Ik heb hem eindelijk te pakken gekregen. Helena had gelijk: ik was de hele tijd de sterkste.'

Harry drukte de sigaret uit en ging bij het raam staan.

'Ik ga dood,' fluisterde de oude man.

'Ik weet het,' zei Harry.

'Hij staat op mijn borst. Kun je hem zien?'

'Wat zien?'

'De poolkat.'

Harry zag geen poolkat. Hij zag een witte wolk die zich als een voorbijgaande twijfel langs de hemel haastte; hij zag Noorse vlaggen die aan alle vlaggenstokken in de zon wapperden, en hij zag een grijze vogel langs het raam fladderen. Maar geen poolkat.

DEEL 10

WEDEROPSTANDING

116 | *Ullevål-ziekenhuis, 19 mei 2000*

Bjarne Møller vond Harry in de wachtkamer van de oncologische afdeling.

Hij ging naast hem zitten en knipoogde naar een klein meisje, dat haar wenkbrauwen optrok en wegkeek.

'Ik heb gehoord dat het voorbij is,' zei hij.

Harry knikte.

'Vannacht om vier uur. Rakel is er de hele tijd bij geweest. Oleg is nu binnen. Wat doe jij hier?'

'Ik wilde alleen maar even met je praten.'

'Ik moet even roken,' zei Harry. 'Laten we naar buiten gaan.'

Ze vonden een bank onder een boom. Dunne wolken haastten zich langs de hemel boven hen. Het werd een warme dag.

'Dus Rakel weet niets?' vroeg Møller.

'Niets.'

'Alleen ik, Meirik, de hoofdcommissaris, de minister van Justitie en de minister van Binnenlandse Zaken weten ervan. En jij, natuurlijk.'

'Jij weet beter dan ik wie het allemaal weten, chef.'

'Ja. Natuurlijk. Ik denk alleen maar hardop.'

'Dus wat wilde je me nu zeggen?'

'Weet je, Harry, soms zou ik willen dat ik ergens anders werkte. Op een plaats waar je minder last hebt van de politiek en meer politiewerk kunt doen. In Bergen, bijvoorbeeld. Maar dan word je wakker op een dag als deze, ga je bij het slaapkamerraam staan en kijk je uit over de fjord en Hovedøya en luister je naar het zingen van de vogels, en... Begrijp je? Dan wil je ineens nergens anders meer heen.'

Møller keek naar een lieveheersbeestje dat over zijn dijbeen liep.

'Dat wilde ik je zeggen: dat we graag de dingen willen laten zoals ze zijn, Harry.'

'Over welke dingen hebben we het?'

'Wist je dat er de laatste twintig jaar geen Amerikaanse president is geweest die gedurende zijn regeerperiode niet minstens tien ontdekte aanslagen op zijn leven heeft meegemaakt? En dat de daders allemaal zijn gepakt zonder dat de media daar lucht van hebben gekregen? Niemand is ermee gediend dat bekend wordt dat er een aanslag is beraamd op een staatshoofd, Harry. Vooral niet als die in theorie had kunnen slagen.'

'In theorie, chef?'

'Niet mijn woorden. Maar de conclusie is desondanks dat zulke dingen geheim moeten blijven. Om geen onzekerheid te verspreiden. Of zwakke punten in de beveiliging te ontmaskeren. Ook mijn woorden niet. Een aanslag kan net zo aanstekelijk werken als...'

'Ik begrijp wat je bedoelt,' zei Harry, en hij blies door zijn neus rook naar buiten. 'Maar allereerst doen we dit voor degenen die verantwoordelijk zijn. Degenen die eerder alarm hadden moeten slaan. Of dat hadden kunnen doen.'

'Zoals gezegd,' zei Møller, 'is Bergen op sommige dagen een heel goed alternatief.'

Ze zeiden een poosje niets. Voor hen hipte een vogel; hij wipte met zijn staart, pikte in het gras en keek waakzaam om zich heen.

'Witte kwikstaart,' zei Harry. '*Motacilla alba.* Een waakzaam beestje.'

'Hè?'

'*Handboek voor de vogelvriend.* Wat doen we met de moorden die Gudbrand Johansen heeft begaan?'

'Die waren al opgelost, toch?'

'Hoe bedoel je?'

Møller schoof wat heen en weer.

'Het enige wat we bereiken als we daar nu in gaan zitten roeren, is dat we oude wonden bij de nabestaanden openrijten, en we lopen het risico dat er iemand rond gaat neuzen. De zaken waren immers opgelost?'

'Goed. Even Juul. En Sverre Olsen. Hoe zit het met de moord op Hallgrim Dale?'

'Dat zal niemand interesseren. Dale was immers toch een, eh...'

'Alleen maar een oude dronkenlap waar niemand zich druk om maakt?'

'Alsjeblieft, Harry, maak het niet moeilijker dan het al is. Je weet dat dit mij ook niet echt aanstaat.'

Harry drukte de sigaret uit op de armleuning van de bank en stopte de peuk terug in het sigarettenpakje.

'Ik moet weer naar binnen, chef.'

'Dus we kunnen erop rekenen dat je het voor je houdt?'

Harry lachte laconiek.

'Klopt het wat ik gehoord heb over mijn opvolger bij het POT?'

'Jazeker,' zei Møller. 'Tom Waaler heeft gezegd dat hij wil solliciteren. Meirik wil de hele neonazi-afdeling bij deze positie onderbrengen, dus het wordt een soort springplank voor de echte topfuncties. Ik zal hem aanbevelen. Je zult wel blij zijn dat hij weg is als je terugkomt bij Geweldsdelicten. Nu komt er een plaats bij ons vrij.'

'Dus dat is de beloning voor "mond dichthouden"?'

'Hoe kom je daar nu bij, Harry? Het is omdat je de beste bent. Je hebt het weer bewezen. Ik vraag me alleen af of we je kunnen vertrouwen.'

'Je weet aan welke zaak ik wil werken.'

Møller haalde zijn schouders op.

'De moord op Ellen is opgelost, Harry.'

'Niet helemaal,' zei hij. 'Er zijn nog een paar dingen die we niet weten. Onder andere waar die tweehonderdduizend kronen in de wapenhandel zijn gebleven. Misschien waren er meer tussenpersonen.'

Møller knikte.

'Oké. Halvorsen en jij krijgen twee maanden. Als jullie in die tijd niets vinden, wordt de zaak gesloten.'

'Goed, dat is fair.'

Møller stond op om weg te gaan.

'Ik vraag me nog één ding af, Harry: hoe wist je dat het wachtwoord "Oleg" was?'

'Tja. Ellen vertelde me altijd dat het eerste wat haar inviel bijna altijd het juiste was.'

'Imponerend.' Møller knikte zwijgend. 'En het eerste wat je inviel was dus de naam van zijn kleinkind?'

'Nee.'

'Nee?'

'Ik ben Ellen niet. Ik moest erover nadenken.'

Møller keek hem onderzoekend aan.

'Hou je me nu voor de gek, Hole?'

Harry lachte. Toen knikte hij naar de kwikstaart.

'Ik las in dat vogelboek dat niemand weet waarom de kwikstaart wipt met zijn staart als hij stilstaat. Het is een raadsel. Het enige wat men weet is dat hij het niet kan laten...'

117 | *Politiebureau, 19 mei 2000*

Harry had het zich net makkelijk gemaakt en de ideale zithouding gevonden, met zijn voeten op het bureau, toen de telefoon ging. Om niet uit deze prettige houding te hoeven opstaan, reikte hij voorover en spande zijn bilspieren om de nieuwe bureaustoel met de verraderlijk goed geoliede wieltjes onder controle te houden. Hij kon de hoorn net met zijn vingertoppen pakken.

'Hole.'

'Harry? Esaias Burne speaking. How are you?'

'Esaias? This is a surprise.'

'O ja? Ik bel je alleen om je te bedanken, Harry.'

'Waarvoor dan wel?'

'Voor het feit dat je niets ondernomen hebt.'

'Wat heb ik niet ondernomen?'

'Je weet wel wat ik bedoel, Harry. Dat er geen diplomatieke druk is uitgeoefend voor gratie of zoiets.'

Harry gaf geen antwoord. Hij had dit telefoontje al een poosje verwacht. Zijn zithouding was niet prettig meer. Hij zag meteen Andreas Hochners smekende ogen voor zich. En hoorde Constance Hochners smekende stem: *Belooft u me te doen wat u kunt, meneer Hole?*

'Harry?'

'Ik ben er nog.'

'De uitspraak was gisteren.'

Harry staarde naar de foto van Søs aan de muur. Het was die zomer uitzonderlijk warm geweest. Ze hadden zelfs gezwommen als het regende. Hij voelde dat er een onuitsprekelijke triestheid over hem neerdaalde.

'Doodstraf?' hoorde hij zichzelf vragen.

'Zonder de mogelijkheid in hoger beroep te gaan.'

118 | *Schrøder-restaurant, 1 juni 2000*

'Wat ga je deze zomer doen, Harry?'

Maja telde het wisselgeld na.

'Ik weet het niet. We hebben het erover gehad om ergens in Noorwegen een huisje te huren. De jongen leren zwemmen en zo.'

'Ik wist niet dat je een kind had.'

'Nee. Het is een lang verhaal.'

'O ja? Ik hoop het ooit eens te horen.'

'We zullen zien, Maja. Hou het wisselgeld maar.'

Maja boog diep en maakte zich met een scheef lachje uit de voeten. Voor een vrijdagmiddag was het stil in het restaurant. De warmte joeg de mensen zeker naar het restaurant in de openlucht op St.-Hanshaugen.

'En?' zei Harry.

De oude man staarde zonder iets te zeggen in zijn bierglas.

'Hij is dood. Ben je niet blij, Åsnes?'

De Mohikaan tilde zijn hoofd op en keek Harry aan.

'Wie is er dood?' zei hij. 'Er is Niemand dood. Alleen ik. Ik ben de laatste der doden.'

Harry zuchtte, stak de krant onder zijn arm en liep de zinderende middaghitte in.

De Oslo-trilogie

Jo Nesbø brak internationaal door met zijn Oslo-trilogie en bereikte hiermee de status van bestsellerauteur. De trilogie bestaat uit de titels *De roodborst*, *Nemesis* en *Dodelijk patroon* en gaat over de strijd van politiecommissaris Harry Hole tegen zijn corrupte collega Tom Waaler.

De roodborst Tijdens een belangrijk vredesoverleg in Oslo over het Midden-Oosten maakt commissaris Harry Hole deel uit van een antiterrorismeteam dat de veiligheid moet garanderen van de deelnemende staatshoofden. Hij ontdekt dat er een aanslag gepland wordt en belandt in een wespennest van leugens en intriges, liefde en verraad dat terug te voeren is op een moord die plaatsvond in Leningrad tijdens de Tweede Wereldoorlog.

Nemesis Een korrelige video-opname laat een man zien die zijn pistool tegen het hoofd van een bankmedewerkster zet. De vrouw wordt gesommeerd de kluis binnen 25 seconden te openen. Wanneer de overvaller zijn geld niet op tijd krijgt, schiet hij de vrouw neer. Harry Hole wordt op de zaak gezet en hij komt flink onder druk te staan als de overvaller nogmaals toeslaat. Wanneer ook een vriendin van Hole dood wordt aangetroffen en hij dreigmails ontvangt, lijkt het erop dat iemand het op hem gemunt heeft.

Dodelijk patroon Een jonge vrouw wordt in haar flat in Oslo vermoord. Van haar linkerhand is een vinger afgesneden en onder haar ooglid zit een kleine diamant in de vorm van een pentagram. Om de vijf dagen vindt een gelijksoortige moord plaats, die samen een vijfpuntig patroon op de plattegrond van Oslo vormen. Politiecommissaris Harry Hole wordt op de zaak gezet, samen met zijn collega Tom Waaler, die hij verdenkt van moord en wapensmokkel. Vastbesloten de moordenaar op te sporen en zijn collega te ontmaskeren, komt Hole echter onverwachts zelf tegenover de politie te staan...